Arcanum
Fantasy Verlag

MIX
Papier
FSC FSC® C083411

UMWELTHINWEIS
Gedruckt auf chlor- und säurefreiem Papier.

Originalausgabe
1. Auflage

ein Imprint im SCRATCH Verlag Simon Czaplok, Essen
Dieses Buch erscheint in Kooperation mit
Saphir im Stahl Erik Schreiber, Bickenbach
Printed in Germany 2016
Umschlagsillustration: Flavio Bolla, Wil SG (Schweiz)
Innenillustration: Michael Schenk, Bonn
Layout und Satz: Simon Czaplok, Essen
Lektorat und Korrektorar: Textquisit Regina Kißner, Karlstein
Druck und Bindung: CPI - Clausen & Bosse, Leck

ISBN 978-3-939139-20-1

http://www.pferdelords.de
http://www.michael-h-schenk.de
http://www.arcanum-fantasy-verlag.de
http://www.facebook.de/DiePferdelords

Michael H. Schenk

Die Pferdelords

und der Ritt zu den Goldenen Wolken

Phantastischer Roman

Arcanum Fantasy Verlag

Karte der Völker

Die Völker

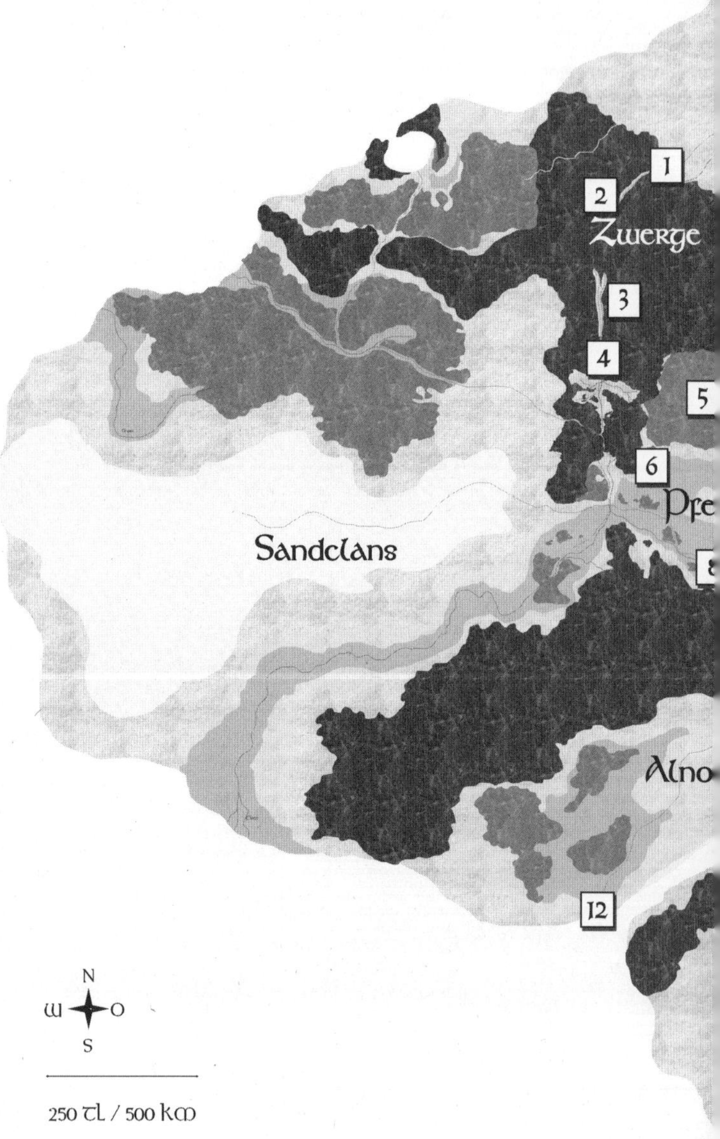

1 Nordfeste
2 Nal´t´hanas
3 Nal´t´rund
4 Eternas
5 Versteinerte Wälder
6 Eodan
7 Merdonan
8 Enderonas
9 Lheonaris
10 Rhokaris
11 Mintris
12 Gendaneris
13 Alneris
14 Nerianet
15 Khalanaris
16 Eolaneris
17 Maratran
18 Merdoret
19 Cantarim
20 Antas-Nataar
21 Cirirumak
19
Orks
18
20
Rumaki
14
21
13
15
16
Barbaren
17
Irghil

Felder der Ehre

Die Übersichtskarten im Folgenden illustrieren die Schlachten im späteren Romanverlauf.

Um die Spannung zu erhalten, kehren Sie erst hierher zurück, wenn Sie die Übersichtskarten studieren wollen.

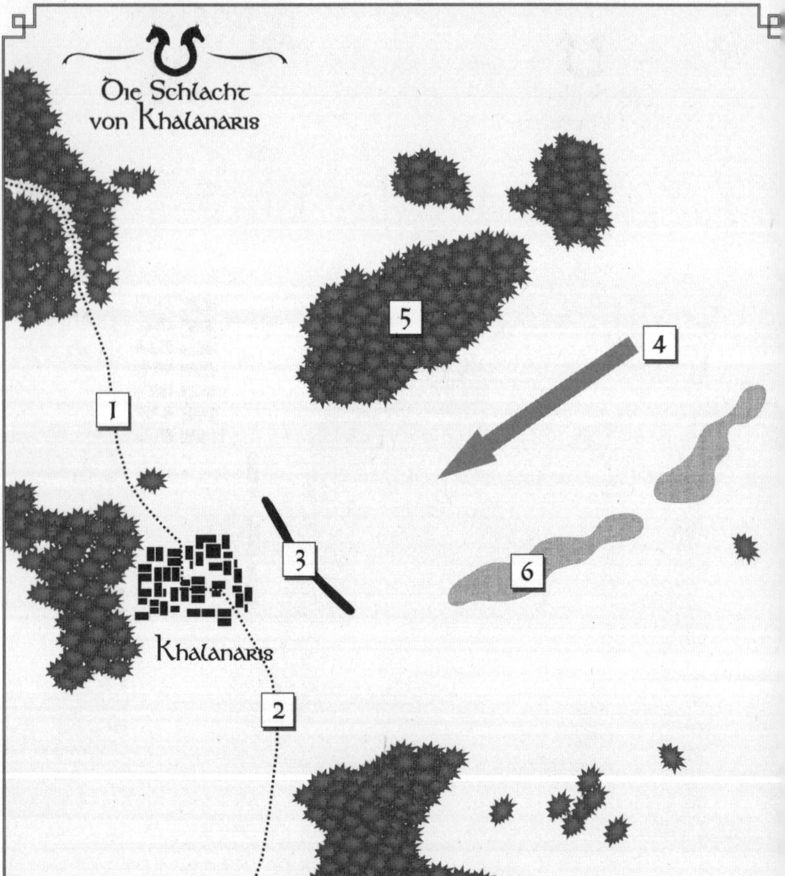
Die Schlacht von Khalanaris
Khalanaris
1
2
3
4
5
6
N
W
O
S
1 Handelsstraße nach Alneris
2 Handelsstraße nach Eolaneris
3 Verteidigungsstellung
4 Aus Richtung Nerianet / Spaltpass
5 Wald
6 Hügel

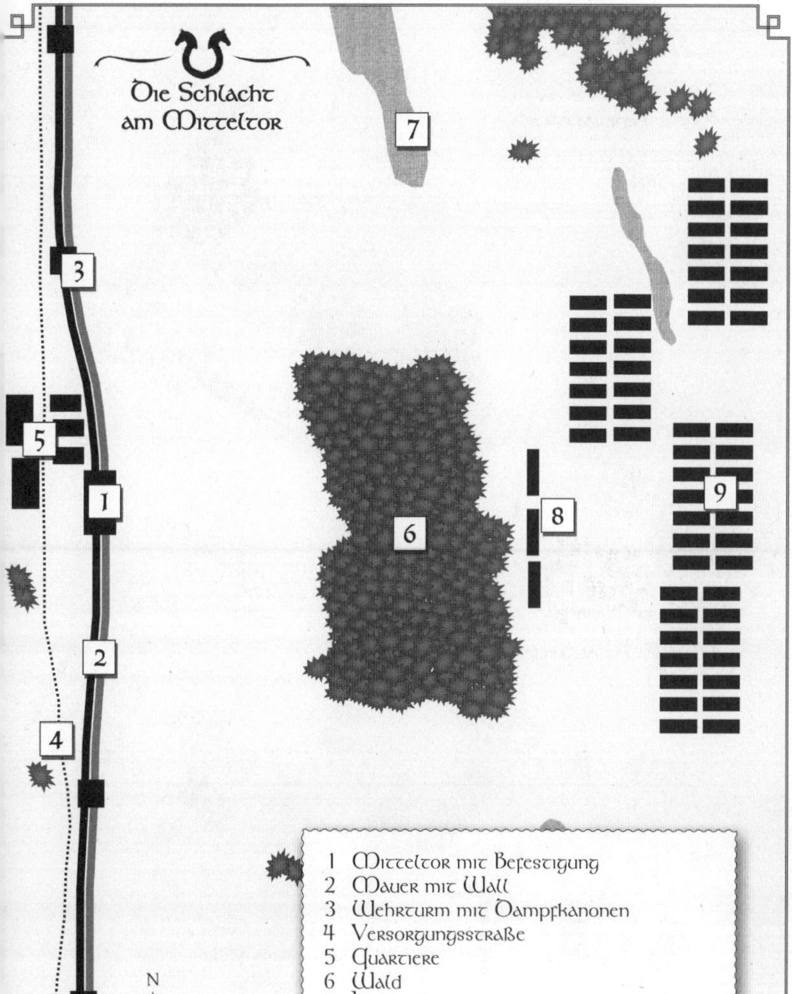
Die Schlacht am Mitteltor
7
3
5
1
6
8
9
2
4
1 Mitteltor mit Befestigung
2 Mauer mit Wall
3 Wehrturm mit Dampfkanonen
4 Versorgungsstraße
5 Quartiere
6 Wald
7 Hügel
8 Ferntöter
9 Legionslager
N
W
O
S

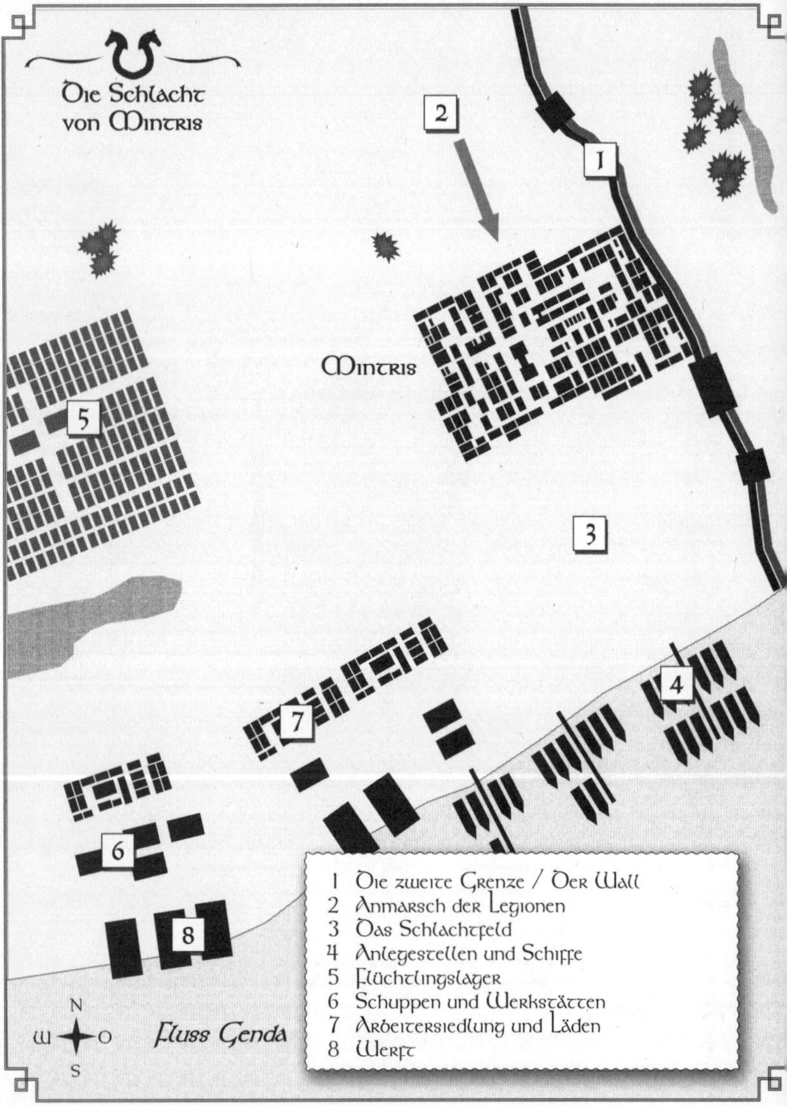
Die Schlacht von Mintris
2
1
Mintris
5
3
4
7
6
8
N
W
O
S
Fluss Genda
1 Die zweite Grenze / Der Wall
2 Anmarsch der Legionen
3 Das Schlachtfeld
4 Anlegestellen und Schiffe
5 Flüchtlingslager
6 Schuppen und Werkstätten
7 Arbeitersiedlung und Läden
8 Werft

Prolog

Einst war das Volk umhergezogen, um den kleinen Herden des wilden Hornviehs zu folgen und das Getreide jener Flächen zu ernten, auf denen die Natur es wachsen ließ. Es waren Familiengruppen, die ein bestimmtes Gebiet für sich beanspruchten. Irgendwann entwickelte man die Fertigkeit des Reitens und aus den Nomaden wurde ein Pferdevolk. Die Pferde ermöglichten die Kontrolle über größere Regionen und verhalfen dabei zu nie zuvor erlebter Schnelligkeit. Die Familiengruppen wuchsen heran zu großen Clans, welche feste Siedlungen errichteten. Ackerbau und Hornviehzucht wurden entwickelt.

Es war die Zeit, in der die ersten Legenden des Pferdevolkes entstanden. Einige von ihnen würden die Jahrtausende überdauern.

So galten das Krachen eines Gewitters und das Zucken der Blitze als der Zorn jener Kämpfer, die in Unehre gestorben waren und noch immer darum kämpften, ihre Ehre und den ewigen Frieden zu erlangen.

Das immer schneller werdende Schlagen gegen die Rundschilde entstand, um die Toten zu ehren, denn das Geräusch ähnelte dem Galopp der herannahenden Reiter und der dröhnende Rhythmus sollte die Gefallenen zu den Goldenen Wolken geleiten. Die Goldenen Wolken, die von immerwährendem Ruhm der Toten kündeten.

Nun näherte sich die Zeit, die über das Schicksal aller Völker entscheiden sollte.

Vor fünftausend Jahren hatten die Völker noch in Frieden gelebt und sich langsam ausgebreitet. Der Kontinent von Alnaris bot guten Lebensraum mit ausgedehnten Wäldern, fruchtbaren Ebenen und erzhaltigen Gebirgen. Kontakte und Handel entstanden zwischen den Reichen von Julinaash, Rushaan, Jalanne, Rumak, Alnoa und den Clans des Pferdevolkes. Man stieß auf die unsterblichen Elfen und auf das fleißige Bauernvolk der Zwerge. So verschieden die Kulturen auch waren, so führten diese Unterschiede doch nicht zu ernsthaften Spannungen. Aus Handel entstand ein loses Bündnis, welches sich schon bald bewähren musste.

Alnaris trug mächtige Gebirge, welche ganze Regionen voneinander trennten und nur an wenigen Stellen passierbar waren. So trennten das Eis des Nordens und der Stein der Gebirge die Länder des ersten Bundes von den Territorien des Ostens. Dort entwickelte sich eine furchtbare Macht, als der Schwarze Lord seine Legionen von Orks heranzüchtete und dabei begehrlich auf die freien Länder blickte.

Die Menschenreiche des ersten Bundes ahnten nichts von der wachsenden Bedrohung im Osten und entwickelten sich sehr unterschiedlich.

Das Pferdevolk lebte weit im Westen und war erst dabei, seine Clans zu einem Königreich zu einen. Alnoa erlernte gerade die Fertigkeit, Rüstungen und Waffen zu schmieden. Julinaash und Rushaan verfügten hingegen über metallene Krieger und Festungen, deren Waffen mit Licht töteten. Sie besaßen gepanzerte Wagen und Metallvögel, deren Druckbomben die Verheerung in sich trugen.

Das kleine Königreich von Rumak jenseits des großen Gebirges von Uma'Roll grenzte als einziges direkt an das Reich des Schwarzen Lords und war am meisten gefährdet. Dort ahnte man die Gefahr und aus den Schmieden Rumaks floss ein steter Strom von Waffen. Aber das kleine Menschenreich hatte nur wenige Kämpfer, welche einem Feind entgegentreten konnten.

Das südliche Reich von Jalanne verfügte ebenfalls über Waffen des Lichttodes, seine eigentliche Macht lag jedoch in der Magie seiner Zauberer und deren Stadt Lemaria.

Der Schwarze Lord wusste um die Wirkung der Menschenwaffen und auch um die Kraft, die der Wille zur Freiheit den Völkern verlieh. So bereitete er sich gründlich vor und machte sich dabei die Habgier und den Neid der Menschen zunutze. Geschickt schürte er Misstrauen und Zwietracht unter den Völkern und in jenem Augenblick, da das Bündnis der Völker zu zerfallen begann, marschierten seine Legionen der Orks.

Die Magier von Jalanne warfen ihre magischen Sonnenfeuer auf das ferne Rushaan. Menschen und Land vergingen dort, doch die metallenen Krieger, die Paladine Rushaans, überlebten. Ihre Metallvögel warfen Druckbomben auf die Stadt der Magier, die in den Fluten des umgebenden Binnensees versank. Das kleine Rumak wurde von den Legionen der Orks überrannt und ging in der letzten Schlacht um die Festung von Merdoret unter.

So war das Bündnis der freien Länder auf verhängnisvolle Weise geschwächt, als die Orks über die Pässe der Gebirge drangen.

Das Volk der Zwerge lebte in den fruchtbaren mittleren Ebenen von Ackerbau und Handel. Die „kleinen Herren“ waren als Schreiner geachtet und ihre zierlichen und doch robusten Möbel waren in allen Reichen begehrt. Sie waren gewiss kein Volk von Kämpfern und ihre einfachen Jagdbogen und Lederwamse erwiesen sich als schlechtes Rüstzeug gegen den heranstürmenden Feind. Aber die Zwerge lernten zu kämpfen und wehrten sich erbittert, während die verbliebenen Menschenreiche versuchten, ihre Kräfte zu sammeln. So war das kleine Volk größtenteils auf sich alleine gestellt und stand vor seinem Untergang. Den tapferen Zwergen blieb keine andere Wahl, als die alte Heimat aufzugeben. Ein großer Teil ging in die Berge und schuf dort seine unterirdischen Höhlen und Kristallstädte. Hier entstanden die Legenden der Zwerge als Steinmetze und Krieger. Ein anderer Teil suchte seine Heimat in den schwimmenden Clanstädten auf den Meeren. Die Erinnerung an diese Ereignisse brannte sich unauslöschlich in das Bewusstsein der Zwerge ein und machte sie für die Zukunft zu unerbittlichen Kämpfern.

Der Krieg zwischen den freien Ländern einerseits und dem Schwarzen Lord und seinen Orks andererseits tobte über viele Jahre. An einer Front, die Tausende von Längen maß. Es gab kleine Scharmützel und gewaltige Schlachten, die Leben auslöschten und das Land zerstörten. Erst als sich Elfen und Menschen zum entscheidenden Kampf stellten, gelang es, die Legionen zu vernichten und den Schwarzen Lord hinter das Gebirge zurückzutreiben.

Die Folgen des großen Krieges waren furchtbar.

Rumak schien untergegangen, die Reiche von Jalanne und Rushaan waren ausgelöscht und vom nördlichen Julinaash gab es keine Nachrichten mehr. Nur das Königreich von Alnoa und das Pferdevolk schienen von den menschlichen Völkern überlebt zu haben. Geschunden und nahezu vernichtet und doch mit der menschlichen Eigenschaft versehen, nicht aufzugeben und neu zu erstarken.

Jahrtausende vergingen, in denen Frieden herrschte. Aber die Folgen des Krieges begannen das alte Land des Pferdevolkes zu verändern. Sand eroberte die fruchtbaren Ebenen und ließ die Wälder versinken. Mit dem Sand drangen die Barbaren vor und der Kampf gegen die Sandkrieger einte das Pferdevolk endgültig. Doch der Feind war zu stark und die Pferdelords mussten weichen. Sie fanden ihre neue Heimat in jenen Ebenen, aus denen der Krieg die Zwerge vertrieben hatte. Die Clans des Pferdevolkes waren nun zu einem Königreich zusammengewachsen und gründeten ihre Marken. Sie waren ein traditionsbewusstes Volk, dem das bescheidene Leben genügte und welches seine Wehrhaftigkeit in seinen Kämpfern, den Pferdelords, und auf dem Rücken der Pferde fand.

Das Königreich von Alnoa erholte sich ebenfalls und begann sich erneut zu entwickeln. Brennsteinmaschinen stampften in den Städten und trieben die Schiffe an, Dampfkanonen schützten Stadtwälle und Festungen.

All die Jahrtausende vergingen und aus der Erinnerung an den großen Krieg gegen den Schwarzen Lord und seine Orks wuchsen Legenden. Legenden, welche an die stete Bedrohung durch die Finsternis mahnten und doch allmählich zu ihrem Vergessen beitrugen.

Dann, vor dreißig Jahren, erhob sich die Finsternis mit neuer Macht.

Unzählige Legionen von Orks schienen unter dem Befehl des Schwarzen Lords zu stehen.

Erneut traten ihnen Menschen und Elfen entgegen. In erbitterten Kämpfen wurden die Angriffe abgewiesen, doch die entscheidende Schlacht war noch nicht geschlagen. Dann verließ das Volk der Elfen die alte Heimat und brach zu seinen neuen Ufern auf. In dieser Stunde der Not trat das Volk der Zwerge an die Seite der Menschen. Aber die freien Völker waren zu schwach, um in das Land des Schwarzen Lords vorzustoßen. So belauerten sich die Feinde an den wenigen Pässen, die ein Vordringen ermöglichten.

Doch bald zeigte sich, dass der Herr der Finsternis auf eine Weise erstarkte, die man nie zuvor erlebt hatte. Dieses Mal verfügte er über menschliche Verbündete – das Volk der Rumaki, welches man ausgelöscht gewähnt hatte und welches nun vom Hass auf die freien Völker beherrscht wurde. Viele seiner Krieger waren heimlich über die Grenze nach Alnoa eingedrungen. Obwohl man etliche hatte fangen oder töten können, hielten sich andere verborgen. Ihre Augen und Ohren waren Teil der Bedrohung und die Bruderschaft des Kreuzes berichtete ihrem Herrn von den Ereignissen in den Ländern des Bündnisses. In den Schmieden Rumaks entstanden neue Waffen, die den endgültigen Sieg über den Feind sichern sollten.

Noch standen sich die Kontrahenten an den Pässen gegenüber, doch es war nur eine Frage der Zeit, bis der folgenreiche Sturm der Legionen des Schwarzen Lords beginnen würde.

TEIL I

1

Das Land des Ostens war einst fruchtbar gewesen, bevor das große Schlachten es verwüstete. Seitdem waren Jahrtausende vergangen und die Natur hatte sich zum großen Teil erholt. Es gab noch immer Wüstenregionen. Im Nordosten die der Ebene von Cantarim und im Südosten die von Cemenghil. Ihre heißen und trockenen Bereiche wurden von den Orks besonders geschätzt, denn sie waren die Hitze von ihren unterirdischen Bruthöhlen gewohnt und Kälte setzte ihnen zu. Im Winter, wenn die Flocken des weißen Totentuches vom Himmel sanken, harrten sie daher in ihren Festungen aus. Dann mussten sie von den Vorräten leben, die während der warmen Jahreszeit gesammelt worden waren. Nur wenige wagten sich in dick gefütterten Rüstungen in die Kälte, wenn der Dienst am Schwarzen Lord dies verlangte.

Um die Wüsten herum war das Land neu erblüht. Es gab fruchtbare Ebenen und weite Wälder, die denen im Westen ähnelten. Das Volk von Rumak beherrschte nicht nur die Schmiedekunst, sondern auch den Ackerbau und die Viehzucht und trug wesentlich dazu bei, die Festungen und Bruthöhlen mit dem Erforderlichen zu versorgen und so die Macht des Herrschers wachsen zu lassen. Orks und Rumaki mochten Verbündete sein, dennoch mieden sie einander, wo es nur ging, denn ihre Bedürfnisse unterschieden sich gewaltig. Für die Rundohren und Spitzohren aus den Bruthöhlen waren die Wiesen, Felder und Wälder nichts als stinkende und modrige Notwendigkeiten, die sie nur deshalb akzeptierten, weil sie der Nahrungsbeschaffung dienten.

Und sie brauchten viel Nahrung.

Immer mehr, denn ihre Zahl wuchs und in den Schmieden der Ork-Festungen und denen der Rumaki entstanden jene Waffen und Rüstungen, die endlich den Sieg bringen sollten. Immer mehr Truppen sammelten sich in den Legionslagern entlang der natürlichen Grenzen, welche die Gebirge bildeten. In den Festungen an den Pässen wartete man auf den Befehl zum Angriff.

Doch dieser ließ auf sich warten.

Den kleinen Spitzohren der Orks, die nicht gerade für ihre Tapferkeit gerühmt wurden, war dies nur recht, doch bei ihren großen Brüdern, den Rundohren, wuchs die Ungeduld, sich endlich bewähren und einen Namen machen zu können.

Doch der Befehl kam nicht.

So lag eine immense Anspannung über den Legionen. Aller Blicke waren gen Antas-Nataar gerichtet, jenem Ort, an dem der Schwarze Lord über alles gebot.

Der schwarze Turm von Antas-Nataar lag im Zentrum des Reiches, dort, wo die fruchtbare Ebene von Ciritharn begann. Es war ein mächtiges Bauwerk, welches zu unglaublicher Höhe aufragte und dessen Silhouette von Weitem zu erkennen war. Das Gebilde bestand aus glattem grauem Stein, der von feinen weißen Adern durchzogen schien, und verdankte seine Bezeichnung „schwarzer Turm" ausschließlich der Tatsache, dass hier der Schwarze Lord residierte. Der Turm besaß die Form eines spitzen Kegels, der mit der Basis auf dem Boden stand und sich nach oben zu einer schlanken Nadel verjüngte. Diese wurde von einer Kugel gekrönt. Teile des Magierturms waren mit fremdartigen Symbolen verziert, die sich in einem intensiven Blau vom Mauerwerk abhoben.

Vor zwei Jahren war die feuerwerfende Faust des Allerhöchsten durch einen wagemutigen Angriff des Pferdevolkes vernichtet worden. Viele der Grauen Wesen, deren magische Kräfte dem Schwarzen Lord dienten, waren damals umgekommen. Jene hatten auch den Turm bewacht und nun, da es nur noch wenige von ihnen gab, waren einige Kohorten der Rundohren an ihre Stelle getreten. Die unmittelbare Nähe des Herrschers bereitete selbst diesen tapferen Kriegern Unbehagen, umso mehr, da ihnen zugleich der Gestank des „Grünzeugs" in die Nase stieg. Der Turm von Antas-Nataar befand sich inmitten einer parkähnlichen Anlage, deren Harmonie und betäubende Düfte Übelkeit bei den Orks hervorriefen. Viele versuchten sich zu schützen, indem sie ihre Geruchsöffnungen mit allerlei Hilfsmitteln verstopften.

Die Rundohren gehörten zu den Eisenbrüsten, welche die neuen Rüstungen trugen. Harnische, die nach vorne die Form eines spitzen Keils aufwiesen und an denen ein frontaler Stoß und auch jedes Geschoss abprallen musste. Die Panzerungen waren schwer und unhandlich und doch trugen die Legionäre sie mit Stolz. Während es den kleinen Spitzohren zur gefährlichen Pflicht gehörte, dem Allerhöchsten zu dienen, war es für die Kämpfer der Rundohren auch eine Frage ihrer Ehre. Seit die ersten Exemplare der beiden so verschiedenen Ork-Arten aus ihren Brutbeuteln geschlüpft waren, gab es Rivalität zwischen ihnen. Die Rundohren verachteten die Feigheit der Spitzohren, welche diese hingegen als kluge Zurückhaltung und Überlebensstrategie erachteten.

So tat sich die Ehrenwache am Turm noch immer schwer damit, zu begreifen, dass vor Jahren ausgerechnet eines der Spitzohren den Aufstieg zum Legionsoberführer geschafft hatte. Ein Spitzohr, und zudem eines, dessen Ruf unter den Rundohren noch weitaus schlechter als ohnehin üblich war. Zusätzlich erboste es sie, dass diese schmächtige Kreatur eine Rüstung trug, welche jener der Rundohren nachempfunden war. Für die Krieger symbolisierte Einohr, wie besagtes Spitzohr hieß, ein Subjekt ihres nur mühsam unterdrückten Hasses, die anderen seiner Art sahen in ihm hingegen ein Zeichen des Triumphes, denn die mächtigen Kämpfer mussten einem der Ihren Respekt zollen.

Im Augenblick schritt besagter Einohr den mit Steinplatten ausgelegten Weg entlang, der von der nahen Siedlung durch den Park hindurch zum Eingang des schwarzen Turms führte. Der Legionsoberführer trug seine auf Hochglanz polierte Rüstung und den Helm mit den drei grellroten Querkämmen, die seinen hohen Rang verdeutlichten. An der Seite hing die Nachbildung eines Schlagschwertes der Rundohren, in Größe und Gewicht dem Spitzohr angepasst. Im Gegensatz zu den Kriegern, deren metallene Kampfstiefel die Zehen frei ließen, trug Einohr allerdings weiche Lederstiefel, wie sie bei seiner Art beliebt waren.

„Ich sage dir, eine lange Phase der Finsternis und eine stille Ecke, und ich schlachte dieses aufgeblasene Spitzohr", knurrte eine der Wachen, deren rötlich gelbe Augen unter dem Helm kaum zu erkennen waren. „Er hat uns mehr tapfere Rundohren gekostet als alle Kämpfe gegen das Pferdevolk."

„Er versteht sich darauf, zu überleben", stimmte der andere zu. „Auf Kosten anderer."

„Ihm ist es gleich, wie viele unserer Kämpfer sterben, Hauptsache, er selbst bleibt am Leben."

„Auch darin stimme ich dir zu. Er ist eine nutzlose Made und sollte in den Nährschlamm der Bruthöhlen wandern." Die zweite Wache fingerte an ihrem Schlagschwert. „Aber der Allerhöchste wird seinen Grund haben, ausgerechnet diese Kreatur zum Oberbefehlshaber erwählt zu haben."

„Er hat in der Öde von Rushaan versagt und unsere Legionen ins Verderben geführt. Und zuvor ließ er bei der Schlacht von Merdonan seine Legion im Stich, um seine Haut zu retten."

Der Wachführer der kleinen Gruppe kam heran. Er hatte die letzten Worte gehört, warf einen kurzen Blick zu Einohr, um abzuschätzen, ob die empfindlichen Ohren des Spitzohrs seine Worte wohl vernehmen konnten, und kam zu der beruhigenden Feststellung, dass dies noch nicht der Fall war. „Ich verlor Krieger aus meinem Wurf in der Winterschlacht bei Merdoret. Damals wollte Einohr gegen den Abtrünnigen Fangschlag im Zweikampf antreten und versuchte seine Chancen zu erhöhen, indem er Fangschlag vergiften ließ. Ja, ihr habt recht, Legionäre, es ist eine Schande, diesem Wesen gehorchen zu müssen, doch es ist der Wille des Allerhöchsten. Er lenkt unsere Geschicke seit vielen Jahrtausendwenden und weiß, was zu tun ist."

„Der Plan", knurrte eine Wache. „Der lange Plan." Der Ork spuckte angewidert aus. „In jeder Legion gibt es Gerüchte über den langen Plan … Bah, unsere Legionen werden immer zahlreicher, wir haben neue Rüstungen und in den Schmieden von Rumak ersinnt man neue Waffen ... Wozu das alles? Wir sind bereit und dem Feind weit überlegen. Worauf wartet der Allerhöchste noch?"

„Halte die Zunge zwischen deinen Lefzen!", zischte der Wachführer. „Es steht uns nicht zu, die Entscheidungen des Schwarzen Lords infrage zu stellen. Wir folgen seinen Befehlen, das ist der Zweck unseres Daseins. Und nun nehmt Haltung an, der Legionsoberführer ist fast heran."

Mochten sie Einohr auch verachten, so respektierten sie doch den Rang, den er innehatte. Die Halbkohorte bildete eine perfekte Doppelreihe, das rechte Bein wurde leicht angewinkelt und dann in perfektem Gleichmaß mit dem Fuß auf die Erde gestampft. Gleichzeitig glitten die Schlagschwerter quer vor die Brust. Der Wachführer schlug dröhnend gegen seinen Harnisch und senkte kurz den Kopf.

Einohr, Herr über alle Legionen, wenigstens solange er dem Willen des Allerhöchsten gehorchte, genoss den ihm erwiesenen

Respekt. Er war nicht nur verschlagen, sondern auch klug genug, um die wahren Gefühle der Rundohren zu kennen. Lange Jahre hatte er sich unter ihnen ducken müssen, hatte intrigiert und gemordet, um sich allmählich emporzuarbeiten, indem er die Fehler anderer hervorhob und seine eigenen schmälerte. Der Fügung des Schicksals hatte er seinen Aufstieg zu verdanken. Zum Legionsführer und schließlich zum Legionsoberführer. Ein Rang, an den kein anderes Spitzohr zu denken wagte und um den man ihn beneidete. Ja, er wusste, dass er nicht beliebt war und dass die Rundohren darauf hofften, er werde einen baldigen und möglichst qualvollen Tod erleiden, aber der Schwarze Lord hielt seine schützende Hand über ihn.

So mächtig dieser Schutz auch sein mochte, so besaß er dennoch seine Schattenseite. Einohr zählte nicht zu den gewöhnlichen Legionären, die in der Masse der anderen nicht auffielen, sondern er stand im direkten Blickfeld des Herrschers. Eines Wesens, welches nicht für seine Langmut bekannt war und das grausame Strafen kannte. Seitdem der Allerhöchste den größten Teil seiner grauen Magier eingebüßt hatte, war Einohr sich der verstärkten Aufmerksamkeit des Schwarzen Lords gewiss. Jeder Besuch in dessen Turm erfüllte den Legionsoberführer mit nagenden Zweifeln. Welchen Grund gab es für die Aufforderung, heute nach Antas-Nataar zu kommen? Wartete ein neuer gefährlicher Auftrag auf ihn oder war er gar in Ungnade gefallen?

Einohr verstand sich wie kaum ein anderer Ork darauf, Verantwortung zu delegieren. Nicht, weil er auf die Fähigkeiten anderer vertraute, sondern weil er so die Schuld abwälzen konnte, wenn nicht alles nach dem Wunsch des Gebieters verlief. So, wie es vor zwei Jahren bei der Faust geschehen war. Einohr hatte nur durch seine Erfahrung und Schläue überlebt und war unendlich erleichtert, dass der Herrscher ihm keine Schuld an dem Desaster gab. Das Spitzohr schrieb dies einer gewissen Naivität des Allerhöchsten zu. Er mochte ein überaus mächtiges Wesen sein, doch sein Handeln war oft unerklärlich und, zumindest in Einohrs Augen, keineswegs immer klug. Andererseits verfügte ein unsterbliches Wesen vielleicht auch über Wissen, welches einem Spitzohr verborgen blieb.

Einohr schien ganz in Gedanken versunken und reagierte kaum auf die Respektbezeugung der Wache, während er an ihrer Front entlangschritt und mit düsterer Miene zum Eingang des Turms blickte, wo ihn einer der wenigen überlebenden Grauen erwartete.

Auf die Entfernung hatte man den Eindruck, als stehe dort ein ungewöhnlich großer Menschenmann, eingehüllt in eine lange rote Robe, deren Kapuze den Kopf verbarg. Das Gesicht lag tief im Schatten. Doch sobald sich die Gestalt bewegte, war ihre Andersartigkeit offensichtlich. Dann wurde der Schwanz eines schuppigen Reptils sichtbar.

Einohr waren die Grauen Wesen, wie man die Magier des Allerhöchsten nannte, stets unheimlich und bedrohlich vorgekommen und diese Empfindungen teilte er wohl mit nahezu allen Wesen im Reich der Orks. Diese Kreaturen beherrschten mächtige Zauber und konnten ihre Gestalt verändern. Der Schwarze Lord hatte sie immer als seine direkten Stellvertreter in den Bruthöhlen und den Legionsfestungen eingesetzt. Doch all ihre Macht hatte die langlebigen Grauen nicht vor einem gewaltsamen Tod bewahren können.

Der kleine Legionsoberführer kannte das Wesen, welches sein Antlitz noch vor ihm verhüllte. Es war Bar'Ses, das einzige Graue Wesen, welches die katastrophale Zerstörung der Faust überlebt hatte. Nun griff es mit den krallenbewehrten Händen an die Kapuze und schlug sie zurück. Der schlanke Schädel mit der lang gestreckten Schnauze wurde sichtbar. Grünbraun gesprenkelte Schuppen bedeckten den Leib. In den gelben Augen schimmerten schwarze geschlitzte Pupillen. Bar´Ses war stets der Mächtigste der Grauen gewesen und galt als Augen und Ohren des Schwarzen Lords. Einohr wusste aus Erfahrung, dass ihm der gefährliche Reptilier nicht wohlgesinnt war.

„Er erwartet uns", sagte Bar´Ses mit dem typischen leichten Zischen in seiner Stimme anstelle einer formellen Begrüßung. „Er ist ungeduldig."

„Er ist immer ungeduldig", murrte Einohr. Darin lag verborgene Kritik am allerhöchsten Gebieter, doch dem schlauen Legionsoberführer war sehr wohl aufgefallen, dass Bar´Ses ganz offensichtlich auf ihn gewartet hatte. Scheinbar scheute sich der Magier davor, alleine vor den Herrscher zu treten, und dies zeigte an, dass das Graue Wesen unsicher und sogar verletzlich war. Einohr hatte in all den Jahren seines Aufstiegs ein Gespür für solche Dinge entwickelt.

Sie traten in den Eingang und fanden sich übergangslos in einem Raum wieder, der zweifellos innerhalb der Kugel, an der Spitze des Turms, lag. Beide kannten dieses Phänomen inzwischen und hatten aufgegeben, darüber nachzudenken, welche Magie damit verbunden sein mochte. Der Turm von Antas-Nataar war das ureigene Refugium des Gebieters und würde wohl so manches Geheimnis seines Herrn bewahren.

Die runde Wand, wenn man sie denn so nennen mochte, schien aus einer einzigen Scheibe Klarstein zu bestehen und bot einen außergewöhnlichen Ausblick über das Herrschaftsgebiet des Allerhöchsten. Aus dieser Höhe konnte man das Meer sehen und ebenso die Ausläufer der Gebirge des Uma´Roll und des Noren-Brak. Bei solch einem Blick verloren sich die Details, doch der Gesamteindruck war atemberaubend. Einohr mied die Nähe des Klarsteins, denn wenn er in die Tiefe sah, so empfand er schieres Entsetzen und ihm wurde schwindlig. Er war dankbar für den festen Boden unter seinen Füßen.

Die Einrichtung des sehr großen Raumes war karg: ein paar farbige Säulen aus Kristall, ein Tisch aus feinstem Klarstein und ein paar filigrane Sitzmöbel, die, in ihrer feinen Ausführung und Schnitzkunst, an die Arbeiten des elfischen Volkes erinnerten. Diese hölzernen Möbel und ein frei stehendes Regal waren die einzigen Gegenstände, die für Einohr vertraut wirkten.

In der Mitte befand sich die große Karte. Sie bestand aus einem riesigen Tisch von sechseckiger Grundform, auf dem alle bekannten Örtlichkeiten und geografischen Gegebenheiten sorgfältig modelliert worden waren.

Hier stand der Schwarze Lord.

Er hatte die äußerliche Form eines Menschenmannes und auch dessen Größe, doch davon ließ Einohr sich nicht täuschen. Die Gestalt schien von den Stiefeln bis zu ihrem Helm aus schwarzem Kristall zu bestehen. Die Oberfläche schimmerte seidig und war vollkommen glatt und doch erkannte man jede Falte oder Naht der Bekleidung. Auch das Gesicht und die Augen waren schwarz, wobei Letztere ein furchteinflößendes Funkeln erkennen ließen. Es erinnerte ein wenig an den Anblick des nächtlichen Sternenhimmels und wer in diesen hineinsah, drohte darin zu versinken. Manchmal wechselten die Augen ihre Farbe und niemand vermochte wirklich zu deuten, ob dies die Stimmung des Herrschers widerspiegelte.

Der Schwarze Lord stand über den Kartentisch gebeugt. Einohr und Bar´Ses fühlten sich gleichermaßen unsicher, ob sie sich bemerkbar machen sollten. Sicher hatte das übermächtige Wesen sie ohnehin längst bemerkt, doch im Augenblick galten seine Gedanken wohl anderen Dingen und so war es angemessen, abzuwarten, bis sich der Gebieter ihnen zuwandte.

„Gemessen an seiner Bedeutung wirkt seine Gestalt so menschlich und klein“, raunte Bar´Ses.

„Lass dich dadurch nicht täuschen, Graues Wesen.“ Einohr leckte sich nervös über die Lefzen. „Einst besuchte der Herrscher die Festung von Cantarim und seine Gestalt ragte in der Ferne gut zehn Längen auf. Ein Gigant, der erst zu normaler Größe schrumpfte, als er uns wartenden Legionären immer näher kam. Ich kann dir sagen, dass es ein furchteinflößender Anblick war. Selbst von den tapferen Rundohren sind manche in Ohnmacht gefallen.“

Bar´Ses sah ihn an und verzog seine schmalen Lippen zu einem Lächeln. „Und wie erging es den weit weniger tapferen Spitzohren?“

„Ich fiel jedenfalls nicht in Ohnmacht“, erwiderte Einohr triumphierend und verschwieg dem Magier wohlweislich, dass er damals vor Entsetzen unter sich gemacht hatte.

„Ich war selbst in Cantarim dabei“, knurrte der Reptilier. „Damals war ich dort Brutmeister und auch für die Waffenschmiede verantwortlich.“ Er lächelte kalt. „Du musst das noch sehr gut wissen, nicht wahr?“

„Die Ferntöter, ja“, murmelte Einohr. Er wurde nicht gerne an dieses Kapitel seiner Geschichte erinnert.

Vor vielen Jahren war Einohr der Kommandeur der neuen Ferntöter, die man in der Festung Cantarim baute. Damals hatte noch der verhasste Fangschlag den Posten des Legionsoberführers innegehabt. Es herrschte großer Mangel an Eisenerz, denn es war die Zeit vor dem großen Erderzittern, welches die neuen Erzadern an die Oberfläche gehoben hatte. In jenen Tagen versprach die nördliche Öde des einstigen Menschenreiches Rushaan stattliche Beute und der Allerhöchste wollte seine Legionen entsenden, um sich die Rohstoffe zu sichern und auch einen neuen Weg ins Reich der freien Völker zu erkunden. Doch die Öde war nicht so herrenlos gewesen, wie man glaubte. Die Paladine Rushaans und das verfluchte Pferdevolk waren über die Legionen hergefallen und die verdammten Zwerge hatten ebenfalls noch mitgemischt. Die Legionen waren vernichtet worden und Einohr hatte nur mit Mühe entwischen können. Er war klug genug gewesen, die Batterie seiner Ferntöter und ein paar Kohorten der Rundohren, die sie schützten, den Pferdelords zum Fraß vorzuwerfen. Das verschaffte ihm die Zeit, sich in Sicherheit zu bringen, und zugleich die Feindschaft Fangschlags. Das Rundohr war von den Menschen gefangen worden und kämpfte nun an deren Seite. Einohr wusste nur zu gut, was den Abtrünnigen antrieb - der innige Wunsch, ihn zu töten. Als die Faust vernichtet wurde, wäre es dem Rundohr beinahe gelungen und Einohr war wieder einmal nur mit knapper Not entkommen.

„Kommt näher."

Die Laute schienen im Raum zu hängen. Ein sanftes Vibrieren, das alles erfüllte.

Einohr und Bar´Ses senkten rasch das Haupt, um dem Allerhöchsten ihren Respekt zu zollen, dann beeilten sie sich, seiner Aufforderung nachzukommen. Die schwarze Gestalt streckte einen Finger aus. Auf der Karte gleißte plötzlich eine winzige blaue Flamme. Im ersten Augenblick glaubte Einohr, das Modell werde zu brennen anfangen, doch das Feuer schwebte über einer ganz bestimmten Stelle und brannte mit ruhiger Flamme.

„Der Hammerturm an den Furten des Eisen, im Reich des Pferdevolkes." Eine zweite Flamme erschien. „Der Turm von Lemaria im vergangenen Reich von Jalanne." Ein drittes Aufglühen. „Antas-Nataar." Plötzlich weiteten sich die Flammen zu dünnen Linien und auf der Karte entstand ein nahezu perfektes

Dreieck. „Die drei Türme der Weißen Magier hielten das Gleichgewicht aufrecht. Sie ließen die freien Reiche ihre einstige Macht vergessen. Und ihre Gehilfen, die Grauen Magier, unterbanden jeden erneuten Fortschritt. Sie brachten den heimlichen Tod und nahmen jene mit sich, die geeignet erschienen, einst selbst zu Grauen Wesen zu werden. Doch dann erlosch die Macht des Hammerturms."

„Das Pferdevolk ist ein mächtiger Feind", warf Einohr ein. „Mit seinen Pferden …"

„Schweig, du Narr." Die Stimme hatte einen drohenden Unterton und die gesunde grüne Gesichtsfarbe des kleinen Orks wurde fahl. „Die Pferdelords hatten damit nichts zu schaffen. Der Weiße Zauberer war betrunken und stürzte vom Turm. Ein Narr, dessen Dummheit die geeinte Macht der Magie schwächte." Das flammende Dreieck erlosch. Stattdessen breiteten sich zwei Feuerkreise aus, deren Zentren die beiden verbliebenen Türme waren. Sie überschnitten sich, dennoch bewirkte der Wegfall des Hammerturms eine deutliche Lücke. „Doch du hast nicht ganz unrecht, Einohr, denn der Magierturm von Jalanne kam zu Fall, als die Pferdelords und die Gardereiter Alnoas ihn bestürmten." Ein ausgestreckter Finger wies nun auf Einohr, der befürchtete, jeden Augenblick selbst in Flammen zu stehen. „Zwei Namen sind mit dem Fall der Magier von Lemaria verbunden … Nedeam und Fangschlag."

„Fangschlag." Der Hass in Einohrs Stimme war nicht zu überhören.

„Eure Feindschaft ist mir wohl bekannt." Eine amüsierte Schwingung füllte den Raum. „Manchmal frage ich mich, was wohl stärker sein mag: dein Hass auf Fangschlag oder deine Furcht, zu sterben. Es wird interessant sein, dies zu beobachten."

Die schwarz funkelnden Augen richteten sich auf den Reptilier. „Kaum eine Handvoll deiner Art ist mir geblieben, nun, da die Entscheidung naht."

„Sie naht schon eine ganze Weile, die Entscheidung." Es war Einohr einfach so herausgerutscht und als ihm bewusst wurde, was er da gesagt hatte, verlor sein fahles Gesicht nahezu alle Farbe. „Die Rundohren", fügte er hastig hinzu. „Sie sind ungeduldig."

„Ja, sie sind bereit, zu kämpfen", stimmte der Allerhöchste zur Erleichterung des Orks zu. „Dafür wurden sie geschaffen. Doch alles braucht den richtigen Zeitpunkt."

„Doch erlaubt mir die Frage, allerhöchster Gebieter … Wann ist dieser Zeitpunkt gekommen?" Bar'Ses trat ohne Scheu näher an den Allerhöchsten heran. „Versteht mich nicht falsch, Gebieter, ich gehöre gewiss nicht zu jenen, die vorschnell in einen Kampf ziehen, aber die Festungen sind voller Legionäre. Zusätzliche Lager müssen errichtet werden, um sie alle aufzunehmen. Die Versorgungslage wird schwieriger, je mehr Truppen bereitstehen. Viel Nahrung muss über weite Wege herangeschafft werden. Ihr wisst, Allerhöchster, vor allem die Rundohren sind außerordentlich verfressen."

„Sprich ruhig, Bar'Ses. Du gehörst zu jenen, die ihre Worte bedenken."

„Herr, wir haben in den vergangenen Jahreswenden manche Schlacht und auch kleinere Kämpfe mit den Menschen und den Zwergen ausgetragen. Nie warfen wir unsere gesamte Macht in die Waagschale, stets nur einen geringen Teil. Ich soll sagen, was ich denke, und so tue ich dies auch: Wir erlitten Niederlage um Niederlage, da wir unsere wahre Stärke niemals zeigten."

Fraglos stellte der Reptilier die strategischen Fähigkeiten des Oberherrn infrage. Einohr wartete darauf, dass sich das Graue

Wesen nun in Asche verwandelte, doch stattdessen nickte der Schwarze Lord.

„Du hast recht, Bar'Ses, doch das hat seinen guten Grund. Ein entscheidendes Zeichen fehlt noch, um den langen Plan endlich vollenden zu können."

„Doch was für ein Zeichen ist das, Gebieter?" Der Graue Magier deutete in einer ausholenden Geste um sich. „Alles ist für den großen Sturm der Vernichtung bereit. Wann wird das Zeichen kommen? Wann werdet Ihr uns den Befehl zur Auslöschung der Feinde geben?"

„Der Zeitpunkt ist näher, als ihr denken mögt." Die schwarz schimmernde Gestalt trat vom Kartentisch zurück und schritt zu der großen Panoramascheibe. In einer sehr menschlich wirkenden Geste legte sie ihre Hände auf dem Rücken ineinander.

Einohr und Bar'Ses warteten auf eine weitere Erklärung, doch diese folgte nicht. Unschlüssig standen sie eine Weile am Kartentisch. Sollten sie sich entfernen oder noch warten, ob der Gebieter sich erneut an sie wenden würde? Einohr begann unruhig von einem Fuß auf den anderen zu treten. Der Allerhöchste wandte sich ihm zu. „Du darfst dich entfernen, Spitzohr. Ich kenne die Geschwätzigkeit deiner Art und was ich noch zu sagen habe, ist nur für Bar'Ses' Ohren bestimmt."

Der kleine Ork leckte sich über die Lippen. Er fragte sich, wozu er in den Turm befohlen worden war, denn der Allerhöchste hatte ihm nichts Neues eröffnet. Aber die Weisung war deutlich und so verneigte er sich leicht. Schon im nächsten Augenblick fand er sich vor dem Eingang des Turms wieder.

Der Herrscher wandte sich jetzt dem Grauen Wesen zu. „Wie ich es sagte, Bar'Ses, mir sind nur wenige Graue Wesen geblieben. Eure Fähigkeiten sind mir wertvoll und ich will eure Existenz nicht leichtfertig aufs Spiel setzen. Dennoch habe ich eine Aufgabe für dich, die deinen Tod bedeuten kann."

„Mein Dasein für Euch, Gebieter."

„Es geht um Merdonan, die Hauptstadt der Ostmark des Pferdevolkes, und darum, mir ein paar Informationen zu beschaffen."

„Dann braucht Ihr meine gestaltwandlerische Fähigkeit, Allerhöchster." Es war eine schlichte Feststellung.

„Ich brauche Wissen, wie es nur die Vertrauten des Pferdefürsten der Ostmark besitzen. Kein Rumaki der Bruderschaft des Kreuzes könnte in diese Kreise vordringen. Das Pferdevolk achtet sehr genau auf die verräterischen Tätowierungen."

„Wissen welcher Art, Allerhöchster?"

„Kenntnisse, wie sie nur die Vertrauten des Pferdefürsten der Ostmark besitzen. Du musst einen von ihnen töten und seinen Platz einnehmen und mir verschaffen, was ich noch benötige. Danach kehre zu mir zurück. Achte darauf, dass niemand dein Handeln erkennt."

„Welches Wissen benötigt Ihr?", hakte der Graue nach. Als der Schwarze Lord es ihm erklärte, rundeten sich die Schlitzpupillen des Reptiliers überrascht. Er wollte erneut eine Frage stellen, doch eine Geste gebot ihm, zu schweigen. „Die Zeichen mehren sich, Bar´Ses, und die Entscheidung steht bevor. Doch ehe es zur Vernichtung kommt, muss ich mit ihm sprechen."

„Doch warum ausgerechnet mit dem Pferdefürsten der Hochmark?"

„Nedeam ist von großer Bedeutung für die Verwirklichung des langen Plans."

2

Das Pferdevolk bevorzugte die weiten und fruchtbaren Ebenen der tiefer gelegenen Regionen und die Hochmark entsprach keineswegs dem Ideal dieses Reitervolkes. Sie bestand aus einer Reihe von kleineren Tälern und dem großen Tal von Eternas und lag eingebettet inmitten der hoch aufragenden Berge des Noren-Brak. Der Bewuchs in den Seitentälern war meist spärlich, dennoch ermöglichte er eine bescheidene Zucht an Wolltieren und Hornvieh. Es gab eine Handvoll kleiner Siedlungen, die Weiler, und eine Reihe von Gehöften, die von Familien betrieben wurden. Dort, wo sich der Quellweiler erhob, entsprang der Eten. Entlang seines Wasserlaufes erblühte die Mark. Im großen Tal von Eternas, in dem sich die gleichnamige Stadt und die Festung erhoben, hatte er bereits das Ausmaß eines kleinen Flusses angenommen. Von hier strömte er, teilweise unterirdisch, immer weiter nach Norden, wo er schließlich ins Meer mündete. Auf seinem Weg lagen zwei der unterirdischen Kristallstädte der Zwerge, die Öde des untergegangenen Reiches von Rushaan sowie das tropische Land von Julinaash, dessen heiße Quellen das Überleben inmitten ewigen Eises sicherten. Es gab nur zwei Pässe, die in die Hochmark hinein- oder hinausführten: den im Süden, welcher die Verbindung zu den anderen Marken ermöglichte, und jener im Norden, der durch die Nordfeste geschützt wurde, deren Besatzung aus Pferdelords und Zwergen bestand.

Das große Tal von Eternas reichte gute fünfundzwanzig Tausendlängen von Osten nach Westen und fast vierzig Tausendlängen von Süden nach Norden. Auch die anderen Täler wiesen eine beachtliche Größe auf, doch das von Eternas war unbestreitbar das größte und fruchtbarste. Am rechten Ufer des Eten erstreckte sich der einzige Wald der Hochmark, links des Flusses lagen die Stadt, die Festung und die Getreidefelder. Hier gab es nur wenig Hornvieh, denn der kostbare Ackerboden im großen Tal war dem Korn vorbehalten.

Stadt und Festung waren am nördlichen Ende erbaut worden und schützten den dortigen Zugang zum Pass. Der einstige Weiler hatte sich zu einer Siedlung gewandelt, die inzwischen fast achttausend Bewohnern ein Heim bot und am Ende ihrer Aufnahmekapazität angelangt war, denn die Hochmark durfte nur so viele Menschen aufnehmen, wie sie auch ernähren konnte. Die Lage im Gebirge des Noren-Brak bot ihr einen einzigartigen Schutz und bedeutete zugleich eine fortwährende Bedrohung. Schon ein Felsrutsch konnte die Handelsrouten der Gebirgspässe unterbrechen und die Mark isolieren und so mussten die Bewohner in der Lage sein, sich eigenständig zu versorgen.

Entgegen der üblichen Bauweise des Pferdevolkes waren die Gebäude der Hochmark aus Mangel an Holz aus Stein errichtet und wiesen bis zu drei Stockwerke auf. Der Handel mit den anderen Marken hatte dazu geführt, dass viele Bewohner die Fassaden nachträglich mit Holz verkleideten. Einige taten dies, weil sie sich der Tradition verbunden fühlten, andere wollten den neuen Wohlstand augenfällig machen. Handelswege und Straßen waren mit Steinplatten gepflastert, unter denen die Rohre des Abwassersystems verlegt waren. Mehrere Dampfpumpen versorgten die Wasserstellen der Stadt aus dem Eten.

Dampf beherrschte das Ostufer von Eternas, denn dort befanden sich die zahlreichen Handwerksbetriebe. Hier wurde Leder gegerbt und Stoff gewebt, hier wurde genäht, geflickt und geschmiedet. Die Produkte der Hochmark genossen einen guten

Ruf in den unteren Marken, doch inzwischen wurde viel Handarbeit durch das Hämmern und Sägen von Maschinen abgelöst. Es gab Leute, die behaupteten, die Qualität leide darunter. Es mochte stimmen oder auch nicht, aber die Pferdelords ließen sich ihre Waffen und Rüstungen lieber von Schmiedemeistern fertigen, welche sich auf die Kraft der Arme und die Geschicklichkeit der Hände verließen.

Die Hochmark galt im Pferdevolk als Besonderheit und ihr Ansehen reichte weit über die Grenzen der Marken hinaus. Dies lag auch an dem Mann, der sie als Pferdefürst regierte.

Nedeam war als Sohn eines Schafzüchters aufgewachsen und hatte das einfache und raue Leben jener Menschen kennengelernt, die das Rückgrat der Wehrkraft des Pferdevolkes bildeten. Sein Vater war ein Pferdelord gewesen und hatte den grünen Umhang der Kämpfer in Ehren gehalten. Das Pferdevolk unterhielt kein stehendes Heer, wie dies im Reich von Alnoa üblich war. Zwar standen bei den jeweiligen Pferdefürsten einige Beritte von gut ausgebildeten und ausgerüsteten Kämpfern bereit, die sogenannten Schwertmänner, doch ihre Zahl reichte nicht aus, große Schlachten zu schlagen. Die Aufgabe dieser Kämpfer bestand darin, die Grenzen und Marken zu bestreifen, Schutz vor Raubgesindel und gefährlichen Tieren zu gewähren und die Grenzfesten zu bemannen. Die wahre Kampfkraft des Pferdevolkes basierte hingegen auf seinen freiwilligen Kämpfern. Bestand Gefahr, so gab der Pferdefürst die Losung und die dem Eid verpflichteten Männer der Gehöfte, Weiler und Städte legten den grünen Umhang der Pferdelords an. Sie nahmen Rundschild und Waffe, um sich unter dem Banner ihres Oberherrn zu sammeln. Die Pferdelords waren Freiwillige und keiner von ihnen nahm es einem Mann übel, der den grünen Umhang nicht tragen und den Eid der Pferdelords nicht ablegen wollte. Sie wussten zu genau, dass sie ihr Heim verließen, wenn sie in die Schlacht ritten, und dass die Zurückbleibenden, ob Mann oder Frau, dieses verteidigen mussten, wenn der Feind in die Marken vordrang.

Nedeam stieß schon als Knabe zu den Pferdelords. In weit jüngeren Jahren als sonst üblich. Damals waren die Kämpfer ausgerückt, um nach dem Feind zu suchen, nicht ahnend, dass er längst die Hochmark bestreifte. Nedeam war den Reitern des damaligen Pferdefürsten Garodem gefolgt, um diese zu warnen und Hilfe für die Mark zu holen. Das war selbst für einen Knaben des Pferdevolkes eine sehr tapfere Tat gewesen und zum Dank hatte er den Eid der Pferdelords ablegen dürfen. Seine Fähigkeit und sein Glück im Kampf hatten im Verlauf der Jahre dazu geführt, dass er zum Ersten Schwertmann, dem Führer der ständigen Wache des Pferdefürsten, aufgestiegen war. Als ein Nachfolger für den tödlich verunglückten Garodem gefunden werden musste, war die einstimmige Wahl auf Nedeam gefallen.

Das Amt des Pferdefürsten bedeutete eine Ehre, doch es trug die Last der Verantwortung in sich. Die Führung einer Mark bestand bei Weitem nicht nur darin, ihre Kämpfer in die Schlacht zu führen, sondern vielmehr in der Kunst, über das Wohl ihrer Bewohner zu wachen und es zu bewahren. Die Versorgung der Bevölkerung musste gewährleistet sein, das gesundheitliche Wohl beachtet und der Handel gelenkt werden, der den Wohlstand brachte. Aufgaben, bei denen es zwischen den Interessen vieler Gruppen abzuwägen galt und bei denen ein Pferdefürst auch Fingerspitzengefühl besitzen musste. Aufgaben, die zudem mit viel Schreibarbeit verbunden waren. Obwohl Nedeam zu jenen gehörte, die sich darauf verstanden, die Zeichen der Schrift zu setzen und auch zu deuten, gehörte der Umgang mit Feder und Schreibflüssigkeit nicht zu den Dingen, die ihm besonders zusagten.

Pferdefürst Nedeam war ein schlanker und nicht sonderlich hoch gewachsener Mann mit dem typischen blonden Haar des Pferdevolkes und blauen Augen, die schon zu viel Grausamkeit und Blut gesehen hatten. Eigentlich war er nun sechsundvierzig Jahre alt, doch wer ihn zum ersten Mal erblickte, schätzte ihn höchstens auf Mitte zwanzig. Auf gewisse Weise traf beides zu. Als Nedeam vor vielen Jahren gegen einen bösartigen Grauen Magier des Schwarzen Lords kämpfte und diesen bezwang, übertrug die Kreatur im Tode unabsichtlich einen Teil ihrer Fähigkeiten auf den Pferdelord. Fähigkeiten, die Fluch und Segen zugleich sein mochten. Nedeams Wunden heilten schneller als gewöhnlich und hinterließen keine Narben und er verfügte über die Gabe der Aura. Sie ermöglichte es, die Empfindungen anderer Wesen zu erkennen und zu deuten, ob selbige feindlich oder freundlich gesinnt waren. Ein Grauer Magier konnte diese Fähigkeit bewusst einsetzen, für Nedeam hingegen war es nicht möglich, sie zu kontrollieren. Manches Mal hatte die Aura ihn vor einer drohenden Gefahr gewarnt, doch ebenso oft ließ sie ihn im Stich.

Überaus willkommen war dem Pferdefürsten hingegen, dass die Teilverschmelzung mit der sterbenden Kreatur auch einen Teil ihrer Langlebigkeit auf ihn übertragen hatte. Eine Langlebigkeit, die Nedeam wesentlich langsamer altern ließ und die entscheidend dazu beigetragen hatte, dass er seine geliebte Elfin Llaranya heiraten konnte. Obwohl sie ihn von Herzen liebte, war sie davor zurückgeschreckt, sich mit einem Sterblichen zu verbinden, denn ein unsterbliches Wesen scheute sich, dem Verwelken eines geliebten Menschen hilflos zusehen zu müssen. So hatte die grausame Kreatur auch Gutes bewirkt und Nedeam und Llaranya waren glücklich miteinander.

Llaranya war eine Elfin vom Hause Deshay, dem Urbaum aller Elfen, und im Gegensatz zu dem sonst bei ihrem Volk üblichen weißblonden Haar zeigte das ihre sich in seidig schimmerndem Schwarz. Ihre Schönheit besaß jenes Ebenmaß, wie es der Art der Elfen entsprach, und sie war gleichermaßen eine liebende Frau und Mutter wie auch eine überaus fähige Kriegerin.

Elfen schienen wohl in allen Dingen zur Perfektion zu neigen: ob nun bei dem Aneinanderreihen klangvoller Worte, dem Schlachten ihrer Feinde oder dem Setzen von Füßen im Gleichklang mit Musik. Eine Perfektion, um die Pferdefürst Nedeam in diesen Augenblicken seine Frau und die elfischen Geschwister Lotaras und Leoryn beneidete. Er selbst hatte gerade die Empfindung, sich mit der Grazie eines angeschossenen Pelzbeißers zu bewegen.

„Komm schon, mein Geliebter", flüsterte Llaranya ihm ins Ohr. „Es ist wirklich ganz leicht. Du musst dich nur dem Klang und dem Takt der Musik hingeben."

„Rundtanz und Schreittanz des Pferdevolkes behagen mir mehr", brummte er. „Ich kann diesen neuen Sitten aus dem Königreich von Alnoa nichts abgewinnen."

„Musik besteht nicht nur aus Trommeln, Flöten und Hörnerklang, mein grollender Gebieter." Sie sah ihn mit jenem Lächeln an, welches ein finsteres Verlies in einen sonnendurchfluteten Raum verwandeln konnte. „Tanz ist die perfekte Harmonie von Klang und Bewegung."

„Ich tanze lieber mit den Orks", gestand er errötend, als er erneut beinahe auf einen ihrer Füße getreten wäre. Es war wohl nur Llaranyas elfischen Sinnen zu verdanken, dass sie bislang keinen ernsthaften Schaden davongetragen hatte.

„Lieber als mit mir?" Sie sah ihn mit gespielter Verletztheit an.

„Du weißt, wie ich das meine."

Die schöne Elfin lachte. „Ich gebe zu, beim Tanz mit den Orks bist du beinahe so geschickt wie ein Elf. Du bist ein wahrhaftig guter Krieger, doch nun musst du dein Geschick im Umgang mit deinen Füßen beweisen."

„Vielleicht könnte ich zur Eröffnung ein wenig auf dem Pferd reiten", meinte er hoffnungsvoll. „Das Schwert schwingen ... Ein wenig mit dem Banner wedeln ... Das gebührt sich eher für einen Fürsten des Pferdevolkes."

„Ich sehe Furcht in deinem Herzen", neckte sie ihn. „Du weißt genau, wie sehr sich das Volk, und übrigens auch deine tapferen Pferdelords, auf das morgige Erntefest freuen. Und es ist seit Langem Tradition im Pferdevolk, dass der Pferdefürst und seine Hohe Dame dieses Fest mit ihrem Tanz eröffnen. Du solltest dies wissen, da du dich doch so sehr den Traditionen verbunden fühlst."

„Wenn es ein Rundtanz oder ein Schreittanz wäre ...", versuchte er erneut einzuwenden.

„Sonst bist du Neuem gegenüber nicht so verschlossen", mahnte sie ihn und blickte zur Seite. „Nimm dir ein Beispiel an Neliana. Sie hat ihre Freude am Tanz."

Nedeam sah zu ihrer Tochter hinüber und musste nun doch lachen. „Sie tanzt nicht, meine Liebste. Sie hüpft den anderen zwischen den Beinen herum."

„Nun, Hauptsache, sie erfreut sich." Llaranya schmiegte sich enger an Nedeam und küsste ihn flüchtig. „Aber sie bewegt sich dabei sehr harmonisch."

„Ja. Und einigen tritt sie ganz bewusst auf die Füße", raunte er. „Nur bei Lotaras und Leoryn gelingt ihr das nicht."

„Elfische Reflexe", erwiderte die Herrin der Hochmark auflachend.

Neliana ...

Die relative Unsterblichkeit des elfischen Volkes hatte zur Folge, dass es nur selten das Glück einer Geburt gab. Nedeam und Llaranya war es zuteilgeworden und vor vier Jahren war ihre Tochter Neliana zur Welt gekommen. Ein kleines Mädchen mit den tiefschwarzen Haaren der Mutter, den strahlend blauen Augen des Vaters und den typischen spitzen Ohren des elfischen Volkes. Die Kleine war der ganze Stolz ihrer Eltern und das elfische Wort für „Augenstern" bezeichnete sehr treffend den Liebreiz, den Neliana ausstrahlte. Es gab kaum jemanden, der das kleine Mädchen nicht sofort ins Herz geschlossen hätte. Inzwischen neigte sie zu allerlei Streichen, was auch darin begründet war, dass man ihr kaum längere Zeit böse sein konnte. Allerdings verlief ihr Tag keineswegs nur unbeschwert, denn Llaranya und die elfischen Geschwister erwiesen sich als strenge Lehrmeister, die Neliana in den verschiedensten Fertigkeiten des elfischen Volkes unterwiesen und, auf Nedeams Drängen hin, auch das Wissen und die Traditionen des Pferdevolkes vermittelten. Sie sog all dies mit einer Leichtigkeit in sich auf, die Nedeam erstaunte und zugleich verlegen machte, denn seine Tochter vermochte inzwischen die Zeichen der Schrift mit einer Mühelosigkeit zu setzen und zu deuten, die er sich nur schwer angeeignet hatte.

Es war Hochsommer und am morgigen Tag würde man überall im Pferdevolk das Erntefest begehen. Es bot eine willkommene Abwechslung von all der Mühsal, mit welcher der Alltag ansonsten verbunden war. Einen ganzen Zehntag lang würde man nur die notwendigsten Arbeiten verrichten. Bis auf die Streifen der Schwertmänner und der Herdenwächter würden wohl alle Bewohner der Hochmark im Tal von Eternas zusammenkommen, um sich dem Frohsinn hinzugeben. Es würde reichlich zu essen geben und Gerstensaft und selbst das Blor der Zwerge würden wohl in Strömen fließen. Musik, Tanz und Schaustellerei wurden geboten. Je näher der morgige Tag rückte, desto sorgenvoller wurden die Mienen jener, die an diesen Festtagen die Ordnung aufrechterhalten sollten.

Die Stadt war festlich geschmückt. Überall hingen bunte Tuchstreifen und selbst die Festung von Eternas und die Garnison der Schwertmänner bildeten dabei keine Ausnahme. Auch den hartgesottenen Kämpfern des Pferdevolkes war die Vorfreude auf das Fest anzumerken. Obwohl sie ihren Dienst und die üblichen Waffenübungen mit dem gebührenden Ernst versahen, kam den Männern doch so mancher Scherz über die Lippen. Vielleicht lag es an den Besonderheiten dieses Erntefestes, denn in diesem Jahr fiel es auf den Gründungstag der Hochmark und so wollte Nedeam etwas Außergewöhnliches bieten.

Illdur der Farbenprächtige, der den Himmel verzauberte und die Herzen erfreute, gehörte mit seiner Schaustellertruppe, der „aufspielenden Flöte", sicher zu den Besten seiner Art. Er präsentierte nicht nur Gaukler, Akrobaten, Zukunftsdeuter und Tänzer, sondern für die Nächte auch ein einzigartiges Feuerwerk in prächtigen Farben, welches auf dem Sprengpulver der Orks basierte. Nedeam war Illdur erstmalig beim Kampf um die Festung Nerianet begegnet und die Schaustellertruppe hatte sich an der Seite der Pferdelords und der Garde Alnoas tapfer geschlagen. Illdur hatte die Einladung des Pferdefürsten in die Hochmark nur zu gerne angenommen und seine Darbietungen würden sicher zu den Höhepunkten gehören. Derzeit hielt er sich im hinteren Burghof auf, denn er sollte seine farbigen Himmelslichter von der runden Nordmauer abschießen. Da auf ihr nur die Batterie der Dampfkanonen stand, gab es viel Platz und zudem konnte man verhindern, dass Neugierige versehentlich eine der Zündschnüre beschädigten oder vorzeitig auslösten.

Ein anderer Höhepunkt sollte das Spektakel der Vorführung einiger Beritte werden. Die Männer wollten dabei nicht nur in den üblichen Formationen reiten und ihre Wehrfähigkeit demonstrieren, sondern in diesem Jahr ihre Geschicklichkeit beweisen. Nicht alleine im Umgang mit den Waffen, denn hier erwartete man von einem Schwertmann ohnehin nur Perfektion. Nein, in diesem Jahr würde es ein Hindernisrennen geben. Seit vielen Tagen wurde in den Unterkünften gehämmert und gesägt, um die verschiedensten Hindernisse vorzubereiten.

„Nedeam?"

Der Pferdefürst schreckte aus seinen Gedanken hoch und blickte seine Elfin für einen Moment verwirrt an. „Entschuldige, ich war ganz in Gedanken."

„Das habe ich bemerkt. Du kannst mit dem Gestampfe aufhören, die Musik hat aufgehört zu spielen."

Nedeam errötete und sah sich verlegen um.

Llaranya legte ihm vergnügt die Hand an den Arm. „Du solltest öfter in Gedanken sein, wenn du zu tanzen versuchst. Eben warst du in Harmonie mit der Musik."

Sie übten im vorderen Innenhof der Festung von Eternas, denn der neue Tanz war als Überraschung gedacht und sollte zum ersten Mal auf dem Erntefest vorgeführt werden. Keiner der Burgbewohner wollte sich dabei blamieren und so waren die Tore geschlossen, damit niemand die Übungen sah. Außerhalb der Mauern konnte man nur die ungewohnte Musik des fernen Königreiches Alnoa hören. Die Musikantengruppe war hierfür extra aus dem fernen Alneris angereist und wirkte mit ihrer feinen Kleidung und dem etwas gezierten Gehabe ein wenig deplatziert. Sonst spielten sie vor den Adligen der Hauptstadt Alneris auf und das Land des Pferdevolkes schien ihnen nicht ganz geheuer.

Jetzt hatten die Musiker eine Pause eingelegt und setzten sich dazu auf die Einfassung des großen Brunnens. Lotaras und Leoryn gesellten sich zu ihnen und Nedeam schloss sich mit Llaranya an.

„Der volle Klang unserer Instrumente kommt hier nicht richtig zur Geltung", klagte der Spielleiter. „Die Akustik in diesem Burghof ist sehr bescheiden, Hoher Lord", wandte er sich an Nedeam. „Die Töne hallen nach und so verschwimmen ihre Akzente."

Die Herrin der Hochmark lächelte den Mann an. „Morgen werdet ihr alle auf dem großen Platz der Schwertmänner musizieren, guter Herr. Da werden euch keine Mauern stören."

Es waren nur zehn Paare, die sich auf Llaranyas Bitte an den neuen Tanz gewagt hatten, und sie schienen durchaus dankbar für die Unterbrechung. Ihre Gesichter verrieten, dass sie ihren Spaß hatten, was Nedeam erleichterte, denn er wusste, wie sehr sein Volk in alten Traditionen verwurzelt war. Doch der neue Tanz war ja nur eines der vielen Zeichen, dass sich die Zeiten im Wandel befanden.

Als Nedeam noch ein Knabe gewesen war, da hatte es keine einzige Scheibe aus Klarstein in den Fenstern gegeben. Nun stampften sogar Dampfmaschinen in den Handwerksbetrieben. Selbst die Schwertmänner der Pferdelords, von jeher die Hüter ihrer Traditionen, hatten sich an Neues gewöhnt. An den Waffengurten hing nun der Kriegshammer neben dem Schwert. Obwohl die blanke Klinge noch immer die bevorzugte Waffe der Schwertmänner war, erkannten die Kämpfer jedoch neidlos an, dass sich mit dem schlanken Kegel des Kriegshammers jeder Brustpanzer zertrümmern ließ. Das Bolzenrohr stand nun gleichberechtigt neben dem Bogen und der schweren Stoßlanze des Reitervolkes. Es waren Neuerungen, die Nedeam begrüßte und die ihn zugleich mit Unbehagen erfüllten. Über viele Jahrtausende hatten sich die Bewaffnung und Taktik der Kriegsparteien nie gewandelt, doch in den letzten Jahren begann sich dies zunehmend zu verändern.

Der Pferdefürst spürte, dass diese Veränderungen früher oder später zu einer verheerenden Schlacht führen mussten. Vielleicht zu jener Schlacht, die den langen Krieg zwischen den freien Völkern und dem Schwarzen Lord endlich entschied. Doch wer würde daraus als Sieger hervorgehen? Wessen Leben würde das Schicksal bewahren und wessen Leben würde es nehmen?

Nedeam schüttelte unbewusst den Kopf und versuchte diese Gedanken zu verdrängen. Jetzt war nicht die Zeit, sich mit dem Tod zu befassen, denn das Fest der Ernte stand bevor.

Die Stadt und das Tal boten ein bunt wogendes Bild. Die meisten Teilnehmer des Festes waren bereits eingetroffen. Die Bewohner von Eternas öffneten bereitwillig die Türen ihrer Häuser, um Gäste aufzunehmen, dennoch standen die abgeernteten Felder voller Zeltdächer, unter denen man provisorische Lager hergerichtet hatte. Noch immer drängten Bewohner aus Weilern und Gehöften über die Handelsstraße heran, die durch die Hochmark führte. Es wimmelte von bunten Gewändern und Menschen allen Alters. Manche waren sogar aus den unteren Marken gekommen.

Die Festung von Eternas und die Garnison der Schwertmänner wirkten hingegen fast wie ruhige Inseln.

„Eine Bestie", raunte einer der Musikanten und deutete verstohlen hinter Nedeam. „Sie haben eine Bestie gefangen."

Der Pferdefürst konnte sich denken, wer damit gemeint war, noch bevor er die gutturale Stimme hörte.

„Bestie überaus hungrig", grollte Fangschlag. „Krieger braucht Fleisch. Frisches Fleisch und schön blutig." Offensichtlich machte sich das Rundohr einen Spaß daraus, den Musikern aus dem fernen Alneris als blutrünstiger Diener der Finsternis gegenüberzutreten. Er schob sich an Nedeam vorbei, sah den Anführer der Spielleute abschätzend an und plötzlich klangen seine Worte kultiviert und gesetzt. „Ihr würdet mir nicht zufällig die Ehre erweisen und mir einen Bissen Eures Fleisches überlassen, guter Herr?"

Das Gelächter der Umstehenden ging fraglos zulasten der Musikanten. Nedeam gönnte es ihnen, aber er hatte auch Verständnis für deren Überraschung.

„Nun, gute Herren Musikanten, vor euch steht Fangschlag. Einst der Legionsoberführer des Schwarzen Lords und nun ein Verbündeter des Pferdevolkes. Beachtet wohl, dass er ein Krieger von Ehre ist, und behandelt ihn mit dem gebotenen Respekt."

„Das sollte euch angeraten sein", war nun die Stimme von Arkarim zu vernehmen. „Wir haben gemeinsam unser Blut vergossen und wer Fangschlag beleidigt, der beleidigt auch die Pferdelords der Hochmark."

Die Musiker stammelten eine Entschuldigung und ihre Verwirrung war nur zu verständlich. Seit Jahrtausenden kämpften die Menschen und die Zwerge gegen den Schwarzen Lord und seine Legionen, aber mit Ausnahme der Kämpfer hatten die wenigsten Menschen jemals einen Ork zu Gesicht bekommen oder diese Begegnung überlebt. Man kannte sie als blutrünstige Bestien, die das Fleisch der Menschen nicht verschmähten. Nun stand eines der mächtigen Rundohren so unerwartet vor den Alnoern und die Furcht in ihren Blicken wich nur langsam der erwachenden Neugierde.

Fangschlag und Arkarim bildeten sicherlich ein ungewöhnliches Gespann und gehörten zugleich, von Llaranya abgesehen, zu den wichtigsten Vertrauten des Pferdefürsten.

Fangschlag war wohl gute anderthalb Köpfe größer als ein durchschnittlicher Mann. Obwohl seine Figur der eines Menschen entsprach, gab es doch eine Reihe von Unterschieden. Alles wirkte ein wenig kantig und grob und seine Haut war rot und grün gescheckt. Die Fingerkrallen waren schwarz, die Lippen von dunklem Grün. Seine tiefroten Augäpfel zeigten gelbe schlitzförmige Pupillen, die sich je nach Stimmungslage kreisrund weiten konnten. Das kräftige Gebiss zeigte lange Fangzähne und das Lächeln ihres Besitzers konnte ebenso beeindruckend wie furchterregend sein. Fangschlag hatte den Pferdelords in mancher Schlacht gegenübergestanden. Schon damals war sein ungewöhnliches Ehrempfinden auffällig geworden, denn als einer der Pferdelords seine Waffe verlor, wartete das Rundohr ab, bis sein Gegner wieder bewaffnet war. Das Rundohr hatte den Vorstoß der Orks in die Öde von Rushaan befehligt und dabei viele seiner Krieger durch den Verrat des Spitzohrs Einohr verloren. Dies hatte ihn dazu bewogen, sich in auswegloser Situation den Pferdelords zu ergeben und an ihre Seite zu treten mit dem Ziel, den Verräter Einohr zu stellen und persönlich abzuschlachten. Er erwies sich als zuverlässiger Waffengefährte und doch wusste niemand zu sagen, wie er sich verhalten mochte, wenn seine Rache endlich vollendet war.

Arkarim hingegen war ein typischer Pferdelord, der in den Diensten der Hochmark stand. Er hatte sich vom einfachen Scharführer bis zum Ersten Schwertmann, dem Bannerträger seines Pferdefürsten Nedeam, hochgedient und gemeinsam mit diesem manches Abenteuer bestanden. Der Aufstieg zum Ersten Schwertmann hatte es ihm endlich ermöglicht, seine Etana zu heiraten, denn eigentlich zählte es zu den Verpflichtungen der Schwertmänner, sich nicht an eine Frau zu binden. Arkarim war schlank und ein überaus fähiger Kämpfer. Für Nedeam war er mehr als nur ein treuer Gefährte, auf den er sich bedingungslos verlassen konnte, denn Arkarim zeigte sich, obwohl den Traditionen eng verbunden, Neuem gegenüber aufgeschlossen. In diesen Zeiten der Veränderungen galt dies als eine wichtige Voraussetzung, um gegen den erstarkenden Feind bestehen zu können. Arkarim überlegte sich seine Handlungen und wog das Für und Wider ab. Er war kein Mann, der seine Kämpfer grundlos hetzte oder die höchste Bestimmung im Heldentod sah. Nein, Arkarim war klug und fähig genug, diese Ehre dem Feind zu belassen. Wer sich rechtzeitig zurückzog, konnte an einem anderen Tag erneut zum Kampf antreten. Nedeam schätzte den Ersten Schwertmann als Freund und als Anführer und das erleichterte ihm seine eigene Aufgabe, denn oft genug würde Arkarim eigenständig über Leben oder Tod zu entscheiden haben. Auch wenn Nedeam nun ein langes Leben beschieden sein mochte, so war er doch gewiss nicht unsterblich. Die Jahre der Kämpfe gegen den Feind hatten ihm oft genug seine eigenen Schwächen aufgezeigt. Er würde seine Männer nach besten Kräften führen und konnte nur hoffen, dass ihm dabei keine tödlichen Fehler unterliefen. Die Männer des Pferdevolkes waren tapfere und fähige Kämpfer, aber sie brauchten auch fähige Anführer. Arkarim war sicherlich einer von ihnen.

Nach einer Weile spielten die Musikanten wieder auf und Fangschlag sah dem Tanz sichtlich amüsiert zu. Inzwischen hatte er viele Gebräuche der Menschen kennengelernt. Einige davon würden ihm immer fremd bleiben. Als ungeschlechtliches Wesen war es ihm schwergefallen, das Verhalten von Männern und Frauen im Umgang miteinander zu verstehen. Seine anfängliche Auffassung, wonach Letztere nur eine besonders umständliche Form von Brutbeuteln auf zwei Beinen verkörperten, hatte er revidieren müssen. Inzwischen verstand er, welche Funktionen die Geschlechter hatten, und empfand vor beiden gleichermaßen Respekt. Er war, wenn auch eher ungewollt, zu einer Art Mittler zwischen den Kulturen geworden, denn er zeigte den Menschen, in den Orks nicht nur Bestien, sondern Individuen zu erkennen.

Am Abend zogen sich Nedeam und Llaranya erleichtert in ihre Gemächer zurück. Es war ein langer Tag voller Vorbereitungen gewesen und dem Pferdefürsten schmerzten von dem „Herumgehüpfe“ die Füße.

„Viel Schlaf werden wir in den kommenden Tageswenden wohl nicht finden“, meinte er mit einem leisen Seufzer und akzeptierte es, dass sich Neliana zwischen ihre Eltern drängte.

***

Es war der dritte Tag des Erntefestes. Eternas schien eine Stadt zu sein, die niemals wirklich zur Ruhe kam. Eigentlich galt eine Zeit der Nachtruhe, doch in diesen Tagen begegneten jene, die sich zu ihrer Schlafstelle begaben, denen, die sie gerade wieder verließen. Pferdefürst Nedeam hatte zusätzliche Beritte als Wache aufgeboten, denn die Männer des Pferdevolkes waren einer zünftigen Rauferei nur selten abgeneigt und der reichliche Genuss von Gerstensaft, Brennwasser und Blor ließ die Hemmungen rasch schwinden. Die Heiler der Stadt, zu denen die Elfin Leoryn gehörte, hatten alle Hände voll zu tun, die verschiedensten Blessuren zu versorgen. Viele stammten keineswegs aus persönlichem Händel, sondern waren darauf zurückzuführen, dass sich manche Bewohner der Mark nicht mehr sicher auf ihren Beinen fortbewegen konnten. Einige benutzten alle viere oder schliefen an Orten ein, die dafür nicht gedacht waren. Die Wache sah mit einer gewissen Großmut darüber hinweg, sofern die Schlafstätte nicht inmitten eines Weges oder einer Straße lag. Ansonsten griffen die Schwertmänner nur ein, wenn es unbedingt erforderlich wurde.

Das Hindernisrennen war ein großer Erfolg geworden und hatte die Zuschauer begeistert. Manches goldene Scheibchen wechselte dabei den Besitzer, da man eifrig auf die Beteiligten gewettet hatte. Illdur der Farbenprächtige stellte jedoch alles in den Schatten. Nie zuvor waren in der Hochmark bunte Himmelsbilder aufgestiegen und in der sternklaren Nacht waren die aufleuchtenden Farben weithin zu sehen.

Nedeam begann das Ende des Erntefestes herbeizusehnen. Inzwischen war er den Verpflichtungen eines Pferdefürsten nachgekommen und hatte, wie es der Sitte im Pferdevolk entsprach, manchen Becher mit den verschiedensten Leuten geleert. Oft hatten diese die Gelegenheit genutzt, um ein persönliches Anliegen vorzubringen, und Nedeam war an diesem Tag erleichtert, als er sich ein wenig vom Geschehen zurückziehen konnte. Er musste zugeben, dass die Fürsorge für Neliana dabei einen willkommenen Entschuldigungsgrund lieferte, der es ihm ermöglichte, das eine oder andere Gespräch mit höflichen Worten zu beenden.

Freundlich lächelnd und immer wieder höflich nickend bewegte er sich mit Neliana und Llaranya die Hauptstraße von Eternas entlang und näherte sich dabei der Festung, die ihm ein wenig Ruhe versprach.

„Ich bin aber überhaupt nicht müde", versicherte Neliana, welcher der strategische Rückzug des Vaters überhaupt nicht gefiel. „Da hinten zeigen sie das Feuerspeien."

„Du hast es schon mehrfach gesehen, mein Augenstern", wehrte Nedeam ab, der sich einfach nach Ruhe sehnte.

„Mein Kleines, es ist auch kein Wunder, dass du noch nicht müde bist." Llaranya bückte sich und setzte die Tochter auf Nedeams Schultern. „Schließlich bist du eine Elfin und dein Vater ist nur ein Mensch."

„He!", protestierte Nedeam prompt und vergewisserte sich,

dass Neliana sicher saß. „Sie ist ein halber Elf und ein halber Mensch."

Llaranya gab Nedeam einen liebevollen Kuss und zog dann Neliana etwas näher, da auch diese ihren Anteil an Liebe einforderte. „Je größer und älter sie wird, desto mehr hat sie von einer echten Elfin."

Nedeam nahm es hin, da er wusste, dass seine Gemahlin dies nicht ernst meinte. Wenigstens hoffte er das, denn manchmal betonte sie ihre Abstammung doch zu sehr und das vermittelte ihm das unangenehme Gefühl, dass sie ihr Volk vermisste.

„Elfen."

Nedeam nickte und bewegte dabei die Schultern. Neliana kreischte vergnügt und strampelte mit den Beinen, sodass ihr Vater Mühe hatte, sie oben zu halten. „Ich weiß, meine Liebe, Elfen sind in allen Dingen überaus begabt. Sie reihen wunderschöne Worte aneinander, bewegen sich mit unnachahmlicher Eleganz und …"

„Unsinn. Das meine ich doch gar nicht." Ihre Stimme klang seltsam und als er sie nun von der Seite ansah, bemerkte er den Unglauben in ihrem Blick. „Da sind Elfen. Da ist … Vater!"

Nedeam fuhr herum und Neliana riss ihm beinahe den Helm vom Kopf, als sie sich an dessen blauem Rosshaarschweif festhielt. Ein Stück die Straße hinunter sah man die typischen hellblauen Umhänge des elfischen Volkes und das Blitzen goldener Rüstungen. „Elfen."

„Das sagte ich doch."

Vor Jahren war das elfische Volk zu seinen „neuen Ufern" aufgebrochen und hatte seine angestammten Länder verlassen. Niemand wusste, wo die neue Heimat des langlebigen Volkes lag. Llaranya war aus Liebe zu Nedeam bei den Menschen des Pferdevolkes geblieben und bis zu diesem Moment war es ungewiss gewesen, ob sie ihren Vater jemals wiedersehen würde. Ähnliches galt für die elfischen Geschwister Lotaras und Leoryn, die, aus Freundschaft zu Nedeam und Llaranya, in der Hochmark lebten. Und nun, vollkommen unerwartet, kam eine Gruppe Elfen die Straße entlang, an deren Spitze zwei wohlbekannte Männer schritten.

Elodarion-olud-Elodarion war ein Elf der Häuser des Waldes und der Älteste des Hauses Elodarion. Als Vater von Lotaras und Leoryn war es ihm schwergefallen, sich von seinen Kindern zu trennen, dennoch hatte er ihren Wunsch akzeptiert. Jalan-olud-Deshay war Llaranyas Vater und ihn verband nicht nur die Tochter, sondern auch die Geschichte seines Hauses auf besondere Weise mit Nedeam.

Zur Zeit des ersten großen Krieges gegen den Schwarzen Lord hatten sich die Krieger des Hauses Deshay auf einer Lichtung in den versteinerten Wäldern versammelt, um sich darauf vorzubereiten, in die Kämpfe einzugreifen. Die Grauen Magier überraschten und bannten sie, sodass den fünftausend Elfen ein grausames Schicksal drohte. Zur Bewegungslosigkeit verdammt, mussten sie Jahrtausende in hilfloser Starre verbringen und manche von ihnen verfielen dem Wahnsinn. Der Schwarze Lord benutzte die gebannten Elfen als Druckmittel gegen die Frauen und Kinder des Hauses Deshay, denn er wollte an das geheime Wissen der Elfen gelangen. Eine Schar Pferdelords, zu der Nedeam gehörte, konnte schließlich die Grauen Wesen und die Orks vertreiben und den Bann lösen. Bei besagtem Ereignis kam es zur teilweisen Verschmelzung von Nedeam mit einem der Grauen, was sich letztlich als Glücksfall erwies, da er ja so jene Langlebigkeit erhielt, die Llaranya an seine Seite führte. Jalan gehörte zu jenen gebannten Kriegern und Llaranya, damals noch Llarana, zu den Frauen und Kindern, die im Haus des Urbaums zurückgeblieben waren. Ihre Mutter verfiel dem Wahnsinn und starb, als die Pferdelords dem Entsetzen ein Ende bereiteten. Jalan willigte nicht nur in die Vermählung seiner Tochter mit Nedeam ein, sondern schenkte dem jungen Pferdelord als Dankesgabe eine elfische Klinge.

Nun kamen Elodarion und Jalan an der Spitze eines kleinen Kriegertrupps die Straße entlang und für Llaranya gab es kein Halten mehr. Sie lief der elfischen Gruppe entgegen und fiel ihrem Vater in die Arme, während Nedeam rasch Neliana von den Schultern hob und folgte. Er winkte einen Schwertmann der Wache herbei. „Benachrichtige Lotaras und Leoryn. Dies ist auch für sie eine Tageswende der Freude."

Die Begrüßung war überaus herzlich und selbst die sonst eher zurückhaltenden elfischen Krieger der Ehreneskorte lächelten und scherzten, als sie das Mädchen erblickten. Kinder waren ein sehr seltenes Geschenk im elfischen Volk und hier konnte Jalan zum ersten Mal seine Enkelin in den Arm nehmen.

Neugierige eilten herbei, denn niemand hatte mit dem Besuch der Elfen gerechnet und den Neuankömmlingen wurden Erfrischungen und Speisen angeboten.

„Habt Dank für Eure Zuwendung, Ihr guten Herren und Frauen", lehnte Elodarion freundlich ab. „Doch wir sind von der langen Reise erschöpft und würden es begrüßen, uns ein wenig zurückziehen zu können."

„Wir werden eine Menge zu bereden haben", pflichtete Nedeam bei. „In den vergangenen Jahreswenden hat sich vieles ereignet und wir sind begierig, zu erfahren, wie es Euch an den neuen Ufern ergeht."

Jalan schlug ihm aufmunternd an den Arm. „Ja, wir werden viel zu besprechen haben, Hoher Lord. Lasst uns zur Feste gehen. Dort wollen wir uns gerne stärken, bevor wir unsere Erfahrungen austauschen." Er senkte seine Stimme zu einem Flüstern. „Es wäre gut, wenn wir dieses Gespräch auf unsere Familien beschränken."

Nedeam runzelte die Stirn. „Nun gut, wenn Ihr es wünscht, so mag es so sein. Doch ihr Elfen werdet nicht umhinkommen, den Abend mit meinen Schwertmännern im großen Saal zu verbringen. Sie alle sind neugierig, zu erfahren, wie es euch ergangen ist, denn du weißt doch, wie stark die Bande zwischen unseren Völkern sind. Wir selbst sind durch das Blut Nelianas und Llaranyas verbunden, doch unsere Kämpfer haben das ihre Seite an Seite mit den Kriegern der Elfen vergossen."

„So ist es, Pferdefürst Nedeam, und Ihr seid für mich ein Freund und Sohn", bestätigte Jalan und warf Elodarion einen kurzen Blick zu. „Der Abend soll uns allen gehören und so mag der Gerstensaft fließen, während wir uns gute Geschichten erzählen. Doch zuvor muss ich Worte an Euch richten, die nicht für aller Ohren bestimmt sind."

Die Worte seines Schwiegervaters beunruhigten Nedeam. Er sah zu Llaranya, die mit Elodarion und Neliana scherzte. Auf halbem Weg zur Festung war ein tremolierender Pfiff zu hören. Ein Dreiklang von Tönen, wie ihn nur eine elfische Kehle hervorbringen konnte. Lotaras und Leoryn eilten herbei und auch ihnen war die Wiedersehensfreude anzusehen. Erneut gab es eine herzliche Begrüßung und Neliana zupfte dabei beleidigt an den Umhängen der Elfen, da deren Aufmerksamkeit nicht mehr ungeteilt ihr galt.

Die kleine Truppe der Schwertmänner, die während des Erntefestes in der Befestigung die Wache hielt, erkannte die elfischen Umhänge und Rüstungen. Ein metallenes Horn der Hochmark rief die Männer zusammen, die rasch eine Ehrenformation bildeten. Die Haltung der Elfen straffte sich, als die Schwertmänner ihnen Respekt erwiesen.

„Es ist dem Hause Elodarion und dem Hause Deshay eine Ehre, wieder unter den tapferen Kämpfern des Pferdevolkes zu weilen", grüßte Elodarion die Wache. „Möge unser Arm Euer Schild und unser Atem Eure Wärme sein."

Das war eine sehr persönliche Grußformel des elfischen Volkes, die verriet, wie sehr sich Elodarion den Pferdelords verbunden fühlte. Der Scharführer der Wache brauchte keinen Befehl zu geben, spontan stießen die Schwertmänner die Spitzen ihrer gezückten Klingen rhythmisch auf den Boden und sie taten es mit einer Begeisterung, dass Nedeam um die Schärfe der Waffen fürchtete.

„Sucht Arkarim und Fangschlag", befahl Nedeam dem Scharführer. „Obwohl sie sicher schon erfahren haben, wer uns so unerwartet besucht. Sie sollen alles für den Abend vorbereiten. Es wird ein Gelage im Burgsaal geben, denn unsere Freunde, die Elfen, sind zu Gast."

„So soll es geschehen, Hoher Lord." Der Mann salutierte und lächelte dann. „Wahrhaftig, Herr, ich hätte nicht gedacht, jemals wieder Elfen zu Gesicht zu bekommen."

„Kümmert Euch um das Wohl der Elfenkrieger, guter Herr." Nedeam wies um sich. „Es soll ihnen an nichts fehlen. Bereitet Quartier für sie in der Feste. Und lasst ein paar Erfrischungen in meinen Amtsraum bringen."

„Ja, Hoher Lord." Während Nedeam mit den anderen zum Hauptgebäude hinüberging, erteilte der Scharführer eine Reihe von Befehlen. Die elfische Eskorte lockerte ihre Haltung und schien unsicher, wie sie sich verhalten sollte, doch schon waren sie mit Schwertmännern und anderen Burgbewohnern in Gespräche verwickelt.

An diesem Tag stand keine Ehrenwache vor dem Amtsraum des Pferdefürsten und Nedeam öffnete die Tür selbst und bat die anderen herein. Es war wohl das erste Mal, dass hier so viele Elfen versammelt waren, und den beiden Ältesten fiel durchaus ins Auge, dass beide Völker dem Raum eine besondere Prägung verliehen. Der Boden war mit grauen Steinplatten ausgelegt. Dort, wo sich die kleine Sitzgruppe befand, bedeckte den Boden ein dunkelgrüner Teppich, in den das Wappen des Pferdevolkes eingewebt war. Der Tisch bestand aus einem massiven hölzernen Fuß, auf dem eine grau gemaserte Steinplatte thronte. Die drei Stühle hingegen waren filigran gearbeitet und verrieten zweifellos die Kunst elfischen Handwerks. An der Stirnseite gegenüber der Eingangstür stand der große Schreibtisch mit seinem bequemen Polsterstuhl. An der Wand hing eine elfische Karte der erforschten Gebiete, in einer Halterung war die Lanze mit dem Banner Nedeams befestigt. Es bestand aus dem grünen Tuch des Pferdevolkes und war in der blauen Kennfarbe der Hochmark eingefasst. Das Banner, welches Llaranya angefertigt hatte, zeigte das Symbol des Pferdevolkes, dessen Mitte die stilisierte Form einer Pelzbeißertatze schmückte. Es war das persönliche Zeichen Nedeams und erinnerte an dessen Begegnung mit diesem Raubtier in seinen jungen Jahren. Eine der Längswände wurde von einem hohen Regal eingenommen, in dem sich eine überraschend große Anzahl von Schriftrollen und Büchern befand. Auch hier gab es eine Reihe von elfischen Schriften. Elodarion, der sie neugierig betrachtete, stellte fest, dass sie neuen Datums waren und unzweifelhaft aus der Hand seiner Kinder und der Llaranyas stammten. Das Regal beinhaltete zudem einige Erinnerungsstücke an Nedeams bisherige Abenteuer. Auf einem kleinen Schränkchen standen einige Becher und zwei Krüge mit Wasser. Die andere Längsseite wurde von den großen Fenstern dominiert.

Jalan berichtete von der schwierigen Überfahrt zu den neuen Ufern, während sie darauf warteten, dass die Erfrischungen gebracht wurden. Nedeam hielt sich bei dem einsetzenden regen Austausch der Elfen zurück. Vielleicht fiel ihm dadurch auf, dass die Ältesten kaum eine Information zu den neuen Ufern preisgaben. Ihre Beschreibungen beschränkten sich fast ausnahmslos auf die lange Reise dorthin.

Ein Schwertmann und zwei der Köche brachten einen kleinen Imbiss und beschworen, dass sie sich für den Abend etwas Besonderes einfallen lassen würden.

Nedeam wartete, bis die Männer gegangen waren und sich alle bedient hatten, dann unterbrach er Elodarions Geplauder, indem er seine Hand hob und um Ruhe bat. „Es mag ungebührlich erscheinen, Hohe Lords, wenn ich Euch unterbreche, doch ich glaube, Ihr habt uns etwas von Belang mitzuteilen. Nun, da wir unter uns sind, bitte ich Euch, uns den Grund des überraschenden Besuches zu offenbaren."

Elodarion und Jalan sahen sich kurz an und als Elodarion nickte, ergriff Nedeams Schwiegervater das Wort. „Hoher Lord Nedeam, wir sind durch Blut miteinander verbunden. Nicht nur durch Eure Vermählung mit meiner geliebten Tochter und durch meine Enkelin Neliana, sondern auch weil wir in der Schlacht gemeinsam Blut vergossen. Das Haus Deshay hat Euch viel zu verdanken."

Es war fast eine Wiederholung der Worte, mit denen Nedeam die unerwarteten Gäste begrüßt hatte, und die Eindringlichkeit, mit der Jalan sie sprach, rief ein warmes Gefühl in Nedeam hervor. Er konnte sehen, dass Llaranya ähnlich empfand, denn ihr Lächeln vertiefte sich.

„Das gilt für das gesamte elfische Volk", fügte Elodarion hinzu. „Ihr befreitet das Haus Deshay aus den Fängen der Grauen Wesen und habt entscheidend dazu beigetragen, uns aus den Händen der Schwärme der See zu befreien, als wir in deren Gefangenschaft gerieten. Ohne dies wäre es unserem Volk vielleicht niemals möglich gewesen, die neuen Ufer zu finden und in die neue Heimat aufzubrechen."

Jalan nickte. „Dies müsst Ihr Euch vor Augen führen, damit Ihr die Konsequenzen unseres Handelns und Eures eigenen Handelns richtig versteht."

„Ihr seid einer von uns Elfen", bekräftigte Elodarion. „Wenigstens in gewisser Weise."

Nedeam war ein wenig überrascht. Niemand betonte gerne, wie sehr er in der Schuld eines anderen stand, und dies galt erst recht für das elfische Volk, welches für seinen Stolz bekannt war. Zudem hatte das Haus von Jalan-olud-Deshay seine Schuld wohl beglichen, denn die wiedererweckten Krieger hatten die Stadt Merdonan davor bewahrt, von den Orks überrannt zu werden.

Llaranya hob Neliana auf ihren Schoß und blickte ihren Vater eindringlich an. „Eure Worte erfreuen unsere Herzen, doch bitte ich euch, sattelt nun das Pferd, wie es beim Pferdevolk heißt."

Jalan lächelte sanft. „Du bist unzweifelhaft ein elfisches Wesen und doch trägst du die Ungeduld der sterblichen Menschen in dir."

„Ja, ich bin eine Tochter des Hauses Deshay und stolz auf meine Abstammung von dir, Vater", antwortete sie mit sichtlichem Stolz. „Aber ich bin auch die Hohe Dame der Hochmark und die Gattin des Pferdefürsten Nedeam."

„Kinder sind ein kostbares Gut im elfischen Volk." Elodarion lächelte die Geschwister an. „Das lange Leben und die relative Unsterblichkeit haben zur Folge, dass uns das Glück der Geburt nur sehr selten beschieden ist."

„Wahrhaftig, ich kann dies sehr gut nachempfinden." Nedeam sah zu Neliana hinüber, die auf dem Knie der Mutter schaukelte.

Elodarion seufzte vernehmlich. „Wie ich es erwähnte, sind uns unsere Kinder sehr wertvoll und wir werden immer danach streben, sie vor Ungemach zu schützen."

„Welches Ungemach sollte uns in der Hochmark drohen?" Lotaras beugte sich vor und schaute seinen Vater an. „Habt ihr geheime Kenntnisse über den Schwarzen Lord, die uns verborgen blieben?"

„Es ist der Beschluss unseres Volkes, dass wir euch an den neuen Ufern aufnehmen." Jalan leckte sich über die Lippen.

„Wir sollen in eure neue Heimat ziehen?", fragte Nedeam vollkommen überrascht.

„Alle von elfischem Blut und natürlich auch du, mein Freund und Sohn", bestätigte Jalan.

Nedeam richtete sich halb auf und stützte die Hände auf den Schreibtisch. „Was geht hier vor?"

„Euer Land wird untergehen."

Der Pferdefürst sah Elodarion verwirrt an. „Was?"

„Euer Land hier und nicht nur dieses. Euer ganzer Kontinent wird vernichtet werden. Die Länder der freien Völker und das Reich des Schwarzen Lords … All das wird im Meer versinken."

Nedeam wurde bleich. „Unsinn."

Jalan machte eine bedauernde Geste. „Es ist wahr. Wir Elfen kennen die Zeichen. Es ist eine lange Geschichte und …"

„Dann erzählt sie uns." Nedeam sank in seinen Stuhl zurück und sah zu Llaranya und den Geschwistern. Sie schienen ebenso verblüfft wie er selbst.

Erneut tauschten Elodarion und Jalan Blicke aus. Schließlich räusperte sich Elodarion. „Wir Elfen sind ein Volk von großen Kenntnissen und wissen die Zeichen zu deuten. Nein, Nedeam, lasst mich aussprechen. Ihr wollt erfahren, was uns zu Euch führt? Dann lasst es mich erklären und hört aufmerksam zu, ohne mich zu unterbrechen."

Nedeam nickte stumm. Die Freude über das Wiedersehen war der bedrückenden Gewissheit gewichen, dass die Elfen eine schlechte Kunde brachten.

Der Älteste des Hauses Elodarion trank einen Schluck Wasser, erhob sich und trat an die elfische Wandkarte. „Es begann vor vielen Jahrtausendwenden. Noch bevor der Kampf gegen den Schwarzen Lord begann. Damals verspürten wir die ersten Erderschütterungen. Sie waren noch schwach und kamen in sehr großen Abständen. Kaum jemand beachtete sie. Aber Ihr wisst, dass wir Elfen auf besondere Weise mit der Natur verbunden sind. Die Bücher unseres Gedächtnisses reichen weit zurück. Wir überprüften sie und stellten fest, dass die Erschütterungen der Erde immer häufiger kamen und stärker wurden."

„Das große Erdzittern, welches den Spaltpass öffnete", murmelte Nedeam.

„Nur eines von vielen", sagte Elodarion. „Es gab schon zuvor sehr starke Beben."

„Das ist wahr", räumte Nedeam ein.

„Nun, wie ich es sagte, sie werden immer stärker und kommen in immer kürzeren Abständen. Wir Elfen haben dies schon vor Jahrtausendwenden begriffen und erkannten, dass dieses Land dem Untergang geweiht ist. So suchten wir nach einer neuen Heimat, den neuen Ufern, die schließlich von Jalan entdeckt wurden. Als das Haus des Urbaums während des ersten großen Krieges gegen den Schwarzen Lord angegriffen wurde, da geriet Jalan unter den Bann der Grauen. Sein Wissen, das wir für unseren Aufbruch benötigten, schien verloren. Inzwischen begannen sich die Schwärme der See auszubreiten. Zwei weitere Suchschiffe, die wir hinausschickten, gingen verloren. Jahrtausendwenden vergingen und die Zeichen wurden immer bedrohlicher. Wir wussten, dass wir unsere Häuser verlassen mussten, und fürchteten schon, die Reise ins Ungewisse antreten zu müssen. Euch, Pferdefürst Nedeam, ist es zu verdanken, dass Jalans Wissen für uns gerettet wurde, und so brach unser Volk zu den neuen Ufern auf."

Llaranya war ebenso blass wie die anderen. „So wussten unsere elfischen Häuser seit vielen Jahrtausendwenden, dass wir alle vom Untergang bedroht sind?"

„Es ist keine Bedrohung, mein Kind. Es ist eine Gewissheit."

„So ist das elfische Volk geflohen, weil es wusste, dass dieses Land versinken würde?"

„Genau so ist es, mein Kind."

„Und ihr habt alle anderen zurückgelassen?"

„Die neuen Ufer bieten nicht genug Raum für alle", gab Elodarion bedauernd zu.

Nedeam erhob sich und sein Gesicht rötete sich vor Zorn. „Ihr wisst seit Jahrtausendwenden von der tödlichen Gefahr und habt eure Verbündeten und Freunde nicht einmal gewarnt?"

„Niemand hat uns nach dem Grund unserer Reise gefragt." Elodarion lächelte sanft. „Wir hätten es getan, wenn man uns danach gefragt hätte. Elfen können nicht lügen."

„Aber sie können die Wahrheit verschweigen", entgegnete Llaranya mit kalter Stimme. „Bei den Finsteren Abgründen, ich bekomme das Gefühl, dass ihr jeder Frage ausgewichen wärt, um eine Lüge zu vermeiden."

„Elfen sind Meister des Wortes", bemerkte Nedeam bitter. Er legte die Fingerspitzen aneinander. „Hätten sie die anderen Völker gewarnt, so hätte ein jedes versucht, sich ebenso in Sicherheit zu bringen. Aber es gab nicht genug Raum an den neuen Ufern und es gab nicht genug Schiffe, nicht wahr?"

„Wir brauchten Zeit, um genug Schiffe zu erbauen, und man hätte versucht, sie uns zu nehmen. Der Überlebenswille ist ein sehr starker Trieb."

„Ganz offensichtlich.“ Nedeams Stimme troff vor Sarkasmus. „Aber ihr hättet den anderen Völkern die Möglichkeit geben können, selbst Schiffe zu bauen. Das Königreich von Alnoa versteht sich auf den Schiffsbau.“

„Das wäre dem Schwarzen Lord aber nicht verborgen geblieben“, gab Elodarion zu bedenken.

Der Pferdefürst atmete tief durch und nickte langsam. „Er hätte die Grenzen überrannt und ihr hättet euch nicht rechtzeitig in Sicherheit bringen können. Die anderen Völker sollten euch die Zeit verschaffen, die ihr für eure Flucht benötigt habt.“ Er schüttelte den Kopf. „Was seid ihr nur für widerliche und eigennützige Wesen.“

Jalan-olud-Deshay sprang erregt auf. „Wie kannst du es wagen, solche Worte zu sprechen?“

Llaranya strich Neliana übers Haar und in ihrem Blick lag Trauer. „Vater, du nimmst mir den Stolz, ein elfisches Wesen zu sein. Ich schäme mich zutiefst für das Verhalten meines Volkes.“

„Kind, wir sind gekommen, um euch zu retten und zu uns zu holen.“

„Ja, alle von elfischem Blut und Nedeam.“ Llaranya presste die Lippen aufeinander und seufzte schwer. „Lieber werde ich untergehen, als all unsere Freunde auf solche Weise zu verraten.“

„Wie viel Zeit haben wir noch? Wann wird dieses Land untergehen?“ Nedeam ging um den Schreibtisch herum und trat an die Seite seiner Gemahlin. „Da ihr so unerwartet kamt, vermute ich, dass uns nicht viel Zeit bleibt.“

„Es sind noch Jahreswenden“, erwiderte Elodarion. „Ich vermag nicht zu sagen, wie viele es genau sind. Das Erdzittern wird sich mehren und immer stärker werden. So lange, bis es das Land zerreißt und alles im Meer versinkt.“

Der Pferdefürst warf einen langen Blick auf die elfische Karte und die Länder, die darauf abgebildet waren. Er dachte an die Völker, die in ihren Reichen lebten und auf ihre Zukunft hofften.

„Dann werden wir diese Zeit nutzen und ebenfalls Schiffe bauen." Seine Stimme klang fest und entschlossen.

„Die Zeit wird kaum reichen und wenn der Schwarze Lord davon erfährt, wird er mit aller Macht angreifen." Jalan leckte sich über die Lippen. „Er wird alles überrennen und auslöschen. Ich bitte euch, kommt mit uns."

Elodarion erhob sich und trat zu seinen Kindern. „Lotaras, Leoryn, denkt an eure Zukunft."

„Wenn Llaranya und Nedeam bleiben, so werden auch wir das tun", erwiderte die elfische Heilerin mit leiser Stimme. Lotaras nickte und seinem Gesicht war die Entschlossenheit anzusehen. „Wir Unsterblichen haben ein langes Leben, nicht wahr? Wie sollen wir es mit solcher Schande ertragen?"

Nedeams Stimme war beherrscht und kühl. „Ihr seid nicht länger willkommen in der Hochmark."

Jalan und Elodarion schienen von einem körperlichen Schlag getroffen zu werden. Der Älteste des Hauses Deshay schien etwas erwidern zu wollen, aber Elodarion legte ihm die Hand an den Arm und schüttelte den Kopf. „Ein Pfeilschiff der Elfen wird vor der Küste kreuzen, falls ihr euch doch noch für das Leben entscheidet."

„Geht", erwiderte Nedeam abweisend. „Verlasst das Land, dessen Völker ihr dem Untergang überlassen wollt."

Es gab nichts mehr zu sagen.

Während die Freunde schweigend ihren Gedanken nachhingen, ertönten im Burghof elfische Kommandos. Keiner blickte hinunter, als die Elfen das Land nun endgültig verließen.

„Wir müssen reden", meinte Llaranya.

„Das werden wir." Nedeam beugte sich zu ihr und küsste sie und seine Tochter. „Doch ich will Arkarim und Fangschlag dabeihaben. Ich werde einen Schwertmann nach ihnen schicken."

Lotaras ging zu der elfischen Karte. „Was sollen wir tun? Was können wir tun?"

Nedeams Lachen klang grimmig. „Überleben."

3

Nur die wenigen in Nedeams Amtsraum kannten den Grund, warum die Elfen so rasch wieder verschwunden waren und warum es kein gemeinsames Gelage im großen Saal geben würde. Gerüchte schwirrten durch die kleine Festung, doch die Handvoll Eingeweihter hütete sich, etwas von ihrem Wissen preiszugeben.

Keiner von ihnen achtete darauf, dass sich die Nacht auf die Hochmark senkte. Durch die offenen Fenster drang der gedämpfte Lärm der Stadt, in der die Bewohner ahnungslos das Erntefest begingen. Im Amtsraum herrschte keine Spur von Frohsinn. Neliana lag schlummernd nebenan in ihrem Bett und wusste nicht, welche Sorgen ihre Eltern und deren Vertraute plagten.

Arkarim und Fangschlag waren hinzugekommen und beide waren fassungslos, was man ihnen eröffnete.

Das mächtige Rundohr stieß ein grimmiges Knurren hervor. „Spitzohr ist Spitzohr. Keinem davon ist zu trauen. Sie sind verschlagen und hinterlistig, das eine wie das andere. Ob Elf oder Ork, sie haben keine Ehre." Er wandte sich Llaranya und den Geschwistern zu und seine rötlich gelben Augen schienen zu glühen. „Euch mag mein Groll nicht treffen, denn ihr seid von Ehre."

„Ich denke, im Augenblick ist keiner von uns gut auf die Elfen zu sprechen." Der Erste Schwertmann Arkarim starrte düster auf das Banner Nedeams. „Dem Untergang geweiht … Wahrhaftig, ist den Elfen zu glauben? Ich kann mir nicht vorstellen, dass …"

„Elfen können nicht lügen“, wandte Lotaras ein. „Wenn du sie direkt fragst, so müssen sie die Wahrheit sagen. Es liegt in ihrer Natur.“

„Die Finsteren Abgründe mögen sie verschlingen“, murmelte Arkarim.

„Sie drohen uns alle zu verschlingen.“ Nedeam schenkte sich etwas Wasser ein und trank durstig. „Nun gilt es zu überlegen, wie wir dem entgehen können.“

„Wie die Elfen. Mit Schiffen.“ Lotaras deutete auf die Karte. „Holz gibt es reichlich und die Alnoer verstehen sich auf den Schiffsbau.“

„Das tun sie“, bestätigte Nedeam. „Doch wir müssen uns darüber im Klaren sein, wovon wir sprechen. Die Menschen der Reiche von Alnoa und Julinaash, die Barbaren der Sandclans und unsere Freunde, die Zwerge … Sie alle müssen gerettet werden. Nicht nur das Pferdevolk.“

„Vergiss die Lederschwingen nicht“, erinnerte Llaranya.

„Und die krebsartigen Irghil im fernen Land von Jalanne“, fügte Arkarim hinzu.

„Bei allen Abgründen, es sind so viele Leben, die es zu retten gilt“, seufzte Nedeam. „Wie soll man das bewerkstelligen? Es sind Hunderttausende. Wie viele vermag ein Schiff zu tragen?“

„Und nicht nur das.“ Lotaras schlug auf die Karte. „Wohin können wir uns retten? Welche neuen Ufer stehen für uns bereit?“

„Wir brauchen Schiffe und wir brauchen ein neues Land“, fasste Llaranya zusammen.

„Ich weiß nicht, ob wir ein Land besorgen können.“ Nedeam lächelte schwach. „Aber Schiffe lassen sich immerhin bauen. Doch das wird der gemeinsamen Anstrengung aller Völker bedürfen und wir dürfen noch etwas nicht vergessen, was die Elfen zu Recht erwähnten: Wenn der Schwarze Lord von unseren Anstrengungen erfährt, dann wird er die Grenzen bestürmen und wir alle wissen, wie sehr er in den letzten Jahreswenden erstarkt ist."

Arkarim räusperte sich. „Wir sollten uns Rat holen. Ich denke da an den guten Grauen Marnalf, der ja seit einigen Jahreswenden dem König von Alnoa dient. Er ist ein langlebiges Wesen und ein Magier. Sein Rat könnte hilfreich sein."

„Wir können einen Blinkspruch über die Signalstationen senden oder einen Boten schicken. Aber ein paar Tageswenden wird es dauern, bis er eintreffen kann."

Nedeam lachte auf. „Nicht bei Marnalf. Er hat eine besondere Art, zu reisen."

„Wenn wir ihn denn überhaupt sofort erreichen." Lotaras zuckte mit den Schultern. „Er ist noch immer ein wissbegieriges Wesen und des Öfteren in den fernsten Marken unterwegs."

„Nun, wenn wir diese Gefahr überstehen wollen, so brauchen wir nicht nur unsere Fertigkeiten und die unserer übrigen Freunde, sondern wohl auch ein wenig Glück." Nedeam blickte zur Decke des Raumes empor. „Mit dem ersten Tageslicht werde ich einen Blinkspruch an Marnalf senden."

4

Das Pfeilschiff maß kaum zehn Längen von Bug bis Heck. Es wirkte zierlich und fast verspielt, wie es der Eigenart der Elfen entsprach. Über dem Rumpf erhob sich der schlanke Mast, so hoch, dass es schien, er müsste das Schiff zum Umkippen bringen. An seiner Spitze befand sich eine winzige Plattform für den Ausguck, der den Kapitän vor möglichen Gefahren warnen sollte. Der weiße Rumpf und das weit ausladende muschelförmige Segel machten es sehr auffällig, doch solange auch nur ein Hauch von Wind ging, gab es nichts auf dem Meer, was es an Geschwindigkeit mit einem Pfeilschiff aufnehmen konnte. Sie dienten der raschen Erkundung oder den schnellen Reisen wichtiger Persönlichkeiten. Dieses hatte gleich zwei von ihnen an Bord.

„Wir machen gute Fahrt, Kapitän." Der schlanke Seeelf an der Reling stand weit vornübergebeugt und betrachtete die Wellen, die vom scharfen Bug des kleinen Schiffes zerteilt wurden. „Der Leckstopfen hält und mindert unsere Geschwindigkeit nicht."

Der Mann trug das bei den Häusern der See übliche kurze Gewand. Die Muster waren den Schuppen der Fische und Muscheln nachempfunden. Im Gegensatz zu den Waldelfen bevorzugten die Seeelfen leuchtende und kräftige Farben. Die Füße waren bloß und wiesen dicke Schwielen an den Sohlen auf. Die Elfen der See legten Wert darauf, ein Schiff zu spüren: seine Bewegungen im Wasser und wie es sich auf und ab wiegte, zur Seite legte und wieder aufrichtete, wenn es auf den Segeldruck und das Ruder reagierte. So verzichteten sie auf störendes Schuhwerk und legten es auch an Land nicht an.

„Verdammter Tentakelwal", brummte Kapitän Herolas und kaute auf seiner Unterlippe. „Hält uns für ein brünstiges Weibchen und will sich mit uns paaren."

„Es ist ihm schlechter bekommen als unserem Bug", ertönte die lakonische Feststellung des Steuermannes Gendrion.

„Die *Sturmschwinge* ist nun einmal ein gutes Schiff und solide Arbeit der Elfen der See", meinte Herolas durchaus selbstgefällig. „Dergleichen findet man an Land nicht."

„Denen saufen die Häuser ja auch nicht unter den Füßen weg, wenn sie keine Sorgfalt in ihr Handwerk legen", stimmte der Steuermann zu.

Der Kapitän trug den hoch aufragenden Helm mit dem Symbol seines Hauses, einem Seevogel mit ausgebreiteten Schwingen. Dazu einen Panzer aus metallen blitzenden Schuppen, was typisch für die seefahrenden Häuser war. An seinem breiten roten Schwertgurt führte er das lange, leicht gekrümmte Schwert der Elfen. Der blaue Umhang wurde von einem Verschluss in Form der Schwingen eines Seevogels gehalten. Die Tatsache, dass auch Herolas barfüßig war, wirkte, wenigstens in den Augen eines Waldelfen, durchaus befremdlich.

„Ich habe nichts gegen eine schnelle Fahrt und eine lange Reise", murmelte Gendrion. „Doch es wäre mir lieber, wenn wir nicht ständig so hohe Gäste an Bord hätten. Ihnen zu Ehren trägst du ständig das ganze Zeug. Ich sage dir, Kapitän, wenn es am Mittag etwas wärmer wird, wirst du mir noch an Überhitzung sterben."

„Es ist nun einmal eine große Ehre, gleich zwei Mitglieder des Hohen Rates der Häuser an Bord meiner *Sturmschwinge* willkommen zu heißen." Der Kapitän lächelte herzlich. „Jalan-olud-Deshay gehört immerhin zum Haus des Urbaums und auch das Haus Elodarion ist eines der ältesten."

„Trotzdem sind und bleiben es Waldfüße." Gendrion deutete mit dem Kinn zu den beiden Ältesten. „Sie stehen schon wieder an der Reling und starren aufs Meer hinaus. Sie können es bestimmt nicht erwarten, wieder festen Boden unter den Landfüßen zu spüren."

„Ich denke doch eher, dass sie die Schönheit der Reise genießen. Was bekommen sie denn sonst zu Gesicht? Grünzeug, Krabbeltiere und was sonst im Wald herumläuft. Was ist das gegen die Erhabenheit der Meere und ihrer Bewohner? Solche Vielfalt an Formen und Farben bekommen sie an Land nicht zu sehen."

Gendrion schüttelte entschieden den Kopf. „Sie sind nun schon einige Male mit uns gefahren und doch sind ihre Gesichter bleich und sie verneigen sich über der Reling."

„Nun ja, wenn sich der Magen dem Wellengang anpasst, so gilt dies auch für seinen Inhalt." Herolas lächelte nun ebenfalls. „Und manche Wellen sind mächtig hoch für das Empfinden eines Landfußes."

„Jedenfalls bin ich froh, wenn wir wieder an den neuen Ufern sind. Es ist auch ohne unsere verehrten Gäste schon beengt genug an Bord." Gendrion musterte den Wellengang und den Himmel. „Gegen Mittag wird ein kräftiger Wind aufkommen."

Sein Kapitän nickte. „Das wird unseren Ältesten und ihren Mägen nicht behagen."

„Sie scheinen ohnehin nicht sonderlich beglückt. Sie kehrten weit früher aus dem Menschenreich zurück und ohne ihre Kinder."

„Ich sage dir, Gendrion, das ist kein gutes Zeichen. Mich würde wahrhaftig interessieren, was die beiden jetzt wohl zu bereden haben." Herolas spuckte über die Bordwand. „Ich habe das Gefühl, dass sich Bedeutsames ereignen wird, und es ist gewiss nichts Gutes."

Jalan und Elodarion hatten sich auf der Reling abgestützt, doch keineswegs weil ihnen übel war. Sie hingen ihren Gedanken nach und schienen die zahlreichen Meeresbewohner, die bis dicht unter die Oberfläche kamen, kaum zu bemerken. Das Wasser war klar und man konnte sogar die Gruppen der Silberlinge und Buntschwärmer in einiger Tiefe erkennen. Doch für die Schönheiten der See waren sie im Augenblick nicht empfänglich.

„Mein Herz ist schwer", gestand Jalan unvermittelt ein. „Es ist nicht leicht, ein Kind zurückzulassen. Doch sie müssen wohl selbst über ihr Schicksal entscheiden. Ebenso wie die Menschen."

Elodarion warf ihm einen nachdenklichen Blick zu. „Ja, so sollte es sein. Doch haben wir ihnen ebendies nicht von Anbeginn verwehrt? Haben wir nicht mit wachsender Furcht ihr Erstarken beobachtet? Waren wir nicht erleichtert, als die drei Magiertürme ihre Macht entfalteten und die Geschicke der Völker beeinflussten?"

Jalan nickte. „Ja, wir hatten Angst vor den Menschen. So kurzlebig sie auch sein mögen, so sind sie doch viele und sie lernen rasch. Sie erschufen die Paladine von Rushaan mit ihren tödlichen Lichtwaffen, metallenen Kampfwagen und pfeilschnellen Flugschwingen, die den Tod aus der Luft brachten. Wäre der große Krieg gegen den Schwarzen Lord nicht gekommen, so hätten sie uns eines Tages aus unseren Ländern verdrängt. Menschen sind ein unersättliches Volk, Elodarion, du weißt es."

„Dem stimme ich zu, alter Freund. Wenn sie diese grausame Prüfung bestehen, der sie nun ausgesetzt sind, so werden sie wohl zu einer fernen Tageswende an unsere Stelle treten. Vielleicht hätten auch unsere Häuser den Weg zu den Sternen antreten sollen, wie es einige der anderen taten."

„Die Menschen werden niemals die Unsterblichkeit erlangen." Jalan schüttelte entschieden den Kopf. „Sie werden nie an unsere Stelle treten."

„Aber sie traten an unsere Seite. Und was ist schon Unsterblichkeit?“ Elodarion legte dem Freund die Hand auf die Schulter. „Wir flohen zu den neuen Ufern. Zeigt dies nicht, dass wir den Tod fürchten und in gewisser Weise auch nur Sterbliche sind?“

„Du hegst seltsame und trübe Gedanken. Dass deine Kinder in der Hochmark zurückblieben, das macht dich schwermütig.“

„Ich fühle mich den Menschen verbunden, Jalan.“

„Wir konnten sie nicht retten.“

„Konnten wir es nicht oder wollten wir es nicht? Nein, mein Freund, unser Volk hat Schuld auf sich geladen. Wir beide haben Schuld auf uns geladen.“

In Jalans Blick lag Trauer. „Doch wir bezahlen teuer dafür, denn unsere Kinder bleiben hinter uns zurück.“

5

Das Haupthaus der Festung von Eternas wurde von dem Signalturm überragt, der im Verlauf der Jahre manche Veränderung erfahren hatte. Nach einem Beben, welches die Burg teilweise erheblich beschädigt hatte, war er neu errichtet worden. Seine Konstruktion ragte höher auf und war inzwischen überdacht. Auf der Plattform standen ein modernes Langauge sowie das eigentliche Signalgerät. Dieses bestand aus einem System justierbarer Spiegel und einer starken Brennsteinlampe. Inzwischen nutzte man ein Sprachsystem aus kurzen und langen Lichtblitzen, mit dem detaillierte Nachrichten über mehrere Ketten von Signalstationen bis zu den fernsten Winkeln der befreundeten Reiche übermittelt werden konnten.

Marnalf, der gute Graue, hatte seine eigene Methode, die Signaltürme zu nutzen. Er tat das selten, denn er hinterließ stets eine Spur des Schreckens. Welche Gabe ihn dazu befähigte, wusste er selbst nicht zu beschreiben, doch er konnte sich in einen Lichtblitz verwandeln und auf diese Weise zwischen den Spiegeln reisen. Man konnte sich die Empfindungen der auf den Signaltürmen postierten Männer vorstellen, wenn das Graue Wesen aus einem Blitz materialisierte, freundlich grüßte und schon im nächsten Augenblick wieder verschwand.

Es war sicher die schnellste Möglichkeit, zu reisen, und als Marnalf unvermittelt auf dem Signalturm von Eternas erschien, erschraken die dortigen Posten beinahe zu Tode, obwohl Nedeam sie auf die Fähigkeiten des Magiers hingewiesen hatte. Jetzt war die Ankunft auch an diesem nicht spurlos vorübergegangen. Seine grauen Haare waren versengt und der modische Überwurf seiner Bekleidung glimmte an einigen Stellen. An der Spitze seines Knotenstabes flackerte eine Flamme, die er mit einer beiläufigen Geste zum Erlöschen brachte.

„Verzeiht mein ungebührliches Auftreten, ihr guten Herren", entschuldigte er sich bei den Schwertmännern. „Ich fürchte, zwei Nachrichten haben sich überkreuzt, und mein Erscheinen hat darunter ein wenig gelitten. Licht kann nicht nur Dunkelheit erhellen und Nachrichten übermitteln, werte Herren Pferdelords. Es kann sich auch als tödliche Gefahr erweisen."

Einer der Schwertmänner lächelte nun. „Wohl gar wie bei den kristallenen Brennschüsseln des Zwergenvolkes, hoher Herr Marnalf?"

Der Magier lachte gut gelaunt. „Wahrhaftig, man sollte euch Krieger des Pferdevolkes nicht unterschätzen. Wenn ihr mich nun dem Pferdefürsten melden wollt? Man teilte mir mit, es sei wohl sehr dringlich, und so habe ich mich nach Kräften geeilt."

Marnalf war ein Graues Wesen und seine Art war zu Feinden der Menschen geworden. Doch das war nicht immer so gewesen. Seit vielen Jahrtausenden hatten die Weißen Magier in ihren drei Türmen über das Wohl der Völker gewacht und die Grauen Zauberer waren ihre Gehilfen, die umherreisten und ihre Herren mit allerlei Informationen versorgten. Inzwischen wusste man, dass sie bei Weitem nicht so harmlos gewesen waren, wie ihr Auftreten dies vermittelt hatte. Die Magier senkten einst eine Art von Lethargie in die Völker, die diesen das Interesse nahm, sich weiterzuentwickeln. Erst als die Macht der Türme geschwunden war, wurden Klarstein und Dampfmaschine entwickelt und ersetzten Signalgeräte die althergebrachten Signalfeuer. Zudem hatten die Grauen Wesen nach Menschen Ausschau gehalten, die über die Gabe der Magie verfügten. Wer sie besaß, der musste sich den Grauen anschließen oder verschwand spurlos. Mit dem Krieg gegen den Schwarzen Lord waren die Zauberer zu dessen Dienern geworden. Nur Marnalf hatte dem widerstanden und seine Gaben in die Dienste der Menschen gestellt. Man sah in ihm stets ein unheimliches Wesen, doch es war unbestritten sein Verdienst, dass inzwischen viele seiner Art den Tod gefunden hatten.

Als Marnalf in Nedeams Amtsraum von den Neuigkeiten erfuhr, stieß er eine Serie erbitterter Flüche aus und schalt sich selbst einen Narren. „Ich hätte es ahnen müssen. Wahrhaftig, ich habe die Zeichen doch selbst bemerkt. Wohl jeder von uns. Sie waren ja auch nicht zu übersehen."

Er stieß den schweren Knotenstab mehrmals wütend auf den Boden, bis Llaranya sich räusperte und mahnend in Richtung des Raumes wies, in dem Neliana schlief. Der Magier nickte und atmete mehrmals tief durch. Dann trat er an Nedeams elfische Karte und tippte mit dem Finger auf verschiedene Stellen. „Denkt an die Zerstörungen, die schon von einigen der Beben angerichtet wurden. Zum Beispiel in Gendaneris, der Hafenstadt. Zu jener Zeit, als die Schwärme der See die Ältesten der Elfen entführten. Damals wurde der elfische Gelehrte Mionas verschüttet und konnte nur mit Mühe gerettet werden. Dann die nachfolgenden Beben, welche die Hauptstadt Alneris trafen, die Stadt Nerianeris dem Erdboden gleichmachten und sogar bis in eure Hochmark zu spüren waren."

„Das Beben traf die Feste schwer. Das Haupthaus und der Signalturm stürzten ein und die Herrin der Hochmark, die Hohe Dame Larwyn, starb", erinnerte sich Nedeam mit trauriger Stimme.

„Sie war eine sehr beachtenswerte Herrin." Marnalf stützte sich leicht auf seinen Stab. Eine Angewohnheit, die ihn weitaus gebrechlicher wirken ließ, als er tatsächlich war. Er hatte das Aussehen eines gütigen alten Großvaters, doch die Agilität eines jungen Kriegers. „Wo war ich? Ah ja. Schließlich das große Beben, welches den Spaltpass in die Berge schnitt." Das Graue Wesen berührte wiederholt die jeweiligen Orte. „Wartet. Lasst mich einen Moment überlegen. Wir Magier studieren die Natur seit unendlichen Jahreswenden und … Ja, natürlich. Zeit und Ort sind entscheidend."

Die anderen beobachteten gespannt, wie der Finger Marnalfs über die Karte fuhr und unsichtbare Linien zog. „Es muss hier aufeinanderstoßen", murmelte er. „Von der Bucht von Gendaneris im Südwesten bis hin zur Bucht von Ciritharn im Nordosten. Über Alneris. Alneris, ja. Bei allen Finsteren Abgründen, das muss es sein." Er fuhr herum und blickte die anderen erregt an. „Ihr alle kennt die Stadt Alneris, die Hauptstadt des Königreiches von Alnoa. Nun, von unserem verehrten Waffenbruder Fangschlag einmal abgesehen. Aber führt euch vor Augen, dass die Stadt in einem hohlen Bergkegel liegt. Und dass sich ein See inmitten dieses Hohlberges befindet."

„Das wissen wir", bestätigte Nedeam. „Aber sagt, Freund Marnalf, was habt Ihr entdeckt? Was erregt Euch so?"

„Ich denke, ich habe die Ursache dessen herausgefunden, warum das Land versinken soll." Der Magier ging zu dem kleinen Schränkchen und ließ sich von Llaranya einen Becher mit Wasser einschenken, den er durstig leerte. „Feuer und Wasser, ja, das ist die Lösung", sinnierte er. Er bemerkte die Anspannung in den Gesichtern und zuckte entschuldigend mit den Schultern. „Seht es mir nach, doch ich muss all dies selber erst fassen. Es lag zum Greifen nahe vor meinen Augen und doch habe ich es nicht erkannt. Also gut. Alneris liegt in einem hohlen Berg, der dadurch entstanden ist, dass vor vielen Jahrtausendwenden Feuer aus dem

Inneren der Erde emporstieg und die Spitze des Berges und sein Inneres herausgesprengt hat."

„So wie beim Sprengpulver der Orks?", hakte Arkarim nach.

„So ähnlich, nur dass hier kein Pulver im Spiel war. Im Inneren der Erde gab es Feuer, welches sich seinen Weg nach draußen suchte. Ein Ventil, wie ihr es von den Dampfmaschinen her kennt. Es sprengte den Berg und das Feuer erlosch und die Feuerstelle füllte sich mit Wasser. Sehr viel später haben die Alnoer die Stadt Alneris in diesem Krater erbaut, dessen Herkunft sie nicht kennen."

Nedeam kratzte sich unsicher im Nacken. „Verstehe ich es richtig, dass Ihr meint, das Feuer brenne noch immer im Verborgenen und werde den Berg und die Stadt Alneris erneut, äh, sprengen?"

„In der Tat, so ist es. Allerdings gibt es dabei noch andere Dinge zu berücksichtigen. Doch euch dieses Wissen zu vermitteln, das würde Grundkenntnisse erfordern, zu deren Vermittlung uns die Zeit fehlt. Zudem spielen sie auch keine Rolle. Entscheidend ist alleine, dass tief unter der Erde ein Feuer grollt und es sucht sich erneut seinen Weg."

„Alneris."

„Es hat ihn noch nicht endgültig gefunden", schränkte das Graue Wesen ein. „Wohl auch, weil die alte Feuerstelle im Hohlberg von Alneris erkaltet ist und einem Korken gleicht, welcher ein Gefäß verschließt. Also sucht sich das Feuer noch seinen Weg und dabei lässt es die Erde beben." Marnalf schritt eifrig zur Karte und zog abermals die Linien mit seinem Finger. „Es sucht sich seinen Weg dort, wo die Erde dünn ist. Entlang der Flussbetten."

Fangschlag verzog die Lefzen. „Der Spaltpass brach durch die Berge des Uma'Roll, Graues Wesen. Ich würde die Erde in den

Bergen nicht als dünn bezeichnen. Sie ist felsig, hart und sehr, sehr dick."

„Natürlich hast du recht. Aber der neue Spaltpass liegt genau auf der Bruchlinie zwischen der Bucht von Gendaneris und der Bucht von Ciritharn. Wie auch immer es geschah, dort war die Gewalt so groß, dass die Berge beim großen Erderzittern aufbrachen und so der Spaltpass entstand."

„Dann wird das Feuer auch dort hervorbrechen", wandte Nedeam ein.

„Vielleicht tut es das, aber ich glaube eher, dass es in Alneris geschieht." Marnalf sah die anderen ernst an. „Und wenn das geschieht, dann wird es dieses Land zerreißen und alles wird im Meer versinken."

Für eine Weile herrschte betroffenes Schweigen im Raum.

„Dann haben die Elfen wahr gesprochen", sinnierte Nedeam.

„Elfen können nicht lügen", meinte Marnalf eher unbewusst. „Eines der wenigen Dinge, auf die man vertrauen kann."

„Dennoch haben uns diese edlen Wesen im Stich gelassen", stieß Arkarim wütend hervor.

„Daran gibt es keinen Zweifel." Noch immer lag Trauer in Llaranyas Stimme.

„Nun, meine Freunde, wir sind hier versammelt, weil es nicht um das Schicksal der Elfen geht, sondern um das unsere." Nedeams Stimme klang entschlossen. „Wir brauchen viele Schiffe, denn wir wollen die Völker vor dem Untergang bewahren. Doch das wird uns nur gelingen, wenn wir allesamt zusammenarbeiten und uns gleichzeitig der Orks erwehren."

„Sie werden kommen und sie werden kämpfen." Fangschlag bleckte nun die Fänge und etwas Geifer sickerte über seine Lefzen. „Wenn sie erkennen, was ihr beabsichtigt, dann wird es kein Halten geben. Sie werden kommen und sich euer Leben und eure

Schiffe nehmen."

„Ja, das werden sie versuchen", stimmte Nedeam zu. „Und wir werden dies mit all unseren Kräften und unserem Blut verhindern."

„Doch dazu bedarf es eines erneuten Bundes aller Völker", wandte Marnalf ein. „Sie müssen von dem drohenden Untergang erfahren und mit uns beraten, was zu tun ist, damit wir uns alle retten können."

„Wir brauchen eine Versammlung!", rief Arkarim. „Einen gemeinsamen Rat."

Lotaras hatte bislang mit seiner Schwester Leoryn schweigend zugehört und nichts zum Gespräch beigetragen. Die Geschwister schienen auf besondere Weise unter dem Bruch mit dem elfischen Volk zu leiden. Dies war nur zu verständlich. Das gemeinsame Glück von Nedeam und Llaranya musste ihnen stets vor Augen führen, worauf sie verzichtet hatten. Es sei denn, sie entschlossen sich, einen sterblichen Partner zu erwählen. Nun räusperte sich der junge Krieger. „Bedenkt die Völker und die langen Wege zwischen ihnen. Es wird Zeit brauchen, sie zusammenzurufen."

„Zunächst müssen wir die Könige und Fürsten an einem Ort versammeln."

„Hier in der Hochmark", schlug Arkarim vor. „Sie liegt geschützt und niemand wird die Versammlung stören."

„Sosehr ich dazu neige, dir zuzustimmen, Arkarim, so müssen wir dennoch bedenken, wie unterschiedlich weit die Wege für die Teilnehmer der Versammlung sind." Nedeam schüttelte den Kopf. „Zudem wird die Hauptlast aller Arbeit im Königreich von Alnoa zu bewerkstelligen sein. Dort muss man die Schiffe erbauen."

Marnalf sah auf die Karte. „Für die Versammlung brauchen wir einen zentralen Treffpunkt und hier fällt mein Blick auf Enderonas, die Königsstadt des Pferdevolkes. Später brauchen wir einen Ort, an dem wir alle Fäden zusammenführen, die wir zu einem festen Tuch verknüpfen wollen. Ich schlage dafür die alnoische Hafenstadt Mintris am Fluss Genda vor. Dort werden sich später auch all jene einfinden müssen, die auf den Schiffen in Sicherheit gelangen sollen."

Es begann eine erregte Diskussion, doch schließlich stimmte man dem Vorschlag des Grauen Wesens zu. „Lasst uns überlegen, welche Zeit wir benötigen, um die Versammlung nach Enderonas einzuberufen, und wann diese zusammentreten kann. Wir brauchen die Zustimmung der Regierenden der Völker, damit wir anschließend mit den eigentlichen Vorbereitungen der großen Flucht beginnen können."

Nun erhob auch die elfische Heilerin Leoryn ihre Stimme. „Furcht wird in die Herzen der Völker sinken, wenn sie erfahren, was ihnen droht. Angst ist ein entsetzlicher Feind, der dem Körper die Kraft raubt und der Seele die Entschlusskraft nimmt."

„Die Elfin hat recht", knurrte Fangschlag. „Würden die Spitzohren von dem Unheil erfahren, so würden sie vor Angst unter sich machen und wären zu keiner vernünftigen Handlung fähig." Er lachte bellend. „Was eigentlich auch sonst nicht der Fall ist."

Nedeam lächelte höflich. „Auch ich halte nicht viel von den kleinen Orks, aber Todesangst kann auch Kraft und Mut verleihen. Vielleicht werden sie erst recht kämpfen, wenn sie wissen, dass sie sich sonst nicht retten können. Doch Leoryn meinte sicher, dass wir die Stimmung im eigenen Volk bedenken sollen. Die Völker müssen die Wahrheit erfahren, doch wenn dies geschieht, sollten wir in der Lage sein, mit einem fundierten Rettungsplan aufzuwarten. Das nimmt viel von der Angst, die sie befallen wird."

„Zuerst die Versammlung", erinnerte Marnalf. „Nicht jeder ist dafür geeignet, bei den verschiedenen Völkern Vertrauen zu erwecken. Führen wir sie uns vor Augen: Da wäre das Pferdevolk mit seinem König und den Pferdefürsten der Marken. Sie einzuladen ist kein Problem. Das Gleiche gilt für den König des Reiches von Alnoa und die Könige der Kristallstädte der Zwerge. Danach wird es ein wenig, äh, komplizierter." Der Magier zählte mithilfe der Finger auf. „Da wären die Turiks der Sandclans im Westen. Der Turiko der Stämme schätzt die Pferdelords vor allem, weil er ihre Schädel gerne sammelt."

„Es hat sich gebessert", murmelte Nedeam. „Es gibt auch Handel zwischen ihnen und der Westmark."

„Wessen Wort würde der Turiko der Clans genügend vertrauen, um sich in fremdes Land zu begeben?", fragte der Magier leise.

„Meinem", seufzte Nedeam. „Wir lernten einander kennen und, äh, respektieren. Der Kerl wollte mich hereinlegen und die Zwerge kamen ihm dazwischen. Da er mit dem Leben davonkam, steht er nun in meiner Schuld."

„Nun, jetzt ist eine wundervolle Gelegenheit, diese Schuld einzutreiben." Marnalf lächelte und hob den nächsten Finger. „Dann wäre da das ferne Reich von Julinaash, hoch oben im eisigen Norden, wo Männer und Frauen sich nur mit zögernder Freundschaft begegnen. Hier wäre wohl die Hohe Dame Llaranya eine geeignete Gesandte, um die Königin der Frauen und den König der Männer in die Wärme unserer Gastfreundschaft zu laden."

„Damit bleiben noch die Lederschwingen und das Volk der gepanzerten Irghil", wandte Arkarim ein.

„Die Lederschwingen bestreifen die Ostmark nahe Merdonan." Nedeam erinnerte sich an seinen Ritt auf der Schwinge

Showaa und ein flüchtiger Plan reifte in ihm heran. „Wenn man auf dem riesigen Turm der alten Ostwache ein farbiges Feuer entzündet, so werden die Streifenflieger der Schwingen es sehen und kommen, um nach dem Grund zu fragen."

„Ich selbst muss den König von Alnoa überzeugen." Marnalf lachte. „Er ist verständig und wird fraglos einverstanden sein. Aber es bleiben noch die gepanzerten Irghil weit im Südosten, wo das einstige Land von Jalanne an die Wüste von Cemenghil grenzt."

„Wir alle hier haben an der Seite der Gepanzerten gegen die grausamen Magier von Jalanne gekämpft."

„Zähe und tapfere Krieger", stimmte Fangschlag zu. „Fast wie ein Rundohr."

Nedeam legte die Fingerspitzen aneinander. „Ich habe es. Damals kämpften wir, so wie später in Nerianet, an der Seite der siebenten Gardekavallerie von Alnoa. Die meisten von uns kennen ihren Kommandanten, die Hohe Frau Livianya ta Barat. Sie hat das Vertrauen der Irghil und kann ihnen unsere Kunde überbringen."

„Gut, dann wäre das entschieden", seufzte Marnalf erleichtert. „Doch wann soll uns die Versammlung in Enderonas zusammenführen?"

„Dort, wo wir die Signalstationen nicht nutzen können oder nicht nutzen wollen, bleiben uns nur die Pferde als Transportmittel. Vorausgesetzt, jeder nimmt eine entsprechende Zahl von Handpferden mit, sodass er sie immer wieder wechseln kann und sie nicht so rasch ermüden …", überlegte Nedeam.

„Und jedem sei eine Schar als Begleitschutz mitgegeben", warf Arkarim ein. „Ein einzelner Reiter kann seine Augen und Ohren nicht überall haben und gelegentlich muss er auch schlafen. Ein Teil der Wege ist gefährlich und es gibt Pelzbeißer, Raubkrallen und auch andere Gefahren."

Nedeam nickte und trat neben Marnalf an die Karte, um die Entfernungen einzuschätzen. „Zu den Sandclans brauche ich vier volle Tageswenden. Llaranya wird wohl einen Zehntag benötigen, bis sie Julinaash erreicht. Ich werde Scharführer Herklund mit einer persönlichen Botschaft in die Ostmark senden. Pferdefürst Mor wird dann das Signal für die Schwingen entzünden. Die Hohe Frau Livianya sollte vier oder fünf Tageswenden unterwegs sein, wenn sie ohne Zögern aufbricht. Die anderen können wir weit schneller informieren. Die Könige und Fürsten werden Zeit brauchen, um sich auf die Reise vorzubereiten. Dann die eigentliche Reise nach Enderonas. Ich schätze, wir können uns frühestens in drei vollen Zehntagen beim Pferdekönig einfinden."

Erneut berieten sie sich, ob diese Einschätzung wohl realistisch war, und einigten sich vorsichtshalber auf den Zeitraum von anderthalb Monden.

„Wir wissen nicht genau, wann die Katastrophe über uns hereinbricht", stellte Marnalf abschließend fest. „Die Erderschütterungen häufen sich und werden stärker, aber sie haben noch nicht ein Ausmaß erreicht, bei dem ich befürchten müsste, dass uns keine Zeit mehr bleibt. Ich hoffe, dass uns das Schicksal noch ein paar Jahreswenden gönnt, denn diesen Zeitraum werden wir auch benötigen, wenn unser Vorhaben gelingen soll."

„Gut. Dann bleibt uns noch die Gelegenheit zu einem Becher Gerstensaft, bevor wir uns zur Ruhe begeben", stellte Arkarim fest und Nedeam war erleichtert, als die anderen in sein Gelächter einstimmten.

Es bestand Hoffnung und ein jeder von ihnen würde das Seine dazu beitragen, dass aus dem Funken ein loderndes Feuer wurde.

6

Die Stadt Merdonan galt in vielerlei Hinsicht als ein außergewöhnlicher Ort. Man sah die Hauptstadt der Ostmark des Pferdevolkes schon aus großer Entfernung, denn über ihr erhob sich die nadelförmige Silhouette des großen Turms. Der große Turm bildete das Wahrzeichen Merdonans und fand sich als Symbol auf den grünen Rundschilden der Pferdelords der Ostmark wieder. Er war ungewöhnlich hoch und ungewöhnlich alt. Es hieß, er sei zu den Zeiten der alten Königreiche entstanden, und wer ihn sah, wagte dies nicht zu bezweifeln. An seiner Basis durchmaß das Bauwerk zwanzig Längen und stieg über Hundert in die Höhe auf, bevor es sich an seiner obersten Spitze zu einer Plattform von kaum vier Längen verjüngte. Unten gab es nur eine schmale Türöffnung, die von einer schweren Metalltür verschlossen wurde. Ab der zweiten Turmebene zogen sich enge Schießscharten um seine fünf Seiten herum. Das Mauerwerk bestand aus großen Quadern, die sorgfältig behauen und einst fugenlos gewesen waren. Doch die Zeit und die Witterung hatten dem großen Turm zugesetzt und die Steine wirkten verwittert. An manchen Stellen zeigten sich Risse in den Wänden, Pflanzen rankten sich über viele Längen empor. Aber der Turm stand noch immer fest und erfüllte seine Aufgabe.

Man bezeichnete ihn auch als die alte Ostwache, denn von ganz oben hatte man einen weiten Ausblick über das Land. Vor allem gen Osten, wo sich das Reich der dunklen Mächte befand. Von der obersten Plattform konnte man im Norden die versteinerten Wälder erkennen, im Nordosten die weißen Sümpfe und im Osten selbst die Ausläufer der mächtigen Gebirge des Noren-Brak und des Uma'Roll.

Der große Turm hatte schon vielen Herren als Wache gedient: den ersten Königen und dem Volk der weißen Bäume, nun gehörte er den Pferdelords. Selbst die Orks hielten ihn schon besetzt, als sie die Menschen einst zurücktrieben, aber diese nahmen ihn sich wieder. In allen Kämpfen war der Turm verschont geblieben, da er den verschiedenen Nutzern gleichermaßen gut diente.

Der Vorzug der überwältigenden Aussicht wurde mit Mühsal bezahlt, denn man musste 1.654 Stufen ersteigen, bevor man die Plattform erreichte. Niemandem verlangte es danach, die steinerne Treppe, die sich innen um die Wände zog, häufiger als nötig zu benutzen, und der Abstieg war nicht weniger anstrengend und gefährlich. Mancher war hier schon zu Tode gestürzt. Aber der große Turm war die Ostwache. Man brauchte seine Aussicht und so stiegen alle vier Tage zwei neue Pferdelords zu seiner Plattform empor, mit Nahrungsmitteln und Wasser und mit ihren Umhängen, welche sie nur notdürftig gegen die Kälte der Nacht und den Wind schützten.

Den meisten Raum nahmen hier oben die Bodenluke der Treppe und das neue Signalgerät mit seinen glänzenden Spiegeln ein. Das Gestell für das einst verwendete Signalfeuer hatte man erst entfernen wollen, doch nun sollte sein Entzünden im Notfall die Streifen der Lederschwingen herbeirufen.

Die Wache der beiden Schwertmänner näherte sich dem letzten Tag und sie waren froh, bald wieder hinabsteigen zu können. Sie gehörten zu jenen Auserwählten, die mit dem Umgang des Signalgerätes vertraut waren und noch dazu das Setzen und Deuten von Schriftzeichen beherrschten. Wenn während ihrer Wache Nachrichten zu übermitteln waren, so nutzte man eine

Winde am Treppenaufgang, um einen Korb mit den Botschaften heraufzuholen oder herabzulassen.

„Ich glaube nicht, dass es ein Bote war." Eine der Wachen stand an der Brüstung des Turms und spähte in die Tiefe hinab. Von seinem Standort aus konnte er den großen Platz von Merdonan überblicken. Auch jenes Gebäude, in dem der Pferdefürst der Ostmark residierte.

„Ich sage Euch, es war einer." Der andere polierte eifrig die Spiegel und überprüfte deren Justierung. „Ich konnte erkennen, dass es ein Schwertmann der Hochmark war. Was sollte ein Schwertmann der Hochmark bei uns wollen, wenn er keine Botschaft überbringt?"

„Na, was weiß ich? Heute reitet doch keiner mehr durch die Gegend, wenn eine Nachricht doch sehr viel schneller mit dem Licht reisen kann."

„Wartet." Der andere blickte zur Winde. „Man zieht am Seil."

Sie griffen in die Kurbel und es erforderte eine Menge Kraft, die hundert Längen des dünnen Seils auf die Trommel zu befördern. Schließlich tauchte der kleine Korb aus dem Dunkel des Turminneren auf und einer der Männer zog ihn zu sich und entnahm eine kurze Mitteilung.

„Und? Wohin sollen wir blitzen?"

„Kein Blitzspruch", kam die Feststellung. „Wir sollen das Feuer für die Schwingen entzünden."

„Roter Rauch oder blauer Rauch?"

„Blauer."

„Gut", seufzte der andere erleichtert. „Dann droht wenigstens keine Gefahr."

7

Nedeam klopfte seinem Hengst Duramont aufmunternd gegen den Hals. „Ruhig, mein Freund, ruhig. Ich weiß, dieser Anblick behagt dir nicht."

Rechts und links von ihm waren vier Schwertmänner der Westmark ausgeschwärmt und hielten ihre Bogen bereit, während sie aufmerksam umherspähten. Der Beritt fächerte gerade zur Kampflinie aus. Der kommandierende Scharführer war erfahren und achtete darauf, dass seine Männer hinter der Sanddüne verborgen blieben. Nun kam er langsam zu Nedeam getrabt, stets darauf bedacht, dass auch er von der anderen Seite nicht zu erspähen war.

„Sie wissen, dass wir hier sind, Hoher Lord." Der Scharführer nahm den Helm mit dem gelben Rosshaarschweif der Westmark ab und wischte sich den Schweiß von der Stirn. „Dazu brauchen sie uns nicht einmal zu sehen. Sie spüren es an den Schwingungen des Bodens."

Nedeam nickte. „Deshalb bat ich um Euer Geleit, guter Herr. Die Turiks der Sandclans sollen rasch auf mich aufmerksam werden. Mir fehlt die Zeit, lange nach ihrem Lager zu suchen."

„Es missfällt mir und meinen Männern, Euch alleine weiterreiten zu lassen. Die verdammten Barbaren werden darauf aus sein, Euch den Schädel zu nehmen." Der Scharführer beugte sich im Sattel zur Seite und spuckte aus. „Wir treiben etwas Handel mit ihnen, aber ich will nicht behaupten, dass wir uns gegenseitig über den Weg trauen. Es ist eher eine Waffenruhe, Herr, und wenn Ihr alleine zu ihnen reitet, könnten sie in Versuchung geraten, ihr Schädelhaus um ein berühmtes Exemplar zu erweitern."

„Habt Dank für Eure Sorge, doch der Turiko des Nagerclans steht in meiner Schuld." Der Pferdefürst lächelte schwach. „Ich hoffe nur, die anderen Clans werden das respektieren."

„Herr, lasst uns Euch begleiten. Das Risiko ist zu groß. Lasst meinen Signalbläser ins Horn stoßen und in einem Zehnteltag sind mehr Beritte hier und Ihr könnt mit Macht auftreten."

„Ich will Leben retten und keine Leben nehmen", lehnte Nedeam das Angebot ab. „Das Sandvolk hat seinen Stolz und würde zu den Waffen greifen, wenn wir den Vertrag verletzen. Kein Pferdelord darf weiter als bis zu dieser Stelle in die Wüste vorrücken. Hier, auf dieser Düne, in Sichtweite der toten Wache beginnt das Gebiet der Sandkrieger."

„Die tote Wache." Der Scharführer setzte seinen Helm wieder auf und starrte auf den Anblick, der sich ihnen unterhalb der Düne bot. „Wahrhaftig, sie erfüllt mich mit Grauen. So sollten tapfere Pferdelords nicht enden. Es hat keine Ehre, Hoher Lord."

„Im Gegenteil, Scharführer. Es ist die Art des Sandvolkes, unsere toten Krieger auf besondere Weise zu achten. Es ist ihre Weise, zu zeigen, dass unsere Toten in Ehren zu den Goldenen Wolken gelangten."

Jenseits der Düne saß die tote Wache auf ihren Pferden.

Der Wind bewegte die langen Umhänge, welche immer mehr zerfielen und die Schultern der Reiter kaum noch bedeckten. Umhänge, deren grüne Farbe schon lange verblichen war. Die Reiter standen in langen Reihen und es waren viele Reihen, hintereinander gestaffelt, als seien sie zur Schlacht geordnet. Jeder der Reiter sah in Nedeams Richtung. Dorthin, wo die neue Heimat des Pferdevolkes lag. Zweitausend Reiter sahen der neuen Heimat entgegen und ihr Tod hatte das Überleben des Pferdevolkes gesichert.

Die ausgeblichenen Umhänge waren verschlissen und verfallen, so, wie das Fleisch der Reiter und ihrer Pferde längst verfallen war.

Hölzerne Stützen hielten Mann und Ross aufrecht, vermittelten den Eindruck von Leben, wo schon so viele Jahre kein Leben mehr war. Der Wind ließ Rüstungsteile und Knochen aneinanderschlagen, rief ein leises Klappern hervor, als pochten die Hufe der Pferde noch über den Sand, als schlügen die Reiter kampfeswillig die Waffen gegen ihre Schilde. Die Toten trugen ihre Helme, an denen die Reste stolzer Rosshaarschweife zu erkennen waren. Aber die Helme bedeckten keine Köpfe. Sie steckten auf kurzen Stangen, denn jene, die das Leben der Reiter einst nahmen, hatten den Toten auch die Schädel genommen. Als Zeichen des Triumphes über die Männer mit den grünen Umhängen. Die Toten waren Pferdelords und sie waren einst die Wache des Ersten Königs gewesen. Sie hatten die Grenzen des Pferdevolkes bewacht und das Volk beschützt. Nun hatte ihr Volk eine andere Heimat gefunden, aber die tote Wache des Königs hielt noch immer die alte Grenze.

„Ich kann keine Ehre darin erkennen, die Knochen unserer toten Kämpfer auf Stöcken zu sehen", erwiderte der Scharführer grimmig.

Nedeam erwiderte den wütenden Blick des Mannes und lächelte versöhnlich. „Weil Ihr das Sandvolk nicht kennt, guter Herr." Der Pferdefürst hatte Verständnis für die Männer der Westmark, die bei diesem Anblick Zorn und Trauer empfanden, doch zugleich war er enttäuscht darüber. Er hatte darauf gehofft, dass der Waffenstillstand mit den Sandclans und der begrenzte Handel zu gemeinsamen Gesprächen führen würden. Gespräche, durch die man gegenseitiges Verstehen erlangte. Es war bedauerlich, dass man diese Gelegenheit nicht ergriffen hatte, und es war zwecklos, jemandem die Schuld dafür zuzuweisen. Wenigstens gab es keine Überfälle der Jungkrieger, der Turs, mehr auf die Westmark, die ihre Kriegerschaft als Turik erlangen wollten, indem sie einen Schädel nahmen.

Nedeam fühlte sich bemüßigt, dem Scharführer ein paar erklärende Worte zu geben. Es mochte sein, dass dies die Sorge des braven Mannes minderte, man werde Nedeam jenseits der nächsten Sanddüne den Kopf von den Schultern trennen.

„Das Pferdevolk hatte einst gut und tapfer gegen die Sandclans gekämpft und die letzte Schlacht hat an dieser Stelle stattgefunden. Ein Rückzugsgefecht, welches den anderen die Zeit verschaffte, sich in Sicherheit zu bringen. Jene tapferen Männer müssen einen verdammt guten Kampf geliefert haben, denn das Sandvolk ehrt sie. Ihre Lieder besingen die Kraft der Pferdemenschen, die hier einst bezwungen wurden, und die Kraft der Krieger, welche dies erreichten. Und nicht nur das, guter Herr Scharführer." Der Pferdefürst deutete zu der toten Wache hinüber. „Um unsere Toten zu ehren, erinnert man sich ihrer auf diese besondere Weise. Die Turiks haben die Erschlagenen nicht einfach liegen lassen, sondern sie in mühevoller Arbeit aufgerichtet. Damit unsere Männer nach Osten blicken, dorthin, wo unsere neue Heimat liegt. Damit sie sehen können, dass ihr Opfer nicht umsonst war."

Der Blick des Scharführers wurde nachdenklich. „Das habe ich nicht gewusst, Hoher Lord. Sagt, woher wisst Ihr all diese Dinge?"

„Das ist eine lange Geschichte, guter Herr. Jedenfalls kostet es das Sandvolk auch eigene Opfer, unsere Toten zu ehren. Sie bewachen diese Stätte und jeder Tur, der zu einem Turik werden will, muss viele Tageswenden damit verbringen, hier die Ehrenwache zu halten."

„Ich verstehe, Hoher Lord. Deshalb sind wir hier, nicht wahr?"

Nedeam lächelte. „Auch jetzt hütet man die tote Wache und wir werden beobachtet. Für mich ist das der schnellste Weg, mit einem der Sandclans in Verbindung zu treten. Wartet mit Eurem

Beritt an dieser Stelle. In vier oder fünf Tageswenden sollte ich zurück sein."

„Und wenn nicht, Hoher Lord?"

„Seid unbesorgt. Die Turiks mögen ihre eigene Art haben, zu leben, doch sie haben ein ähnliches Ehrempfinden wie wir. Mir wird nichts geschehen."

Nedeam winkte den Männern zu und trieb Duramont dann die Düne hinab. Er trabte langsam auf die tote Wache zu, ritt aber nicht durch deren Reihen, sondern umritt die makabere Formation an ihrer Flanke. Sein Augenmerk richtete sich auf die gegenüberliegende Düne, denn dort würden sich der oder die Hüter der Wache verborgen halten.

Es war drückend heiß und Nedeam war froh, nicht seine volle Rüstung zu tragen. Er trug den Helm, aber nur ein leichtes Wams über der Reithose. Auf seinen grünen Umhang verzichtete er nicht. Ebenso wenig auf seine Waffen. Er kam als Unterhändler, jedoch nicht als Bittsteller und zudem wusste er sehr wohl, dass nicht alle Turiks von Ehre beseelt waren. Aber das hatte er dem besorgten Scharführer vorsorglich nicht auf die Nase gebunden. Der aufrechte Mann hätte ihn sonst unter keinen Umständen alleine reiten lassen.

Er wusste, dass jemand da sein musste und ihn beobachtete, und hätte gerne die Kraft der Aura genutzt, aber inzwischen war er es gewöhnt, dass sie ihn stets im Stich ließ, wenn er sie hätte gebrauchen können. Die Aura würde ihm daher nicht zeigen, wo sich ein Turik verbarg, doch sie konnte ihm vielleicht offenbaren, ob der Mann zum Reden bereit war oder seinen Kopf nehmen wollte.

Am unteren Rand der Düne zügelte Nedeam sein Pferd. „Hier steht Nedeam vom Pferdevolk!", rief er zum Kamm empor. „Mein Name ist bekannt bei den Clans des Sandes. Der

Turiko der Nager steht in meiner Schuld. Ich berufe mich auf Heldar-Turiko, das Oberhaupt des Nagerclans, und ich will zu ihm."

Auf halber Höhe des Hanges gab es Bewegung. Nedeam war überrascht, denn er hätte nicht vermutet, dass sich dort ein Turik verborgen hielt. Sand rieselte von der Gestalt, die so unvermittelt vor ihm stand.

„Ich bin Heglen-Turik vom Nagerclan und ich kenne dich, Nedeam vom Pferdevolk!", rief der Krieger. „Du warst in unserem Dorf und kämpftest an meiner Seite gegen die Orks."

Nedeam konnte sich nicht an diesen Krieger erinnern, aber es war jetzt sicher nicht der richtige Zeitpunkt, das zuzugeben. „Es war ein guter Kampf", sagte er diplomatisch.

Der Krieger nickte mit ernstem Gesicht. „Ja, ein guter Kampf. Damals kämpfte ein sehr kleiner Pferdelord an deiner Seite."

„Mein Freund Dorkemunt. Er ist vergangen."

„Starb er im Kampf?"

„Das tat er."

„War es ein guter Kampf?"

„Er war ein wahrer Pferdelord."

Heglen-Turik nickte erneut. „Dann wird er in Euren Liedern besungen." Er wandte sich halb um und stieß einen leisen Pfiff aus. Rings um Nedeam und oben am Kamm erhoben sich wohl an die zwanzig Sandkrieger. Sie bemerkten die Überraschung des Pferdelords und grinsten breit, weil es ihnen gelungen war, sich so gut vor ihm verborgen zu halten. „Wir haben Euch erwartet. Das Klopfen der Hufe auf dem Boden ist schon lange zu hören."

„Das habe ich vermutet." Nedeam lächelte. „Ich muss mit dem Turiko sprechen und ich weiß, dass mir das nur gelingt, wenn Ihr mir dies ermöglicht. Niemand findet einen Sandkrieger, wenn dieser das nicht will."

Etliche der Turiks lächelten, denn das Lob freute sie.

Die Männer sahen einander sehr ähnlich, denn sie alle trugen die typische Tracht der Krieger des Sandvolkes. Knochen von Tieren und die Fasern der Stachelpflanze bildeten den Grundstoff der Kleidung. Sie bestand aus einem ärmellosen Hemd, aus weich gekauten Pflanzenfasern, welches bis über das Gesäß reichte und die Beine frei ließ. Darüber trugen die Krieger den selbst gefertigten Brustpanzer. Meist benutzte man dafür die leicht erhältlichen Knochen der Sandwühler. Sie wurden durch geflochtene Pflanzenfasern miteinander verbunden und bildeten einen annehmbaren Schutz gegen die Klinge eines Schwertes oder einer Axt. Lanze und Pfeil würden sie jedoch durchschlagen und daher hatten einige der Turiks zusätzliche Metallplatten an ihrem knöchernen Harnisch befestigt. Sie befanden sich unterhalb der Knochen, damit das Metall sie nicht durch seinen Schimmer verraten konnte. Weit wichtiger war dem Sandvolk der Schutz von Bein und Fuß. Man trug knielange Überzieher aus den unvermeidlichen Pflanzenfasern, welche die Stacheln der Pflanzen abhielten. Die dicken Sohlen bestanden aus der mehrfach gefalteten und vernähten Haut von Sandwühlern.

„Fürchtet der Pferdereiter um seinen Schädel?“ Einer der Krieger deutete auf Nedeams Helm und dieser begriff die Anspielung. Keiner der Krieger trug einen Helm. Niemand vom Sandvolk trug einen solchen. Es war unschicklich, den Schädel zu bedecken, und galt als Anzeichen mangelnden Mutes. Man bot dem Feind den Schädel dar. Mochte er ruhig versuchen, ihn zu nehmen, die Stärke des Kriegers entschied darüber, wer wessen Trophäe erhielt.

Nedeam nahm seine Kopfbedeckung ab und grinste den Mann an. „Ich fürchte nicht um meinen Schädel, eher um meinen Verstand. Die Sonne der Wüste brennt heiß herab.“

„Da du kein Kopftuch trägst, magst du deinen Schädelschutz wieder aufsetzen", entschied Heglen-Turik. „Du gibst dein Wort, dass deine Pferdereiter nicht folgen?"

„Ihr habt mein Wort. Die Männer haben Befehl, dort jenseits der Düne auf meine Rückkehr zu warten."

Heglen-Turik, der offensichtlich der Anführer der Gruppe war, sah den Pferdefürsten forschend an und lächelte erneut. „Nun, du willst unseren Turiko sehen und du hast Glück. Unser Lager ist nur den Marsch einer Tageswende entfernt."

Als Nedeam den Männern auf den Kamm der Düne folgte, sah er vor sich mehrere Hundert der Kämpfer. Es würde dem Beritt wohl schwerfallen, ihm zu folgen, falls die Pferdelords tatsächlich den Versuch wagten. Für Nedeam hingegen war es nahezu unmöglich, zu den Seinen zurückzukehren, falls die Clankrieger dies nicht zuließen.

Heglen-Turik führte Nedeam mit einer kleinen Gruppe tiefer in die Wüste hinein.

Nedeam kannte das Dünenland von seinem Abenteuer, bei dem die Pferdelords nach dem Banner des Ersten Königs gesucht hatten. Er wusste, dass die Wüste keineswegs so unbelebt war, wie sie auf den ersten Blick wirken mochte. Es gab eine Vielzahl von kleinem Getier, darunter ein paar ausgesprochen tödliche Exemplare und sogar ein paar größere Räuber wie die im Rudel jagenden Fleckbeißer. Am tödlichsten war jedoch ein Feind, den man erst sehen konnte, wenn er zuschlug. Nedeam musste an diesen Umstand denken, als sie einen Tag später die Heimstatt des Nagerclans erreichten.

Das Erste, was man von der Siedlung sah, waren die Aussichtsplattformen, die sich oben auf einem einzelnen und sehr hohen Pfahl befanden. Natürlich nutzte man die Möglichkeit, von hier die Annäherung eines möglichen Gegners zu beobachten, doch der Feind, gegen den sich die Plattformen richteten, bewegte sich nicht auf der Erde, sondern darunter.

Die Bestien aus der Tiefe waren riesige Würmer und spürten ihre Beute durch Vibration oder Wärme auf. Um sie zu töten, mussten die Sandkrieger vergiftete Stacheln in den geöffneten Rachen treiben und das war ein selbstmörderisches Unterfangen. Daher versuchten die Clans, die Aufmerksamkeit der Bestien gar nicht erst zu erregen oder ihnen rechtzeitig zu entkommen. Die Ungeheuer gruben sich unter der Erde entlang und verursachten dabei unmerkliche Schwingungen. Deshalb gab es die hohen Plattformen und diese standen viele Längen vor der Heimstatt. Metallene Stangen mit dünnen Metallplatten begannen zu schwingen, wenn sich ein Wurm näherte, und warnten so die Angehörigen des Clans.

Das Dünenland barg manche tödliche Gefahr und in der Nacht drohten Fleckbeißer oder die kleinen Sandstecher mit ihren tückischen Giftstacheln. Aus diesem Grund erhoben sich auch die Zelte des Sandvolkes auf Pfählen über der Wüste. Die kuppelförmigen Pfahlbauten standen in konzentrischen Kreisen. Die äußeren Ringe waren den Zelten der Krieger, der Turiks, vorbehalten, gefolgt von denen der Nichtkrieger, der Turs. Die Eingänge wiesen nach außen, sodass ein Angreifer notfalls vom Zelt aus bekämpft werden konnte. Der innere Zeltring blieb den Frauen und Kindern vorbehalten, die so am besten geschützt waren. In der Mitte der Heimstatt stand das Schädelhaus. Es wurde von einem Gewirr von Pfählen gestützt, denn es war ein großes Haus, in dem der Kriegerrat zusammentrat und die Trophäen der Streifzüge aufbewahrt wurden. Die Eingänge wiesen in die vier Himmelsrichtungen und die Zwischenräume waren mit den genommenen Schädeln der besiegten Feinde gefüllt.

Die Annäherung von Nedeams Gruppe war angekündigt worden. Da er auf Duramont ritt, rief dieses ungewöhnliche Bild große Aufregung hervor. Frauen, Kinder und Jungmänner eilten heran, um den ungewöhnlichen Besucher aus der Nähe zu betrachten. Auch die Krieger konnten ihre Neugierde nicht verbergen, aber sie blieben wachsam. Auch wenn seit vielen Jahren Waffenstillstand herrschte, so gab es doch keine Freundschaft zwischen ihren Völkern.

Zwischen den Erwachsenen drängte sich eine narbige Gestalt hervor. An diesen hinterhältigen Mann konnte sich Nedeam nur zu gut erinnern.

„Was bringst du da für eine seltsame Beute in die Heimstatt?" Der alte Bimar-Turik war schon ein erfahrener Krieger gewesen, als Heglen-Turik noch Heglen-Tur hieß und gerade seine Prüfungen als Kämpfer ablegte.

Heglen mochte den Alten nicht, der für seine spitze Zunge bekannt war. Doch Bimar zählte zu einem der ältesten Krieger und gehörte dem Rat an, auch wenn seine Macht zunehmend schwand. „Es ist der Pferdelord Nedeam, dessen Name im Clan der Nager bekannt ist, und er will mit unserem Turiko sprechen."

Bimar-Turik kam näher und seine Augen funkelten Nedeam bösartig an. „Ja, den kenne ich. Damals war er ein wenig jünger." Sein Blick fiel auf das Schwert an Nedeams Waffengurt. „Eine elfische Klinge!" Er lachte. „Du hast wohl eines ihrer verlassenen Häuser geplündert, nicht wahr, Pferdereiter?"

Nedeam lächelte in übertriebener Freundlichkeit. „Es ist eine Ehrengabe. Doch ich will mit dem Turiko sprechen und nicht mit dir."

Der Alte legte die Hand an den Griff seiner Schädelkeule. „Vielleicht wirst du dich mit mir begnügen müssen."

Heglen-Turik trat vor. „Er kommt zu uns, um zu sprechen, und nicht, um uns seinen Schädel anzubieten."

„Gut, lassen wir ihn reden und nehmen dann seinen Schädel."

Einige der Krieger lachten und die Stimmung schien feindselig zu werden.

„Je weniger Zähne Bimar in seinem Maul hat, desto bösartiger werden seine Gedanken und desto kürzer ist sein Gedächtnis." Eine imposante Gestalt war in einem der Eingänge des Schädelhauses aufgetaucht und sah von der Höhe der Plattform auf die Menge hinunter. „Bringt den Pferdemann herein und ruft den Rat der Turiks zusammen."

Heldar-Turiko war das Oberhaupt des Nagerclans und eine lebende Legende des Sandvolkes. Als einziger Krieger trug er einen Helm, der seinen Kopf bedeckte. Einen hohen Helm mit golden schimmerndem Kamm und einer fein gearbeiteten Figur am Stirnschutz. Es war der Helm eines Elfen, der schon lange keine Verwendung mehr für seinen Kopfschutz hatte. Heldar-Turiko hatte Helm und Schädel in einem bemerkenswerten Kampf erfochten. Niemand würde den Mut des Turiko anzweifeln und so trug er diesen Helm als Zeichen seiner Würde. Nicht nur der erwiesene Mut des Clanführers war bemerkenswert. Auch sein Haar war es. Die Menschen des Sandvolkes hatten schwarze Haare, doch der Turiko hatte Haare, die in der Farbe der Sonne schimmerten. Haare, wie viele Menschen des Pferdevolkes sie hatten. Damals, als man das Reitervolk besiegte, hatte man einige ihrer Weiber genommen. Die Verluste waren hoch gewesen und man brauchte neue Krieger. Einige der daraus entstandenen Kinder waren ebenso blond gewesen wie der Turiko, doch im Laufe der Generationen waren Sonnenhaare immer seltener geworden. Es hieß, der Turiko sei der einzige Mann des Sandvolkes, der noch das Sonnenhaar besaß.

„Ich grüße dich, Turiko!“, rief Nedeam. „Ich bin gekommen, weil es wichtige Dinge zu bereden gibt, die über die Zukunft der Völker entscheiden. Dinge, die wir zunächst unter vier Augen besprechen sollten.“

Sofort wollte Bimar-Turik widersprechen, doch eine Geste des Turikos brachte den Alten zum Schweigen. Heldar musterte Nedeam nachdenklich. Schließlich nickte er. „Dann komm herauf, Nedeam vom Pferdevolk, und lass uns reden.“

Nedeam war sich des Umstands bewusst, dass es nicht genügen würde, diesem Mann die Einladung zu einer Versammlung zu überbringen. Der Turiko war kein Freund der anderen Völker und musste zunächst erfahren, welches gemeinsame Schicksal ihnen allen bevorstand. Also erzählte Nedeam, was er wusste und welchen Zweck die Versammlung der Herrscher erfüllen sollte.

Heldar-Turiko hörte schweigend zu und in seinem Gesicht zeigten sich die Zweifel, die ihn erfüllten. Als Nedeam geendet hatte, starrte er vor sich hin. Schließlich blickte er den Pferdefürsten mit düsterer Miene an. „Die Clans sollen das Dünenland verlassen?“

„Alle Völker müssen ihre Heimat verlassen, sonst ist ihnen ihr Tod gewiss.“

„Wer sagt mir, dass ihr unser Volk nicht in eine Falle locken wollt, um uns alle abzuschlachten?“

Nedeam hatte diese Frage erwartet. Das Misstrauen war einfach zu groß und in vielen Generationen der Feindschaft gewachsen. „Warum sollten wir das tun? Um wieder ins Dünenland zurückkehren zu können? Turiko, du weißt, dass mein Volk seine fruchtbaren Ebenen liebt. Dies hier“, er deutete um sich, „ist nicht mehr unser Land. Trockenheit, Sand und Hitze locken uns nicht.“

„Hm. Das mag sein oder auch nicht.“

„Die Elfen haben ihre Häuser verlassen und dieses Volk tut nichts ohne guten Grund."

„Wir dachten, sie würden die Orks fürchten."

„Jeder hat Grund, ihre Macht zu fürchten", gestand Nedeam ein. „Aber wir wissen auch, wie man sie besiegen kann."

„Das ist wahr", räumte Heldar ein. Er nahm den Helm ab und strich sich durch sein langes Sonnenhaar. „Ich weiß noch gut, was vor vielen Jahreswenden geschah." Er grinste Nedeam an. „Es war eine schlaue List, uns in die Falle der Zwerge zu locken."

Nedeam schüttelte den Kopf. „Du weißt, dass es nicht so war. Du hattest uns freies Geleit bis zur Grenze zugesichert."

„Bis zur Grenze, ja." Der Turiko lachte vergnügt. „Dort hätten wir euch die Schädel genommen, wenn die Zwerge nicht dazwischengekommen wären."

„Nun haben wir Waffenruhe und einen begrenzten Handel, Turiko. Doch jetzt müssen sich unsere Völker die Hand reichen. Der Gefahr, die uns jetzt bedroht, können wir nur gemeinsam begegnen."

„Ich kenne keinen Grund, warum du die Unwahrheit sagen solltest, Pferdereiter Nedeam", gestand das Oberhaupt des Nagerclans. Heldar seufzte schwer. „Gut, so werde ich dir folgen. Ich werde sofort mit dir reisen."

„Was ist mit den anderen Clans des Dünenlandes?"

„Darum mach dir keine Sorgen. Wenn ich von der Versammlung zurückkehre, werde ich die anderen Clans informieren."

„Aber werden sie dir folgen?"

„An meinem Wort ist nicht zu zweifeln", lautete die harsche Erwiderung. „Und sie werden mir folgen. Spätestens wenn die Nager in euer Land wandern, dann werden auch die anderen begreifen, dass es ums Überleben geht. Sie werden kommen."

Nedeam trat ins Sonnenlicht hinaus und schloss für einen Augenblick geblendet die Augen. Um das Schädelhaus herum hatte sich der gesamte Clan versammelt. Ein Raunen lag über der Menge und verstummte, als Heldar-Turiko ins Freie trat und eröffnete, dass er mit Nedeam gehen werde.

„Während meiner Abwesenheit wird Heglen-Turik den Clan führen", bestimmte der Turiko.

„Ich bin der Älteste!", erhob Bimar-Turik sofort Protest.

„Aber nicht der Klügste", hielt Heglen dagegen und es gab ein paar schadenfrohe Lacher.

„Ich verlange mein Recht als ältester Turik der Nager", keifte der Alte.

Der Turiko sah Heglen-Turik an. „Wenn er dir Schwierigkeiten macht, dann nimm dir seinen Schädel. Es bringt dir zwar keine Ehre, aber es verschafft deinen Ohren Ruhe." Ein drohender Blick traf Bimar. „Du wirst dich fügen, Turik, so ist es mein Wille."

Wenig später waren Nedeam und der Turiko auf dem Weg zur Grenze.

8

Die Reiter trugen die blitzenden Vollrüstungen der Gardekavallerie des Reiches von Alnoa und sie bestreiften ein fremdes Land. Vor- und Nachhut waren eingeteilt und zusätzliche Gardisten schützten die Flanken der Kolonne. Sie kamen aus der Grenzfestung Maratran, an der südlichen Pforte des Königreiches, und bewegten sich inzwischen tief im einstigen Reich von Jalanne, welches im Krieg des ersten Bundes gegen den Schwarzen Lord vernichtet worden war. Keiner der Bewohner hatte überlebt, doch ihre Dörfer und Städte waren erhalten geblieben. Inzwischen zeigten sie deutliche Zeichen des Verfalls. Jalanne war Niemandsland, denn kein Volk beanspruchte die fruchtbaren Ebenen und üppigen Wälder. Es lag als ein Puffer zwischen Alnoa und der Wüste von Cemenghil. Cemenghil wurde auch Cemen'Irghil genannt, denn dort hatten die Irghil ihre neue Heimat gefunden.

Einst waren die krebsartigen Panzerwesen aus ihrem fernen Land in die Sklaverei nach Jalanne verschleppt worden. Der Krieg gegen den Schwarzen Lord hatte ihre Peiniger das Leben gekostet und sie selbst befreit. Lange Jahre hatten die Irghil unter dem Weißen Magier der Insel Lemaria und dessen Gehilfen zu leiden gehabt. Die Zauberer verstanden sich darauf, der ahnungslosen Garde das friedliche Volk als blutrünstige Bestien zu präsentieren, und so war es zu blutigen Kämpfen zwischen der Gardekavallerie und den Irghil gekommen. Als die Hinterlist der Magier von Nedeam aufgedeckt wurde, vernichteten Pferdelords, Garde und Irghil Seite an Seite die letzten Herren Jalannes. Seitdem herrschte Frieden und wenn sich die Streifen der Gardekavallerie und der Irghil begegneten, so geschah dies in der Art von Waffenbrüdern.

Dies war der Grund, warum sich der Beritt aus Maratran der Grenze zur Wüste näherte.

Neben dem grauen Wimpel des Beritts flatterte das rechteckige Banner des Regimentskommandeurs. Dieser hatte den Helm über das Sattelhorn gelegt und die langen Haare wehten frei im Reitwind aus. Das ebenmäßige Antlitz gehörte einer schönen Frau, die eine Besonderheit im Königreich verkörperte. Sie war die einzige Frau, die in der berittenen Garde diente und zudem auch noch eines der Regimenter und die Festung von Maratran befehligte.

Einst hätte sich die Hochgeborene Livianya ta Barat nicht träumen lassen, jemals eine Rüstung zu tragen und mit der Garde zu kämpfen. Ihr Gemahl war stellvertretender Kommandeur eines Regiments gewesen und hatte in der Festung von Dergoret gedient, die den großen Wall im Norden versperrte. Vor vielen Jahren hatten die Legionen der Orks versucht, über den Pass von Dergoret in das Reich Alnoa vorzustoßen. Sie waren äußerst geschickt vorgegangen und hatten die Garde aus der Festung hervorgelockt. Die Bestien überraschten die Truppe und schlachteten sie ab. Nur eine Handvoll entkam zurück nach Dergoret. Darunter Livianyas schwer verwundeter Gemahl. Man hatte das Signalfeuer entzündet und darauf gehofft, die Truppen des Königs würden rechtzeitig kommen, um die Besatzung der Festung zu retten. Ununterbrochen stürmten die Orks und die Moral der Männer sank. Livianyas Gemahl schaffte es, trotz seiner Wunden den Kämpfern ein Vorbild zu sein. Doch es überforderte seine Kräfte. In der Nacht vor dem letzten Ansturm der Legionen starb er in Livianyas Armen. Wäre sein Tod bekannt geworden, hätte die verbliebenen Verteidiger der Mut verlassen. Als der Morgen dämmerte, trat Livianya in der Rüstung ihres toten Gemahls in die Reihe der Männer. Sie hielten stand. Ungeachtet allen Blutes und Elends und ihrer Verzweiflung. Sie hielten stand und die Truppen des Königs kamen.

Als offensichtlich wurde, wer in der Rüstung ta Barats gekämpft und Ork-Blut vergossen hatte, gewährte der König ihr einen Wunsch. So trat sie der Garde bei, gegen den Widerstand vieler Adliger und Gardisten, die den Traditionen verwurzelt waren. Sie diente als Führer eines Halbberitts, stieg als Hauptmann zum Berittführer auf und gewann in den Kämpfen den Respekt ihrer Soldaten. Sie wurde zu einer Heldin und das einfache Volk liebte seine Helden. Als der alte Kommandant von Maratran starb und sie sich als Kommandantin bewarb, genoss sie inzwischen gleichermaßen die Unterstützung des Volkes und der Garde. So erhielt sie Maratran und die Gegnerschaft jener, die es ihr neideten oder ihr die Rüstung nicht zuerkannten. Livianya war dies gleich. Sie vermisste die hohe Gesellschaft in Alneris nicht und empfand Verachtung für jene, die ihre Soldaten leiden ließen, um den eigenen Wohlstand zu mehren. Sie genoss den Respekt und das Vertrauen des Königs sowie des Oberkommandierenden der Garde, Daik ta Enderos, und war dem Pferdefürsten Nedeam in Freundschaft verbunden. Dieser Umstand hatte sie nun an den Rand der Wüste gebracht.

Die Vorhut des Beritts hielt auf einem sanften Hügel, dessen spärlicher Bewuchs zeigte, dass sich das Land nun im Wandel befand. Der fruchtbare Grasboden wich zurück und die saftigen Halme wuchsen nur noch in kärglichen Büscheln, an denen selbst die Pferde der Kavalleristen keinen Gefallen fanden.

Livianya schloss mit den Übrigen zur Vorhut auf. Der Wind kam aus Richtung der Wüste und die trockene Hitze, die er mit sich führte, trieb den Schweiß auf die Stirn der Menschen. Das sandige Land vor ihnen war von großen und kleinen Felsengruppen übersät. Die Luft flimmerte in der Ferne.

Die Hochgeborene beugte sich zur Seite und zog eines der neuen Langaugen aus ihrer Satteltasche. Es war kleiner als die großen Ausführungen, die in den Festungen und Signaltürmen standen, und das Handelshaus Helderim bot sie erst seit Kurzem an. Livianya ta Barat schätzte sich glücklich, eines davon zu besitzen, denn es vergrößerte die fernen Dinge. Als Soldatin wusste sie, welchen Vorteil es barg, eine Gefahr rechtzeitig zu erspähen. Hier suchte sie jedoch nicht nach einer Gefahr, auch wenn ihre Männer aufmerksam und kampfbereit waren.

„Ein verdammtes Pech, Euer Hochgeboren", meinte ein Reiter der Vorhut. „Die Irghil bestreifen Jalanne recht eifrig und eigentlich sollten wir längst auf ein paar ihrer Kämpfer gestoßen sein."

Die Hochgeborene nickte und schob das Instrument mit einem leisen Klicken ineinander. „Wir werden nach Cemen'Irghil hineinreiten. Ich würde uns die Hitze lieber ersparen, doch die Nachricht, die wir zu überbringen haben, duldet keinen Aufschub."

Hauptmann ta Karek, der den Beritt befehligte, hatte ihre Worte gehört und trieb sein Pferd näher heran. „Verzeiht, wenn ich frage, Euer Hochgeboren, doch was mag es mit der Versammlung auf sich haben, zu welcher wir die Irghil laden sollen? Die Nachricht war dringlich, doch sie nannte keinen Grund."

„Ich bin ebenso neugierig wie Ihr, Hauptmann. Doch die Botschaft kam über die Signalstationen aus der Hochmark und von Pferdefürst Nedeam. Wenn er sagt, es sei dringend, so steht dies für mich außer Frage."

Ta Karek nickte mit ernstem Gesicht. „Er hat den Respekt der Garde. Gendaneris, Jalanne und Nerianet, das sind Namen, die den seinen mit der Garde verbinden. Ich zweifle auch nicht am

Ernst seines Anliegens, Hochgeborener, sondern daran, ob die Irghil seinem Wunsch folgen werden."

Livianya lächelte. „Sie kämpften Seite an Seite, ebenso wie wir. Ja, sie werden seinem Wort vertrauen. Im Übrigen werden wir es wohl gleich erfahren."

Sie deutete in die Wüste hinaus und zur selben Zeit war der Ruf eines der Reiter zu vernehmen. „Bewegung! Sand wirbelt zwischen den Felsen empor."

Diesmal verzichtete die Hochgeborene auf die Verwendung ihres Langauges. Auch ohne Hilfsmittel war zu erkennen, dass zwischen einigen der Felsen eine dünne Staubfahne emporstieg, wie sie nur von einem heftigen Wind, eilenden Füßen oder Hufen hervorgerufen werden konnte. Kurz darauf waren winzige blaue Schemen sichtbar, die sich rasch näherten und immer deutlicher wurden.

„Eine Streife der Irghil", kommentierte Hauptmann ta Karek.

Livianya musste lächeln. „Offensichtlich."

Früher hatte der Anblick die Gardisten in höchste Alarmbereitschaft versetzt, denn mit herkömmlichen Waffen war den gepanzerten Wesen kaum beizukommen. Spezielle Pfeile und Lanzen waren entwickelt worden, um die harten Chitinhüllen durchschlagen zu können. Dabei waren die Irghil im Grunde weder kriegerische Wesen noch verfügten sie über Waffen, wenn man von denen absah, mit denen die Natur sie ausgestattet hatte. Doch die Sklaverei formte sie zu fähigen Kriegern und ihre massiven Kampfscheren erwiesen sich als tödlich.

Ein Irghil glich einem der Krebse, wie sie in den Flüssen und Meeren zu finden waren. Allerdings besaß sein gedrungener Leib fast dieselbe Größe wie der eines Pferdes. Der gesamte Körper war von einem blau schimmernden Panzer geschützt. Sechs Beine dienten der Fortbewegung, ein weiteres Beinpaar war zu mächtigen Scheren ausgebildet, die auf den Rücken gefaltet werden konnten. Unterhalb des Kopfmauls ragten zwei kräftige Arme mit überraschend feingliedrigen Fingern und Daumen hervor, welche die Wesen zu fähigen Handwerkern machten. Oben auf dem Kopf befanden sich drei Augenstiele, deren knollenartige Enden zum Schutz mit schweren Lidern verschlossen werden konnten.

„Ich weiß, sie sind unsere Verbündeten", raunte einer der Gardisten. „Aber ihr Anblick jagt mir immer wieder einen Schauder über den Rücken."

Drei dieser Wesen waren nun bis auf wenige Längen heran und hielten vor der Gruppe mit Wimpel und Banner an.

„Ich bin Dan'Valpant, Dan des gepanzerten Volkes, und entbiete Grüße", wandte sich der Mittlere der Gruppe an Livianya und knickte zur Begrüßung die drei Augenstiele nach vorne. Fraglos erkannte er sie als Anführer der menschlichen Soldaten. „Ich kenne dich, weibliches Schwert. Wir kämpften auf der Insel der tückischen Magier."

Irghil besaßen keine Stimmbänder, sondern erzeugten die Klänge der menschlichen Sprache durch das Reiben von Hornplatten in ihren Mundhöhlen. Bestimmte Laute erhielten dadurch einen seltsam rollenden Ton.

„Ich bin Livianya ta Barat und befehlige die Festung und Gardekavallerie von Maratran, Dan des gepanzerten Volkes. Ich kenne deinen Namen, Dan'Valpant." Die Hochgeborene lächelte unwillkürlich. „Du führtest die Krieger, welche unter Wasser die Flöße zu der Insel zogen."

Dan'Valpant knickte zustimmend den mittleren Augenstiel nach vorne. „Das Volk begrüßt es, dass wir im Bund stehen. Doch was führt euch in die Nähe unseres Heimes und der Eier, die wir hüten?"

„Eine Nachricht des Pferdefürsten Nedeam aus der Hochmark des Pferdevolkes und sein Wunsch, dass eine Ratsversammlung in Enderonas abgehalten wird."

„Nedeam? Ich erinnere mich. Wir alle erinnern uns." Dan'Valpants Augenstiele wandten sich den anderen Dan der kleinen Gruppe zu. Zischende und klickende Töne waren zu hören, als sich die Kämpfer in ihrer eigenen Sprache unterhielten. Dann wandte sich der Sprecher wieder an Livianya. „Wann soll das Treffen stattfinden?" Als er den Termin erfuhr, knickte er zustimmend mit dem Augenstiel. „Ich werde die Nachricht an unseren Ältesten, Danot'Nelat, überbringen. Wenn der scherenlose Bruder Nedeam uns ruft, so werden wir kommen."

9

Marnalf hatte den König des Pferdevolkes über die drohende Gefahr und die geplante Versammlung in der Königsstadt informiert. Der Oberherr des Pferdevolkes war klug genug, die Notwendigkeit zu erkennen und Nedeams Entscheidung zu akzeptieren. Er wurde nicht von falschem Stolz beherrscht und unterstützte daher die Vorbereitungen nach besten Kräften. Als nach rund drei Zehntagen die ersten Abordnungen der Völker eintrafen, war alles bereit.

Das Vorhaben, eine Versammlung der Oberhäupter der Völker und Marken im Verborgenen abzuhalten, wäre von vornherein zum Scheitern verurteilt gewesen.

Pferdefürsten und König des Pferdevolkes traten regelmäßig in Enderonas zusammen und eine solche Zusammenkunft wäre unauffällig gewesen. Die Ankunft von Zwergen, Kronenträgern aus Julinaash und einer Gruppe Barbaren des Dünenlandes ließ sich jedoch nicht geheim halten und ohne Weiteres erklären. Das Eintreffen zweier Irghil und der jungen Lederschwinge Showaa mit ihrem Reiter Anschudar bedeutete für die Bewohner der Königsstadt Enderonas eine Sensation, denn keiner von ihnen hatte zuvor solche Lebewesen zu Gesicht bekommen. Mit Ausnahme der Lederschwinge wurde zudem jede der kleinen Abordnungen von einer Schar Pferdelords oder Gardekavalleristen begleitet, denn die Anreise war nicht ganz ungefährlich. Es gab Raubgesindel im Land, zudem die Anhänger des Renegaten Garwin und die verborgenen Späher der Rumaki. Nedeam und seine Freunde hegten keinerlei Zweifel, dass es nur eine Frage der Zeit sein konnte, bis der Schwarze Lord von der Zusammenkunft erfuhr.

Enderonas, die Königsstadt des Pferdevolkes, lag auf einem Hügel, unmittelbar am Fluss Ronin. Die hohe Palisade und die Häuser bestanden aus Holz, doch die Königsburg selbst war aus soliden Steinquadern errichtet worden, die man im Gebirge des Teanus abgebaut hatte. Hier in der Festung waren die Delegierten der Völker vor den neugierigen Blicken und Ohren anderer geschützt.

Die Bewohner der Burg und die Schwertmänner der Königsmark versuchten ihre Gäste nicht zu auffällig anzusehen, was ihnen sichtlich schwerfiel. Der Anblick der beiden Irghil war schon ungewöhnlich genug, doch die mächtige Lederschwinge Showaa maß, von den beiden Maultentakeln bis zur Schwanzspitze, gute zwölf Längen und dieses Maß wurde in der Spannweite ihrer Schwingen noch übertroffen. Körper und Schädel hatten von oben betrachtet die Form von Dreiecken, deren stumpfe Seite nach vorne wies. Der Rumpf war schlank und leicht und die beiden muskulösen Beine wurden im Flug nach vorne an den Leib gelegt. An der Vorderseite des Kopfes befand sich das einzelne Auge. Es besaß eine breite elliptische Form und zwei schlitzartige Pupillen. Jede der Pupillen war mit einem der Maultentakel gekoppelt und erlaubte es der Lederschwinge, ihre Beute auf große Entfernung zu erkennen und den Brennstrahl zu fokussieren. Die Seiten des Schädels liefen in kurze Steuerschwingen aus, welche das Flugwesen enorm manövrierfähig machten. Unter dem Schädel befand sich der Fressschlitz, an der Oberseite lagen die Membranen der Saugatmung. Der Kopf saß auf einem schlauchartigen Hals, der in den Rumpf überging. Dort begannen die dreieckigen Flugschwingen. Der lederartigen Haut in ihrer Schattierung von Grau und Grün verdankten die Wesen ihre Bezeichnung. Showaa war ein junges Weibchen und so schimmerte ihre Bauchseite in einem sanften Rot. Sie entstammte dem

Wurf der alten Feedanaa, der Herrin der Lederschwingen und des Schwingenvolkes. Als die Orks das Reich der Rumaki überrannten, war einem kleinen Teil der Bewohner des Königreiches die Flucht in die Berge gelungen. Hier stießen die Menschen auf die Lederschwingen und lebten nun mit diesen in einer symbiotischen Beziehung zusammen.

„Feedanaa alt", hatte Showaa Nedeam erklärt, als dieser sie und ihren Reiter Anschudar im Burghof begrüßte. „Nicht mehr viel fliegt. Showaa spricht Feedanaas Worte."

Anschudar nickte zu ihren Worten. „Ältester Mordeschdar ist darüber nicht sehr glücklich. Er ist kein Freund anderer Völker, wie du weißt. Doch er musste sich Feedanaas Entscheidung fügen."

Der alte Mordeschdar war der Sprecher der Menschen des Schwingenvolkes. Nedeam hatte ihn kennengelernt und wusste, dass dieser Mann jeden Kontakt zu anderen Völkern ablehnte. Aber Nedeam hatte den Schwingen in einer schwierigen Situation geholfen und besaß seitdem das Vertrauen der alten Schwingenmutter.

Showaas gewaltige Abmessungen erforderten einige Veränderungen an der Ratshalle des Königs. Zwar konnte sie sich gerade noch durch das doppelflügelige Tor hineinbegeben, doch innerhalb der großen Halle musste erst ein Platz geschaffen werden, an dem sie sich zur Beratung niederlassen konnte. Trotz der Größe des Raumes kein leichtes Unterfangen, denn die freie Fläche der lang gestreckten Halle wurde von einer Vielzahl von Säulen unterbrochen, die aus schwarzen und weißen Steinen bestanden.

König Reyodem fühlte sich ein wenig ratlos, was die Sitzverteilung im Rat betraf. Als König des Pferdevolkes stand ihm der Thronsitz zu, doch auch die Könige der zwergischen Kristallstädte und der König des Reiches Alnoa besaßen das Recht auf einen Herrschersitz. Wie es sich mit den anderen verhielt, das war für Reyodem ungewiss. Da er wusste, welche Bedeutung der Versammlung zukam, wollte er keinen Formfehler begehen und berief Nedeam zu sich, um mit diesem darüber zu beraten.

Sie trafen sich in der Königshalle, wo die Vorbereitungen für die Versammlung auf vollen Touren liefen. Bedienstete eilten geschäftig umher, um den Saal zu dekorieren, Erfrischungen bereitzustellen und jedem der Delegierten einen angemessenen Platz herzurichten. An der Stirnseite waren das grüne Banner des Pferdekönigs und das rote des Ersten Königs befestigt worden. Diverse Wimpel und erbeutete Ork-Fahnen standen in ihren Halterungen.

„Nedeam, ich bin verunsichert", gestand der König. „Die Bedeutung dieses Rates ist mir wohl bewusst und so will ich jedem den Respekt erweisen, der seinem Rang zukommt. Es soll kein Unmut aufkommen, denn die Entscheidungen, die wir gemeinsam zu fällen haben, sind zu wichtig für die Zukunft unserer Völker. Dem Hohen König Venval ta Ajonas, Herr von Alnoa, steht wohl ein Thron zu und ebenso den Zwergenkönigen Balruk von der grünen Kristallstadt Nal't'rund und Hendruk von der gelben Kristallstadt Nal't'hanas. Doch bei diesen Kronenträgern aus Julinaash bin ich im Zweifel. Und erst recht bei diesen Irghil und dieser gewaltigen Lederschwinge."

Nedeam sah seinen König nachdenklich an. „Hoher König, bei diesem Rat müssen wir, wie Ihr selber festgestellt habt, über das Wohl unserer Völker entscheiden. Vielleicht wäre es angemessen, dies auf Augenhöhe zu tun."

„Gleiche unter Gleichen?" Reyodem begriff sofort, worauf der Pferdefürst hinauswollte. „Ja, das mag die angemessene Lösung sein. Gleiche unter Gleichen", sinnierte er. „Wahrhaftig, einer wird des anderen Schwert und Schild sein müssen, wenn wir bestehen wollen. Gut, Nedeam, so soll es nach Eurem Rat geschehen."

König Reyodem ließ seinen Thron hinausschaffen und durch eine schlichte Konstruktion ersetzen. Behutsam wurden zwei der schlanken Säulen herausgebrochen, da der Pferdekönig ein Rund haben wollte, in dem alle Teilnehmer gleichberechtigt waren.

Währenddessen war man in der Burg vollauf damit beschäftigt, all die Gäste unterzubringen und sich um ihr Wohl und ihre Sicherheit zu sorgen. Jedem wurde eine Schar Schwertmänner als persönliche Wache zugeteilt. Zwar würde keinem der Delegierten Gefahr durch Angehörige des Pferdevolkes drohen, doch in der Stadt waren viele Fremde, da der Handel blühte. Zudem fürchtete man die gestaltwandlerischen Fähigkeiten der Grauen Wesen oder einen gedungenen Mörder.

Doch trotz aller Schwierigkeiten, die sich durch so unterschiedliche Wesen und Charaktere ergaben, konnte die Ratsversammlung am folgenden Morgen eröffnet werden. Es war eine Versammlung, die Nedeam an all seine vergangenen Abenteuer erinnerte, und fast erwartete er, auch einen Abgeordneten der Schwärme der See zu Gesicht zu bekommen.

Die Zusammenkunft entschied über die Zukunft aller und ihre Teilnehmer versuchten dem gerecht zu werden, indem sie ihre formellen Gewänder trugen, um die Bedeutung des Augenblicks hervorzuheben. Wenigstens soweit solche vorhanden waren, denn weder Showaa noch die Irghil oder Heldar-Turiko verfügten über besondere Kleidung.

König Reyodem und alle Pferdefürsten hatten ihre Rüstungen angelegt, zu denen die grünen Umhänge und der Waffengurt mit dem Schwert gehörten. Nur auf die Kopfbedeckungen war verzichtet worden.

Julara-Alecia-Frau, die Kronenträgerin der Frauen von Julinaash, trug ihr goldenes Haar offen, an der Stirn von ihrer Halbkrone an einem goldenen Reif gehalten. Die Herrin hatte das beigefarbene Gewand der Hüterinnen mit rotem Stehkragen und roten Manschetten angelegt. Zwei Plätze weiter saß der Kronenträger der Männer, Jular-Gerot-Mann. Beide begegneten einander mit Respekt, doch ohne sonderliche Sympathie. Auch wenn sich die Geschlechter in jenem fernen Land nicht mehr so feindselig gegenüberstanden, so herrschten doch noch immer Misstrauen und Vorbehalt. Doch die Hinterlist der Nachtläufer hatte beiden aufgezeigt, dass sich mancher Gefahr nur gemeinsam begegnen ließ.

Die beiden Könige der Zwerge führten die zeremoniellen Äxte mit den Kristallschneiden in den Farben ihrer Städte.

Marnalf bevorzugte diesmal eine schlichte Robe, deren lange Kapuze er zurückgeschlagen hatte. Der Knotenstab ruhte in seiner Armbeuge.

An seiner Seite saß Nedeam, der von Llaranya und Fangschlag begleitet wurde. Die Elfin trug ein einfaches Gewand, welches bis auf den Boden fiel und die zartblaue Farbe des elfischen Volkes aufwies. Dazu einen zierlichen Stirnreif und eine Kette, an der das von Nedeam selbst angefertigte Symbol des Pferdevolkes zu sehen war.

Dass Fangschlag an der Zusammenkunft teilnahm, war sicher eine Besonderheit, da er eigentlich kein Volk repräsentierte. Aber sein Wissen über den Schwarzen Lord und dessen Orks würde man sicher anerkennen. Aus diesem Anlass trug er seine alte Rüstung als einstiger Legionsoberführer und dazu das neue Schlagschwert, welches ihm Nedeam als Freundschaftsgabe überreicht hatte.

Die meisten der Anwesenden wussten längst, aus welchem Grund sie zusammengerufen worden waren. Kein Geheimnis währte lange, wenn es von mehr als zwei Personen geteilt wurde, und in den Straßen der Stadt und den Gängen der Burg schwirrten die Gerüchte. Für Nedeam ein Beweis, wie dringlich es sein würde, die richtigen Entscheidungen zu treffen und den Völkern mit einem Rettungsplan eine Perspektive für ihr Überleben aufzuzeigen.

Nedeam kannte alle Anwesenden von seinen Abenteuern und so unterschiedlich ihre Erscheinung und ihre Charaktere auch sein mochten, so hatten sie doch alle zwei Dinge gemeinsam: ein aufrichtiges Ehrgefühl und die Sorge um ihr Volk. Sie alle waren auf ihre Art tapfere Kämpfer, doch würden sie an diesem Tag auch die Weisheit und den Mut aufbringen, die richtigen Entscheidungen zu fällen?

König Reyodem eröffnete die Zusammenkunft mit formellen Worten, in denen er jeden der Anwesenden nochmals vorstellte. Er tat dies ganz bewusst, um hervorzuheben, dass es in diesem Rat nur gleichberechtigte Stimmen geben würde. Es spielte keine Rolle, wie groß oder mächtig ein Volk war, denn sie alle hatten das gleiche Recht, zu überleben. Diese Auffassung, die König Reyodem ausführlich betonte, erfüllte Nedeam mit Stolz auf den Oberherrn des Pferdevolkes.

Im Anschluss erhob sich Marnalf und unterstrich seine Ausführungen mit lebhaften Gesten, während er erklärte, warum das riesige Land dem Tod geweiht war. Alle hatten es schon durch die Gerüchte gehört, doch nun, mit den Erklärungen des Grauen Wesens, bekamen die Worte eine bedrückende Tiefe. Als er geendet hatte, senkte sich für einen Moment Schweigen über den Raum. Im Hintergrund tuschelten zwei Schwertmänner miteinander, bis sie ein halblauter Befehl ihres Scharführers zur Ruhe mahnte.

Mor, der Pferdefürst der Ostmark, erhob sich von seinem Platz und sah die Anwesenden der Reihe nach an. Nedeam hatte noch an der Seite des greisen Bulldemut gekämpft, doch dieser war inzwischen zu den Goldenen Wolken gelangt und Mor hatte seinen Platz übernommen. Mor war kein Mann des Pferdevolkes, sondern ein Mann aus dem Königreich von Alnoa. Als bewaffneter Begleiter eines Handelszuges hatte er sich den Pferdelords angeschlossen, die ihn bereitwillig aufnahmen. Die Kämpfe gegen die Orks hinterließen stets Lücken, die nur schwer zu schließen waren, und im Pferdevolk kannte man keine Vorbehalte gegen jene, die sich ihm freiwillig anschließen wollten. Mor erfreute sich beim Volk und bei den Schwertmännern großer Beliebtheit und hatte gelernt, sein heißes Blut zu zügeln. Er war, wie Nedeam in er Hochmark, zum Ersten Schwertmann der Ostmark aufgestiegen und schließlich zu Bulldemuts Nachfolger gewählt worden.

„Ich habe den Worten des Hohen Herrn Marnalf gelauscht und weiß nun, welche Gefahr er beschwört. Doch ich kann mir keine Gewalt vorstellen, die ein so großes Land wie das unsere zerreißen könnte. Ja, ich weiß, die Kraft der Natur ist gewaltig und konnte selbst den Uma'Roll auseinanderspalten ... Doch ein ganzes Land in die Tiefe des Meeres senken? Ich kann mir nicht vorstellen, dass dies die Wahrheit ist."

„Es ist die Wahrheit." Llaranya erhob sich, als sich Mor wieder setzte. „Ich stehe hier als Llaranya-olud-Deshay aus dem elfischen Haus des Urbaums und ich bekenne mit Scham, dass mein Volk Schande auf sich geladen hat." Sie berichtete, was Jalan und Elodarion in der Hochmark offenbart hatten, und verschwieg auch nicht, dass es zum Bruch gekommen war. „Ich bin nun eine Frau des Pferdevolkes", beendete sie ihre Erklärung. „Und zum letzten Mal erhebe ich meine Stimme als Elfin, denn ihr alle wisst, dass ich als solche nicht lügen kann: Was Marnalf sagte, ist wahr und wir alle werden untergehen, wenn wir keinen Plan zur Rettung ersinnen. Einen Plan, der allen Völkern das Überleben sichert."

Eher zufällig blickte Nedeam in diesem Augenblick zu Fangschlag und erkannte, wie das Rundohr bei diesen Worten unmerklich zusammenzuckte und die Lefzen verzog. Schlagartig begriff der Pferdefürst, in welchem Dilemma sich der Waffenbruder befand. Alle Völker sollten gerettet werden, doch das des Rundohrs war davon ausgenommen. Fangschlag empfand Achtung für die anderen Rundohren. Er hatte oft betont, dass sie vom Schwarzen Lord benutzt würden, so, wie auch er einst getäuscht und benutzt worden war. Wie musste der Krieger sich nun fühlen, da man seine Art von jeglicher Rettung ausschloss? Ja, in diesem Augenblick erkannte Nedeam, welchen inneren Kampf das Rundohr mit sich austragen musste.

„Ein Plan, der alle retten soll?" König Balruk pochte mit dem Stiel seiner Zeremonienaxt auf die Lehne seines Stuhles. „Wahrhaftig, Hohe Damen und Hohe Lords, ich glaube an die Aufrichtigkeit Eurer Absicht, doch mir scheint, Euch allen ist nicht klar, wovon Ihr da sprecht. Habt Ihr eine Vermutung, wie viele Leben es zu retten gilt und wie das zu bewerkstelligen ist?"

Nedeam blickte seine Elfin verlegen an, denn diese Frage war nur zu berechtigt und er hatte keine Antwort, die sie befriedigt hätte.

„Wir sollten zusammentragen, wie stark unsere Völker sind", schlug Marnalf vor.

Die Zahl war für die meisten der Anwesenden ein Schock.

Der Pferdefürst der Südmark wirkte hingegen kaum überrascht. „Tausende leben in den großen Städten unserer Reiche, doch es gibt nur wenige Städte. Die meisten von uns leben in den zahlreichen Weilern und Dörfern oder den unzähligen Familiengehöften, die über das ganze Land verstreut sind. Ich hatte sogar eine weit größere Anzahl befürchtet."

„Wir würden Hunderte von Schiffen benötigen", ächzte der Pferdefürst der Nordmark.

„Tausende", korrigierte Venval ta Ajonas. Der König des Reiches von Alnoa erhob sich, um das Wort zu ergreifen. „Doch es ist nicht unmöglich. Alnoa versteht sich auf den Bau von Schiffen."

„Hier geht es um den Bau Tausender von ihnen", knurrte Hendruk. Der Zwergenkönig zwirbelte erregt die Enden seiner Bartzöpfe. „Kann Alnoa so viele hervorbringen?"

Venval überlegte. „Es wird alle Kräfte erfordern. Wir brauchen sehr viele und sehr große Schiffe, um all die Seelen zu retten."

„Bedenkt, dass wir nicht nur Raum für all die Leben benötigen", wandte Nedeam ein. „Sie brauchen auch Nahrung und Trinkwasser und zudem Hilfsmittel, um sich eine neue Heimat erschaffen zu können."

„Ja, wohin sollen wir denn fliehen?", warf der Kronenträger von Julinaash ein. „Schließlich können wir nicht für unendliche Zeiten auf dem Wasser treiben. Wir brauchen ein Land, in dem wir siedeln können."

König Balruk klopfte erneut mit dem Axtstiel auf die Seitenlehne. „Man kann selbst auf dem Wasser leben. Die Clans der Zwerge der Meere tun dies seit vielen Jahrtausendwenden." Er hob beschwichtigend die Hand, als erregtes Gemurmel einsetzte. „Ich will zugeben, dass mir diese Vorstellung auch nicht behagt. So, wie die Brüder der Meere dem Wasser verbunden sind, so sind wir dies mit unseren Bergen."

„Sagt, guter König Balruk, wenn Eure Brüder der See auf dem Wasser leben, so werden sie doch über Schiffe verfügen, nicht wahr?"

Balruk sah den Fragesteller an und schüttelte dann den Kopf. „Jeder der Clans lebt auf einer schwimmenden Stadt aus Flößen und verfügt nur über ein oder zwei kleine Handelsschiffe. Zudem würde es Jahreswenden brauchen, um sie alle zusammenzurufen, damit sie uns helfen können. Wahrhaftig, sie würden nicht zögern, uns zu helfen, doch ich fürchte, sie haben dazu keine Mittel."

„Das Gleiche gilt wohl für Telan", seufzte der König von Alnoa. „Es ist ein fernes Menschenreich, mit dem wir Handel treiben. Doch es liegt mit einem unheimlichen Insektenvolk im Krieg."

„Erinnert euch der Zahl unserer Völker." Nedeam dachte an die begrenzten Möglichkeiten der Hochmark. „Ein fremdes Reich wird kaum die Möglichkeit haben, uns alle aufzunehmen und zu ernähren."

„Wir brauchen ein neues Land." Pferdefürst Mor sprang auf. „Eines, welches uns eine Zukunft bietet und uns gehört."

„Showaa fliegt." Die Köpfe wandten sich der riesigen Schwinge zu. „Schwingen fliegen." Das einzelne Auge schien auf Nedeam zu fokussieren. „Showaa suchen Pfad. Showaa suchen Land."

„Bei den Finsteren Abgründen." Nedeam schlug die Hände ineinander. „Natürlich. Ich hätte selbst darauf kommen sollen."

„Darf man erfahren, worum es geht?" Die Stimme der Kronenträgerin klang irritiert.

„Als wir in das Land des Schwarzen Lords marschieren mussten, um dessen unheilvolle Faust zu vernichten, da brauchten wir einen verborgenen Pfad, um nicht vorzeitig entdeckt zu werden", erklärte Nedeam. „Showaa fand ihn aus der Sicht der Schwinge."

„Ich verstehe." Julara-Alecia-Frau lächelte und betrachtete Showaa forschend. „Kann sie weit fliegen?"

„Sehr weit." Showaas Reiter Anschudar trat ein Stück vor. „Und sie wird gewiss nicht alleine fliegen. Das Schwingenvolk wird nach einem neuen Land für eure Völker und sich selbst suchen. Lederschwingen sind sehr schnell und sie können viele Tageswenden in der Luft bleiben. Wir werden ein neues Ufer finden."

Damit nahmen Showaa und Anschudar den Versammelten eine große Sorge ab. Einer der Pferdefürsten zog spontan sein Schwert und stieß es zustimmend mit der Klinge auf den Boden. Der metallene Schlag fand seinen Widerhall, als die anderen seinem Beispiel folgten.

„Damit wären wir wieder bei den Schiffen", erinnerte Venval ta Ajonas. „Wir brauchen viele Schiffe und wir brauchen sie schnell."

„Wie rasch könnt ihr mit dem Bau beginnen?", erkundigte sich Reyodem.

„Wir brauchen sehr große Schiffe und diese müssen wir erst konstruieren", erläuterte Venval. „Es reicht nicht aus, die bestehenden Schiffsbauten einfach nur zu vergrößern. Die Schiffe müssen ihrer Größe und der Last, welche sie tragen sollen, angepasst werden. Es mag eine Jahreswende vergehen, bevor wir eine geeignete Konstruktion ersonnen haben."

„Eine Jahreswende", murmelte ein Pferdefürst betroffen.

„Das ist keine verlorene Zeit", beschwichtigte Venval. „Denn während man die Konstruktion ersinnt, können jene Anlagen errichtet werden, die man zum Bau der vielen Schiffe benötigt."

„Marnalf dachte hierbei an die Stadt Mintris am Fluss Genda."

Venval sah Nedeam und Marnalf an und nickte. „Eine gute Wahl. Der Fluss ist lang, tief und breit und er bietet genug Raum. Zudem ist er vor den Gezeiten geschützt und weit von der Grenze entfernt. Allerdings werden die Wälder bei Mintris nicht genug Holz hergeben."

König Reyodem räusperte sich. „Wir müssen bedenken, dass der Schwarze Lord unsere Vorbereitungen entdecken wird. Er wird nicht einfach hinnehmen, dass wir uns in Sicherheit bringen und er mit dem Land untergeht. Nein, er wird uns bestürmen."

„Dann müssen wir die Grenzfesten verstärken!", rief einer der Pferdefürsten.

„Das hat noch Zeit." Marnalf lächelte sanft. „Der finstere Herrscher versteht sich nicht auf den Bau von Schiffen. So wird er abwarten, bis wir die unseren erbaut haben, und sie uns dann abnehmen wollen. Ich glaube also nicht, dass jetzt schon akute Gefahr droht. Doch je weiter unsere Arbeit fortgeschritten ist, desto bedrohlicher wird die Lage werden."

„Der Schwarze Lord ist nicht dumm", grollte Fangschlag. „Er wird ebenso leben wollen wie ihr und dies gilt ebenso für die Krieger der Legionen. Sie werden kommen und stürmen."

Nedeam überlegte. Er trat an Fangschlags Seite. „Ich habe manches Mal gegen die Orks gekämpft. So, wie es viele der hier Versammelten schon taten. Sie werden uns mit enormer Macht berennen und ich glaube nicht, dass die Grenzfesten sie aufhalten können."

„Die Festen sind stark und wir werden sie weiter ausbauen und ihnen mehr Truppen senden", versicherte Venval.

„Trotzdem werden sie fallen", entgegnete Nedeam mit düsterer Stimme. „Eine Weile mögen sie standhalten, doch letztlich wird man sie hinwegfegen. Bedenkt, dass es ja einen Zeitpunkt gibt, an dem unsere Völker auf die Wanderschaft gehen. Wenn sie alle nach Mintris und zu den Schiffen marschieren, so werden wir viele Pferdelords und Gardisten brauchen, um ihren Marsch zu schützen und die Ordnung aufrechtzuerhalten. Und wenn nur eine der Grenzfesten vorzeitig fällt, werden die Legionen wie eine Flut in unsere Länder gelangen. Sie werden wissen, dass es um ihr eigenes Leben geht, und werden nach Mintris stürmen."

„Im offenen Kampf haben wir sie noch immer geschlagen", meinte Reyodem. „Unsere Pferdelords haben sie niedergeritten." Er sah zu Venval. „Und die Gardekavallerie Alnoas versteht sich ebenso auf den Kampf."

„Und auch die Axtschläger der Zwerge!", rief Balruk und hieb den Stiel der Axt entschlossen auf die Lehne.

„Und die Dan der Irghil", versicherte deren Oberhaupt.

Nedeam hob die Hand und bat um Schweigen. „Ja, wir werden kämpfen und wir werden gut kämpfen, das ist gewiss. Doch bedenkt die Zahl des Feindes. Mag einer der Unseren auch zehn der Orks erschlagen, so fällt dies bei der Masse unserer Gegner kaum ins Gewicht. Doch jeder tote Kämpfer reißt eine Lücke in unsere Reihen, die wir nicht auffüllen können."

Erneut war Fangschlag zu vernehmen. „Ein Rundohr braucht kaum drei Zehntage, um ein vollwertiger Kämpfer zu werden. Ein Menschenmann braucht hingegen viele Jahreswenden."

„Das ist wahr", räumte Reyodem ein. „Doch uns bleibt keine Wahl."

Marnalf klopfte mit seinem Knotenstab auf den steinernen Boden der Halle. „Ihr braucht eine zweite Grenze."

„Eine zweite Grenze?"

Der Magier lächelte. „Die Grenzfesten an den Pässen werden nur eine Zeit lang standhalten. Früher oder später müssen sie fallen. Dann wäre das ganze Land offen und die Legionen können es überschwemmen. Es sei denn, es gibt eine zweite Grenze, die sie aufhalten kann."

„Eine zweite Grenze", murmelte Reyodem. „Wahrhaftig, eine zweite Grenze."

Venval ta Ajonas leckte sich über die Lippen. Er sah Marnalf an, der zustimmend nickte. „Der Hohe Herr Marnalf hat diesen Gedanken schon einmal mit mir besprochen."

„Hört, hört", knurrte einer der Pferdefürsten.

Venval ließ sich durch die angedeutete Kritik nicht beirren. „Eine solche zweite Grenze muss zwei Aufgaben erfüllen: die Flüchtlinge und die Schiffe schützen und die Feinde aufhalten, bis alle an Bord gelangt sind. Der Kampf an den Grenzfesten wird uns bereits deutlich geschwächt haben. Es wäre irrig, anzunehmen, dass wir keine schweren Verluste hinnehmen müssten. Daher werden wir nicht stark genug sein, eine lange Verteidigungslinie zu beziehen und diese zu halten. Aber wenn wir diese zweite Grenze nicht zu sehr ausdehnen, dann werden unsere Kämpfer Schulter an Schulter stehen." Er warf einen Blick zu dem Irghil und lächelte merklich. „Oder auch Schulter an Schere."

Der Irghil knickte zustimmend seine drei Augenstiele nach vorne.

„Wo soll diese Grenze verlaufen?"

„Von Rhokaris schräg auf Mintris zu. Beide Städte können die Ankerpunkte der zweiten Grenze bilden. Zwischen ihnen verlaufen viele große und kleine Hügel, die sich gut zur Befestigung eignen. Dazwischen werden wir Mauern oder wenigstens starke Palisaden ziehen."

„Warum ausgerechnet dort?"

„Bis nach Gendaneris hinunter gibt es genug Raum für die Schiffe und alle unsere Flüchtlinge. Es wird unbequem und eng sein, doch wir werden alle lang genug versorgen können, bis sie die Schiffe bestiegen haben. Entlang der Handelsstraße von Gendaneris gibt es viele fruchtbare Weiden für das Hornvieh und die Pferde. Um die Hafenstadt Gendaneris herum liegen ausgedehnte Wälder. Doch der wichtigste Punkt ist, dass wir dort von drei Seiten geschützt sind. Der Fluss Genda, das Südmeer und das Gebirge des Teanus bilden unüberwindliche Hindernisse für den Feind. Er muss gegen die zweite Grenze anrennen, wenn er zu den Schiffen will."

„Das klingt mir vernünftig und ich stimme dafür, diese zweite Grenze dort zu errichten", meinte König Reyodem. Nedeam und die anderen Pferdefürsten stießen ihre Klingen zustimmend auf den Boden. Während die Schwertspitzen der anderen die Funken stieben ließen, hinterließ die elfische Klinge Nedeams einen winzigen Einschnitt im Stein.

Die übrigen Teilnehmer bekundeten ebenfalls ihre Zustimmung.

„So ist es also beschlossen", stellte Reyodem fest. „Doch noch immer bleiben wichtige Fragen offen. Wer bewältigt all die Arbeit, woher werden all die erforderlichen Mittel kommen und wann sollen sich die Völker auf die Wanderung nach Mintris begeben?"

„Und wie halten wir all das verborgen?", warf der Kronenträger von Julinaash ein.

„Überhaupt nicht." Nedeam bemerkte die ungläubigen Gesichter einiger der Anwesenden, aber Marnalf und andere nickten verstehend. „Unser bester Schutz wird es sein, wenn der Schwarze Lord von der Gefahr und unserem Vorhaben erfährt."

„Wie das?"

„Weil dieses Wesen der Finsternis sicherlich ebenso am Leben hängt wie wir alle. Denkt an Fangschlags Worte. Der Gebieter der Orks und Rumaki wird erkennen, dass eine Rettung nur mit den Schiffen möglich ist, die wir erbauen. Er ist genauso auf diese Schiffe angewiesen wie wir."

„Ich verstehe.“ Die Kronenträgerin lächelte widerstrebend. „Das verschafft uns Zeit, denn er wird erst zuschlagen, wenn die Schiffe bereit sind.“

„Dann jedoch mit aller Macht“, stimmte Reyodem zu. „Und darauf müssen wir vorbereitet ein.“

„Lasst es mich einmal zusammenfassen, damit wir nichts vergessen.“ Marnalf lehnte den Knotenstab wieder in die Armbeuge und hob die andere Hand. „Um die Stadt Mintris, entlang des Flusses Genda werden wir die Schiffe erbauen. Zwischen Rhokaris und Mintris errichten wir die zweite Grenze. Unsere Völker informieren wir über die drohenden Gefahren und wie wir ihnen begegnen wollen. Sobald sich die Schiffe der Fertigstellung nähern, verlassen unsere Völker ihre Heimstätten und wandern nach Mintris. Zu jenem Zeitpunkt wird die Gefahr durch den Schwarzen Lord akut werden und alle Truppen müssen bereitstehen.“

„Wann müssen wir vorbereitet sein?“ Der Pferdefürst der Westmark deutete auf die Kronenträger aus Julinaash und die beiden Zwergenkönige. „Für uns vom Pferdevolk ist es ein recht kurzer Weg nach Mintris, doch unsere Freunde, die Zwerge und das Volk von Julinaash, müssen weite Strecken bewältigen. Wann soll ihr Marsch beginnen?“

„Der Bau der Schiffe wird Jahreswenden benötigen.“ Venval ta Ajonas schien viel vom Schiffsbau zu verstehen, wie seine folgenden Worte verrieten. „Für ein großes Schiff braucht man zwei Jahreswenden und über zehntausend Bäume. Nebst vielen Händen, welche die Arbeiten ausführen. Normalerweise verwendet man abgelagertes Holz, das nicht mehr frisch ist. Dadurch verhindert man, dass es sich verzieht. In Anbetracht des drohenden Untergangs können wir jedoch nicht sechs Jahreswenden warten, bis das Holz bearbeitet wird. Hier werden sich die Schiffsbauer etwas einfallen lassen müssen. Da man viele Schiffe braucht und wir etliche davon gleichzeitig erbauen müssen, wird es wohl sechs oder sieben Jahreswenden dauern, bis wir bereit sind. Wenn alles in seiner Zeit gelingt und wenn wir alle unsere Kräfte vereinen."

Llaranya erhob sich nochmals. „In den Provinzen von Mintris und Gendaneris gibt es viel Wald für den Schiffsbau. Ich schlage jedoch vor, das Holz aus den ferneren Wäldern zu holen."

„Das bedeutet mehr Arbeit und längere Wege", wandte der König von Alnoa ein.

„Ja, das tut es. Doch so schonen wir die Wälder, die im Schutz der zweiten Grenze liegen."

„Dem stimme ich zu." Mor pochte mit der Klinge auf den Boden. „Das ist vernünftig und taktisch klug. So bleibt uns genug Reserve an Holz, wenn der Feind uns an der Verteidigungslinie berennt." Er sah Marnalf eindringlich an. „Wie viel Zeit bleibt uns? Ihr, Graues Wesen, habt Euch mit dieser Frage befasst. Was glaubt Ihr? Reicht die Zeit, um uns zu retten?"

„Es mögen fünf Jahreswenden sein. Vielleicht auch zehn oder deren zwanzig." Marnalf zuckte mit den Schultern. „Ich vermag dies nicht vorherzusagen. Niemand vermag das. Wir werden beachten müssen, wie häufig und wie stark die Erde bebt. Werden die Erderschütterungen stärker und erfolgen sie in immer kürzeren Abständen, so nähert sich die Zeit, da wir das Land verlassen müssen."

„Also ist der Zeitpunkt eher ungewiss", knurrte Mor enttäuscht. „Das wird dem Volk nicht gefallen und die Ungewissheit und Furcht schüren."

„Bevor sich die Schiffe nicht der Vollendung nähern, können die Wanderungen nicht beginnen", sagte Venval entschieden. „Die Provinzen Alnoas wären nicht in der Lage, all die Mägen über einen längeren Zeitraum zu füllen."

Hitzige Worte und die verschiedensten Standpunkte wurden ausgetauscht, doch an den Tatsachen ließ sich nicht rütteln. Im Grunde waren sich die Anwesenden einig, doch um aus den bisherigen Zustimmungen und groben Gedanken einen genaueren Plan zu formen, benötigten sie drei volle Tage und es gab nur wenige Ruhepausen. Der Stolz der Herrscher ließ nicht zu, dass ihre Völker als Bittsteller zu den Schiffen gelangten, was nicht unbedingt für die Lebewesen in ihren Reichen gelten musste. So entzündete sich plötzlich manche Debatte an Kleinigkeiten, bis endlich auch die letzte Klinge zustimmend auf den Boden stieß.

Man merkte selbst Marnalf die Erschöpfung an, als er in den Kreis der Versammelten trat und sich auf seinen Knotenstab stützte. „Unser Plan gleicht einem Netz aus Handelsstraßen, die es nun mit Leben zu erfüllen gilt. Ein jeder muss seine Aufgabe erfüllen und dabei seiner eigenen Straße folgen, bis sie ihn und sein Volk nach Mintris führt. Sagt euren Völkern die Wahrheit. Wir könnten sie nicht verborgen halten. Wenn wir es versuchten und sie davon erführen, so würde das Vertrauen schwinden. Doch das Vertrauen und die Kraft unserer Gemeinschaft sind die Grundlage, dass es für uns alle Hoffnung gibt."

„Eines steht fest", seufzte König Reyodem. „Wenn die Wanderungen beginnen und der Schwarze Lord dann zum Sturm ansetzt, so wird es ein blutiges Rennen zu den Schiffen geben."

10

Wenn man sich dem Berg vom Land her näherte, wirkte er wie ein flacher Kegel, dessen Oberteil man abgetrennt hatte. Das Gestein wies die verschiedensten Schattierungen von Schwarz über Grau bis Braun auf, war scharfkantig und stieg vom Fuß des Berges immer steiler an. Oben, auf dem Rand des Kraters, erhob sich in strahlendem Weiß das typische glatte Mauerwerk menschlicher Baukunst. Eine hohe und massive Wehrmauer, die sich um den gesamten Krater herum zog, unterbrochen von achteckigen Türmen mit Plattformen, auf denen schwere Dampfkanonen standen. An der nordwestlichen Seite hatte das Beben vor einigen Jahren schwere Schäden angerichtet. Dort waren Türme und Mauerteil ausgebessert worden und der Stein unterschied sich ein wenig von dem der anderen Abschnitte.

Überragt wurde diese Anlage von dem gewaltigen Turm, der sich inmitten des Kratersees auf einer Insel erhob. In seiner Größe wirkte er trotz seines Durchmessers schlank und filigran, unterbrochen von zierlich wirkenden Balkonen und Brüstungen, bis die Spitze des Turms in der Plattform endete, auf der sich die Signalstation befand. Er war von Gebäuden und Grünflächen umgeben. Hier wirkten König und Kronrat des Reiches von Alnoa. Geschwungene Brücken führten über den großen Kratersee hinweg zu seinem Rand.

Die Häuser der Stadt folgten dem Verlauf der Kraterwände, zogen sich ringförmig herum und stiegen immer höher an, sodass die Stadt ein wenig den Eindruck vermittelte, die Häuser seien Zuschauer eines riesigen Amphitheaters, dessen Bühne der Königspalast bildete. Auch hier waren die Spuren unübersehbar, die das Beben hinterlassen hatte. Ein ganzes Stadtviertel war mit der Kraterwand herabgerutscht und Gebäude und Menschen waren in den Tod gerissen worden. Noch immer lagen sterbliche Überreste zwischen den Trümmern unten im Hafenbecken, denn die Bergung und der Wiederaufbau gingen nur langsam voran und gestalteten sich aufgrund der Tiefe des Kratersees teilweise sehr schwierig.

Es gab nur einen Zugang zur Stadt: dort, wo einst ein Teil der Kraterwand eingestürzt war und nun die Verbindung des Sees mit dem Meer ermöglichte. Schwere Tore und mächtige Batterien schützten die breite Straße und die Zufahrt des Hafens von Alneris. Der Fluss Genda verband die Stadt mit dem offenen Meer und der Hafenstadt Gendaneris. Seit dem Seefrieden mit den Schwärmen der See blühte der Handel mit anderen Völkern, doch in Alneris war dies nur indirekt zu bemerken. Der begrenzte Raum des Hafens war Hauptankerplatz der königlichen Flotte. Die Schiffe aus fernen Ländern nutzten die an der Küste liegende Stadt Gendaneris als Anlaufstelle. Ein reger Warentransport herrschte zwischen der Hauptstadt und dem Handelszentrum des Reiches.

Die Stadt Alneris bildete das politische und kulturelle Zentrum des Königreiches von Alnoa und das Zentrum seiner Macht, in dem die wichtigen Entscheidungen getroffen wurden. Das Reich bestand aus Provinzen mit deren Hauptstädten und Dörfern, die dem König Tribut zollten. Sie unterhielten eigene Stadtmilizen, die nicht dem Oberbefehl des Königs unterstanden, und entsendeten ihre Ratsherren, um sich durch diese im Kronrat vertreten zu lassen.

Der König Alnoas war eher ein Repräsentant als ein Befehlshaber und er musste auf die Wünsche der verschiedenen Interessengruppen Rücksicht nehmen. Nur im Kriegsfall, wenn das Reich unmittelbar durch einen Feind bedroht wurde, übte er seine Herrschaft uneingeschränkt aus. Dies führte immer wieder zu Spannungen im Kronrat, der für die goldenen Schüsselchen der Schatzkammer eine bessere Verwendung sah, als sie für die Garde auszugeben.

Der Versammlungssaal des Kronrates befand sich in einer der obersten Ebenen des Königsturms, den das Beben weitestgehend verschont hatte. Der Saal war kreisförmig und im weißen Stein gehalten. Die bequem gepolsterten Sitzbänke waren im Rund angeordnet. Gegenüber dem erhöhten Thron des Königs betrat man den Ring der Ratsversammlung. In der Mitte befand sich eine mehrere Längen messende Karte des Königreiches und der bekannten Regionen. Im Verlauf der letzten Jahre wurde sie immer wieder ergänzt, doch im Reich des Schwarzen Lords gab es nur wenige Markierungen, da keine Kundschafter so weit vorgedrungen waren.

Die Versammlung des Kronrates umfasste sechzehn Mitglieder sowie den König und den Kommandeur der Gardekavallerie.

Venval ta Ajonas, Herrscher über das Reich und seine Provinzen, nicht jedoch über dessen Kronrat, beriet sich mit seinem Freund Daik ta Enderos, dem Oberkommandierenden der Gardekavallerie, bevor beide den Ratsmitgliedern gegenübertraten und ihnen eröffneten, was die Zusammenkunft in Enderonas offenbart hatte.

Als Venval schwieg, setzte erregtes Stimmengewirr ein. Schließlich verschaffte sich ein Mann Gehör, der sicher nicht zu den Anhängern des Königs gehörte.

Welbur ta Andarat, Hochgeborener des Reiches, vertrat keine der Provinzen, sondern gehörte zum Hochadel der Hauptstadt. Er war ein sehr gut aussehender Mann und hätte sicher für ein

Kriegerdenkmal Modell stehen können, doch er kämpfte lieber mit Worten als mit der Klinge. Er galt als Weiberheld und tat vieles, um diesen zweifelhaften Ruf zu nähren. In seiner Funktion als Schatzmeister des Rates gelang es ihm immer wieder, dem König und der Garde Schwierigkeiten zu bereiten, wenn es um die Zuteilung der goldenen Schüsselchen für zivile oder militärische Zwecke ging.

„Unbenommen hat Euer Majestät eine weise Entscheidung getroffen, den Bau der Schiffe in die fähigen Hände unserer alnoischen Konstrukteure zu legen", begann Welbur und deutete eine Verneigung in Richtung des Königs an. Dieser wusste aus Erfahrung, dass ein solcher Respektbeweis seitens des Hochgeborenen meist das Vorspiel eines heftigen Geplänkels war, bei dem Welbur ta Andarat alles daransetzen würde, das Ansehen des Königs zu schädigen. „Gleichwohl stellt sich mir die Frage", fuhr der Adlige auch prompt fort, „wer wohl all die goldenen Schüsselchen aufbringen soll, um den Bau der Schiffe zu finanzieren?"

„Für den Bau der Schiffe benötigt man Werften und Arbeiter und alles verlangt nach goldenen Schüsselchen", fügte ein anderes Ratsmitglied besorgt hinzu. „Bei der Vielzahl der Schiffe, die Ihr erwähntet, Eure Majestät, muss es sich um Unsummen handeln."

„Und die Zahl der goldenen Schüsselchen ist begrenzt", nahm Welbur das Wort wieder auf. Er zog ein feines Spitzentuch aus dem Ärmel und betupfte sich die Stirn. „Ich denke mit großer Sorge an all die Summen, die wir nach dem großen Beben für den Wiederaufbau aufwenden mussten und noch immer aufwenden." Er deutete auf den kleinen Gardekommandeur. „Und jene Schüsselchen, welche die Garde stärkten."

Ratsherr ta Halda erhob sich. Er hatte bei dem großen Beben seine gesamte Familie verloren und litt noch immer unter diesem Verlust. „Wie können wir von goldenen Schüsselchen sprechen, wenn es um das Überleben des Reiches geht?" Er deutete um sich. „Ihr habt die Worte des Königs gehört. Die Elfen sagen, das Land wird im Meer versinken. An den Worten dieser Wesen ist nicht zu zweifeln."

Welbur ta Andarat hörte zustimmendes Gemurmel und nickte. „Gleichwohl darf man sich fragen, wie aufrichtig diese Spitzohren sind. Immerhin haben sie die Flucht ergriffen und uns, ihre Freunde und Verbündeten, über den Grund im Ungewissen gelassen." Sein Blick und seine Stimme waren eine einzige Anklage. „Sie waren bereit, uns alle dem Tod zu überlassen."

„Dem stimme ich zu." Ein Ratsmitglied stieß den Fuß auf den Boden und andere folgten seinem Beispiel.

„Ihr hohen Herren, das ändert jedoch nichts an den Tatsachen", erinnerte der König. „Zumal der gute Graue Marnalf sie bestätigt und wir alle wertschätzen das magische Wesen."

„Dennoch ist er ein Graues Wesen", gab Welbur zu bedenken. „Wir alle kennen die grausamen Kreaturen, die der Finsternis dienen, und ich frage mich, warum er als Einziger ein Freund der Menschen blieb. Mag es sein, dass er von den Ereignissen wusste, die uns bevorstehen, und dass er sie verschwieg, um an unserem Untergang teilzuhaben?"

„Mag es sein, dass Euer Geist verwirrt ist, Ratsherr ta Andarat?" Daik ta Enderos war keine beeindruckende Gestalt, doch fraglos ein überaus fähiger Kommandeur und überall geachtet. Nun trat er einen Schritt vor und sah den Hochgeborenen drohend an. „Euer Gedächtnis scheint mir kurz zu sein, Euer Hochgeboren. Marnalf hat uns schon oft zur Seite gestanden und erst vor wenigen Jahreswenden war er es, der entscheidend zur Vernichtung der Faust des Schwarzen Lords und vieler Grauer Wesen beitrug."

„Dem stimme ich zu", sagte ta Halda. „An Marnalfs Treue und Verbundenheit zum Menschenvolk gibt es keinen Zweifel."

Welbur ta Andarat betupfte sich die Mundwinkel, als er das zustimmende Stampfen der anderen Ratsmitglieder vernahm. „Daran kann es wahrhaftig keinen Zweifel geben", lenkte er rasch ein. „Ich wollte dies auch nur erwähnt wissen, damit uns der Ernst der Lage bewusst wird."

„Eure Sorge rührt mein Herz", versicherte ta Enderos mit deutlichem Spott in der Stimme.

König Venval ta Ajonas hob beschwichtigend die Hand. „Ihr hochgeborenen Herren, besinnt Euch. Die Situation ist viel zu bedrohlich, als sich in Streit zu ergehen. Es gilt, das Volk zu retten und die Schiffe zu bauen."

„Und dieses, lassen wir das nicht außer Acht", mahnte ta Andarat, der nicht bereit war, zurückzustecken, „auch zu bezahlen. Gewiss ist Alnoa ein reiches Land, doch sehe ich keine Not bei den anderen Völkern. Euer Majestät haben sicherlich nur versäumt, uns zu berichten, dass sich auch diese an den Kosten beteiligen."

„Es geht nicht um die Zahl der goldenen Schüsselchen", erinnerte der König, „sondern um die Zahl der Leben, die es zu retten gilt."

„Mit unseren goldenen Schüsselchen", beharrte ta Andarat.

„Ihr seid kindisch", wies ta Halda den Hochgeborenen zurecht. „Auch die größte Zahl goldener Schüsselchen ist nicht in der Lage, ein Leben zurückzubringen. Aber sie kann Leben erhalten und Ihre Majestät hat vollkommen recht, genau darum geht es. Wir haben die Fertigkeiten, um Schiffe zu bauen. Wir haben das Holz und das Eisen. Wir haben die Hände, um dies zu bewerkstelligen." Ta Haldas Blick wanderte von ta Andarat zu Venval ta Ajonas. „Der Rat der Könige und Pferdefürsten hat dies sicherlich bedacht."

„Man wird uns mit allen verfügbaren Mitteln unterstützen", bestätigte der König. „Aber bedenkt wohl, dass es Jahreswenden braucht, um die Schiffe zu bauen. Während dieser Zeit muss das Leben weitergehen. Die Völker können ihre Kraft nicht nur auf den Bau der Schiffe konzentrieren."

„Ah, jetzt kommt wohl die Garde zu Wort", spottete ta Andarat.

„In der Tat." Der König überging den Spott und nickte seinem Freund zu.

Die Blicke der Versammelten richteten sich auf Daik ta Enderos. Dieser legte dar, welche Gefahr von den Streitkräften des Schwarzen Lords ausging und wann man mit einem ernsthaften Angriff rechnen musste. Das erschien den Ratsherren durchaus logisch und sie stimmten bereitwillig zu, noch bevor ta Andarat einen Widerspruch einlegen konnte. Dies galt auch für den Plan, eine zweite Grenze zu errichten. Ta Andarat schloss sich zögernd der Zustimmung des Kronrates an.

„Wie zuvor erwähnt, muss das Leben in den kommenden Jahreswenden weitergehen und kann sich nicht ausschließlich auf die Rettung unserer Völker ausrichten", nahm ta Enderos die Worte des Königs auf. „Man muss sich um Hornvieh, Wolltiere und Getreide kümmern und zusätzliche Vorräte für die Reise anlegen, von der wir nicht wissen, wie lange sie dauern wird. Zwerge, Sandclans und Pferdevolk werden sich um Erz, Holz und Gold kümmern und es zu uns nach Mintris schaffen. Sie werden auch ihre fähigsten Holzarbeiter und Schmiede zu uns senden und viele Hände, die an den Schiffen und der zweiten Grenze anpacken. Alnoa steht also keineswegs alleine mit dieser großen Aufgabe."

„Nun, schließlich wollen alle auf die Schiffe", wandte ta Andarat ein. „Doch was, wenn wir nicht rechtzeitig genügend davon fertig bekommen?"

Der König runzelte die Stirn, denn er spürte, dass hinter diesen Worten mehr verborgen war. „Worauf wollt Ihr hinaus, Hochgeborener ta Andarat?"

Der betupfte sich mit kummervollem Gesicht die Mundwinkel. „So schrecklich diese Vorstellung auch sein mag, doch könnte es nicht sein, dass uns der Untergang droht, bevor wir genug Schiffe für alle haben? Wir dürfen uns diesem Gedanken nicht verschließen. Nein, wir müssen ihn sogar ernstlich in Betracht ziehen." Er sah die Anwesenden der Reihe nach an. „Vielleicht vermag man nicht alle zu retten, nicht wahr? Doch unser Volk braucht eine Grundlage, um einen neuen Anfang in einem fremden Land wagen zu können. Landvolk und Handwerker und fähige Anführer, die es zu den richtigen Schritten anleiten." Er sah rasch zu Daik ta Enderos hinüber. „Und ebenso fähige Gardisten, die es vor den unbekannten Gefahren der neuen Heimat schützen."

„Hm, das ist wahr", meinte ein Hochgeborener nachdenklich. „Das gilt es zu bedenken."

„Wir sollten eine sorgfältige Auswahl treffen, um in jedem Fall die Besten unseres Volkes in Sicherheit zu bringen", fügte ta Andarat hinzu. Er sah die finstere Miene von ta Enderos und lächelte freundlich. „Und dies gilt natürlich ebenso für alle unsere Freunde. Wenn man nicht alle retten kann, so doch jene, die für das Überleben von Belang sind, nicht wahr?"

„Wozu fraglos der Kronrat gehört", mutmaßte Daik ta Enderos.

„Wer wäre besser geeignet, das Volk zu führen?" Der Hochgeborene breitete theatralisch die Arme aus. „König und Rat müssen in jedem Fall gerettet werden."

„Könnt Ihr einen Nagel in ein Brett treiben?", fragte ta Enderos leise.

„Äh, bitte?"

„Getreide aus einem Feld ziehen?"

Ta Andarat betupfte sich die Mundwinkel. „Was sollen diese unsinnigen Fragen?"

„Ihr beherrscht nichts, was für das Überleben des Volkes von Belang wäre", sagte der Gardekommandeur mit harter Stimme. „Ihr beherrscht nur das Zählen der goldenen Schüsselchen und das wird fürwahr in einem neuen Land unsere geringste Sorge sein."

„Also, ich muss doch …"

„Der Hochgeborene ta Enderos hat recht", stand ein anderes Ratsmitglied dem Gardisten bei. „Wir dürfen nicht vordergründig an unser eigenes Wohlergehen denken. Gleichwohl ich dem zustimme, dass ein neues Reich auch seine Führung braucht. Doch das sollte in Ruhe erörtert werden. Jetzt und an dieser Stelle ist es noch nicht von Belang. Wenden wir uns den dringenden Problemen zu: Werften, Arbeiter und Material sowie dem Bau der zweiten Grenze."

„Dem stimme ich zu", meinte ta Halda prompt und die anderen bekundeten Beifall.

Welbur ta Andarat zuckte lächelnd mit den Schultern. „Ich wollte es nur zu bedenken geben. Nichts liegt mir ferner, als mein persönliches Wohl über das des Volkes zu stellen."

„Davon bin ich überzeugt", murmelte ta Enderos.

Welbur ta Andarat setzte sich und lächelte versonnen. Er betrachtete die anderen Ratsmitglieder verstohlen, während man über die Einzelheiten diskutierte. Wenn die Gefahr des Untergangs an die Türen der Ratsmitglieder pochte, dann würden sich viele seiner Meinung anschließen. Jedenfalls würde er dafür zu sorgen wissen, rechtzeitig auf ein Schiff zu gelangen.

11

Das Gehöft lag im südlichen Tal der Hochmark, in der Nähe zum Südpass, doch weit genug von der Handelsstraße nach Eternas entfernt, sodass sich seine Bewohner ungestört der Zucht ihrer Wolltiere widmen konnten. Die Abgeschiedenheit und die schwere Zugänglichkeit der Hochmark machten es Raubkrallen und Pelzbeißern schwer, bis hierher vorzudringen. In den letzten Jahren waren nur selten Spuren von ihnen gefunden worden. Es war das typische Heim einer der Familien des Pferdevolkes, bestehend aus dem Haupthaus, einem Stall und dem kleinen Verschlag, in dem man seine Notdurft verrichten konnte. Die beiden Pferde des Besitzers waren ausgebildete Reittiere der Pferdelords und benötigten keine Koppel. Sie weideten ungehindert und folgten jedem leisen Pfiff, der sie herbeirief.

Die Familie bestand aus Helkar, seinem Weib und ihren fünf Kindern. Sie alle waren derzeit vollauf mit der Schur der Wolltiere beschäftigt. Die zähen Tiere der Hochmark waren die Hitze des Sommers und die außergewöhnliche Kälte des gebirgigen Winters gewohnt und ihr Wollfell wuchs dicht und wurde im Frühjahr und Spätsommer geschoren. Helkar und sein ältester Sohn verstanden sich auf den raschen Umgang mit den Schurmessern und sein Weib und eine der Töchter spannen die Wolle zu Fäden, die auf dem Markt einen guten Ertrag brachten. Selbst die Kleinste half mit hoch konzentriertem Gesichtsausdruck mit, auch wenn sie die geschorene Wolle eher ziellos hin und her trug.

Helkar hatte die kleine Streifschar der Schwertmänner schon von Weitem kommen sehen. Es war trocken, die Hitze staute sich in den Tälern der Hochmark und die Hufe der Pferde schlugen den Staub zwischen den Gräsern empor. Helkar war einst selber ein Schwertmann gewesen und hatte den grünen Umhang mit Stolz getragen. Im Kampf gegen die Orks hatte er eine Hand verloren und sich beim Sturz vom Pferd das Bein gebrochen. Den Bogen oder die Lanze vermochte er nicht mehr zu führen, aber er war noch immer wehrhaft, denn mit seiner Axt ließen sich gleichermaßen Holz wie Ork-Schädel spalten. Der damalige Pferdefürst Garodem hatte ihn aus seinen Diensten entlassen und für ein Auskommen des alten Kämpfers gesorgt. Es gab keinen Mangel an guten Frauen, denn die Kämpfe forderten ihren Blutzoll von den Männern, und so hatte sich Helkar eine Witwe zum Weib genommen. Die beiden Jüngsten waren ihre gemeinsamen Kinder, doch der einstige Pferdelord hätte nicht zu sagen vermocht, wen er wohl am meisten in sein Herz schloss.

Als es keinen Zweifel daran gab, dass die Streifschar das Gehöft zum Ziel hatte, sah Helkar zu seiner Frau hinüber. „Schwertmänner. Und sie wollen zu uns. Sei so gut und hole einen Krug verdünnten Gerstensaft und ein paar Becher. Ein kühler Trunk wird den Männern guttun."

Der Trupp aus fünf Reitern kam näher und Helkar erkannte jenen, der an der Spitze ritt. Da er den Bock gerade fertig geschoren hatte, gab er ihn frei. Das Wolltier blickte ihn empört an und trabte dann hastig aus seiner Reichweite.

Der Veteran erhob sich, um die Ankömmlinge zu begrüßen. „Wie ich sehe, seid Ihr doch noch zum Unterführer aufgestiegen, guter Herr Nemus." Er grinste den Mann breit an. „Und wohlverdient, will ich meinen."

„Seid gegrüßt, guter Herr Helkar", erwiderte Nemus mit ebenso breitem Lächeln und ließ seine Schar absteigen. „Die Männer waren wohl der Ansicht, ich würde mich zum Unterführer eignen, aber ich denke eher, sie wollten ein paar Krüge auf meine Kosten heben."

Fröhliches Gelächter erklang und rief ein wenig Wehmut in Helkar hervor. Doch seine Zeit als Pferdelord war unwiederbringlich vorbei. Im Herzen würde er wohl immer einer bleiben, doch wenn er nun in den Sattel stieg, hielt er die Ritte kurz, da sein schlecht verheiltes Bein schmerzte. Die fehlende Hand störte ihn hingegen kaum. Einer der Waffenschmiede hatte ihm einen Ersatz gefertigt, mit dem er leidlich zurechtkam.

Die Reiter waren dankbar für den verdünnten Gerstensaft. Sie waren eine Streifschar des Pferdefürsten und daher trugen sie aus Stolz trotz der Hitze den vollen Harnisch.

„Der Stall sollte vor dem Winter ausgebessert werden", stellte einer der Schwertmänner sachkundig fest.

„Das wird geschehen", brummte Helkar.

Nemus nickte. „Ihr wart ein vortrefflicher Kämpfer und seid wohl auch ein guter Wolltierzüchter. Ihr kommt zurecht, Helkar, doch scheut Euch nicht, um Hilfe zu bitten. Ihr wisst, dass die Streifscharen nicht nur auf Gefahren achten, sondern auch dort zulangen, wo eine zusätzliche Hand benötigt wird."

„Wie es im Pferdevolk üblich ist", meinte Helkar zustimmend. „Falls ich Hilfe benötige, so werde ich mich nicht scheuen, sie einzufordern."

„So ist es recht." Nemus nahm einen Schluck aus dem Becher und räusperte sich. „Wir sind übrigens nicht rein zufällig hierhergekommen."

Helkar lachte. „Ich dachte es mir. Sonst liegt mein Gehöft erst auf dem Rückweg der Streife."

„Im Augenblick sind viele Streifscharen in der Hochmark unterwegs", erklärte der Unterführer. „Zu jedem Gehöft und zu jedem Weiler."

„Die Losung?“

War Gefahr im Verzug, so gab der Pferdefürst die Losung und rief auf diese Weise die Pferdelords zu den Waffen.

Nemus schüttelte den Kopf. „Diesmal ist es weit bedrohlicher als ein Angriff der Legionen des Schwarzen Lords. Unser Pferdefürst hat für heute eine Versammlung aller Bewohner der Mark in Eternas einberaumt. Man wird sich auf dem Übungsplatz der Schwertmänner versammeln und dort wird Nedeam zu allen sprechen. Die Scharen hat er ausgeschickt, da man Gehöfte und Weiler nicht verlassen kann, um seinen Worten zu lauschen.“ Der Unterführer zuckte mit den Schultern. „So werdet Ihr mit den Meinen vorliebnehmen müssen.“

„Das klingt nach Ungemach“, knurrte Helkar und strich sich über das Kinn. „Schön, so lasst mich noch rasch die Becher auffüllen und dann erzählt mir, was es zu sagen gibt.“

„Ruft Euer Weib hinzu“, riet Nemus. „Es geht Euch alle an.“

Diese Bitte war nicht ungewöhnlich. Im Pferdevolk waren Mann und Frau von jeher gleichgestellt, auch wenn sie unterschiedlichen Aufgaben nachgehen mochten. Man teilte Freud und Leid und die Frauen verteidigten Heimstatt und Kinder, wenn die Pferdelords der Losung folgten und in den Kampf ritten.

Als Nemus ihnen eröffnete, was ihnen allen bevorstand, zog Helkars Frau instinktiv die Kinder an sich, während er selbst mit starrem Blick vor sich hin sah. „Die Heimstatt aufgeben? Die Hochmark verlassen? Unsere Heimat?“

„Wir alle müssen es tun. Keinem von uns gefällt es.“

„Uns bleibt keine Wahl?“ Die Verzweiflung in der Stimme von Helkars Frau war nicht zu überhören. Prompt begannen die beiden kleinen Kinder zu weinen.

„Keine, gute Frau." Nemus wandte verlegen den Blick. Der Gerstensaft, der ihm gerade noch so gut gemundet hatte, schmeckte nun schal.

„Als ich den Dienst des Pferdefürsten verlassen musste, da hat mein gutes Weib mir alles über die Wolltierzucht beigebracht", murmelte Helkar. Er legte den Arm um sie und sah den Unterführer wie ein waidwundes Tier an. „Wahrhaftig, guter Herr Nemus, ich habe diese Tiere früher nie gemocht. Ich wusste nur ihre Wolle zu schätzen, da wir ja gute Kleidung und sogar die Umhänge der Pferdelords daraus fertigen. Inzwischen mag ich die Viecher. Sogar den alten Bock, der ständig nach mir stößt."

„Können wir sie mitnehmen?", fragte die Frau hoffnungsvoll. „Sie sind es, die uns ein Einkommen ermöglichen und uns ernähren."

„Einige Tiere wird eine jede Familie mitnehmen können. Auch in der neuen Heimat wird man sie brauchen. Andere wird man schlachten müssen, damit es genug Vorräte gibt. Die meisten wird man wohl sich selbst überlassen."

Helkar nickte bedächtig. „Die Hochmark bietet ihnen genügend Wasser und Nahrung. Sie werden gedeihen."

Nemus fand es nicht den richtigen Zeitpunkt, nun erneut darauf hinzuweisen, dass mit dem Land auch alles Leben versinken würde.

„Nun gut." Der einstige Pferdelord straffte seine Haltung. „Dann werden wir das Notwendigste zusammenpacken."

Nemus schüttelte den Kopf und lächelte freundlich. „Ihr habt ein schönes Haus, guter Herr Helkar."

„Es wurde aus dem Stein der Hochmark errichtet", sagte nun die Frau mit sichtlichem Stolz. „Mein früherer Mann hat alles sorgfältig gefügt. Er war ein guter Mann. So, wie Helkar einer ist."

Der beugte sich zu ihr und küsste sie liebevoll.

„Nun, es hat sicher eine Weile gebraucht, das Haus zu erbauen."

„Eine halbe Jahreswende", bestätigte sie. „Stein für Stein und Balken für Balken … Das dauert seine Zeit. Nicht wie bei einem Holzhaus. Das steht in einem Zehntag."

„Gleichwohl wird auch der Bau der Schiffe eine Weile brauchen." Nemus wies um sich. „All dies bleibt Euch noch für einige Jahreswenden erhalten. Wenn es so weit ist, dann wird der Pferdefürst die Losung geben. Dann bleibt genug Zeit, die Dinge zu ordnen und das Nötigste zu packen. Viel wird es nicht sein, was Ihr mitnehmen könnt."

Helkar nickte. „Was zum Überleben gebraucht wird. Und ein oder zwei Erinnerungsstücke. Alles, was man gut tragen kann."

„Wir werden viel zurücklassen", seufzte der Unterführer. „Doch ich hoffe, wir können wenigstens die Leben retten."

„Werden manche früher zu den Schiffen gehen?"

„Nein. Wir sind ein Volk und ziehen auch als solches. Mark um Mark."

Helkar deutete in Richtung der Handelsstraße. „Das dort ist jedoch kein Handelszug."

Nemus wandte sich halb um, musterte die kleine Kolonne aus Wagen und Karren und nickte dann. „Nein, das sind Holzarbeiter und Schmiede aus der Stadt. Wer dort nicht unbedingt gebraucht wird, der zieht nun ins Reich Alnoa, um beim Bau der Schiffe zu helfen und bei dem der zweiten Grenze." Er sah die Familiengruppe wieder an und lächelte ganz offen. „Bis wir hingegen alle losziehen, da geht alles seinen gewohnten Gang. Eure Wolle wird sicher einen guten Preis erzielen."

„Das wird sie." Helkar nahm den geleerten Becher entgegen und erhob sich. „Nun denn, ich denke, Ihr werdet die Kunde noch zu anderen Gehöften tragen müssen und habt noch einen langen Ritt vor Euch. Wenn es an Verpflegung fehlt …?“

„Habt Dank, doch wir sind gut versorgt. Zwei Gehöfte noch, dann werden wir über die Nachtwende im Horngrundweiler nächtigen.“

Die kleine Streifschar brach auf und Helkar legte die Arme um seine Frau und die Kinder, soweit ihm dies möglich war. „Es ist ein Elend, all dies verlassen zu müssen“, sagte er leise. „Doch der Unterführer hat recht. Es gilt, die Leben zu retten, und solange wir einander haben, will ich uns wohl in jedem Land ein neues Heim erschaffen.“

12

Einst war es das Land der Elfen gewesen. Es lag im Nordwesten des großen Kontinents und wurde durch den westlichen Ausläufer des Noren-Brak geteilt. Ein kleiner Pass hatte die elfischen Regionen miteinander verbunden. Im Norden die Häuser der See, wo man die Schiffe für die Überfahrt zu den neuen Ufern erbaut hatte, und im Süden die Häuser des Waldes, die an das Dünenland grenzten. Der Noren-Brak und das Meer des westlichen Wassers hatten den Elfen Schutz geboten, doch die Grenze zu den Sandclans war offen gewesen. Gelegentlich waren die Turiks aus dem Dünenland nach Norden gezogen, um im Elfenland Holz und Schädel zu nehmen. Sie brachten nur wenig Holz zu ihren Heimstätten zurück und noch weit weniger Schädel und jene, die sie nahmen, bezahlten sie teuer, denn die Elfen waren berühmt als Krieger. Nun waren die Elfen gegangen und das Land war verwaist.

Ein Land voller dichter Wälder und reich an Wild. Die nördlichen Clans des Sandvolkes zogen ihren Vorteil daraus. Sie holten sich das Holz nun ohne Risiko und nutzten es als teure Handelsware gegenüber den südlichen Clans, wobei sie diese daran hinderten, es sich selbst zu besorgen. Es gab Streitigkeiten, die gelegentlich mit der Schädelkeule entschieden wurden.

Doch jetzt schien auch diese Zeit zu enden, die den nördlichen Clans so manchen Vorteil gebracht hatte.

Heldar-Turiko, der Anführer des Nagerclans, hatte die Turikos der anderen Clans zu einem Treffen eingeladen. Solche waren durchaus üblich, um gemeinsame Überfälle zu planen oder Streitigkeiten zu schlichten. Man vereinbarte einen Treffpunkt und jeder der Turikos brachte einen seiner besten Krieger mit. Es war ein Ehrengeleit, welches dem Schutz vor den Gefahren des Dünenlandes diente, denn die Versammlungen der Turikos galten als geschützt und keine Schädelkeule durfte dort erhoben werden.

Heldar hatte sich für den alten Bimar-Turik entschieden. Der narbige Krieger war ihm treu verbunden, selbst wenn ihn die Entscheidungen seines Turikos nicht immer glücklich stimmten. Doch die Ehre des Clans und der Stolz auf Sonnenhaar machten ihn für Heldar zur ersten Wahl, wenn es darum ging, seinen Schädel zu schützen. Bei dieser Versammlung stand zu viel auf dem Spiel, als dass Heldar ein Risiko eingegangen wäre.

Heldar-Turiko besaß einen guten Namen unter seinesgleichen. Das „Sonnenhaar" hatte schließlich die Clans einst gegen die Pferdereiter und Zwerge und sogar gegen eine Legion der Orks geführt. Auch wenn die Clans nicht siegreich gewesen waren, so hatte es doch manche Heldentat gegeben und der Turiko hatte, nach einhelliger Meinung der Clans, dem Pferdevolk einen Waffenstillstand abgetrotzt, der zu begrenztem Handel führte.

Als Heldar den anderen Turikos von der Versammlung in Enderonas berichtete, waren die Stimmen geteilt. Manche begriffen die Lage und pflichteten Heldar bei, andere bezweifelten seine Worte.

„Der Clan der Fleckbeißer bezweifelt die Wahrheit der Worte." Der Turiko des Clans erhob sich und stampfte energisch mit dem Fuß auf den Sand. „Es ist eine List der Pferdereiter, um uns auf ihr Gebiet zu locken und abzuschlachten. Dort, wo uns der Sand nicht schützen kann."

„Du redest Unsinn", wehrte der Turiko der Sandwühler ab. „Du weißt doch selber, dass die Elfen ihre Ländereien verlassen haben. Wir haben auch die Beben gespürt, die den Sand in Bewegung versetzten und fast die Heimstatt der Raubläufer verschlangen."

„Am Wort von Sonnenhaar ist nicht zu zweifeln", pflichtete nun auch ein anderer bei.

Die neun Turikos saßen im Kreis. Die Ehrenwachen konzentrierten sich auf Gefahren, die von außen drohen mochten, und achteten kaum auf die Vorgänge innerhalb der Runde. Bimar-Turik hatte sich erboten, für das Wohl der Ratsmitglieder zu sorgen, da seine Sinne durch das Alter nicht mehr so scharf seien. So ging er hinter den Rücken der Turikos umher und füllte ihre Becher immer wieder mit Wasser oder dem gegorenen Stachelpflanzensaft.

„Dann hat er sich täuschen lassen", stieß der Turiko der Fleckbeißer wütend hervor. „Was Sonnenhaar sagt, das stinkt nach einem Hinterhalt der Pferdereiter."

„Der Pferdereiter Nedeam gab mir sein Wort und ihr kennt seinen Namen aus unseren Liedern. Ich vertraue ihm."

„Du stinkst schon selbst nach Pferd", zischte der Anführer der Fleckbeißer.

Es gab einen dumpfen Schlag, der vom Knacken brechender Knochen begleitet wurde. Während der Turiko leblos nach vorne sackte, sprangen die anderen entsetzt auf. Ihre Ehrenwachen zogen die Schädelkeulen und sprangen herbei.

„Das Gesetz wurde gebrochen!", schrie einer erregt und andere stimmten zu. „Der Turik des Nagerclans hat die Unverletzlichkeit des Rates missachtet!"

Zwei der anderen Krieger, zu denen auch die Ehrenwache des Toten gehörte, machten Anstalten, sich auf Bimar-Turik zu stürzen. Der narbige alte Krieger grinste und zeigte dabei einen fast zahnlosen Mund. „Wollt ihr es wirklich versuchen? Nur zu, eure Schädel fehlen mir noch in meiner Sammlung."

Heldar-Turiko hatte sich ebenfalls erhoben. „Halt! Kein Blut wird fließen. Kein Schädel wird genommen."

„Es ist bereits Blut geflossen", hielt ein wütender Turiko dagegen.

„Wartet und achtet das Gesetz", meldete sich einer zu Wort. „Denn es wurde zweimal gebrochen. Einmal, als Bimar-Turik seine Keule erhob, doch zuvor durch den Turiko der Fleckbeißer, denn er beleidigte einen der unseren auf schändliche Art."

„Das ist wahr", räumte der Turiko der Sandwühler ein. „Er bezichtigte Sonnenhaar, nach Pferd zu stinken. Das ist eine sehr ernste Beleidigung."

„Die mit Blut zu begleichen ist", bekräftigte Bimar-Turik mit kalter Stimme. „Ich habe das erledigt, damit Sonnenhaar sich nicht an dem Fleckbeißer beschmutzen musste. Vielleicht war ich ein wenig vorschnell, doch die Beleidigung brachte mein Blut in Wallung und meinen Arm zum Schlag." Er deutete mit der blutigen Keule auf die Leiche. „Daher schlug ich auch ein wenig fester zu. Der Schädel ist wohl ruiniert und taugt nicht einmal als Zierde für ein Schädelhaus."

Der Turiko der Sandwühler machte eine beschwichtigende Geste zu den Kriegern. „Er hatte ohnehin keinen vernünftigen Gedanken darin. Senkt die Keulen und setzt euch wieder. Hier geht es um die Belange der Clans und ihre Zukunft." Er deutete auf die Ehrenwache der Fleckbeißer. „Du siehst stark und klug aus. Klüger als der alte Turiko deines Clans. Du scheinst mir geeignet, seine Stellung einzunehmen."

Der Krieger runzelte die Stirn und folgte zögernd der Einladung, in der Runde Platz zu nehmen. Zwei andere Turiks schleiften den Toten rasch zur Seite und warfen Sand über das frische Blut. „Der Clan der Fleckbeißer muss seinen Turiko erwählen."

„Nun, wenn ich dich so sehe, wird er wohl eine gute Wahl treffen." Der Sprecher zuckte mit den Schultern. „Der alte Turiko hat dich doch sicher als Begleiter ausgewählt, weil du der Fähigste seiner Kämpfer bist, nicht wahr? Ah, du nickst. Dann wirst du auch Sorge tragen können, dass du der neue Turiko bist." Er klatschte in die Hände und sah Heldar-Turiko auffordernd an. „Und jetzt sollten wir endlich wieder zum Grund unserer Versammlung kommen. Es geht auf den Mittag und ich schätze dessen Sonne nicht."

Heldar erläuterte den Plan, den die Versammlung in Enderonas gefasst hatte.

„Wir sollen mit den Zwergen zusammenarbeiten?" Der Turiko der Sandwühler wiegte nachdenklich den Kopf. „Ich mag diese kleinen Kerle nicht. Sie sind schwer zu treffen und widerlich gute Axtschläger."

„Sie mögen uns und unsere Schädelkeulen und Blasrohre ebenso wenig", versicherte Heldar. „Doch wir müssen einander nicht mögen, um zusammenarbeiten zu können."

„Das ist wahr. Aber es wird Spannungen zwischen ihnen und uns geben. Wir können ihnen nicht trauen."

„Sie werden uns auch nicht vertrauen." Sonnenhaar sah die anderen eindringlich an. „Aber das müssen wir, wenn unsere Völker überleben sollen."

„In eine neue Heimat? Gemeinsam mit den Pferdereitern und den Zwergen?" Einer der Männer spuckte aus. „Das gefällt mir nicht."

„Sie bauen die Schiffe und wir besorgen ihnen das Holz." Heldar grinste. „Es mag uns nicht gefallen, doch es sichert unseren Clans das Leben."

„Warum sollen wir das Holz schlagen? Sollen sie es doch in ihrem Land tun. Das ist auch viel näher."

Heldar blickte den Fragesteller an und nickte. „Du hast recht. Doch da wir mit einem Angriff des Schwarzen Lords rechnen müssen, wird alles von außen nach innen geschafft. Von den fernen Ländern zum Zentrum, wo die Schiffe entstehen."

„Ich verstehe." Einer der anderen zog seinen Dolch aus dem Gürtel, zog einen Kreis in den Sand und stieß die Klinge in dessen Mitte. „Der Feind wird uns von außen bedrängen und der Schwarze Lord ist überaus mächtig. Er wird uns zurückwerfen, daran habe ich keinen Zweifel. Gleichgültig, wie tapfer wir auch kämpfen mögen. Seine Orks sind zahlreich wie die Körner des Sandes. Hat er uns von der äußeren Grenze verdrängt, so können wir die innere noch halten und haben dort genug Holz und andere Mittel, um alles vollenden zu können."

„So ist der Plan."

Ein anderer fluchte leise. „Sollen wir etwa die ganzen Baumstämme bis nach Alnoa schleppen?"

„Nein. Wir fällen sie gemeinsam mit den Zwergen. Fuhrwerke des Pferdevolkes und der Zwerge werden sie abholen und zu den Furten des Eisen transportieren. Von dort lässt man sie den Fluss Ronin hinunterschwimmen. Er mündet bei Mintris in den Fluss Genda."

„Das ganze Holz wird den Fluss verstopfen."

„Einer vom Pferdevolk erklärte mir, man werde immer ein paar Stämme zusammenbinden, sodass Männer auf ihnen stehen können. Die sorgen dafür, dass es keine Verstopfung gibt."

„Wir werden Äxte brauchen, um all das Holz zu schlagen."

Heldar-Turiko seufzte. „Die Herren Axtschläger der Zwerge sind uns sicher behilflich."

„Ich mag diese kleinen Burschen nicht."

„Das erwähntest du bereits und du kennst meine Antwort."

Der neue Turiko der Fleckbeißer räusperte sich. „Wie wird sie sein?"

„Wie wird was sein?" Heldar warf dem Mann einen irritierten Blick zu.

„Die neue Heimat. Werden wir dort neue Sanddünen finden?"

„Sand findet sich überall. Und wo Sand ist, da findet sich auch eine neue Heimat."

13

Der Genda verband die Königsstadt Alneris mit dem offenen Meer. Der träge wirkende Fluss verbreiterte sich rasch auf eine durchschnittliche Breite von zwanzig Tausendlängen und mündete nach rund 450 Tausendlängen bei der Bucht von Gendaneris und der gleichnamigen Hafenstadt in das Südmeer. Eigentlich war es kein wirklicher Flusslauf, denn ursprünglich war es ein tiefer Einschnitt in den Kontinent gewesen und das Wasser des Südmeeres bestimmte Ebbe und Flut. Erst als der Kratersee von Alneris entstand und der Felsrutsch eine Verbindung schuf, begann das Süßwasser der Kraterquelle zu dominieren.

Der Genda war auf seiner gesamten Länge schiffbar. Allerdings gab es gefährliche Stellen, an denen Untiefen drohten und sich die Fahrrinne verengte. Die Untiefe von Debun galt als besonders tückisch. Hier herrschte eine sehr starke Strömung, die Schlamm und Schmutz aufwirbelte, sodass das sonst so klare Wasser immer getrübt wurde. Ein Stück unterhalb Debuns lagen die Wracks zweier Korsarenschiffe, die hier seit vielen Jahren verrotteten.

Mintris besaß als Hafenstadt nicht die Bedeutung von Alneris oder Gendaneris. Bislang hatte die Stadt nur als Umschlagplatz gedient, von dem aus die reichen Getreideernten der Provinzen über den Fluss zur Hauptstadt verschifft wurden.

Nun sollte sich das ändern.

Entlang des Genda sollten jene Schiffe entstehen, welche für die Rettung der Völker erforderlich waren, und Mintris würde der Kern des Schiffsbaus sein. Von hier aus sollten sich die Werften und Anleger zu beiden Seiten erstrecken. Hierfür benötigte man die entsprechenden Anlagen und Gebäude sowie eine ausreichende Anzahl von Verkehrswegen. Zudem mussten Unterkunft und Versorgung der benötigten Arbeitskräfte gewährleistet sein. Obwohl die Planung noch nicht abgeschlossen war, begannen bereits die ersten Materialtransporte. Scharen von Arbeitern und Fußgardisten trafen in Mintris ein. Provisorische Zeltlager entstanden in Windeseile und sollten schon bald durch feste Unterkünfte ersetzt werden.

Mintris war eine Stadt mit rund fünftausend Bewohnern. Durch die einstigen Überfälle der Schwärme der See war sie von einer Stadtmauer umgeben. Die kleine Garnison der Fußgarden sollte durch eine größere Befestigungsanlage ersetzt werden, zu deren Besatzung auch Gardekavallerie gehören würde. Mintris besaß einen gleichmäßigen Grundriss, was durch die Mauer bedingt war. Jeder hatte darauf gehofft, in ihrem Inneren vor den Korsaren sicher zu sein, und so war der Baugrund teuer. Die meisten der Häuser zeigten eine kleine Grundfläche, wiesen aber bis zu vier Stockwerke auf. In den beiden unteren hatte man den typischen Stein verbaut, die oberen Etagen jedoch aus dem leichteren Holz errichtet, was die Brandgefahr bedeutend erhöhte. Bislang war Mintris jedoch von einem verheerenden Feuer verschont geblieben und die Brandwache war aufmerksam und gut gerüstet. Mehrere Löschfuhrwerke mit dampfbetriebenen Pumpen standen bereit.

Nachdem die Bedrohung der Korsaren durch den Seefrieden geschwunden war, hatte sich die Stadt auch außerhalb der Wehrmauer ausgebreitet. Hier waren die Häuser niedriger und wurden von neuen Kornspeichern überragt, die man schon aus der Ferne sah. Jetzt würde man viele neue hinzufügen, um ausreichend Vorräte für die lange Reise anzulegen.

Ausgedehnte Felder und Getreidehöfe prägten das Hinterland, das stadtnahe Ufer wurde von den Anlegern der Fischer und der einzigen Werft bestimmt, die hier bislang den Bau größerer Schiffe ermöglichte. Das Ufer war seicht und mit Sand und Geröll bedeckt.

„Man wird es befestigen müssen. Eine Vielzahl hölzerner Pfähle und massiver Bohlen als Auflagen. Sonst versinkt uns der Grund, wenn hier gearbeitet wird. Und entlang des Ufers brauchen wir einen steinernen Kai mit Anlegern."

Eine kleine Gruppe von Männern schritt langsam über das ufernahe Gelände und machte dabei immer wieder Notizen auf einem Plan. Die anderen Männer und Frauen, die hier mit den ersten Aufbauarbeiten beschäftigt waren, machten ihnen respektvoll Platz.

Drei der Männer gehörten zu den klügsten und im Augenblick wohl wichtigsten Köpfen des Königreiches.

Der Gelehrte Petzler besaß einen guten Ruf im Reich von Alnoa. Er hatte zuvor in der Werft von Gendaneris gearbeitet und den Überfall der Schwärme der See überlebt. Als der elfische Gelehrte Mionas dann Verbesserungen für die alnoischen Dampfkanonenschiffe durchsetzte, damit man bessere Chancen hatte, die entführten elfischen Ältesten zu befreien, konnte Petzler ihm dabei über die Schulter sehen und hatte daraus viel gelernt. Inzwischen gab es im ganzen Reich wohl keinen anderen Konstrukteur, der mehr vom Schiffsbau verstand. Petzler war fast so groß wie ein Rundohr der Orks und dabei hager, was ihm manchen gutmütigen Spott eintrug. Allerdings gelangte er dank seiner Figur in praktisch jeden Winkel eines Schiffsrumpfes, was für ihn sehr hilfreich war. Er trug die üblichen Beinlinge und Tunika der Gelehrten, wobei Letztere eine Unzahl von Taschen aufwies, in denen er zahlreiche Stifte und Maßschnüre mit sich führte.

Britman ta Markos war von durchschnittlicher Größe und Statur. Er war der Hochgelehrte des Reiches und erkannte Petzlers Kompetenz neidlos an. Er würde diesen nach Kräften unterstützen und sich dann seiner eigentlichen Aufgabe zuwenden – der Erschaffung der zweiten Grenze. Zudem beabsichtigte er, eine Reihe von Möglichkeiten zu überdenken, mit denen er vielleicht die Kampfkraft des Reiches erhöhen konnte.

Hombort war hingegen klein und dicklich. Anstelle der Tunika hatte er eine Weste angezogen, deren Taschen er bevorzugt dazu nutzte, seine zahlreichen Zwischenmahlzeiten zu transportieren. Er störte sich nicht an Krümeln oder Flecken auf dem Stoff und dies galt auch für die anderen, denn Hombort hatte unbestritten ein außergewöhnliches Talent dafür, die Dinge zu organisieren. Er würde die Verkehrswege und die Transporte vorbereiten und dirigieren.

„Wir brauchen Tausende von Schiffen", seufzte Britman ta Markos. „Und es müssen große Schiffe sein."

„Und in sehr kurzer Zeit", gab Hombort zu bedenken. „Eine schwierige Aufgabe, die fast nicht zu bewältigen ist."

„Sie ist zu bewältigen", widersprach Petzler.

Sie traten zur Seite, als ein Fuhrwerk mit Balken und Brettern vorbeifuhr. Entlang des Ufers waren etliche Arbeiter dabei, bestimmte Bereiche mit bunten Fähnchen zu markieren. Eine Unzahl von Leinen wurde gespannt, welche die Grundrisse der verschiedensten Bauten zeigten. An einigen Stellen wurde schon an den Fundamenten gearbeitet. Schwere Walzwerke glätteten den Boden und verdichteten ihn. Steinschläger und Steinleger arbeiteten eifrig daran, die ersten Wege und Straßen zu pflastern. Erst wenn diese fertig waren, würden die zahllosen Arbeitskräfte und ihr Material nicht in Schmutz oder Schlamm versinken, der einem Regen folgen musste.

„Selbstverständlich ist sie das“, knurrte Hombort. „Ich sagte ja auch nur, dass sie fast nicht zu bewältigen sei. Glücklicherweise hat man die richtigen Männer dafür ausgesucht.“

„Hm.“ Sosehr der Hochgelehrte ta Markos auch auf die Fähigkeiten von Petzler vertraute, so hegte er doch einige Zweifel an Hombort, da dieser nicht aus dem Adel stammte und auch keine der Gelehrtenanstalten besucht hatte. Immerhin war der Dicke recht vermögend, da er eines der Handelshäuser leitete und über eine angeborene Schläue verfügte. Doch hier erforderte es mehr, als einen guten Handel abzuschließen, und so war sich der Hochgelehrte keineswegs sicher, in Hombort den richtigen Mann zu sehen. Das Einzige, was bisher außergewöhnlich erschien, waren Appetit und Verdauungsleistung von Hombort. Immerhin hatte er in bemerkenswert kurzer Zeit eine Vielzahl von Arbeitern und Material nach Mintris dirigiert und es bis jetzt sah es so aus, als gehe alles Hand in Hand.

„Bislang wurden die meisten Schiffe nach individuellen Bauplänen erschaffen.“ Petzler zog ein Notizbuch hervor und begann eifrig zu schreiben, während er um sich blickte und mit den anderen sprach. Wie er das bewerkstelligte, blieb den anderen ein Rätsel, denn er schien alles gleichermaßen gut zu bewältigen. „Kein Schiff gleicht dem anderen auf vollkommene Weise. Wir können jedoch nicht Tausende von Konstruktionsplänen erstellen.“ Er lächelte versonnen. „Wir müssen uns auf ein oder zwei Schiffstypen festlegen, die wir in Vielzahl bauen.“

„Gleich Rüstungen, Schwertern und Schilden der Garde“, meinte Hombort.

Petzler nickte erfreut. „Genau so.“

„Warum zwei Schiffstypen? Warum nicht einen oder drei oder vier?“, hakte ta Markos nach.

Petzler kratzte sich mit dem Stift hinter dem Ohr. „Wir brauchen viel Laderaum für Menschen und Nutztiere. Dies gilt ebenso für die Zwerge und diese, äh, Irdil."

„Irghil."

„Nun, jedenfalls diese blauen gepanzerten Flusskrebse in Übergröße", knurrte Petzler, der sich nicht gerne korrigiert sah. „Also, wir brauchen viel Laderaum für die lebenden Wesen und ebenso für Trinkwasser und Nahrungsvorräte. Hinzu kommen jene Hilfsmittel, die zum Aufbau einer neuen Heimat benötigt werden. Hombort, Ihr werdet sicher eine Aufstellung von dem machen können, was man dazu unbedingt benötigt."

„Seid unbesorgt, das werde ich. Ich weiß, dass wir so wenig Last wie möglich transportieren müssen. Ich werde alles sorgsam bedenken."

„Gut." Der Konstrukteur blickte auf seine Notizen. „Zudem ist die Reise wohl gefährlich und wir kennen ihre Dauer nicht. Wir müssen Ersatzmaterial für den Schiffsbetrieb einkalkulieren und ebenso die Gefahr durch Korsaren oder Meeresungeheuer."

„Die Schiffe müssen gepanzert und bewaffnet sein", fügte ta Markos hinzu.

„Das wäre unsinnig", wehrte Petzler ab und sah den Hochgelehrten entschuldigend an. „Bedenkt, wie groß die Schiffe sein müssen und wie schwer diese wären. Ebenso schwerfällig wären sie zu manövrieren und somit bei einem Manöver gegen Feinde zu unbeweglich. Nein, Ihr Herren, wir brauchen eine Art von Transportschiff und eine Art von Kriegsschiff, welches die Transporter wirkungsvoll verteidigen kann."

„Vielleicht sollte man die Schiffe spezialisieren? Solche für das Vieh und …"

„Nein, nein, nein." Petzler klang nun leicht verärgert. „Der Verlust von Schiffen, auch einer großen Zahl, darf sich nicht auf die Überlebensfähigkeit des Restes auswirken. Daher muss alles zu möglichst gleichen Teilen auf den Transportschiffen verteilt sein. Die Kampfschiffe können hingegen klein sein. Wendig, schnell und gut bewaffnet. Wie Herdenhüter, die um ihr Hornvieh kreisen."

„Nun, Ihr werdet da sicher etwas ersinnen", brummelte der Hochgelehrte, der sich ein wenig übergangen fühlte. Dennoch war er bereit, einzulenken, da ihm die Konstruktion von Schiffen eher fremd war.

„Es bleibt die Frage nach der Beschaffenheit der Rümpfe und der Art des Antriebes", sinnierte Petzler. „Ich sah einst dem Elfen Mionas zu und könnte die Dampfantriebe noch verbessern."

Diesmal war es Hombort, der den Kopf schüttelte. „Als der Feuergraben am Spaltpass mit Brennstein gefüllt werden musste, da gab es Knappheit im ganzen Reich. Nun soll eine zweite Grenze angelegt werden und sicher gibt es dann auch dort einen Feuergraben." Er blickte zu ta Markos, der zustimmend nickte. „Tausende von Dampfantrieben würden Unmengen des Brennsteins benötigen. Zudem braucht er viel Laderaum."

Petzler nickt zögernd. Dem Argument konnte er sich nicht verschließen. „Das gilt es zu bedenken. Vielleicht muss ich doch Segelschiffe konstruieren. Obwohl mir die Abhängigkeit vom Wind nicht gefällt."

„Nehmt eine Kombination aus Dampf und Segel", schlug der Hochgelehrte vor. Er wies auf ein weiteres Fuhrwerk. „Ein oder zwei von Windkraft angetriebene Transporter könnten doch nötigenfalls sicher von einem anderen geschleppt werden, der über die Kraft des Brennsteins verfügt."

„Das könnte der Weg sein." Petzler machte sich Notizen. „Ich muss das durchrechnen."

Es ging auf den Abend zu, als sie die Begehung des Geländes endlich abschlossen.

„Zur morgigen Tageswende benötigen wir Pferde." Den Hochgelehrten ta Markos schmerzten die Füße. „Wir müssen uns die umliegenden Hügel ansehen, um die zweite Grenze zu planen."

Hombort schob sich die letzten Krümel getrockneten Käses in den Mund und kaute missmutig darauf herum. „Nun, auch dort brauchen wir Wege, Arbeiter und viel Material. Der Kronrat wird nicht erfreut sein, wenn er die Liste meiner Anforderungen erhält."

„Er würde wohl noch weniger erfreut sein, wenn seine Mitglieder ums Leben kommen, weil es an Mitteln fehlte, die man nicht bewilligt hat", stellte Petzler sarkastisch fest.

Hochgelehrter Britman ta Markos nickte zustimmend. Todesgefahr war immer ein enormer Ansporn.

14

In den nördlichen Regionen des Herrschaftsgebietes des Schwarzen Lords waren Pferde und Hornvieh selten. Es gab sie nur in kleinen Gruppen und sie wichen instinktiv den Orks aus, die jederzeit bereit waren, eine schmackhafte Zwischenmahlzeit zu erlegen. Selbst die Anordnungen des Oberherrschers vermittelten den Legionären nicht das Verständnis, dass es sinnvoll gewesen wäre, das Hornvieh zu züchten, um eine ständige Nahrungsquelle zu besitzen. Die Rundohren mochten aufgrund ihrer Disziplin als Herdenwächter geeignet erscheinen, doch die Fressgier und Schläue der Spitzohren erstickten jeden Versuch der Zucht im Keim. Selbst härteste Strafen hatten nichts bewirkt.

In den südlichen Regionen gab es hingegen große Herden des Hornviehs und auch einige größere Gruppen von Pferden. Das Volk der Rumaki verstand sich auf die Zucht und die Tiere waren ein wesentlicher Bestandteil der Nahrungsbeschaffung. Obwohl die Rumaki die Vorteile berittener Einheiten erkannten, ließen sie sich jedoch nicht dazu bewegen, das Reiten zu erlernen. Sie waren so fest in ihrer Tradition als Fußsoldaten verwurzelt, dass nur eine Handvoll bereitwillig auf die Pferde stieg. Diese wenigen wurden als reitende Boten eingesetzt, ansonsten sah man die potenziellen Reittiere als Fleischlieferant und Zugtiere für die Wagen, welche ständig im Gebiet des Allerhöchsten unterwegs waren und für den Transport von Waren und Nahrung sorgten.

Das Reich des Schwarzen Lords war groß und machte die Nachrichtenwege dementsprechend lang. Früher war dies unproblematisch gewesen, da Signalfeuer und die magischen Sprechsteine als Verständigungsmittel ausreichten. Die Sprechsteine erlaubten jedoch nur die direkte Verbindung zum obersten Herrscher und nicht die Kommunikation untereinander. Zudem konnten sie nur von den Grauen Wesen, von denen es nur noch wenige gab, und einer Handvoll Orks genutzt werden.

Mit dem Einsatz der rumakischen Bruderschaft des Kreuzes als Spione in den Ländern der freien Völker war nach alnoischem Vorbild eine Signalsprache für Metallspiegel entwickelt worden, welche die Kommunikation erheblich erleichterte und vor allem beschleunigte. Es gab allerdings keine festen Signalstationen und noch immer gehörten schnelle Läufer oder die Handvoll reitender Boten zu einem wichtigen Bestandteil für die Übermittlung von Informationen.

Wenn einer dieser Reiter zum Turm von Antas-Nataar kam, dann musste er also eine sehr wichtige Nachricht zu überbringen haben.

Legionsoberführer Einohr wartete mit dem Grauen Wesen Bar´Ses und einigen Legionsführern auf das Erscheinen des Allerhöchsten. Sie waren alle in dem runden Raum unter der Spitze des Turms versammelt und Einohr und Bar´Ses waren die Einzigen, die sich bis dicht an den durchsichtigen Klarstahl heranwagten und die Aussicht genossen. Für das kleine Spitzohr bedeutete es eine Genugtuung, zu erleben, dass die sonst so mutigen Rundohren vor der Höhe zurückschreckten. Einer Höhe, die allerdings auch ihm alles abverlangte, doch es würde seinen Ruf als wagemutiger Führer stärken, wenn man ihn so dicht vor dem bodenlosen Abgrund sah.

Die Rundohren standen um den Kartentisch des Allerhöchsten herum und versuchten die unzähligen Markierungen zu deuten. Einohr sah ihnen amüsiert zu. „Ich glaube nicht, dass sie die Zeichen zu deuten wissen“, flüsterte er Bar´Ses zu. „Im Voranstürmen und an der Spitze ihrer Legionen mögen sie recht gut sein, aber ihnen fehlt die Gabe des Überblicks."

„Nur gut, dass wir einen so fähigen Legionsoberführer haben", erwiderte das Graue Wesen.

Einohr konnte die Gesichtszüge des Reptiliers nicht recht deuten und interpretierte die Worte als Anerkennung seiner Fähigkeiten. „So ist es. Der Allerhöchste hat für alles seine Gründe. Seine guten Gründe, wie ich betonen möchte." Er wippte unmerklich auf den Fersen. „Allerdings frage ich mich, warum er uns heute so lange warten lässt und was er mit den Rundohren will. Dinge von Belang sollten nur mit den wichtigsten Persönlichkeiten besprochen werden."

„Wie du schon sagtest, Spitzohr, er wird seine Gründe haben."

Diesmal war die Verachtung in Bar'Ses' Stimme deutlich zu erkennen und Einohr blähte kurz die Wangen und marschierte dann leicht verärgert zu der riesigen Panoramascheibe. Aus diesem Grund war er der Erste der Versammelten, der den Reiter nahen sah.

„Ein Bote auf einem Pferd!", rief er, ohne sich umzuwenden. „Offensichtlich wichtige Kunde."

„Offensichtlich." Bar'Ses stieß ein undefinierbares Zischen aus. Er spürte die abwägenden Blicke der Rundohren, die ihn immer wieder heimlich musterten. Als Graues Wesen und direkter Vertreter des Allerhöchsten war er ihnen unheimlich. Er und seine Art schienen den Orks stets unnahbar und unverletzlich und alleine ihr Anblick hatte ausgereicht, Furcht in den harten Kämpfern zu entfachen. In den letzten Jahren schwand diese Angst. Bar'Ses wusste, dass dies eine Folge der hohen Verluste war, welche die Grauen Wesen hatten hinnehmen müssen. Nun stand fest, wie verletzlich sie trotz ihrer magischen Gabe waren. Das dumme Volk glaubte nur zu bereitwillig an die Unüberwindlichkeit magischer Wesen und dass ein Zauber nur von einem noch mächtigeren Zauber gebrochen werden konnte. Dabei bedurfte es nur eines Stückes kalten Stahls, um einem unsterblichen Wesen seine Sterblichkeit vor Augen zu führen.

Einohr zuckte erschrocken zusammen, als die Luft vor ihm unvermittelt flimmerte. Doch es war nicht der Schwarze Lord, sondern ein erschöpft wirkender Rumaki, der den Rang eines stellvertretenden Legionsführers innehatte und einen eindeutigen Geruch verbreitete.

„Du stinkst nach Pferd", stellte Bar´Ses fest. Die Worte waren allerdings nicht unfreundlich gemeint. „Wenn ein solches Tier auf diese Weise schwitzt, so wurde es hart geritten. Somit bringst du schlechte Kunde, An der Rumaki, denn bei guter hättest du dich nicht derart gehetzt."

„Ja, es ist schlechte Kunde", bestätigte der An. „Doch sie ist für den Allerhöchsten bestimmt."

„Ich bin Bar´Ses und du kennst mich. Ich bin Augen und Ohren des Allerhöchsten und so kannst du mir die Worte anvertrauen, die für ihn bestimmt sind."

Der An nickte zögernd und griff in die lederne Umhängetasche, um ein gefaltetes Schriftstück hervorzuziehen. Er übergab es Bar´Ses. „Die Meldung kommt von Angehörigen der Bruderschaft, die im Land der Ehrlosen Informationen sammeln."

„Die Verdienste der Bruderschaft sind mir bekannt", meinte das Graue Wesen und begann die Nachricht zu lesen. „Und ebenso die Verluste, die sie bei ihrer wertvollen Tätigkeit erleiden. Die Armtätowierung des Kreuzes ist verräterisch."

„Das ist sie", räumte der rumakische Offizier ein. „Doch sie wurden vor vielen Jahreswenden angebracht und lassen sich nicht wieder entfernen." Er räusperte sich. „Die Informationen kommen von verschiedenen der Brüder, doch sie lauten alle gleich."

„Dies entnahm ich deinen Worten bereits, An." Die Schlitzpupillen des Echsenwesens richteten sich auf den Offizier. „Du kennst die Nachricht?"

„Ich musste sie mir einprägen für den Fall, dass das Schriftstück verloren geht."

„Das ist bedauerlich. Es gibt nur wenige gute Reiter in unserem Reich."

Bevor der Rumaki begreifen konnte, berührte das Graue Wesen ihn mit der flachen Hand. Die Rundohren gaben erschrockene Laute von sich und Einohr konnte seine Schließmuskeln nur mit Mühe beherrschen, als der Körper des Mannes aufflammte und in Augenblicken zu Asche zerfiel.

„Bedauerlich", wiederholte der Magier. „Er wäre uns bei anderer Gelegenheit sicher noch nützlich gewesen."

„Was steht in der Nachricht?", stieß ein Rundohr mutig hervor. „Warum musste die weite Hose sterben? Er ist sicher nicht der Einzige, der ihren Inhalt kennt."

„Ja, möglicherweise werde ich auch andere mit dem Flammzauber belegen müssen", sinnierte Bar´Ses. Er ließ die Botschaft in seiner Robe verschwinden. „Nun, vielleicht sollte ich euch mit ihrem Inhalt vertraut machen."

Einohr starrte auf das Aschehäufchen am Boden. „Nun, äh, ich bin eigentlich nicht sonderlich neugierig."

Bar´Ses trat an den Kartentisch. Seine gespaltene Zunge glitt kurz über das lippenlose Maul. „Immerhin seid ihr die fähigsten Führer der Legionen", überlegte er. „Nein, ihr müsst die Kunde erhalten. Der Allerhöchste wird das erwarten."

„Wir, äh, können warten, bis er eintrifft", stammelte Einohr.

„Das Land der freien Reiche wird untergehen", eröffnete der Magier.

„Das wird es", stimmte Dreischlag, einer der Legionsführer, zu. „Die Legionen stehen bereit."

„Es sind nicht die Legionen, die das bewirken … Das Land selbst wird sich öffnen und alles verschlingen. Städte und Dörfer und alles Leben werden im Meer versinken."

„Aber … Aber das ist ja großartig", entfuhr es Einohr. „Dann brauchen wir ja gar nicht erst zu kämpfen." Er warf einen Blick zu den Legionsführern, deren scheckige Gesichter Verwirrung zeigten. „Natürlich ist das für unsere tapferen Rundohren sehr bedauerlich. All das viele Üben und Herumgestampfe ... Sie haben sich sicherlich schon sehr auf ausgiebige Gemetzel mit viel Blutvergießen gefreut." Der Legionsoberführer runzelte die Stirn. „Äh, es wird doch genug Gelegenheit für ein bisschen Plünderung bleiben, oder?"

Bar´Ses starrte das kleine Spitzohr an. Er schien zu überlegen, ob die kleine Kreatur ihre Worte wohl ernst gemeint hatte. „Du verstehst die Bedeutung der Worte nicht, Einohr. Nicht nur das Land der Feinde wird untergehen, auch das unsere."

Einohr wurde fahlgrün. „Untergehen? Wir?"

„Alles wird im Meer versinken."

„Das ist … entsetzlich", keuchte das Spitzohr. „Wir … Wir müssen uns retten! Ein Schiff! Ein Schiff schwimmt auf dem Wasser … Ich brauche ein Schiff!"

„Wir können keine Schiffe bauen", stieß Legionsführer Dreischlag grimmig hervor. „Und wir können auch nicht auf Wasser laufen."

„Das nennt man schwimmen", korrigierte Einohr automatisch, ohne sich dessen richtig bewusst zu sein. Dann drangen ihm die Worte des anderen Ork erst richtig ins Bewusstsein. „Keine Schiffe? Wir können keine Schiffe bauen?"

„So erkennt ihr nun die Weisheit meiner Gedanken und die Bedeutung meines langen Plans."

Übergangslos stand die Gestalt des Schwarzen Lords im Raum. Der Herrscher kam näher und Einohr wich ihm hastig aus.

„Wir brauchen Schiffe", flüsterte das kleine Spitzohr ängstlich. „Das Land wird untergehen und wir alle werden am Wasser sterben."

Der Allerhöchste lachte und das Vibrieren schien im Raum nachzuhallen. „Ich weiß dies schon seit vielen Jahrtausendwenden und habe meinen Plan gemacht."

„Aber wenn Ihr es schon so lange wisst, Allerhöchster", wandte Dreischlag ein, „warum habt Ihr es uns nicht gesagt?"

„Warum sollte ich das?" Erneut lachte der Herrscher. „Ihr könnt schließlich keine Schiffe bauen, nicht wahr?"

„Aber andere können es." Bar´Ses nickte und verzog das lippenlose Maul zu einem Lächeln. „Nun verstehe ich Eure Weisheit, mein Gebieter."

Einohrs verbliebenes Ohr war eingeknickt und er glich einem Häufchen Elend. Doch die Worte von Bar´Ses deuteten an, dass es Hoffnung gab. „Der lange Plan?", fragte er eifrig.

Der Herrscher nickte. „Der sich nun seiner Vollendung zuneigt. Es verbleiben nicht viele Jahreswenden, bis das Land versinken wird. In dieser Zeit könnten wir den Schiffsbau niemals erlernen und auch nicht genügend Schiffe fertigstellen."

„Nun, ein paar würden vielleicht reichen", meinte Einohr prompt. „Für die wichtigsten Persönlichkeiten und ein paar kräftige Rundohren, die für ihren Schutz sorgen." Das schwarz schimmernde Gesicht wandte sich ihm zu. „Nur so … nur so ein flüchtiger Gedanke."

„Offensichtlich machen die Menschen kein Geheimnis aus dem drohenden Untergang." Bar´Ses zog die Nachricht aus seiner Robe, doch der Herrscher bedeutete ihm, sie wieder wegzustecken. „Überall spricht man davon und Unmengen von Arbeitern und Material gehen in die Provinz von Gendaneris."

„Dort wird man die Schiffe erbauen." Der Herrscher schien zu lächeln. „Natürlich machen sie kein Geheimnis daraus. Sie hoffen ja, dass wir davon erfahren."

Bar'Ses zischte leise. „Sie wissen, dass wir auf ihre fertigen Schiffe angewiesen sind."

Dreischlag begriff und in seiner kehligen Stimme lag Triumph. „Dann wird es doch zur Schlacht kommen!"

„Sobald sich die Schiffe der Vollendung nähern", stimmte der Schwarze Lord zu. „Bis dahin herrscht Waffenruhe und werden wir uns weiter rüsten. Doch bevor sie ihre Schiffe besteigen, wird der Sturm der Orks beginnen." Er deutete auf den Kartentisch. „Und nun überlegt, wie wir am schnellsten nach Gendaneris vorstoßen können, wenn es so weit ist."

Einohr gefiel es nicht, dass es nun doch zum großen Krieg kommen würde, doch er wusste, dass man die Schiffe des Feindes erobern musste. Seufzend sah er den Allerhöchsten an die Klarsteinscheibe treten, doch die Worte des Herrschers konnte er nicht verstehen.

„So beginnt es nun endlich und der lange Plan geht der Vollendung entgegen", flüsterte der Schwarze Lord. „Doch letztlich werdet ihr alle ihn erst verstehen, wenn die Zeit dazu gekommen ist."

15

Das also ist das neue Schiff?" Der alnoische König betrachtete fasziniert das Modell, welches Petzler und der Hochgelehrte ta Markos behutsam aus der kleinen Holzkiste gehoben und auf den Schreibtisch der Majestät gestellt hatten.

„Ja, Euer Majestät, das ist es." Petzler empfand sichtlich Stolz auf seine Konstruktion und das maßstabsgerechte Modell, welches nach den Entwürfen gefertigt worden war. Es war trotz der Eile sehr detailliert. „Wenn Euer Majestät gestatten, werde ich Euch den neuen Schiffstyp erläutern."

Petzler und ta Markos waren in einem schnellen Gespann nach Alneris gereist und ungeachtet der guten Federung des Wagens hatte der Konstrukteur das kostbare Modell auf den Knien gehalten, um es vor jedem Schaden zu bewahren. Er war erleichtert, es unbeschadet bis in die Privaträume des Königs geschafft zu haben, wo dieser und der Gardekommandeur Daik ta Enderos schon gespannt warteten.

„Es ist nicht aus Metall, wie es bei den neuen Schiffen üblich ist", stellte ta Enderos fest und beäugte das Modell von allen Seiten. Es war ein Schnittmodell, welches von einer Seite den Einblick in die Innenräume ermöglichte. „Die Dampfmaschine erscheint mir ungewöhnlich stark und doch hat das Schiff drei Masten für die Segel."

„Alles ist wohlbedacht, Euer Majestät", versicherte Petzler, der den skeptischen Blick bemerkte, den der König seinem Freund zuwarf.

„In jedwedem Detail, Euer Majestät", fügte nun auch der Hochgelehrte hinzu. Er und Petzler hatten heftig um manche

Kleinigkeit der Konstruktion gerungen, doch nun waren sie sich sicher, das bestmögliche Ergebnis erzielt zu haben.

„Das Schiff wird fünfundvierzig Längen vom Bug zum Heck messen und dabei eine Breite von deren zwölf ausweisen. Der Tiefgang wird nach unseren Berechnungen, wenn alles an Bord ist, um die zwei Längen betragen. Man muss verstehen, dass die Konstruktion für große Last und Robustheit konzipiert wurde. Wie Ihr sehen könnt, Euer Majestät und Hochgeboren, gibt es auf dem Kiel einen flachen Stauraum für den Ballast. Dieser wird aus jenen Steinen bestehen, die wir aus dem Flussbett holen, um es zu vertiefen, und natürlich aus denen der näheren Umgebung. Wir werden sehr viel davon benötigen. Darüber erheben sich die beiden unteren Decks: das Unterwasserdeck für die Fracht und das Überwasserdeck für die Menschen und das Vieh. Das Oberdeck und die beiden Deckshäuser dienen der Mannschaft. Beachtet die großen Belüftungen, die eine ausreichende Frischluftzufuhr gewähren."

„Hm. Und die große Dampfmaschine? Für ihre Größe erscheint mir der Stauraum für den Brennstein recht klein."

„Die Schiffe sollen sich durch die Kraft des Windes fortbewegen. Es mag langsam sein, Euer Majestät und Hochgeboren, doch das erspart uns viel Platz für Brennstein, der zudem kaum in ausreichender Menge verfügbar sein dürfte. Auch wird nur jedes vierte Schiff über eine Dampfmaschine verfügen." Petzler sah die überraschten Blicke und machte rasch eine beschwichtigende Geste. „Bei Windstille oder schlechtem Wetter werden jene Schiffe, die mit Dampf angetrieben werden können, drei der anderen hinter sich schleppen. Ähnlich den Gespannen der schweren Frachtfuhrwerke."

„Ich verstehe nicht viel von Schiffen", gab Daik ta Enderos zu, „doch ein solches Schleppverfahren erscheint mir heikel. Solche großen Schiffe sind anfällig für den Wind. Er greift ihre Bordwände und beeinflusst ihre Geschwindigkeit und ihren Kurs und dies gilt ebenso für die Wellen des Meeres."

Offensichtlich verstand der kleine Gardekommandeur durchaus etwas von der Seefahrt, wie Petzler fand. „Wir haben Sturmanker und Schleppsegel ersonnen, die solchen Gefahren entgegenwirken. Versteht, dass wir einen Kompromiss benötigten, um allen Anforderungen gleichermaßen gerecht werden zu können."

„Die Schiffe bestehen aus Holz, weil es nicht genug Metall gibt?"

„Ja. Zudem lässt sich mit Holz schneller bauen. Die erforderlichen Metalle zu schmelzen und in Form zu bringen würde Unmengen an Erz und Zeit brauchen. Wir werden dennoch viel Metall und Gold benötigen, um die Unterwasserschiffe mit Platten zu schützen. Das verhindert die Gefahr durch Bohrwürmer und Algenbewuchs."

Daik ta Enderos wandte sich zu einem der Bediensteten um, die reglos an der Tür warteten, um auf die Wünsche des Monarchen zu reagieren oder auch für seinen Schutz zu sorgen. „Penders, seid so gut und lasst uns ein paar Erfrischungen bringen. Es sieht nach einem langen Abend aus. Und lasst Räume für die beiden Gelehrten herrichten."

Der in zivil gekleidete Gardist, der es geschickt verstand, seine Waffen verborgen zu halten, deutete eine Verbeugung an, öffnete kurz die Tür und gab die Weisungen an einen Mann im Gang weiter.

„Wir wissen noch nicht, wo wir eine neue Heimat finden." Der König sah auf die große Karte des Kontinents. „Die Schiffe werden möglicherweise sehr lange unterwegs sein."

„Daher haben wir viel Raum für die Nahrungsmittel eingeplant, Euer Majestät." Petzler nahm einen Stift aus seiner Weste und deutete auf einige kleinere Räume im Überwasserdeck. „Die Trinkwasservorräte sollten für drei Zehntage ausreichen. Wenn man behutsam rationiert, auch etwas länger. Wobei wir nur das Wasser für die Menschen einschränken können. Das Vieh und die Pferde müssen voll versorgt werden. Die Reise wird für sie beschwerlich genug."

„Wohl für jeden", wandte Venval ta Ajonas ein. „Drei Zehntage?"

„Wir haben die alten Seekarten zurate gezogen und konnten zudem mit einem Handelskapitän des Reiches Telan sprechen. Es gibt eine Vielzahl von kleinen und großen Inseln, auf denen wir das Trinkwasser ergänzen können. Der Mann warnte übrigens auch vor einem feindseligen Volk, welches die Meere befahren soll. Wesen, welche großen Insekten gleichen und die keine Gnade kennen."

„Wie ist es mit Kampfschiffen bestellt?", fragte ta Enderos prompt.

„Neben den bestehenden Schiffen werden wir viele kleinere Kriegsschiffe bauen. Sie werden schnell, wendig und gut bewaffnet sein." Der Hochgelehrte ta Markos räusperte sich. „Wobei allerdings jedes Schiff, auch die Transporter seinen Teil an Bewaffneten wird stellen müssen. Das Landvolk wird rasch an den Waffen unterwiesen werden müssen."

„Dafür ist die Garde da", meinte der König.

Daik ta Enderos blickte seinen Freund düster an. „Darauf würde ich nicht wetten wollen."

„Wie kommst du darauf, mein Freund?"

„Die Garde wird kämpfen." Ta Enderos trat an die Karte und schlug mit grimmigem Gesicht gegen die Markierungen. „Sie wird in den Festungen kämpfen, bis diese überrannt werden. Dann wird sie beim Rückzug kämpfen, um den Vormarsch der

Legionen zu verlangsamen und dem Volk Zeit zu verschaffen, die Schiffe zu erreichen. Und schließlich wird die Garde an der zweiten Grenze kämpfen." Der kleine Gardist atmete mehrmals tief durch. „Es wird nicht viele Gardisten geben, die sich auf die Schiffe werden retten können."

„Bei den Finsteren Abgründen." Der König begriff nun, welche Opfer da auf die Garde zukamen.

Daik ta Enderos sah, wie zwei Frauen eintraten und die gewünschten Erfrischungen brachten. So plauderten er und die anderen über Belanglosigkeiten, bis ein jeder versorgt war und die beiden den Raum wieder verlassen hatten.

„Zudem vermag ich nicht für die Garde zu garantieren", nahm Daik den Faden wieder auf.

„Die Garde ist zuverlässig und tapfer."

„Selbstverständlich ist sie das", knurrte Daik. „Sie wird kämpfen, solange sie nur kann. Doch letztlich sind auch Gardisten nur einfache Menschen und hängen an ihrem Leben. Wenn der letzte Sturm auf die Schiffe beginnt und die zweite Grenze ins Wanken gerät, dann mag mancher bis dahin tapfere Kämpfer seinen Mut verlieren. Es wird ein tödliches Rennen zu den Schiffen geben, Venval, und nicht jeder Gardist wird auf seinem Posten bleiben."

Das Gesicht des Hochgelehrten ta Markos war ein wenig blass. Er hatte es bislang als selbstverständlich empfunden, dass die Garde bis zum letzten Blutstropfen kämpfen würde, doch zweifelte allem Anschein nach selbst ihr Kommandeur daran, zu einem Zeitpunkt, da die Gefahr noch in weiter Ferne schien. Er zuckte zusammen, als ta Enderos zu ihm herumfuhr.

„Wir brauchen nicht nur die zweite Grenze, Hochgelehrter. Wir brauchen auch sehr effektive Waffen, welche die Orks und ihr Herr noch nicht kennen. Es wäre gut, wenn Ihr Euch diesbezüglich etwas einfallen lassen könntet."

„Selbstverständlich, Euer Hochgeboren“, stammelte ta Markos. „Ich, äh, werde mich mit den anderen Gelehrten darüber beraten.“

„Wir brauchen Kämpfer auf den Schiffen“, gab Konstrukteur Petzler zu bedenken. „Es mag sein, dass wir ein neues Land finden, doch wir wissen nicht, welche Gefahren uns dort drohen. Möglicherweise ist es sogar bewohnt und wir werden darum kämpfen müssen.“

„Darum kämpfen?“ Venval stieß einen erbitterten Fluch aus. „Verdammt, ja, auch das gilt es in Erwägung zu ziehen.“

„Der Gedanke behagt mir nicht“, gab ta Enderos zu. „Wir müssen unser Land aus Not verlassen und die Vorstellung, die neue Heimat einem anderen Volk zu entreißen, ist grausam.“

„Das ist sie.“ Der König nippte an seinem Becher. „Doch letztlich geht es um unser Überleben. Ich kann nur hoffen, dass wir nicht wie die Barbaren über ein friedliches Volk herfallen müssen, um uns eine Zukunft zu erkämpfen. Aber vielleicht wird das auch nicht erforderlich. Die Lederschwingen sind auf der Suche und werden sicher ein freies Land für uns entdecken.“

„Ja, das werden sie wohl.“ Die Zweifel in ta Enderos’ Stimme waren deutlich.

„Wenn Euer Majestät und Euer Hochgeboren gestatten ... Da wäre noch die zweite Grenze.“ Hochgelehrter Britman ta Markos lächelte halbherzig. Die Worte der beiden Männer, die letzten Endes das Reich führten, hatten ihn doch erheblich erschüttert. Sie führten ihm vor Augen, welche Bedeutung der zweiten Grenze zukam.

„Die zweite Grenze, ja.“ Ta Enderos straffte sich und trat erneut an die Karte. „Vom Gebirge des Teanus über die Stadt Rhokaris hinunter nach Mintris. Etwas weniger als zweihundert Tausendlängen, die befestigt werden müssen. Das Gelände ist bekannt, Hochgelehrter, wir können also auf seine Beschreibung verzichten."

„Wie Euer Hochgeboren meinen." Ta Markos nahm den Stift aus Petzlers Hand und ging nun selbst zur Karte hinüber. „Konstrukteur Petzler und ich haben die Region in den letzten Tageswenden ausgiebig in Augenschein genommen und Überlegungen angestellt, wie sich die zweite Grenze befestigen lässt. In der Kürze der verfügbaren Zeit, wohlgemerkt. Daher sind wir von steinernen Befestigungen abgewichen. Um eine stabile Wehrmauer zu errichten, müssten wir für jeden Stein auf der Erde einen weiteren innerhalb der Erde verlegen. Ohne starkes Fundament gibt es keine starke Mauer."

„Ich verstehe." Daik ta Enderos füllte seinen Becher nach. „Es gibt Stein genug, doch wir haben zu viele Aufgaben gleichzeitig zu bewältigen."

„Bedauerlicherweise ist es so, Euer Hochgeboren. Wir werden daher Erdwerke errichten, die an ihrer Oberseite mit stabilen Palisaden bewehrt sind. Von der Innenseite aus betrachtet, werden die Palisaden vier Längen aufragen und einen Wehrgang für die Bogenschützen haben. Von der Außenseite betrachtet, ragen sie nur eine Länge empor, da wir vor ihnen eine flach ansteigende Erdanschüttung anlegen. Steil genug, um es für einen Angreifer unbequem zu machen, doch seicht genug, um den Geschossen der Ferntöter der Orks nur wenig Halt zu geben. Sie werden aufprallen und über die Palisaden hinwegspringen. Nun, wenigstens ein guter Teil von ihnen."

„Ein anderer Teil wird hingegen voll in die Palisaden einschlagen", knurrte der Gardekommandeur.

„Es wird keine gewöhnliche Palisade werden. Eigentlich ist es eine Doppelpalisade, bei der zwischen den Reihen eine halbe Länge Abstand besteht. Der Zwischenraum wird mit Erdreich und Sand gefüllt. Das nimmt den Kugeln der Ferntöter die meiste Wucht."

Petzler nickte. „Wir haben das mit einer der Dampfkanonen ausprobiert. Es funktioniert wirklich."

„In regelmäßigen Abständen errichten wir wehrhafte Türme mit Katapulten oder Dampfkanonen", führte ta Markos weiter aus. „Es wird mehrere Tore geben und auch einen Feuergraben, so wie den am Spaltpass." Er tippte auf mehrere Stellen der Karte. „Hier sind mehrere Hügel. Auf diesen werden wir steinerne Festungen errichten. Es werden kleine Festungen sein, doch dafür stark und von großer Kampfkraft und Widerstandsfähigkeit."

„Das hört sich recht gut an", räumte der König ein. Er sah seinen Freund aufmunternd an. „Daik, was hältst du davon?"

„Ja, es hört sich brauchbar an. Doch letztlich wird es sich in der Schlacht bewähren müssen."

Petzler konnte die Skepsis des Gardisten durchaus verstehen. „Der Hochgelehrte hat noch einen weiteren Vorschlag."

„Mir ist alles recht, was dem Feind Schaden zufügt", meinte ta Enderos und lächelte halbherzig.

„Ich verstehe nicht sonderlich viel von militärischen Belangen", leitete ta Markos ein. „Doch ich vermute, dass derjenige im Vorteil ist, der die Bewegungen des Feindes frühzeitig erkennt."

„Sie vermuten richtig, Hochgelehrter."

Der Stift stieß gegen eine Stelle der Karte. „Hier, in der Nähe zur Stadt Rhokaris, befindet sich eine steil aufragende Felsklippe. Sie ist außergewöhnlich hoch und möglicherweise nicht zu ersteigen. Aber sie wäre ein vortrefflicher Aussichtspunkt über das weite Land."

Ta Enderos trat neben den Gelehrten und beugte sich ein wenig näher. „In Verbindung mit einer Signalstation böte uns das sicherlich einen Vorteil. Kann man diese Klippe wirklich nicht ersteigen?“ Er richtete sich auf und musterte ta Markos forschend. „Ich vermute, Ihr seht doch eine Möglichkeit, sonst hättet Ihr diesen Felsen doch gar nicht erst erwähnt, nicht wahr?“

Ta Markos deutete eine Verbeugung an. „Für uns ist dieser Felsen wohl wirklich nicht zu bezwingen. Aber es gibt ein Volk, das in Bezug auf den Umgang mit hartem Stein schon wahre Wunder vollbracht hat.“

„Die Zwerge.“

„Ja, Euer Hochgeboren. Selbst für diese mag es unmöglich sein, doch wenn es jemanden gibt, der diesen Felsen ersteigen und für uns nutzbar machen kann, dann gehört er fraglos dem kleinen Volk an.“

„Sie werden sich nicht scheuen, jedes halbwegs vertretbare Risiko auf sich zu nehmen“, stimmte der Gardekommandeur zu. „Eine solche Klippe wird selbst für sie eine Herausforderung sein und ich kenne ihren Stolz. Sie werden nichts unversucht lassen.“

König Venval ta Ajonas machte ein paar Schritte, bei denen er fieberhaft überlegte. Die anderen schwiegen und warteten auf die Entscheidung des Monarchen, an der es eigentlich keinen Zweifel geben konnte. Schließlich blieb Venval stehen.

„Was immer geeignet ist, dem Feind Schaden zuzufügen, nicht wahr? Das kleine Volk wird dies ebenso sehen. Ich werde eine Nachricht an den Pferdefürsten Nedeam senden. Mit einem Boten und nicht über die Signalstationen. Die Lichtblitze kann man erkennen und ich vermute, die Bruderschaft der Rumaki ist längst in der Lage, die darin enthaltenen Botschaften zu lesen. Ja, ich werde einen Reiter senden. Es wäre von Vorteil, wenn wir ein paar Dinge vor dem Feind verborgen halten können.“

16

Nedeam und Llaranya standen Hand in Hand an einem der Fenster des Amtsraumes und blickten in den vorderen Burghof hinunter. Aus den hinteren Räumen war fröhliches Geschrei zu hören, wo Neliana mit einigen der anderen Kinder spielte. Es war nicht immer leicht, da die Vierjährige durch ihre elfischen Reflexe bei vielen Spielen im Vorteil war und dies gerne ausnutzte. Llaranya hatte ihr geraten, ein wenig Nachsicht mit den Menschenkindern zu üben. Immer wieder flammte Streit auf und wurde kurz darauf durch unbeschwertes Spiel abgelöst.

„Kinder sind Kinder", meinte die Elfin lächelnd. „Oder meinethalben auch Hüpflinge, wie es bei den Zwergen heißt. Ich glaube, es spielt keine Rolle, zu welchem Volk sie gehören. Sie finden immer einen Weg der Verständigung und des gemeinsamen Spiels."

„Ja, sie lernen Gemeinschaft trotz allem Streit, der gelegentlich entbrennt." Nedeam lachte unbeschwert. „Feindschaft wird ihnen wohl erst durch uns Erwachsene vermittelt. Ich glaube, mancher Krieg könnte verhindert werden, wenn die Völker ihre Kinder sprechen ließen."

„Orks haben keine Kinder. Sie sind ungeschlechtliche Wesen."

Nedeam seufzte. „Womit wir wieder beim Thema wären. Was meinst du? Was geht in ihm vor?"

Unten, neben dem großen Brunnen, übte Fangschlag mit einigen der Schwertmänner. Die echten Klingen waren durch hölzerne Nachbildungen ersetzt, sodass keine Funken stoben und kein Blut floss. Dafür flogen Späne und es gab sicher manchen Bluterguss, denn die Kämpfer schonten sich nicht.

„Er schlägt härter zu, als es früher der Fall war." Llaranya winkte einer Wache auf dem Wehrgang zu, die den Gruß lächelnd erwiderte. „Man spürt, wie einsam er ist."

„Ich bin zutiefst besorgt um sein Gemüt", gestand Nedeam. „Er ergab sich uns und trat in Waffenbruderschaft, um sich an Einohr rächen zu können. Doch nun geht es nicht alleine um den Tod des verdammten Spitzohrs. Fangschlag ist ein kluger Bursche und weiß, dass seine Art zum Tode verurteilt ist. Er hält viel von den Seinen. Wenigstens von den Rundohren." Nedeam zog Llaranya an sich. „Die Vorstellung, dass sie alle sterben werden, muss ihm schwer zusetzen."

„Er ist ein Krieger von großer Ehre", stimmte die Elfin zu. „Dennoch bleibt er ein Ork und ein unmenschliches Wesen."

„Du wirst ihn nie in dein Herz schließen", brummte Nedeam. „Gleichwohl er uns schon oft beigestanden hat."

„Nicht weil er uns liebt, mein Gemahl. Er mag uns achten und treu zu seiner Waffenbruderschaft mit uns stehen, doch wir wissen kaum, was er wirklich empfindet."

„Nun, es ist wohl nicht die Art der Orks, darüber zu sprechen", versuchte Nedeam zu scherzen.

„Er hat nicht gefragt, ob wir seine Art nicht ebenfalls retten können", gab Llaranya zu bedenken.

„Weil er klug ist. In seinem Inneren weiß er, dass es keinen Weg dazu gibt. Unsere Arten sind zu gegensätzlich."

„Dennoch ist er unser Waffenbruder, nicht wahr?"

Nedeam presste die Lippen aufeinander. „Das ist er." Sein Lächeln wirkte nun unglücklich. „Ebendeshalb ist er ein sehr einsames Wesen."

Hinter ihnen räusperte sich Arkarim, der gerade über einer Liste brütete. „Er wird zu seinem Wort und unserer Waffenbruderschaft stehen."

Der Pferdefürst wandte sich vom Fenster ab und sah seinen Freund und Ersten Schwertmann nachdenklich an. „Daran gibt es keinen Zweifel." Er deutete auf das Schriftstück. „Und? Was hältst du von den Zahlen?"

„Dass ich sehr froh bin, kein Pferdefürst zu sein und daher solche Dinge nicht bedenken zu müssen", brummte der Angesprochene. „Darf ich offen sein?"

„Das, mein Freund, ist eine dumme Frage", antwortete Nedeam und lachte erneut.

Arkarim nickte. „Verzeih." Er tippte gegen das Schriftstück. „Sollen wir wirklich zwei Beritte und all die Wagen und Kleidung nach Julinaash hinaufschicken? Sie werden bei den Vorbereitungen in der Hochmark fehlen."

„Sei unbesorgt, Arkarim. Bis sie bei uns benötigt werden, ist das Volk von Julinaash schon an unserer Grenze." Nedeam sah die Skepsis im Gesicht des Freundes. „Es besteht ein Bündnis zwischen allen freien Völkern."

„Ich kenne die verdammten Weiber von Julinaash. Die haben uns sicher nicht ins Herz geschlossen."

„Dennoch schweißt die gemeinsame Gefahr uns zusammen, Arkarim. Das Pferdevolk wird helfen, so gut es das vermag." Nedeam trat an die elfische Karte. „Schau her. Du weißt, Julinaash liegt inmitten des eisigen Nordlandes. Die heißen Quellen schaffen einen erträglichen Lebensraum, doch den muss das Volk von Julinaash verlassen, um zu den Schiffen zu gelangen. Dazu müssen sie durch das ewige Eis marschieren, bevor sie die Öde von Rushaan erreichen und später an unsere Nordfeste gelangen. Sie kennen keine Pferde und keine Wagen. Sie haben auch kaum genügend warme Bekleidung, um diesen Marsch zu überstehen."

„Also erhalten sie vom Pferdevolk, was sie brauchen", knurrte Arkarim.

„So ist es."

„Du hast ein großes Herz und gehst auch großzügig mit den Möglichkeiten der Hochmark um."

„Bevor sich die Bevölkerung der Hochmark auf den Weg zu den Schiffen begibt, sind die Beritte und Wagen schon zurück. Wir werden gemeinsam mit den Julinaash nach Mintris gehen."

„Eine wahrhaftige Völkerwanderung."

„Die unsere Kräfte auf das Äußerste beanspruchen wird", räumte Nedeam bereitwillig ein.

„Warum schonen wir dann nicht unsere Kräfte, solange es geht?"

„Wie meinst du das?"

Arkarim schob die Liste von sich und trat an Nedeams Seite. Er tippte auf die Karte. „Es ist verdammt umständlich, das Holz für die Schiffe aus dem Land der Elfen nach Mintris zu schaffen. In unserer Südmark und der Nordprovinz von Lheonaris gibt es reichlich Holz und es blieben noch immer genügend Reserven in der Provinz von Gendaneris. Warum also die Plackerei für die Zwerge und Sandbarbaren? Zumal die Westmark viele Pferde und Fuhrwerke abstellen muss, um das Holz von den einstigen elfischen Häusern zum Fluss zu transportieren."

„Es hat mit Stolz zu tun, mein Freund."

„Mit Stolz?" Arkarim runzelte die Stirn.

„Alnoa baut die Schiffe, die uns alle retten sollen. Jedes Volk soll die Möglichkeit haben, das Seine dazu beizutragen. Verdammt, Arkarim, würde es dir gefallen, als Bittsteller an Bord zu gehen?"

„Vielen wird der Stolz gleichgültig sein, wenn es nur ihr Leben rettet." Arkarim sah das eher pragmatisch.

„Anderen nicht. Wenn wir ein neues Land erreichen, so würden alle in ewiger Dankesschuld gegenüber dem Reich von Alnoa stehen. Auch wenn es unsere Freunde sind, so möchte auch ich nicht in ihrer ewigen Schuld stehen."

„Das kann ich verstehen. Doch was tragen dann die verdammten Weiber von Julinaash zur Rettung bei? Haben sie weniger Stolz als die anderen Völker?"

„Sicher nicht. Die Männer und Frauen von Julinaash werden große Mengen an Tauwerk und Segeltuch aus dem Norden mit sich führen. Viele unserer Wagen werden damit beladen sein."

„Es gibt wahrhaftig vieles zu bedenken", gestand Arkarim ein.

Nedeam trat an das Regal mit den Schriften und deutete auf jene, welche die Geschichte des Pferdevolkes erzählten. „Wir alle treffen unsere Vorbereitungen und machen unsere Pläne für die Zeit, da wir zu den Schiffen müssen. Doch du bist ein erfahrener Krieger, Arkarim, und weißt, wie es sich mit solchen Plänen verhält. Wenn die Völker erst wandern und die Legionen die Grenzen bestürmen, dann wird das manchen Plan zunichtemachen."

17

Der Mann trug die Rüstung und den grauen Schulterumhang der alnoischen Fußgarde. Sie bestand aus der blaugrauen Tuchuniform, einem stählernen Brustpanzer, kniehohen Stiefeln und dem Helm. Die beiden blauen Federn auf Letzterem und der zusätzliche kurze Schulterumhang zeigten, dass es sich um einen Hauptmann handelte. Den rechteckigen Schild trug er am langen Riemen über dem Rücken, am Waffengurt hingen Schwert und Dolch. Seine Männer hatten sich zusätzlich Pfeilköcher und Bogen über die Schulter gehängt und plagten sich mit den ungewohnten Tornistern ab, in denen Verpflegung und Deckenrolle untergebracht waren. Sie alle litten unter der sommerlichen Hitze.

Die Fußgarden unterstanden dem König oder dem Gardekommandeur nur in Kriegszeiten direkt. Sie wurden von den Städten der Provinzen aufgestellt, die auch ihren Sold zahlten. Die Ausrüstung hingegen stellte der König. Diese Struktur der Garde beruhte auf der Erfahrung, dass ein zu mächtiger König rasch zu einem Tyrannen werden konnte. Das neue System mochte umständlich sein, war jedoch sehr wirksam.

Hauptmann ta Jarvak diente gerne in der Fußgarde der Stadt Lheonaris, auch wenn Fußtruppen nicht in so hohem Ansehen standen wie die berittenen Einheiten. Die Reiter bestreiften das Land und konnten immer wieder Erfolge verbuchen, da sie Raubgesindel zur Strecke brachten. Aber auch wenn die Fußgarden weniger Ruhm sammelten, so bot der Dienst doch einige Vorteile. Da man das Land nicht bestreifte, war die Tätigkeit eher ungefährlich und allenfalls riskant, wenn man zur Besatzung einer Grenzfeste abkommandiert war. Innerhalb der Stadtgrenze konnte man sich, wenigstens als Offizier, eines gewissen Ansehens bei den Frauen erfreuen und das Tagwerk bestand aus Drill, Paraden und dem Aufrechterhalten der Ordnung in der Stadt. Ein verständiger Offizier wie Hauptmann ta Jarvak, der wusste, wann er die Augen im rechten Moment abwandte, konnte dabei auch durchaus seinen Beutel füllen.

Im Augenblick hätte es der Hauptmann allerdings durchaus zu schätzen gewusst, doch bei der Gardekavallerie zu dienen.

Der Rat von Lheonaris hatte beschlossen, einige kleine Trupps der Fußgarden in die umliegenden Dörfer zu entsenden, um sich so zu vergewissern, dass alle Vorbereitungen getroffen wurden, um sich in einigen Jahren auf die Schiffe retten zu können. Schließlich reichte es nicht aus, dass die Menschen ihr Heim verließen. Vielmehr mussten sie mitnehmen, was für die Erschaffung einer neuen Heimat erforderlich war, und zurücklassen, was von geringem Nutzen sein würde. Außerdem musste jedes Dorf einen entsprechenden Vorrat an Werkzeugen und Nahrungsmitteln anlegen, der bei der großen Wanderung mitgeführt werden sollte. Dazu gehörten auch die nötigen Gespanne und Karren. All dies brauchte seine Zeit und der Rat von Lheonaris wollte sicherstellen, dass diese Arbeiten nicht zu spät begonnen wurden.

Hauptmann ta Jarvak hatte erfolglos darauf hingewiesen, dass es ein paar Zehntage dauern konnte, bis die Fußstreifen die ihnen zugewiesenen Dörfer aufgesucht hatten. Zudem sei die Stadtgarde zwar das Paradieren gewohnt, nicht jedoch derart ausschweifende Märsche. Der Rat beharrte jedoch darauf, dass die Vorbereitungen in den Dörfern eine Sache der Provinzen sei und somit sei es auch die Aufgabe der Fußgarde, über die Einhaltung zu wachen. Ta Jarvak und seine Männer hatten sich grollend gefügt und sich jene Stiefel herausgesucht, die nicht für die

Parade taugten, aber dafür bequem am Fuß saßen. Begleitet von einem Unterführer und einer Zehn an Gardisten war er dann, so wie etliche andere Trupps, aus Lheonaris ausgerückt.

Zwei Dörfer waren inzwischen aufgesucht worden und an diesem frühen Nachmittag erreichte ta Jarvaks Streife das dritte. Inzwischen bereute jeder der Männer von ganzem Herzen, sich nicht bei der Gardekavallerie beworben zu haben, und der Anblick des Dorfes sowie die Aussicht auf ein bequemes Nachtquartier besserten ihre Stimmung nur unerheblich. Inzwischen wussten sie, wie notwendig ihr Streifdienst war und dass sie hier nicht unbedingt willkommen sein würden, denn in den Dörfern lag manches im Argen. Die Vorbereitungen für die Reise in die neue Heimat, von der man noch immer nicht wusste, wo sie wohl zu finden sein mochte, nahmen keineswegs alle Bürgerinnen und Bürger der Provinz ernst. Hier, in dem Dorf Dorogart, würde es kaum anders sein und wahrscheinlich waren es wieder die wohlhabenden Grundbesitzer, welche die meisten Schwierigkeiten machten.

Dorogart war ein großes und wohlhabendes Dorf. Es gab ausgedehnte Felder und am Dorfrand zwei große Kornspeicher, dazu eine sehr beachtliche Hornviehherde. Die Bewohner konnten somit Fleisch und Getreide liefern. Beides brachte gute Preise auf den Märkten, zumal der König und die Provinzen die Vorratshäuser auffüllen ließen.

Die Ankunft einer kleinen Abteilung der Fußgarde war ungewöhnlich und schon bald liefen die Dorfbewohner zusammen, um den Grund hierfür zu erfahren. Markvard war der Älteste der Dorfgemeinschaft und man sah ihm seinen Wohlstand an. Seine Tunika zeigte reiche Stickereien und am Gürtel hing ein Beutel, schwer von goldenen Schüsselchen. Der Leib des Mannes war füllig und die Haut der Hände von jener Zartheit, die verriet, dass er lieber andere für sich arbeiten ließ.

„Was führt die Garde der Stadt nach Dorogart?", erkundigte sich Markvard im Anschluss an die formelle Begrüßung. „Es geht wohl schwerlich gegen eine Schar Raubgesindel, denn dann hätte der Rat wohl die Gardekavallerie entsandt."

„Der Rat will sich vergewissern, dass die Vorbereitungen für die große Reise gedeihen", erklärte der Hauptmann und lächelte dabei möglichst freundlich, denn ein schneller Blick offenbarte ihm, dass hier wohl rein gar nichts vorbereitet wurde. Das Feuer in der Dorfschmiede war kalt und an den beiden Wagen, die dort standen, weil sie neue Räder benötigten, wurde nicht gearbeitet.

„Zu gegebener Zeit wird alles vorbereitet sein", versicherte der Älteste.

Ta Jarvak unterdrückte einen langen Seufzer. Es war wie in den anderen Dörfern zuvor.

„Mit allem Respekt, guter Herr Markvard, doch niemand vermag zu sagen, wann wir aufbrechen müssen. Es gilt, bereit zu sein."

„Das braucht seine Zeit." Markvard wies um sich. „Jede Jahreswende bringt reiche Ernten und die Herden gedeihen prächtig. Sie zu früh zu verkaufen würde den Gewinn schmälern, Hauptmann."

Ta Jarvak hatte oft mit Händlern zu tun und kannte einige Prinzipien des Handels. Er vermutete, dass Markvard die Vorräte horten und dann im letzten Moment mit maximalem Gewinn verkaufen wollte. Zum Beispiel an andere, die nicht rechtzeitig Vorsorge getroffen hatten.

„Ich erinnere nochmals, dass wir den Zeitpunkt wachsender Gefahr nicht kennen."

„Und ich sage nochmals, dass Dorogart rechtzeitig bereit sein wird." In der Stimme des Ältesten lag nun eine deutliche Spur

Ärger. „Ein Hauptmann der Garde ist wohl sicher nicht in der Lage, dies beurteilen zu können."

„Leben kann man nicht mit goldenen Schüsselchen erkaufen, Ältester." Der Hauptmann sah die Geringschätzung im Blick des Mannes und versuchte seinen Ärger im Zaum zu halten.

„Sicher nicht, wenn man den Sold eines Hauptmannes bezieht."

„Bei allem gebührenden Respekt, Ältester, doch hier geht es um einen Beschluss des Rates der Stadt und Provinz von Lheonaris in Übereinstimmung mit Seiner Majestät und dem Kronrat des Reiches."

„Seid unbesorgt, Hauptmann, ich habe durchaus gute Beziehungen zum Kronrat." Markvard lächelte herablassend. „Sicher ist Euch der Hochgeborene Welbur ta Andarat bekannt. Nein, wohl eher nicht. Er ist eine der wichtigsten Persönlichkeiten des Reiches."

Nun reichte es ta Jarvak. Es war wohl an der Zeit, ein wenig deutlicher zu werden. „Der Raum auf den Schiffen wird sehr kostbar sein." Er bemerkte, wie Markvard unbewusst über seinen Beutel strich. Glaubte der Mann wirklich, er könne sich seine Rettung erkaufen? Es war Zeit, den Dolch anzusetzen. „Zudem kann ein Schiff nur begrenzte Last tragen." Und nun ein kurzer und schmerzhafter Stoß. „Goldene Schüsselchen haben ein hohes Gewicht, vor allem in hoher Anzahl. Da die goldenen Schüsselchen jedoch keine Häuser bauen oder Menschen ernähren können, haben Seine Majestät und der Kronrat einstimmig beschlossen, dass keine goldenen Schüsselchen auf die Schiffe gelangen."

„Was? Was soll das heißen?"

„Dass goldene Schüsselchen nicht sättigen und als unnützer Ballast betrachtet werden."

„Das ist … Unsinn. Mit ihnen kann man Häuser kaufen und auch Brot.“ Markvard schien verunsichert. „Mit Gold treibt man überall Handel. Es ist wertvoll. Seine Majestät und der Kronrat werden es brauchen.“

„Möglicherweise“, räumte ta Jarvak ein. „Und es wird wohl auch keinen Mangel daran geben. Das einzige Gold, welches die Schiffe mitführen werden, befindet sich in der Form von Schutzplatten an ihren Unterwasserschiffen.“ Der Hauptmann lächelte kalt. „Wenn Ihr also ein paar Eurer goldenen Schüsselchen mitnehmen wollt, so solltet Ihr sie rechtzeitig zum Einschmelzen bei der Werft abgeben.“

Dies musste Markvard erst einmal verdauen. Ein paar der Dorfbewohner blickten schadenfroh. Der Älteste schien nicht bei allen sonderlich beliebt. Der Gardeoffizier zog eine Liste aus seiner Tasche, die man sorgfältig abgeschrieben und vervielfältigt hatte.

„Diesem Schreiben des Rates der Stadt und Provinz von Lheonaris könnt Ihr entnehmen, welche Zahl an Schaufeln, Hämmern, Sägen, Eisenstiften und dergleichen von Dorogart für die neue Heimat gefordert werden. Gleichermaßen, welche Menge an Getreide, Fleisch, Käse und Früchte pro Kopf mitzuführen sind.“ Der Hauptmann wies zu der kalten Schmiede hinüber. „Möglicherweise solltet Ihr in Betracht ziehen, die Fuhrwerke zu reparieren. Wir werden über die Nachtwende Quartier nehmen“, fuhr er fort, „und zur morgigen Tageswende zum nächsten Dorf marschieren. In der kommenden Jahreswende wird man den Fortschritt Eurer Vorbereitungen in Augenschein nehmen. Der Rat erwähnte die Möglichkeit, eine gewisse Summe an goldenen Schüsselchen zur Strafe zu erheben, sofern man mit dem Ergebnis nicht zufrieden ist.“

„Das ist Willkür“, keuchte Markvard mit bleichem Gesicht.

Der Unterführer von ta Jarvaks kleiner Truppe bemerkte den Blick seines Offiziers und sah daraufhin den Ältesten und die Dorfbewohner auf eine Weise an, dass diese bleich wurden. Der mühsam unterdrückte Zorn des alten Fußgardisten schwang in seiner Stimme mit. „Ihr könnt reden und sterben oder arbeiten und überleben. Ginge es nur um Euch, wäre es mir egal. Aber Eurer Hände Arbeit und die all der anderen Hände dient dem Überleben des Volkes. Ihr könnt ruhig streiten, solange Ihr Euer Werk verrichtet. Für den Tag, an dem wir in die neue Heimat aufbrechen. Es wird auch Eure neue Heimat sein, sofern Euer Geschwätz Euch nicht davon abhält."

Am kommenden Morgen marschierten sie weiter.

Zwei weitere Dörfer mussten sie noch aufsuchen. Die Gardisten fluchten über ihre schmerzenden Muskeln und Füße und über die Uneinsichtigkeit des Landvolkes. Aber über der Schmiede stieg nun Rauch aus dem Schornstein und das Schlagen eines Hammers war zu hören.

18

Das Gebirge des Teanus glich einem massigen Klotz, der an den alnoischen Provinzen von Gendaneris und Rhokaris lag und diese von der Westmark des Pferdevolkes und dem Dünenland der Sandclans trennte. Seine Berge waren steil und zerklüftet. Das Gebirge war keine Grenze, die von dem Schwarzen Lord und seinen Legionen bedroht wurde, und die Clans der Wüste mieden seine Nähe. Möglicherweise gab es einige Pässe, mit denen man den Teanus überwinden konnte, doch niemand hatte sich je die Mühe gemacht, nach ihnen zu suchen. Der Weg über die Handelsrouten war bequem und führte durch fruchtbare Regionen.

An seiner südöstlichsten Ausdehnung näherte sich der Teanus der Stadt Rhokaris. Hier stiegen seine Hänge trügerisch sanft an. Die Bäume wichen zähen Sträuchern und Gräsern, bis sie von Flechten abgelöst wurden, die auch in unwirtlicher Umgebung gedeihen konnten. Die oft vorkommenden Raubschwingen verrieten, dass es eine große Zahl von kleinem Getier gab, doch ansonsten verirrten sich nur ein paar Felsböcke in die höheren Regionen. Direkt nördlich der Stadt Rhokaris erhob sich der sogenannte Daumen: eine steile Felsklippe, die tatsächlich Ähnlichkeit mit einem Daumen aufwies, der aus einer geballten Faust aufragte. Diese Klippe war leicht nach Osten geneigt und gute dreihundert Längen hoch. Gemessen an den Dimensionen der Berge, war sie ein Winzling, aber sie bot zugleich einen hervorragenden Aussichtspunkt, wenn man ihn denn nutzbar machen konnte. Von unten schien es, als sei die Spitze abgeflacht und bilde ein Plateau, so klein es auch sein mochte. Doch das konnte täuschen. Niemand hatte bislang versucht, den „Daumen“ zu ersteigen, aber das änderte sich nun.

„Geht runter nach Rhokaris und tut den Menschen den kleinen Gefallen.“ Gedruk setzte den Haken in eine Spalte und trieb ihn mit wuchtigen Hammerschlägen tiefer.

„Ja, das hat unser guter König Balruk gesagt“, stimmte Kerendruk, Erster Steinschläger der grünen Kristallstadt Nal't'rund, zu. „Das bisschen Fels ... Ihr wisst ja, wie unbeholfen die Menschen im Umgang mit solidem Stein sind.“

„Auch das hat er gesagt.“ Kerendruk fluchte, als Gesteinsstaub in seine Augen geriet. „Verdammt, gib acht, wohin du den Dreck fallen lässt.“

„Dreck fällt immer nach unten“, knurrte Gedruk und prüfte den Sitz des Hakens, um anschließend eine lederne Leine daran zu befestigen. „Das ist genau wie mit dem Dung. Der fällt auch immer nach unten.“ Der Steinschläger sah kurz hinunter. „Was meinst du wohl, warum man ausgerechnet uns hierhergeschickt hat?“

Kerendruk blinzelte und zog die Leine zu sich heran. „Weil wir die besten Steinschläger von Nal't'rund sind. Deswegen hat man uns geschickt.“ Er fluchte grimmig. „Und jetzt hör auf zu jammern. Wir sind Zwerge und haben noch nie vor Stein kapituliert.“

Gedruk zog sich ein Stück höher und blickte über die Schulter des Freundes nach unten. Er erschauerte, als er begriff, wie hoch sie bereits waren. „Ich hämmere mich durch jeden Fels, sofern er sich im geborgenen Schoß eines Berges befindet. Aber hast du einmal einen Blick um dich geworfen, Freund Kerendruk?“

„Ja, eine wundervolle Aussicht“, brummte der. „Und glaub ja nicht, dass ich hinuntersehe. Mach die Tritte ein wenig tiefer. Ich bin schließlich kein Felsbock.“

„Die müssten sich auch nicht in diese Höhe hinaufplagen." Gedruk stieß ein zufriedenes Grunzen aus. „Reich mir einen neuen Haken. Es geht aufwärts."

„Nedoruk, unser Erster Axtschläger und Waffenmeister, hat gesagt, es würde sehr hilfreich sein, dort oben einen Beobachtungsposten zu errichten."

Der neue Haken saß nicht richtig und Gedruk hebelte ihn frei und suchte eine andere Spalte. „Dann soll er sich selbst seinen Weg hier heraufschlagen."

„Er ist ein vortrefflicher Axtschläger, aber kein vortrefflicher Steinschläger", wandte der Freund ein.

„Hm, da hast du recht."

„Und wir sind nun einmal die Besten."

Gedruk seufzte abgrundtief. „Auch das vermag ich nicht zu leugnen." Er zog die Leine nach und befestigte sie. Dann langte er an seinen Gurt und machte die Wasserflasche frei, um ein paar Schlucke zu trinken. „So hoch hinauf hat sich noch kein Zwerg gemeißelt. Meinst du, man wird eine Ballade daraus machen?"

„Dass wir diese verdammte Felsnadel bestiegen? Verdammt, und ob man das wird!"

Obwohl Zwerge sich vorzugsweise durch das Innere von Bergen gruben, verstanden sie sich zwangsläufig darauf, diese auch von außen zu ersteigen. Diese Fähigkeit war schon hilfreich gewesen, als die vielen Signalstationen vom Nordpass des Pferdevolkes zur Nordfeste errichtet wurden. Die beiden Steinschläger hatten dort vielfältige Erfahrungen gesammelt und nicht alle waren angenehm gewesen. Diese Klippe stellte jedoch eine besondere Herausforderung dar, denn ihr Fels schien außergewöhnlich hart. Es gab viele kleine Spalten, die das Setzen der Haken erleichterten, doch ihre Kanten waren scharf und mussten mit Hammerschlägen geglättet werden, um die ledernen Leinen nicht zu beschädigen.

Sie waren mit dem ersten Tageslicht aufgestiegen und nun näherte sich bereits der Abend. Ihre Kräfte ließen nach, aber die Spitze der Felsklippe befand sich nur noch wenige Längen über ihnen. Weit unter den Zwergen harrte eine Gruppe von Menschen und Zwergen aus, die den Aufstieg besorgt beobachteten. Mehrere Fuhrwerke waren mit jenen Dingen beladen, die man für die Errichtung der Beobachtungsstation benötigte. Alles sah nach einem kleinen Handelszug aus, denn man wollte versuchen, die Aktivitäten vor den Spionen der Bruderschaft des Kreuzes verborgen zu halten.

„Noch einen Haken, mein Freund, dann kann ich den Rand der Klippe greifen", ächzte Gedruk. „Ich hoffe nur, die Mühsal lohnt sich."

„Wir werden gewiss eine wunderbare Aussicht genießen", versicherte Kerendruk.

„Wir müssen auch wieder hinunter", seufzte sein Freund und trieb den Haken in den Stein. Er nickte zufrieden, befestigte das Seil und zog sich ein Stück nach oben. „Bei den Feuerschlünden der Tiefe – wir sind tatsächlich oben angelangt."

„Sehr schön. Dann mach, dass du endgültig hinaufkommst. Ich hänge nur ungern am Abgrund."

Kurz darauf hatten sie es geschafft. Ausgepumpt zogen sie sich über den Rand und blieben auf der Klippe liegen.

„Wir sind oben", ächzte Gedruk.

„Wir sind nun einmal die Besten." Kerendruk wälzte sich auf den Rücken und starrte einen Augenblick in den Himmel hinauf. „Und ich sage dir, man wird eine prachtvolle Ballade aus unserer verdammten Kletterei machen."

Sie brauchten eine Weile, um wieder zu Kräften zu kommen und sich auf ihre Umgebung zu konzentrieren. Sie befanden sich tatsächlich auf einem Plateau, welches relativ eben und vor allem klein war. Es gab Unmengen kleiner Vertiefungen und spitzer Steine, sogar einen vorstehenden Felszacken, doch insgesamt war es möglich, hier einen Posten zu errichten.

„Kaum zwanzig auf zehn Längen“, schätzte der Erste Steinschläger. „Nicht viel Platz, doch es wird ausreichen. In jedem Fall muss der Gipfel dieses Felsens solide befestigt werden. Hier muss ein fester Unterstand entstehen, der vor Wind und Wetter schützt.“

„Hast du eine Ahnung, was man dazu alles benötigen wird?“ Gedruk entknotete seine Bartzöpfe und reinigte sie von Gesteinsstaub und einigen Splittern, die sich darin verfangen hatten. „Jedes Brett, jeder Eisenstift … Alles muss nach hier oben getragen werden.“

„Das wurde schon bedacht, reg dich also nicht gleich auf. Du hast doch die Wagen gesehen. Auf denen findet sich alles, was zum Bau notwendig ist.“

„Hoffentlich auch die Leute, die das Zeug hier heraufbringen“, giftete Gedruk.

Kerendruk schritt langsam über das kleine Plateau und trat gelegentlich, mit äußerster Vorsicht, an den Rand. „Hier ist eine sehr gute Stelle“, murmelte er schließlich.

„Eine gute Stelle?“ Gedruk trat zu seinem Freund. „Hm. Ja, du hast recht. Hier könnten wir einen Seilzug und die Rolle verwenden. Sofern wir einen guten Hebelarm finden und befestigen können. Das wird eine verfluchte Menge Arbeit.“

„Vor allem, weil wir das Zeug in der Nacht heraufholen müssen“, fügte Kerendruk missmutig hinzu. „Bei hellem Licht könnte jeder sehen, was hier vollbracht wird.“

„Auf jeden Fall brauche ich jetzt erst einmal eine kräftigende Mahlzeit.“ Gedruk setzte sich und starrte in die Provianttasche. „Trockenes Brot und getrocknetes Fleisch. Verdammt, ich vermisse unseren Pilzbrei.“

„Und wenn du Pilzbrei vor dir hast, dann vermisst du trockenes Brot und getrocknetes Fleisch."

„Ich liebe nun einmal die Abwechslung." Gedruk biss abwechselnd in Brot und Fleisch. „Pilzbrei ist ausgesprochen nahrhaft."

„Aber nur genießbar, wenn man ihn mit einem ordentlichen Schluck Blor hinunterspült."

„Ja, den vermisse ich auch. Ich könnte jetzt einen Schluck vertragen."

Bevor das Volk der Zwerge wieder in den Handel mit den Menschen der Hochmark getreten war, hatte es in den unterirdischen Zwergenstädten kein Getreide und nur selten Fleisch von Felsböcken gegeben. Das Hauptnahrungsmittel bestand aus Pilzen, die auf den terrassenförmig angelegten Dächern der Häuser gezüchtet wurden. Sie hielten das Zwergenvolk am Leben, waren aber nicht besonders schmackhaft. Die findigen Zwerge hatten bald erkannt, dass man die Pilze zur Herstellung eines hochprozentigen Getränkes nutzen konnte. Inzwischen war das Blor, wie man dieses scharfe Getränk nannte, längst zu einem wichtigen Handelsgut geworden.

Kerendruk schüttelte bedauernd den Kopf. „Kein Blor. Wir haben nur Wasser dabei. Aber dann kannst du dich schon einmal daran gewöhnen, dass wir bei der langen Reise ganz auf ihn verzichten müssen."

„Sprichst du vom Blor?"

„Von ebendem."

Gedruk warf dem Freund einen betroffenen Blick zu. „Das ist aber nicht dein Ernst, oder?"

„Der gute König Balruk hat gesagt, wir dürften nur mitnehmen, was zum Überleben erforderlich sei."

„Blor gehört dazu. Jeder Zwerg kann das bestätigen."

„Nur Kleidung, Waffen, Werkzeug, Nahrungsmittel und Heilmittel sind erlaubt." Kerendruk betrachtete seine Bartzöpfe. „Die Regeln der Menschen. Nicht die der Zwerge."

„Und für diese elenden langen Kerle quälen wir uns hier auf den Felsen hinauf? Damit man uns zum Dank auf der Reise den Blor verweigert?"

„Er ist nicht lebensnotwendig."

„Hast du schon Pilzbrei ohne Blor gekostet?"

Kerendruk seufzte. „Ja, er ist lebensnotwendig." Er grinste. „Aber sei unbesorgt, unser Erster Axtschläger hat schon eine Lösung für unser Problem gefunden. Er hat aufgezählt, gegen welche Leiden der Blor hilft. Magendrücken, Trübsinn, Langeweile … Er säubert Wunden und mildert sogar Fußjucken."

„Du kannst mir glauben, wenn wir an Bord der Schiffe gehen, werde ich mächtig unter Fußjucken und Magendrücken leiden und viel Blor als Heilmittel benötigen."

„Wie dem auch sei, mein Freund, wir sollten sehen, dass wir die Lastleine heraufholen. Das ist noch eine Menge Plackerei, bevor es dunkel wird. Dann müssen wir alles befestigen, damit wir während der Nacht die erste Fracht hier oben haben."

„Nur wir zwei?"

„Immerhin sind wir Zwerge."

„Du musst aber auch immer recht behalten, nicht wahr?"

Sie hatten eine lange Ringöse mit heraufgebracht, die sie nun nahe der Kante in den Felsen trieben. Sie würde nicht viel Belastung aushalten, doch das war auch nicht erforderlich. Zunächst ließen Kerendruk und Gedruk ihre Kletterleine hinab. Unten knoteten die Helfer die dickere Lastleine daran. Es war eine schweißtreibende Arbeit, sie nach oben zu holen, und noch mühseliger, sie durch die Öse zu führen. Dann folgte eine hölzerne Umlenkrolle mit einem Anker. Sie trieben die Nägel des Ankers tief in den Fels, damit die Rolle guten Halt fand. Von da an ging es leichter.

Sie fanden nur wenig Schlaf, während sie die Grundkonstruktion des Beobachtungspostens vorbereiteten. Sie waren hervorragende Steinschläger, doch auf die Bearbeitung von Holz verstanden sie sich nicht sonderlich gut. So galt ihre ganze Aufmerksamkeit der Konstruktion eines kleinen Ladekrans, der solide genug war, auch schwerere Lasten zu transportieren.

In der folgenden Nacht zogen sie zwei Zimmerleute der Menschen herauf.

Die Arbeit der beiden Zwerge war getan und sie freuten sich, wieder von dem zugigen Felsen herunterzukommen. Nacheinander glitten sie in dem Ledersitz nach unten, der die weiteren Arbeiten erleichtern würde.

„Wir Zwerge haben unser Werk getan und wir haben es gut verrichtet", brummte Gedruk, als sie wieder nebeneinander auf dem festen Boden am Fuß der Felsklippe standen. „Sollen sich die langen Leute nun um den Rest kümmern."

Kerendruk nahm dankbar einen Becher Blor von einem der Axtschläger der Eskorte entgegen. „Ich beneide sie nicht. Dort oben sollen vier Menschen auf Beobachtungsposten gehen. Dafür müssen drei unserer großen Langaugen hinaufgebracht werden. Dazu kommt ein Signalgerät. Von Nahrung und Wasser gar nicht erst zu reden."

„Sollen die armen Kerle die ganze Zeit da oben bleiben?"

Einer der Axtschläger hatte die Frage gehört und kam heran. „Das Ding da oben wird nur vorbereitet und so hergerichtet, dass man von hier unten nichts davon erkennen kann. Man wird den Posten erst besetzen, wenn die erste Grenze berannt wird."

Kerendruk nickte bedächtig. „Es fällt mir schwer, mich an den Gedanken zu gewöhnen, die Heimat verlassen zu müssen. Zumal wir nicht wissen, wo diese zu finden ist."

Gedruk legte ihm tröstend die Hand an den Arm. „Es spielt keine Rolle, wo sie liegt. Hauptsache, sie verfügt über ordentliche Berge."

„Ja, mein Freund. Wo ein Gebirge ist, da finden Zwerge auch eine Heimat."

19

Legionsführer Dreischlag lehnte an der Brüstung der Wehrmauer von Cantarim und starrte düster in den Innenhof der Festung hinab, wandte sich dann um und blickte in die karge Ebene hinaus. Cantarim war immer die bedeutendste Befestigung des Schwarzen Lords gewesen, denn hier gab es die größten Bruthöhlen und Schmieden, aus denen die Orks entstanden und ausgerüstet wurden. Es gab auch noch andere Anlagen, doch sie hatten nie die Produktivität Cantarims erreicht. Die massige Wehranlage erhob sich über einem ausgedehnten Höhlensystem und ihre Fundamente wurden zusätzlich durch starke Säulen und Träger abgestützt. Inzwischen stieß die Festung jedoch an die Grenzen ihrer Leistung und Aufnahmefähigkeit.

Dreischlag spuckte aus, während er die Staubwolke beobachtete, die sich von Süden näherte. Es war ein großer Wagenzug, dessen Karren und Fuhrwerke von Hornbestien gezogen wurden.

Das Rundohr bemerkte den Schatten, der neben ihm auf die Brüstung fiel, und erkannte das Graue Wesen Bar´Ses. Der reptilische Magier hatte die Kapuze seiner Robe zurückgeschlagen und reckte die lange Schnauze in den trockenen und heißen Wind, der aus der Wüste heranstrich. „Fleisch und Brot für die Legionen.“ Er deutete auf die sich nähernde Kolonne. „Verpflegung für einen knappen Zehntag.“

„Es gibt reichlich Mäuler zu stopfen“, knurrte Dreischlag. „Und es gibt immer hungrige Mägen. Nur Wasser, das haben wir reichlich.“

„Auch die Ergiebigkeit der Brunnen ist begrenzt.“ Bar´Ses zischte leise. „Vielleicht noch eine zusätzliche Legion, dann müssen wir sogar das Wasser heranschaffen lassen.“

„Wir sollten endlich zuschlagen.“ Dreischlag hieb wütend auf die Brüstung. „Die Warterei ist nicht gut. Die Kämpfer sind gereizt und nur schwer unter Kontrolle zu halten.“

„Das ist die Entscheidung des Allerhöchsten. Allerdings werde ich ihm mitteilen müssen, dass wir vorerst keine neuen Legionen ausbrüten können. Der Nährschlamm enthält nicht mehr genug Nährstoffe und Mineralien.“

Dreischlag verzog die Lefzen. „Dann wirf ein paar Spitzohren hinein. Für den Nährschlamm taugen sie.“

„Rundohren wären besser. Sie sind größer und stärker und böten mehr Grundstoffe.“

Dreischlag warf dem Magier einen bösen Blick zu, den dieser ungerührt erwiderte. „Wir sind an den Grenzen unserer Möglichkeiten angelangt, Dreischlag. Wir können froh sein, dass die Rumaki uns genug Nahrungsmittel liefern.“

„Es ist nicht klug, so viele Legionen so lange warten zu lassen.“

Bar´Ses´ Echsenschwanz bewegte sich unter der langen Robe. „Der Allerhöchste hat es uns erklärt, nicht wahr? Wir wissen nicht, wann der Augenblick kommt, und so gilt es, jederzeit bereit zu sein.“

Dreischlag spuckte erneut aus. „Es stehen zwanzig Legionen in Cantarim. Vierzigtausend Legionäre, Graues Wesen, und dies ist nur eine unserer Festungen.“

Die Echse zuckte mit den Schultern. Eine seltsam menschlich wirkende Geste, wenn man die Gestalt des Reptils berücksichtigte. „Bislang werden es wohl insgesamt an die hundert Legionen sein und es kommen noch weitere hinzu. Alle werden mit den neuen Waffen und Rüstungen versehen. In den Schmieden Rumaks erlöschen die Feuer nie."

„Waffen ohne Ehre", knurrte Dreischlag. „Sie töten aus der Ferne. Das wird nur den Spitzohren gefallen."

„Auch der Feind benutzt solche Waffen. Seine Dampfkanonen werfen ihr Eisen über große Entfernung und bewirken beachtlichen Schaden bei einer formierten Legion. Zudem werden wir gegen Festungen vorgehen und Mauern brechen müssen. Sturmleitern und Katapulte waren früher ausreichend, aber die Zeiten haben sich geändert."

„Ferntöter." Dreischlag spuckte erneut aus. „Sie bringen den Tod, aber keine Ehre."

Nun stieß der Magier ein wütend klingendes Zischen aus. „Sei nicht unvernünftig, Legionsführer. Sie töten, und nur darauf kommt es an."

„Es wird Zeit, endlich loszuschlagen."

„Ich bin es leid, es dir ständig aufs Neue erklären zu müssen." In den Augen des Magiers war Zorn zu erkennen und Dreischlag machte hastig eine beschwichtigende Geste. „Wir werden warten. Unsere Zeit wird kommen. Dann kannst du Blut vergießen."

20

Es war ein kleines Dorf in der Nähe von Mintris. Hier entstanden große Kornspeicher und Getreidemühlen, Schmieden wurden errichtet und Handwerker aus allen Provinzen herangezogen. Dennoch war dies nur ein kleiner Teil jener Vorbereitungen, die entlang des Flusses Genda getroffen wurden.

Vor einem der Kornspeicher stand eine Zehn der Fußgarde auf Wache und bemühte sich um tadellose Haltung, denn König Venval ta Ajonas und Gardekommandeur Daik ta Enderos trafen soeben mit einer kleinen Eskorte ein. Venval erwiderte den Ehrensalut mit einem freundlichen Lächeln und nahm sich die Zeit, ein paar Worte mit den Gardisten zu wechseln. Die Soldaten waren sichtlich erfreut über die persönliche Zuwendung der Majestät und Venval wusste, wie wichtig es war, den Kämpfern mit Verständnis und Anteilnahme zu begegnen. Erst als der Hochgelehrte ta Markos durch ein dezentes Hüsteln auf sich aufmerksam machte, wandte sich Venval dem Kornspeicher zu. Mit seinem Freund Daik folgte er dem Hochgelehrten in das Innere und registrierte, wie die Seitentür hastig hinter ihnen geschlossen wurde.

Erst jetzt wurden ein paar Lampen entzündet, die den Innenraum des Speichers erhellten.

„Verzeiht die Unannehmlichkeiten, Majestät und Hochgeboren, doch was wir Euch zu zeigen haben, darf nicht zu den Augen und Ohren der Bruderschaft des Feindes gelangen“, entschuldigte sich ta Markos. „Es ist von höchstem Belang für die Zukunft des Reiches.“

„Wohl kaum so sehr wie der Bau der Schiffe", brummte Daik ta Enderos, dem die Geheimnistuerei auf die Nerven ging.

„Verzeiht, wenn ich widerspreche, doch es gilt, die Schiffe zu schützen und auch die Menschen, die zu ihnen eilen werden." Ta Markos klang ruhig und sachlich. „Eure Garde alleine wird dazu nicht in der Lage sein, denn der Feind wird zahlreich stürmen."

„Wir stehen nicht alleine."

„Das wird nichts an der Unterzahl ändern", erwiderte der Hochgelehrte.

Venval legte seinem Freund beschwichtigend die Hand an den Arm. Er konnte die Frustration von Daik verstehen. Dieser liebte die Garde von ganzem Herzen und er trug schwer an der Erkenntnis, dass sie in der kommenden Schlacht zu großen Teilen untergehen würde. „Denk daran, alter Freund: Wir nehmen alles, was hilft, den Feind zu töten."

Konstrukteur Petzler trat mit zwei anderen Gelehrten und einem Grobschmied heran. „Ich versichere Euch, dass der Hochgelehrte ta Markos wirklich erstaunliche Dinge ersonnen hat. Sie werden Euch gefallen. Kommt näher, sie sind hier hinter dem Verschlag verborgen."

Der Kornspeicher war groß, wie nicht anders zu erwarten, da hier Vorräte für die lange Reise gelagert werden sollten. Doch sein Inneres offenbarte, dass er einen ganz anderen Zweck erfüllte. Wenn man durch die Seitentür trat, gelangte man zunächst in einen Bretterverschlag, der verhinderte, dass man den Innenraum sehen konnte. Durch eine weitere Tür gelangte man dann endgültig hinein. Das Zentrum bestand erwartungsgemäß aus einer großen Halle, doch um diese herum gab es zahlreiche abgetrennte Kammern, in denen Männer und Frauen eifrig arbeiteten. Vor allem der Anblick der Frauen überraschte die Besucher, da diese intensiv mit Näharbeiten beschäftigt waren.

„Alles handverlesene Leute, auf deren Verschwiegenheit wir rechnen können", versicherte ta Markos. „Und die Frauen nähen keine Säcke für Getreide, Majestät und Hochgeboren. Ihre Arbeit ist sehr viel schwieriger und erfordert große Sorgfalt. Doch das gilt für alle, die hier tätig sind." Der Hochgelehrte deutete auf zwei große Planen, mit denen zwei Gebilde abgedeckt waren. „Und das ist der Grund für die Mühe der Leute und für Euren Besuch."

Mit sichtlichem Stolz nickte er zwei Arbeitern zu, die damit begannen, die Plane von einem der Objekte zu entfernen.

„Eine Dampfkanone", stellte Daik ta Enderos fest. „Allerdings recht klein, wie mir scheint."

„Und sie steht auf drei Rädern", fügte der König überrascht hinzu.

„Mit Verlaub, Euer Majestät und Hochgeboren, sie steht nicht auf den Rädern, sondern sie fährt auf ihnen. Gleich einem Fuhrwerk."

„Doch wo ist die Deichsel für das Gespann?"

Ta Markos lächelte zufrieden. „Die gibt es nicht. Diese Dampfkanone kann von alleine fahren und dabei auch noch schießen."

Der Gardekommandeur sah den Hochgelehrten und den Konstrukteur Petzler an. „Sie kann fahren und schießen? Gleichzeitig?"

„Nun, nicht ganz", schränkte Petzler ein. „Dennoch ist es eine außergewöhnliche Erfindung, die der Hochgelehrte da gemacht hat."

Ta Markos war offenkundig aufgeregt und trat hastig an die Konstruktion, um sie den hohen Besuchern zu erklären. Sie ähnelte den Dampfkanonen, die auf den Schiffen und in den Festungen verwendet wurden. Ein massiver Kessel, in dem Feuer und Dampf erzeugt wurden, stand auf einem Fahrgestell mit drei

Rädern. Zwei befanden sich seitlich des Kessels und waren ungewöhnlich groß. Kolben und Stangen waren mit dem Kessel verbunden und dienten offensichtlich dem Antrieb. Vor dem Kessel ragte das Rohr der Kanone hervor. Eine kleine Plattform, die man gepanzert hatte, diente den beiden Kanonieren als Schutz. Hinter dem Kessel gab es eine ähnliche Plattform, unter der sich das dritte und wesentlich kleinere Rad befand.

„Wir nennen es Dreirad, wie Ihr sicherlich nachvollziehen könnt. Die Dampfkanone ist relativ klein, doch dafür hat sie nun einmal den großen Vorteil, dass sie mit den Truppen auf das Schlachtfeld hinausfahren kann. Die Kanoniere vorne bedienen die Waffe, hinten auf dem Fahrerstand befinden sich der eigentliche Kanonenfahrer und ein Heizer."

„Wie schnell und zuverlässig ist diese Konstruktion?", fragte Daik.

„So schnell wie Fußgarden im Doppelschritt. Wir haben allerdings noch ein paar Probleme mit dem Antriebsgestänge. Das Dreirad vibriert recht stark und gelegentlich lösen sich dann Schrauben, welche die Stangen festhalten."

„Der Hochgelehrte ta Markos hat mich gebeten, nach einer Lösung zu suchen", fügte Petzler rasch hinzu. „Ich bin sicher, dass wir eine finden."

Daik ta Enderos blickte sich stirnrunzelnd um. „Ihr wollt dieses, äh, Dreirad vor den Augen der Bruderschaft verborgen halten?"

„Unbedingt. Es wird eine böse Überraschung für die Legionen." Ta Markos deutete eine Verbeugung vor dem König an. „Sofern Euer Majestät Ihre Zustimmung für die Produktion erteilen."

Venval sah den kleinen Gardekommandeur fragend an. Der wiegte den Kopf. „Ich vermute, ihr habt dieses Ding nur hier innerhalb der geheimen Werkstatt erprobt?"

„Nur seine Fahreigenschaften. Das Abdampfen der Kanone wäre zu auffällig gewesen."

„Hm. Verstehe." Daik stampfte auf den Boden. „Der Untergrund ist fest und sorgfältig geglättet. Nicht wie ein Schlachtfeld, ihr versteht? Wenn das Fahrgestänge also schon hier solche Probleme bereitet, wie wird das erst auf der Unebenheit einer Kampfstatt sein?"

Ta Markos schaute hilflos zu Petzler. Der Konstrukteur nickte zu ta Enderos' Worten. „Das gilt es zu bedenken, Euer Hochgeboren. Wie erwähnt, bin ich mir sicher, hier Abhilfe schaffen zu können."

„Führt die Verbesserungen durch und überzeugt mich davon, dass dieses Dreirad für den Kampf im Gelände taugt", meinte Venval ta Ajonas. „Wenn es Euch gelingt, so erhaltet Ihr meine Zustimmung zum Bau dieser Waffen."

Ta Markos machte eine tiefe Verbeugung. Er wirkte ein wenig enttäuscht, doch er musste das Argument von ta Enderos anerkennen. „Die zweite Erfindung wird Euch wahrhaftig begeistern, Euer Majestät und Euer Hochgeboren." Er klatschte rasch in die Hände und die Arbeiter zogen die Plane von dem zweiten Gegenstand. „Es ist natürlich nur ein verkleinertes Modell, doch es wird genügen, Euch das Prinzip zu erläutern."

„Was, bei den Finsteren Abgründen, ist das?", ächzte ta Enderos.

Auch Venval ta Ajonas starrte mit skeptischen Blicken auf das, was da enthüllt worden war. Sein Zweck erschien rätselhaft und es sah auch nicht besonders ansprechend aus. Das Objekt glich einem großen Sack in Form einer Wurst, die schlaff über einem Korb lag.

„Wartet, Euer Majestät und Euer Hochgeboren, es wird sich Euch sogleich erschließen." Der Hochgelehrte ging zu dem Objekt und drückte den Sack ein wenig zur Seite. „Nun packt schon an!“, fauchte er die Arbeiter an. „Entzündet den Brennstein und seid achtsam.“

Der Korb besaß eine längliche Form und hatte die Abmessung eines liegenden Menschen. Jetzt, wo er ein Stück freigelegt war, sah man eine kleine Dampfmaschine und mehrere Stangen sowie einen Schornstein, der in den Sack hineinführte. Die Arbeiter schoben eine Handvoll Brennstein in die Feuerung des Kessels und entzündeten ihn.

„Es wird einen kleinen Moment dauern“, erklärte ta Markos. „Ich kam im Zeltlager auf die Idee. Als es kalt war und heftig regnete.“

„Ist das von Bedeutung?“, erkundigte sich ta Enderos.

„Es ist von fundamentaler Bedeutung“, versicherte der Hochgelehrte. „Wie erwähnt, war es kalt und es regnete. Wahrhaftig unfreundliches Wetter.“

„Ich kenne solches Wetter“, knurrte der Gardekommandeur.

„Sicherlich, ja. Nun, also, ich hatte eine großes Vordach vor meinem Schlafzelt aufgespannt und bemerkte, wie die Hitze des Feuers nach oben stieg und sich unter der Plane des Vordaches sammelte. Es begann sich nach oben zu wölben und zerrte richtig an seinen Leinen.“

„Auch das kenne ich“, murrte Daik. „Auch wenn ich im Feld nur selten den Vorzug eines Vordaches genießen kann.“

„Ihr werdet sogleich erkennen, worauf ich hinauswill.“ Ta Markos sah ungeduldig auf den Sack. „Ihr könnt es natürlich nicht erkennen, aber die heiße Luft aus dem Kessel wird durch das Steigrohr in den Luftsack hineingeleitet. Er müsste sich gleich … Ah, es ist so weit!“

Der schlaffe Sack begann sich zu bewegen, bauschte sich auf und wurde in erstaunlich kurzer Zeit prall. Daik ta Enderos und der König stießen überraschte Laute aus, als sich die Hülle erhob. Nun wurden Leinen sichtbar, die ihn zusätzlich mit dem Korb verbanden. Dann hob sich der Korb.

„Es fliegt", staunte ta Enderos. „Es hebt sich in die Luft."

„Das tut es in der Tat." In der Stimme des Hochgelehrten schwang Triumph mit. „Wie erwähnt, ist dies nur ein Modell. Wir beabsichtigen, weit größere Feuerschwingen zu erbauen."

„Feuerschwingen?"

„Sie sollen groß genug werden, um zwei Männer in die Luft zu erheben."

„Als Beobachtungsposten auf dem Schlachtfeld mag es nützlich erscheinen, aber sie können nicht sehr hoch steigen, wenn man ihre Meldungen am Boden noch verstehen soll", wandte ta Enderos ein.

„Sie sollen keine Worte überbringen, sondern dem Feind den Tod aus der Luft bescheren", wehrte der Hochgelehrte ab. „Seht ihr vorne am Korb die Luftschraube? Sie entspricht den Antriebsschnecken unserer Dampfkanonenschiffe."

„Im Wasser mag das taugen. Es ist dichter als Luft."

„Daher dreht sich diese Schraube auch schneller als jene im Wasser. Das gleicht es aus", versicherte nun Konstrukteur Petzler. „Und die Feuerschwinge kann Feuer aus dem Himmel werfen."

„Ein Schausteller brachte uns auf diese Idee. Illmur der Farbenprächtige, so heißt er wohl. Er schickt Feuer in den Himmel und lässt dort bunte Bilder entstehen."

„Illdur", korrigierte der König. „Ich kenne den Mann und seine Truppe, denn sie haben ihren Zauber schon bei manchem Fest vorgeführt."

„Der gute Graue Marnalf half uns dabei, die Mischung des Pulvers zu verändern, welches dieser Illdur benutzt", fuhr ta Markos fort. „Es gleicht nun stärker dem Berstpulver der Orks, ist aber mit einer leicht brennbaren und öligen Substanz vermischt. Man kann es in Behälter füllen, eine Zündschnur entfachen und dann den Tod aus dem Himmel werfen."

„Diese Sache gefällt mir", gestand Daik ta Enderos unverblümt.

„Natürlich müssen wir hier und da noch ein paar Verbesserungen vornehmen", schränkte der Hochgelehrte ein, „aber da wir das Prinzip kennen, können wir das ohne Schwierigkeiten bewerkstelligen. Allerdings …" Er zögerte kurz. „Allerdings brauchen wir natürlich einiges an Mitteln und auch zusätzliche Hallen."

„Im Grunde ist das kein Problem." Daik ta Enderos schaute sich um und schätzte den bisherigen Aufwand ein, der hier betrieben worden war. „So etwas lässt sich unauffällig von den Lieferungen für die Werften abzweigen. Aber es wird schwer sein, es vor den Spionen der rumakischen Bruderschaft verborgen zu halten. Doch da habe ich einen Gedanken, der hilfreich sein könnte. Wir brauchen eine dritte Erfindung."

„Eine dritte Erfindung?"

Daik nickte. „Etwas Sinnloses, mit dem man die Bruderschaft ablenken und beschäftigen kann. Natürlich sollte es nicht völlig unsinnig sein. Die Kerle sind nicht dumm und würden das sicherlich bemerken." Er sah zu dem Dreirad hinüber. „Ah, ja. Eine verbesserte Dampfkanone." Er wirbelte zu dem Hochgelehrten und dem Konstrukteur herum. „Schafft eine Dampfkanone, deren Konstruktion augenfällig verändert ist. Lasst gelegentlich die Tür versehentlich offen stehen, sodass die Bruderschaft früher oder später das Ding zu Gesicht bekommt. Möglicherweise lässt sich auch behutsam die Information ausbringen, wir würden hier heimlich an verbesserten Dampfkanonen bauen."

„Und während sich die Bruderschaft auf diese, äh, Kanonen konzentriert, erschaffen wir in Wirklichkeit die Dreiräder und Feuerschwingen.“

Daik ta Enderos lächelte sanft. „Ich sehe, wir verstehen uns. Ihr werdet bekommen, was ihr benötigt, und auch eine kleine Abteilung ausgesuchter Gardisten, die wissen werden, worauf es ankommt.“

21

Wenn Neliana von Zinne zu Zinne der Wehrmauer von Eternas hüpfte, dann musste sich Nedeam immer wieder beherrschen, um seine Sorge nicht zu zeigen. Inzwischen akzeptierte er, dass es bei der Halbelfin keinen Fehltritt geben würde, und doch blieb ein Rest von Angst um das geliebte Kind. Er ging in einigem Abstand hinter der Kleinen, Hand in Hand mit Llaranya, und genoss die Wärme des Sommertages. Ein Stück voraus stand ein Schwertmann auf Wache und sah den Pferdefürsten fragend an. Auch er schien einen Fehltritt zu befürchten, aber Nedeam gab ihm ein beruhigendes Zeichen.

„Du musst wieder öfter aus deinem Amtsraum herauskommen", mahnte Llaranya. „Du vergräbst dich ständig in irgendwelchen Listen. Man bekommt dich kaum noch zu Gesicht."

„Alles muss geregelt werden", seufzte er. „Wenn die Tageswende kommt, an der wir zu den Schiffen aufbrechen, dann muss alles bereit sein. Im Königreich von Alnoa verteilen sie Handzettel in den Dörfern und hängen sie in Städten aus, damit jedermann weiß, was er mitführen soll und was zurückbleiben muss."

„Ja, das ist sicherlich sehr sinnvoll", räumte Llaranya ein. „Doch du setzt zu wenig Vertrauen in die Menschen deiner Hochmark. Überlass es den Ältesten, darüber zu entscheiden, was benötigt wird."

„Sie werden nichts freiwillig zurücklassen", wehrte er ab.

„Das glaube ich nicht. Die meisten von ihnen sind klug und besitzen in jenen Dingen Erfahrung, welche dir fehlt, mein Liebster." Sie küsste ihn zärtlich auf die Wange. „Du bist ein großer Krieger und ein kluger Pferdefürst, aber du hast noch keinen Weiler erbaut, nicht wahr?"

„Natürlich nicht."

„Die Hochmark ist recht jung, wenigstens im Vergleich zu den anderen Marken des Pferdevolkes. Hier leben noch Menschen, welche die Anfänge der Mark miterlebten. Als dein Pferdefürst Garodem hierherkam und sie gründete. Sie wissen, was man zur Gründung einer Siedlung und zum Überleben benötigt."

„Vielleicht hast du recht."

„Sprich mit den Ältesten. Wenn sie den Ernst der Lage wirklich begriffen haben, dann werden sie das Erforderliche tun. Das Pferdevolk ist noch immer genügsam und nicht von Besitz besessen wie das Volk von Alnoa. Sie fügen sich dem Handel und der Erfordernis der goldenen Schüsselchen, doch die meisten kennen noch den Tauschhandel, mit dem auch du noch aufgewachsen bist."

„Dem stimme ich zu", brummte er. „Dennoch trage ich die Verantwortung für …"

„Verantwortung zu tragen heißt nicht, sie in allen Dingen auch selbst auszuführen. Einen Teil davon musst du immer abgeben. Als Krieger weißt du das doch sehr gut. Du kannst deine Pferdelords in die Schlacht führen, aber du kannst nicht jeden Beritt oder jede Schar persönlich befehligen. Diese Verantwortung gibst du den Scharführern und Unterführern."

„Hm."

Sie traten an die Brüstung und blickten ins Tal hinaus.

„Alles wirkt so friedlich und es erscheint unwirklich, dass all dies vergehen soll."

Llaranya lächelte ihn an. „Die Menschen gehen ihrem Tagwerk ohne Furcht nach und das ist gut. Aber das wird sich ändern, wenn die Bedrohung wächst und näher rückt."

Überall war die übliche Betriebsamkeit zu sehen. In der Garnison der Schwertmänner übte man den berittenen Kampf und den zu Fuß. Neue Pferde wurden zugeritten, im hinteren Burghof wurde Dung auf Karren verladen, der für die Felder bestimmt war. Vom Flussufer drang das Hämmern der Schmiede herüber und aus der Stadt der übliche Lärm, der Handel und Leben begleitete.

„Nun gut“, begann Nedeam unvermittelt. „Die Ältesten mögen entscheiden, was ihre Gemeinschaften zum Überleben in einem fremden Land brauchen. Ich werde den Handelsherrn Helderim auffordern, den Transport nach Mintris zu planen.“

„Wie ich es sagte, du bist ein großer Krieger und ein kluger Pferdefürst.“

Er grinste breit. „Wohl weil ich deinem Willen entspreche.“

„Unsinn. Weil du der Vernunft folgst.“ Sie hakte sich bei ihm ein. „Es wird noch Jahreswenden dauern, bis es so weit ist. Wir können diese Zeit nicht in immerwährender Sorge und Trübsal verbringen. Das Leben geht weiter und wir müssen hinnehmen, was uns die Zukunft bringt.“

Nedeam hatte die Hand auf die Brüstung gelegt und runzelte nun die Stirn. „Spürst du das?“

Llaranya folgte seinem Beispiel. „Die Erde. Sie schwingt. Doch es ist sehr viel schwächer als die Erderschütterungen zuvor.“

„Vielleicht haben die Elfen und Marnalf unrecht und die Bedrohung schwindet.“

„Nein, Geliebter, gib dich nicht solch trügerischer Hoffnung hin. Ja, diese Schwingungen sind schwächer als jene zuvor, doch der zeitliche Abstand ist wesentlich kürzer. Sie kommen häufiger, Nedeam, und sie werden auch stärker werden.“

„Wollen wir hoffen, dass alles bereit ist, wenn die Tageswende des Aufbruchs kommt“, sagte er leise und zog sie in seine Arme.

TEIL 2

FUENF JAHRE SPAETER

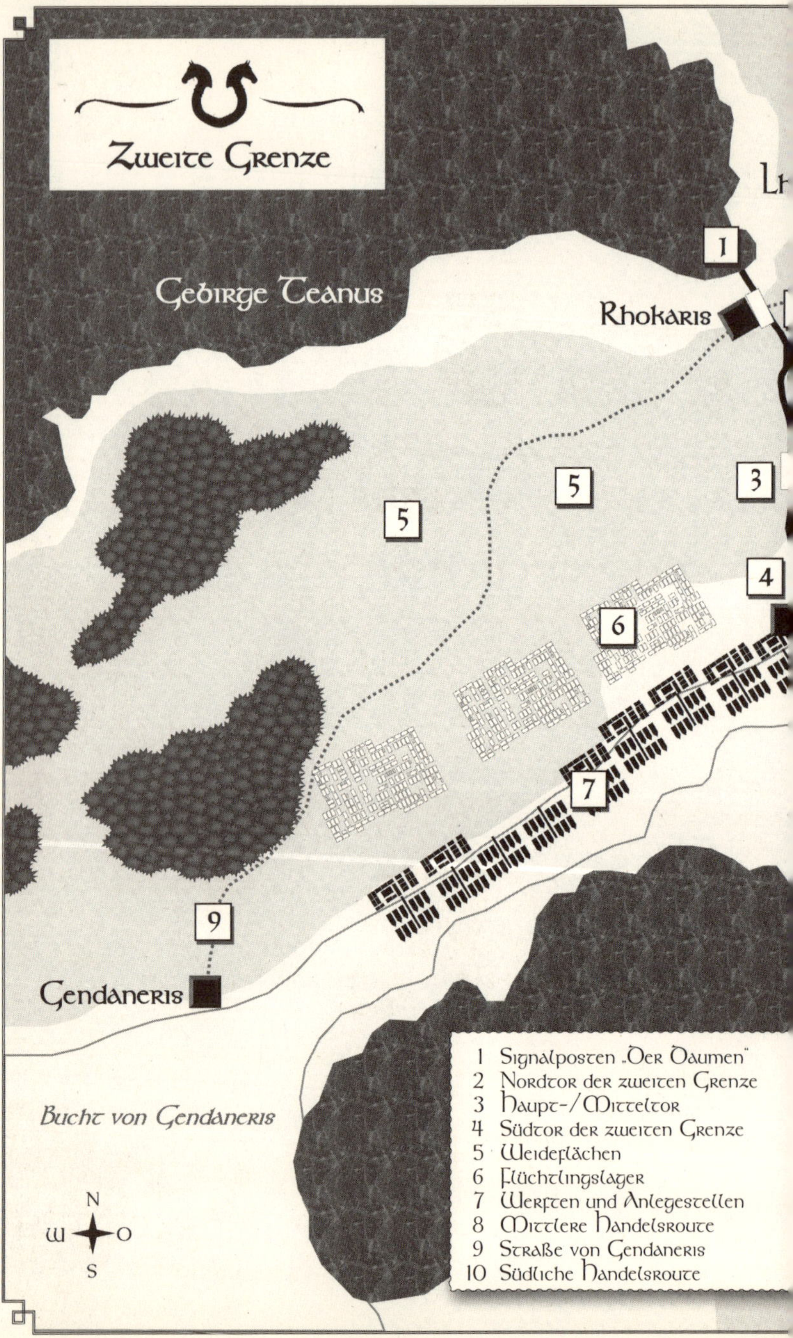

Zweite Grenze
Gebirge Teanus
Rhokaris
1
3
4
5
5
5
6
7
9
Gendaneris
Buchte von Gendaneris
N
W
O
S
1 Signalposten „Der Daumen"
2 Nordtor der zweiten Grenze
3 Haupt-/Mitteltor
4 Südtor der zweiten Grenze
5 Weideflächen
6 Flüchtlingslager
7 Werften und Anlegestellen
8 Mittlere Handelsroute
9 Straße von Gendaneris
10 Südliche Handelsroute

Gebirge Uma´Roll
Fluss Ronin
Nerianet
Alneris
Fluss Genda
Khalanaris
10
Eolaneris
Gebirge Hesperus
Fluss Brel
Maratran

22

Innerhalb von fünf Jahren war Unglaubliches geleistet worden. Zwischen den Städten Mintris und Gendaneris war entlang des Ufers des Flusses Genda Werft an Werft errichtet worden. Anleger ragten in den Fluss hinaus und Hunderte von Schiffen waren fertiggestellt oder standen kurz vor ihrer Vollendung. Unmengen von Holz, Eisen, Stahl, Gold und Tauwerk waren verarbeitet worden. Schwere Frachtwagen brachten Brennstein, der in den Bäuchen der mit Dampfmaschinen versehenen Schiffe verschwand.

Trinkwasser würde man erst im letzten Moment in den Frachträumen lagern, da es in Fässern aufbewahrt nur zwei bis drei Monde genießbar war. Man hatte allerdings mit der Einlagerung von Nahrungsmitteln begonnen. Zumindest jenen, die über lange Zeit haltbar waren, was nicht zwangsläufig bedeuten musste, dass sie dann noch sonderlich schmackhaft waren. Ganze Herden wurden geschlachtet und zerlegt, ihr Fleisch in Streifen geschnitten, gewürzt und im Rauch getrocknet. Hartbrot wurde gebacken. Man brauchte zu seinem Genuss ein ausgezeichnetes Gebiss oder etwas Wasser, in dem man es einen halben Tag einweichte.

So gut die Fertigstellung der Schiffe auch voranging, so gab es doch Probleme, die geeigneten Besatzungen auszubilden. Die Handhabung einer Brennsteinmaschine ließ sich rasch erlernen, aber das galt nicht für das Setzen, Einholen oder Ausrichten von Segeln. Zudem vertrug nicht jeder die Fahrt auf hoher See und man sah mit Sorge dem Moment entgegen, an dem die Schiffe mit den Wellen der Meere kämpften. Die Reihen der Freiwilligen mussten mit anderen aufgefüllt werden, die man aus den Dörfern und Städten holte und die wenig Begeisterung zeigten, sich auf einem Schiff wiederzufinden. Jene, die man nicht zwangsrekrutierte, waren erleichtert, verschont geblieben zu sein. Immer wieder fuhren Segelschiffe in das Südmeer hinaus, damit man die neuen Besatzungen unterweisen konnte.

Hinter den Schiffsanlegern warteten drei riesige Lager aus Zelten und schlichten Holzbauten auf die große Wanderung der Völker. Man hatte überlegt, diese sofort auf die Schiffe zu lassen, sich aber entschlossen, hiermit bis zum letzten Moment zu warten.

Auf den weiten Ebenen der Provinzen Gendaneris und Mintris sollten Pferde und Nutztiere weiden, bis sie an Bord gebracht werden konnten. Viele würde man zurücklassen müssen und die meisten der Pferde waren als Ersatz für jene gedacht, die in den Kämpfen getötet oder verletzt würden.

Zwischen den Städten Rhokaris und Mintris war „die zweite Grenze“ errichtet worden.

Man war von den ursprünglichen Plänen abgewichen und hatte es geschafft, eine knapp drei Längen hohe und ebenso breite Mauer zu errichten, die oben mit Palisaden versehen war. In regelmäßigen Abständen gab es Plattformen für Katapulte oder Dampfkanonen. Gedrungene Wehrtürme ragten hinter dem Wall auf. Es gab drei große und stark befestigte Tore im Grenzwall. Jenes bei Rhokaris bezeichnete man als Nordtor, das bei Mintris als Südtor. Ungefähr in der Mitte der Befestigungslinie floss der Ronin hindurch. Dort befand sich das Haupttor.

Direkt hinter dem Grenzwall waren die Garnisonen der Truppen vorbereitet worden. Es gab drei Lager mit festen Holzbauten und großen Waffenlagern. Kleine Einheiten der Fußgarden hielten sie besetzt.

In den inzwischen vergangenen fünf Jahren war es zu drei Beben gekommen. Zwei von ihnen waren eher harmlos gewesen, doch das dritte, vor einem knappen Jahr, hatte auch die letzten Zweifler überzeugt.

Erneut war die Stadt Alneris schwer getroffen worden. Ein Teil des Kraters war abgesackt und hatte viele Gebäude und Menschen in den Tod gerissen. Selbst der Königsturm hatte gelitten. Die Privaträume des Königs und der Versammlungsraum des Kronrates wurden zerstört. Da der Turm angeschlagen war, wich man auf die Benutzung einiger Nebengebäude aus und errichtete die Signalstation auf einem Wehrturm am Kraterrand.

Entlang des Genda war eine kleine Flutwelle ausgelöst worden, welche viele der vertäuten Schiffe gegeneinanderwarf und starke Schäden an Masten und Takelage verursachte. Zwei Zehnen der Segler waren so schwer beschädigt, dass man sie abwrackte und für den Bau anderer Schiffe ausschlachtete.

Selbst im fernen Land von Julinaash registrierte man die Auswirkungen des dritten Bebens, denn zwei der heißen Quellen, die das Leben inmitten des ewigen Eises ermöglichten, versiegten.

Dieses dritte Beben hatte auch den letzten Zweiflern den Ernst der Bedrohung vor Augen geführt. Was bislang eher halbherzig betrieben worden war, wurde nun mit allem Eifer vorangebracht.

Die Furcht wuchs.

Die vor dem Untergang und ebenso die vor dem Feind, der an den Pässen stand. Man wusste von den Spionen der Bruderschaft des Kreuzes. Viele Menschen hatten die Gefahr nicht sonderlich ernst genommen, dass der Schwarze Lord von diesen Rumaki wertvolle Informationen erhalten konnte. Jetzt wurden eifrig Ärmel nach oben geschoben, um zu sehen, ob der Träger des Kleidungsstückes die rote Tätowierung eines Kreuzes aufwies. Tatsächlich entdeckte man einige der Rumaki – mit fatalen Folgen für diese.

Überall war die wachsende Anspannung zu spüren und an den Pässen der Grenze sammelten sich die Legionen des Feindes. Dann kam der Tag, an dem die fernen Völker der Zwerge und Julinaash zu den Schiffen gerufen wurden. Nun war es nur noch eine Frage der Zeit, dann musste ein Schlachten entbrennen, in dem es um nichts weniger als das nackte Überleben ging.

23

Sie kommen." Der Schwertmann, der neben dem Signalgerät auf der Turmplattform stand, deutete zum Eingang des Nordpasses, der dem Verlauf des Flusses Eten bis zur Nordfeste folgte. „Zu dem Zeitpunkt, den der Blinkspruch angekündigt hat."

Nedeam nickte und in ihm kämpften gegensätzliche Gefühle miteinander. Erleichterung darüber, dass es nun unwiderruflich begann, und zugleich die Sorge, wie viel bei der Wanderung zu den Schiffen schiefgehen konnte.

„Es hat also begonnen", sagte er leise.

Der zweite Schwertmann der Signalwache starrte düster nach Osten. „Dann wird auch das Schlachten bald beginnen, Hoher Lord."

Der Pferdefürst nickte. „Die Julinaash sind als Erste losmarschiert und haben ihre Heimat verlassen. Es war ein langer und anstrengender Weg und sie werden nun ein paar Tageswenden bei uns ausruhen. Sobald sie unsere Hochmark wieder verlassen und weiter in die anderen Marken hinuntermarschieren, werden sich auch die Zwerge auf den Weg machen."

„Alles ist sehr sorgfältig geplant, Hoher Lord." In der Stimme des Schwertmannes lag Anerkennung. „Die Völker marschieren in dichter Folge, jedoch ohne sich gegenseitig zu behindern." Die nächsten Worte verrieten einen Anflug von Unsicherheit. „Werden wir rechtzeitig zu den Schiffen gelangen?"

„Das werden wir. Es sind noch nicht alle fertig, aber die Völker werden sich hinter der zweiten Grenze versammeln und dort lagern, bis wir alle an Bord gehen können."

„Das wird ein rechtes Gedränge geben."

„Fraglos." Nedeam legte dem Mann lächelnd die Hand an den Arm. „Doch es wurde mit Bedacht so bestimmt. Der Schwarze Lord wird spätestens dann vom Beginn der Flucht erfahren, wenn die Julinaash in den unteren Marken ankommen. Die Spione der Bruderschaft werden die Bedeutung ihres Erscheinens erkennen und es ihm melden. Er wird nicht zögern und dann werden die Legionen marschieren. Aber wenn alles richtig abläuft, werden die Schutzlosen hinter der zweiten Grenze in Sicherheit sein, bevor der Feind die Festen an den Pässen überrennen kann." Er seufzte leise. „Für uns Pferdelords und die anderen Kämpfer der Völker wird es hart kommen, guter Herr. Wir müssen den Gegner aufhalten, bis die anderen in Sicherheit sind."

„In des Lebens Wonne und des Todes Not soll Eile sein stets das Gebot. In Treue fest dem Pferdevolk, der Hufschlag meines Rosses grollt. Soll Lanze bersten, Schild zersplittern, so wird mein Mut doch nie erzittern. Ich stehe fest in jeder Not, mit schnellem Ritt und scharfem Tod", zitierte der Mann den Eid der Pferdelords.

„So haben wir es geschworen, als wir den grünen Umhang der Pferdelords empfingen", erinnerte sich Nedeam wehmütig.

„Und wir werden den Eid erfüllen, Pferdefürst, dessen seid Euch gewiss", versicherte der andere Schwertmann. „Wir wissen, dass es um unser Leben geht, doch wir wissen ebenso, dass wir der Schild sind, der Frauen und Kinder vor den Fängen der Legionen schützen muss. Jedweder wird sein Äußerstes geben."

„Und wir stehen nicht alleine", wurde die Stimme von Arkarim hörbar, der die Leiter zur Plattform heraufkam. „Die tapferen Axtschläger des kleinen Volkes sind an unserer Seite und ebenso die Garde von Alnoa."

„An der Seite der Zwerge zu kämpfen ist eine Ehre." Der Sprecher wischte mit einem Tuch sorgfältig über den Signalspiegel und kontrollierte dann den Füllstand der Lampe, die für den Nachtbetrieb vorgesehen war. „Und die Gardekavallerie hat einen guten Ruf. Doch von den Fußgarden hörte man nicht so viel Gutes."

„Keine Sorge, Schwertmann, sie werden kämpfen."

„Gilt das auch für die Weiber und die Männer von Julinaash? Der Hohe Lord berichtete nach seinem dortigen Abenteuer jedenfalls, sie seien recht streitbar."

„Sie haben Mut", stimmte Nedeam zu. „Doch in der Schlachtlinie werden sie keinen Bestand haben."

„Und die Clankrieger des Dünenlandes, Herr?"

„Auch sie werden kämpfen", meinte der Pferdefürst. „Allerdings sind sie kaum gerüstet. Aber die Waffenkammern an der zweiten Grenze sollen voller Waffen, Rüstungen und Schilde sein. Das wird helfen."

„In der Schlachtlinie zu stehen, das ist etwas anderes, als einen Überfall zu wagen, Herr."

„Das ist es. Doch wie unser Erster Schwertmann so trefflich sagte … Keiner wird alleine stehen."

Im Nordpass waren jetzt Konturen in der Staubwolke sichtbar. Dort näherten sich die Männer, Frauen und Kinder aus Julinaash. Sie wurden von zwei Beritten der Pferdelords eskortiert und führten ihre notwendigste Habe auf jenen Wagen mit sich, die das Handelshaus Helderim bereitgestellt hatte.

„Wenn die Zwerge ihre Städte verlassen, dann wird auch die Nordfeste aufgegeben." Arkarim lehnte sich an die Brüstung der Plattform. „Dann sind wir hier in Eternas wieder die nördlichste Grenze, so, wie es zu den Anfangszeiten des Pferdefürsten Garodem war."

„Ja, mein Freund, doch sie wird schwerlich bedroht sein. Der Weg über den Norden ist für die Legionen lang und beschwerlich. Sie fürchten die Kälte, die ihr Blut gefrieren lässt. Natürlich könnten es die Rumaki schaffen, doch der Nordpass ist leicht zu sperren. Nein, Arkarim, der Feind wird über die anderen Pässe vorstoßen."

„Herr." Einer der Schwertmänner wies in den hinteren Burghof hinunter. „Eure Tochter macht sich gut am Bogen."

Auf der nördlichen Wehrmauer unter ihnen stand eine Zielscheibe zwischen zwei der Dampfkanonen und die achtjährige Neliana stand auf einem anderen Mauerteil und übte mit dem elfischen Bogen, den Lotaras eigens für sie angefertigt hatte.

Nedeam sah ihre vortrefflichen Ergebnisse mit gemischten Gefühlen. „Sie kommt diesbezüglich ganz nach ihrer Mutter. Ich bin nur froh, dass sie wenigstens noch kein Schwert schwingt."

„Das wird nicht mehr lange dauern, Herr. Der Hohe Herr Lotaras ist schon seit Tageswenden in einer der Schmieden und vertreibt sich die Langeweile damit, für Eure Kleine eine maßgerechte Klinge anzufertigen."

Nedeam seufzte vernehmlich. „Der Hohe Herr Lotaras hat häufig Langeweile. Vorzugsweise dann, wenn kein Feind in Sicht ist. Diesbezüglich hat er eine ebenso blutrünstige Ader wie unser Freund Fangschlag. Hm, wo steckt unser gescheckter Waffenbruder überhaupt? Ich habe ihn die ganze Tageswende noch nicht zu Gesicht bekommen und er ist auch nicht zu Waffenübungen bei den Schwertmännern."

„Er ist bei der elfischen Heilerin, der Hohen Frau Leoryn", wusste der Schwertmann zu berichten.

„Bei den Finsteren Abgründen … Was fehlt ihm?"

„Die Fertigkeit, die Zeichen der Schrift zu setzen und sie zu deuten."

„Er lernt Schreiben und Lesen?“, fragte Nedeam verwundert.

„Er meinte, für einen Krieger sei dies von Vorteil.“

„Hm, unbenommen ist das der Fall, doch es verwundert mich, dass Fangschlag zu dieser Erkenntnis gelangte.“

„Er ist ein Krieger, aber er ist nicht dumm“, zitierte Arkarim grinsend einen beliebten Ausspruch des Rundohrs.

„Ich bin in Sorge“, gestand Nedeam mit leiser Stimme. „Lass uns hinuntergehen.“

Sie stiegen die Leiter hinab und standen nun in der oberen Ebene des Haupthauses der Burg. Hier befanden sich die Räume des Pferdefürsten sowie die des Ersten Schwertmannes.

Nedeam trat in seinen Amtsraum und legte die Hände auf dem Rücken ineinander, während er durch eines der Fenster zur Garnison der Schwertmänner blickte. „Fangschlag bereitet mir zunehmenden Kummer, Arkarim. Er war nie sonderlich gesprächig. Du weißt, er ist kein Freund vieler Worte. Doch in den vergangenen Jahreswenden hat er sich immer mehr in sich zurückgezogen.“

Der Erste Schwertmann kam zu ihm und reichte ihm einen Becher mit Wasser. „Ich verstehe sehr wohl, was du meinst, und es verwundert mich nicht. Er weiß, dass sein Volk dem Untergang geweiht ist. Ich glaube nicht, dass ihm das sonderlich gefällt.“

„Er ist ein innerlich zerrissenes Wesen.“ Nedeam nippte an dem Getränk. „Er steht zwischen dem Wunsch, seinen Rundohren zu helfen, und dem Schwur, Einohr zu töten. Ich spüre seine innere Verzweiflung. Seine Ehre lässt es nicht zu, den Schwur zu brechen. Zugleich ist seine Bindung an die Rundohren sehr stark und er kann ihrem Untergang nicht einfach zusehen.“

Arkarims Gesicht zeigte Verständnis. „Welchen Weg wird er beschreiten?“

„Ich weiß es nicht. Er wird zu seinem Wort stehen. Aber es wird ihn zerreißen und ich vermag nicht zu sagen, wie er sich entscheidet, wenn die Schlacht entbrennt." Nedeam sah den Freund mit einem müde wirkenden Lächeln an. „Vielleicht versucht er Einohr zu töten und schlägt sich dann auf die Seite der Rundohren."

„Ich würde ihn ungern wieder zum Feind haben", gestand Arkarim. „Wir haben Seite an Seite unser Blut vergossen und sind dadurch miteinander verbunden."

Nedeam leerte den Becher und stellte ihn auf seinen Schreibtisch. „Es bleibt uns nichts übrig, als abzuwarten, was die Zukunft bringt. Doch nun lass uns hinuntergehen und den Kronenträger und die Kronenträgerin von Julinaash willkommen heißen."

24

Eingebettet in das mächtige Gebirge des Noren-Brak lagen die versteinerten Wälder, in denen sich das verlassene elfische Haus des Urbaums befand. Hier entsprang ein Fluss, welcher durch ein Sumpfgebiet und an der Stadt Merdonan vorbeiführte und schließlich im Königreich von Alnoa in den Ronin mündete. Man nannte ihn den Blutfluss und der Grund hierfür lag in der Schlacht, die einst in den weißen Sümpfen getobt hatte. Das faulige Wasser des Sumpfes hatte die Eigenschaft, die Körper der Getöteten zu bewahren. Nur was über seine Oberfläche hinausragte, war dem Verfall preisgegeben. Der Sumpf war tückisch und nur über einen verschlungenen Pfad passierbar. Dennoch bestand die Gefahr, dass die Legionen der Orks sie für ihren Vormarsch nutzten, denn sie hatten dies schon einmal vor vielen Jahren getan, als sie hölzerne Stege errichteten.

Die Schwertmänner auf der alten Wache Merdonans nahmen ihre Aufgabe daher ernst, auch wenn die Lederschwingen den Pass und das Gebirge bestreiften.

„Ich denke nicht, dass sie über die Sümpfe kommen", meinte der Unterführer und zog den grünen Umhang etwas fester um die Schultern. Es war windig und hier oben wurde es dann schnell unangenehm kalt. „Wenn sie wieder Stege bauen, werden wir diese auch wieder zerstören. Wir haben zahlreiche Katapulte auf der Wehrmauer und dann sind da noch die Lederschwingen mit ihrem Feueratem. Nein, sie werden nicht so dumm sein, es hier zu versuchen."

Der andere wollte ihm gerade beipflichten, als er Bewegung in den Sümpfen sah. Es waren drei kleine Gestalten, die sich so sicher bewegten, dass sie den Pfad ganz offensichtlich kannten. Der Schwertmann trat an das fest montierte Langauge, schwenkte es herum und suchte mit dem Instrument nach den Unbekannten.

„Ihr werdet es nicht glauben, Unterführer, doch dort kommen drei Kuttenträger durch die Sümpfe."

„Kuttenträger? Rumaki der Bruderschaft des Kreuzes? Blödsinn."

Der Schwertmann räumte das Langauge. „Seht selbst hindurch. Es sind fraglos Kuttenträger der Bruderschaft."

Der Unterführer musste einen Moment suchen, bevor er die Fremden erfasste. „Wahrhaftig. Drei Kuttenträger."

„Wie ich es sagte."

Der Unterführer richtete sich auf und leckte sich über die Lippen. „Das sind keine Spione und auch keine Späher. Als solche würden sie sich verborgen halten und nicht zur helllichten Tageswende so offen heranspazieren. Bei den Finsteren Abgründen … Was mag das zu bedeuten haben?"

„Vielleicht wollen sie sich zu uns retten? In den letzten Jahreswenden haben sie sicherlich erfahren, was so vor sich geht, und sie denken wohl, sie können ihr Leben nur retten, wenn sie sich in unsere Gefangenschaft begeben und so auf die Schiffe gelangen."

Der Unterführer strich sich über den dichten Vollbart. „Es wäre immerhin möglich. Obwohl ich mich dann frage, wie sie es geschafft haben, durch die Wachen an ihrem Ende des Passes zu gelangen."

„Nun, indem sie behauptet haben, bei uns spionieren zu wollen."

„In jedem Fall werden wir sie uns ansehen." Der Unterführer schrieb hastig eine Nachricht auf ein Stück Papier, wickelte sie um einen Stein und legte diesen in den kleinen Korb, mit dem Botschaften oder Nahrungsmittel transportiert wurden. Begleitet vom leisen Quietschen der Rolle glitt der Korb nach unten.

Selbst im hellen Sonnenschein wirkten die weißen Sümpfe gespenstisch. Von der Plattform der alten Wache aus war gut zu erkennen, wie sich trockene Stellen und Wasserflächen abwechselten. Büsche und Bäume standen vereinzelt oder in kleinen Gruppen. Niemand wusste, ob sie noch Leben enthielten, denn ihre Zweige zeigten kein Grün und das Holz wirkte, wenigstens aus der Entfernung, vertrocknet. Gelegentlich trieben dünne Schwaden eines weißen Nebels über Teile des Sumpfes. Während der Nacht und am frühen Morgen schien er undurchdringlich und verbarg alles unter seinem weißen Tuch. Die drei fremden Gestalten hoben sich durch ihre braunen Kutten sehr deutlich von der Umgebung ab und sie zeigten keine Unsicherheit, während sie immer näher kamen.

Unten auf dem Vorhof der alten Wache saß ein Beritt der Schwertmänner auf. Dann öffnete sich eines der Tore und die Truppe ritt bis zum Rand der Sümpfe, wo sie kampfbereit wartete. Normalerweise sollte von drei Fremden keine Bedrohung ausgehen, doch die Kämpfer der Stadt waren alarmiert. Immerhin mochte sich eines der unheilvollen Grauen Wesen unter einem der Kleidungsstücke verborgen halten.

Pferdefürst Mor war bereit, sich diesem Risiko auszusetzen, denn das Erscheinen der Fremden war außergewöhnlich.

„Hoher Lord, Ihr solltet ein wenig zurückbleiben", riet der Scharführer des Beritts besorgt. „Wenn sich dort ein Graues Wesen nähert, so kann es uns bannen und verbrennen. Ihr dürft Euch nicht dieser Gefahr aussetzen."

„Wie kann ich meine Männer einer solchen Gefahr aussetzen und selbst davor zurückschrecken?" Mor schüttelte entschieden den Kopf. „Zudem glaube ich nicht, dass ein Graues Wesen dieses Risiko eingehen würde. Es soll nur noch wenige von ihnen geben und die verborgenen Schützen hinter dem Wall werden die drei mit einem Pfeilhagel überschütten, wenn sie feindselige Absichten zeigen."

Mor und der Beritt hatten ihre Position mit Bedacht gewählt. Jede Handspanne zwischen der Stadt und den Sümpfen war sorgfältig vermessen worden und die Beobachter auf der alten Wache signalisierten den verborgenen Schützen, wo sich die Fremden gerade befanden. Die Stadt Merdonan hatte sehr schlechte Erfahrungen mit Grauen Wesen gesammelt und Mor war klug genug, das Risiko gering zu halten. Ein Wink der Beobachter auf dem Turm oder ihr Erstarren würde das Zeichen für die Bogenschützen sein, ihren tödlichen Geschosshagel zu lösen. Auch wenn sie ihr Ziel nicht direkt sahen, so musste die Masse der Pfeile zum Erfolg führen.

Die Fremden gelangten an den Rand der Sümpfe und blieben stehen. Sie mussten wissen, dass sie in Reichweite der Bogenschützen standen, doch sie zeigten noch immer kein Zeichen von Unsicherheit. Allerdings machten sie auch keine Anstalten, noch näher heranzukommen.

Schweigend starrten sich beide Seiten an. Gelegentlich schnaubte eines der Pferde oder stampfte mit den Hufen. Leise flappend bewegten sich das rechteckige Banner des Pferdefürsten und der dreieckige Wimpel des Beritts an ihren Lanzen.

„Hm", knurrte Mor schließlich. „Wir können hier nicht die gesamte Tageswende damit verbringen, uns gegenseitig zu belauern. Scharführer, haltet mir den Beritt zurück, ich werde mir die Burschen einmal aus der Nähe ansehen."

„Hoher Lord, wenn sie feindselige …"

„Falls mir etwas zustößt, so reitet sie nieder. Aber ich glaube nicht, dass sie gekommen sind, um unser Blut oder ihr eigenes zu vergießen."

Mor trabte langsam auf die drei Gestalten zu. Zwei von ihnen griffen an ihre Kapuzen und schoben sie zurück. Der Pferdefürst erkannte ein Rundohr und zuckte unmerklich zusammen, als er in dem anderen Wesen eine reptilische Gestalt sah. Dies war ohne Zweifel eines der Grauen Wesen. Er war versucht, die Hand an den Schwertgriff zu legen, besann sich jedoch anders. Wenn diese gefährliche Kreatur ihn töten wollte, so hätte sie längst die Gelegenheit ergreifen können.

„Ich bin Mor, Pferdefürst der Ostmark des Pferdevolkes", erklärte er mit fester Stimme, als er sein Pferd vor den drei Gestalten zügelte. „Wir stehen im Krieg miteinander und so frage ich, was Euer Erscheinen zu bedeuten hat."

„Ich bin Bar´Ses", erwiderte der Magier. „Und ich spreche mit der Stimme des Allerhöchsten."

„Dann sagt, was Ihr zu sagen habt."

„Der Schwarze Lord wünscht ein Treffen mit dem Pferdefürsten Nedeam. Auf der anderen Seite der Sümpfe, vor dem Pass von Merdoret."

Mor starrte die Gruppe einen Moment verwirrt an, dann lachte er schallend. Das Rundohr entblößte seine Fangzähne, doch die Gestalt in der Mitte der Gruppe, die bislang schwieg, legte ihm die Hand an den Arm. Der Pferdefürst beruhigte sich rasch. „Schön, Ihr habt mich wirklich zum Lachen gebracht. Und nun nennt mir den wahren Grund Eures Besuches."

„Nedeam. In vier Tageswenden auf der anderen Seite der Sümpfe, vor dem Pass von Merdoret."

Mor sah das Graue Wesen düster an. „Diesmal lache ich nicht, Grauer. Ihr scheint es ernst zu meinen, doch Ihr glaubt doch wohl nicht, dass Pferdefürst Nedeam diesem Wunsch entsprechen wird."

„Darüber mag er selbst entscheiden."

Mor verlagerte sein Gewicht im Sattel. „Er ist kein Narr und ich bin es ebenso wenig, Graues Wesen. Warum sollte sich der Pferdefürst in die Hand des Schwarzen Lords begeben? Nein, es wäre zu leicht für euch Kreaturen, ihn zu ermorden."

„Ihm wird nichts geschehen." Die Stimme schien körperlos und hing vibrierend in der Luft.

Mor zuckte zusammen und in seinem Gesicht zeigte sich Erschrecken, als die mittlere Gestalt ihre Kapuze zurückschlug. Er sah das schwarz schimmernde Antlitz des Schwarzen Lords und instinktiv gab er das Zeichen an die Schützen.

Ein Sausen lag in der Luft, als jenseits der Stadtmauer der tödliche Pfeilhagel in die Luft stieg und sich Mor und den Feinden entgegensenkte. Mor bemerkte es nicht einmal. Er sah wie gebannt auf den mächtigen Herrn der Legionen hinunter, dessen Gesicht aus schwarzem Klarstein zu bestehen schien.

Die Pfeile hatten sie fast erreicht, als der Schwarze Lord eine Bewegung mit der Hand machte. Es gab ein Geräusch, als schlügen die Pfeile gegen eine unsichtbare Wand, und sie zersplitterten mitten in der Luft. Nicht eines ihrer Fragmente traf Mor oder die anderen.

Beim Beritt wurden die Klingen gezogen, doch ein scharfer Befehl des Scharführers hielt die Männer zurück. Er konnte nicht erkennen, was dort vor sich ging, denn Mor verdeckte die Fremden und so wollte er seinen Pferdefürsten nicht unnötig in Gefahr bringen.

„Der Schwarze Lord", stieß Mor nun ächzend hervor. Seine Hand griff an das Schwert, wurde jedoch von einer unsichtbaren Kraft festgehalten.

„Ich bin nicht hier, um Leben zu nehmen." Die Gestalt in der braunen Kutte der Bruderschaft deutete zur Stadt und dann hinter sich in Richtung des Passes von Merdoret. „Ich will dem

Pferdefürsten Nedeam begegnen und mit ihm reden. Ihm wird kein Leid geschehen, Pferdefürst Mor. Richtet ihm aus, dass es von großem Belang für das Schicksal der Völker ist."

„Er … Er wird nicht kommen", stammelte Mor und bemühte sich um seine Fassung.

„Er wird kommen", erwiderte die schwarze Gestalt. „Ich werde ihn am Eingang des Passes von Merdoret erwarten. In vier Tageswenden. Ihr könnt ihm die Kunde blinkblitzen. Die Zeit mag knapp bemessen sein, doch ich weiß, welch schnelles Pferd er reitet. Sollte er nicht erscheinen, so wird das Schlachten beginnen, Pferdefürst. Sagt ihm meine Worte, denn es bleibt nicht viel Zeit."

Mor atmete schwer und nickte dann zögernd. „Ich werde ihm Eure Nachricht übermitteln, Herr der Finsternis. Mag er entscheiden, was er davon hält."

Ein vibrierendes Lachen lag in der Luft. „Nedeam ist ein kluger Mann. Er wird das Richtige tun, Pferdefürst Mor. Und nun geht und sendet ihm die Botschaft."

Mor war von der unerwarteten Begegnung sichtlich erschüttert. Schweigend zog er sein Pferd herum und trabte zur Stadt zurück, um seinem alten Kampfgefährten Nedeam die Worte des Schwarzen Lords zu übermitteln.

25

„Das ist eine Falle.“ Arkarim schlug derart mit der flachen Hand auf den Schreibtisch, dass ein Fässchen mit Schreibflüssigkeit über die Kante rutschte. Llaranyas beiläufig wirkende Bewegung bewahrte es vor dem endgültigen Sturz.

„Ich stimme dem zu“, sagte sie entschlossen. „Sofern es überhaupt eine Botschaft des Schwarzen Lords ist.“

„Mor hat daran keinen Zweifel.“

„Dann ist es ganz sicher eine Falle“, beharrte Arkarim. „Er will dich in einen Hinterhalt locken und abschlachten.“

Nedeam lachte bitter. „Warum sollte er das tun? Sicher, ich bin der Pferdefürst der Hochmark, doch bin ich nur von geringer Bedeutung für die kommenden Kämpfe. Er würde kaum etwas gewinnen, wenn er mich tötet.“

„Du bist ein erfahrener Kämpfer.“ In Fangschlags Stimme lag ein grollender Unterton, der seine Anspannung verriet.

„Das sind auch andere.“

Das Rundohr lachte in einer bellenden Art. „Doch keiner hat ihm so viel Ärger bereitet wie du. Schon oft hast du seine Pläne durchkreuzt. Und du warst es, der schon zwei Mal auf das Gebiet des Allerhöchsten vorgedrungen ist. In der Schlacht um Merdoret, als wir den fliegenden Feuerspeiern begegneten, und dann später, als wir die Faust zerstörten, die ihr Feuer aus dem Himmel warf. Er hat allen Grund, dir zu grollen.“

Llaranya erhob sich und trat zu Nedeam. „Du hast einen Namen im Pferdevolk, mein Geliebter. Und ebenso beim Volk der Zwerge, den Sandclans und in Julinaash.“

„Ganz zu schweigen von der Garde Alnoas und den Irghil", fügte Arkarim hinzu. „Wenn der Herrscher der Finsternis dich umbringt, dann stärkt das seinen Ruf und der Mut der Unseren mag sinken. Du bist ein Symbol für das ganze Pferdevolk ebenso wie das Zeichen auf unserem Banner. Du darfst nicht gehen."

„Eure Sorge rührt mich und glaubt mir, ich bedenke sie sehr wohl."

Llaranya sah ihn besorgt an. „Und dennoch willst du gehen?"

„Dennoch werde ich gehen."

Arkarim stieß ein wütendes Schnauben aus. „Also schön, ich berufe die Beritte unserer Schwertmänner in die Sättel. Du wirst …"

„Ich werde alleine gehen, Arkarim." Nedeam konnte die Furcht in Llaranyas Augen kaum ertragen und sah den Freund an. „Ich werde keinen anderen in Gefahr bringen."

„Du … du … Mensch!", schrie die schöne Elfin auf.

Nedeam zog sie an sich, spürte, wie sie sich gegen seine Umarmung sträubte, und wusste, dass dies aus der Angst um ihn geboren war. „Es ist der einzig richtige Weg, meine geliebte Frau. Der Schwarze Lord muss einen guten Grund haben, ausgerechnet mich um dieses Treffen zu bitten. Ein Grund, den ich in Erfahrung bringen muss."

„Es wird dich das Leben kosten", schluchzte Llaranya.

„Er versprach mir freies Geleit."

„Das Wort des Schwarzen Lords." Llaranya verzog angewidert das Gesicht.

„Der Pferdefürst hat recht", bestätigte Fangschlag nun und seine Augen schienen dabei zu glühen. „Der Allerhöchste tut nichts ohne Grund. Es ist wichtig, diesen zu erfahren."

„Ach, komm schon, Fangschlag", wehrte Arkarim ab. „Nichts kann so wichtig sein, deswegen Nedeams Leben zu opfern."

„Wenn du gehst", Llaranya straffte ihre Haltung, „dann werde ich dich begleiten. Meine elfischen Reflexe mögen uns eine kleine Möglichkeit des Überlebens einräumen." Sie warf Nedeam einen drohenden Blick zu. „Und wage erst gar nicht den Versuch, es mir verbieten zu wollen. Ich bin dein Weib und ich bin zugleich eine elfische Kriegerin. So werde ich auch bestimmen, wohin ich meine Schritte lenke."

Nedeam lächelte und küsste sie auf die Wange. „Das ist einer der Gründe, warum ich dich von Herzen liebe. Doch zugleich bist du auch Nelianas Mutter."

„Und du bist ihr Vater."

„Doch von mir kann sie kein elfisches Wissen erlernen", hielt er dagegen.

„Das können ihr auch Lotaras und Leoryn vermitteln!"

Fangschlags Blicke pendelten zwischen den beiden Liebenden und schließlich sah er den Ersten Schwertmann hilflos an. „Sie streiten wegen ihres Wurfes."

„Das ist ein Menschending, Fangschlag. Davon verstehst du einfach nichts", knurrte Arkarim und trat missmutig ans Fenster.

„Ich werde Nedeam begleiten." Das Rundohr bleckte seine Fänge. „Das ist angemessen."

„Lass du uns nicht auch noch in Streit geraten, du starrsinniges Rundohr." Arkarim lauschte dem Disput des Paares. „Letztlich wird Nedeam dies entscheiden."

„Er ist ein Krieger und für einen Menschen recht vernünftig", sinnierte Fangschlag. „Er wird sich für mich entscheiden."

Das heftige Streitgespräch verstummte und Fangschlag legte den Kopf schief, als sich die Kontrahenten liebevoll umarmten. „Ich werde eure Paarungsrituale nie verstehen", gab er unumwunden zu. „Menschenwesen streiten sich, dann lieben sie sich. Dann streiten sie erneut und lieben sich erneut." Das Rundohr kratzte sich am Schädel. „Man sollte sich gelegentlich entscheiden, was man will."

„Fangschlag, du hast in den letzten Jahreswenden wahrhaftig an Weisheit gewonnen", stimmte Arkarim zu. „Doch wie ich es schon sagte, gewisse Menschendinge wirst du wohl niemals richtig verstehen können. Es liegt einfach nicht in deiner Art."

„Du bist ein verfluchter Narr", seufzte Llaranya, als sie sich von Nedeam löste. „Ein verdammter tapferer Narr."

„Du hast einmal gesagt, dass ich nicht nur ein tapferer, sondern zugleich auch ein kluger Krieger sei."

„Das mit der Klugheit nehme ich zurück", murmelte sie, lächelte nun aber doch wieder.

„Ihr könntet mich bis Merdonan begleiten", schlug Nedeam vor. „Doch dann müsst ihr zurückbleiben. Der Schwarze Lord garantierte nur mir selbst das freie Geleit."

„Ich werde dich dennoch zu ihm begleiten", knurrte Fangschlag. „Ich bin ein Rundohr und der Allerhöchste wird es erwarten."

„Du hoffst sicherlich eher auf eine Begegnung mit Einohr?"

„Ich hoffe zu erfahren, was den Schwarzen Lord zu diesem Treffen treibt. Sollte sich eine Begegnung mit Einohr ergeben, wäre ich nicht unzufrieden."

Nedeam fühlte sich äußerst unwohl bei dem Gedanken, mit dem Schwarzen Lord zusammenzutreffen. Aber er war davon überzeugt, dass es sich um keine Falle handelte. Nedeam war zu unbedeutend, als dass sein Tod tatsächlich Einfluss auf den Verlauf des drohenden Krieges nehmen würde. Somit steckte etwas anderes dahinter und es musste von großer Bedeutung sein. Der Pferdefürst war fest entschlossen, herauszufinden, welches Motiv den Feind zu diesem Treffen mit ihm trieb.

Doch war es klug, Fangschlag zu dieser Zusammenkunft mitzunehmen? Wohl eher nicht. Der Schwarzen Lord betrachtete das Rundohr als Verräter und wenn sie tatsächlich dem verdammten Einohr begegneten, würde sich Fangschlag schwerlich beherrschen können. Somit war es eher riskant, den Ork an seine Seite treten zu lassen. Ein unbestimmtes Gefühl sagte Nedeam jedoch, dass es richtig sein würde, dies zuzulassen.

Der Pferdefürst blickte in die so vertrauten Gesichter und bemerkte die Sorge in deren Augen. Schließlich nickte er zögernd. „Gut. So mag Fangschlag mich begleiten."

26

Man nannte sie die versteinerten Wälder. Sie zogen sich an der nördlichen Grenze der Nordmark des Pferdevolkes entlang. Ein rund zweihundert Tausendlängen langer Streifen üppigen Baumbestands, hier und da unterbrochen von Lichtungen und erfüllt von einer großen Vielfalt tierischen und pflanzlichen Lebens. Hier war einst das Heim des elfischen Hauses Deshay gewesen, welches Nedeam aus dem verhängnisvollen Bann der Grauen Wesen befreit hatte. Nun waren die Elfen fort, doch der Wald war deswegen nicht verwaist.

Jemand hatte ihn erneut in Besitz genommen, wenigstens einen kleinen Teil davon, und dieser Jemand hatte es mit Bedacht getan, denn er musste sich verbergen. Ungefähr auf halber Strecke zwischen den Städten Eodan und Merdonan öffnete sich eine große Schneise, die ein Stück weit in den Wald hineinführte. An ihrem Ende verlief ein schmaler Pfad, der ebenso gut getarnt wie bewacht war. In den Kronen der vorderen Bäume waren Plattformen errichtet worden, von Zweigen und Grün verdeckt, und von diesen Wachtposten aus hielten aufmerksame Augen Ausschau.

Niemand im Reich des Pferdevolkes ahnte, dass sich hier der Verräter und Renegat Garwin verborgen hielt, außer jenen, die mit ihm verschworen waren. Nur wenige waren durch Zufall auf das verborgene Lager gestoßen und diese hatten ihre Entdeckung nicht überlebt.

Garwin war der Sohn des Pferdefürsten Garodem und dessen Gemahlin Larwyn. Als solcher hätte er Anspruch auf die Nachfolge seines Vaters gehabt, als dieser bei einem Treppensturz den Tod fand. Aber der Sohn Garodems erwies sich als herrschsüchtig und ehrlos, da er Waffenbrüder im Stich ließ, als sie seine Hilfe brauchten. So verweigerte seine Mutter Larwyn ihm die Führerschaft der Hochmark. Garwin versuchte daraufhin, seine Mutter zu ermorden und die Schuld dem Ork Fangschlag anzulasten. Ausgerechnet Nedeam, welcher Garwin von seinem Vater immer als Vorbild genannt worden war, entlarvte letztlich das Komplott. Auf der Insel der Magier von Lemaria kam es zwischen beiden zum Kampf und Garwin konnte nur mit Mühe entfliehen. Seitdem hielt er sich in der geheimen Mark verborgen und sann auf Rache.

Garwin sammelte jene um sich, die unzufrieden waren oder begierig auf goldene Schüsselchen. Aber es gab auch Menschen aus dem Pferdevolk, die ihm aus Überzeugung folgten. Der jahrtausendelange Krieg gegen den Schwarzen Lord war nie entschieden worden und manche, die der ewigen Kämpfe müde waren, hofften darauf, dass Garwin sie zum endgültigen Sieg führen würde.

Das befestigte Lager Garwins lag auf einer riesigen Lichtung, die groß genug war, um die zahlreichen Gebäude der Bewohner aufzunehmen, und zugleich als Weide für eine ansehnliche Herde Hornvieh und Pferde diente. Zwei Quellen sorgten für ausreichend Wasser und die Pflanzen und Tiere des Waldes ernährten die Menschen, die hier lebten.

Das Lager war von hohen Palisaden umgeben. In regelmäßigen Abständen erhoben sich Türme und überall standen gefüllte Wasserfässer bereit, falls es irgendwo zu einem Brand kam. Denn nichts fürchteten die Menschen hier mehr als ein außer Kontrolle geratenes Feuer. Die Häuser waren aus Holz gefertigt, niedrig und lang gestreckt, die Dächer mit Grassoden und Steinplatten belegt, die man mühsam hatte herbeischaffen müssen. Wie beim Pferdevolk üblich, standen die Häuser in konzentrischen Kreisen und bildeten drei Ringe um das Zentrum der Siedlung. Auch zwischen den Häusern waren Palisaden und Tore errichtet worden. Selbst wenn ein Feind den äußeren Wall nahm, so sah er sich drei weiteren Befestigungen gegenüber.

Garwin, der sich als Pferdefürst der verborgenen Mark bezeichnen ließ, verfügte über das einzige Gebäude mit mehreren Stockwerken. Diese wiesen unterschiedliche Größen auf, sodass der Bau aussah, als habe man nacheinander immer kleinere Holzscheiben übereinandergestapelt. Die vierte Ebene hatte immerhin noch einen Durchmesser von zehn Längen und wies rundum Fenster auf. Jedes von ihnen war mit Klarstein und Fensterläden versehen, welche nach dem Schließen nur schmale Schießscharten frei ließen. Die unterste Ebene verfügte hingegen nur über eine einzige Türöffnung. Der gesamte Bau bestand aus Holz, war aber von außen mit einer dicken Lehmschicht verkleidet worden, sodass es schwerfallen würde, ihn mit Brandpfeilen zu entzünden.

In den letzten Jahren waren Garwins Pläne nicht vorangekommen. Im Gegenteil: Er musste zunehmend um seine Zukunft und die seiner Getreuen fürchten. Seine Männer waren in den Marken des Pferdevolkes und sogar in den Provinzen des Reiches Alnoa unterwegs, hielten dort ihre Augen und Ohren offen und rekrutierten gelegentlich neue Streiter für Garwins Macht. Von ihnen hatte er die furchtbare Kunde erhalten, dass ihnen allen der Untergang drohte. Ein Untergang, der sich für Garwin kaum abwenden ließ, denn er galt als Geächteter. Niemand würde ihn und seine Anhänger bereitwillig auf die rettenden Schiffe lassen.

So war dieser Umstand wieder einmal der Anlass für eine Zusammenkunft von Garwin und seinen vertrauten Unterführern.

Zwei besaßen die schlanke Statur und die blonden Haare des Pferdevolkes. Sie waren Schwertmänner der Hochmark gewesen und hatten sich Garwin angeschlossen. Peragram tat dies der goldenen Schüsselchen wegen, Hendahl hingegen glaubte mit Hingabe an die Ziele seines Hohen Lords Garwin.

Der dritte Mann betrachtete sich nicht als Unterführer Garwins, denn er trug die Uniform eines Andors der rumakischen Legionen. Legionsführer Andor-Atarevge war im Kampf um die alnoische Festung Nerianet besiegt worden und hatte sich daraufhin dem Pferdefürsten Nedeam auf Ehrenwort ergeben. Er und die fünfhundert Überlebenden seiner Legion waren deshalb in der Hochmark interniert worden. Auf Ehrenwort, was es ihnen ermöglichte, sich frei in der Stadt Eternas zu bewegen und sich in den verschiedenen Handwerksbetrieben zu verdingen. Da die Rumaki an das Ehrenwort ihres Legionskommandanten gebunden waren, unternahmen sie keinen Fluchtversuch und doch sollten sie schließlich, ohne ihr Wissen und Zutun, befreit werden. Garwin hatte von der Gefangennahme der Rumaki erfahren und erhoffte sich in ihnen Verbündete. Während der Abwesenheit von Nedeam gelang es dem Renegaten, die Rumaki durch eine List zu befreien und in seine verborgene Mark zu bringen.

Nun standen die Renegaten Garwins und Andor-Atarevges Rumaki im Bund, doch man beäugte sich mit gegenseitigem Misstrauen. Nedeam und das Königreich von Alnoa mochten gemeinsame Feinde sein, doch damit endete die Gemeinsamkeit auch schon. Garwins Ziel war es, die Rumaki für seine Zwecke einzuspannen, diese wiederum hofften auf eine Möglichkeit, sich wieder den eigenen Streitkräften anschließen zu können.

„Für uns Leute vom Pferdevolk wäre es vielleicht möglich, uns als Bewohner eines Weilers auszugeben und so auf die Schiffe zu gelangen“, überlegte Scharführer Hendahl. „Da wir Weiber und Kinder im Lager haben und auch über die einfache Kleidung des Landvolkes verfügen, könnte diese List gelingen.“

„Man wird nicht jeden Bewohner der vielen Weiler kennen", stimmte Peragram zu.

„Das mag für euch gelten", erwiderte Garwin mit düsterer Stimme. „Doch nicht für mich und erst recht nicht für unsere verbündeten Rumaki. Ich bin der rechtmäßige Nachfolger des Pferdefürsten Garodem und mein Gesicht ist zu bekannt. Als in der nördlichen Öde von Rushaan die Schlacht gegen die Orks stattfand, waren Beritte aus allen Marken des Pferdevolkes daran beteiligt. Zu viele Schwertmänner, die mich von Angesicht sahen und die mich wohl wiedererkennen können."

„Ihr könntet Euren Bart verändern oder die Haare färben, Hoher Lord", schlug Peragram vor.

„Um mich wie ein Dieb an Bord zu schleichen?", brüllte Garwin auf. „Ich bin der einzige rechtmäßige Herr der Hochmark!"

„Das seid Ihr ganz gewiss, Hoher Lord", versicherte Hendahl hastig. Er kannte und fürchtete das heiße Temperament Garwins. Wenn es hervorbrach, so schwemmte es jede Vernunft fort, obwohl der Pferdefürst der verborgenen Mark sonst ein durchaus klug kalkulierender Mann war.

Peragram verzichtete auf einen weiteren Kommentar. Er wartete, bis sich Garwin hinter seinen grob gezimmerten Schreibtisch gesetzt hatte. Dahinter stand eine Fahne in ihrem Halter, die sehr deutlich zum Ausdruck brachte, was Garwin letztlich beabsichtigte. Statt aus dem grünen Tuch des Pferdevolkes war sie aus rotem Stoff gefertigt und zeigte das springende weiße Pferd und das Sonnensymbol. Die Fahne war der des ersten Königs des Pferdevolkes nachempfunden. Doch nun hatten die Ereignisse die ehrgeizigen Vorhaben des Renegaten überrollt.

Andor-Atarevge schwieg. Er war ein Mann von Stolz und großem Ehrgefühl. Obwohl er Garwin für die Befreiung aus der Hochmark dankbar war, hielt er seine Abneigung gegen den selbst ernannten Pferdefürsten nur mühsam verborgen. Zwar hatte sich Atarevge seine Ehre bei der Befreiung erhalten, da sein gegebenes Wort nicht gebrochen worden war, doch der Andor der Legionen hatte Nedeam kennen- und schätzen gelernt. Er hoffte nun darauf, über die Bruderschaft des Kreuzes in Verbindung zu den Legionen zu gelangen, doch bislang waren sie keinem der rumakischen Brüder begegnet. Der Rumaki vermutete, dass Garwin heimlich alles unternahm, damit es auch dabei blieb, denn er wollte seine eher unfreiwilligen Verbündeten sicherlich nicht einfach gehen lassen. Immerhin waren die fünfhundert Kämpfer eine wesentliche Verstärkung für den Renegaten.

Vor der Tür stampfte ein Fuß auf den Boden. „Verdammt, ja!", fuhr Garwin auf. „Was gibt es?"

Ein Schwertmann sah herein und grüßte respektvoll. „Eines unserer Augen und Ohren ist aus Merdonan gekommen und bringt eine wichtige Botschaft."

Garwin runzelte die Stirn. „Bring den Mann herein und besorge mir ein paar goldene Schüsselchen. Er soll seine Augen und Ohren nicht umsonst offen gehalten haben. Sofern seine Nachricht wirklich von Wert ist", schränkte er ein. „Wenn nicht, dann schneide ihm den Hals durch und verscharre ihn im Wald."

Der Mann erwies sich als sehr ansehnliches Weib und die Nachricht war tatsächlich von Belang. „Ich habe es gehört, als ich die Unterkünfte der Schwertmänner säuberte", erklärte sie hastig, als sie ihren Bericht beendete. „Es kam ein Blinkspruch vom Pferdefürsten Nedeam, dass er tatsächlich kommen werde."

„Das ist eine wichtige Kunde, gute Frau", meinte Garwin lächelnd und warf ihr eine Handvoll Goldmünzen zu, die sie geschickt auffing. „Und nun geh und schweig über unsere Zusammenkunft."

Der Pferdefürst lächelte versonnen, während sich die Frau entfernte. Als sich die Tür schloss, sah er seine Scharführer und den Andor auffordernd an. „Nun, was haltet ihr davon?“

Hendahl zuckte mit den Schultern. „Keine Frage, es wird einen Hinterhalt geben und man schlachtet Nedeam ab.“

Peragram nickte. „Damit sind wir eine Sorge los und Ihr seid Eurem Ziel, Hoher Lord, ein gutes Stück näher.“

„Ist es so?“ Garwin lehnte sich zurück und blickte nun Andor-Atarevge abschätzend an. „Nun, Andor der Legion, was ist Eure Meinung?“

Atarevge überlegte. Er fragte sich, wie gefährlich es sein konnte, Garwin einen Einblick in seine eigenen Gedanken und Pläne zu gewähren. Es war sicher besser, nur einen kleinen Teil davon zu offenbaren. „Es ist kein Hinterhalt.“

Die beiden Scharführer widersprachen sofort, doch der Pferdefürst gebot ihnen, zu schweigen. „Warum glaubt Ihr, dass es sich nicht um eine Falle handelt?“

„Nedeam ist nicht von Bedeutung für den Krieg“, antwortete der Rumaki. „Zudem entspräche diese Art der Hinterlist zwar einem Spitzohr, nicht jedoch dem Allerhöchsten.“

„Ihr scheint ja viel von Eurem Allerhöchsten zu halten“, knurrte Peragram.

Erneut überlegte Atarevge. Ein flüchtiger Plan formte sich in seinen Gedanken. „Man muss seinen Herrn nicht lieben, um ihm zu dienen.“

„Das ist wohl wahr.“ Garwin lächelte kühl. „Ihr dient dem Schwarzen Lord wohl nur, um Euch an den Alnoern zu rächen, nicht wahr?“

„Es ist unser Ziel, die Ehrlosen zu vernichten“, bestätigte Atarevge. „Doch wir dienen dem Allerhöchsten, weil uns keine Wahl bleibt. Wir sind ein kleines Volk und könnten dem Willen des

Oberherrn der Orks nicht widerstehen."

Garwin nickte. „Das habe ich mir schon gedacht. Kein vernünftiger Mensch würde dem Schwarzen Lord aus freien Stücken dienen, es sei denn aus der Not heraus. Jedermann weiß, dass der Herr der Finsternis alle Menschen gnadenlos ausrotten will." Er beugte sich vor und sah den Andor scharf an. „Vermutlich auch euch Rumaki, wenn er eure Dienste nicht mehr benötigt."

„Niemand vermag zu sagen, was die Zukunft bereithält."

Garwin lächelte erneut. Der Rumaki wich einer direkten Antwort aus. Das war ein Zeichen, dass er der gleichen Auffassung war. Für Garwin ein wichtiger Hinweis, dass er den Rumaki womöglich in seine Pläne einspannen konnte.

„Es wäre für alle Völker wohl eine Erleichterung, wenn der Schwarze Lord, äh, bezwungen würde", meinte er lauernd.

Atarevge schüttelte den Kopf, da er begriff, worauf der Pferdefürst anspielte. „Er ist kein verletzliches Wesen."

„Hat man denn schon versucht, ihn zu töten?" Jetzt war es heraus und Peragram und Hendahl sahen ihren Herrn überrascht an.

„Natürlich nicht. Es wäre ein sinnloses Unterfangen."

Garwin lachte auf. „Was zu beweisen wäre." Er griff zur Seite, zog eine aufgerollte Karte hervor und breitete sie aus. Dann tippte er auf eine bestimmte Stelle. „Seht Ihr dies hier? Es ist die Insel Lemaria im vergangenen Reich von Jalanne. Sie wurde von einem mächtigen Weißen Zauberer und seinen Gehilfen regiert. Er schien unbezwinglich und doch wurde er von einem Pferdelord getötet. Peragram und Hendahl können dies bezeugen."

Die beiden Scharführer nickten. Peragram räusperte sich. „Man sagt, es sei der Ork Fangschlag gewesen, dessen Schlagschwert dem Magier den Todesstoß gab."

Garwin zuckte mit den Schultern. „Wie dem auch sei … In jedem Fall war das unsterbliche Wesen durchaus sterblich." Er musterte Atarevge. „So könnte es auch gelingen, den Schwarzen Lord zu überraschen und zu töten. Euer Volk wäre frei, Andor der Rumaki."

„Ich habe den Treueid geleistet und werde ihn nicht brechen."

„Das erwarte ich auch nicht", knurrte Garwin enttäuscht. „Doch Ihr könntet dabei helfen, die Tat zu bewirken."

„Bei den Finsteren Abgründen", ächzte Hendahl entsetzt. „Ihr wollt den Schwarzen Lord töten?"

„Nicht im Zweikampf. Ich bin ja kein Narr." Garwin grinste. „Doch mit ein wenig List mag es gelingen."

Atarevge lächelte unmerklich. „Und wie stellt Ihr Euch ein solches Vorhaben vor, Hoher Lord Garwin?"

„Nedeam und der Schwarze Lord werden sich am Zugang des Passes von Merdoret treffen. Wohl ohne große Leibwache. In der Stadt Merdonan wird man in Sorge sein und alle zu den Waffen rufen, um sich bereitzuhalten. Wir werden dorthin reiten. Nur eine oder zwei Zehnen stark. Wenn wir es richtig anstellen, werden wir nicht auffallen und man wird uns nicht erkennen. Es mag riskant sein, doch es gibt uns die Möglichkeit, Nedeam durch die weißen Sümpfe zu folgen."

Hendahl war blass im Gesicht. „Das ist gewagt, Hoher Lord."

„Ohne Wagnis gibt es keinen Sieg!", stieß Garwin aufbrausend hervor. Er beruhigte sich wieder und lehnte sich zurück. „Es dürfte uns ohne Probleme gelingen, die Reihen bei Merdonan zu durchstoßen und in die Sümpfe zu gelangen. Hendahl, Peragram, sicher gibt es unter den Unseren einen Mann, der den Pfad durch das Totenreich kennt und uns führen kann. Andor, der Schwarze Lord kennt euch Rumaki als seine Diener. Er wird unsere Annäherung zulassen, wenn er Euch sieht. Mehr erwarte ich nicht von Euch."

Andor-Atarevge lächelte verstohlen. „So mag es geschehen."

Garwin nickte. Der Renegat wusste, wie gefährlich ein solcher Plan sein musste, doch andererseits war ihm auch bewusst, zu welchem Held ein Mann bei den freien Völkern werden musste, dem es gelang, den Schwarzen Lord zu bezwingen. Garwin hatte nicht viel zu verlieren außer seinem Leben, jedoch alles zu gewinnen. Der Tod Nedeams war da nur noch eine kleine Zugabe.

27

Die Tiere bemerkten es zuerst. Vögel erhoben sich von den Bäumen und begannen aufgeregt zu kreisen. Hornvieh und Pferde wurden unruhig. Es waren unmerkliche Schwingungen, die rasch stärker wurden und alles vibrieren ließen. Ein seltsames Stöhnen und Ächzen schien durch den Boden zu gehen. In Häusern bildeten sich Risse, Menschen konnten sich nicht auf den Beinen halten, stürzten und suchten verzweifelt nach einem festen Halt, den es nicht zu geben schien.

Eine Flutwelle schob sich von der Bucht von Gendaneris den Fluss Genda hinauf. Sie hob Anleger und Schiffe, warf sie gegeneinander und zerfetzte Ankertaue. Zwei der Schiffe erlitten so schwere Schäden, dass sie sanken. Die Fundamente der Werften wurden erschüttert, eine der großen Hallen brach zusammen und begrub ein halb fertiges Schiff und viele Arbeiter unter sich.

Erneut traf es den Kraterwall von Alneris und dieses Mal brach der Königsturm vollständig in sich zusammen. Die mühsam erneuerte Mauer wurde abermals beschädigt und riss drei Kanonentürme in die Tiefe. Menschen schrien und versuchten verzweifelt, sich zu retten. Vielen gelang es, zu überleben, doch andere fanden den Tod.

Zwei der Türme der zweiten Grenze wurden zerstört, andere so stark erschüttert, dass sich ihre Mauern verschoben, doch der Wall selbst blieb wie durch ein Wunder unversehrt.

In der Grenzfestung Nerianet brachen Plattformen der Dampfkanonen und stürzten mit den Waffen in den Innenhof. Bei anderen zerrissen die Dampfleitungen. Eine der schweren Kanonen stand unter Dampf und wurde völlig zerstört, als der

Kessel platzte und die Bedienung tötete. Gardisten starben, als Steine der Wehrmauer aus der Höhe fielen.

Bei Wagen, die auf den Handelsstraßen und Wegen unterwegs waren, wurden Räder zerschlagen. Fahrzeuge blieben liegen, ihre Gespanntiere zerrten panisch an den Deichseln. Begleitreiter bemühten sich, auf ihren Pferden zu bleiben, die selbst um ihren Halt kämpften.

Es war das bislang verheerendste Beben und wer bis jetzt noch keine Furcht empfunden hatte, dem legte sie sich nun, einer kalten Klaue gleich, um den Hals.

28

Selbst in der verborgenen Mark Garwins blieb das Beben nicht ohne Spuren. Auch wenn der Wald es schadlos hinnahm, so galt das nicht für die hölzernen Wehranlagen und Häuser des Lagers. Trotzdem überstanden sie die Stöße und Schwingungen weit besser als fest gemauerte Gebäude und es kamen nur wenige Menschen zu Schaden. Doch auch hier steigerte sich die Furcht und Familien verließen heimlich das Lager, unterstützt und begleitet von Wachen, die sich zu den Schiffen retten wollten. In seinem Zorn ließ Garwin einige der verbliebenen Wächter hinrichten, bis er begriff, dass seine Strafen nur wenig gegen die kreatürliche Angst bewirkten, welche die Menschen befallen hatte. Sie wurde noch gesteigert, als zwei kleinere Nachbeben folgten, auch wenn diese keine Opfer forderten.

Dann, langsam, kehrte wieder Ruhe ein und die Menschen machten sich daran, die Schäden zu beheben. Viele taten dies nur zögernd, denn sie sahen keinen Sinn darin, doch Garwins Getreue schienen ihre wachsamen Augen nun überall zu haben.

Andor-Atarevge hatte die Erdstöße unbeschadet überstanden und saß mit einer kleinen Schar Vertrauter vor einer der Baracken, in denen die Rumaki untergebracht waren.

„Alles gerät aus der Ordnung“, murmelte einer der Kämpfer. „Das ganze Land wird also versinken. Ich habe es bislang nicht recht geglaubt, doch nun …“ Er deutete um sich. „Man kann die Angst der Menschen förmlich riechen. Dieser Garwin wird sie nicht mehr unter Kontrolle halten können. Die Ersten sind ja bereits geflohen.“

„Ich empfinde ebenfalls Angst“, gestand ein anderer. „Dies ist etwas anderes als eine Schlacht gegen die Ehrlosen oder ihre Verbündeten. Dem hier kann man nicht mit dem Schwert begegnen. Andor, was sollen wir tun? Was können wir tun?“

„Es wird uns nicht gelingen, nach Rumak zurückzukehren“, antwortete Atarevge düster. „Doch das brauchen wir nun auch nicht mehr. Dieses Beben ist sicher das Zeichen, dass nun der Ansturm zu den Schiffen beginnt und damit auch der Angriff der Legionen auf die Grenze. Sie werden durchstoßen und so können wir uns mit ihnen vereinigen.“

„Verzeiht, Andor, wenn ich dies frage, doch macht das Sinn für uns?“ Der Rumaki leckte sich unsicher über die Lippen. „Sicherlich, wir könnten dann wieder gegen die Ehrlosen kämpfen, aber sollten wir uns nicht besser zu den Schiffen begeben?“ Er räusperte sich, denn Atarevges Blick war nicht zu entnehmen, wie er reagieren würde. Immerhin deuteten die Worte des Kriegers an, dass er seinen Treueid brechen wollte. „Wir, äh, würden als Landvolk der Alnoer durchgehen. In all dem Durcheinander, welches sicherlich entstehen wird, könnten wir uns bestimmt an Bord retten.“

Einer der anderen nickte bedächtig. „Verzeih, Andor, wenn ich dem zustimme. Aber zu kämpfen, das erscheint mir nun sinnlos. Hier gibt es nichts mehr zu erobern und keine Rache mehr, die wir üben können. Das Land wird alles mit sich in die Tiefe des Meeres reißen.“

Andor-Atarevge spuckte aus. „Welchen Sinn soll es jedoch haben, wenn wir uns retten und unser Volk untergeht? Ohne Frauen und Kinder sind wir zum Tode verurteilt.“

„Ein paar der Weiber hier sind ganz ansehnlich“, wandte ein Rumaki zögernd ein.

„Wie kannst du nur an dein eigenes erbärmliches Leben denken, wenn ganz Rumak dem Tod geweiht ist?" Der Sprecher legte die Hand an seine Klinge.

„Wenn es dem Tod geweiht ist, warum sollen wir dann ebenso sterben?", giftete der andere und langte ebenfalls an die Waffe.

„Schweigt." Die Stimme des Andors klang leise, doch bestimmt. „Ich habe eure Stimmen gehört und nun hört die meine. Wir selbst können unser Volk nicht retten. Das kann nur der Schwarze Lord mit den Legionen bewirken, indem er die Schiffe der Ehrlosen rasch erobert und in unsere Hände bringt. Doch ich vermag nicht zu sagen, ob das gelingen kann." Atarevge zögerte einen Moment. „Ich kann verstehen, wenn ihr euch unter diesen Umständen nicht mehr an den Treueid gebunden fühlt. Als wir ihn schworen, da konnte keiner ahnen, was uns allen bevorsteht. Ich habe nicht das Recht, euch in dieser Lage das Leben zu verweigern. Somit ist dies meine Entscheidung: Wer sich zu den Schiffen durchschlagen will, der mag dies versuchen. Wer den Kampf gegen die Ehrlosen fortsetzen will, der mag sich mit mir den Legionen anschließen, wenn sie über die Pässe kommen."

Zwischen den Männern entstand eine kurze Diskussion. Schließlich erhob sich jener, der für die Flucht gesprochen hatte. „Wenn Garwin das Lager verlassen hat, dann werde ich mich mit jenen auf den Weg machen, die mir folgen wollen. Ich danke dir, Andor, dass du uns die Erlaubnis gibst. Es war immer eine Ehre, unter deinem Banner zu dienen."

Atarevge erwiderte die rumakische Ehrenbezeugung und wartete, bis der Mann gegangen war. Seine nächsten Worte waren nur für jene bestimmt, die sich noch immer ihrem Eid verpflichtet fühlten. „Garwin wird zu dem Treffen von Nedeam und dem Schwarzen Lord gehen. Er hofft darauf, beide töten zu können."

Einer der Männer grinste breit. „Ich werde Garwin nicht vermissen."

Der Andor nickte und lächelte ebenfalls. „Ein Mann ohne Ehre ist nie ein Verlust. Aber sein Vorhaben gibt uns vielleicht die Möglichkeit, mit dem Allerhöchsten in Verbindung zu treten. Garwin glaubt, ich würde sein heimtückisches Vorhaben akzeptieren. Er will mich mitnehmen, da er hofft, der Schwarze Lord werde ihn näher an sich heranlassen, wenn ich den falschen Pferdefürsten begleite."

„Was wirst du tun, wenn er seine Heimtücke in die Tat umsetzen will?"

Atarevges Lächeln vertiefte sich. „Das Beste für Rumak."

29

Llaranya und Arkarim hatten ihn bis nach Merdonan begleiten wollen und Lotaras drängte es auf ein neues Abenteuer und er wurde dabei nicht müde, auf seine elfischen Fähigkeiten hinzuweisen. Der Pferdefürst hatte sie davon überzeugen wollen, in der Hochmark zu bleiben. Er argumentierte, das Volk von Julinaash bereite nun den Weitermarsch nach Süden vor und schon bald würden ihm die Zwerge folgen. All die Menschen zu versorgen und ihre Bewegungen zu ordnen erforderte alle Kräfte, über welche die Mark gebot.

Llaranya hatte zu seinen Argumenten verständnisvoll genickt, Neliana kurz entschlossen in die Obhut der elfischen Geschwister gegeben und dann ihr Pferd satteln lassen.

Nedeam blieb keine Wahl, als dies zu akzeptieren.

Doch nun musste sie in Merdonan zurückbleiben und stand neben Pferdefürst Mor auf der Mauer, als Nedeam mit einem halben Beritt der Hochmark aus dem Tor trabte, um dem Schwarzen Lord und seinem Schicksal zu begegnen.

„Wenn man eine Schwinge braucht, dann ist keine in der Nähe", brummte Scharführer Herklund missmutig. Er wandte sich halb im Sattel um. Hinter ihnen formierten sich die Reiter in zwei kurzen Linien. Schwertmänner der Hochmark, die grimmig und mit sorgenvollen Gesichtern auf die weißen Sümpfe sahen, welche vor ihnen begannen. „Verdammt. Dieses Beben hat Merdonan seiner besten Aussicht beraubt. Wir könnten ihn nun wahrhaftig gut gebrauchen."

Ein Stück hinter dem Halbberitt erhob sich die Stadt Merdonan, doch ihre Silhouette war verändert. Die alte Wache, an deren Spitze sich zuvor die Beobachtungsplattform mit dem Signalgerät befunden hatte, war jetzt um ein Drittel niedriger. Die Trümmer des uralten Turms hatten schwere Schäden am Haupthaus des Pferdefürsten Mor hervorgerufen, doch dieser war unverletzt geblieben. Er stand nun mit Llaranya auf der Wehrmauer, auf der sich die Bogenschützen dicht an dicht drängten. Mehrere Beritte der Ostmark waren an den Toren bereit, einen raschen Ausfall vorzutragen. Es glich einer trotzigen Geste, die Nedeam Mut machen sollte, obwohl jedermann wusste, dass kein Angriff rechtzeitig durch die Sümpfe vorgetragen werden konnte, sollte der Pferdefürst in eine Falle geraten.

Nedeam sah auf die weißen Sümpfe und dann in den Himmel hinauf. Er war klar und wolkenlos. Die Sonne näherte sich ihrem Höchststand und ließ die wallenden Bodennebel unheilvoll glühen. „Mir wäre es auch recht, wenn eine der Lederschwingen über Merdonan und dem Pass kreisen würde. Aber in der letzten Zeit ist ihr Anblick selten geworden."

„Wenigstens haben sie ein neues Land gemeldet", war der Schwertmann zu vernehmen, der Nedeams Banner hielt. „Unsere Schiffe werden mit einem Ziel aufs Meer hinausfahren."

„Ja, die alte Feedanaa berichtet von einem großen Land in weiter Ferne, das für uns alle geeignet erscheint. Jetzt bestreifen die Schwingenreiter es eifrig, um herauszufinden, ob dort Gefahren drohen und welcher Art diese sind." Nedeam lächelte den Mann an. „Das Schwingenvolk ist klein und daher sieht man die Flugwesen und ihre Reiter nur noch selten. Einige schützen den Horst, doch die meisten fliegen weit auf die Meere hinaus, um unsere neue Heimat auszuspähen. Es ist wahrhaftig eine glückliche Fügung des Schicksals, dass die Lederschwingen sie in der rechten Zeit gefunden haben."

Der Bannerträger nickte. „Ja, die Völker werden bestehen, so das Schicksal uns gewogen bleibt."

„Wir sollten aufbrechen." Fangschlag trug seine alte Rüstung als Legionsoberführer der Orks. Sie hatte in den vergangenen Jahren viel gelitten und das Rundohr war in den letzten Tagen eifrig damit beschäftigt gewesen, sie auszubessern und zu polieren. Nun schimmerte das Metall wieder in nahezu makellosem Schwarz und nur an wenigen Stellen waren noch leichte Beulen und Kratzer zu sehen. Fangschlag war es sogar gelungen, die drei roten Querkämme auf seinem Helm mit frischer Farbe zu versehen.

Der Pferdefürst entbot Herklund und dem Halbberitt einen Gruß und trabte dann an. Hinter ihnen begannen die Pferdelords mit ihren Klingen gegen die Schilde zu schlagen. Ein lautstarker Respektbeweis, der von den Kämpfern Merdonans aufgenommen und verstärkt wurde.

Langsam verklang das rhythmische Schlagen und wich dem leisen Patschen, mit dem die Hufe der Pferde den Boden berührten. Fangschlag ritt auf seinem schwarzen Hengst Beißer, einem eigenwilligen und oft bösartigen Pferd von außergewöhnlicher Stärke und Größe. Nedeams Hengst Duramont war kleiner, doch ebenso stark und zäh.

Nedeam ritt voran, denn er kannte den verborgenen Pfad, der durch die Sümpfe führte. Er war ihn schon mehrfach gegangen – auf dem Marsch im Winter zur verfallenen Festung von Merdoret und auf der späteren Flucht zurück in die rettende Nordmark des Pferdevolkes. Die meisten Pferdelords verfügten über einen beinahe untrüglichen Orientierungssinn und winzige Geländemarkierungen reichten ihnen aus, ihren Weg zu finden.

Sie ritten schweigend, denn in den vergangenen Tagen hatten sie oft genug über ihre Zweifel gesprochen und sich gefragt, was der Schwarze Lord wohl bezwecken möge. Nun waren sie auf dem Weg zu ihm und die Zeit des Zauderns war vorbei. Nedeam hatte keinerlei Verlangen nach dem Tod und doch wollte er unbedingt in Erfahrung bringen, warum sich der Herr der Orks ausgerechnet ihn zu treffen wünschte.

Selbst Beißer verhielt sich ungewöhnlich ruhig. Vielleicht lag es an dem seltsamen Geruch, der über den Sümpfen lag, vielleicht an den teilweise konservierten Leibern der Toten jener Schlacht, die vor Jahrtausenden hier getobt hatte.

„Es mag gut sein, dass wir von diesem Ritt nicht zurückkehren", begann Nedeam unvermittelt. „Du bist nicht dazu gezwungen, mich zu begleiten."

Fangschlag war klug genug, die in der Bemerkung verborgene Frage zu erkennen. „Das Land wird untergehen und somit auch meine Art. Ins Meer gerissen zu werden, das bringt keine Ehre. Ein Krieger sollte den Tod im Kampf finden."

„Ich hoffe wir reiten nicht zum Kampf", entgegnete Nedeam. „Gegen den Schwarzen Lord würden wir schwerlich Bestand haben."

Der Blick der rötlich schimmernden Augen war düster, als der Ork nickte. „Du bist ein Mann von großer Ehre und großem Mut, Pferdefürst Nedeam. Wir kämpften oft Seite an Seite und dies mag das letzte Mal sein. Aber es ist zugleich auch meine letzte Gelegenheit, Einohr für seinen Verrat und seine Hinterlist zu strafen."

„Ich ahnte, dass dies der Grund ist", gab Nedeam zu. „Aber es behagt mir nicht. Ich kann deinen Groll gegen das Spitzohr verstehen, aber dein heißes Blut kann uns in größte Gefahr bringen."

„Ein Rundohr scheut keine Gefahr", knurrte Fangschlag. „Und Nedeam ist wie ein Rundohr. Du bist mir nahe, als wärest du aus meinem Wurf und meiner Bruthöhle." Der Ork zögerte kurz. „Du weißt, was Ehre für einen Krieger bedeutet. Ohne Ehre ist er nichts. Ein Feind kann ihm alles nehmen, doch niemals die Ehre. Die kann man sich nur selber nehmen. Einohr hat keine Ehre. Wenn es zur Schlacht kommt, so wird er sehr auf seine Sicherheit achten. So, wie er das immer getan hat. Ich würde ihn niemals erreichen."

„Ich verstehe. Du hoffst darauf, dass er den Schwarzen Lord zu diesem Treffen begleitet."

„Es ist meine einzige Möglichkeit, ihn zu erwischen, bevor das Land versinkt." Das Rundohr verzog das scheckige Gesicht. „Im Schutz des Allerhöchsten wird er sich absolut sicher fühlen."

„Fangschlag, es missfällt mir, das sagen zu müssen, doch wir sind nicht hier, um deiner Rache Genüge zu tun. Die Zusammenkunft mit dem Gebieter der Legionen kann von größter Bedeutung für unser aller Überleben sein."

„Nicht für das Überleben der Orks." Fangschlag bleckte die Fangzähne. „Orks bauen keine Schiffe und die Rumaki tun dies wohl auch nicht."

„Ich bitte dich bei deiner Ehre, halte dein heißes Blut zurück, bis wir mit dem Schwarzen Lord gesprochen haben."

„Du hast mein Wort, Pferdereiter."

„Dafür danke ich dir."

Fangschlags Worte beunruhigten Nedeam zutiefst. Es war ohnehin fraglich, ob man auf das freie Geleit des Schwarzen Lords vertrauen konnte, und die Rachsucht des Orks, so verständlich sie auch sein mochte, war ein großes Risiko. Der Pferdefürst konnte nur hoffen, dass sich Fangschlag an sein Wort hielt und der Herrscher der Orks Vorsorge getroffen hatte, dass es zu keinem Gewaltausbruch kam.

Das Treffen musste für den Feind von großer Bedeutung sein und Nedeam rätselte darüber, welche dies sein mochte.

Nedeam zu töten, das würde dem Schwarzen Lord keinen Vorteil bringen. Der Pferdefürst kannte auch keine Geheimnisse, welche diesem nicht längst von der rumakischen Bruderschaft zugetragen worden waren. Der Pferdelord musste sich eingestehen, dass die Neugierde seine Todesfurcht übertraf.

Die Sümpfe der Toten schienen sich endlos zu erstrecken. Gelegentlich wallte der weiße Dunst sehr dicht und nahm den einsamen Reitern jede Sicht, dann schien er sich fast aufzulösen. Nedeam konzentrierte sich auf den Pfad und versuchte die Überbleibsel der einstigen Schlacht zu ignorieren. Wenn er den Blick hob, dann kam der tiefe Einschnitt immer näher, der die Gebirge des Noren-Brak und des Uma'Roll trennte. Nedeam seufzte leise, denn nirgends war eine Lederschwinge zu sehen, die ihm ein wenig das Gefühl des Schutzes vermittelt hätte.

„Das Ende der Sümpfe." Selbst in Fangschlags Stimme schien nun ein wenig Unsicherheit anzuklingen.

Vor ihnen endeten die Sümpfe in einem breiten Geländestreifen aus Sand und feinem Geröll. Vereinzelte Felsgruppen erhoben sich. Dahinter ragten die Gebirge auf. Direkt vor den Reitern öffnete sich der Pass von Merdoret.

Eine knappe Tausendlänge vor Nedeam und Fangschlag erkannten sie drei Gestalten. Eine schimmerte in tiefem Schwarz, als sei sie mit Klarstein überzogen. Daneben stand eine menschenähnliche Gestalt in der bestickten roten Robe der Grauen Wesen. Fangschlags Blick schien hingegen nur auf einem kleinen Spitzohr zu ruhen, welches beim Anblick des reitenden Rundohrs unwillkürlich einen Schritt zurücktrat.

„Einohr!", stieß Fangschlag grimmig hervor. „Ich hoffte darauf, ihn hier zu treffen."

„Denk an dein gegebenes Wort", mahnte Nedeam, der sich erneut zunehmend unwohler fühlte. „Jetzt ist nicht die Zeit für deine Rache."

„Gut. Rede mit dem Allerhöchsten. Wenn ihr genug gesprochen habt, widme ich mich Einohr."

„Das wird dir nur gelingen, wenn der Schwarze Lord keine Einwände dagegen hat", raunte Nedeam. „Wir wissen ohnehin nicht, was er zu deinem Erscheinen sagen wird."

„Wir werden es erfahren."

Nedeams Unbehagen stieg. Ein Stück hinter der kleinen Gruppe wartete eine Kohorte aus Orks und noch weiter zurück, im Zugang des Passes, war das Banner einer Legion sichtbar.

Die beiden ungleichen Gefährten trabten gemächlich auf den Schwarzen Lord und seine Begleiter zu.

„Ob sie doch einen Angriff planen?", überlegte der Pferdefürst. „Ich kann es mir eigentlich nicht vorstellen. Sie könnten nur den Pfad benutzen und Merdonan steht unter Waffen und ist vorbereitet."

Die schwarze Gestalt bewegte sich und kam mit langsamen Schritten näher, während die anderen zurückblieben. Nedeam hoffte auf die Kraft der Aura, die er bei der Verschmelzung mit dem sterbenden Grauen Wesen im Haus des Urbaums erhalten hatte, doch wieder einmal ließ sie ihn im Stich. Sie wäre nun sehr hilfreich gewesen, um die Grundstimmung des Schwarzen Lords und seiner Begleiter zu erkennen. Wesen, die feindlich gesinnt waren, erstrahlten in einer rötlichen Aura, solche, die freundliche Gefühle hegten, in sanftem Grün. Warum es ausgerechnet diese Farben waren, dafür hatte selbst der gute Graue Marnalf keine Erklärung geben können.

„Ihr seid mir willkommen, Pferdefürst Nedeam", sagte der Schwarze Lord und in seiner vibrierenden Stimme schien ein

Unterton von Freundlichkeit mitzuschwingen. „Und dies gilt auch für dich, Fangschlag. Du bist wahrhaftig ein außergewöhnliches Rundohr und reitest sogar auf einem Pferd." Das schwarze Gesicht schien tatsächlich zu lächeln. „Doch nun steigt ab. Ihr seid sicherlich begierig, zu erfahren, warum wir uns nun treffen."

Ein Fluchtversuch wäre sinnlos gewesen und zudem war Nedeam gekommen, um die Beweggründe des dunklen Herrschers zu erfahren. Er saß ab und Fangschlag folgte seinem Beispiel. Während der Pferdelord auf seinen Hengst Duramont vertrauen konnte und ihn frei laufen ließ, ging Fangschlag zu einem kleinen Felsen und verknotete dort die Zügel von Beißer. Nedeam bemerkte die Blicke, die sein Waffenbruder Einohr dabei zuwarf.

„An diesem Ort gilt Waffenruhe", sagte der Schwarze Lord unvermittelt. „Und dies gilt auch für den Groll, den du, Fangschlag, gegen den Legionsoberführer Einohr hegst. Zweifle besser nicht daran, dass ich die Macht besitze, jeden Waffengang zu unterbinden."

„Warum sind wir hier?", fragte Nedeam und bemühte sich um einen festen Klang seiner Stimme.

„Mein Wunsch galt dir und nicht Fangschlag, auch wenn ich dessen Anwesenheit akzeptiere. Doch Eure Gegenart ist mir sehr wichtig, Nedeam vom Pferdevolk, und Ihr werdet schon bald verstehen, warum ich nur mit Euch sprechen kann."

Der Gebieter der Orks gab der Kohorte einen Wink und eine Gruppe von Rundohren löste sich aus der Formation und kam mit raschen Schritten näher. Sie führten verschiedene Gegenstände mit sich und begannen nun mit geübten Bewegungen eine Art Zelt zu errichten, dessen Vorderseite offen war. Ein kleiner Tisch und mehrere dicke Sitzkissen wurden hineingebracht, dann folgte eine Kiste, aus der Gefäße und Behälter entnommen wurden. Selbst ein Brennsteinbecken fehlte nicht.

Nedeam verfolgte diese Vorbereitungen mit wachsender Irritation. „Was hat das alles zu bedeuten?“

Der Schwarze Lord deutete mit einer einladenden Handbewegung ins Zelt hinein. „Vom Pass kommt ein kühler Wind, der rasch unangenehm werden kann. Ich denke zudem, ein paar Erfrischungen können nicht schaden, Pferdefürst. Der Ritt durch den Totensumpf war sicher unangenehm. Vor allem, wenn man dabei sorgenvolle Gedanken hegt.“ Er schaute Fangschlag an. „Wir werden später miteinander sprechen, Rundohr. Deine Geschichte interessiert mich. Doch vorerst muss ich mit dem Pferdefürsten alleine reden. Du kannst dich frei bewegen, doch nähere dich nicht dem Zelt und lass deine Waffe stecken. Auch dein Schwert ist außergewöhnlich, wie ich sehe. Von Menschenhand geschmiedet … Nun, wir werden uns nachher unterhalten.“

Das Graue Wesen, bei dem es sich um den Reptilier Bar´Ses handelte, und Einohr traten von dem Zelt zurück und setzten sich ein kleines Stück abseits auf den Boden. Fangschlags Blicke pendelten einen Moment zwischen ihnen und dem Schwarzen Lord, dann setzte er sich ebenfalls, wobei er das Zelt und Einohr gleichermaßen beobachten konnte.

Auch Nedeam war unschlüssig, doch schließlich folgte er der Einladung des Schwarzen Lords und setzte sich auf eines der Kissen. Dieser nahm ihm gegenüber Platz. Mit einer beiläufigen Bewegung richtete er eine Hand auf das Brennsteinbecken. Eine Flamme schoss aus seinen Fingerspitzen und setzte den Brennstein in Brand. Es war nicht kalt und Nedeam wusste, dass diese Geste als Machtdemonstration gelten sollte.

„Dies gleicht einem Treffen unter gleichrangigen Fürsten“, bemerkte Nedeam. „Dennoch sind wir Feinde auf den Tod.“

Der Schwarze Lord schien zu lächeln. „In Wirklichkeit sind wir Freunde“, antwortete er und lachte leise, als er Nedeams ungläubiges Gesicht sah. „Ihr seid wohl der einzige Mensch, der dies verstehen wird.“

„Ich vermag viel zu verstehen, doch ein Pferdelord könnte niemals der Freund eines grausamen Mordwesens sein, welches seine Legionen ausschickt, um Unschuldige zu töten.“

„Dem stimme ich zu.“ Der Herrscher der Legionen öffnete ein Gefäß und schenkte ihre Becher voll. „Ihr könnt unbesorgt trinken, Nedeam. Es ist klares Quellwasser. Nun, ich will Euch erklären, warum ich mich mit Euch, und nur mit Euch, treffen wollte. Ihr seid das einzige menschliche Wesen, welches jemals mit einem Grauen Wesen verschmolzen ist. Ich hoffte auf die Gabe Eurer Aura, doch Eure Feindseligkeit verrät mir, dass Ihr sie nicht beherrscht.“

„Nein, ich kann sie nicht kontrollieren“, gab Nedeam zu.

„Das ist fürwahr bedauerlich. So müsst Ihr meinem Wort und Eurem eigenen Verstand vertrauen, dass ich kein Feind bin. Wäre ich ein solcher, so hätte ich Euch und die freien Reiche schon längst vernichten können.“

Nedeam warf dem Herrscher einen spöttischen Blick zu. „Ihr habt es oft genug versucht und seid jedes Mal gescheitert.“

„Habe ich es wirklich versucht?“ Der Schwarze Lord nippte an seinem Becher. „Denkt nach, Pferdefürst Nedeam. Habe ich wirklich mit aller Macht versucht, die freien Reiche auszulöschen und alles Leben zu vernichten?“

„Oft genug“, versicherte Nedeam.

„Ihr enttäuscht mich, Pferdefürst. Kennt Ihr nicht die Macht meiner Grauen Wesen?“

„Oh ja, und auch, wie leicht sie zu töten sind.“

„Ja, es gibt keine wirklich unsterblichen Wesen“, seufzte der Schwarze Lord. „Aber Ihr habt nicht erkannt, worauf ich hinauswollte, Nedeam. Nun, ich will es Euch erklären.“

Die schwarze Gestalt holte eine Schale mit Früchten aus der Kiste und bildete mit diesen auf dem Tisch zwei Linien. „Stellt Euch vor, dies seien die Schlachtlinien zweier Armeen, die sich kampfbereit gegenüberstehen. Und dies“, er griff in die Schale, suchte ein wenig und wählte einige andersfarbige Früchte aus, die er zwischen den Linien positionierte, „dies sind meine Grauen Wesen. Was meint Ihr wohl, könnten meine Grauen Wesen bei der feindlichen Armee bewirken?“

Nedeams Augen verengten sich. „Ich beginne zu verstehen. Sie könnten die feindlichen Truppen bannen und mit ihrem Feuer verbrennen.“

„Das könnten sie“, stellte der Schwarze Lord ganz sachlich fest. „Oder die Spitzohren könnten, da sie hinter den Magiern stehen, ein ungefährdetes Zielschießen auf die erstarrte Feindtruppe veranstalten.“ Er lachte leise. „Es würde ihrer heimtückischen Art sicherlich gefallen, da sie nicht gefährdet wären und viel Blut vergießen könnten.“

„Die Magier könnten nicht alle Feinde vernichten“, entgegnete Nedeam zweifelnd.

„Es würde kaum genug übrig bleiben, um den Legionen ernsthaft widerstehen zu können. Und selbst wenn, so ließe sich der Vorgang beliebig wiederholen.“

„Warum habt Ihr das nicht längst getan?“

„Weil ich nicht Euer Feind bin und ebenso wenig der Feind der freien Reiche.“ Die schimmernden schwarzen Augen verfärbten sich für einen Moment tiefblau. „Doch das müsst Ihr selbst erkennen, um zu verstehen, was ich Euch sagen will.“

Nedeam starrte betroffen auf die Früchte. Was sein Gegenüber da angeführt hatte, war ein schwerwiegendes Argument. Mit der Hilfe seiner Grauen Wesen hätte es ihm leichtfallen müssen, seine Feinde auszulöschen. Doch das war nicht geschehen. Auch wenn der Schwarze Lord jetzt nicht mehr über viele der Magier gebot, so reichte ihre Macht immer noch aus, jeder Armee zu begegnen. Warum hatte der Schwarze Lord dies nie getan? Nedeam wusste sehr genau, was der Bann bewirken konnte. Er selbst hatte jene fünftausend elfischen Krieger des Hauses Deshay noch gut in Erinnerung, als die Pferdelords das Haus des Urbaums befreiten. Nedeam leckte sich unbewusst über die Lippen. Was steckte dahinter?

„Ihr seid im Zweifel, Pferdefürst Nedeam?"

Der nickte. „Ihr hättet uns längst vernichten können und so muss eine Absicht dahinterstecken, warum Ihr es nicht getan habt. Erklärt es mir."

„Darum bat ich Euch hierher." Der Schwarze Lord schob sich eine Frucht zwischen die gläsern wirkenden Lippen. „Doch dazu muss ich weit ausholen. In jene Zeiten, die weit vor Eurer Gegenwart liegen, Nedeam."

„Nun, ich denke, derzeit habe ich nichts anderes vor."

Der Schwarze Lord lachte. „Nun denn, so will ich Euch vom Schwarzen Lord und von meinem langen Plan erzählen. Einiges werdet Ihr schon kennen, doch ich bitte Euch, hört aufmerksam zu, denn nur so werden Euch die Zusammenhänge begreiflich."

Die schwarze Gestalt legte die Hände auf die angewinkelten Knie und es sah aus, als tauchten ihre Augen nun in eine lange vergangene Zeitepoche ein.

„Dieser Kontinent, Alnaris, existiert schon lange Zeit. Er brachte die Völker der Elfen, Zwerge und Menschen hervor und auch den barbarischen Stamm der Orks. Doch Letztere waren zu jener Zeit ohne jegliche Bedeutung. All die Völker waren so verschieden wie ihre Sprachen und ihre Schriften. Sie entwickelten sich und die räumlichen Grenzen zwischen ihnen begannen zu schrumpfen, sodass es früher oder später zum Kontakt kommen musste. Der Bund der Magier entsandte drei seiner mächtigen Zauberer, um über Alnaris und seine Völker zu wachen."

„Ihr meint die Magier von Lemaria?"

„Die Magier von Lemaria? Nein. Lemaria verfügte über einen der drei Weißen Zauberer und dessen Graue Anhängerschaft. Der Magierbund ist ein mächtiges Reich im fernen Land Tanemanea. Doch lasst mich fortfahren. Die drei Weißen Magier aus Tanemanea lebten in den drei Magiertürmen der Macht."

„Jenen am Fluss des Eisen, dann dem auf der Insel der Lemarier und schließlich dem Turm von Antas-Nataar", knurrte Nedeam. „Ich erfuhr dies von Marnalf."

„Ah. Marnalf. Der Einzige, der seiner Aufgabe treu geblieben ist …" Der Schwarze Lord stieß ein leises Seufzen aus. „Womit wir auch schon bei der Aufgabe der drei Türme und ihrer Magier angelangt sind. Ihr müsst wissen, Pferdefürst Nedeam, dass es immer problematisch ist, wenn fremde Völker und Kulturen aufeinanderstoßen. Oft beginnt dann friedlicher Handel, doch manchmal entbrennt ein mörderisches Schlachten. Nicht, weil die Völker bösartig sind. Sie empfinden Furcht vor dem Unbekannten. Wenn die Verständigung fehlt, dann gibt es keine Worte und stattdessen sprechen die Waffen." Der Herrscher der Orks sah Nedeam an und seine Augen schimmerten erneut in tiefem Blau. „Die Aufgabe der Weißen Zauberer war es, das zu verhindern. Mit ihrer Magie beeinflussten sie die Völker dieses Landes und so sprachen alle dieselbe Sprache." Der Schwarze Lord lachte leise. „Dieselbe Zunge, doch verschiedene Schriften und Zeichen und die Magie verhinderte, dass es die Völker verwunderte. Sie nahmen es als selbstverständlich hin. Im Grunde bezweckt Magie stets Gutes, Nedeam, doch man kann sie auch missbrauchen."

Nedeam schwieg und nippte an dem Becher. Sein Mund fühlte sich ausgedörrt an und das kühle Wasser schien auf seiner Zunge zu verdunsten. „Ich weiß von Marnalf, dass die Weißen Magier einst die Freunde der freien Völker waren, doch der Krieg gegen Euch hat sie vernichtet und ihre Grauen Diener zu Euren Kreaturen gemacht."

„Es ist nicht so einfach, wie Ihr jetzt denkt, Pferdefürst. Hört weiter zu. Es kam zu friedlichem Kontakt zwischen den Völkern und die Weißen Magier beschränkten sich darauf, dies zu beobachten. Ihre Grauen Helfer sammelten Informationen und trugen sie in den Türmen der magischen Macht zusammen. Die Völker entwickelten sich über die Jahrtausendwenden und jedes auf seine eigene Art. Nun, manche auch auf besondere Art, denn die Elfen teilten sich auf."

„Die Häuser des Waldes und die Häuser der See", murmelte Nedeam.

„Nein, nein, in jene, die zu den Sternen reisten, und in jene, die diesem Wissen abschworen und ihre Bestimmung darin sahen, in Einklang mit der Natur zu leben. Auch die Menschen entwickelten sich und erschufen Metallmenschen, Kampfwagen und Flugmaschinen, die schneller als die menschliche Stimme reisten."

„Einiges davon sah ich in Rushaan und Julinaash", meinte Nedeam nachdenklich. „Die Paladine der nördlichen Öde und die Eisenwagen der Kronenträgerin, die tödliches Licht werfen konnten."

„Wissen kann etwas Wundervolles und zugleich etwas Grauenerregendes sein. Es kommt stets darauf an, welche Bestimmung man ihm gibt. Es war eine sehr interessante Zeit damals, Pferdefürst, und es hätte so viel Neues zu entdecken gegeben.

Doch dann geschah das Unfassbare. Wisst Ihr, Nedeam, warum all das Leid über die Völker kam?"

„Weil Ihr den Krieg über sie brachtet."

„Tat ich das?" In der Stimme klang unerwartete Wehmut. „Es geschah, weil sich einer der Weißen Magier langweilte. Ihr seid kein Elf, Nedeam, sonst könntet Ihr es vielleicht nachvollziehen, doch glaubt mir, ein unsterbliches Leben kann entsetzlich langweilig werden."

Nedeam dachte an Lotaras' Worte und nickte. „Ich hörte dergleichen von einem Elf."

„Dieser Weiße Magier lebte im Turm von Antas-Nataar und er war es müde, die Völker zu beobachten. Wie erwähnt, er langweilte sich furchtbar und überlegte, wie er sein Blut in Wallung versetzen könnte. Krieg war schon immer ein beliebter Zeitvertreib der Mächtigen und dies gilt für alle Völker, Nedeam. So begann er Zwietracht unter den Völkern zu säen und wandte sein Wissen und seine Magie an, um die primitiven Barbaren der Orks in seinem Sinne zu verändern. Die anderen Weißen Magier bemerkten dies nicht, bis es zu spät war. Der böse Weiße verstand es, sie unmerklich in seinen Bann zu ziehen. Letztlich sind auch magisch veranlagte Wesen mit Gefühlen versehen. Doch wer fühlt, der wird anfällig für die verschiedensten Gedanken, die oft jenseits aller Vernunft sind. Nun, in jedem Fall wandelte sich der Weiße Magier von Antas-Nataar in das furchtbare Wesen des Schwarzen Lords."

Nedeam sah sein Gegenüber finster an. „Immerhin gesteht Ihr Eure Schuld."

Erneut lag das vibrierende Lachen in der Luft. „Nun ja, ich rede über den Schwarzen Lord, doch wir kommen erst jetzt zu dem Wesen, welches vor Euch sitzt." Die nächsten Worte ließen Nedeam nach Luft schnappen. „Ich bin Deded-olud-Nahash aus dem Hause Nahash. Ein Elf der Häuser des Waldes. Oder ich war es doch zumindest."

„Ihr seid kein Elf!", zischte Nedeam. „Was soll diese Lüge?"

„Es ist die Wahrheit, auch wenn ich jetzt nicht mehr der Elf Deded bin. Obwohl er noch immer einen wesentlichen Teil von mir ausmacht. Ihr müsstet dies verstehen können, Pferdefürst der Hochmark, denn Ihr seid auf ähnliche Weise mit einem Grauen Wesen verschmolzen."

„Was?" Nedeam sprang erregt auf. „Zwischen uns ist keine Ähnlichkeit. Denn bei der Verschmelzung mit der grausamen Kreatur blieb mein Wesen von seiner Art verschont!"

„Setzt Euch und benehmt Euch nicht wie ein Narr." Die Stimme des Schwarzen Lords klang leise und freundlich und Nedeam ließ sich benommen wieder auf das Polster sinken. „Lasst es mich erklären und versteht die Zusammenhänge, Pferdefürst." Er leerte seinen Becher und füllte nach. „Es war zur Zeit des ersten Bundes, als sich die Elfen mit den überlebenden Menschen und den Zwergen gegen den Schwarzen Lord und dessen Orks verbündeten. Die Menschen waren dem Untergang nahe. Die Zwerge flohen aus ihren fruchtbaren Ebenen und Wäldern auf das Meer oder in die Unwirtlichkeit der Berge, von denen sie sich Schutz versprachen. Die Elfen entschlossen sich erst spät für den Krieg. Fast zu spät, denn trotz ihres Wissens und ihrer Erfahrung hatten sie den Allerhöchsten unterschätzt. Sie ahnten, dass der Krieg nie enden würde, wenn es nicht gelang, den Schwarzen Lord zu töten. Eine kleine Schar der Elfen nahm den Versuch auf sich, hinter die Linien der Orks vorzudringen. Einer dieser tapferen Elfen war Deded-olud-Nahash. Die Krieger wussten, dass sie sich dem Herrscher nicht im offenen Kampf stellen konnten, denn seine Macht und sein Zauber würden sie erstarren lassen und sie dem Tod preisgeben. Also wollten sie ihm auflauern und ihn aus dem

Hinterhalt töten. Es wäre fast gelungen." Der Schwarze Lord zuckte in einer menschlich wirkenden Geste mit den Schultern. „Sie hielten sich an guter Stelle verborgen und der Herrscher näherte sich mit einem kleinen Trupp Orks. Doch die Elfen waren so auf ihren Hinterhalt konzentriert, dass sie nicht bemerkten, dass sie von einer anderen Gruppe des Feindes entdeckt worden waren. Sie wurden angegriffen und niedergemacht. Der Elf Deded erlitt einen derart schweren Hieb gegen den Schädel, dass er das Bewusstsein verlor. So tief, dass er dem Tode nahe war, und das erwies sich als Glücksfall. Der Herrscher der Orks hatte von dem Kampf erfahren und kam heran, um sich die toten Elfen anzusehen. Da Deded in tiefster Bewusstlosigkeit lag, konnte die Auragabe des Magiers nicht erkennen, dass noch Leben in ihm war. Gerade als sich der dunkle Herrscher über ihn beugte, kam Deded zu sich. Ihr kennt die elfischen Reflexe, Nedeam. Es gelang Deded tatsächlich, seine Klinge in das Herz der Finsternis zu stoßen. Der Schwarze Lord starb, doch er war durch das Schwert mit Deded verbunden und so kam es im Augenblick des Todes zur Verschmelzung."

Nedeam stöhnte unbewusst auf. Er konnte sich der furchtbaren Augenblicke erinnern, in denen er mit einem Grauen Wesen verschmolzen war, und plötzlich spürte er die Wahrheit, die in den Worten seines Gegenübers lag.

„In diesem entsetzlichen Moment schlug das Wissen des Schwarzen Lords über Deded zusammen. Diese Überflutung der Sinne und der schwere Hieb, den er ja erlitten hatte, schwächten ihn immens. Jener, der nun der Schwarze Lord war, konnte sich kaum noch auf den Beinen halten und benötigte dringend Ruhe." Der Gebieter der Orks deutete aus der offenen Front des Zeltes in Richtung auf Merdonan. „Er konnte nicht zurück zu den Seinen. Wer hätte ihm geglaubt, dass er ein elfischer Krieger war, wo er doch die Gestalt des Bösen hatte? So blieb ihm nur der Weg in das Reich der Orks, die nicht ahnten, welche Veränderung sich in ihrem Herrn vollzogen hatte. Daher befahl er jenen, die nun seinen Worten gehorchten, den Rückzug. Dies war die Weise, auf welche der erste Bund einst den Krieg gewann."

Der Schwarze Lord schwieg und ließ die Worte auf Nedeam wirken.

„Das wirft ein neues Licht auf alles, was ich in meinem bisherigen Leben erfuhr", gestand der Pferdefürst zögernd. „Auch auf das, was uns die alten Legenden vermitteln. Ich weiß nicht, ob ich Euch als Elf oder den Schwarzen Lord sehen soll. Was Ihr gesagt habt, entlastet Euch nicht. Im Gegenteil, wenn Ihr noch immer den Elfen in Euch habt, so ist Eure Schuld nun umso größer, denn das Schlachten der vergangenen Jahreswenden lastet auf Euren Schultern. Dass Ihr Eure Grauen Wesen nicht mit aller Macht genutzt habt, ändert nichts an den Grausamkeiten des Blutvergießens."

„Das sind offene Worte und ich habe wirklich Schuld auf mich geladen. Doch geschah dies nicht ohne Grund. Im Grunde kennt Ihr ihn. Der Untergang des Kontinentes Alnaris steht bevor."

„Was hat dies mit dem Blutvergießen zu tun, welches auf Euren Befehl stattfand?" Nedeams Augen blitzten wütend. „Ihr seid oder wart ein Elf. Ihr habt es schon gewusst, nicht wahr? Ihr hättet all das Leiden und die Not verhindern können."

„Ich habe es gewusst und doch hätte ich es nicht verhindern können. Im Gegenteil, Pferdefürst, all das Schlachten war bitter notwendig, um einen Teil der freien Völker retten zu können."

„Erklärt mir das!"

„Die Verschmelzung mit dem einstigen Schwarzen Lord nahm mir das Erfordernis der elfischen Schröpfung und ich erhielt Einblicke in sein Wesen, die mich zutiefst erschreckten. Doch dies war nichts im Vergleich zu dem Entsetzen, das ich aufgrund der Gleichgültigkeit meines Volkes erlitt. Sie wussten vom drohenden Untergang des Kontinentes und doch schwiegen sie den anderen Völkern gegenüber. Ich erkannte, dass mein einstiges Volk der Elfen sein Wissen niemals preisgeben würde. Wenn ich, als Schwarzer Lord, jedoch zu den freien Völkern gegangen wäre, um vor dem drohenden Untergang zu warnen, so hätten alle dies für eine List gehalten. Ich wusste, der Untergang würde kommen, doch ich kannte den Zeitpunkt nicht. Aber die Vorzeichen der Katastrophe würden sich mehren und mir den richtigen Zeitpunkt nennen. So ersann ich den langen Plan."

„Ihr erwähntet schon, dass es einen solchen langen Plan gäbe. Was hat es damit auf sich?"

„Meine Absicht bestand darin, für die freien Völker eine Bedrohung aufzubauen, die allmählich wuchs und schließlich so stark sein würde, dass sie die freien Völker zur Flucht zwingen musste. Mein Sturm der Orks hätte begonnen und Euch ans Wasser getrieben. Auf eine Weise, die den meisten Wesen das Überleben ermöglicht hätte. Ich ahnte nicht, dass die Elfen ihr Gewissen entdeckten und sich Euch offenbarten. Nun, all das musste zum rechten Zeitpunkt geschehen. Habt Ihr Euch nie gefragt, warum Euer Wissen so beschränkt wurde? Warum Ihr stählerne Klingen benutzt und auf dem Tisch in der Nacht nur ein schmiedeeiserner Kerzenleuchter steht? Obwohl die Menschen zuvor über metallene Kampfmaschinen und Fluggeräte verfügten?" In der Stimme schwang eine Spur von Resignation. „Ihr durftet dieses Wissen nicht mehr vorzeitig erlangen, denn es hätte Euch ermöglicht, die Orks und mich zu vernichten, und damit alle Möglichkeit, Euch vor dem Untergang zu warnen. Also waren die Grauen Wesen in den vergangenen Jahrtausendwenden überall unterwegs, suchten nach anderen, die eine magische Begabung hatten, und nahmen sie in ihre Reihen auf oder töteten sie. Zugleich erstickten sie jeden Fortschritt. Wenn sie bemerkten, dass ein Mensch das Wissen mehren wollte, so lenkten sie es unauffällig in falsche Bahnen oder beseitigten die Gefahr. Es war leicht, Euch in alten Gebräuchen einzulullen und den Forscherdrang zu unterdrücken. Nur so konnte ich die Bedrohung der Orks für Euch aufrechterhalten und langsam wachsen lassen. Zugleich musste ich beachten, dass die Legionen nicht zu stark wurden. Ich musste dabei mit Bedacht vorgehen, denn die Grauen Wesen durften meinen heimlichen Plan nicht erkennen. So mächtig ich auch sein mag, so bin ich doch keineswegs unverwundbar", seufzte der Schwarze Lord, „und ihre Magie ist auch mir gefährlich."

„In all den Jahreswenden sind die Legionen immer zahlreicher geworden und nun sind sie besser gerüstet als je zuvor."

„Weil jetzt der Zeitpunkt gekommen ist, da die freien Völker das Land verlassen müssen. Doch in den Jahrtausendwenden zuvor unternahm ich viel, die Orks nach außen hin zu stärken und sie zugleich zu schwächen. Ich habe ihre Eigenheit verstärkt, auf üppiges Grün mit Widerwillen und Übelkeit zu reagieren. Auch wenn sie in die freien Länder vordrangen, so sollten sie sich dort nicht wohlfühlen und den unbewussten Wunsch verspüren, sie möglichst rasch wieder zu verlassen. Ich verstärkte ihre Gegensätze und den Widerwillen, den Rundohren und Spitzohren gegeneinander hegen. Das verhinderte die perfekte Zusammenarbeit innerhalb der Legionsformationen. All dies ohne das Wissen der Grauen Wesen und unter ihren Augen. Es war nicht leicht, es zu bewirken."

Nedeam war fassungslos. Was sein Gegenüber da gesagt hatte, war schier unglaublich und doch lieferte es die Erklärung für so viele Dinge. Erneut haderte er mit der Tatsache, die Aura nicht kontrollieren zu können. Andererseits woben die Worte des

Schwarzen Lords ein Netz, welches die Jahrtausende umspannte und dabei glaubhaft wirkte. Jedenfalls wenn man selbst einmal mit einem Magier verschmolzen war. Der Pferdefürst verstand nun, warum sich der Herr der Legionen ausgerechnet mit ihm hatte treffen wollen. Kein anderes Wesen hätte ihm auch nur ansatzweise geglaubt. Die Tatsache, dass er die wahre Macht der Grauen Wesen nicht gegen die Kämpfer der freien Völker eingesetzt hatte, war zudem ein Beweis dafür, dass der Schwarze Lord es aufrichtig meinte. Der Herrscher der Legionen als heimlicher Verbündeter … Es war schier unglaublich und doch schien es wahr zu sein. Sein Gegenüber hatte sich im Inhalt mehrfach wiederholt … Das war keine eingeübte Rede gewesen, diese Worte waren aus dem Herzen gekommen.

„Es ist schwer zu glauben", gab Nedeam zu, „und doch sehe ich die Wahrheit in Euren Worten. Wie soll man auch begreifen, dass ein Feind so unvermittelt zum Freund zu werden scheint?"

„Nicht scheint, Pferdefürst Nedeam. Ich war immer ein Freund der freien Völker, auch wenn ich im Verborgenen handeln musste. Dennoch habe ich viel Leid und Tod verursacht. Diese Schuld kann mir niemand nehmen, auch wenn all dies geschah, um letztlich die Rettung so vieler Leben zu ermöglichen. Aber auch jetzt muss mein wahrer Plan noch im Verborgenen bleiben, denn die Gefahr ist noch lange nicht vorüber. Die Legionen sind gerüstet und bereit, da ich nicht wusste, ob Ihr mir Glauben schenken würdet."

„Und wie soll es weitergehen?"

„Von der Bruderschaft des Kreuzes weiß ich, dass die ersten Völker zu den Schiffen gehen. So gibt es keinen Grund mehr, den Sturm der Orks zu beginnen, und das wird viele Lebewesen verschonen. Ich werde den Angriff der Legionen verzögern. Versteht, Pferdefürst, dass ich ihn nicht mehr verhindern kann, denn Orks und Rumaki wissen vom drohenden Untergang und von der Rettung, welche die Schiffe verheißen. Aber ich werde den Angriff auf eine Weise führen, dass Ihr die Zeit findet, die Schiffe zu erreichen. Und doch habe ich auch eine Bitte an Euch, Nedeam – verschont das Volk der Rumaki. Sendet ihm Schiffe zur Bucht von Rumak, damit es sich retten kann. Ich werde alles vorbereiten, sodass sie Euch nicht in Feindschaft begegnen."

„Was ist mit den Orks?"

„Sie wurden als Werkzeuge des Todes geschaffen und es gibt keinen anderen Weg als ihren Untergang."

30

Einohr hatte all die Jahre überlebt, weil er nicht nur feige und verschlagen, sondern auf seine Art auch durchaus klug war.

Als der Allerhöchste seine Absicht äußerte, sich mit Nedeam zu treffen, interpretierte der kleine Legionsoberführer dies sofort auf eine Weise, die ihm selbstverständlich erschien. „Ein hervorragender Plan, allerhöchster Gebieter. Dadurch werden wir den lästigen Pferdereiter los. Sein Tod wird Furcht in die Herzen der Feinde senken und sie erstarren lassen. Eine günstige Gelegenheit, dann mit zahlreichen Legionen aus dem Pass hervorzubrechen. Merdonan wird überrascht und überrannt und dann werden unsere Kämpfer das Land des Pferdevolkes überschwemmen." Einohr hatte selbstzufrieden gegrinst, als sei dieser Plan von ihm persönlich, bis ihm ein wichtiges Detail einfiel. „Es, äh, wäre aber angemessen, wenn weitere Legionen über die anderen Pässe vorrücken. Der Feind könnte sich sonst zu sehr auf uns konzentrieren und schließlich wollen ja auch die Rundohren der anderen Truppen ein wenig Blut vergießen."

„Du und Bar´Ses werden mich begleiten", hatte der Schwarze Lord erwidert. „Dazu eine Kohorte als Ehrenwache und die Legion von Dreischlag ein Stück zurück im Pass."

„Äh, kein Angriff auf Merdonan?" Einohr hatte fieberhaft überlegt, was das zu bedeuten haben mochte. „Nun, das endgültige und sicher sehr schmerzhafte Ableben von diesem Nedeam wird dem Pferdevolk dennoch zusetzen."

„Niemand wird dort sterben. Ich habe ein paar Dinge mit dem Pferdefürsten zu bereden."

„Dinge … zu bereden?“

„Du wurdest nicht dafür geschaffen, diese Dinge zu verstehen, Einohr. Dennoch wirst du mich begleiten.“

So war das kleine Spitzohr mit zum Pass von Merdoret marschiert und hier, ganz unerwartet, mit seinem Erzfeind Fangschlag konfrontiert worden.

Einohr konnte sich noch sehr gut an das Schicksal seiner persönlichen Leibwache erinnern, als diese sich Fangschlag an der Faust des Allerhöchsten entgegengestellt hatte. Er selbst war mit Mühe entkommen und auch nur, weil er klug genug gewesen war, seine Wache dem grimmigen Rundohr zum Fraß vorzuwerfen. Jetzt verhinderte nur die Anwesenheit des Schwarzen Lords, dass Einohr in Panik geriet. Er konnte den Hass in Fangschlags Blick erkennen und fühlte sich erleichtert, als sein Herr jegliche Gewalttat, vorzugsweise an seinem bewährten Legionsoberführer, verbot.

Eigentlich hatte er darauf gehofft, ebenfalls im Zelt zu sitzen und so zu erfahren, was es wohl zwischen dem Gebieter und dem Pferdelord zu bereden gab. Die Enttäuschung war groß, als er mit Bar´Ses ein Stück abseits des Zeltes sitzen musste. Glücklicherweise schwieg der Graue Magier und versuchte nicht, ihn in ein Gespräch zu verwickeln. So gelang es Einohr, dank seines ausgezeichneten Hörvermögens doch noch dem Gespräch zu lauschen.

Es mochte sein, dass er nicht alles richtig verstand, aber eines begriff er auf jeden Fall … Es lag nicht im Interesse des Allerhöchsten, dass Einohr und die anderen Orks vor dem Untergang gerettet wurden.

31

Wir sind spät, er ist bestimmt schon aufgebrochen. Es geht auf Mittag, aber die Mauern sind voll besetzt. Ein Zeichen dafür, dass die Leute von Merdonan nervös sind."

Garwin warf seinem Scharführer einen tadelnden Blick zu. „Das sehe ich selbst, Hendahl. Und wir sind keineswegs zu spät, sondern genau richtig in der Zeit. So, wie ich es beabsichtigt habe. Alle Aufmerksamkeit ist nach Osten gerichtet. Dorthin, wo sich der verfluchte Nedeam mit dem Schwarzen Lord treffen will. Niemand wird auf uns achten, wenn wir an Merdonan vorbeireiten. Erst wenn wir in die Sümpfe vordringen, wird man uns beachten, doch dann ist es zu spät, um uns noch aufzuhalten."

„Die Pferdelords aus Merdonan könnten die Verfolgung aufnehmen", wandte der Mann ein, der die kleine Gruppe durch die Sümpfe führen sollte. An seiner Seite ritt Andor-Atarevge. Garwin hatte Peragram für die Zeit seiner Abwesenheit mit der Führung der verborgenen Mark beauftragt. Der Scharführer war ihm treu ergeben und würde wissen, was zu tun war, sollte es zu unvorhergesehenen Ereignissen kommen.

„Davor werden sie sich hüten." Garwin lachte leise. „Angeblich soll Nedeam mit dem Herrn der Orks irgendwelche Verhandlungen führen. Da käme ein Beritt Schwertmänner äußerst unpassend. Nein, nein, man wird uns nicht folgen, aus Angst, dies könnte Nedeam in Gefahr bringen."

Die vier Reiter trugen die schlichten grünen Umhänge von Pferdelords. Im Gegensatz zu denen der Schwertmänner, die in den Farben ihrer Marken eingefasst waren, wurden diese einfachen Kleidungsstücke in allen Gebieten des Pferdevolkes von dessen Kämpfern getragen.

Wie Garwin erhofft hatte, wurden sie kaum beachtet, als sie am Westtor der Stadt vorbeiritten. Durch das offene Tor sah man zwei Beritte. Die Schwertmänner standen neben ihren Pferden bereit, um notfalls sofort aufsitzen zu können. Garwins kleiner Trupp begann an der Mauer entlangzureiten, um zur östlichen Seite zu gelangen. Oben auf dem Wehrgang standen die Bogenschützen Schulter an Schulter. Viele starrten schweigend nach Osten, doch die meisten unterhielten sich angeregt und rätselten wohl, was es mit der Begegnung zwischen dem Pferdefürsten und dem Feind auf sich haben mochte. Selbst ein paar Frauen waren zwischen den Kämpfern zu erkennen. Vielleicht versorgten sie die Schützen oder wurden schlicht von ihrer Neugierde getrieben.

Als sie sich der Ostseite angenähert hatten und die weißen Sümpfe in ihrer Ausdehnung erkennen konnten, erblickten sie zugleich einen weiteren Beritt, der direkt am Rand des Sumpfgebietes wartete.

„Langsam, ruhig und im Schritt!“, befahl Garwin. „Wir sind nur ein paar neugierige Pferdelords, die ein wenig näher an die Sümpfe reiten. Hendahl, bedenkt, dass wir unsere Gesichter nicht zu deutlich zeigen dürfen. Der verdammte Beritt da vorne ist aus der Hochmark und dort kennt ein jeder mein Antlitz.“

Die Reiter vor ihnen trugen blaue Rosshaarschweife und nicht die schwarzen der Ostmark. Das Banner Nedeams hing schlaff an seiner Lanze herab. Den finsteren Gesichtern nach waren die Männer hin und her gerissen zwischen bangem Warten und dem Wunsch, ihrem Pferdefürsten auf Gedeih und Verderb zu folgen.

Hendahl unterdrückte einen missbilligenden Laut. Sein Gesicht war in der Hochmark auch nicht unbekannt und der Andor der Rumaki, der vor einiger Zeit noch Gefangener in der Mark gewesen war, wurde im ganzen Land des Pferdevolkes und im Königreich von Alnoa gesucht. Der forschende und aufmerksame Blick eines Schwertmannes mochte Garwins Vorhaben mit einem Schlag zunichtemachen. Der Beritt würde nicht zögern, sie gefangen zu nehmen oder zu töten. Hendahl vermutete eher Letzteres. Der heimtückische Giftanschlag auf die Hohe Dame Larwyn, Garwins Mutter, war unvergessen und ihre früheren Schwertmänner würden keinen Augenblick zaudern, dafür blutige Vergeltung zu üben.

„Langsam", mahnte Garwin erneut. „Haltet die Gesichter ein wenig abgewandt. Wir reiten auf den Scharführer zu, als wollten wir uns mit ihm bereden."

Die Männer des Beritts bemerkten die kleine Gruppe, die im Schritt auf den Scharführer zutrabte, welcher ein kleines Stück vor den beiden Reihen verharrte. Ein kurzer Windstoß ließ seinen dreieckigen Wimpel auswehen.

„Das Zeichen auf dem Wimpel ist mir unbekannt", raunte Hendahl. „Vielleicht haben wir Glück und der Mann kennt uns nicht."

„Darauf würde ich nicht wetten", erwiderte Garwin ebenso leise. „Scharführer steigen aus den unteren Rängen auf und er könnte mit uns gedient haben."

Sie waren noch gute zehn Längen von dem Befehlshaber des Beritts entfernt, als der den Kopf wandte und ihnen entgegenblickte.

„Bei den Finsteren Abgründen, ich kenne den Mann", ächzte Hendahl. „Das ist Herklund!"

„Jetzt gilt es!", rief Garwin und gab seinem Pferd die Zügel frei.

„Garwin!“ Herklund war völlig überrascht, als er den Mann erkannte, der einst Pferdefürst der Hochmark hatte werden sollen.

Der kleine Trupp des Renegaten preschte los, um an dem Scharführer vorbei zu dem Pfad zu gelangen, der durch die Sümpfe führte.

So überrumpelt Herklund auch sein mochte, so schnell reagierte er. „Der Renegat Garwin!“, brüllte er. „Ergreift sie, Männer der Mark!“

Da er die Wimpellanze in der linken Hand hielt und sein Schwertarm somit frei war, zog er sofort die Klinge. Die alte Wunde machte ihn ein wenig langsamer und er begriff, dass er die Waffe nicht rasch genug ziehen würde. Instinktiv fällte er die Lanze, während seine Männer verwirrt auf seinen Befehl reagierten.

Garwin und die Seinen waren so schnell, dass sie es beinahe geschafft hätten, schadlos an Herklund vorbeizugelangen, aber dann zuckte die Wimpellanze vor. Hendahl keuchte entsetzt, als er sich förmlich selbst aufspießte und die Spitze in seinen Leib drang. Die Wucht ließ Herklund im Sattel wanken und er musste den Wimpel loslassen, während der Getroffene seitlich vom Pferd stürzte. Doch der Renegat und dessen andere Begleiter gelangten vorbei und erreichten den Pfad.

„Geschafft!“, brüllte Garwin erregt. „Wir sind durch!“

Schwertmänner setzten zur Verfolgung an, doch ein scharfer Befehl Herklunds hielt sie zurück.

Garwin triumphierte und verlangsamte seinen Ritt. „Wie ich es sagte … Sie wollen Nedeam nicht in Gefahr bringen.“ Er grinste verzerrt und wandte sich an den Kundschafter. „Und nun reite voraus und führe uns.“

„Wir werden erst zur beginnenden Nachtwende ankommen“, erwiderte der Mann. „Wir werden langsam reiten müssen. Ein Fehltritt und wir sind des Todes.“

„Ich hoffe nur, wir kommen zeitig genug“, antwortete der Pferdefürst sichtlich gut gelaunt. „Ich will den Tod des verfluchten Nedeam nicht verpassen.“

Andor-Atarevge enthielt sich eines Kommentars. Es war wohl bezeichnend für den Pferdefürsten der verborgenen Mark, dass er kein Wort des Bedauerns an den Tod des Gefährten verschwendete.

32

Nedeam hatte nicht bemerkt, wie viel Zeit während des Gespräches vergangen war, und stellte überrascht fest, dass es bereits dunkelte. Sein Gastgeber, denn als solchen musste Nedeam ihn wohl sehen, sah durch die offene Front des Zeltes auf die weißen Sümpfe hinaus. Die weißlichen Nebel, die den Boden im Augenblick kaum eine Handspanne hoch bedeckten, begannen im Licht des Sonnenuntergangs rötlich zu schimmern.

„Ihr solltet die Nachtwende hier verbringen“, riet der Herr der Legionen. „In der Dunkelheit ist der Rückweg zu gefährlich. Zudem gibt es sicher noch ein paar Dinge, die wir besprechen sollten, bevor wir uns trennen.“

„Es sind noch viele Fragen offen“, bekannte Nedeam. „Marnalf stellte fest, dass ich einige Gaben des Grauen Wesens bei der Verschmelzung übernahm, auch wenn ich sie nicht kontrollieren kann. Ich bin nun langlebiger als zuvor, meine Wunden heilen sehr viel schneller und ich sollte über die Gabe der Aura verfügen. Doch von den anderen Zaubern beherrsche ich nichts. Weder den Bann noch den Wuchtzauber oder die Fähigkeit des Feuers.“

„Ihr wollt wissen, über welche Zauber ich verfüge?“ Der Schwarze Lord lachte leise und inzwischen hatte sich der Pferdelord an das Vibrieren gewöhnt, welches dabei in der Luft zu schwingen schien. „Ich weiß aus den Erinnerungen des toten Schwarzen Lords, über welche Kräfte er verfügte, doch auch mir blieben die meisten versagt. Es hängt wohl damit zusammen, dass wir beide gleichermaßen nicht von Geburt an über eine magische Veranlagung verfügten. Doch ich kann die Grundzauber eines Grauen Wesens anwenden, mich von einem Ort zum anderen versetzen und meine Größe beliebig verändern. Durchaus nützlich, wenn man die übrigen Grauen Wesen und die Orks beeindrucken muss. Aber die wirkliche Macht, über welche der Schwarze Lord oder ein Weißer Magier herrscht, bleibt mir versagt."

„Was ist mit Euch? Ihr sagtet, der Untergang soll die Orks nicht verschonen, aber was ist mit Eurem Leben?"

„Dies ist kein Leben, Nedeam. Ich existiere, doch die Gesellschaft meines Volkes ist mir versagt und ebenso die Bindung an ein Weib. Die Verschmelzung mit dem dunklen Herrscher nahm mir die Notwendigkeit der Schröpfung, wie sie bei uns Elfen eigentlich erforderlich ist. Ein Segen, wenn man nicht den notwendigen Beistand eines anderen Elfen bei dieser Geistesleerung hat, und zugleich ein Fluch, da einem keine Erinnerung genommen wird. Manchmal war ich dem Wahnsinn nahe, überflutet von all den Geisteseindrücken, die sich in den Jahrtausendwenden angesammelt haben, doch ich blieb vom Irrsinn verschont." Der Schwarze Lord seufzte. „Wenigstens hoffe ich das, denn jeder Wahnsinnige wird sich wohl für normal halten. Ich muss gestehen, nur der lange Plan hielt mich am Leben und gab ihm einen Sinn. Ich musste viel Leid über die Völker bringen, obwohl ich sie letztlich doch retten will. Nun ist es endlich vorbei." Die Augen wandelten sich wieder in ein tiefes Schwarz und ähnelten plötzlich dem nächtlichen Sternenhimmel. „Es begehrt mich nicht danach, all dies zu überdauern, und ich werde meinen Frieden finden, wenn ich mit dem Land versinke." Er sah Nedeam an und dieser glaubte Trauer zu erkennen. „Vielleicht habe ich Euch all dies auch nur erzählt, damit der Elf Deded-olud-Nahash nicht ganz dem Vergessen anheimfällt. Ihr kennt nun seine Geschichte und auch die des Schwarzen Lords und wie dicht Gut und Böse beieinanderliegen können."

„Ich werde Eure Geschichte erzählen und man wird sie nicht vergessen“, versicherte Nedeam.

Der dunkle Herrscher blickte erneut in die Sümpfe. „Ich sehe drei Menschen, die sich uns aus den Sümpfen nähern. Eine der Auren ist feindselig. Jemand ist Euch gefolgt, Pferdefürst.“

„Es kann keiner meiner Männer sein. Auch wenn sie in Sorge um mich sein mögen, so werden sie doch jenseits der Sümpfe warten.“

„Ich verstehe. Sie vermuten, dass ihr Vorrücken zu einer Gefahr für Euer Leben würde. Wahrhaftig, wie lange habe ich aufrichtige Gefühle und die Waffenbruderschaft von Gefährten vermisst. Ihr seid zu beneiden, Nedeam vom Pferdevolk.“ Das dunkle Gesicht schien abermals zu lächeln. „Ich vernahm, dass Ihr mit einer Elfin verbunden seid. Solches ist selten. Ein Elf sieht nicht gerne dem Verblühen eines sterblichen Wesens zu. Aber bei Euch ist das sicherlich anders. Die Verschmelzung, nicht wahr?“

„Wie Ihr es erwähntet ... Gut und Böse liegen oft dicht beieinander.“

Neben dem Zelt waren schwere Schritte und das Klappern von Rüstungen zu hören. Auch bei der Kohorte hatte man die Annäherung der Fremden entdeckt und die zweihundert Krieger formierten sich.

Der Schwarze Lord erhob sich. „Ich bin gespannt, wer das Wagnis auf sich nimmt, mir entgegenzutreten. Ich kann die Umhänge von Pferdelords erkennen. Möglicherweise schlechte Kunde für Euch?“

Nedeam trat neben ihn. „Sind es Pferdelords oder Schwertmänner?“

Überraschenderweise musste Nedeam den Unterschied erst erklären. Der Schwarze Lord lächelte. „Ihr seid der erste Pferdelord, dem ich persönlich begegnete. Ansonsten kenne ich Euer

Volk nur aus den Schilderungen der Grauen Wesen und meiner Diener. Als ich noch Deded, der Elf, war, lebte Euer Volk noch weit im Westen und wir mieden den Kontakt mit ihm. Nun, in jedem Fall nähern sich dort einfache Pferdelords."

„Dann sind es keine Boten. Pferdefürst Mor oder mein Scharführer Herklund würden einen Schwertmann senden."

Nur kurze Zeit später konnte man die Männer deutlich erkennen und Nedeams Gesicht wurde finster. „Einer ist der Renegat Garwin und der andere ist Andor-Atarevge. Den Dritten kenne ich nicht."

„Ein Andor der Rumaki?"

„Er ergab sich mir auf Ehrenwort beim Kampf um die Festung Nerianet. Garwin verhalf ihm zur Flucht aus der Hochmark."

„Ich weiß von der Bruderschaft, dass man bei Euch nach diesem Garwin sucht. Er soll ein Verfemter sein."

„Es ist eine lange Geschichte, Hoher Lord." Die Anrede rutschte Nedeam einfach heraus, doch letztlich empfand er sie als passend. Es fiel ihm schwer, in dem Wesen neben ihm noch den Schwarzen Lord und Feind zu sehen. „Garwin vergiftete seine eigene Mutter und versuchte mich zu ermorden. Ein Mann ohne jegliche Ehre."

„Nun, Mut kann man ihm sicherlich nicht absprechen. Er kommt direkt auf uns zu." Der Herrscher gab den Legionären ein Zeichen, damit sie die Waffen sinken ließen.

Aus den Augenwinkeln sah Nedeam, wie Fangschlag, Einohr und Bar´Ses herankamen und sich ein Stück hinter ihnen positionierten. Sie hielten Abstand zueinander. Fangschlag legte die Hand an den Schwertgriff und seine düsteren Blicke pendelten zwischen Einohr und Garwin, denn mit beiden verband ihn eine innige Feindschaft.

Garwin zügelte sein Pferd vor dem Schwarzen Lord und sein Gesicht verriet nun doch deutliche Unsicherheit. „Ich bringe Euch den Andor Eurer Legionen zurück, Herr der Orks. Das soll Euch zeigen, dass ich nicht Euer Feind bin." Er sah auf Nedeam hinunter und nun verzerrte sich die Miene in offenem Hass. „Du hast wahrhaftig viele Leben, Nedeam, und ich hoffte darauf, dich noch lebendig anzutreffen."

Dem Renegaten schien nichts an seinem eigenen Leben zu liegen, denn seine nächste Handlung hatte nichts mit seinem ursprünglichen Vorhaben oder Vernunft zu tun. Garwin griff unvermittelt nach seinem Schwert, zog es in einer gleitenden Bewegung hervor und schwang es in einem blitzschnellen Schlag auf Nedeam herab.

Nedeam hatte nicht damit gerechnet, dass ihn der Renegat in Gegenwart des Schwarzen Lords angreifen würde, und konnte gerade noch zurückspringen.

Doch das Schwert konnte ihn überhaupt nicht treffen. Mit einer flüchtigen Handbewegung ließ der Schwarze Lord Garwins Arm mitten in der Luft erstarren. „Ich dulde keine Gewalt in meiner Gegenwart."

Nedeam und die anderen waren gleichermaßen verwundert, denn noch nie hatten sie erlebt, dass ein Bann nicht den gesamten Leib betraf. Garwins Gesicht war nun vor Grauen verzerrt und er stöhnte, als litte er unter starken Schmerzen.

Andor-Atarevge handelte auf seine eigene Art. „Ein Krieger ohne Ehre ist kein Krieger." Er trat gegen den Leib des Geächteten und dieser stürzte haltlos aus dem Sattel.

Der Schwarze Lord sah erst auf Garwin hinunter und dann zu Nedeam. „Der Hass dieses Mannes muss unaussprechlich groß sein, dass er dies in meiner Gegenwart gewagt hat. Ich garantierte freies Geleit und Waffenruhe und dieses Wesen hat mein Wort gebrochen. Wollt Ihr, dass ich ihn töte?"

„Nein."

„Dann solltet Ihr ihn selbst töten. Ich kenne den Blick solcher Augen. Er wird nicht eher Ruhe finden, bevor er nicht Euren Tod bewirkt hat, und mir scheint, die Wahl der Mittel ist ihm dabei vollkommen gleichgültig. Wahrhaftig, ich rate Euch, entscheidet es hier und jetzt."

„Hier und jetzt", war Garwins Stimme zu hören, bevor Nedeam antworten konnte.

„Nun, ich habe nichts dagegen, wenn der Pferdefürst Nedeam damit einverstanden ist. Meine Rundohren sind ohnehin gerne bereit, ein wenig Blutvergießen beizuwohnen."

Nedeam nickte zögernd. „Gut, dann soll es so sein."

„Soll es nach den Regeln eines Ehrenkampfes verlaufen?" Die Stimme des Schwarzen Lords klang ruhig.

„Auf den Tod – und wie der Verfluchte stirbt, ist mir gleichgültig", zischte Garwin.

Der Herr der Orks hob einen Arm. „Die Kohorte bildet einen Kreis von zehn Längen. Nur die Kämpfer betreten ihn und keiner erhebt die Waffe gegen sie."

„Ich verlange freies Geleit, wenn ich Nedeam getötet habe." Garwin schien wieder zu sich zu finden. Er hatte sich erhoben und sein Blick zeigte, dass er die Verfassung seines Widersachers einzuschätzen versuchte. „Und ich verlange, dass wir mit Schlagschwertern der Orks kämpfen. Ich habe ein gutes Schwert aus dem Stahl der Hochmark, aber ich kenne die Fähigkeiten von Nedeams Elfenklinge."

„So soll es sein."

Zwei der Rundohren warfen, wenn auch eher widerwillig, ihre Waffen in den Kreis, der nun rasch gebildet wurde.

„Ich wäre durchaus erfreut, wenn Ihr überleben würdet und so meine Geschichte erzählen könntet", raunte der Schwarze

Lord in Nedeams Ohr. „Ich könnte dem ein wenig nachhelfen."

„Nein. Dies ist eine Blutsache zwischen Garwin und mir."

Inzwischen war die Sonne fast untergegangen und die Sicht ausgesprochen schlecht. Der Schwarze Lord schritt die Innenseite des Kreises entlang und dabei flossen Flammen aus seinen Fingerspitzen. Sand und Gestein glühten auf und bildeten einen Feuerring, dessen Hitze die Umstehenden zurückweichen ließ. Nur ein schmaler Durchgang blieb frei, in dem sich der Herrscher der Legionen positionierte.

Die zweihundert Kämpfer der Kohorte umstanden das Rund und weitere Legionäre eilten aus Richtung des Passes herbei. Offensichtlich hatte man sie über den Zweikampf informiert und niemand hielt sie davon ab, Zeuge des Duells zu werden. Bar´Ses, Einohr und Fangschlag standen zwischen ihnen und für diesen Moment ruhte ihre Feindschaft. Wie die anderen starrten sie gebannt in den vom Feuerschein erhellten Kreis.

Die beiden Schlagschwerter lagen zwischen den Kontrahenten, die ihre Umhänge ablegten und die Gurte mit ihren persönlichen Waffen fallen ließen. Sie blickten einander lauernd an, während sie sich gleichzeitig nach den fremden Klingen bückten und sie ergriffen.

Garwin verschwendete keine Zeit.

Er griff sofort an und führte die Waffe in einem mächtigen Rundschlag, der Nedeams Leib hätte zerteilen sollen. Dieser hatte jedoch mit diesem Angriff gerechnet und wich rechtzeitig aus. Augenblicklich setzte der Renegat nach, stieß und schlug in schneller Folge, als wolle er Nedeam gar nicht erst zur Besinnung kommen lassen. Der beschränkte sich darauf, auszuweichen und die gegnerische Klinge zu parieren. Von den Rundohren kamen Rufe, die beide Kontrahenten anfeuerten.

Einige spöttische Bemerkungen galten Nedeam, der in der Defensive schien.

Der Pferdefürst spürte das ungewohnte Gewicht des Schlagschwertes. Es war eine grobe und sehr schlecht ausbalancierte Waffe. Ihr Schwerpunkt lag sehr weit vorne, was einem Schlag viel Wucht verlieh, den Kämpfer jedoch rasch ermüden ließ. Nedeam zwang sich zur Ruhe, denn er wusste, wie schnell heißes Blut zu falschem Verhalten führen konnte. Er hatte Garwin früher oft bei den Waffenübungen mit den Schwertmännern beobachtet und schätzte ihn als sehr gefährlichen Gegner ein. Aber der Sohn Garodems wurde von Hass geleitet. Im Zweikampf ein schlechter Ratgeber.

Sie schwiegen beide, schätzten sich ab und umkreisten einander. Immer wieder versuchte Garwin nach Nedeam zu stoßen oder einen Hieb zu landen. Einige der Attacken konnte Letzterer nur mit Mühe abwehren. Die Erregung verlieh Garwin die unglaubliche Kraft, das plumpe Schwert mit Behändigkeit zu führen.

Die Rundohren brüllten begeistert, als der Haken von Garwins Schwertspitze eine blutende Wunde in Nedeams Arm fetzte. Dieser stieß einen leisen Fluch aus. Er war unachtsam gewesen und die Wunde würde ihn schwächen. Wenigstens war es nicht sein Schwertarm. Nedeam zwang sich, sich ganz auf Garwin zu konzentrieren. Dabei fiel ihm auf, dass sein Feind die Waffe wie die eines Schwertmannes führte. Ein Fehler, denn sie war nicht zum Stoß geeignet, da sie keine scharfe Spitze besaß.

Bislang hatte Garwin den Kampf dominiert, doch nun begann Nedeam die Angriffe ernsthaft zu erwidern und provozierte den Gegner dabei immer wieder zu raschen Stößen, die er leicht abwehren konnte. Funken sprühten von den Klingen, wenn sie aufeinanderprallten, und die Kämpfer spürten die Wucht in ihren Armen.

Erneut gelang es Garwin, Nedeams Deckung zu durchbrechen. Die Schneide fuhr quer über die Brust des Pferdefürsten, zerschlitzte Wams und Hemd und zog einen blutigen Schnitt über die Brust.

Doch diesmal musste Garwin für den Treffer bezahlen.

Nedeam drehte sich um seine Achse, duckte sich und ließ seine Waffe im Kreis herumschwingen. Dabei drehte er die Klinge so, dass der Haken nach innen zeigte. Bevor Garwin zurückweichen konnte, traf die tückische Metallspitze seinen Oberschenkel und riss ihn bis auf den Knochen auf.

Der Renegat schrie schmerzerfüllt, als das Bein unter ihm nachgab. In einer hilflosen Bewegung stieß er nochmals nach Nedeam, doch er begriff, dass er den Kampf verloren hatte. Für einen Augenblick sahen sie sich an: Garwin, von hilfloser Wut erfüllt, und Nedeam für einen flüchtigen Moment zögernd, ob er es vollenden sollte. Garwin war kein Mann, der seinerseits Gnade gewähren würde.

Sollte Nedeam ihn verschonen?

Der Pferdefürst dachte an den heimtückischen Mordanschlag, den Garwin an seiner eigenen Mutter verübt hatte, an die Leben, die Garwins Hass geschuldet waren. Nein, es musste hier und jetzt enden.

Doch in dem Moment, in dem Nedeams Klinge zum tödlichen Hieb herabfuhr, starb noch ein anderes Wesen …

***

Einohr stand zwischen den anderen, die wie gebannt dem Zweikampf zusahen. Doch der Legionsoberführer achtete kaum darauf, was sich im Feuerkreis abspielte. Seitdem er das Gespräch zwischen dem Schwarzen Lord und Nedeam belauscht hatte, war ihm bewusst, dass sein Leben verwirkt war. Er fühlte Todesangst wie nie zuvor, denn er war noch niemals so hilflos gewesen. Stets hatte er eine Gelegenheit gefunden, das Leben anderer als Schild für sein eigenes zu verwenden oder Gefahren zu vermeiden. Doch jetzt stand keine Legion zwischen ihm und dem Feind und es gab keine Rückzugsmöglichkeit, denn der Allerhöchste selbst hatte seinen Tod und den aller anderen Orks beschlossen.

Einohr hatte immer wieder Furcht empfunden, er könne den Widerwillen des Schwarzen Lords erregen und so sein Leben verwirken. Als einfacher Legionär in den Reihen einer Kohorte fand sich für ein Spitzohr immer ein Weg, der Schlacht auszuweichen oder sich hinter einem der großen Rundohren zu verbergen. Vielleicht wäre es für ihn besser gewesen, keinen Ehrgeiz zu entwickeln. Doch die Vorzüge, die ein höherer Rang mit sich brachte, waren einfach zu verlockend. So war er allmählich aufgestiegen und hatte die Aufmerksamkeit des Allerhöchsten gefunden. Ein zweischneidiges Schwert, denn er fand zwar Schutz vor den Rundohren und die Anerkennung seiner eigenen Art, aber der Herr der Legionen stand nicht unbedingt in dem Ruf, Nachsicht zu üben, wenn es um Versagen ging. Einohr hatte es seiner Schläue zugeschrieben, stets eine gute Begründung zur Hand gehabt zu haben, wenn er versagte. Nun musste er erkennen, dass ihn der Schwarze Lord gerade aus dem Grund ausgewählt hatte, da er ihn für unfähig hielt. Er, Einohr, sollte eines der Werkzeuge sein, die den Erfolg der Legionen behinderten oder sogar unmöglich machten. Wäre es um die Rundohren gegangen, so würde er keinerlei Skrupel empfunden haben, zu ihrem Tod beizutragen. Selbst seine eigene Art lag ihm nicht sonderlich am Herzen. Doch er, Einohr, lag sich sehr am Herzen und er suchte verzweifelt nach einer Möglichkeit, auf irgendeine Weise am Leben zu bleiben.

Doch sosehr Oberlegionsführer Einohr auch hin und her überlegte: Er fand keinen Weg, dem Tod zu entrinnen, den ihm der Feind und sogar sein eigener Gebieter zugedacht hatten. Seine Gedanken überschlugen sich und steigerten die Furcht noch, während innerhalb des Kreises zwei Menschen auf Leben und Tod kämpften.

Der Ring aus Zuschauern war immer wieder in Bewegung. Die Orks in den hinteren Reihen versuchten sich ein besseres Sichtfeld zu verschaffen. Das galt vor allem für die kleinen Spitzohren, die kaum etwas sehen konnten, wenn die Rundohren vor ihnen standen.

Einohr interessierte das Duell nicht. Er ließ sich im Gedränge schieben und wollte einfach nur überleben. Seine Hand lag um den Griff des Dolches. Es war keine bewusste Geste, eher die Suche nach jenem Halt, wie ihn in tiefer Todesangst oft nur eine Waffe geben konnte.

Dann, unvermittelt, stand Einohr direkt hinter dem Schwarzen Lord, der dem Zweikampf scheinbar konzentriert zusah und gelegentlich amüsiert zu lachen schien.

Hass flammte in Einohr auf und überwand sogar die Furcht, die ihn bisher in ihren Klauen gehalten hatte.

Der Schwarze Lord, der sie alle verriet und der Einohrs Leben wegwerfen wollte, als sei er eine nutzlose Made.

Es war eine spontane Handlung, mit der Einohr den Dolch vorstieß und bis ans Heft in den Rücken des Allerhöchsten rammte.

Die schwarze Gestalt bäumte sich auf und aus ihrem Mund drang ein unmenschlicher Laut. Ein lang gezogenes Heulen, das die Luft vibrieren ließ. Eine unsichtbare Hand schien alle Umstehenden zu ergreifen und von sich zu schleudern.

Einohr spürte diese Vibration weitaus deutlicher. Er war unfähig, die Klinge loszulassen, die tief im Leib des Schwarzen Lords steckte. Sein eigener Körper verkrampfte sich, als er von fremden Energien durchflutet wurde. Funken schienen über die Leiber zu sprühen, die durch die Waffe miteinander verbunden waren. Es stank nach versengtem Fleisch. Eine Flut von Sinneseindrücken raste durch Einohr und sein Mund öffnete sich zu einem entsetzten Schrei, den niemand hörte.

***

Nedeam wollte gerade die Klinge aus dem entseelten Leib Garwins befreien, als er sich von einem starken Sturmwind erfasst fühlte, der ihn mit sich riss. Er prallte gegen einige Rundohren, die, wie er, zu Boden gingen. Ein grausames Heulen und Vibrieren lag in der Luft und ließ die Ohren schmerzen und den Schädel dröhnen. Wer am Boden lag, versuchte nicht einmal sich zu erheben, sondern presste die Hände auf die malträtierten Ohren. Der Flammenring loderte auf und entwickelte jetzt eine Hitze, die alles zu verbrennen drohte, was sich in seiner Nähe befand. Wäre Nedeam nicht aus dem Ring herausgeschleudert worden, so wäre sein Schicksal wohl besiegelt gewesen. Aus den Augenwinkeln konnte er undeutlich Garwins Körper sehen. Die Kleidung des Toten verbrannte in Augenblicken zu Asche und der Körper verschmorte vor den entsetzten Augen des Pferdefürsten.

Der Flammenschein war so grell, dass Nedeam die Augen wandte, und was er nun sah, schockierte ihn noch weit mehr.

Ein kleines Stück abseits der tobenden Flammen kniete der Schwarze Lord am Boden und sein Rücken wirkte auf grauenhafte Weise deformiert. Blaue Lichter und Funken zischten, schlangengleich, über die Gestalt. Erst jetzt erkannte der Pferdefürst, dass sich der Körper des Allerhöchsten gar nicht verändert hatte, sondern die Gestalt eines Spitzohrs mit seinem Rücken zu verschmelzen schien. Beide Körper pulsierten, dehnten sich aus, schienen wieder zu schrumpfen.

Ringsum war das ängstliche Gebrüll der Rundohren zu hören, die danach strebten, aus der Nähe ihres Gebieters zu entkommen. Spitzohren lagen auf dem Boden und versuchten sich mit den Händen einzugraben. Bar'Ses, das Graue Wesen, hatte sich ein gutes Stück zurückgezogen. Seine Robe war zerrissen und der Echsenschädel unbedeckt. Die Augen waren unnatürlich groß und glichen Kugeln, die jeden Moment aus dem Kopf zu fallen drohten. Die lange Schnauze stand offen und die gespaltene Zunge glitt hektisch vor und zurück.

Nedeam sah, wie sich die Gestalt des kleinen Orks und die des Schwarzen Lords erneut bewegten, und diesmal gab es keinen Zweifel … Beide Leiber schienen sich zu vereinigen.

Erst jetzt begriff der Pferdefürst, was sich da gerade ereignete.

Jemand hatte den Gebieter der Legionen ermordet und dieser Jemand war nun dabei, mit seinem Opfer zu verschmelzen.

***

Der Flammenring begann in sich zusammenzufallen.

Ringsum war Bewegung, als sich die Legionäre zögernd erhoben. Viele von ihnen taumelten und bluteten aus Nasen und Mäulern. Keiner der Kämpfer schien zu wissen, was sich abgespielt hatte. Einige zogen ihre Waffen, andere standen einfach da und wussten nicht, was sie tun sollten. Doch alle starrten in Richtung auf den Schwarzen Lord, der am Boden kauerte und dessen Körper sich immer wieder veränderte.

Ein Rundohr taumelte auf Nedeam zu. An der Rüstung eines Legionsoberführers erkannte er, dass es sich um Fangschlag handelte.

Das gescheckte Gesicht war verzerrt und Geifer sickerte zwischen den Lefzen hervor. Die Pupillen waren im Schreck gerundet und die Hand hielt den Griff des Schlagschwertes so fest umklammert, dass die Knöchel in hellem Grün hervortraten. Als Fangschlag näher kam, hob der die Waffe, ließ sie dann aber wieder sinken.

„Was ist geschehen?“, ächzte der Krieger. „Welcher Zauber war das?“

„Vermutlich war es ein Wuchtzauber, wie ihn die Grauen Wesen anwenden“, antwortete Nedeam, noch immer benommen. „Ich … Ich glaube, man hat den Schwarzen Lord ermordet.“

„Man kann den Schwarzen Lord nicht töten.“ Fangschlag schien sich nur mühsam auf den Beinen halten zu können. Er atmete schwer. Dunkles Blut sickerte aus seinen Nasenlöchern.

„Man kann jedes Wesen töten, so unsterblich es sich auch wähnen mag. Denk an den Weißen Zauberer von Lemaria, der durch dein Schlagschwert gefällt wurde.“

Sie standen nun nebeneinander und ihre Blicke galten dem schwarzen Wesen, das in einigen Längen Entfernung am Boden kniete. Die Gestalt hatte sich gefestigt und schimmerte in makellosem Schwarz, doch sie hatte sich verändert. Auch sie schien in diesen Augenblicken kraftlos zu sein und nicht zu verstehen, was passiert war.

„Was ist geschehen?“, fragte Fangschlag erneut.

Ringsum sammelten sich die verwirrten Legionäre in kleinen Gruppen. Bar´Ses stand reglos, während ein Kohortenführer seine Befehle brüllte und versuchte, wieder etwas Ordnung in dem Chaos zu schaffen.

„Ich fürchte, es war eine Verschmelzung“, bekannte Nedeam. „Du weißt, was mir geschah, als ich mit jenem Grauen Wesen im Haus des Urbaums kämpfte und es starb … Hier muss gerade Ähnliches geschehen sein, doch ungleich intensiver. Das hier, das war eine wahrhaftige Verschmelzung zweier Wesen, aber ich weiß nicht, wer die Waffe gegen den Herrscher erhob und wen wir nun vor uns haben."

„In jedem Fall wohl den Allerhöchsten." Fangschlag spuckte Blut und wischte sich über die Lefzen. „Er ist es, gar keine Frage. Aber er wirkt … anders."

Gerade in diesem Moment richtete sich die schwarze Gestalt auf. Auf den ersten Blick schien sie unverändert, doch dann bemerkte Nedeam entsetzt, dass es doch einen Unterschied gab. „Er … hat nur ein Ohr. Ein einziges Ohr!"

Fangschlags Pupillen verengten sich. „Ein einziges Ohr?"

„Wenn ich es doch sage." Der Pferdefürst sah sich um und entdeckte seinen Waffengurt, der ein Stück entfernt am Boden lag. Er hastete hinüber und keiner der Orks hinderte ihn daran, sich wieder zu bewaffnen. Mit einem leisen Schaben glitt die elfische Klinge aus der Scheide. „Begreifst du denn nicht, Fangschlag? Es war Einohr, der den Herrscher ermordete und dabei mit ihm verschmolzen ist."

„Einohr?" Das Rundohr schüttelte den Kopf und seine Hand mit der Waffe schien unkontrolliert zu zucken, als habe er Mühe, das Schlagschwert zu halten. „Einohr?" Erneutes Kopfschütteln. „Ah, wahrhaftig, jede Hinterlist würde zu der Made passen. Aber er fände niemals den Mut zu einer solchen Tat."

„Dann war es der Mut der Verzweiflung. Jedenfalls ist das Einohr. Oder er war es zumindest. Bei allen Finsteren Abgründen, was für ein Wesen steht nun vor uns?"

Der neue Schwarze Lord stand nun endlich wieder auf seinen Füßen. Sein Kopf ruckte nervös von einer Seite zur anderen. Die schwarzen Augen richteten sich auf die eigenen Hände und betrachteten sie, als sähe ihr Besitzer sie zum ersten Mal. Doch vielleicht war genau das auch der Fall.

„Ich bin der Schwarze Lord.“ In der vibrierenden Stimme schwang ein ungläubiger Unterton mit. „Ich bin der Schwarze Lord!“

Fangschlag blickte Nedeam düster an. „Du hast wahrhaftig recht. Das ist der verfluchte Einohr. Nun gut, wenn der alte Schwarze Lord ein sterbliches Wesen war, so wird das wohl auch für den neuen gelten. Ich werde ihn töten, bevor er zu Kräften kommt.“

Die Bewegungen des mächtigen Kriegers waren weitaus langsamer als gewohnt, als er auf das schwarze Wesen zustapfte und das Schlagschwert angriffsbereit an die Schulter legte. Der Herr der Legionen sah ihn herankommen und stieß einen erschreckten Laut aus. Eine Hand streckte sich abwehrend aus. Fangschlag geriet ins Taumeln, als habe er einen kräftigen Fausthieb empfangen, stürzte jedoch nicht.

„Verfluchter Dung“, hörte Nedeam. „Warum kann ich den Zauber nicht anwenden? Geschwächt … Das ist es. Ich bin noch zu sehr geschwächt.“ Das Wesen leckte sich über die schwarzen Lippen. „Legionäre, zu mir! Schützt euren Herrscher!“

Einige der Rundohren reagierten und eilten prompt herbei, aber die meisten zauderten.

„Das ist nicht der Allerhöchste!“, brüllte Fangschlag. „Das ist das verfluchte Einohr in seiner Gestalt und jetzt wird diese Made endlich geschlachtet!“

„Haltet ihn auf!“, kreischte jenes Wesen, welches aus der Verbindung des Schwarzen Lords und Einohrs hervorgegangen war.

Nedeam empfand nun keinerlei Zweifel mehr an der erfolgten Verschmelzung. Er erinnerte sich an die Schilderung von Dededolud-Nahash, bei dessen Verschmelzung mit dem Schwarzen Lord die Persönlichkeit des Elfen gesiegt hatte. Hier war es fraglos Einohr, dessen Wesen überlebt hatte. Würde dieser nun über das Wissen und die Kräfte des einstigen Herrschers verfügen? Der Pferdefürst konnte nur hoffen, dass dies nicht der Fall war. Immerhin waren auch Deded viele Fähigkeiten vorenthalten geblieben.

Zwei der Legionäre machten Anstalten, Fangschlag entgegenzutreten, doch der zeigte ihnen die entblößten Fangzähne und die Rundohren wichen unsicher zurück. „Nichts wird diese erbärmliche Kreatur noch retten!“, brüllte er.

„Warte!“, schrie der schwarze Einohr. „Handle nicht übereilt! Ist ein Rundohr weniger wertvoll als ein menschlicher Krieger?“

Die Frage schien Fangschlag zu verblüffen. Er blieb stehen und sah das Wesen düster an. „Wie meinst du das? Was hat dies mit Menschen zu tun?“

„Alles“, kam die eifrige Erwiderung. „Du bist doch ein kluger Bursche. Das warst du ja schon immer. Also, denke nach, Fangschlag. Warum sollen die Menschen überleben, während die tapferen Rundohren alle umkommen und elend ersaufen? Habe ich, äh, du, nicht ebenso ein Recht auf Leben?“

Das Rundohr legte den Kopf schief und zögerte.

Nedeam spürte, dass Einohr hier eine Frage aufgeworfen hatte, die seinen Waffenbruder schon lange beschäftigen musste. „Lass es uns hier beenden, Fangschlag“, drängte der Pferdefürst. „Nimm dir deine Rache und dann ist es vorbei. Es wird keinen Krieg geben.“

„Ein Kampf bringt Ehre“, grollte der Krieger. „Im Wasser zu versinken, das bringt keine Ehre.“

„Ja, genau, soll man sich der Rundohren nur noch erinnern, weil sie erbärmlich im Meer versunken sind?“, giftete Einohr. „Man sollte sich ihrer als wahre Krieger erinnern.“

Fangschlag wandte den Blick zu Nedeam. „Er hat recht. Auch meine Art verdient es, zu überleben. Gib uns Schiffe, Nedeam. Dann suchen wir uns ein eigenes Land.“

„Das kann ich nicht, Fangschlag, und das weißt du."

Dieser ließ nun die Waffe sinken. Er leckte sich über die Lefzen und überlegte. Sein Atem ging schwer. Legionäre kamen heran, denn sie spürten, dass sich hier eine Entscheidung anbahnte. Sie wussten nicht, was sie von dem neuen Schwarzen Lord halten sollten, doch Fangschlag hatte noch immer einen guten Ruf als ehrenhafter Krieger.

Das Rundohr stieß abermals ein tiefes Grollen aus. „Dann werden wir um unser Überleben und die Schiffe kämpfen müssen."

„Töte ihn!", forderte der neue Herr der Orks.

„Nein!" Fangschlags Stimme klang hart und sein Schlagschwert deutete für einen Augenblick auf das, was einst Einohr und der Schwarze Lord gewesen waren. „Dir war Ehre schon immer fremd, doch ich werde die meine nicht beflecken. Der Oberherr gewährte freies Geleit und wenn du der neue Herr sein willst, dann stehe dazu."

Unter den Rundohren erhob sich zustimmendes Gemurmel. Die schwarze Gestalt schien zu zögern und schließlich nickte sie.

Fangschlag starrte Nedeam düster an. Dieser glaubte in dem gescheckten Gesicht einen Anflug von Trauer zu erkennen. „Wir waren Waffengefährten und so magst du in Frieden gehen, Pferdereiter Nedeam. Doch wenn wir uns das nächste Mal begegnen, so wird dies in Feindschaft sein."

33

Schön, ihr mögt mich nicht, aber das ändert nichts an der Tatsache, dass ich eure einzige Chance auf Rettung bin." Der Schwarze Lord Einohr, wie er sich nun mit neuem Selbstbewusstsein nennen ließ, lehnte sich zufrieden auf dem Sitzpolster zurück, welches zuvor der Bequemlichkeit des vorherigen Schwarzen Lords gedient hatte. Er griff in die Schale mit Obst, suchte sich eine Frucht heraus und schob sie sich in den Mund. „Denkt darüber nach."

Genauer betrachtet, bestand nicht die geringste Sympathie zwischen ihnen. Selbst von Vertrauen konnte man nicht ausgehen. Allenfalls von einem eher widerwilligen Respekt, da sie durch die Umstände aufeinander angewiesen waren.

Einohr, Fangschlag und Bar'Ses drohte gleichermaßen der Untergang mitsamt dem Reich der Orks und diese Perspektive gefiel keinem von ihnen. Ebendies führte sie in jenem Zelt zusammen, in dem sich zuvor der Pferdefürst Nedeam und der vergangene Schwarze Lord besprochen hatten.

Inzwischen befand sich der Pferdelord wieder auf dem Ritt nach Merdonan und Einohr hoffte innig, der verfluchte Nedeam werde den Pfad verfehlen und in den weißen Sümpfen zu Tode kommen. Einohr hatte ihn nur widerwillig ziehen lassen, da Fangschlag darauf beharrte. Das Spitzohr hatte nachgegeben, denn es brauchte die Fähigkeiten des Rundohrs.

Einohrs neue Macht stand im Augenblick auf schwachen Füßen und er verfluchte den Umstand, auf jene angewiesen zu sein, die er von Herzen hasste. „Hör zu, Fangschlag. Ich weiß, du hegst gewisse, äh, Vorurteile gegen mich. Doch wir müssen die Unstimmigkeiten zwischen uns beiseitelassen. Und dies gilt ebenso für dich, Bar´Ses. Wir sind aufeinander angewiesen. Ich bin der neue Schwarze Lord Einohr und die Legionen der Orks und Rumaki werden meinem Befehl gehorchen. Wir müssen sie zum Angriff führen, um die Schiffe der Menschen zu erobern. Ich bin es, der den Befehl zu geben vermag, doch wir brauchen einen klugen Kopf, der die Legionen auf die richtige Weise in die Schlacht führt."

„Dann wird es nicht deine Weise sein", knurrte Fangschlag.

„Nun, äh, in Anbetracht der Tatsache, dass uns nur wenig Zeit für unsere Rettung verbleibt, so ist meine, äh, eher behutsame und vorsichtige Vorgehensweise in der Schlacht in diesem Fall wohl nicht angebracht", gestand Einohr. „Zudem kommt es diesmal auch nicht auf Verluste an. Ich habe genug Legionen, um die Länder der freien Völker damit zu überschwemmen."

„Es sind die Legionen des Schwarzen Lords", wandte Bar´Ses ein, dem es sichtlich nicht behagte, welche Rolle Einohr für sich beanspruchte.

„Siehst du mein schwarzes Antlitz? Da ist keine Spur mehr von grüner Haut. Alles in edelstem Schwarz, Bar´Ses. Ich bin jetzt der Allerhöchste und es sind meine Legionen."

„Vielleicht werden sie dir nicht folgen."

Einohr kicherte. „Natürlich werden sie mir folgen. Die richtigen Worte zur richtigen Zeit werden sie schon motivieren. Die Rundohren braucht man ja nur mit der Aussicht auf eine blutige Metzelei zu locken und schon sind sie zu jeder Dummheit bereit. Natürlich sind die Spitzohren klüger und zurückhaltender, doch ich kenne ihren Überlebenstrieb. Ich weiß schon, wie ich es anfange, damit sie uns alle folgen."

„Ich will den Befehl haben." Fangschlag bleckte die Fänge. „Ich meine den Oberbefehl in der Schlacht. Es darf kein Zögern geben und ich kenne dich, Einohr. Du würdest weichen, wo es zu stürmen gilt."

„Lord Einohr."

„Mir ist es gleich, wie du dich nennst. Du bist noch immer die verschlagene Made, die du schon immer warst."

Einohr richtete die Hand gegen Fangschlag. „Ich könnte dich bannen oder in Flammen setzen."

„Unsinn. Ich kenne dich. Du brauchst meine Fähigkeiten als Krieger. Und außerdem, wenn du mich brennen könntest, hättest du es schon getan."

„Das ist nicht wahr. Schön, ich bin noch nicht bei Kräften und einige der Gaben des alten Herrschers werden mir fehlen, doch letztlich bin ich vernünftig genug, um zu erkennen, dass wir uns brauchen. Wie oft soll ich das noch wiederholen? Aber sei unbesorgt, du bist ab sofort wieder der Legionsoberführer für alle Truppen. Ich kenne euch sture Rundohren und weiß, dass du eifrig gegen den Feind stürmen wirst. In Anbetracht unserer Übermacht können wir die üblichen Verluste auch durchaus hinnehmen."

„Auch das sagtest du schon."

„Ich will nur sicher sein, dass du meinen Plan in groben Zügen verstehst", zischte Einohr. „Wir können uns selbst hohe Verluste leisten, solange wir auf ein rettendes Schiff gelangen. Ich, als Herrscher, dann du, Fangschlag, denn in einem neuen Land brauche ich einen fähigen Krieger. Und natürlich auch du, Bar´Ses. Gerade du bist mir sehr wichtig." Der neue Lord kicherte. „Uns fehlt die Fähigkeit der anderen Völker, Kinder zu erzeugen. Also wird deine Kenntnis im neuen Land gefordert sein, Brutmeister. Dort brauchen wir neue Bruthöhlen und genügend Nährschlamm."

Bar´Ses nickte. „Ich verfüge über das Wissen und die Voraussetzungen lassen sich in jedem Land erfüllen."

„Ausgezeichnet.“ Einohr nahm sich eine weitere Frucht und deutete mit ihr auf Fangschlag. „Du hast viel von den Menschen gelernt, was uns nun von Vorteil sein kann. Und deine Fähigkeiten, Graues Wesen, stehen außer Frage. Da du nicht nur der oberste Brutmeister, sondern auch der oberste Waffenmeister der Legionen bist, wirst du dafür sorgen, dass wir über genügend neue Waffen verfügen, welche in den Schmieden von Rumak gefertigt wurden.“

„Dann sind wir uns einig“, stimmte das Graue Wesen zu. „Doch zuerst müssen wir die Legionen überzeugen. Auch wenn die meisten noch nicht wissen, was sich hier ereignete, so werden sie doch erkennen, dass sich die Gestalt des Allerhöchsten verändert hat. Sicher werden sie dich fürchten, denn sie werden dir dieselbe Macht zuschreiben, über die der Allerhöchste stets verfügt hat. Aber sie müssen mehr als nur Furcht empfinden.“

„Wie ich schon sagte, überlasst das mir. Furcht kann ein außerordentlich guter Antrieb sein, vor allem wenn ich den Legionen erzähle, dass es ums nackte Überleben geht. Sie werden kämpfen. Kämpfen, wie sie es noch nie zuvor getan haben.“ Lord Einohr kicherte abermals. „Und sie werden dankbar sein, mir folgen zu dürfen.“

34

Ich hatte Angst um dich." Llaranya umklammerte Nedeam auf eine Art, die verriet, dass sie kaum noch damit gerechnet hatte, ihn lebend wiederzusehen. „Das Treffen mit dem Schwarzen Lord ... Dann hörten wir von Herklund, dass Garwin dir in die Sümpfe folgte ... Es war schrecklich, auf so hilflose Weise abwarten zu müssen, ob du zurückkehrst."

„Wir hatten Mühe, die Hohe Dame zurückzuhalten", brummte Herklund. „Sie war wirklich drauf und dran, Euch zu folgen, und ich schwöre, der ganze Beritt hätte sie nicht daran hindern können."

Nedeam zweifelte nicht, dass der gesamte Beritt sie kaum gehindert hätte, sondern ihr ohne Umschweife gefolgt wäre. Er küsste Llaranya zärtlich die Tränen von den Wangen und es interessierte ihn nicht, wie viele ihnen dabei zusahen. Sie standen am Rand der weißen Sümpfe, unterhalb der Mauer von Merdonan, und trotz des frühen Morgens war die Mauerkrone mit Menschen gesäumt. Die Männer Herklunds wirkten übermüdet, jetzt, da die Anspannung des Wartens von ihnen abfiel und sich Erleichterung breitmachte.

„Garwin ist tot und ebenso der Schwarze Lord", sagte Nedeam leise. „Doch nun ist ein noch schrecklicherer Feind erwacht. Lass uns zu Pferdefürst Mor gehen, denn wir haben viel zu besprechen."

Als sie kurz darauf im provisorischen Amtsraum des Pferdefürsten der Ostmark beieinandersaßen und Nedeam von den Ereignissen erzählte, waren erstaunte Ausrufe des Unglaubens zu hören. Llaranya hörte aufmerksam zu und nickte, denn sie kannte die Ereignisse im Haus des Urbaums, die zu Nedeams Teilverschmelzung geführt hatten. Mit wenigen Worten erklärte sie den anderen jene schreckliche Phase in Nedeams Leben, auf der zugleich ihr gemeinsames Glück basierte.

„Es ist wahrhaftig schwer, zu glauben, dass der Schwarze Lord in Wirklichkeit ein Freund der freien Völker war", gestand einer der Scharführer Mors. „Und doch ist es, wie Ihr es sagt, Hoher Lord Nedeam ... Es fügt sich ein Teil in das andere. Und nun ist dieser Einohr sein, äh, Nachfolger?"

„Ein hinterlistiges und feiges Wesen", stimmte Nedeam zu. „Doch man kann ihm eine gewisse Schläue nicht absprechen. Er wird uns ein unbarmherziger Feind sein, denn er kennt nur das Ziel, am Leben zu bleiben, und dazu benötigt er die Schiffe."

„Wir haben es immer verstanden, die Legionen zu nehmen und ihnen zu begegnen", wandte Mor ein. „Auch wenn sie uns noch nie mit solcher Macht gegenüberstanden. Doch wir haben Waffenbrüder an unserer Seite."

„Der neue Schwarze Lord und die große Zahl der Legionen bereiten mir nicht die größte Sorge", gestand Nedeam.

„Fangschlag", sagte Llaranya mit leiser Stimme.

„Er ist ein Krieger und er ist nicht dumm", fügte Herklund mit düsterer Stimme hinzu. „Bei allen Finsteren Abgründen, ich wünschte mir, wir hätten ihn jetzt nicht zum Feind."

„Er ist letztlich auch nur ein Ork", wandte Mor ein.

„Der mit uns gemeinsam manche Gefahr bestanden hat." Nedeam seufzte. „Und der unsere Art zu kämpfen sehr wohl versteht. Nun wird er dieses Wissen gegen uns anwenden. Wir dürfen keine Zeit verlieren. Die Völker müssen wandern und sie müssen es rasch tun. Der Feind wird uns keine Schwäche verzeihen und unbarmherzig sein."

35

Sie schmecken gut."

Fangschlag stapfte neben Dreischlag durch den Sand und führte Beißer am Zügel. Die Legion marschierte zum Spaltpass und das Stampfen des Marschtritts klang dumpf über das Land. Bar'Ses hatte mit dem Sprechstein die wenigen Überlebenden seiner Art benachrichtigt und überall würden nun die Legionen aufbrechen.

„Was schmeckt gut?" Fangschlag, nun wieder der Legionsoberführer der Orks, sah Dreischlag an.

„Pferd. Pferd schmeckt sehr gut. Noch besser als der Reiter."

„Das weiß ich", knurrte Fangschlag, der nicht wusste, worauf der Legionsführer hinauswollte.

Dreischlag warf einen forschenden Blick auf Beißer. „Dein Name hatte immer einen guten Klang bei den Legionen, Fangschlag. Wenigstens bei uns Rundohren. Viele von uns haben Einohrs hinterlistiges Wesen kennengelernt und seinen Schilderungen nie so richtig vertraut. Während deiner Abwesenheit hat sich vieles verändert. Die Legionen sind erstarkt und wir haben neue Waffen. Auch die Verpflegung ist besser geworden. Inzwischen gibt es genug zu fressen. Du brauchst dieses Pferd also nicht ständig herumzuführen. Wir können es ebenso gut hier schlachten und du brauchst dich nicht mit ihm zu belasten. Wie gesagt, du brauchst ihn nicht mitzunehmen. Gutes Fressen findet sich überall."

Das riesige schwarze Pferd rief noch immer Erstaunen bei den Legionären hervor. Fangschlag wunderte sich über den Gleichmut des Tieres, denn der bissige und störrische Hengst machte bislang keine Anstalten, seinen Namen mit Leben zu füllen. Dies war nach der Auffassung seines Besitzers ein Zeichen seiner Klugheit, da er sicher nicht in den ewig hungrigen Mägen der Orks landen wollte.

„Er ist nicht zum Fressen da, sondern zum Reiten“, erwiderte Fangschlag, der in Anbetracht von Beißers Charakter durchaus ins Wanken geriet.

Im Gegensatz zu der Kohorte am Rand der Sümpfe hatte noch keiner der Orks gesehen, wie einer der Ihren auf einem Pferd ritt. Dreischlag bildete hier keine Ausnahme. „Pferde schmecken gut“, beharrte er.

„Beißer macht da sicher eine Ausnahme, denn er ist störrisch, zäh und widerspenstig. Und ich sagte dir schon, dass ich ihn reiten werde.“ Er sah den Legionsoberführer an. „Reiten ist schneller als Laufen.“

„Ja. Die verdammten Pferdereiter haben es uns oft bewiesen“, gab Dreischlag zu. „Du warst lange bei den Pferdereitern. Sie sind gute Kämpfer.“

„Man kann sie bezwingen. Ich habe viel bei ihnen gelernt und werde das zu nutzen wissen.“

Fangschlag war entschlossen, die Legionen zum Sieg zu führen, denn er konnte nicht zulassen, dass seine Art starb. Doch im Gegensatz zu früher sah er in den Menschen nicht mehr nur den Feind und Futter. Mit vielen hatte er Seite an Seite gekämpft und obwohl er manches an ihrer Lebensart nicht verstand, respektierte er sie nun auf ganz andere Art. Einige von ihnen waren ihm zu Waffenbrüdern geworden und es widerstrebte ihm, die Klinge gegen Nedeam oder Arkarim zu führen. Doch ihm blieb keine Wahl, wenn er und die Seinen überleben wollten.

„Wir sollten ihn töten“, meinte Dreischlag unvermittelt.

„Ich sage es ein letztes Mal, ich werde ihn reiten.“

„Ich meine Einohr und nicht dein bösartiges Pferd."

„Ein verlockender Vorschlag, aber wir können ihn nicht töten."

„Er hat den Schwarzen Lord getötet, also kann man ihn ebenso töten." Dreischlag leckte sich über die Lefzen. „Er ist noch nicht stark. Seine Zauber sind nur schwach."

„Sie werden stärker", grunzte Fangschlag. „Ich habe ihn in den letzten Tageswenden beobachtet. Er versuchte immer wieder den Wuchtzauber anzuwenden, wenn er sich unbeobachtet wähnte. Zunächst konnte er nur kleine Steine verschieben, doch nun wirft er mühelos große Felsen. Die verdammte Made wird immer stärker."

„Ein Grund mehr, ihn jetzt zu töten, solange wir noch die Möglichkeit haben."

„Wir können ihn nicht töten, weil wir ihn brauchen." Der alte und zugleich neue Legionsoberführer schüttelte den Kopf. „Er ist ein Symbol. Der Schwarze Lord hat die Legionen und die Rumaki vereint. Jetzt ist der Allerhöchste tot und alles könnte auseinanderfallen. Wir brauchen den neuen Schwarzen Lord, um die Einheit zu erhalten und die Schlacht entschlossen zu führen. Du kennst unsere Rundohren, Dreischlag. Sie sind tapfer, stark und voller Ehre. Aber ihre Disziplin beruht auf der Macht des Allerhöchsten. Ohne ihn würde Streit unter den Legionsführern ausbrechen, wer den Oberbefehl zu führen hat. Nein, wir brauchen Einohr, dem sie sich alle unterwerfen werden. Er mag nicht der wahre Schwarze Lord sein, doch die schwarze Gestalt ist das Symbol, welches die Orks immer zusammengeschweißt hat. Wir brauchen Einohr als Symbol. Wenigstens so lange, bis wir die Schiffe erreicht haben."

„Werden wir sie erreichen?"

„Daran gibt es keinen Zweifel." Fangschlag ließ ein leises Grollen hören. „Es wird ein blutiges Ringen geben, doch der Sturm von uns Orks wird jeden Widerstand hinwegfegen."

36

Die Blitzgeräte auf der Kette der Signaltürme machten es möglich, innerhalb kürzester Zeit eine erneute Zusammenkunft der Pferdefürsten und Herrscher einzuberufen. Der Tod des alten Schwarzen Lords, die Tatsache, dass Einohr nun der Führer der Orks war und Fangschlag wieder an deren Seite kämpfte, waren alarmierende Nachrichten für die freien Völker. Die Wanderung zu den Schiffen und deren Fertigstellung mussten mit allen Kräften vorangetrieben werden. Es war klar, dass der Feind nicht lange auf sich warten lassen würde.

Inzwischen erreichte das Volk von Julinaash die Südmark des Pferdevolkes. Die Zwerge begannen mit bitteren Gefühlen ihre Kristallstädte zu verlassen und würden schon bald in der Hochmark eintreffen, um von dort weiter nach Mintris zu gelangen.

Boten des alnoischen Königs waren in den Provinzen unterwegs, drängten zur Eile und überreichten den Räten der Städte einen Erlass, der sie zur Verstärkung der Fußgarden aufforderte. Jene, die ihren Dienst freiwillig leisten wollten und im richtigen Alter waren, hatten sich längst gemeldet und den anderen verlangte es nach der Sicherheit der Schiffe. Die Räte der Städte und die Kommandanten der Fußgarden waren jedoch weder wählerisch noch besonders rücksichtsvoll, wenn es darum ging, ihre Truppen zu verstärken. Das Alter eines Rekruten fand keine sonderlich strenge Beachtung, Gefängnisse wurden geleert und mancher wurde betrunken genug gemacht, dass er das Handgeld des Königs doch noch nahm.

Nedeam ritt mit einer kleinen Ehrenwache nach Mintris hinunter. Er tat dies eher ungern, doch der alnoische Gardekommandeur Daik ta Enderos hatte ihm versichert, dass sich der Besuch lohnen werde.

„Ihr werdet überrascht sein, mein Freund“, versicherte Daik, als sie über den belebten Platz auf eine Reihe von Hallen zugingen. „Der bösen Kunde, die Ihr uns gebracht habt, vermag ich nun vielleicht eine gute Kunde entgegenzusetzen.“

„Wir könnten sie wahrhaftig gebrauchen.“ Nedeam war von den Eindrücken in Mintris und der Umgebung der Stadt überwältigt.

Was das Königreich von Alnoa hier in wenigen Jahren vollbracht hatte, war eine atemberaubende Leistung. Auf dem Fluss Genda lagen die Schiffe dicht an dicht miteinander vertäut. Plankenwege verbanden sie, sodass man vom Ufer aus auch auf die in der Flussmitte ankernden Schiffe gelangen konnte. Die Schäden des Bebens waren behoben und in den zahllosen Werften und Gerüsten entstanden noch immer neue Schiffe und gingen in rasantem Tempo ihrer Vollendung entgegen. Auf einer der großen Weideflächen trieb man Hornvieh und andere Nutztiere zusammen. Eine weitere Weide war den Pferden vorbehalten. Dort versuchte man hastig, neuen Rekruten das Reiten zu vermitteln.

„Wir müssen beweglich sein“, hatte Daik auf eine diesbezügliche Frage des Pferdelords geantwortet. „Wenn wir uns nur mit den Fußgarden hinter der zweiten Grenze verschanzen, dann verlieren wir die Möglichkeit der Initiative und der Überraschung. Wir versuchen möglichst schnell, noch weitere Gardekavalleristen auszubilden, doch es ist ein mühsames Werk. Ihr Pferdelords seid das Reiten von Kindesbeinen an gewöhnt, doch die Männer hier, sie müssen erst lernen, in welcher Richtung man sich in den Sattel setzt. Ich habe ein paar erfahrene Hauptmänner und Unterführer darauf angesetzt und diese sind fast am Verzweifeln.“

„Wenn das Pferdevolk nach Mintris marschiert, werden die Pferdefürsten die Losung geben. Ihr werdet beträchtliche Verstärkung durch die Schwertmänner der Marken und ihre Pferdelords erhalten. Zudem stehen die anderen Völker an unserer Seite."

„Versteht mich nicht falsch, Nedeam. Die Zwerge sind mir hochwillkommen und sie sind hervorragende Kämpfer. Aber mit ihren kurzen Beinen sind sie nicht sonderlich rasch."

„Unterschätzt sie nicht. Im Spurt sind sie überraschend schnell. Aber ihre Stärke ist unbestritten der Nahkampf und nicht der kräftezehrende schnelle Lauf. Sind wir da?"

Sie standen nun vor einer der großen Hallen, die sich von den anderen eigentlich nur dadurch unterschied, dass hier mehr Fußgardisten auf Wache standen. Für Nedeam ein Zeichen, dass es mit diesem Gebäude eine besondere Bewandtnis hatte.

„Ja, hier ist das verborgen, was ich Euch zeigen will. Ich muss Euch um Verschwiegenheit bitten, denn was Ihr nun zu Geicht bekommt, soll für den Feind eine wahrhaft böse Überraschung werden."

Durch eine Vorkammer traten sie in die Halle und Nedeam erblickte zum ersten Mal einen der dreirädrigen Dampfkanonenwagen. Trotz der wuchtigen und gepanzerten Aufbauten wirkte er grazil, da die großen Speichenräder die Plattform mit Kessel, Geschütz und Fahrstand hoch über den Boden erhoben.

Nedeam starrte das Gefährt mit offenem Mund an. Daik stellte ihm den Hochgelehrten Britman ta Markos und den Erfinder Petzler vor, die sichtlich stolz auf ihre Leistung waren. „Wir haben den Dampfkanonenwagen in den vergangenen Jahreswenden entscheidend verbessert", versicherte ta Markos. „Das neue Räderwerk hebt ihn hoch über den Boden, sodass die Kanone über die Köpfe der Reiterei hinwegschießen kann.

Die Antriebsstangen sind verbessert und lösen sich nicht mehr so leicht."

„Es sieht … beeindruckend aus", gestand Nedeam zögernd. „Doch ist es auch sehr auffällig in dieser grellen roten Farbe. Ich dachte, dieses Ding solle verborgen bleiben."

„Oh, nur bis zur Schlacht." Ta Markos wippte erregt auf seinen Fersen. „Sie sollen so überraschend über den Feind kommen wie die tapfere Gardekavallerie unseres hochverehrten Kommandanten ta Enderos. Doch auf dem Schlachtfeld soll schon ihr Anblick Furcht und Schrecken verbreiten. Daher die blutrote Farbe, Hoher Lord."

„Hm. Das der Orks ist dunkel, Hochgelehrter."

„Oh, wahrhaftig?" Ta Markos' erfreute Miene verdüsterte sich ein wenig. „Nun, äh, wir könnten es noch ein wenig dunkler bemalen."

„Inzwischen haben wir zwanzig der Dampfkanonenwagen fertiggestellt", fügte Petzler hinzu. „Doch das ist nicht das einzige Wunder, welches wir vollbracht haben."

Die Gelehrten führten Nedeam und ta Enderos zu einer aufgespannten Plane, die einen Teil der Halle verdeckte. Arbeiter zogen sie zur Seite.

Daik nickte anerkennend. „Auch die Feuerschwinge habt ihr verbessert, wie ich sehe."

„Wir nennen sie nun Luftschiff, da sie wie ein Schiff durch die Luft schwimmt." Ta Markos erklärte dem faszinierten Nedeam die Funktion. Dieser erinnerte sich an seinen Flug mit der Lederschwinge Showaa und wie diese ihren Feueratem auf die Orks geworfen hatte. Seine Skepsis gegenüber dem Luftgefährt war daher geringer, als sie sein Freund Daik vor Jahren empfunden hatte. „Inzwischen haben wir metallene Bänder geschmiedet, welche die Lufthülle am Rumpf halten. Sie leiden nicht unter der heißen Luft des Brennsteins. Dies ist nur ein verkleinertes Luftschiff. In der Nachbarhalle sind drei von ihnen vollendet und warten nur darauf, den Tod aus der Luft zu schleudern. Dazu verwenden wir Säcke mit dem Sprengpulver, wie es auch die Orks nutzen. Wartet, dies wird Euch gefallen.“

Ta Markos zerrte Nedeam mit sich in einen Seitenbereich der Halle. Dort befand sich ein ringförmiger Erdwall und der Hochgelehrte führte den Pferdefürsten und den Gardekommandeur auf dessen Kuppe. Im Inneren des Walls befand sich eine ebene Fläche, in der einige Zehnen von Brettern aufgestellt waren.

„Ihr müsst es Euch so vorstellen, als seien dies anstürmende Krieger der Orks. Nun tretet ein wenig zurück, sodass Ihr nicht mehr über den Rand des Schutzwalls ins Innere hineinblicken könnt. Ja, so ist es recht. Und nun gebt acht.“

Auf einen Wink des Hochgelehrten ergriff Petzler einen faustgroßen Sack, in dem sich wohl das Pulver befand. Nedeam erkannte eine kurze Zündschnur, wie sich auch der Schausteller Illdur bei seiner „Himmelspracht“ benutzte. Mit der anderen Hand langte der Erfinder nach einem dünnen Metallrohr, in dem es glühte. „Brennstein“, erklärte Petzler. „Innerhalb des Metallrohrs ist er zusätzlich isoliert, sodass seine Hitze den Träger nicht schädigen kann. Wartet, ich muss die Feuerschnur entzünden.“

Funken begannen zu sprühen und Petzler warf den Pulversack hastig in das Innere des Schutzwalls. Ein paar Augenblicke verstrichen, dann gab es einen dumpfen Knall. Petzler grinste zufrieden. „Und nun seht Euch an, was der Knall bewirkt hat.“

Sie traten wieder auf den Wall hinauf und im Inneren lagen die meisten der Bretter am Boden.

Daik ta Enderos machte einen sichtlich erfreuten Eindruck. „Ein einzelnes Pulversäckchen hat gleich mehrere Zehnen gefällt. Wahrhaftig, das wird dem Feind übel zusetzen.“

Nedeam strich sich nachdenklich über das Kinn. Schließlich stieg er in das Innere des Schutzwalls hinab und begann die Bretter zu untersuchen. Irritiert folgten ihm die anderen.

„Sie liegen alle am Boden", versicherte ta Markos.

Der Pferdefürst nickte und trat lächelnd an den Hochgelehrten heran. Plötzlich verzog er das Gesicht und stieß ein schreckliches Gebrüll aus.

Ta Markos schrie seinerseits auf und wich hastig zurück. „Hoher Lord", ächzte er.

„Habt Ihr Euch erschreckt?", fragte Nedeam leise.

„Selbstverständlich habe ich das", antwortete der Hochgelehrte empört. „Wer würde sich bei solchem Gebaren nicht erschrecken?"

„Seid Ihr tot?"

Das Gesicht des Alnoers verriet Fassungslosigkeit. „Natürlich nicht. Ich mag ein wenig schreckhaft sein, doch daran sterbe ich nicht."

„Ja, das dachte ich mir", gab Nedeam zu. Er zuckte bedauernd mit den Schultern. „Den Orks mag es nicht anders ergehen. Sie werden sich erschrecken und von den Beinen geworfen, doch dann erheben sie sich wieder und greifen weiter an."

„Ihr haltet unsere Pulversäcke für wirkungslos?" Petzler sah Nedeam finster an.

„Nein, Ihr Herren, Ihr habt da etwas sehr Nützliches ersonnen." Petzlers Miene hellte sich wieder auf und der Pferdefürst wollte seine Haltung nicht unerklärt lassen. „Legionen stehen in fester Formation und in mehreren Reihen. Die vorderste führt lange Spieße, sodass es nicht einfach ist, ihre Formation aufzubrechen und einzudringen. Wir Pferdelords haben dies bislang beherrscht, doch Fangschlag weiß, wie wir das bewirken, und wird seine Kämpfer darauf vorbereiten. Doch wenn unsere vordersten Reiter nun solche Pulversäcke werfen, wird es die Orks mächtig durcheinanderwirbeln und wir können ihre Linien mit Leichtigkeit brechen."

Petzler strahlte vor Stolz. „Es soll Euch nicht an Pulversäckchen fehlen."

Nedeam zog die beiden Gelehrten zu einer der Bohlen. „Der Druck der Explosion hat das Holz nicht splittern lassen, doch seht, was ich entdeckt habe."

Ta Markos bückte sich und betastete ein Stück Holz. „Ein Stein aus dem Boden steckt darin. Und dort ist ein Loch, wohl von einem anderen Stein geschlagen."

Petzler verstand sofort, was dies bedeutete. „Der Druck hat den Boden und die Steine aufgewirbelt und diese haben wie die Geschosse einer Dampfkanone gewirkt."

Ta Enderos' Grinsen war ausgesprochen blutrünstig. „Füllt kleine Steine oder Metallstücke mit dem Pulver in die Säcke. Das wird den Bestien nicht behagen. Wir werden sehr viele dieser Sprengsäckchen benötigen", mahnte er.

Petzler nickte. „Ihr werdet sie rechtzeitig erhalten."

37

Rumak gehörte zu den fruchtbaren Regionen im Reich des Schwarzen Lords. In den südlichen Ausläufern des Gebirges Uma'Roll entsprang der Fluss Rumak, der in der gleichnamigen Bucht ins Meer mündete. Entlang seiner Ufer hatte sich einst das kleine Volk angesiedelt und ein respektables Königreich gegründet. Die Erzminen im Gebirge und die üppigen Weiden und Getreidefelder begründeten einen gewissen Wohlstand der Bewohner und auch ihren Handel mit anderen Völkern. Besonders die rumakische Schmiedekunst genoss einen ausgezeichneten Ruf und im Hafen von Cirirumak liefen die Schiffe ferner Handelspartner ein. Obwohl die Rumaki die Seefahrt kannten, entwickelten sie nie den Ehrgeiz, selber große Wasserfahrzeuge zu bauen, sondern beschränkten sich auf kleine Fischerboote. Als ihr Reich schließlich von den Legionen der Orks überrannt wurde, versank diese Fähigkeit auf Geheiß des Schwarzen Lords im Vergessen.

Ganz anders verhielt es sich mit der Schmiedekunst. Obwohl die Orks in ihren Festungen über Waffenschmieden verfügten, waren ihre Fertigkeiten der Metallbearbeitung begrenzt und beschränkten sich auf Rüstungen und Waffen, die den Legionen seit Jahrtausenden gedient hatten. Der unendlich währende Krieg gegen die Überlebenden der freien Völker zehrte die Vorkommen an Eisen auf und selbst das Aufsammeln alter Waffen von den Schauplätzen vergangener Schlachten reichte nicht, den Bedarf der Legionen zu stillen. Das große Beben, bei dem der Spaltpass entstand, änderte dies. Neue Erzvorkommen wurden zugänglich und seit dieser Zeit hörten die Essen in den Schmieden von Rumak nicht mehr zu glühen auf. Ströme von Waffen wurden produziert und der Stahl war von weit besserer Qualität als jemals zuvor.

Die Meister ersannen zudem neue Konstruktionen, die endlich den Sieg bringen sollten. Sie basierten auf dem Berstpulver, dessen Zusammensetzung einst ein Geheimnis der Grauen Magier gewesen war. Als der zweite Sturm der Orks gegen die freien Völker begann, hatte es nur wenig von dem Pulver gegeben, denn seine Bestandteile mussten mühselig gesammelt werden. Doch schon beim Vorstoß der Legionen in die nördliche Öde von Rushaan waren die ersten Ferntöter bereit gewesen, ihre Eisenkugeln mit der Kraft des Pulvers über weite Entfernungen zu werfen. Vor Jahren hatte man nun damit angefangen, das Berstpulver in großen Mengen herzustellen und neue Waffen für seine Nutzung zu entwickeln.

Das Zentrum hierfür befand sich in der Stadt Cirirumak. Einst war sie die Hauptstadt des freien Königreiches von Rumak gewesen. Vom einstigen Glanz war unter der Herrschaft des Schwarzen Lords nur wenig geblieben. Jetzt prägten Pulvermühlen und Schmieden das Bild der Randbezirke, in denen entstand, was der Vernichtung des Feindes dienen sollte.

Im Westen der Stadt standen die Hallen, in denen die Waffen und ihre Munition gelagert wurden. Hier stellte man die Transporte zusammen, die zu den Legionen gingen. Viele waren schon erfolgt und nun war die Kunde eingetroffen, dass der letzte Krieg endlich beginnen sollte.

Es herrschte geschäftiges Treiben. Rumaki und Rundohren luden die Waffen auf die bereitstehenden Gespanne, die in langen Schlangen vor den Hallen warteten. Hornbestien brüllten streitsüchtig und konnten von den Gespannführern nur mühsam unter Kontrolle gehalten werden. Dies gelang nur, weil man den riesigen Tieren mit ihren langen Hörnern stählerne Zügeldorne in die Schädel getrieben hatte. Die Furcht vor den Schmerzen beim Zug an den Zügeln hielt die Bestien davon ab, ihrer angeborenen Feindseligkeit nachzugeben.

Fässer mit Berstpulver, Kisten mit Sprengpfeilen und Kugeln wurden auf die Fahrzeuge geladen, Ferntöter und Sprengpfeilwerfer hinten angehängt. Schon vor Jahren waren die ersten Waffen an die Legionen verteilt worden, um genug Bedienungsmannschaften ausbilden zu können. Die Waffenmeister rechneten dennoch mit Unfällen. Die neuen Waffen waren nicht immer zuverlässig und das galt noch mehr für die Spitzohren, welche sie handhaben sollten.

Ein Bote überbrachte nun endlich die Nachricht, auf die man so lange vergeblich gehofft hatte, und überreichte sie jenen beiden Männern, welche in den Schmieden Rumaks über einen legendären Ruf verfügten.

Nad-Farege war ein Rumaki von hohem Alter und ebensolchem Ansehen. Als oberstem Pulvermeister unterstanden ihm die Holzköhlereien, Dungsammler und die Pulvermühle. Brom-Molrevge stand ihm an Bedeutung nicht nach und der oberste Schmiedemeister galt nicht umsonst als der Beste seiner Kunst. Vor Jahren hatte er an der Vollendung der Faust des Allerhöchsten gearbeitet, die ihre Flammenkugeln mit der Macht des Berstpulvers und der Magie der Grauen Wesen über das Gebirge des Uma'Roll hinweggeschleudert hatte. Nachdem diese Waffe zerstört worden war, widmete sich Brom-Molrevge dem Bau jener neuen Waffen, die zu einer tödlichen Überraschung für die freien Völker werden sollten.

„Endlich." Nad-Farege konnte seine Erleichterung nicht verbergen. „All das Warten über die vielen Jahreswenden hat nun ein Ende. Endlich tragen wir den letzten Krieg in das Land der Ehrlosen und können Rache für ihren Verrat üben."

Brom-Molrevge beobachtete mit kritischem Blick, wie das Bündelrohr eines der neuen Sprengpfeilwerfer auf dessen Fahrgestell montiert wurde. Er musterte seinen Freund nachdenklich. „Der letzte Krieg? Wahrhaftig, dies haben wir schon oft gedacht, wenn die Legionen des Allerhöchsten über die Grenze fluteten, und doch wurden sie jedes Mal geschlagen."

„Diesmal ist es anders", versicherte Farege. „Diesmal haben wir die neuen Waffen und ihrer Macht werden sie nicht widerstehen können. Dies wird wirklich das letzte blutige Ringen."

„Es wird fraglos ein blutiges Schlachten", stimmte der oberste Schmiedemeister zu. „Und es wird vielleicht wirklich das letzte Mal sein. Man sagt, unser Land werde untergehen. Ich weiß nicht, ob das wirklich stimmt."

„Warum sollte es nicht die Wahrheit sein?"

„Der Allerhöchste sagt, dass wir nur Rettung finden, wenn wir die Schiffe der Ehrlosen erobern. Du kennst die Feigheit der Spitzohren. Die Angst vor dem Tod lässt sie zurückschrecken, die Hoffnung zu überleben, lässt sie kämpfen. Vielleicht erzählt man nur vom Untergang, um die Legionen zum rücksichtslosen Kampf anzutreiben."

„Glaubst du das wirklich?"

Brom-Molrevge schüttelte traurig den Kopf. „Nein. Ich weiß, dass dem nicht so ist. Die Nachrichten, welche uns die Späher der Bruderschaft übermitteln, lassen keine Hoffnung zu."

„Keine Hoffnung? Was meinst du damit?"

„Es heißt, wir müssten die Schiffe rasch erobern, da nicht viel Zeit bleibt."

Nad-Farege nickte. „Aus diesem Grund schicken wir Waffenlieferung um Waffenlieferung hinaus."

„Waffen." Molrevge spuckte angewidert aus. „Siehst du es denn nicht?" Er deutete um sich. „Legionäre und Waffen gehen zu den

Pässen, doch was ist mit unserem Volk, alter Freund? Wenn die Zeit so drängt, müssten nicht auch längst unsere Frauen und Kinder marschieren, um den Legionen dichtauf zu den rettenden Schiffen zu folgen?“

Das Gesicht des Pulvermeisters wurde nachdenklich. „Nun, es … Es mag genug Zeit verbleiben.“

„Ja, vielleicht.“ Brom legte dem Freund die Hand an den Arm. „Ich sage es dir im Vertrauen, doch ich glaube nicht, dass dem Allerhöchsten an unserer Rettung liegt.“

„Wir sind treue Diener des Allerhöchsten“, protestierte Farege. „Wir haben ihm die neuen Waffen erschaffen und das wird er uns nicht vergessen.“

„Sei kein Narr. Wir sind Menschen und er ist ein Feind der Menschen.“

Nun zeigte der Pulvermeister Betroffenheit. „Du meinst, er will uns opfern?“ Farege wurde bleich. „Dann verdient er es nicht, dass wir ihm weiter dienen. Dann müssen wir uns einen eigenen Weg der Rettung suchen.“

„Dazu ist es zu spät, mein Freund. Wir haben keine Zeit mehr, um eigene Schiffe zu bauen, und wir sind zu schwach, um alleine gegen die Ehrlosen anzutreten. Wir können auch nicht gegen den Allerhöchsten aufbegehren.“

„Du willst es einfach hinnehmen?“

Das Gesicht von Brom-Molrevge verriet Hoffnungslosigkeit und Müdigkeit, als er langsam nickte. „Uns bleibt keine Wahl. Uns bleibt nur die Möglichkeit der Rache, auf die wir so viele Jahreswenden gehofft haben. Wenn wir uns nicht retten können, so sollen auch die Ehrlosen sterben.“

„Und … Und unser Volk?“

„Manche werden sich ihren Teil denken“, seufzte der oberste Schmiedemeister. „Und sie werden wohl, wie ich, darüber schweigen.“

„Schweigen? Wir müssen aufbegehren! Wir müssen unser Volk retten!“

„Mein Freund, es ist, wie ich es schon sagte … Das können wir nicht. Und willst du unsere Familien quälen, indem du ihnen die Hoffnungslosigkeit vor Augen führst? Nein, es ist gnädiger, wenn der Tod sie überraschend ereilt und sie nicht die ganze Zeit in Furcht erleben.“

„Das ist grausam.“

„Das ist es.“ Molrevge wischte sich eine Träne von der Wange. „So bleibt uns nur, das Werkzeug der Rache zu sein. Wenn wir untergehen, so sollen auch die freien Völker nicht überleben. Für Rumak und unsere Rache, alter Freund.“

„Für Rumak und unsere Rache“, wiederholte Farege mit tonloser Stimme.

38

Vielleicht gab es einige Menschen, die an dem Bericht des Pferdefürsten Nedeam zweifelten. Hochgeborener Tonat ta Enderos gehörte ganz sicher nicht dazu. Vierzehn Jahre war es nun her, dass er an der Seite des Pferdelords die von den Schwärmen der See besetzte Stadt Gendaneris befreit hatte. Tonat, der damals als Hauptmann einen Beritt der fünften Gardekavallerie führte, kannte den Mann aus der Hochmark als einen Kämpfer, der nicht zur Übertreibung neigte. Inzwischen war auch Tonat da Enderos aufgestiegen und befehligte das fünfte Gardekavallerieregiment. Ein Aufstieg, der nicht unbedingt leicht gewesen war, obwohl und gerade weil sein Vater Daik als Oberbefehlshaber die Garderegimenter anführte. Tonat hatte durch eigene Verdienste aufsteigen wollen und dass ihm dies gelungen war, erfüllte Vater und Sohn gleichermaßen mit Stolz.

Tonat ta Enderos und seine Kavalleristen waren an das rasche Vorankommen der berittenen Regimenter gewöhnt. Ein Zehnteltag im leichten Trab, dann das Führen der Pferde für einen Viertel Zehnteltag, um sie zu schonen und für eine rasche Attacke frisch zu halten. Diesmal kamen sie weit langsamer voran, denn es gab immer wieder Verzögerungen. Der Grund lag in den zwei Regimentern der Fußgarde, die man Tonat zusätzlich unterstellt hatte. Sie sollten die Truppen aus Mintris und Gendaneris verstärken, welche die zweite Grenze bemannt hielten, um innerhalb des geschützten Bereiches für Ordnung und Sicherheit zu sorgen.

„Die verdammten Schlammfüße halten uns nur auf", meinte Regimentsunterführer Malvis missmutig. „Wir könnten längst an der zweiten Grenze sein."

„Es kommt nicht auf eine Tageswende an“, erwiderte Tonat, der im Gegensatz zu seinem Vater von ungewöhnlich großer Statur war. „Wichtig ist die Geschlossenheit unseres Auftretens.“ Er warf einen Blick zurück. Die Fußtruppen marschierten hinter der Kavallerie und durch den aufgewirbelten Staub war kaum etwas von ihnen zu sehen. Nur wenn die Straße eine Kurve machte, kamen die staubbedeckten Uniformen und Rüstungen für eine Weile zum Vorschein. „Aber ich wäre dankbar, wenn man uns erfahrene Fußgarden zugeteilt hätte.“

Malvis beugte sich im Sattel zur Seite und spuckte aus. „Die alten Regimenter hält man in den Städten zurück, um das Volk auf seinem Marsch zu den Schiffen zu schützen, oder man schickt sie als Verstärkungen in die Grenzfesten. Für die zweite Grenze bleibt nur, was man mit den neuen Regimentern zusammengekratzt hat. Selbst für die Fußgarden kein Ruhmesblatt.“

„Sie sind willig und werden ihren Dienst versehen, Malvis.“

„Ich hoffe, sie laufen nicht weg, wenn es ums Leben geht.“ Der drahtige Regimentsunterführer sammelte erneut Speichel, spuckte aus und langte griff dann zu seiner Wasserflasche. Malvis war gerade vom Ende der langen Marschkolonne zurückgekehrt und hatte dabei selbst genug Staub schlucken müssen. „Verdammter Staub, verdammte Hitze und verdammte Schlammfüße.“

„Sie wurden hastig aufgestellt, ausgebildet und ausgerüstet“, sagte Tonat.

„Das ist wahrhaftig ein wahres Wort, Euer Hochgeboren. Selbst während dieses Marsches sind die Unterführer noch bemüht, die Männer in Form zu bringen. Männer … Wahrhaftig, ich sehe in ihren Reihen so viele Knaben und Greise, dass mir ein Schauder über den Rücken läuft.“

„Die geübten und starken Truppen werden in den Grenzfesten und Städten benötigt. Noch ist die zweite nicht bedroht.“

„Mit Verlaub, Herr, wir sollten selbst zu einer Grenzfeste marschieren. Maratran oder Nerianet können sicher noch Verstärkung brauchen."

Tonat ta Enderos bewegten die gleichen Gedanken und doch konnte er sich den Argumenten seines Vaters nicht verschließen, der ihm den Befehl zum Marsch gegeben hatte. „Ja, sie brauchen dort erfahrene Männer, doch das gilt auch für die zweite Grenze. Nach den Worten des Pferdefürsten Nedeam kann es keinen Zweifel geben, dass der neue Schwarze Lord nun sehr rasch zuschlagen wird. Daher müssen wir die zweite Grenze früher sichern, als dies geplant war."

„Dazu würde doch die Fußgarde sicherlich ausreichen, Euer Hochgeboren. Der Feind wird die neue Grenze doch nicht so schnell bedrohen. Erst muss er die Grenzfesten bezwingen und selbst wenn ihm das gelingt, muss er die Provinzen durchqueren, um zur zweiten Linie vorzustoßen."

Sie folgten dem Verlauf des Flusses Ronin und näherten sich auf diese Weise dem südlichen Tor der neuen Grenze. Vor fünf Zehnteltagen hatte der Hochgeborene seine Truppen geteilt. Jeweils zwei Beritte und ein halbes Fußregiment waren auf dem Weg zum nördlichen Tor und dem Haupttor an der Handelsstraße nach Gendaneris. Sechs der zehn Beritte des Regiments folgten noch immer ta Enderos' Banner. Bei Mintris wurden die Waren angeliefert und dort trafen die Flüchtlinge ein. In dieser Gegend würde es somit auch den stärksten Verkehr geben, zu dessen Kontrolle der Hochgeborene die Reiterei benötigte.

Bevor sich die Truppen teilten, hatte Tonat ta Enderos den Offizieren eingeschärft, welche Aufgaben zu erfüllen waren und wie diese umgesetzt werden sollten. Sobald man an den Toren eintraf, musste alles in großer Eile und Sorgfalt geschehen. Dies galt nicht nur für die Bewachung der Tore, sondern auch für die Besetzung der Verteidigungsabschnitte der Mauer.

Vor ihnen näherte sich eine andere Staubwolke, unter der Gespanne und Wagen sichtbar wurden. Der Regimentskommandeur wandte sich dem Signalbläser zu, der neben dem Bannerträger mit der Regimentsfahne ritt. „Gebt Signal, damit unsere Regimenter die Straße freigeben und der Wagenzug passieren kann."

Das Hornsignal wurde von anderen Signalbläsern aufgenommen und die Marschkolonne teilte sich und räumte die Mitte der Straße. Mehrere Hornvieh- und Pferdegespanne zogen vorbei. Ihre Fahrer und Treiber wirkten müde. Das machte manchem Gardisten bewusst, dass diese Transporte schon seit Jahren zwischen den Städten, Dörfern und Mintris hin- und herpendelten. Ein schier unendlicher Strom von Material und Nahrungsmitteln, die für den Bau der Werften und Schiffe, der Lager, Unterkünfte und der zweiten Grenze notwendig waren.

Ta Enderos wartete, bis er vom letzten Fußregiment das Bereitschaftssignal hörte. Die kurze Rast tat den Soldaten sicher gut, auch wenn sie nun nahe am Ziel waren. Er dachte an Malvis' letzte Bemerkung, dass der Feind erst die Festungen an den Pässen, die erste Grenze, überwinden musste, und nahm den Faden wieder auf.

„Der Feind wird die Grenzfesten überwinden, Malvis. So tapfer unsere Leute auch kämpfen mögen, an der Übermacht und Entschlossenheit des Feindes kann es keinen Zweifel geben. Bei dieser Schlacht wird es darauf ankommen, die zweite Grenze zu halten. So lange, bis sich alle auf die Schiffe retten können. Und die Sicherung kann nicht alleine den Fußgarden überlassen bleiben. Nein, wir müssen die Schnelligkeit der Gardekavallerie einsetzen können. Denkt an die Bruderschaft des Kreuzes."

„Diese verdammte Mordbande, Euer Hochgeboren?"

„Ebendiese. Ich sage es Euch nun im Vertrauen, Malvis, da Eure Ehrenhaftigkeit nicht in Zweifel steht und Ihr ein verdienter Unterführer seid. Es gibt ein paar Geheimnisse innerhalb der zweiten Grenze, von deren Existenz der neue Schwarze Lord nicht erfahren darf, denn sie sollen seine Truppen auf tödliche Weise überraschen. Daher besetzen wir nun die Grenzbefestigungen und die Tore. Jeder darf herein, doch wer den gesicherten Bereich verlassen will, der wird genauestens kontrolliert. Wer die Tätowierung trägt oder sich verdächtig macht, der ist des Todes. Und wer zu entkommen sucht, den werden unsere Gardereiter verfolgen und fällen." Ta Enderos bemerkte den Blick des Unterführers und lächelte sanft. „Das Land ist dem Untergang geweiht und Sicherheit verheißen nur die Schiffe. Wer also ohne gewichtigen Grund den Schutz der zweiten Grenze wieder verlassen will …"

„Ich verstehe." Malvis nickte nachdenklich. „Informationen über einen Feind sind von Bedeutung, wenn man ihn überwinden will. Darf ich fragen, welche Geheimnisse verborgen bleiben sollen?"

Tonat zuckte die Schultern. „Ich muss es wohl zugeben, ich weiß es selber nicht. Mein Vater machte nur Andeutungen über neue Waffen."

Malvis lachte auf. „Nun, was sonst sollte dem Feind auch schaden?"

Vor ihnen wurden die Umrisse von Palisaden und steinernen Türmen sichtbar. Nur eine Handvoll Wachen stand auf dem Wehrgang und sah der Marschkolonne neugierig entgegen. Die Straße führte zu einem der drei großen Tore, an dem reges Gedränge herrschte. Wagenkolonnen fuhren in den abgesicherten Bereich hinein und kehrten dann an ihren Ursprungsort zurück, um neue Waren abzuholen. Dazwischen waren die Gespanne oder Fußgruppen von Familien und auch größeren Gemeinschaften zu erkennen, die sich bereits zu den Schiffen in Sicherheit bringen wollten.

Auf Tonats Wink gab der Hornbläser das Offizierssignal. Die Hauptleute der Beritte preschten nach vorne und versammelten sich bei ihrem Regimentskommandanten.

„Der erste und zweite Beritt bleiben am Tor und kontrollieren sofort jeden, der den gesicherten Bereich verlassen will. Die anderen Beritte schwärmen vor der Palisade nach rechts und links aus und verhindern, dass sich jemand der Überprüfung entziehen kann. Diese Außenstreifen können wir wieder einziehen, wenn die Fußgarde die Palisaden besetzt hat. Ich sage es mit aller Deutlichkeit: Jeder, der seine Unterarme nicht freiwillig entblößt, gilt als Verdächtiger und dies gilt für Mann und Frau."

„Euer Hochgeboren, was ist mit jenen, die zu fliehen versuchen? Sollen wir sie fangen, damit man sie befragen kann?"

Der junge ta Enderos schüttelte den Kopf. „Wir brauchen keine Informationen über das Reich des Schwarzen Lords. Er wird mit seinen Truppen zu uns kommen und so werden wir ohnehin sehen, was für uns von Belang ist. Wer zur Bruderschaft gehört, der wird getötet. Sie kannten keine Gnade, als sie unsere Dorfbewohner mordeten, und so werden wir ihnen ebenfalls keine Schonung gewähren."

Das Erscheinen einer größeren Abteilung der Gardekavallerie und eines Regiments der Fußgarde erregte Aufsehen. Niemand hatte mit ihrem Auftauchen gerechnet und es war auch keine Botschaft geblitzt worden, um die Quartiere vorzubereiten. Das war mit Bedacht geschehen, denn falls sich Spione der Rumaki innerhalb der zweiten Grenze aufhielten, und daran konnte kaum ein Zweifel bestehen, so sollten sie nicht vorgewarnt werden.

Noch während die Torwache zur Ehrenformation antrat, ertönten auch schon die Befehle von ta Enderos' Hauptleuten. Der größte Teil der Fußgardisten schwärmte sofort auf den Wehrgängen aus. Es würde eine nur hauchdünne Linie mit großen Seitenabständen werden. Sie war kaum in der Lage, einen überraschenden Fluchtversuch zu verhindern, aber die Aufgabe der Soldaten bestand vornehmlich darin, die Streifen der Kavallerie im Vorfeld aufmerksam zu machen, wenn jemand zu entkommen versuchte. Vor allem in der Nacht würde dies schwierig sein. Zumindest, bis weitere Regimenter eintrafen.

Der Hauptmann der bisherigen Torwache entbot den Ehrengruß und sein Gesicht zeigte Verwirrung. „Euer Erscheinen wurde nicht angekündigt, Euer Hochgeboren. Ist Gefahr im Verzug?"

„Ich will es nicht hoffen, Hauptmann, doch wir werden uns darauf vorbereiten." Tonat schwang sich aus dem Sattel und reichte die Zügel an den Signalbläser. Mit wenigen Sätzen erklärte er dem anderen Offizier, welche Bedeutung der unerwartete Aufmarsch hatte.

„Ich verstehe, Herr. Wir lassen jedermann herein, doch wer hinauswill, der wird überprüft." Der Hauptmann wandte sich zwei Fußgardisten zu, deren Aufmerksamkeit darauf gerichtet war, den Fluss der Gespanne, Reiter und Fußgänger zu regeln, und rief ihnen die entsprechenden Befehle zu.

Den Soldaten war die Bedeutung sofort klar und die Befehle riefen Unruhe bei den Menschen hervor, die sich hier bewegten.

Alle hatten von den Mordtaten der unheilvollen Bruderschaft des Kreuzes gehört. Davon, dass diese Männer und Frauen vor Jahren die Bewohner der beiden Dörfer Hemjalis und Denderon heimtückisch ermordet hatten. Abgeschlachtet, um in deren Rollen zu schlüpfen und so einen Großangriff der Legionen einzuleiten. In der Folgezeit hatte man intensiv Jagd auf alle Kuttenträger gemacht, deren besonderes Kennzeichen die rote Tätowierung eines Kreuzes am Unterarm war. Einige Hundert von ihnen waren gestellt und ohne Umschweife hingerichtet worden. In den letzten Jahren war die Jagd weniger aufmerksam betrieben worden. Die Herrscher der freien Völker hatten sich auf diese Weise die Spione der Rumaki zunutze gemacht. Sie sollten von den Vorgängen berichten können, um so die Zeit für den Bau der Schiffe und der zweiten Grenze zu verschaffen. Diese Schonzeit war nun vorbei, denn nun galt es, die Geheimnisse innerhalb der zweiten Grenze zu bewahren.

Die beiden Torwachen begannen jene, welche die sicheren Provinzen über das Südtor verlassen wollten, auf die verräterische Tätowierung hin zu überprüfen. Die meisten Menschen ließen dies klaglos über sich ergehen – brauchte es doch wenig Aufwand, die Ärmel des jeweiligen Kleidungsstückes zu den Ellbogen hochzustreifen. Einige wenige murrten, weil dies das Absetzen eines Gepäckstückes oder kleinen Kindes erforderte.

Zwei oder drei hingegen hatten guten Grund, sich der Kontrolle zu widersetzen.

Einer war ein Fahrer, dessen Gespann an zweiter Stelle wartete und der den Pferden plötzlich die Zügel gab. Erschrockene Schreie waren zu hören, als das Fahrzeug an dem vorderen Wagen vorbeizog und dabei beinahe zwei Arbeiter überrollt hätte. Eine Radnabe berührte schleifend den offenen Torflügel, doch das Gespann gelangte unbeschadet hindurch. Der Fahrer schrie und peitschte mit den langen Zügelenden auf die Zugtiere ein.

Zwei Gardekavalleristen zogen ihre Pferde herum und spornten sie an. Schon nach kaum zehn Längen waren sie rechts und links des schlingernden Wagens. Der Fahrer langte unter seinen Bock und zerrte ein Schwert hervor, was die letzten Zweifel der Verfolger ausräumte. Als der Gespannführer nach einem der Reiter stieß, traf ihn der andere mit der flachen Klinge am Kopf. Der Fahrer sackte in sich zusammen und die Bewegungen des Wagens schleuderten ihn schließlich vom Bock. Er prallte hart auf, wurde beinahe von einem der Räder überrollt und überschlug sich, bevor er benommen liegen blieb. Einer der Gardisten folgte dem Gespann, um es zum Halten zu bekommen, der andere ritt neben den Gestürzten und saß ab.

Der Soldat trat an den Mann heran, setzte die Klinge an dessen Kehle und bückte sich dabei, um die Unterarme des Verdächtigen zu überprüfen. Es dauerte nur einen Moment und als er sich wieder aufrichtete, glitt das Schwert in einer beiläufig wirkenden Geste in den Hals hinein. Die schwachen Bewegungen des Fahrers erstarben. Der Gardist säuberte seine Waffe, schob sie in die Scheide zurück und saß wieder auf.

Fast alle hatten nur auf die kurze Verfolgungsjagd geachtet, nicht jedoch Tonat ta Enderos und Regimentsunterführer Malvis. Beide hatten das junge Paar bemerkt, welches sich zur anderen Seite des Tors begab und nach draußen schlüpfte. Sie verständigten sich durch einen kurzen Blick und folgten dem Paar im langsamen Trab.

Diese hörten den Hufschlag der Pferde und wussten, dass sie verfolgt wurden. Während die Frau hastig weiterrannte, hielt der Mann an und machte Front gegen Tonat und Malvis. Er trug keine sichtbare Waffe, doch die beiden Soldaten zogen blank.

„Habt Gnade, Ihr guten Herren!“, rief der Mann entsetzt. „Ich gehöre nicht zu jenen, die Ihr sucht.“

„Dann zeigt Eure Arme!“, befahl Tonat mit scharfer Stimme und zügelte sein Pferd. „Wenn Ihr Euch weigert, so werde ich kein zweites Mal fragen, sondern Eurem Leben ein Ende setzen.“

Malvis ritt weiter und hatte die Frau rasch eingeholt. Zitternd stand sie vor seiner Klinge und der alte Regimentsunterführer sah nun das kleine Kind, welches sie in den Armen hielt. Er tippte mit der Schwertspitze an die Ärmel ihres Kleides und die Frau begann sie weinend nach oben zu ziehen. Es gab keine Tätowierung und Malvis sah zu Tonat und schüttelte den Kopf.

Der Mann vor ihm entblößte seine Arme zögernd und der Grund war verständlich. „Es war ein schwerer Unfall, Hoher Herr. Wir brannten Löcher für die Bolzen der Schiffsplanken und dabei ist es geschehen."

Mit düsterer Miene betrachtete der Hochgeborene die große Brandwunde, die einen der Unterarme entstellte. „Nein. Ihr gehört zur Bruderschaft und habt versucht, das rote Mal des Kreuzes zu tilgen", widersprach er grimmig. „Nun, Ihr wisst, welches Schicksal Euch erwartet."

„Gewährt mir das Leben, Herr." Der Mann sank auf die Knie und reckte Tonat flehentlich die Hände entgegen. „Es ist wahr, ich gehörte zu ihnen, doch ich habe der Bruderschaft entsagt. Ich liebe eines Eurer Weiber und wir haben ein Kind. Wenn es Euch nach Blut verlangt, so verschont wenigstens sie."

Malvis kam mit der Frau und dem Kind heran und sein Gesicht verfinsterte sich, als er das Wundmal sah. „Also doch. So sei es denn, lasst uns diese Brut austilgen."

Die Entschlossenheit seines Unterführers war es, die Tonat nun zu einer Entscheidung zwang. Er steckte sein Schwert zurück. „Nein, Malvis. Sie sollen leben."

Die Frau schluchzte auf und der Mann rutschte auf Tonat zu, um ihm zu danken. Der stieß einen leisen Fluch aus. „Ihr werdet auf eines der fertigen Schiffe gebracht, die draußen im Fluss ankern, und werdet es nicht wieder verlassen. Solltet ihr es dennoch versuchen, so wird es keine Schonung mehr geben."

Sie brachten die kleine Familie zum Tor zurück und übergaben sie an zwei Fußgardisten.

Malvis sah seinen Kommandeur an. „Wir hätten sie töten sollen, Euer Hochgeboren. Jetzt müssen wir ein Auge auf sie haben."

„Das Kind trägt keine Schuld und vielleicht hat dieser Rumaki wirklich der Bruderschaft abgeschworen. Immerhin ist er mit einer der Unseren verbunden. Das spricht für ihn."

„Vielleicht hat er es aus ebendiesem Grund getan."

„Möglich, doch das glaube ich nicht. Ich habe in die Augen dieser Menschen gesehen und darin waren nichts als gegenseitige Liebe und Angst." Tonat ta Enderos legte die Hände auf das Sattelhorn und blickte Malvis nachdenklich an. „Mir blieb keine Wahl, als Gnade zu gewähren. Was sonst unterscheidet uns von den Bestien, welche der Finsternis dienen? Nein, Malvis, wenn wir unsere Menschlichkeit aufgeben, dann verdienen wir keine Rettung."

39

Vor vielen Jahren hatte ein schweres Beben dem Reich von Alnoa großen Schaden zugefügt. Zahlreiche Städte und Dörfer waren betroffen und die Stadt Nerianeris war derart zerstört worden, dass man sie nie wieder aufgebaut und die Ruinen ihren Toten überlassen hatte. Die größte Verheerung war jedoch die Veränderung, die das Beben dem Gebirge des Uma'Roll zufügte. Der einst undurchdringliche Wall wies nun eine klaffende Lücke auf, die man den „Spalt" nannte. Ein stumpfer Keil war in die Berge getrieben worden. Die entstandene Öffnung glich einer breiten Schlucht, die das Gebirge nun teilte. Einer Schlucht von über vierzig Tausendlängen Breite, die einen erschreckend leichten Zugang zwischen dem Reich des Schwarzen Lords und der Ostprovinz Alnoas bildete. Etliche Tausendlängen innerhalb des neuen Passes öffnete sich ein Spalt, der tief ins Erdinnere hinabzuführen schien. Stinkende Nebel und rötliches Glühen wallten dort und der Abgrund erweckte den Eindruck, er sei bodenlos. Doch selbst diese Stelle war an den Seiten leicht zu passieren.

Der neu entstandene Pass hatte das Reich von Alnoa gezwungen, ihn mit einer starken Festung zu schützen, damit der Feind ihn nicht für einen Vormarsch nutzte. So war Nerianet errichtet worden, dessen Garnison und Dampfkanonen den Pass beherrschen sollten. Keine Festung wäre jedoch in der Lage gewesen, den Spaltpass in seiner vollen Ausdehnung zu schützen, und so hatte man zusätzlich einen nahezu unüberwindlichen Feuergraben angelegt. Er war mit Brennstein gefüllt und sollte nach den Berechnungen der Gelehrten wohl drei bis vier Tage Feuer und Hitze abgeben, die jede Überquerung unmöglich machten. Wehrtürme erhoben sich in regelmäßigen Abständen, deren Besatzungen den Graben entzünden, das Feuer in Gang halten und ein Übersetzen des Feindes verhindern sollten.

Nur in Höhe der Festung gab es einen Übergang, der jedoch von ihren mächtigen Dampfkanonen und der Garde geschützt wurde.

Nerianet lag am Rand der östlichen Ebene der Provinz Nerianeris und konnte nicht den Vorteil einer erhöhten Position ausnutzen. So hatte man die Festung mit starken Mauern umgeben, die an ihrer Basis gut fünf Längen stark waren. Auf den breiten Wehrgängen konnten notfalls mehrere Reihen Soldaten hintereinander stehen. Vorne die Lanzenträger zur Abwehr der Sturmleitern und dahinter die Bogenschützen, gedeckt durch Schwertkämpfer, die jeden Feind töten sollten, der es trotzdem auf die Mauer hinaufschaffte. An der Innenseite der Mauer zogen sich Unterkünfte, Ställe und Lager entlang, zwischen denen sich massige Stützkonstruktionen erhoben, die den Batterien der schweren Dampfkanonen zusätzlichen Halt gaben.

Von oben betrachtet, besaß die Festung die Form eines exakten Rechtecks mit einem Seitenverhältnis von eins zu zwei, wobei eine der Längsseiten direkt zum Spaltpass wies. Das große Haupttor befand sich in der Südmauer und wurde von einem Überbau geschützt. Im nordwestlichen Teil des Innenhofes erhob sich das Hauptgebäude. In dem mehrgeschossigen Bau waren Offiziersunterkünfte und Kommandantur untergebracht. Ein Teil des Erdgeschosses diente als große Versammlungshalle, in der über tausend Gardisten gleichzeitig ihre Mahlzeiten einnahmen. Das Hauptgebäude wurde von dem mächtigen Signalturm überragt, von dem aus man mithilfe der Langaugen weit über das Land und sogar in den Spaltpass hineinsehen konnte.

Die Schäden des letzten Bebens waren rasch beseitigt worden, um gegen einen Angriff der Legionen gewappnet zu sein. Zusätzlich war die Garnison erheblich verstärkt worden. Neben zwei Regimentern der Gardekavallerie waren hier nun drei Fußgarden stationiert. Sechstausend Kämpfer zu Fuß, welche die Festung und die Außentürme des Grabens besetzt hielten, und viertausend Reiter, die einem Durchbruch des Feindes begegnen sollten. Um sie alle unterbringen zu können, hatte man im Südwesten der Festung eine Vielzahl von Baracken und Ställen errichtet und zwei neue Brunnen gegraben.

Nerianet verfügte somit über eine beachtliche Stärke und doch war sie gering, wenn man bedachte, über welche Macht der Gegner gebot. Dieser konnte nicht nur viele Zehnen an Legionen aufbieten, die jeweils zweitausend Kämpfer stark waren, sondern besaß zudem die gefährlichen Ferntöter, die ihre Geschosse mit der Kraft des Berstpulvers über weite Entfernungen warfen. Auch wenn man die Mauern Nerianets verstärkt hatte und seine Dampfkanonen eine höhere Reichweite besitzen sollten, so war es nur eine Frage der Zeit, bis die Festung fallen musste.

So waren es sehr sorgenvolle Gedanken, die den Kommandanten der Festung, Bernot ta Geos, plagten. Er zählte sicher zu einem der fähigsten Offiziere der alnoischen Garde. Obwohl es ihm gelegentlich an Fantasie fehlen mochte, so galt er als erfahren, zäh und ein harter Kämpfer, der sich bei seinen Truppen zudem großer Beliebtheit erfreute. Als Hauptmann der siebenten Gardekavallerie hatte er mit Nedeam gegen die bösartigen Magier im vergangenen Reich von Jalanne gekämpft und sich erneut bewährt, als Nerianet von den Legionen der Orks und Rumaki bedroht wurde. Seit einigen Jahren war er nun der Kommandeur der Festung und er hatte alles getan, sie, so gut es eben ging, auf die Schlacht vorzubereiten.

Er hatte es sich zu einem festen Ritual gemacht, mit dem Nahen des Sonnenaufgangs auf den Signalturm hinaufzugehen und von dort aus in den Pass hineinzuspähen. Er war froh über die Langaugen, die eine Annäherung des Feindes früher sichtbar machten, als dies mit bloßem Auge möglich gewesen wäre.

Die beiden Wachen auf der überdachten Plattform grüßten ihn und meldeten, dass es keine Sichtung im Pass gab und auch keine Botschaft über das Blinkgerät eingetroffen war.

Inzwischen begannen sich die Kuppen der Berge orangerot zu färben und kündeten vom einsetzenden Sonnenaufgang. Einer der Gardisten nahm ein weiches Tuch und wischte damit über die geschliffenen Klarsteine der Langaugen sowie die Spiegel des Signalgerätes. „Wird eine heiße Tageswende werden, Euer Hochgeboren. Es ist über die Nachtzeit kaum abgekühlt und die Hitze steht noch immer zwischen den Mauern."

Bernot ta Geos nickte. „Heute erwarte ich zwei Kolonnen mit Nachschub. Eine mit Brennstein für den Graben sowie Eisenkugeln für die Dampfkanonen. Die andere bringt Vorräte. Sagt Eurer Ablösung, dass ich sofort benachrichtigt werden will, wenn die Wagen in Sicht kommen."

„Es wird geschehen, Herr." Der Gardist blinzelte und beschattete die Augen, als er von plötzlicher Helligkeit geblendet wurde. Wie üblich stieg die Sonne jenseits der Berge sehr rasch empor und der Wechsel vom Nachtdunkel zum Tageslicht nahm nur kurze Zeit in Anspruch. „Es wird hell", kommentierte er überflüssigerweise. „Zeit für das Wecksignal."

„So soll es sein", murmelte Bernot ta Geos ein wenig geistesabwesend. Er begab sich hinter eines der Langaugen, welches auf den Spaltpass gerichtet war, und verschob die beiden goldenen Zylinder, bis er ein scharfes Bild bekam. Sorgfältig begann er die vertrauten Konturen abzusuchen. Aufgrund der enormen Breite des Spaltpasses fiel bereits genug Licht auf seinen Boden, um dortige Bewegungen erkennen zu können. Bernot war beruhigt, da nichts Verdächtiges zu entdecken war.

Er trat an die andere Brüstung der Plattform und sah in den Innenhof hinab. Am Torbau trat gerade der Signalbläser heraus. Der Mann befeuchtete seine Lippen und setzte das metallene Horn an. Die fordernden Klänge des Weckrufs hallten zwischen den Mauern wider. Bernot lächelte unwillkürlich. Er konnte sich noch gut daran erinnern, wie oft er selbst dieses Signal verflucht hatte. Vor allem im Winter, wenn es galt, die warmen Unterkünfte zu verlassen.

„Der Dunst des Morgens scheint sich heute lange zu halten", meinte einer der Gardisten.

„Welcher Dunst?" Ta Geos runzelte die Stirn. Im Frühjahr und Herbst, wenn sich des Nachts Feuchtigkeit bildete, wurde diese von der Morgensonne vertrieben und stieg als Nebel auf, doch jetzt war Hochsommer. „Wo seht Ihr ihn, guter Herr?"

Der Soldat spähte durch jenes Langauge, welches Bernot zuvor benutzt hatte. „In Richtung auf das jenseitige Ende des Passes, Euer Hochgeboren. Vielleicht hat es im Land des Schwarzen Lords geregnet."

„Lasst mich sehen." Bernot blickte erneut durch das Instrument.

Trotz der Vergrößerung des Langauges war die Möglichkeit begrenzt, in die Tiefe des Passes hineinzusehen, doch jetzt bemerkte auch ta Geos einen Schleier über dem Boden, der tatsächlich an Morgennebel erinnerte. Seufzend wandte er sich den Männern zu. „Es ist Staub, der von vielen Füßen aufgewirbelt wird. Dort marschieren die Legionen und sie können nur ein Ziel haben."

„Dann ist es so weit, Euer Hochgeboren? Sie greifen uns an?"

„Ich kann mir keine andere Erklärung denken. Aber der Feind ist noch weit entfernt. Selbst wenn er sich im Doppelschritt bewegt, wird er erst zur Mittagswende so nahe sein, dass wir Einzelheiten erkennen können. Es bleibt also noch Zeit, um sich auf ihn vorzubereiten."

„Vielleicht bewegt sich dort nur eine kleine Streitmacht, Herr."

Bernot schüttelte den Kopf. „Nein, die Zeit des Wartens ist vorbei. Ich fühle es mit all meinen Sinnen … Dies ist der Auftakt zur entscheidenden Schlacht."

„Wir werden ihm zu begegnen wissen, Herr. Den Feuergraben kann er nicht überwinden und unsere Mauern sind stark und gut besetzt", ergänzte der andere Gardist zuversichtlich.

„So ist es." Bernot schlug dem Mann aufmunternd gegen den Arm. „Nerianet wird sich für den Feind als beachtlicher Bissen erweisen." Er lächelte freundlich. „Blitzt eine Warnung an die Türme am Feuergraben. Sie sollen ihn noch nicht entzünden, sich aber bereithalten. Ich werde zudem eine Nachricht aufsetzen, die ihr nach Alneris übermittelt."

„Soll der Ruf zu den Waffen ertönen?"

„Nein, noch nicht. Lassen wir die Männer in Ruhe frühstücken. Wenn wir zum Höchststand der Sonne bereit sind, ist es zeitig genug. Ich bin in meinem Amtsraum und werde mich mit den Kommandeuren der Reiterei und Fußgarden besprechen."

Bernot ta Geos suchte seine Räume auf und wies die Ehrenwache an, seine Vertrauten zu rufen. Er setzte sich hinter seinen Schreibtisch und strich nachdenklich über das fleckige Holz. Ursprünglich hatte das Möbel seinem Vorgänger gedient, einem ehemaligen Kapitän, der von einer Angehörigen der Bruderschaft ermordet worden war. Daran erinnerte auch ein sehr detailliertes Modell jenes Schiffes, welches der Mann befehligt hatte. Bernot behielt die Gegenstände, da sie ihn ermahnten, nicht die Fehler des vorherigen Befehlshabers zu wiederholen. Es fiel ihm ohnehin nicht immer leicht, sich mit diesem Kommando abzufinden. Vor Jahren war er mit der Kommandantin seines alten Regiments in Liebschaft verbunden gewesen, aber er musste akzeptieren, dass in den Grenzfestungen jeder erfahrene Offizier gebraucht wurde, was eine Trennung unausweichlich gemacht hatte.

Ta Geos musterte die Markierungen auf der Karte, die neben ihm an der Wand hing. Trotz aller Vorbereitungen empfand er kaum Zuversicht, dass Nerianet dem Ansturm würde widerstehen können. Aber er durfte seine Zweifel nicht weitergeben, sondern musste den Gardisten Vertrauen einflößen. Sie würden all ihren Mut brauchen, um die Festung möglichst lange gegen die Übermacht zu halten.

Schließlich traten jene Männer ein, mit denen Bernot in den vergangenen Jahren immer wieder überlegt und geübt hatte, wie einem Angriff auf Nerianet zu begegnen sei.

Erlond ta Korom kam aus dem Mannschaftsstand und gehörte zu den wenigen Personen, denen es gelungen war, durch Erlass des Königs in den Stand des Hochgeborenen erhoben zu werden. Hierzu hatte es einer selbstmörderischen Heldentat bedurft und der zufälligen Gegenwart des Gardekommandeurs ta Enderos. Erlond hinkte ein wenig. Er hatte während des Kampfes um Nerianet, gegen die Legion der Rumaki und die Bruderschaft des Kreuzes, ein Auge eingebüßt. Damals war er Hauptmann in der zweiten Gardekavallerie gewesen, inzwischen befehligte er das Regiment. Er war ein umsichtiger Offizier und der Stellvertreter von Bernot ta Geos. In den letzten Jahren hatte sich zwischen ihnen eine tiefe Freundschaft entwickelt, doch in der Gegenwart anderer achteten sie strikt auf die gebotenen Umgangsformen.

Selverk war Regimentsunterführer des ersten Gardekavallerieregiments und ein strenger Zuchtmeister in der Ausbildung. Seine raue und doch herzliche Art machte ihn bei den Männern beliebt, zumal er stets dafür sorgte, dass „der Dung nicht bis zu den Hochgeborenen" stieg. Benahm sich einer der Soldaten daneben, so regelte Selverk das hinter den Ställen, noch bevor einer der Offiziere davon erfuhr. Er war groß, hager und verdeckte durch seinen buschigen Vollbart eine Narbe am Kinn.

Kort ta Palat befehligte die Fußgarden in Nerianet. Die Fußtruppen verfügten nicht unbedingt über den besten Ruf bei der Gardekavallerie und das galt auch für deren Offiziere. Ta Palat besaß keinerlei Kampferfahrung. Er vermittelte zwar bei den Waffenübungen einen guten Eindruck, doch das besagte wenig, solange er sich nicht tatsächlich in der Schlacht bewährte.

„Die Wache meldete, der Feind sei im Pass", meinte ta Korom. „Ist das sicher oder ist die Besatzung des Ausgucks nur übermäßig nervös?"

„Ich habe es mir selbst angesehen, Hochgeborener ta Korom. Dort wirbelt eine Menge Staub auf und der stammt nicht nur von einem Spähtrupp."

„Dann wird es ernst", brummte Regimentsunterführer Selverk.

„Oder es ist ein Ablenkungsmanöver", wandte der Befehlshaber der Kavallerie ein. „Vielleicht senden sie ein paar Legionen, damit Nerianet Alarm gibt und weitere Verstärkungen erhält. Das würde die anderen Grenzfestungen und die Garnisonen in den Provinzen schwächen."

„Wenn der Feind über unsere begrenzte Truppenstärke verfügte, so würde ich das in Erwägung ziehen", räumte ta Geos ein. „Aber der Schwarze Lord hat die Vorteile der Bruthöhlen und der neuen Erzvorkommen. Er hat solche Ablenkungen nicht nötig. Nein, er kann an jedem Pass mit Macht auftreten."

Selverk strich sich durch den dichten Vollbart. „Erlaubt die Frage, Euer Hochgeboren … Wann werden die Legionen eintreffen?“

„Ich schätze, dies wird frühestens zum Höchststand der Sonne der Fall sein. Die Türme am Feuergraben werden gerade benachrichtigt. Sie werden den Brennstein erst auf unseren Befehl hin entzünden. Je später dies geschieht, desto länger kann der Graben sie aufhalten.“

„Wenn der Graben sie nicht aufhält, dann hält sie nichts mehr. Dann werden sie an uns vorbei in die Provinzen vorstoßen.“ Kort ta Palat war ein wenig blass. „Aber die Legionen werden es wohl kaum riskieren, uns zu verschonen und somit eine starke Festung, gleich einer schwärenden Wunde, in ihren Nachschublinien zu belassen.“

Bernot ta Geos lächelte. „Nein, so dumm werden sie nicht sein. Sie werden Nerianet angreifen und es ist unsere Aufgabe, ihnen so lange wie möglich standzuhalten. Das verschafft den Provinzen etwas Zeit, die Dörfer und Städte zu evakuieren und sich hinter die zweite Grenze zu flüchten.“

„Keine besonders erfreulichen Aussichten für Nerianet“, knurrte Selverk.

„Wohl kaum. Doch dafür wurde Nerianet gebaut und wir sind nun einmal seine Garnison.“

Ta Korom nickte. „Wir haben seit Langem mit dieser Situation gerechnet und nun müssen wir uns ihr stellen. Selverk, wie sind unsere Truppen im Augenblick verteilt?“

Der Regimentsunterführer überlegte kurz. „Ein Regiment der Fußgarde hält die Türme am Feuergraben besetzt. Die beiden anderen sind hier in der Feste. Das zweite Gardekavallerieregiment ist ebenfalls vollzählig bereit. Beim vierten sind drei Beritte unterwegs. Einer hält die Position an jenem geheimen Pass, den die Bruderschaft vor Jahreswenden nutzte.“

Bernot ta Geos bemerkte den nachdenklichen Blick von ta Palat, der den Pfad nur aus Beschreibungen kannte. Aufgrund der Entfernung wurde der Weg von den Berittenen besetzt gehalten. „Dieser Pfad ist zu schmal, als dass ihn eine bedeutende Streitmacht nehmen könnte, und kann von wenigen Gardisten gut verteidigt werden. Von dort droht uns keine Gefahr."

„Zwei Beritte bestreifen die Provinz und die umliegenden Dörfer", fuhr Selverk fort. Er räusperte sich. „Wir könnten Melder entsenden, die sie zurückrufen."

Ta Geos schüttelte den Kopf. „Wenn der Brennstein im Feuergraben entzündet wird, steigen Flammen und Hitze empor. Man kann zwar keinen Rauch sehen, doch dafür das Wabern der heißen Luft. Wenn die Hauptmänner der Beritte das erkennen, so werden sie auch wissen, was vonnöten ist. Wir haben oft genug darüber gesprochen."

„Gut, dann werden sie rasch zurückkommen", meinte ta Palat erleichtert.

Ta Korom grinste niederträchtig. „Im Gegenteil, Hochgeborener. Sobald sie sehen, dass der Graben brennt, wissen sie, dass Nerianet bedroht ist, und dann ist es die Aufgabe der Streifen, die Dörfer sofort zu evakuieren und die Menschen in Sicherheit zu führen. Vierhundert Reiter sind wenig genug für diese Aufgabe."

„Es sind vierhundert Reiter, die uns hier fehlen", wandte der Kommandeur der Fußgarden ein.

Bernot ta Geos und Erlond ta Korom warfen sich einen raschen Blick zu. Schließlich übernahm es Bernot, ta Palat reines Wasser einzuschenken. „Für uns werden die vierhundert Männer keinen Unterschied machen, doch für die Menschen aus den Dörfern sind sie der einzige Schutz, sobald die Legionen durchbrechen."

Kort ta Palat nickte und seine Blässe hatte sich noch verstärkt. „Ich verstehe. Ihr … Ihr vermutet, dass Nerianet fallen wird?“

„Nicht, solange wir die Kraft haben, unsere Schwerter zu führen, und solange Eure Bogenschützen noch über Pfeile verfügen.“

„Und die Dampfkanonen Wasser und Kugeln haben“, fügte Selverk brummend hinzu.

„Wir haben große Vorräte an Brennstein, Kugeln und Pfeilen“, machte sich ta Palat Mut und seine Haltung straffte sich wieder. „Ich schlage vor, die Körbe auf der Wehrmauer zu befüllen und den Nachschub sicherzustellen.“

„Habt die Güte und kümmert Euch persönlich darum, Hochgeborener.“

Ta Palat nickte und sein Gesicht zeigte nun Eifer. „Ich werde erst ein einzelnes Regiment auf die Mauern bringen. Das mag den Gegner ein wenig täuschen und wir können die Kämpfer beizeiten gegen ausgeruhte Männer austauschen.“

„Eine ausgezeichnete Idee, Hochgeborener. Oh, und lasst die Kessel der Dampfkanonen anheizen. Ich will, dass am Mittag alles bereit ist.“

Ta Palat entbot den Ehrengruß und verließ den Raum. Selverk wollte folgen, doch Bernot gab ihm zu verstehen, dass er noch bleiben sollte.

Als sich die Tür geschlossen hatte, herrschte für einen Moment Schweigen, bis sich Selverk vernehmlich räusperte. „Mit Verlaub, Hochgeborener, uns steht der Dung wohl bis zum Hals.“ Der Unterführer war zu erfahren, um sich selbst Illusionen über das Schicksal der Festung hinzugeben. „Vielen Männern wird wohl der Mut sinken, wenn sie die Wahrheit begreifen.“

„Es wird unsere Aufgabe sein, Selverk, dass dies nicht geschieht, so wenig Zuversicht wir auch selbst haben mögen. Ihr wisst, was von uns abhängt.“

Selverk kratzte sich am Bart und nickte mit düsterem Gesicht. „Wahrhaftig, Ihr Herren, ich verspüre keine Neigung zu sterben, doch ich weiß sehr wohl, welche Bedeutung Nerianet für das Überleben der übrigen Menschen hat." Nein, es waren keine erfreulichen Aussichten für die Festung und er wäre lieber an einem anderen Ort gewesen, aber das Schicksal fragte nicht nach seinen persönlichen Vorlieben.

Ta Korom trat ans Fenster und sah in den Innenhof hinunter. „Wir haben den Angriff erwartet und doch kommt er zur Unzeit. Die Dörfer und Städte sind noch nicht geräumt und ihre Verteidigung ist schon jetzt geschwächt, weil viele Fußgarden auf dem Weg zur zweiten Grenze sind. Vielleicht hätte man die Soldaten noch zurückhalten sollen, um die Flüchtenden zu schützen."

Ta Geos schüttelte entschieden den Kopf. „Damit sich alles an den Toren der Grenze ballt, dicht verfolgt vom Feind? Nein, Erlond, die Wälle der zweiten Grenze müssen besetzt sein, damit die Menschen eine wirkliche Zuflucht finden. Zudem sind die Fußgarden im freien Gelände zu unbeweglich. Es ist die Aufgabe der Gardekavallerie, die Männer, Frauen und Kinder auf ihrem Weg zu beschützen." Bernot ta Geos zögerte einen Moment. „Was ich dir nun sage, ist nur für deine Ohren und die von Selverk bestimmt: Sollte es zum Äußersten kommen und der Fall Nerianets unmittelbar bevorstehen, woran ich keinen Zweifel hege, so wird es deine Aufgabe sein, Erlond, so viel von der Gardekavallerie zu retten, wie es nur möglich ist."

Ta Koroms Gesicht wurde finster. „Verstehe ich dich richtig? Die Gardekavallerie soll fliehen?"

„Sie soll sich retten, um anderen Schutz zu bringen." Bernot blickte zu Selverk. „Nur die Reiter sind schnell genug, die Dorfbewohner und Städter beim Durchbruch des Feindes noch vor diesem zu erreichen. Bei den Finsteren Abgründen: Es wird ein schwacher Schild sein, welchen ihr zwischen den Menschen und den Bestien errichten könnt, doch es ist der einzige Schutz, der dem Landvolk dann bleibt."

„Das sehe ich ein", murmelte der Kavalleriekommandant. „Aber du erwartest hoffentlich nicht, dass mir das auch gefällt."

„Es gefällt keinem von uns", seufzte ta Geos. „Und unseren Fußgarden wird es noch weit weniger gefallen, wenn der Feind über die Mauer kommt und die Gardekavallerie davonreitet." Er erhob sich aus seinem Sitz und stemmte die Hände auf den Schreibtisch. „Aber es ist noch längst nicht so weit. Auch wenn der Feind mit Stärke auftreten wird, so hat Nerianet doch einiges zu bieten, was ihm böse Wunden schlagen wird. Es zählen jede Tageswende und jeder Zehnteltag, denen wir hier standhalten. Jeder Feind, der vor unseren Wällen stirbt, ist ein Feind, der nicht in die Provinzen gelangt."

„Diese Worte sind schon eher nach meinem Geschmack", gestand ta Korom. „Nun, ich schlage vor, da es wohl nichts mehr zu bereden gibt, dass wir unseren Männern ein wenig Zuversicht einflößen und uns anschauen, was der neue Schwarze Lord tatsächlich aufzubieten hat."

Aufgrund seiner Sichtung bei Sonnenaufgang rechnete Bernot ta Geos gegen Mittag mit der Ankunft der Legionen. Er gab den Garden die Zeit, in Ruhe ihr Morgenmahl zu genießen, bevor er die anwesenden Regimenter im Innenhof antreten ließ. Er mochte kein begnadeter Redner sein, doch er verwies auf die Stärke Nerianets und seiner Besatzung und welche immense Bedeutung der kommende Kampf für das Überleben des Königreiches und seiner Bevölkerung haben werde. Aber gerade weil ta Geos kein erfahrener Redner, dafür jedoch ein hervorragender Soldat war, gaben seine Worte den Männern

Hoffnung. Sie ließen den König und die Provinzen hochleben, bevor Trommeln und Hörner sie auf die Posten befahlen.

Überall wurden die letzten Vorbereitungen getroffen und dies geschah in einer überraschenden Ruhe und mit den sicheren Handgriffen, die lange Übung verrieten.

Die Kessel der Dampfkanonen waren vorgeheizt, auf den Wehrgängen stand ein Regiment der Fußgarde in drei Reihen, während das zweite im Innenhof wartete. Zwischen den Schützen standen Körbe voller Pfeile. Helfer waren bereit, sofort Nachschub aus der Waffenkammer zu bringen. An den Türmen des Feuergrabens, die man vom Aussichtsturm aus sehen konnte, wehten die Tuchstreifen, welche ihre Kampfbereitschaft bekundeten. Alle Männer waren bewaffnet und gerüstet und im Hof standen die Gardekavalleristen an ihren Pferden, um auf ein Signal hin aufzusitzen. Überall sah man Unterführer, welche ihre Gruppen ermahnten, und Hauptmänner, die aufmerksam beobachteten und sich den Anschein äußerster Ruhe gaben.

Kurz vor dem Mittag begaben sich ta Geos, ta Korom und ta Palat auf den Signalturm und spähten in den Pass, so, wie es alle taten, welche diesen in ihrem Blickfeld hatten. Aber die Legionen ließen auf sich warten.

„Sie lassen sich Zeit“, brummte ta Korom missmutig.

„Warum auch nicht? Sie wissen ja, dass wir nicht fortlaufen können“, versuchte Bernot ta Geos zu scherzen. „Immerhin wird die Staubwolke immer größer.“

„Ja, ich bin gebührend beeindruckt.“ Ta Korom schlug mit der flachen Hand auf die Einfassung des Turms. „Aber diese elende Warterei zehrt an den Nerven und ermüdet die Männer.“

Infanteriekommandant ta Palat griff die Bemerkung bereitwillig auf. „Die Männer stehen in drei Reihen bereit. Bis der Feind nahe ist, könnte ein Teil von ihnen aus der Formation treten und sich in entspannter Position bereithalten." Als Bernot nickte, rief ta Palat ein paar Befehle und die Hälfte der Fußgardisten trat zurück.

Zehnteltag um Zehnteltag verging. Als die ersten Banner und Kohorten erkennbar wurden, benutzten die Hochgeborenen die Langaugen, um möglichst viele Details in Erfahrung zu bringen und so den Feind besser einschätzen zu können.

„Kein Wunder, dass sie so langsam sind", meinte Regimentsunterführer Selverk, der sich eines der kleinen Langaugen genommen hatte. „Die haben eine Menge an Gespannen und Karren dabei. Es sind furchterregende Bestien, welche die Wagen ziehen."

„Die Bestien beunruhigen mich wenig", knurrte Bernot ta Geos. „Vor dem Feuergraben schrecken sie sicherlich zurück und an der Engstelle können die Kanonen sie fällen. Was mich beunruhigt, sind die Wagen. Die langen Rohre, das müssen die Ferntöter sein, von deren Einsatz in der Öde von Rushaan die Pferdelords berichteten. Sie sollen gefährlich sein."

Ta Korom leckte sich über die Lippen. „Sie wirken ähnlich wie unsere Dampfkanonen, funktionieren aber mit Berstpulver. Ihre Reichweite soll jedoch nicht so groß wie die unserer Geschütze sein. Das wäre von Vorteil für uns."

„Wir können jeden Vorteil brauchen", gestand ta Geos.

Die Legionen waren noch immer weit vom diesseitigen Ende des Passes entfernt und ihre Anzahl ließ sich noch nicht überblicken. Aber in der heranrückenden Kolonne marschierten fünf Legionen nebeneinander, wie an den Bannern zu erkennen war. Die dahinter befindlichen Truppen wurden noch von dem aufwirbelnden Staub verdeckt. Zwischen den Legionen konnte man mit den Langaugen die Silhouetten der Gespanne sehen.

Ta Palat trat von dem Langauge zurück, welches er benutzt hatte. „Sie tragen die Rüstungen, von denen Pferdefürst Nedeam nach seiner Rückkehr aus Rumak berichtete."

„Verdammt. Diese nach vorne spitz zulaufenden Panzer?" Ta Geos konzentrierte sich nun auf die marschierenden Rundohren. „Nochmals verdammt. Unsere Pfeile werden Schwierigkeiten haben, diesen Schutz zu durchdringen."

„Von vorne wird es kaum gelingen." Ta Palat lächelte halbherzig. „Doch von der Seite bieten sie ein gutes Ziel. Ich werde unsere Bogenschützen über Kreuz schießen lassen. Die rechte Mauerseite nach links und umgekehrt."

„Das ist eine gute Idee, Euer Hochgeboren", lobte ta Geos. „Und die Bastarde in der Mitte bekommen den Eisenhagel unserer Dampfkanonen. Da helfen auch die neuen Rüstungen nichts."

Immer näher rückte der Feind.

„Er nähert sich der Reichweite unserer schweren Dampfkanonen." Bernot ta Geos reckte sich und lockerte seine Schultern. „Also schön, alles auf Gefechtsposten. Empfangen wir ihn mit einem Geschosshagel aus den Kanonen, das wird dem Feind ein wenig von seiner Zuversicht nehmen."

Ta Palat schien erleichtert. Die Zeit des Wartens war endgültig vorbei. „Kanoniere!", rief er zur Batteriemauer hinüber. „Heizt ihnen ein!"

An den acht schweren Dampfkanonen der Batteriemauer wurden massive Eisenkugeln in die Mündungen geschoben und mit den Ladestöcken nach hinten gerammt, bis sie an der Sperrklappe der Dampfkammer saßen. Hebel blockierten die Geschosse, Ventile wurden geschlossen oder geöffnet. Richtschützen drehten an den Spindeln der Höheneinstellung und die Mündungen hoben sich an, um den Waffen die maximale Reichweite zu geben. Dampf strömte hinter die Kugeln, Druck stieg an und wurde übermächtig. Die Kanoniere beobachteten die Sicherheitsventile. Genau im richtigen Moment, einen Augenblick bevor die Ventile schrillten, zogen sie die Sperren der Kugeln heraus. Explosionsgleich wurden die Geschosse aus den Läufen geschleudert, begleitet vom grellen Pfeifen entweichenden Überdrucks. Die Projektile waren noch auf dem Weg, während die Kanoniere die Waffen bereits auf den nächsten Schuss vorbereiteten.

Einige der Fußgardisten brachen in Jubel aus und machten ihrer Anspannung auf diese Weise Luft. Alle starrten gebannt zum Feind, doch nur wer ein Langauge nutzte, konnte auch darauf hoffen, die Wirkung des Beschusses zu beobachten.

Bernot ta Geos rechnete nicht mit einem beeindruckenden Erfolg. Der Feind war zu zahlreich und die Kugeln waren relativ klein. Immerhin marschierte der Gegner in dichten Kolonnen. Gespannt blickte er durch das Langauge. Vielleicht hatte er Glück und konnte den Einschlag eines der Geschosse sehen. Er hielt den Atem an, als er plötzlich Unruhe in der von ihm beobachteten Kohorte bemerkte. Rundohren wurden nach hinten geworfen, aber die Reihe schloss sich sofort wieder.

„Es wird nicht viel bewirken“, flüsterte er ta Korom zu. „Es mag ein paar erwischen, die hintereinandergehen, doch das fällt nicht ins Gewicht.“

„Auf die Entfernung vielleicht nicht“, stimmte der Angesprochene halblaut zu. „Doch wenn sie näher kommen, dann werden sie das Eisen schon merken.“

Die schwere Batterie nahm nun eine beständige Kanonade der heranrückenden Legionen auf. Diese schienen hiervon vollkommen unberührt. Inzwischen wurde das dumpfe Stampfen ihres Marschtrittes hörbar. Dann änderte sich der Rhythmus.

„Sie gehen im Doppelschritt“, kommentierte ta Palat. „Vielleicht ist ihnen der Beschuss unangenehm und sie wollen die

Entfernung nun rasch verkürzen." Der Infanterist grinste erfreut. „Das macht unseren Beschuss wirksamer."

Ta Geos lächelte zurück. „Das ist die richtige Einstellung, ta Palat. Je näher der Feind rückt, desto schmerzhafter werden unsere Schläge."

Regimentsunterführer Selverk begab sich an das große Langauge, welches der Festungskommandant zuvor benutzt hatte. „Ich denke, sie werden näher kommen, damit sie ihre eigenen Ferntöter einsetzen können. Ich weiß ja nicht, was ein Rundohr so denkt ... Ich habe ja nur diesen Fangschlag kennengelernt und wahrhaftig, ich möchte den Burschen nicht zum Feind haben ... Aber ich kann mir vorstellen, dass die Kerle auch nicht gerne hilflos herumstehen, wenn es Pfeile und andere Dinge hagelt. Die werden genauso wie unsere Männer sein und lieber im Kampf stehen, als den Tod aus dem Himmel zu empfangen."

„Es sind Bestien, die vom Blutrausch angetrieben sind", wandte ta Palat ein.

„Zweifellos." Ta Geos strich sich über das Kinn. „Doch das schmälert nicht unbedingt ihre Fähigkeit als Kämpfer."

„Sie haben bald die Reichweite unserer Bogen und der kleinen Kanonen erreicht." Ta Palat wippte unruhig auf den Fersen. „Ich sollte wohl hinunter auf die Mauer. Es ist gut, wenn die Männer ihren Kommandeur in vorderster Linie sehen."

„Recht so", stimmte ta Geos zu.

Er und ta Korom blieben noch auf dem Turm. Selverk hingegen verließ ihn mit dem Infanteriekommandeur, um persönlich die letzten Vorbereitungen der Gardekavallerie zu beaufsichtigen.

Die Legionen fächerten nun zu einer breiten Front auseinander, die Nerianet gegenüberstand. Im Hintergrund waren weitere zu sehen, die rasch heranmarschierten. Entlang des Feuergrabens war das Wallen heißer Luft zu sehen und die Hitze des glühenden Brennsteins würde jeden Versuch der Orks verhindern, den Graben an einer anderen Stelle zu überwinden als am Übergang von Nerianet. Dennoch zogen sich die Reihen des Feindes immer weiter auseinander.

„Ich hätte vermutet, dass sie sich auf den Durchgang über den Feuergraben konzentrieren", gab ta Korom zu. „Aber so dumm sind sie wohl nicht. Sie bilden eine breite Linie, damit ihre Schützen unsere Mauer mit Geschossen eindecken können." Er beugte sich ein wenig über die Brüstung und sah auf die Batteriemauer hinunter. „Warum lässt ta Palat noch nicht schießen?"

„Weil er ein guter Offizier ist", erwiderte Bernot ta Geos mit einem Lächeln. „Er hat die neuen Rüstungen des Feindes genau bedacht. Sicher, die Orks sind nun auch in Reichweite unserer Bogen, doch bei den dicken Panzern hätten sie nur wenig Wirkung. Ta Palat wartet, bis der Feind möglichst nahe ist. Ah, es ist so weit."

Unten auf der Mauer brüllte der Kommandant der Fußgarden seine Befehle. Die Schützen hoben nun ihre Bogen und spannten sie. Vom Turm aus war gut zu sehen, dass die Männer der rechten Mauerhälfte nach links und umgekehrt zielten. Ta Palats Anspannung entlud sich in einem lauten Schrei und eine Wolke von fast 1.500 Pfeilen stieg in den Himmel auf, erreichte den Scheitelpunkt ihrer Flugbahn und senkte sich den Legionen entgegen.

Ta Geos sah kaum ein Dutzend der Rundohren zu Boden gehen, dennoch nickte er zufrieden. Dies war nur eine einzige Salve gewesen, denn die Gardisten hatten ihre Bogen wieder gesenkt. Offensichtlich wollte sich auch ta Palat erst des Erfolgs der Geschosse vergewissern. Jetzt gab er erneut seine Anordnungen. Wieder stieg ein Pfeilhagel empor und diesmal wurde die nächste Salve bereits gelöst, während die erste noch in der Luft war. Ein steter Strom von Pfeilen begann auf die Legionen herabzuregnen und die Verluste stiegen jetzt erkennbar an. Ausfälle, welche sich die Orks durchaus erlauben konnten, die aber ihre Wut anstachelten, da sie noch immer dabei waren, ihre Gefechtsformation einzunehmen, und den Beschuss passiv hinnehmen mussten. Die Lücken in ihren Reihen schlossen sich ebenso rasch, wie sie von den Pfeilen verursacht wurden.

Schließlich standen die ersten fünf Legionen in der vorderen Schlachtreihe und begannen den Beschuss zu erwidern, während hinter ihnen die nächsten Einheiten langsam die zweite Reihe formierten. Schon jetzt waren es zehntausend Orks, die den Gardisten gegenüberstanden, und ein Drittel von ihnen, die kleinen Spitzohren, schoss nun mit ihren eigenen Bogen und Querbogen. Ihre Pfeile erzielten nur geringe Wirkung. Sie waren handwerklich schlecht gefertigt und ungenau und die Spitzohren nahmen sich auch kaum die Zeit, sorgsam zu zielen, sondern lösten die Projektile blindlings in Richtung auf den Feind, um in der Deckung der Rundohren bleiben zu können. Sehr viel gefährlicher waren die Bolzen der weit tragenden Querbogen. Die ersten Gardisten stürzten und wurden hastig nach hinten gezogen, um dort versorgt zu werden oder doch wenigstens die übrigen nicht zu behindern. Bereitwillig traten andere vor und nahmen die Plätze der Gefallenen ein.

Obwohl die Orks zahlenmäßig in dramatischer Übermacht waren, schien es zunächst ein Gleichgewicht zwischen den Kräften der Schützen zu geben, zumal immer wieder das Abschussgeräusch der Dampfkanonen zu hören war. Deren Geschosse rissen auf die kürzere Entfernung blutige Bahnen in die eng und hintereinanderstehenden Orks. Doch während die Legionen ihre Ausfälle rasch ersetzen konnten, machten sich allmählich die geringen Reserven der Gardisten bemerkbar. Zudem nahm der Geschosshagel des Feindes immer weiter zu, denn nach einiger Zeit hatte sich die dritte Schlachtreihe aufgestellt und beteiligte sich am Kampf. Ihre Pfeile und Bolzen mochten kaum Durchschlagskraft und Wirkung aufweisen, aber die Situation der Gardisten wurde immer gefährlicher.

Ta Palat wies die hintere Reihe der Fußgardisten an, nach vorne zu treten und die Bogenschützen mit den Schilden zu decken. Er konnte schwer einschätzen, wie viele der Orks inzwischen gefallen waren, doch von den Soldaten Nerianets waren wohl an die zweihundert getroffen worden. Viele hatten nur Verletzungen erlitten, doch die meisten von diesen fielen nun als Bogenschützen aus.

Ta Korom sah seinen Freund ta Geos mit wachsender Unruhe an. „Sie haben eine überwältigende Macht“, sagte er leise, um die nebenstehenden Gardisten nicht zu beunruhigen, „und ihre Bogen und Querbogen reißen Lücken, die wir kaum noch füllen können. Wir müssen unsere eigenen Bogenschützen verstärken.“

„Dem stimme ich zu“, brummte Bernot. „Ta Palat hat noch das zweite Regiment der Fußgarde, dessen Schützen er einsetzen kann, doch danach, wenn unsere Verluste immer weiter steigen, werden sich jene Lücken bilden, die den Feind zum Sturm ermutigen. Ich frage mich ohnehin, warum er nicht längst vorrückt. So effektiv die Dampfkanonen den Übergang auch bestreichen … Wenn die Legionen entschlossen vorgehen und ihre Verluste hinnehmen, dann kommen sie fraglos herüber. Es wird sie viele Kämpfer kosten, doch sie kommen zu uns herüber.“

Ta Korom nickte und zuckte unmerklich zusammen, als ein Bolzen dicht neben ihm in die Brüstung einschlug und ein paar Steinsplitter herausschlug. „Ich gebe es ungern zu, aber unsere Kavalleristen sind eher mäßige Bogenschützen, auch wenn sie es inzwischen geübt haben. Ihr Handwerk ist nun einmal das

Schwert. Bei den Fußgarden ist es genau umgekehrt. Ich schlage vor, dass unsere berittenen Schützen ihre Bogen zurücklassen und mit Klinge und Schild auf die Mauern eilen. Dann können sie die Bogenschützen der Fußgarde decken und machen deren Schwertkämpfer frei, damit diese mit dem Bogen schießen können. Bei den Fußtruppen sind ja alle darin ausgebildet."

„Eine gute Idee. Ta Palat und die Fußgarden werden es begrüßen."

„Unsere Reiter wohl ebenso. Sie haben den Bogen nie so schätzen gelernt, wie das bei den Pferdelords der Fall ist."

Die Verluste auf beiden Seiten stiegen.

Die Entfernung zwischen der Mauer Nerianets und der vordersten Kampfreihe der Legionen mochte an die anderthalb Hundertlängen betragen. Die Bogen der Spitzohren waren auf diese Distanz lediglich durch ihre Masse gefährlich. Wirklichen Schaden richteten die Pfeile der Alnoer und die Bolzen der orkschen Querbogen an.

„Verdammt, es sind selbst Rundohren dabei, welche die Querbogen nutzen", knurrte ta Geos nach einem Blick durch das Langauge. „Ich dachte immer, sie würden Ferntöterwaffen verachten. Das missfällt mir, Erlond. Die Pfeile und Bolzen der Spitzohren kommen schlecht gezielt, weil die kleinen Feiglinge mehr auf ihren Schutz achten und sich nicht die Zeit nehmen, sorgsam zu zielen. Aber bei den Rundohren ist das anders. Die nehmen hin, was unsere Schützen zu bieten haben, zielen, so gut sie es vermögen, und setzen uns mit ihren Bolzen zu."

Wie zur Bestätigung der Worte schlugen gleich mehrere der kurzen Metallprojektile in die Brüstung des Signalturms. Eines der Geschosse prallte vom Gestänge des Signalgerätes ab, verursachte ein metallenes Geräusch und riss eine blutende Wunde über die Wange eines der Gardisten.

Ta Geos erstarrte für einen Moment, als sich ein Dröhnen in den Kampflärm mischte. Augenblicke später waren dumpfe Schläge zu vernehmen. Der Festungskommandant hörte ein deutliches Brausen und glaubte einen dunklen Schatten an sich vorbeifliegen zu sehen.

„Was, bei allen Finsteren Abgründen, war das?", hauchte einer der Gardisten.

Hinter den vorn stehenden Legionen wallte eine Wand aus braungelbem Rauch, durchsetzt mit schwarzen Schlieren. Es war nahezu windstill und nur langsam schälten sich, abermals mithilfe der Langaugen, feste Konturen aus dem Dunst.

„Ferntöter", stellte ta Korom fest und fluchte vernehmlich. „Und eine ganze Menge davon."

„Nun, wir haben ja gesehen, dass sie diese Sprengpulverwaffen mitführen und somit auch gegen uns einsetzen würden." Bernot ta Geos spürte, wie sein Mund trocken wurde. Mit den üblichen Waffen der Ork-Legionen kannte er sich aus und wusste sie zu nehmen, doch diese Ferntöter waren für ihn eine eher unbekannte Größe. „Jedenfalls machen sie bislang nur Lärm und stoßen dunkle Wolken aus … Wenn es dabei bleibt, will ich zufrieden sein."

Es blieb nicht dabei. Begleitet von einem erneuten Grollen, riss der Pulverdunst auseinander. Orangegelbe Feuerzungen schossen hervor. Von ihrem erhöhten Standort aus konnten ta Geos und die anderen erkennen, wie dunkle Schemen auf die Festung zuschossen. Dann folgten die Einschläge und dieses Mal trafen die Geschosse.

Entsetzte Schreie waren auf der Mauer zu hören, als diese unter dem Aufprall erbebte. An einer Stelle wurde die Mauerkrone zerschlagen und die Eisenkugel und Gesteinssplitter verletzten und töteten mehrere Gardisten, die hier dicht gedrängt standen.

Ein anderes Geschoss traf den Soldaten, der direkt neben ta Geos stand, und der Mann wurde als lebloses Bündel über die gegenüberliegende Seite der Turmplattform geschleudert.

Die Dampfkanonen gaben Antwort, doch was konnte ihre Zahl gegen die Übermacht der Legionen ausrichten? Der Feind hatte eine Vielzahl seiner Ferntöter in Stellung gebracht und sie alle konzentrierten ihr Feuer nun auf Nerianet – ein unbewegliches Ziel, welches den Geschossen nicht ausweichen konnte.

„Sie feuern in geschlossenen Salven", knurrte ta Geos. „Das macht ihr Feuer langsam, da die Schnelleren auf jene warten müssen, die noch nicht mit dem Nachladen fertig sind."

„Ja, doch es macht ihr Feuer auch wirksamer", fügte ta Korom grimmig hinzu. „Nach jedem Schuss stellen sie ihre Ferntöter neu ein. Man kann sehen, wie die Waffen beim Abschuss zurückgeworfen und dann wieder in die Ausgangsposition gezogen werden. Dann korrigieren sie die Ausrichtung der Rohre und mit jeder Salve liegt ihr Feuer besser."

Ein berstender Knall war von der Batteriemauer zu hören, in den sich schmerzerfüllte und erschrockene Schreie mischten.

„Sie haben eine unserer schweren Dampfkanonen getroffen", ächzte der überlebende Gardist auf dem Turm.

„Oder ihr Kessel ist geplatzt", hielt ta Geos dagegen.

Ob die Waffe von einer Kugel der Orks getroffen worden war oder ihr Kessel dem Überdruck nicht mehr standgehalten hatte, spielte im Grunde auch keine Rolle. Das Resultat war in jedem Fall verheerend. Die Waffe war zerstört. Ihre Fragmente und der heiße Dampf hatten die umstehenden Kanonenführer und Fußgardisten getroffen. Männer schrien. Besonders schwer hatte es die Verbrühten getroffen. Andere hasteten heran, um zu helfen und eine benachbarte Kanone erneut zu bemannen, deren Bedienung zu den Opfern zählte.

„Einer der Grabentürme signalisiert!", rief ta Korom. Er legte die Hand auf die Schulter des Freundes und deutete erregt auf einen der Türme am Feuergraben. „Da geht etwas vor sich!"

Selbst mit bloßem Auge war dort Bewegung zu erkennen. Eine dunkle Masse schien sich dem glühenden Feuergraben zu nähern. Die Langaugen offenbarten die beängstigenden Einzelheiten.

„Was, bei den Finsteren Abgründen, haben die Bestien vor?", murmelte ta Geos. „Ihre vorderen Reihen haben die Schilde gegen den Graben gerichtet, aber sie müssen doch erkennen, dass sie ihn nicht überqueren können. Seine Hitze ist so groß, dass selbst ihre dicken Schilde und Rüstungen schmelzen würden."

„Verfluchte Kreaturen der Finsternis!" Sein Freund ta Korom ließ ein paar erbitterte Flüche folgen. „Siehst du es? Diese Bestien schieben jetzt Karren und Wagen vor sich her."

Bernot ta Geos leckte sich über die Lippen. Er ahnte nun, was die Legionen beabsichtigten und welche immense Arbeitsleistung dahinterstand. „Sie kennen sich mit Brennstein aus. Auf diesen Gefährten werden sich Erde und Sand befinden. Wenn sie das auf den Brennstein kippen, dann bekommt dieser keine Luft mehr und sein Glühen wird erstickt. Und wenn die aufgeschüttete Schicht dick genug ist, können sie sogar darüber hinweglaufen, ohne sich die Füße zu verbrennen."

„Die Hitze wird sie nicht nahe genug herankommen lassen", hoffte ta Korom.

Die beiden Hochgeborenen verdrängten das Klatschen, mit dem Bolzen und Pfeile der Orks gegen den Turm schlugen, das Krachen der Einschläge der Ferntöter und die Schreie der Sterbenden und Verwundeten. Ihre Blicke konzentrierten sich auf die gefährdete Stelle am Feuergraben. Wenn es dem Feind gelang, ihn zu überwinden, war Nerianets Schicksal weit schneller besiegelt, als sie das ohnehin befürchteten.

„Wir haben den Graben zu tief gemacht", knurrte ta Geos. „Die Hitze strahlt zu wenig zu den Seiten. Die Bestien werden nahe genug herankommen, um ihn allmählich aufzufüllen. Daran kann auch der Beschuss aus den Türmen nichts ändern. Das sind Rundohren. Die nehmen ihre Verluste hin."

„Verflucht. Ich hatte gehofft, uns bliebe mehr Zeit." Ta Korom zuckte zusammen, als das Geschoss eines Ferntöters in den Turm schlug. Obwohl dies ein Stück unterhalb der Signalplattform geschah, schien das ganze Bauwerk zu erbeben.

„Gardist, richte den Spiegel auf Khalanaris aus. Dort liegt die nächste große Garnison der Gardekavallerie", wandte sich ta Geos an den Soldaten, welcher das Signalgerät bediente. Während dieser das Gerät ausrichtete, trat der Kommandant Nerianets dichter an seinen Freund und senkte die Stimme zu einem Flüstern. „Sie werden uns schneller überwältigen, als ich es befürchtet hatte. Die Truppen in Khalanaris müssen das erfahren und weitergeben. Ich hoffe, man kann die meisten Zurückgebliebenen noch rechtzeitig aus den Dörfern retten. Die Bestien werden wie eine Flut über die ungeschützte Provinz kommen."

„Wenigstens sind sie langsamer als unsere Reiterei."

„Aber nicht langsamer als die Dorfbewohner."

„Verdammt."

Längst war das zweite Fußregiment auf die Mauer befohlen, um die Lücken zu füllen, doch der Geschosshagel der Orks riss immer tiefere Wunden in ihre Reihen und die schweren Geschosse der Ferntöter taten ein Übriges. An einigen Stellen war die Mauerkrone derart zerschlagen, dass das Mauerwerk dort bald ganz in sich zusammenbrechen musste. Es gab nicht mehr genug Helfer, um die Toten zur Seite zu ziehen oder wenigstens die Verwundeten zu versorgen. Die Hälfte der Dampfkanonen war zerstört oder es gab niemanden mehr, der sie bediente.

Auf der Leiter zur Plattform waren die Tritte eines Mannes zu hören. Ta Palat kam herauf. Sein Helm zeigte eine tiefe Schramme und eine der blauen Federn, die ihn als Kommandant der Fußgarden kenntlich machte, war von einem Geschoss säuberlich abrasiert worden.

„Kein Zehnteltag und sie kommen über die Mauer", sagte er mit ruhiger Stimme. „So viele wir auch töten, es kommen immer mehr von ihnen. Wir können sie nicht aufhalten."

„Sie sind auch dabei, den Feuergraben zu überwinden", eröffnete ta Korom dem Hochgeborenen. Der nahm diese schlechte Nachricht mit überraschender Ruhe auf.

„Ich hatte gedacht, wir könnten sie ein paar Tageswenden aufhalten", erwiderte ta Palat. „Nun bin ich froh, wenn uns dies noch für zwei oder drei Zehnteltage gelingt. Kommandant ta Geos, ich bin gekommen, um eine Bitte an Euch zu richten."

Der Angesprochene runzelte die Stirn und nickte. „Sprecht frei heraus, ta Palat."

„Es macht keinen Sinn, die Gardekavallerie hier schlachten zu lassen. Sie wird zum Schutz der fliehenden Dorfbewohner benötigt." Ta Palat wies um sich. „Hier kann die Reiterei nichts mehr bewirken, doch im freien Land ist sie der einzige Schild für Männer, Frauen und Kinder. So bitte ich Euch, ta Geos, nehmt die Reiter und überlasst Nerianet mir und den Fußgarden."

Bernot sah den Hochgeborenen forschend an. „Das wird Euren Männern nicht gefallen."

Ta Palat lächelte schwach. „Glaubt mir, mir gefällt es ebenso wenig."

„Als Kommandant werde auch ich bleiben", brummte ta Geos. „Ta Korom kann die Reiterei hinausführen."

„Mit Verlaub, Hochgeborener, Ihr seid einer der erfahrensten Kämpfer der Garde und werdet noch gebraucht."

„Er hat recht“, meldete sich ta Korom zu Wort. „Hier stehen wir hinter Mauern und das ist nicht das Handwerk der Reiterei. Aber nach dem Fall der Festung wird es ein Wettrennen durch die Provinzen geben. Ein Schlachten im offenen Feld, ta Geos. Unser Freund ta Palat hat wahrhaftig recht … Ihr müsst die Reiterei hinausführen.“

Bernot nickte zögernd. Er fühlte sich für Nerianet und seine Besatzung verantwortlich und die Aussicht, Männer zurückzulassen, behagte ihm nicht. Er hatte beabsichtigt, die Kavallerie unter ta Koroms Befehl zu stellen, aber das Argument ta Palats ließ sich nicht von der Hand weisen. Er legte dem Mann die Hand an den Arm. „Wahrhaftig, ta Palat, Ihr seid ein Mann von Ehre.“

„Ich gestehe freimütig, ich würde lieber selbst davonreiten“, seufzte der Kommandeur der Fußtruppe. Er blickte auf das Vorfeld der Festung und den tobenden Kampf. „Ihr solltet Euch eilen, Ihr Herren, sonst kommen die Bestien über uns, bevor sich die Kavallerie retten kann.“

Neben ihnen gab es einen berstenden Schlag. Signalgerät und Gardist waren von einer Kugel der Ferntöter getroffen worden. Trümmer und Gewebeteile spritzten umher und besudelten die Hochgeborenen.

„So sei es denn“, knurrte ta Geos und machte eine Ehrenbezeugung vor ta Palat. „Es war mir eine Ehre, Euch in meinem Kommando zu haben.“

Ta Palat erwiderte den Gruß mit ernstem Gesicht. „Nerianet wird Euch keine Schande machen.“

„Dessen bin ich mir gewiss.“

Sie stiegen vom Turm herunter. Regimentsunterführer Selverk befand sich mit einigen Männern im Untergeschoss. Sie waren kaum wiederzuerkennen, denn sie waren über und über mit Staub bedeckt, den die einschlagenden Geschosse aus dem Mauerwerk schlugen.

„Regimentsunterführer, lasst die Reiterei antreten. Kein Signalhorn, wir wollen den Feind nicht auf unseren Aufbruch vorbereiten. Ta Palats Fußgarde wird Nerianet halten und uns die Zeit verschaffen, die Dörfer zu erreichen und die Menschen zur zweiten Grenze zu geleiten."

Selverk warf ta Palat einen Blick zu, in dem erstmals Anerkennung lag. „Das wird ein schönes Rennen geben, Hochgeboren. Wir werden die Dörfer sicher vor den Bestien erreichen, doch wenn wir mit den Alten und den Kindern auf dem Marsch sind, dann wird uns das derart verlangsamen, dass sie uns bald eingeholt haben."

Die Pferde waren gesattelt und so nahm es nur wenig Zeit in Anspruch, die Kavallerie zum Abmarsch bereit zu machen. Ta Geos fühlte sich verpflichtet, noch ein paar Worte an die Zurückbleibenden zu richten. Doch was sollte er ihnen sagen? Dass sie hier für die freien Völker starben und für das Überleben der Menschen Alnoas? Welche Gefühle mochten sie erfüllen, wenn sie zugleich sehen mussten, dass sich die Kavallerie zurückzog? Ta Geos hatte einen schalen Geschmack im Mund und suchte noch nach den passenden Worten, als der Ruf ertönte, die Orks seien über den Graben gekommen. Er empfand Scham und zugleich Erleichterung, als ta Palat zum letzten Gruß sein Schwert erhob. „Reitet, ta Geos! Rettet die Menschen der Dörfer und gedenkt unser!"

Es gab Zustimmung von den Fußgardisten, aber auch ein paar Schmährufe. Zwei oder drei der Soldaten versuchten verzweifelt, sich zu einem Reiter aufs Pferd zu schwingen, doch keinem von ihnen gelang es und keiner der Kavalleristen zauderte, seinem Reittier die Zügel freizugeben. In raschem Galopp preschten sie aus dem Tor und die Hufe der zahlreichen Pferde hämmerten den Staub aus dem trockenen Boden, während die Gardekavallerie die dem Untergang geweihte Festung hinter sich ließ. Die Regimenter waren in bester Ordnung formiert und unter anderen Umständen hätte ihr Anblick wohl jeden mit Stolz erfüllt. Die Reiter handelten nicht feige, aber der Kampf hinter Mauern und zu Fuß behagte ihnen nicht. Die meisten der Kavalleristen fühlten Scham, obwohl sie zugleich sicherlich froh waren, der Todesfalle zu entkommen.

Ta Palat verschwendete kaum einen Blick auf die entschwindenden Männer von ta Geos' Truppe, denn der Feind war tatsächlich dabei, den Graben zu überwinden.

Gegenüber dem Wehrturm am Feuergraben lagen Hunderte von Orks am Boden, die den Pfeilen der Verteidiger oder der Hitze des Brennsteins zum Opfer gefallen waren. Mehrere Karren waren verbrannt. Dennoch hatte es der Feind geschafft, den Graben mit Erde und Sand aufzufüllen und das Feuer des Brennsteins dadurch zu ersticken. Nun waren die ersten Rundohren dabei, das Hindernis endgültig zu überwinden, und Tausende waren bereit, ihnen zu folgen. Von den angrenzenden Türmen wehten die Notsignale und die Besatzungen schienen die Posten zu verlassen. Ta Palat konnte es ihnen nicht verdenken. Wer in den Türmen blieb, würde der Reihe nach niedergemacht werden.

Die dem Feind zugewandte Mauer der Festung Nerianet befand sich in beklagenswertem Zustand. Der heftige Beschuss hatte eine große und eine kleine Bresche geschlagen. Die Orks würden das Tor nicht bestürmen müssen, um in die Befestigung zu gelangen. Noch immer gab es Gardisten, die vom Wehrgang auf die Gegner schossen. Sie hatten sich um die beiden letzten feuernden Dampfkanonen geschart. Andere Gardisten eilten die

Niedergänge hinunter, um sich im Hof zu formieren und jene Orks zu bekämpfen, die durch die Breschen gelangen wollten.

„Im Haupthaus sammeln!", brüllte ta Palat anderen Offizieren und Unterführern zu. „Alles im Haupthaus sammeln!"

Auf der Mauer zu bleiben war sinnlos. War der Feind innerhalb der Festung, bot sie keinen Schutz mehr. Im Gegenteil: Die Verteidiger auf den Wehrgängen würden abgeschnitten und rasch bezwungen werden. Der offene Kampf im Innenhof versprach einen ruhmreichen Kampf mit einem ebenso raschen Ende. Nein, ta Palat sah die einzige Möglichkeit in der Verteidigung des Haupthauses. Es war eine, wenn auch provisorische Festung innerhalb der Festung und würde das Ende hinauszögern. Zudem hatte die Außenmauer die beiden unteren Ebenen des Gebäudes vor dem Feindbeschuss geschützt. So angeschlagen die obere Ebene und der Signalturm auch sein mochten, der untere Bereich verhieß noch immer ein Minimum an Schutz.

Noch vor wenigen Zehnteltagen hatte Nerianet über sechstausend Fußgardisten und viertausend Gardekavalleristen verfügt. Zwar waren viele Soldaten in den Türmen des Grabens stationiert, dennoch schockierte es ta Palat, dass nur noch wenige Hundert Männer in der Lage waren, seinem Befehl zu folgen. Sie drängten ins Innere des Haupthauses und bereiteten sich auf den letzten Ansturm der Übermacht vor.

„Wir haben nur noch wenige Pfeile", meldete ein Hauptmann resigniert. „Es wird also mit der blanken Klinge entschieden."

Man konnte die Furcht der Männer sehen und man konnte sie riechen. Doch wer sollte es ihnen verdenken? So viele ihrer Kameraden lagen tot oder sterbend auf den Wehrgängen oder im Innenhof und der Feind drängte jetzt ungehindert durch die Breschen herein. Mit Schaudern sahen die Gardisten, wie sich die Orks über die Leiber der Gefallenen hermachten.

„Sie warten nicht einmal, bis das Schlachten ein Ende hat“, meinte ein Unterführer erbittert. „Und wir können nichts gegen diese Barbarei tun. So sollte ein tapferer Gardist nicht enden.“

„So sollte niemand enden“, entgegnete ein verletzter Soldat. Er zog ein Tuch um seinen Arm fest und benutzte dazu die Zähne und die andere Hand, wodurch seine folgenden Worte ein wenig undeutlich waren. „Ich will nur hoffen, dass die verdammten Pferdefüße es schaffen, die Leute rechtzeitig aus den Dörfern zu holen. Wenn ich schon als Bissen einer verfluchten Bestie ende, so soll es wenigstens nicht umsonst gewesen sein.“

„Jeder Atemzug von uns verschafft ta Geos′ Reitern Zeit, um Leben zu retten“, antwortete ta Palat mit erhobener Stimme. „Und jeder Schwertstreich von uns mag eine Bestie töten, welche die zweite Grenze nicht mehr bedrohen kann. Unser Tod wird nicht vergebens sein, Gardisten von Nerianet.“

Ein weiterer Hauptmann trat heran. „Ich war eben auf dem Signalturm.“ Er grinste verzerrt. „Ziemlich ungesund da oben. Die ganze verfluchte Ork-Armee veranstaltet ein Zielschießen, sobald man den Kopf sehen lässt.“

„Hat sich der Ausblick wenigstens gelohnt?“, brummte der verletzte Gardist sarkastisch.

Der Offizier nickte. „Der Spaltpass ist voller Legionen. Es kommen immer mehr von ihnen. Die ersten sind schon an Nerianet vorbei und machen sich daran, in die Provinz vorzustoßen. Ich konnte auch drei Banner der verdammten Rumaki sehen. Die Kerle scheint es nicht so nach vorne zu drängen wie die Rundohren.“

„Ich frage mich, warum sie uns nicht längst bestürmen, um uns den Rest zu geben.“ Der Sprecher sah vorsichtig durch den Schießspalt zwischen den Fensterläden. „Die tun gerade so, als würde es uns überhaupt nicht geben, und schlagen sich die Bäuche voll." Er zuckte zusammen. „Jetzt machen sie das Haupttor auf. Verdammt."

„Was gibt es?" Ta Palat trat neben den Mann und spähte hinaus. Was er dort sah, nahm ihm den letzten Funken Hoffnung. „Dreimal verdammt. Die bringen Ferntöter in den Hof."

„Wozu das?"

Ta Palat zuckte resigniert mit den Schultern. „Um uns den Rest zu geben. Ich hatte gehofft, die Rundohren würden versuchen, das Haupthaus zu stürmen. Dann hätten wir etliche der Bestien mit uns nehmen können. Stattdessen bringen sie ihre Ferntöter herein. Damit werden sie uns wohl zusammenschießen."

Der Verwundete nickte bedächtig. „Dann sollten wir hinausgehen und es dort austragen, Hochgeboren. Dann werden uns ein paar der Biester in den Tod begleiten. Das ist immer noch besser, als hier zu sitzen und abzuwarten, bis uns ihre Ferntöter erledigen oder uns das Gebäude auf den Kopf fällt."

Ta Palat lächelte. „Ich bin der gleichen Meinung. Ich sterbe lieber mit dem Schwert in der Hand als mit einem Stein auf dem Schädel." Er hob seine Stimme. „Nun denn, Gardisten von Nerianet: Wir können hier sitzen bleiben wie Hornvieh vor dem Schlachter oder wir gehen hinaus und zeigen den Legionen, was wahrhaftige Klingenarbeit ist."

Er sah in grimmige und furchtsame Gesichter. Einige zögerten, denn ihre Angst vor dem Feind war einfach zu groß. Die meisten der Männer packten ihre Waffen fester. Der Tod würde sie nicht verschonen, aber sie hatten die Wahl, wie er sie ereilen mochte.

„Für den König und die Provinzen!", brüllte ta Palat und sprang als Erster durch die Tür ins Freie. Er schaffte keine drei Schritte, dann traf ihn der Bolzen eines Orks.

Doch hinter ihm drängten die anderen heraus und die Gewissheit des Todes nahm ihnen nun die Angst. Sie kämpften nicht um ihr Leben, sondern darum, möglichst viele ihrer Feinde in den Tod zu reißen. Das blutige Gemetzel weitete sich über einen großen Teil des Innenhofes aus.

Das Ende war absehbar.

Schließlich schwieg der Kampfeslärm und wich dem Marschtritt der Legionen.

40

Es gab Orte, die ein Mensch niemals vergaß. Sie standen immer im Zusammenhang mit einem besonderen Erlebnis und dieses musste nicht unbedingt schön gewesen sein.

Für Hauptmann ta Jarvak von der Fußgarde der Stadt Lheonaris, war Dorogart ein solcher Ort. Das Dorf und vor allem sein Ältester Markvard hatten sich dem Offizier und seinen Männern auf unliebsame Weise eingeprägt. Jeder Besuch in den letzten Jahren hatte den Mangel an Vorbereitung auf die Flucht zur zweiten Grenze aufgezeigt. Ta Jarvak hatte es mit Vernunft und auch sanften Drohungen versucht, doch an dem fülligen Markvard schien alles abzuprallen.

Diesmal führte ta Jarvak nicht nur eine Zehn an Männern, sondern deren drei. Nicht, um seinen Worten mehr Gewicht zu verleihen, denn die Zeit der Appelle an die Vernunft war vorbei. Über die Kette der Signaltürme war die alarmierende Botschaft übermittelt worden, dass die Legionen des Schwarzen Lords die Festung Nerianet angriffen. Niemand wusste, wie lange diese standhalten mochte, und so hatte die Botschaft zwei wichtige Informationen enthalten: Der Krieg war ausgebrochen und die Völker mussten sich nun so rasch als möglich zu den Schiffen hinter der zweiten Grenze begeben.

Die Tatsache, dass in der Botschaft vom offiziellen Ausbruch des Krieges die Rede gewesen war, besaß für ta Jarvak und alle Angehörigen der Fußgarden und Gardekavallerie eine besondere Bedeutung. Im Krieg hatte der König die absolute Befehlsgewalt und der Kronrat nur noch eine beratende Funktion. Dadurch erhielten die Offiziere der Garden Befugnisse, die weit über jene im Frieden hinausgingen.

Die kleine Truppe marschierte durch die fruchtbare Ebene nördlich von Lheonaris und musste sich bald dem Ziel nähern. Diesmal hielt sich ta Jarvaks Frustration in überschaubaren Grenzen, denn mit der Vollmacht des Königs brauchte er keine unangemessene Rücksicht auf den Ältesten Markvard zu nehmen. Nun ging es selbst für den Ältesten nicht mehr darum, sich den Beutel mit goldenen Schüsselchen zu füllen, sondern um das nackte Überleben.

Außerhalb der großen Stadt Lheonaris herrschte noch eine trügerische Ruhe. Die Hauptstadt der Provinz glich derzeit allerdings einem Ameisenhaufen und die Furcht vor den Legionen warf manche Ordnung über den Haufen. Die Garden hatten alle Hände voll zu tun, die Stadt zu räumen und darauf zu achten, dass ihre Bewohner nur das Erforderliche mitnahmen. Obwohl es einen sorgfältig ausgearbeiteten Plan für Sammelplätze sowie die Verteilung von Gespannen und Karren gab, schien diesen kaum jemand zu befolgen.

In ungeordneten Gruppen flüchteten die Bewohner aus der Stadt und eilten in Richtung der zweiten Grenze. Kleine Gruppen von Soldaten befanden sich unter ihnen, um ein Mindestmaß an Ordnung zu erhalten und sie zu schützen. Das schwächte die Fußgarden erheblich. Ursprünglich hatten nur wenige Zehnen für diese Aufgabe abgestellt werden sollen, sodass die Hauptmacht eine kampfkräftige Formation bilden konnte. Nun konnte der Gardekommandeur in Lheonaris froh sein, wenn er einige Hundert seiner Männer zusammenhalten konnte.

Ta Jarvak und seine Gardisten wussten, dass all dies zur denkbar schlechtesten Zeit geschah, denn die Völker der Julinaash, der Zwerge, Sandbarbaren und des Pferdevolkes waren noch nicht alle auf dem Marsch. Die große Wanderung würde nun überhastet beginnen und alle Straßen und Wege in ein Chaos stürzen.

Der schlanke Unterführer von ta Jarvaks Schar kam vom Ende der kleinen Marschkolonne nach vorn, da sie sich nun Dorogart näherten.

„Einige der Neuen sind unruhig", berichtete er seinem Hauptmann. „Ich wette, ein paar von denen haben das Beinkleid voll, obwohl noch längst keine Gefahr besteht. Man hätte uns erfahrene Gardisten mitgeben sollen, Hochgeboren."

„Bei all dem Durcheinander werden die in Lheonaris dringlicher gebraucht." Ta Jarvak nahm den Helm kurz ab und wischte sich den Schweiß von der Stirn. Das Schicksal schien es zu wollen, dass er immer zur heißen Jahreszeit nach Dorogart marschieren musste. „Haltet ein Auge auf die Neulinge, sie werden sich schon einfügen."

„Im Marschieren sind sie schon recht gut, aber im Kampf müssen sie sich erst beweisen, Herr. Ich habe jeweils einen der Alten und einen der Neuen als Schild und Schwert eingeteilt. Die erfahrenen Gardisten werden ihre Ruhe so auf die anderen übertragen."

Ta Jarvak nickte zustimmend. Es war ein erprobtes Mittel, die Rekruten unter die Veteranen zu mischen, da Letztere ihre Erfahrung und Ruhe mit den Neulingen teilten. Er bemerkte die Blicke, die der Unterführer um sich warf. „Keine Sorge, Unterführer, wir sind noch lange nicht in Gefahr."

Der Angesprochene wirkte für einen Moment irritiert, bis er sein Gesicht zu einem Lächeln verzog. „Es ist die Gegend, Herr. Sie erinnert mich stark an das Dorf, aus dem ich selber stamme. Fruchtbarer Boden und viel Ackerland, Herr. Und ausgedehnte Wälder mit viel Wild. Die Leute aus der Gegend scheinen aber nicht viel zu jagen."

„Wie kommt Ihr darauf, Unterführer?"

„Weil das Wild vor uns nicht ausweicht. Es scheut uns Menschen nicht, also hat es noch keine üblen Erfahrungen mit uns gesammelt. Ich habe eben ein prachtvolles Geweihtier am Waldrand dort drüben gesehen."

„Ihr seid schon ein paar Jahreswenden in der Fußgarde, Unterführer. Vermisst Ihr das Leben im Dorf?"

„Eigentlich nicht. Es gefällt mir in der Garde."

„Also seht Ihr Euch alles hier an, weil Euch die Natur gefällt?"

„Und weil ich es vermissen werde, Herr. Deswegen präge ich es mir ein."

„Vermissen?"

„All dies wird doch vergehen, wenn das Land versinkt, nicht wahr?"

Ta Jarvak nickte und versuchte sich seine Betroffenheit nicht anmerken zu lassen. Der alte Soldat hatte recht. Er selbst hatte die Flucht immer unter dem Gesichtspunkt gesehen, dass man sich retten musste und ein neues Land besiedeln würde. Ein Land, in dem es sicherlich viel zu entdecken gab. Erst die Worte des Unterführers machten ihm deutlich, was man alles zurücklassen musste.

„In der letzten Zeit frage ich mich öfter, wie es wohl meinen Eltern und den übrigen Dorfbewohnern gehen mag", fuhr der Unterführer fort. „Mein altes Dorf liegt an der Grenze zum Land des Pferdevolkes. Ich glaube, die wissen dort noch nicht einmal, dass der Krieg nun begonnen hat." Er räusperte sich und sah seinen Hauptmann nachdenklich an. „Was schätzt Ihr, Hochgeboren, wie viel Zeit bleibt uns, bevor tatsächlich Gefahr droht?"

„Die Blinkmeldung besagte, dass die Legionen vor Nerianet stehen. Nerianet hat dicke Mauern, viele Dampfkanonen und eine starke Besatzung. Die Festung wird sicherlich standhalten, gleichwohl, was der Feind aufzubieten hat.“ Ta Jarvak setzte den Helm wieder auf und strich unbewusst die beiden blauen Federn glatt. „Zudem sind Khalanaris und die anderen Garnisonen alarmiert und werden Verstärkungen entsenden.“

„Dann haltet Ihr den Aufbruch zur zweiten Grenze für übereilt, Hochgeboren?“

„Es ist eine angemessene Vorsichtsmaßnahme“, erwiderte der Hauptmann, der den Befehl des Königs nicht vor einem Untergebenen in Zweifel ziehen wollte. „Allerdings kommt es zur Unzeit und die Angst des Landvolkes bringt eine Unordnung, die es uns schwer machen wird, alles richtig zu regeln.“ Er lächelte unvermittelt. „Jedoch wird es ein Ansporn für den Ältesten von Dorogart sein. Bislang hat er die Anordnungen des Rates der Stadt und der Provinz nur sehr zögerlich umgesetzt. Doch nun ist es ein Befehl des Königs und der verdammte Mistkerl wird sich sputen, wenn er nicht meine flache Klinge oder die Peitsche spüren will.“

„Ihr scheint den Ältesten nicht sonderlich zu mögen, Hochgeboren.“

„Markvard? Ich schätze, den hat niemand ins Herz geschlossen, außer Markvard selbst.“ Ta Jarvak warf dem Unterführer einen grimmigen Blick zu. „Versteht mich nicht falsch, Unterführer, ich habe nichts gegen Älteste im Allgemeinen. Normalerweise sorgen sie sich um das Wohl ihrer Leute und genießen meinen Respekt.“

„Verstehe.“

Der Hauptmann lächelte. „Ihr werdet Markvard erst kennenlernen müssen, um es wirklich zu verstehen. Nun, Ihr habt bald die Gelegenheit, denn hinter dem nächsten Hügel liegt das Dorf.“

Auf der Kuppe des kleinen Hügels blieben sie kurz stehen. Vor ihnen lag Dorogart, dessen Anblick ta Jarvak und einige seiner Männer nun schon zu Genüge kannten. Die erste Jahresernte war eingebracht und die zweite ausgesät. Mit den sauber gezogenen Furchen und der frisch aufgeworfenen Erde wirkten die Äcker seltsam kahl inmitten der fruchtbaren Weiden und Wiesen, die sich in der Ebene ausbreiteten. Eine Handvoll Dorfbewohner war auf den Feldern unterwegs, um die zahlreichen Schwingen zu verscheuchen, die das Saatgut aus den Furchen picken wollten.

Ta Jarvak bemerkte mehrere Fuhrwerke an den beiden großen Kornspeichern, die offensichtlich beladen wurden.

„Scheinbar haben sie in Dorogart bereits erfahren, dass Gefahr droht", vermutete einer der Soldaten. „Sie beladen die Gespanne, um sich auf den Weg zur zweiten Grenze zu machen."

„Nein, guter Herr", entgegnete ta Jarvak grimmig. „Sie beladen die Fahrzeuge mit Getreide. In einer Tageswende wäre der große Markt in Lheonaris und sie haben vor, es dort mit viel Gewinn zu verkaufen. Sie haben noch keine Ahnung, dass es nie wieder einen Markt geben wird. Nicht in Lheonaris und nicht in unserem Land."

Einer der Dorfbewohner verließ den Acker und rannte ins Dorf hinunter, um die übrigen Bewohner auf die Ankunft der Garde aufmerksam zu machen. Für den Mann war klar, dass es sich um keinen der üblichen Besuche handelte, denn dazu war die Truppe diesmal zu stark.

Ta Jarvak gab seinen Gardisten den Befehl und während sie in loser Ordnung die Straße entlangmarschierten, traten die Bewohner aus ihren Häusern.

„Langsam beginne ich zu verstehen, was Ihr meint, Hochgeboren", erklärte der Unterführer. „Der in der reich bestickten Tunika ist sicher Markvard, nicht wahr?"

„So ist es. Ich werde die Lage ein wenig dramatischer darstellen, als sie es tatsächlich ist, Unterführer. Das wird den fetten Kerl auf Trab bringen."

Der Älteste wartete in der Mitte des Dorfplatzes und hatte die Hände hinter seinen Leibgurt gehakt. „Ah, der tapfere Hauptmann ta Jarrak und seine Heldenschar." Markvard deutete eine Verbeugung an, die einer offenen Beleidigung nahekam. „Will der Rat der Stadt und Provinz von Lheonaris sich wieder einmal vergewissern, dass Dorogart zur rechten Zeit bereit sein wird?"

Ta Jarvak war in den vergangenen Jahren einige Male gedemütigt worden und so genoss er die Wirkung seiner Worte auf den Ältesten und die Dorfbewohner. „Die Zeit der Vorbereitung ist vorbei, Ältester Markvard. Der Feind bestürmt die erste Grenze und die Städte und Dörfer werden geräumt. Es gilt zu eilen, Markvard, wenn Ihr nicht wollt, dass Ihr als Bissen zwischen den Fängen einer Bestie endet."

Das spöttische Lächeln des Dicken machte Überraschung Platz. „Was?"

„Die Legionen des Schwarzen Lords greifen an!", rief ta Jarvak den übrigen Dorfbewohnern zu und hörte erschrockene Ausrufe. „Jedweder nehme, was ihm zugewiesen ist. In einem Zehnteltag marschieren wir in die Sicherheit der zweiten Grenze."

Der Unterführer klatschte vernehmlich in die Hände. „Also los, Leute, ihr habt den Hauptmann gehört. Packt das Notwendigste zusammen und beeilt euch."

Männer und Frauen blickten ihren Ältesten verunsichert an, der unentschlossen schien.

„Ich will für Euch hoffen, dass Ihr dafür gesorgt habt, das Dorogart seine Pflichten erfüllt", sagte ta Jarvak mit kalter Stimme an den Ältesten gewandt. „Ihr kennt die Zahl von Schaufeln, Hämmern, Sägen, Eisenstiften und dergleichen, die der König für die neue Heimat fordert." Ein drohender Unterton schwang nun mit. „Und ebenso die Menge an Getreide, Fleisch, Käse und Früchten."

„Ich, äh, ein paar Kleinigkeiten mögen fehlen", ächzte Markvard unsicher. „Wer konnte denn damit rechnen, dass die Orks so rasch …?"

„Ihr hattet Jahreswenden Zeit, Ältester", erwiderte der Hauptmann hart.

„Nun, ich … Ich bin sicher, dass wir die meisten Dinge zusammenbringen." Markvard fuhr auf den Absätzen herum und fauchte die verwirrten Dorfbewohner an. „Worauf wartet ihr denn noch? Ihr habt ta Jeverrak gehört! Tut, was der Hochgeborene euch sagt! Nehmt nur das Notwendige und holt die Werkzeuge aus dem Lager. Und beeilt euch gefälligst. Die Bestien sind auf dem Weg zu uns."

Ta Jarvak trat dicht an seinen Unterführer und senkte die Stimme. „Teilt jeder der Familien einen unserer Gardisten zu. Ich will sichergehen, dass kein unnötiger Dung mitgeschleppt wird. Eine Gruppe soll das Beladen der Gespanne beaufsichtigen."

„Wie Ihr befehlt, Herr." Der Unterführer stieß ein paar laute Befehle hervor und nun kam Bewegung in all die Menschen.

Als käme ihnen erst jetzt der Ernst der Situation zu Bewusstsein, eilten die Dorfbewohner zu ihren Häusern. Einige rannten zu den Gespannen vor den Getreidespeichern. Dorfältester Markvard verschwand nur kurz in seinem Haus und kam mit ein paar Dokumenten heraus, in denen ta Jarvak die Auflistung dessen erkannte, was Dorogart für die neuen Ufer beizusteuern hatte. Während die Familien hektisch ein paar Habseligkeiten packten, schrie Markvard Anweisungen, was dabei zu beachten sei.

Der Unterführer und ta Jarvak glichen in all dem Durcheinander ruhenden Polen.

Sie beobachteten Szenen, die ihr Herz rührten. Obwohl alle im Königreich von Alnoa seit vielen Jahren wussten, dass dieser Augenblick kommen musste, war es etwas vollkommen anderes, nun mit der Tatsache konfrontiert zu werden, das vertraute Heim und Dorf nie wiedersehen zu können. Dies war nun ein Abschied für immer, der vor allem jenen schwerfiel, die Dorogart noch nie in ihrem Leben verlassen hatten, außer wenn es galt, in einem Nachbardorf bei Ernte oder Hausbau zu helfen.

Dorfbewohner fluchten erbittert, weinten oder eilten hilflos und unsicher umher, da sie sich nicht entscheiden konnten oder wollten, was sie mitnehmen sollten. Manche der Gardisten mussten sie mit harschen Worten und sanfter Gewalt antreiben, in einem Fall kam es sogar zu einer Rangelei, die der Soldat mit einem Fausthieb für sich entschied.

„Ich verstehe nun wahrhaftig, was Ihr meintet, Herr", murmelte der alte Soldat. „Dorogart scheint wohl wirklich nicht viel vorbereitet zu haben."

„Letztlich ist es ihr eigenes Problem", sprach der Hauptmann und verspürte dabei ein gewisses Gefühl der Zufriedenheit, denn er gönnte Markvard dieses Chaos. Zugleich empfand er aber auch Bedauern über das Leid der Dorfbewohner, die zu sehr auf ihren Ältesten gehört und dessen Versäumnisse dadurch mitverschuldet hatten. „Für das Leben in der neuen Heimat wird manches benötigt und jedes Dorf hat jene Dinge vorbereiten sollen, die ihm dabei hilfreich sind. Wenn Material fehlt, werden sie das am eigenen Leib zu spüren bekommen. Nun, sie mögen sich bei Markvard dafür bedanken."

Der Älteste war zu den Kornspeichern gerannt und auf sein Geheiß wurden etliche der Getreidesäcke wieder abgeladen, um Platz für andere Dinge auf den Wagen zu schaffen. Ein paar kräftige Horntiere wurden herangebracht und eingespannt, dann ließ Markvard die Gespanne vor sein Haus treiben. Die Männer verschwanden darin und kamen kurz darauf mit allerlei Kisten heraus, die sie auf die Ladeflächen hoben.

Ta Jarvak leckte sich nachdenklich über die Lippen. „Einen Moment, ihr guten Herren." Er bedeutete dem Unterführer, sich ihm anzuschließen, und ging hinüber. „Was verladet ihr dort?"

„All die Dinge, die wir im neuen Land brauchen", antwortete Markvard hastig.

Die Augen des Hauptmanns verengten sich. „Davon will ich mich selber überzeugen. Öffnet die Kisten und Truhen."

„Das wird uns Zeit kosten", ächzte Markvard. „Zeit, über die wir nicht verfügen, da es doch so sehr eilt."

„Ich bin mir sicher, dass wir diese erübrigen können und sich ein Blick in die Fracht lohnen wird", knurrte ta Jarvak und legte unmissverständlich die Hand an den Schwertgriff. „Öffnen!"

Tatsächlich enthielt die erste Kiste eine Anzahl von Werkzeugen, was den Hauptmann überraschte. „Schön, eine andere. Was ist in jener dort?"

„Metallstifte zum Heften von Brettern", dienerte Markvard.

„Ich will sie sehen."

Die Männer warfen einen unsicheren Blick auf ihren Ältesten, der seufzend nickte.

Diesmal wurde ta Jarvaks Verdacht bestätigt. „Metallstifte? Sie haben wohl eher die Form von Schüsselchen, tragen des Königs Prägesiegel und sind aus Gold."

„Damit kann man viele Eisenstifte erwerben", ächzte Markvard und tupfte sich etwas Schweiß von der Stirn. „Und auch viele andere nützliche Dinge."

„Ihr werdet an den neuen Ufern möglicherweise keinen Händler finden, der Euch solche nützlichen Dinge bietet." Ta Jarvaks Blick war finster. „Habt ihr Eisenstifte?"

„In der Schmiede", antwortete einer der Männer.

„Dann leert diesen wertlosen Plunder auf die Straße und füllt die Kiste mit den Eisenstiften", befahl der Hauptmann. Er sah, wie Markvard protestieren wollte. „Und euer Ältester wird euch dabei sicher gerne behilflich sein."

Der schien den Kopf schütteln zu wollen, aber nun zog der Unterführer seine Klinge blank. Das schabende Geräusch ließ die Männer zusammenzucken. „Ihr habt den Befehl des Hochgeborenen vernommen. Tut, was er sagt, denn es ist zu euer aller Wohl."

Einer der Gardisten ging gemessenen Schrittes um das andere Gespann herum und betrachtete forschend das Fahrzeug. Gelegentlich rüttelte er an seinem Aufbau oder trat gegen eines der Räder. „Herr!", rief er nun und gab ta Jarvak ein Zeichen. „Dieser Wagen wird die Reise nicht bewältigen."

Der Hochgeborene besah sich das Rad, an dem der Soldat stand. Der ging in die Hocke und legte die Hand an eine bestimmte Stelle. „Hier ist der Eisenreifen beschädigt, Herr. Die Naht ist angerissen. Der Wagen ist schwer beladen. Früher oder später wird dieses Rad hart gegen einen Stein stoßen. Der Reif wird reißen und dann bricht das Holzrad, da es nicht mehr geschützt ist."

Ein Speichenrad zu fertigen war hohe Handwerkskunst und vieles hing dabei von dem Eisenreifen ab, der im rechten Maß geschlossen und in nahezu glühendem Zustand über das liegende Holzrad gezogen wurde. Beim Erkalten zog sich das Eisen zusammen und gab der Konstruktion ihre besondere Festigkeit.

Ta Jarvak sah die Männer an, die das andere Fuhrwerk beluden. „Dieses Rad wird beizeiten brechen."

Einer der Dorfbewohner starrte den Ältesten düster an. „Ich habe es ihm schon vor Tageswenden gesagt, aber er meinte, es werde schon halten und ein neues Rad werde den Gewinn schmälern, den wir auf dem Markt in Lheonaris erzielen."

„Nun schmälert es das, was ihr mitnehmen könnt. Habt ihr ein Ersatzrad, welches ihr auf die Nabe aufziehen könnt?"

„Wir haben ein paar Ersatzräder in der Schmiede, doch die sind für die Karren. Ein großes für das schwere Frachtgespann müssten wir erst fertigen."

Der Unterführer stieß einen leisen Fluch aus. „Dann muss der Wagen zurückbleiben, Herr. Wenn das Rad auf der Reise bricht, dann wäre seine Fracht ohnehin verloren. Die Menschen werden schon genug zu tragen haben und können sich nicht auch noch mit dessen Ladung belasten."

„Nun gut, da Markvard die Schuld daran trägt, so soll auch seine Fracht zurückbleiben", entschied ta Jarvak.

„Das könnt Ihr nicht machen!", fuhr der Älteste empört auf.

„Noch ein Wort und ich lasse Euch binden und hinter einem der Karren herschleifen!", brüllte der Hauptmann den schockierten Ältesten an.

Bei den Dorfbewohnern gab es entsetzte, aber auch ein paar zufriedene Gesichter.

Markvard zitterte unmerklich und fügte sich.

Ta Jarvak deutete auf den unbeschädigten Frachtwagen. „Werft hinunter, was nicht benötigt wird, doch lasst ihm das Notwendigste." Er sah seinen Unterführer an und seine Stimme war kaum mehr als ein Flüstern. „Ein jeder hat das Recht auf persönliche Habe. Selbst Markvard."

Der Unterführer schwieg hierzu. Er und die Gardisten hatten kaum persönliche Dinge bei sich: Waffen, Feldverpflegung und ein wenig Wäsche. Mehr konnten sie in ihren Tornistern nicht mit sich führen und dem Hauptmann ging es nicht anders. Sie ließen mehr zurück als die Bewohner Dorogarts.

41

Nedeam hatte die kleine Brücke überquert, die von der Festung Eternas über den Eten zu jenem Wäldchen führte, in dem sich das elfische Haus der Geschwister Lotaras und Leoryn befand. Sein Besuch galt jedoch nicht den Elfen, sondern einem lang gestreckten Hügel. Hier ruhten die Toten jenes Überfalls der Orks, der zu Nedeams jungen Jahren fast das Ende der Hochmark gebracht hätte. Hier hatten auch Pferdefürst Garodem und seine Gemahlin Larwyn ihren endgültigen Frieden gefunden.

Es hieß Abschied von der Hochmark zu nehmen und Nedeam war es ein Bedürfnis, seinem einstigen Herrn ein letztes Mal den Respekt zu erweisen. Llaranya und Neliana begleiteten ihn, hielten jedoch einigen Abstand, um ihn nicht in seinen Gedanken zu stören.

Keine siebzig Jahre war es her, dass Garodem in die Täler des Noren-Brak gezogen war und die Hochmark gegründet hatte. Jahre, in denen die Mark gedieh und ihre Bewohner harten Wintern, Raubtieren und feindlichen Angriffen trotzten. Der Sturm der Orks und die rote Seuche hatten einen furchtbaren Blutzoll unter den Menschen gefordert und doch war man immer wieder erstarkt. Noch vor wenigen Jahren wäre es für Nedeam und all die anderen, die hier lebten, unvorstellbar gewesen, die Heimat jemals verlassen zu müssen. Sicher, das Leben war in vielen Dingen härter gewesen als das in den unteren Marken, in denen es die fruchtbaren Ebenen und ausgedehnten Wälder gab. Dennoch war es ein gutes Leben gewesen und nun würde man es aufgeben, um in einem fernen und unbekannten Land zu siedeln.

„Ihr wart ein guter Pferdefürst und Freund, Hoher Lord Garodem“, sagte Nedeam leise. „Nun muss ich in Euren Spuren wandeln und die Menschen unserer Mark in eine neue Heimat führen. Ich hoffe von Herzen, dass es mir gelingt und ich mich Eurer als würdig erweise. Möget Ihr und Eure Hohe Dame Larwyn in Ehren und Liebe zwischen den Goldenen Wolken der Ahnen reiten. Lebt wohl.“

Ein letztes Mal entbot Nedeam den Toten den Ehrensalut, dann wandte er sich um und ging langsam zu seinen Lieben. Llaranya spürte seine Trauer und schloss ihn wortlos in die Arme, während Neliana die Hand des Vaters ergriff.

„Es ist an der Zeit, mein Geliebter“, erinnerte ihn die schöne Elfin. „Ein Teil der Zwerge und unserer Leute ist schon aufgebrochen. Nun müssen wir ihnen folgen, wenn wir den Anschluss nicht versäumen wollen. Es ist sicherer, in einer starken Gruppe zu reisen, denn du weißt, der Feind ist nicht mehr fern.“

Nedeam nickte wehmütig und sein Blick glitt über die nahe Stadt und die Festung von Eternas. Äußerlich schienen sie unverändert und doch wirkten sie auf erschreckende Weise leblos. Keine Hitze flimmerte über den Kaminen der Kochstellen, keine Schwertmänner bestreiften die Wehrgänge. Das Stampfen und Schlagen der Brennsteinmaschinen in den Handwerksbetrieben am Flussufer war verstummt. Über der Straße, die zum Südpass führte, hing der aufgewirbelte Staub unzähliger Füße, Hufe und Räder. Eine lange und gut geordnete Kolonne bewegte sich dort auf dem Weg zur zweiten Grenze. Zwischen den Menschen aus den Gehöften, Weilern und der Stadt ritten kleine Trupps der Pferdelords, andere deckten die Flanken. Obwohl man sich noch im Schutz der Hochmark befand, war Kriegsmarsch befohlen. Auf diese Weise gewöhnten sich die

Menschen an die engen Formationen und waren besser vorbereitet, um jeder Gefahr begegnen zu können.

Dem Blinkspruch, dass Nerianet angegriffen werde, war kurz darauf ein zweiter gefolgt, in dem Pferdefürst Mor berichtete, dass die Legionen durch die weißen Sümpfe vordrangen und Merdonan umkämpft sei. Auch die Bewohner der Ostmark waren auf dem Weg zur zweiten Grenze.

Mor hielt die Stadt mit seinen Pferdelords und Schwertmännern. Nedeam ging davon aus, dass sich Merdonan lange halten konnte. Auch wenn die Orks erneut Stege und Plankenwege durch die Sümpfe legten, so, wie sie es schon vor vielen Jahren getan hatten, so waren diese künstlichen Pfade nur schmal. Die Legionen mussten in Kolonnen und dicht gedrängt vorrücken und konnten nicht zu den Seiten ausweichen, da dort der Sumpf drohte. Unter diesen Umständen würden sie wahrscheinlich ihre Ferntöter nicht einsetzen können und mussten sich gegen den Pfeilhagel und die Geschosse aus der Stadt vorarbeiten. Dank seiner besonderen Lage würde Merdonan möglicherweise länger Bestand haben als alle anderen Grenzbefestigungen. Doch dieser Vorzug bedeutete zugleich auch eine Gefahr. Mor musste den richtigen Zeitpunkt abpassen, um mit seinen Männern die Stadt zu räumen und zur zweiten Grenze zu gelangen. Brach er zu spät auf, konnten ihm andere Legionen, die über den Spaltpass vordrangen, den Rückzugsweg abschneiden.

Die Hochmark war gut vorbereitet, auch wenn Nedeam sich einen späteren Zeitpunkt gewünscht hätte, denn eigentlich sollten die Bewohner der Mark erst einen Zehntag nach den Zwergen aufbrechen. Jene hatten die gelbe Kristallstadt Nal't'hanas und die grüne Kristallstadt Nal't'rund geräumt und waren im Tal von Eternas eingetroffen. Eigentlich hätten sie hier eine Weile rasten sollen, nun galt es jedoch, die relative Sicherheit der zweiten Grenze schnellstmöglich zu erreichen. Mit all den Menschen und Zwergen würde es trotz aller Vorbereitungen ein schwieriges Unterfangen werden. Es war ein weiter Weg, vom Feind bedroht, und man führte etliche Pferde, Wolltiere und Hornvieh mit sich. Diese würden den Grundstock einer neuen Zucht in der künftigen Heimat bilden und auch Bestandteil der Verpflegung sein. Die meisten Tiere hatte man in Freiheit entlassen. Für die Züchter und Herdenwächter ein schwerer Schritt, denn sie wussten, was dem Land bevorstand.

Der größte Teil der Zwerge befand sich bereits auf dem Weg, begleitet von zwei Beritten der Schwertmänner, die auf ihren Pferden Augen und Ohren der Kolonne waren. Die elfischen Geschwister Lotaras und Leoryn waren bei ihnen und die Schärfe ihrer Sinne würde den Reitern der Vorhut eine willkommene Verstärkung sein.

Balruk, König der grünen Kristallstadt, und seine Axtschläger waren zurückgeblieben. Ihn und Nedeam verband eine innige Freundschaft, denn als Knabe hatte der junge Pferdelord einst erheblich dazu beigetragen, Nal't'rund aus den Fängern der Orks zu befreien.

„Wir haben nun beide unsere alten Berge verloren und so werden wir dieses gemeinsame Schicksal teilen, indem wir auch gemeinsam marschieren, Pferdereiter Nedeam, und wahrhaftig, ich würde es nicht schätzen, wenn Ihr mir dies abschlagen wolltet", hatte Balruk mit einer Bestimmtheit gesagt, die einfach keinen Widerspruch duldete.

Die Stadt und die Festung waren verwaist.

Drei Beritte der Schwertmänner trabten aus den Straßen auf die Garnison neben der Festung zu, wo sich die Nachhut versammelte. Die Reiter hatten jedes Haus kontrolliert. Niemand sollte, von Blor oder Gerstensaft berauscht, den Abzug versäumen und, so unwahrscheinlich das auch sein mochte, kein Tier versehentlich eingesperrt bleiben. Selbst die Feuerstellen wurden darauf überprüft, dass sie vollständig erloschen waren. Mochte Eternas auch untergehen, so sollte es doch nicht durch eine Feuersbrunst geschehen, die durch ein Versäumnis seiner einstigen Bewohner ausbrach. Es war schwer genug, alles aufzugeben, und niemand wollte durch eigene Hand zum Verderben beitragen.

Nedeams kleine Familie erreichte Arkarim, der jenseits der Brücke mit seiner Frau gewartet hatte. Bei ihm befanden sich Nedeams Bannerträger und der Signalbläser, welche die Pferde bereithielten. Nedeam half Neliana auf das große Pferd hinauf. Das Mädchen empfand sich als zu erwachsen, um hinter der Mutter oder dem Vater zu sitzen, und hatte seinen Willen nach einem eigenen Pferd durchgesetzt. Ein Pferd nach eigener Wahl und der besorgte Nedeam hätte sich eines mit weniger Temperament gewünscht.

Arkarim sah auf die letzten Beritte der Schwertmänner, die sich nun formierten. „Wir könnten die Pferdelords der Weiler als geschlossene Vorhut einsetzen", überlegte er. „Mit unseren Schwertmännern als Nachhut, da wäre die Kolonne an ihrer Spitze und ihrem Ende hervorragend geschützt."

Nedeam setzte sich im Sattel zurecht, lächelte Neliana aufmunternd zu und schüttelte dann den Kopf. „Dafür ist die Kolonne zu lang, mein Freund. Wir lassen die Zwerge der gelben Kristallstadt vorangehen. Sie mögen mit ihren kurzen Beinen das Tempo bestimmen. Ihre Axtschläger sind eine treffliche Vorhut, sollten wir Schwierigkeiten begegnen. Die Pferdelords sollen bei jenen Gruppen reiten, aus deren Weilern und Gehöften sie einberufen sind. Arkarim, der Abschied fällt uns allen schwer und auf diese Weise sind die Männer bei ihren Lieben. Das wird viel Unruhe nehmen. Wir hingegen werden mit den Beritten der Schwertmänner am Schluss reiten."

Arkarim blickte zu den Formationen der Zwerge hinüber. König Balruks Haare und Bartzöpfe waren im Alter schwarz geworden, doch er ließ es sich nicht nehmen, mit seinen Axtschlägern zu marschieren. Die große Axt mit der Doppelschneide aus schimmerndem grünem Kristall, das Zeichen seiner Würde, hatte er in die Armbeuge gelegt.

„Gemeinsam mit den kleinen Herren", meinte der Erste Schwertmann. „Dieser Balruk ist ein verdammt sturer Kerl. Er will mit seinen Kämpfern unbedingt ganz am Schluss marschieren. Ich habe ihm gesagt, es werde ihm nicht behagen, den Staub unserer Pferde zu schlucken, doch er meint, es sei eine Frage der Ehre."

„Das kleine Volk hat viel Stolz und Ehre", stimmte Nedeam zu. „Darin sind sie uns vom Pferdevolk sehr ähnlich. Dennoch werde ich dem Wunsch des guten Königs nicht entsprechen können."

„Nun, ich bin gespannt, wie du ihm das begreiflich machen willst." Arkarim lachte leise. „Es mutet schon seltsam an, wie unsere riesenhaften Reiter und die kleinen Zwerge nebeneinander angetreten sind. Fast befürchtet man, die Axtschläger könnten versehentlich zwischen die Beine unserer Pferde geraten."

„Und doch kann man sich im Kampf keine besseren Waffengefährten wünschen. Diese kleinen Burschen werden selbst mit den riesigen Rundohren fertig."

„Ich weiß, Nedeam. Ich habe unseren Zwergenfreund Maratuk beim Hüpfschlag mit seinen beiden Äxten erlebt." Arkarim seufzte leise. „Doch es ist wohl Zeit für den endgültigen Aufbruch. Noch haben wir das Licht der Sonne und ich würde ungern wie ein Dieb in der Nacht davonschleichen."

„Recht so, Arkarim. Das hat unsere Mark nicht verdient. Sie war uns eine gute Heimat, doch wir werden eine neue finden."

Nedeam ließ seinen Hengst Duramont antraben und ritt zu den Formationen der Zwerge und Schwertmänner hinüber. Dort saß er ab, denn er wollte ein paar Worte mit König Balruk wechseln. So ging er vor dem Zwerg in die Hocke, denn Höflichkeit und Freundschaft geboten, dass man sich auf Augenhöhe begegnete.

„Mein Herz ist schwer, Freund Nedeam", gestand Balruk. „Ich sehe das Leid in Euren Augen. Es quält Euch, die Mark für immer zu verlassen. Wahrhaftig, mein Freund, ich kann dies nachempfinden. Auch unser Heim, die grüne Kristallstadt, ist nun Vergangenheit. Unsere Weiber haben geklagt und die Hüpflinge haben Tränen vergossen. Selbst meine tapferen Axtschläger haben sich an den Bartzöpfen gezogen, wie ich freimütig eingestehe. Mir brach fast das Herz, als ich meine Axt Grünschlag zum letzten Mal aus dem Thron herauszog." Balruk legte seine Hand an Nedeams Arm. „Doch es wird eine neue grüne Kristallstadt geben, so, wie es auch eine neue Mark für die Euren geben wird, Nedeam. Nun lasst uns zur zweiten Grenze und zu den Schiffen schreiten. Hier zu verweilen vergrößert nur das Leid."

„Habt Dank für Eure aufrichtigen Worte, guter König."

„Wir haben eine lange und gefährliche Reise vor uns. Ich wollte, wir hätten unsere Brennschüsseln nicht verloren." Balruk sah Nedeam an. „Ihr erinnert Euch noch an unsere Brennschüsseln?"

„Sie haben viele Orks verbrannt, als diese die letzte Zuflucht der grünen Kristallstadt bestürmten."

„Ja, das haben sie. Bis sich die Wolken vor die Sonne schoben und wir ihr Licht nicht mehr einfangen und bündeln konnten. Die Bestien hätten auch die Letzten von uns niedergemacht, wenn ihr Pferdelords nicht gekommen wärt. Männer, Frauen und Hüpflinge … Diese Kreaturen machen keinen Unterschied."

„Wie gingen die Waffen verloren?"

Der Zwerg wies in Richtung des Nordpasses. „Wir hatten sie auf zwei Karren. Diese großen polierten Kristallschüsseln sind recht schwer, Nedeam. Ein unglückseliger Steinschlag hat Karren und Kristall unter sich begraben. Alles zerschlagen. So bleibt uns nur die Axtarbeit, doch darauf verstehen wir Zwerge uns."

„Fürwahr. Übrigens hätte ich eine Bitte an Euch. Ich schlage vor, dass der größte Teil Eurer Axtschläger hinter meinen Pferdelords auf den Pferden aufsitzt."

Balruk runzelte die Stirn. „Meine Axtschläger sollen reiten?"

„So nennt man das bei uns", meinte Arkarim mit breitem Grinsen.

Der Zwergenkönig warf dem Ersten Schwertmann einen ernsten Blick zu und schüttelte dann entschlossen den Kopf. „Niemals. Zwerge reiten nicht. Wahrhaftig, wir scheuen keine Gefahr, aber wir werden keinesfalls die Rücken von diesen riesigen Pferden erklimmen. Wir Zwerge besteigen jeden Fels, doch keine Pferde!"

Nedeam nickte. „Und doch bitte ich Euch, guter König, erfüllt mir diesen Wunsch. Ihr wisst, dass wir Pferdelords bei jedem Ritt immer wieder absteigen und die Pferde eine Zeit lang führen?"

„Selbstverständlich weiß ich das. Auch wenn wir Zwerge nicht auf Pferden herumklettern, so wissen wir doch, dass ihr dies tut, damit die Tiere immer frisch genug für einen Angriff …" Die Augen des Königs weiteten sich kurz. „Ihr rechnet mit einem Kampf?"

„Die erste Grenze wird berannt und sicher bald überwunden werden, alter Freund. Das Volk von Julinaash dürfte inzwischen die zweite Grenze erreicht haben und das Sandvolk müsste sich Lheonaris nähern. Ihr Zwerge und wir vom Pferdevolk sind die Letzten aus dem Norden. Wir werden den Schutz der zweiten Grenze noch nicht erreicht haben, wenn die Legionen die Grenzfesten überwunden haben und vorrücken. Wir haben dann die Bestien an unserer Flanke und in unserem Rücken. Wenn das Glück gegen uns ist, dann stehen sie sogar schon zwischen uns und den Schiffen."

„Ich verstehe, Freund Nedeam, ich verstehe." Balruk zog an den Enden seiner Bartzöpfe. „Da braucht es die Schnelligkeit der Pferdelords und die Zähigkeit der Axtschläger." Er überlegte. „Die Alten und die Hüpflinge halten uns auf ... Unsere Völker kommen langsamer voran als die Legionen der Finsternis. Ja, mir scheint, ein Kampf ist unausweichlich, selbst wenn wir eilen."

Arkarim räusperte sich. „Ihr werdet es angenehm finden, auf einem Pferd zu reiten."

„Redet keinen Unsinn, Pferdereiter", knurrte Balruk verdrießlich. „Ich habe schon den Rücken eines Pferdes bedeckt und nichts daran war angenehm. Für euch Riesen mag das gelten, doch nicht für so zierliche Wesen, wie wir Zwerge es nun einmal sind." Der König wippte auf den Fersen. „Dennoch werden wir es natürlich tun. Das hält uns frisch für den Kampf und in der Schlacht sind wir Zwerge unvergleichlich."

„Das ist wahr", bestätigte Nedeam freundlich. „Es war immer eine Ehre, an der Seite von Axtschlägern in die Schlacht zu ziehen."

„Nun denn, so sei es also. Diesmal werden die Zwerge dem Kampf entgegenreiten." Der Zwerg zupfte an seinen Bartzöpfen. „Allerdings werden die Schwertmänner uns ein wenig, äh, behilflich sein müssen. Diese Pferde sind recht hoch und wir können sie wohl schwerlich mit Hammer, Meißel und Seil ersteigen, nicht wahr?"

Nedeam richtete sich auf und hielt seinen unruhig werdenden Hengst am Zügel. Er sah die angetretenen Axtschläger und Schwertmänner an. Sie würden die Nachhut jener sein, die zuvor aufgebrochen waren. Fünfhundert Kämpfer der grünen Kristallstadt und dreihundert der Schwertmänner. Sie alle waren Krieger und führten nur leichtes Gepäck, um beim Marsch oder Kampf nicht behindert zu werden. Nedeams Männer hatten sich und ihre Pferde zurechtgemacht, als ginge es zu einer Parade in der Königsstadt. Das Gold blitzte, das Leder war poliert und blinkte und jedes Kleidungsstück war sorgsam gesäubert. Schon ein kurzer Ritt würde diese Anstrengungen zunichtemachen, aber die Männer wollten auf ihre Weise Abschied von der Heimat nehmen. Sie waren stolze Kämpfer und viele von ihnen, wohl die meisten, wie Nedeam befürchtete, würden die neue Heimat niemals erreichen.

Die Reiter warteten schweigend auf ihren Pferdefürsten und in dieser Situation des Abschieds gab es keinen Frohsinn und keine unbeschwerten Scherze, wie es sonst üblich war. Die Schwertmänner schienen unbewegt und unbeweglich, selbst von den Pferden war nur hin und wieder ein leises Schnauben zu hören und das unruhige Stampfen eines Hufes.

Vor den Beritten saßen die Scharführer auf ihren Tieren und hielten die Lanzen der Wimpel aufrecht. Die langen dreieckigen Tücher in der grünen Farbe des Pferdevolkes wehten im sanften Wind und zeigten den blauen Saum der Hochmark wie auch die weißen Symbole ihrer jeweiligen Führer. Es gehörte zur Tradition im Pferdevolk, dass die Scharführer ihre Wimpel selber anfertigten und mit einem unverwechselbaren Zeichen versahen, denn das Feldzeichen war Orientierungshilfe in der Schlacht. Nedeam kannte jedes der Zeichen und lächelte den bewährten Scharführer Herklund an, dessen Wimpel wenig Kunstfertigkeit im Nähen aufwies. Dafür war der alte Kämpfer im Umgang mit Schwert und Lanze sehr geschickt.

„Männer des Zwergenvolkes und Männer der Hochmark“, wandte er sich mit erhobener Stimme an sie alle, „wir sind die

Letzten, die sich auf den langen Weg in die neue Heimat machen. Es wird ein langer und gefahrvoller Weg. Mancher von uns mag die neuen Ufer nicht zu Gesicht bekommen. Die erste Grenze wird von den Legionen des neuen Schwarzen Lords Einohr berannt und ihr alle kennt die Übermacht des Feindes. Die Grenzfesten werden fallen, daran gibt es keinen Zweifel. Ich fürchte, zu einer Zeit, da wir noch nicht die Sicherheit der zweiten Grenze erreicht haben. So wird der Feind uns und die Unseren bedrohen und wir sind Schild und Schwert zwischen den Fängen der Orks und jenen, die wir schützen."

„Seid unbesorgt, Herr!", kam der Ruf eines Schwertmannes. „Wir werden den Feind zu nehmen wissen!"

Zustimmung war zu hören und einige Schwertmänner schlugen mit den Schwertern gegen die Schilde. Andere fielen ein und selbst die Axtschläger klopften mit den Stielen ihrer Waffen gegen die fünfeckigen Schilde ihres Volkes. Das rhythmische Dröhnen schien das Tal von Eternas zu erfüllen.

„Ja, wir wissen den Feind zu nehmen. Wir haben schon oft gegen ihn gekämpft. Gegen die Orks und auch gegen die Rumaki. Doch diesmal müssen wir damit rechnen, dass auch der Gegner gelernt hat, uns zu nehmen", gab Nedeam zu bedenken.

„Sie werden auf uns zustampfen und wir werden sie niederreiten", lachte ein Reiter.

„Sei kein Narr!", meldete sich ein anderer zu Wort. „Unser Pferdefürst meint den Verräter Fangschlag."

Viele der Gesichter verfinsterten sich. Flüche und Verwünschungen waren zu vernehmen.

Doch obwohl Fangschlag nun wieder zu einem Feind geworden war, konnte Nedeam nicht anders, als den einstigen Waffenbruder zu verteidigen. „Fangschlag ist ein Ork, wie wohl ein jeder von uns weiß." Wie Nedeam gehofft hatte, war vereinzeltes

Gelächter zu hören. „Aber er ist ein Krieger von großer Ehre und er hat nie ein Hehl daraus gemacht, warum er sich uns anschloss. Er wollte Rache nehmen an Einohr."

„Ja. Und jetzt dient er ihm", spottete ein Scharführer.

„Wir Pferdelords lieben unser Volk", hielt Nedeam dagegen. „Wer vermag es Fangschlag zu verübeln, dass er das seine liebt? Er ist ein Krieger. Wer kann da erwarten, dass er einfach zusieht, wie seine Art dem Untergang geweiht ist? Er kämpft nun für sein Volk, so wie wir für das unsere. Nein, ihr braven Schwertmänner der Mark, niemand vermag ihm das zu verübeln." Der Pferdefürst ließ seine Worte auf die Männer wirken und viele der Gesichter waren nun nachdenklich geworden. „Fangschlag wird ebenso für das Überleben kämpfen, wie wir dies tun. Und genau darin liegt die größte Gefahr, denn er hat von uns gelernt. Er weiß genau, wie wir vorgehen, um die Legionen zu brechen, und er wird sich darauf einstellen. Wir müssen also damit rechnen, dass der Feind uns weit entschlossener und gefährlicher entgegentreten wird als jemals zuvor." Nedeam schwang sich nun in den Sattel und ritt in langsamem Trab an den Beritten und den Zwergen vorbei. „Doch wir sind Pferdelords und haben die Reihen des Feindes noch immer gebrochen und so wird es auch diesmal sein. Diesmal werden wir nicht nur mit Lanze und Schwert über den Feind kommen. Jeder Schwertmann hat mit dem neuen Bolzenrohr geübt und trägt den Kriegshammer am Waffengurt. Diese Waffen hat Fangschlag noch nicht im Einsatz gegen die Legionen erlebt und wir werden ihm erneut etwas zu lernen geben, wenn wir ihren Widerstand damit brechen."

Jubelrufe ertönten und Männer schlugen gegen ihre Schilde.

„Nun nehmt die Hände der braven Axtschläger und helft ihnen auf eure Pferde, Reiter der Mark. Die Zeit des Abschieds ist gekommen."

Nedeam gab dem Signalbläser einen Wink, der das Signal zum Aufsitzen gab. Zwar saßen die Schwertmänner bereits auf ihren Pferden, doch nun halfen sie den Zwergen vor sich in die Sättel. Manche Unruhe entstand. Fluch und Spott mischten sich, bis alles richtig geordnet war. Zweihundert der kleinen Männer mussten dennoch zu Fuß gehen und man würde sich abwechseln müssen, damit der rasche Marsch sie nicht erschöpfte.

Der Pferdefürst warf einen letzten Blick zur Burg, dann setzte er sich mit Llaranya und Neliana an die Spitze und ritt an. Die Elfin kam dicht an seine Seite und er spürte ihre Hand in seiner. Er war dankbar für die tröstliche Geste der Verbundenheit und in diesem Augenblick liebte er sie mehr als je zuvor. Der Abschied von der Hochmark, mit der er sich doch so verbunden fühlte, machte ihm deutlich, worauf seine geliebte Frau ihm zuliebe verzichtet hatte, als sie ihr eigenes Volk verließ.

Drei Beritte der Schwertmänner folgten nun seinem Banner. Die anderen waren zur Vorhut und als Flankenschutz eingeteilt und mussten die Mark inzwischen längst verlassen haben. Nedeam hoffte, dass sie dem Feind erst begegnen würden, wenn seine Beritte mit denen der anderen Marken vereint waren. Aber sie mussten hinnehmen, was das Kriegsglück ihnen bot oder vorenthielt.

Er empfand Stolz auf jeden der Männer und zugleich war ihm schwer ums Herz. Jedes Mal wenn er seine Reiter hinausführte, kehrten nicht alle zurück und bei diesem Ritt mochten die wenigsten überleben. Doch daran durfte er nun nicht denken, denn was sie alle brauchten, war ein wenig Zuversicht und so musste er seine finsteren Gedanken zur Seite schieben.

42

Livianya ta Barat war nicht nur eine schöne Frau, sondern zugleich auch die einzige, die in der Garde Alnoas diente und sogar zur Kommandantin der Festung Maratran und des siebenten Gardekavallerieregiments aufgestiegen war.

Sie besaß das Vertrauen des Königs, die Freundschaft des Gardekommandeurs und die Liebe des Volkes und ihrer Soldaten. Es gab nur wenige Kritiker und Neider, die sich um den Hochgeborenen Welbur ta Andarat scharten, doch selbst diese mussten ihre Verdienste anerkennen. Sie hatte sich im Kampf um Jalanne, gegen die Magier Lemarias bewährt und später den entscheidenden Entlastungsangriff geführt, der den eingeschlossenen Garden und Pferdelords in Nerianet Hilfe brachte. Sie kannte die Festung am Spaltpass und als die Meldung über den erneuten Angriff auf Nerianet in Maratran eintraf, starrte die Hochgeborene für eine Weile auf die Karte in ihrem Arbeitszimmer, bevor sie sich auf den Aussichtsturm hinaufbegab und das umliegende Land mit ihrem Langauge absuchte.

Die große Festung der siebenten Gardekavallerie lag hoch oben auf einem Plateau jenes lang gestreckten Gebirges, welches man auch als großen Wall bezeichnete und das die südliche Grenze zum einstigen Reich von Jalanne bildete. Zwischen dem großen Wall und dem angrenzenden Gebirge des Hesparat lag die Pforte von Alnoa – jener breite Einschnitt, der früher den Handel zwischen den Reichen so leicht gemacht hatte. Man hatte Maratran auf dem Plateau errichtet, da seine großen Dampfkanonen von dort aus weit ins Land reichten, und seine Besatzung war stark genug, die Vorstöße der Legionen aufzuhalten, bis nötigenfalls Entsatz eintraf.

Von der hohen Warte aus und mithilfe des Langauges konnte sie weit über die Ebenen und Wälder des vergangenen Reiches von Jalanne blicken. Das menschenleere Land war in den vergangenen Jahren von den Irghil und der Garde gemeinsam bestreift worden. Die gepanzerten krebsähnlichen Wesen waren ein wirksamer Puffer zwischen dem Königreich von Alnoa und der Wüste gewesen, durch welche die Legionen vorstoßen mussten, wenn sie den Süden Alnoas angreifen wollten. Inzwischen waren die Irghil in den Schutz der zweiten Grenze gewandert und nichts stand mehr zwischen dem Feind und Maratran.

Die beiden Gardisten am Signalgerät schwiegen und störten die Gedankengänge ihrer Kommandantin nicht. Sie traten ein wenig zurück, als die schlanke Gestalt von Livianyas neuem Stellvertreter mit der Plattform des Seilaufzuges erschien. Melbar war kein Adliger und sein Gesicht durch eine überstandene Krankheit entstellt, sodass er keinen schönen Anblick bot. Die Gardisten schätzten ihn als fairen Vorgesetzten und Livianya schätzte seine kühle Sachlichkeit. Sie ließ das Langauge sinken und reichte es an ihn weiter.

„Viel Staub in der Ebene, Melbar. Staub, wie er nur von sehr vielen Füßen aus dem Grasboden gestampft wird. Wir haben den Auftrag, Maratran und die Pforte Alnoas unter allen Umständen zu halten“, sagte sie mit ruhiger Stimme. „Da unsere Freunde, die Irghil, bereits aufgebrochen sind, stehen uns dafür die Kanonen Maratrans, die siebente Kavallerie und zwei Regimenter der Fußgarde zur Verfügung.“

Melbar suche ebenfalls das Vorfeld der Festung ab. „Das scheinen wahrhaftig recht viele Füße zu sein. Ich halte es für einen massiven Vorstoß der Legionen. Wir sollten durch drei Regimenter aus Eolaneris verstärkt werden, doch diese sind noch immer nicht eingetroffen. Gibt es neue Kunde von Nerianet?“

„Vor einem Achtel Zehnteltag kam ein Blinkspruch aus Khalanaris. Die Feste am Spaltpass ist überrannt worden. Bernot ta Geos hat sich mit den Regimentern der Gardekavallerie rechtzeitig zurückgezogen und eskortiert die Bewohner der Dörfer nach Khalanaris. Von dort werden die Leute von einer Abteilung der Fußgarde zur zweiten Grenze geleitet. Bernots Kavallerie bleibt in der Stadt. Man hat auch die Regimenter aus Lheonaris dorthin beordert. Wir werden also keine Verstärkung erhalten."

„Man will die Legionen dort zum Stehen bringen?"

„So ist es."

Melbar senkte das Langauge. „Das wird nicht gelingen, Kommandant. Nerianet war weit besser befestigt, als es die Provinzhauptstadt Khalanaris ist. Zudem gibt es dort keinen schützenden Feuergraben und der Feind kann in breiter Front angreifen. Man wird die dortigen Truppen überrennen."

„Das ist auch meine Meinung." Sie lächelte dezent. „Aus diesem Grund erachte ich unsere eigene Stellung für unhaltbar und beabsichtige Maratran aufzugeben."

Ihr Stellvertreter runzelte unmerklich die Stirn. Dann nickte er. „Es ist der richtige Entschluss, auch wenn das dem König und dem Kronrat nicht gefallen wird. Eure Widersacher warten nur auf solch eine Gelegenheit, um Euren Kopf zu fordern, Hochgeboren. Eine Festung im Angesicht des Feindes kampflos aufzugeben wird man als Feigheit und Verrat auslegen."

„Damit muss ich wohl rechnen. Mir gefällt es ja ebenso wenig, doch mir bleibt keine andere Wahl." Sie deutete über das umliegende Land und den Einschnitt der Pforte Alnoas. „Maratran wurde errichtet, um begrenzte Vorstöße des Feindes aufzuhalten, und dafür reichen unsere Kräfte auch aus. Aber wir können die Sperrwerke innerhalb der Pforte kaum bemannen. Deshalb hat man uns die Verstärkungen zugesichert, die nun nach Khalanaris marschieren."

Melbar trat dichter an die Brüstung und spähte über das Land. „Als Maratran erbaut wurde, waren die Gegebenheiten anders. Das Reich von Jalanne existierte noch und diese Festung sollte die Handelswege schützen. Als Beobachtungsposten ist diese hohe Lage ideal. Sie hat sich ja auch bewährt, als Jalanne untergegangen war und es galt, das Land zu beobachten und nach umherstreifenden Irghil zu spähen. Diese Feste wurde nicht errichtet, um einen massiven Vorstoß gegen die Pforte von Alnoa aufzuhalten. Das muss Euren Widersachern begreiflich sein."

„Wäre das Hinterland sicher, so würde ich diese Feste bis zum letzten Blutstropfen verteidigen", seufzte Livianya. „Es mag sein, dass ich mich dafür verantworten muss, doch mein Entschluss steht fest."

„Khalanaris wird fallen, da bin ich mir sicher", knurrte Melbar. „Damit wären wir von der zweiten Grenze abgeschnitten, denn die Legionen stehen ab dem Moment zwischen uns und der Königsstadt Alneris. Dann sind Eolaneris und alle Dörfer dem Tod geweiht. Ebenso wie wir. Es sei denn, die königliche Marine nimmt uns am Ufer des Genda auf und setzt uns über."

„Am diesseitigen Ufer gibt es zu wenige geeignete Landestellen und alles müsste zudem vorbereitet und abgesprochen werden. Uns bleibt kaum genug Zeit, die Dörfer und Eolaneris zu evakuieren." Die Hochgeborene zeigte nun ein kaltes Lächeln. „Wahrscheinlich werden wir uns mit all den Menschen sogar einen Weg durch die Legionen bahnen müssen."

„Wenn dem so sein soll, so werden wir zu kämpfen wissen", meinte Melbar mit beherrschter Stimme. „Es wird einen guten Zehnteltag dauern, bis wir abmarschbereit sind, selbst wenn wir die Dampfkanonen zurücklassen. Ich schlage vor, wir senden

Boten in die Dörfer und nach Eolaneris, damit man sich in der Stadt sammelt und bereit ist, wenn wir dort ankommen.“

„Seht es als Befehl, Melbar.“

So wurde Maratran aufgegeben, ohne dass ein einziger Tropfen Blut vergossen worden war.

43

Blutvergießer hatte seinem Namen immer Ehre gemacht. Selbst unter den Rundohren galt er als besonders mutig und immer eifrig, wenn es galt, das Blut des Feindes zu vergießen. Er hatte lange damit gehadert, dass man ihn an die Südgrenze des Reiches des Schwarzen Lords schickte, denn dort gab es keinen Feind zu schlachten und keinen Ruhm zu ernten. Gemeinsam mit einer rumakischen Menschenlegion musste er die Grenze gegen gelegentliche Überfälle der Sandbarbaren schützen, die immer wieder in die fruchtbare Region Rumaks einfielen. Es gab nur wenige und kleine Scharmützel und die Unzufriedenheit der Rundohren in seinen Legionen wuchs, denn ihre Artgenossen in den nördlicheren Bereichen konnten ernsthaft kämpfen. Nur die Spitzohren waren glücklich, da sie ihr Leben kaum riskieren mussten und die Hitze der wüstennahen Region genossen.

Blutvergießer hatte sich Mühe gegeben, möglichst viele Sandbarbaren zu erschlagen, und darauf gehofft, man werde ihn als verdienten Krieger sehen und mit einem Kommando im Norden betrauen. Stattdessen schickte man ihm weitere Legionen, mehrere Batterien Ferntöter und die Weisung, auf seinem Posten auszuharren.

Dann, vor knapp einem Mond, kam ein Bote mit dem Befehl, die Pforte Alnoas und die dortige Festung Maratran zu einem bestimmten Zeitpunkt anzugreifen. Das bedeutete einen Marsch von fast drei Zehntagen durch die Wüstenregion von Cemenghil und das vergangene Reich von Jalanne, aber es bedeutete auch, dass die Legionen endlich Ruhm an ihre Banner heften konnten.

Blutvergießer verfügte über einundzwanzig Legionen: vierzigtausend Orks und zweitausend Rumaki. Gemessen an den anderen Armeen, mutete die seine eher bescheiden an, doch der Legionskommandant und seine Rundohren waren fest entschlossen, das Beste daraus zu machen.

Er befahl seinem Stellvertreter, die anderen Legionskommandanten zusammenzurufen. Das Rundohr zögerte einen Moment. „Auch die weite Hose?"

Blutvergießer ließ seine Fangzähne blitzen. Sie beide teilten die Abneigung gegen die Rumaki. Es waren Menschen und nach ihrer Meinung waren diese Feinde und taugten allenfalls als Futter. Er hatte daher die Absicht, die erhaltenen Befehle auf eigene Weise auszulegen, um die Rumaki loszuwerden. „Ja, auch den verdammten An."

Drei Trommler traten unter seinem schwarzen Banner an und schlugen das Signal. Die anderen Kommandeure hatten die Ankunft des Boten beobachtet und warteten bereits begierig, welche Neuigkeiten es wohl gab. In kürzester Zeit versammelten sie sich im Zelt des Oberkommandierenden.

Blutvergießer eröffnete ihnen die Befehle und gab einen kurzen Einblick, wie er sich den Angriff vorstellte. „Wir werden schnell voranstampfen, viel Blut vergießen und uns das Fleisch der Feinde nehmen", fügte er seinen Ausführungen hinzu und merkte grinsend, wie der rumakische An ein wenig zusammenzuckte. Aber was sollte man auch von einem Menschen erwarten, der einen rechten Bissen nicht zu schätzen wusste? „Und natürlich auch Beute machen. Das wird die gierigen Spitzohren motivieren."

„Schiffe", wandte einer der Legionsführer ein. „Wir brauchen die Schiffe."

„Ja, auch die werden wir uns nehmen", versicherte Blutvergießer. „Und nun packt alles für den Aufbruch. Ich will in einem Zehnteltag auf dem Marsch sein." Er blickte zu dem An der Rumaki. „Das gilt nicht für deine Legion."

„Aber der Befehl …"

„Keine Sorge, ich werde den Befehl unseres Gebieters befolgen." Blutvergießer ließ ein leises Knurren hören. „Doch deine Männer werden gebraucht, um die Grenze weiter gegen die Sandkrieger zu schützen."

„Aber wir müssen ein paar der Schiffe erobern, um sie in die Bucht von Rumak zu fahren und unser Volk zu retten!", rief der An.

Blutvergießer und sein Stellvertreter sahen sich vielsagend an. Das fehlte noch, dass sich die Menschen retten wollten und wertvollen Rundohren den Platz wegnahmen.

„Der Allerhöchste wird alles bedacht haben", knurrte der Oberkommandierende. „Darum wirst du hier die Grenze hüten. Auf diese Weise bleibst du ja in der Nähe eurer Brutbeutel und Maden." Sein Blick wurde drohend. „Oder willst du dich einem Befehl widersetzen?"

Der An kannte die Konsequenzen einer Weigerung. Unter anderen Umständen hätte er vielleicht dennoch auf seinem Standpunkt beharrt, aber das Argument des Rundohrs konnte er nicht einfach von sich weisen. Zudem standen draußen zwanzig Legionen. Der Widerwille zwischen Orks und Rumaki ließ keinen Zweifel, dass sich vor allem die Rundohren, auf einen Befehl Blutvergießers, ohne Zaudern über die Legion der Menschen hermachen würden.

„Ich werde dem Befehl folgen", presste der An hervor. „Für Rumak und die Rache."

„Ihr werdet eure Rache bekommen", versicherte der Oberkommandierende. „Ich werde ein paar Menschen extra für euch schlachten. Und nun geh und erfülle deine Pflicht."

In dem ausgedehnten Lager der Legionen wurde es unruhig, als diese nun die Zelte abbrachen und sich für den Kriegsmarsch formierten.

Endlich kam sein Stellvertreter und meldete ihm die Legionen bereit. „Wir werden eilen müssen", fügte das narbige Rundohr hinzu, „wenn wir die Schiffe rechtzeitig erreichen wollen, sonst kommen uns die anderen zuvor."

„Die Schiffe?" Blutvergießer war in Gedanken bei der Planung seiner Angriffsstrategie und schaute sein Gegenüber irritiert an. Plötzlich lachte er brüllend. „Ah, die Schiffe, ja. Glaubst du wirklich an die Geschichte vom Untergang?"

„Du nicht?"

„Natürlich nicht, du Narr. Festes Land kann nicht im Meer versinken."

„Aber der neue Schwarze Lord Einohr hat gesagt ..."

„Er ist ein verdammtes Spitzohr", knurrte Blutvergießer und fletschte die Fänge. „Eine widerliche Made, der nicht zu trauen ist. Nun, ich halte ihm immerhin zugute, dass er endlich den Angriffsbefehl gab. Aber das mit dem Untergang, das ist eine Lüge dieses Spitzohrs."

„Aber warum sollte er uns anlügen? Zumal auch andere ..."

„Eine Lüge, sage ich! Und ich weiß auch, warum unser neuer Oberherr sie in die Welt gesetzt hat. Er ist ebenso feige wie die anderen Spitzohren und kennt seine Art ganz genau. Der weiß, dass die verfluchten Maden nicht kämpfen wollen. Nun ja, man hört ja, dass Einohr zwar feige, aber durchaus schlau ist. Deswegen seine Lüge mit dem Untergang. Jetzt haben die Spitzohren Todesangst und wollen sich zu den Schiffen retten. Mir soll es recht sein, wenn die nichtsnutzigen Spitzohren dadurch ans Kämpfen kommen."

Seine Hoffnung, während des Marsches ein paar Sandbarbaren schlachten zu können, damit seine Truppen so richtig in

Stimmung kamen, ließ sich nicht erfüllen. Die Wüstenkrieger waren zu klug, um sich auf die enorme Übermacht einzulassen. Blutvergießer wiederum wollte keine Zeit damit verschwenden, nach ihnen zu suchen.

Die Legionen kamen nur langsam voran, denn sie mussten auch die neuen Ferntöter mit sich führen und deren Scheibenräder sanken tief in den sandigen Boden. Blutvergießer trieb seine Krieger an, denn der Angriff auf die Pforte Alnoas und deren schützende Festung Maratran sollte gleichzeitig mit den Angriffen auf Merdonan und Nerianet erfolgen. Einem Angriff über alle drei Pässe konnten die freien Völker niemals standhalten. Es würde ein kurzes und blutiges Ringen geben, ganz nach Blutvergießers Geschmack, und danach konnte man sich dem Fressen und Plündern hingeben.

Schließlich erreichten die Legionen das vergangene Reich von Jalanne. Das üppige Grün der Landschaft missfiel den Orks, doch der Anblick des Gebirges spornte ihren Eifer an. Dort lag die Menschenfeste Maratran und dort gab es endlich Blut zu vergießen. Die Rundohren lockte die Aussicht auf Ruhm im Kampf, der ihnen endlich einen individuellen Namen eintragen konnte. Die Spitzohren hingegen drängten voran, weil sie die rettenden Schiffe erobern wollten. Blutvergießer musste widerwillig die Klugheit des Schwarzen Lords Einohr bewundern, dessen schlaue Lüge dies bewirkte.

Bald darauf kam Maratran in Sicht.

Die Orks waren zwar einmal bis zu der nordöstlich gelegenen Festung Dergoret vorgestoßen, doch diese Anlage, hoch auf dem Plateau eines der Berge, war ihnen unbekannt. Schon auf große Entfernung wurde deutlich, dass Maratran nur schwer und unter hohen Verlusten einzunehmen sein würde. Es gab nur einen schmalen Weg, der hinaufführte, und die Dampfkanonen der Menschen beherrschten das gesamte Vorfeld.

So gerne Blutvergießer seinem Namen auch gerecht wurde, so gehörte er doch keineswegs zu den Rundohren, die blindlings voranstürmten und ihren Tod in einem sinnlosen Ansturm in Kauf nahmen. Als Befehlshaber der ihm unterstellten Legionen wusste er, was hohe Verluste für den weiteren Verlauf des Feldzuges bedeuten mussten, denn der Feind würde seine stärksten Kräfte an der neuen zweiten Grenze konzentrieren.

„Diese Bergfeste ist schwer zu nehmen und wird uns viel Blut kosten", sagte er missmutig zu seinem Stellvertreter. „Sie liegt so hoch oben, dass unsere eigenen Ferntöter kaum hinaufreichen, während es den verfluchten Menschen sogar ausreichen würde, uns mit Steinen zu bewerfen."

Das narbige Rundohr neben ihm leckte sich über die Lefzen. „Etwas an dieser Feste ist seltsam. Etwas stimmt dort nicht. Ich kann es förmlich riechen, auch wenn ich nicht weiß, was es ist."

Blutvergießer betrachtete Maratran aufmerksam. „Man kann niemanden auf den Wällen sehen. Aber das ist bei dieser Entfernung verständlich. Sie halten sich verborgen, bis wir auf Schussweite heran sind, dann werden sie uns mit den Ferntötern beschießen und Wolken ihrer Pfeile lösen."

„Ich sehe kein Banner auf ihrem Turm", knurrte der narbige Krieger. „Menschen haben immer Banner, darin sind sie uns ähnlich. Doch über dieser Festung weht kein Banner."

Blutvergießer kratzte sich im Nacken. „Kein Banner, du hast recht."

„Vielleicht bedeutet das, dass gar keine Menschen in der Festung sind."

„Vielleicht. Aber es kann auch eine Falle sein."

„Ein Hinterhalt? Unsinn. Maratran kann sich nicht verstecken und gleichgültig, wie stark oder schwach die Besatzung ist, sie beherrscht das Umfeld und die Pforte ihres Menschenreiches."

„Ja, es ergäbe keinen Sinn, sich vor uns zu verbergen. Aber dies ist eine wichtige Sperrfeste und sie werden sie nicht aufgeben.“

„Sende ein paar Spitzohren hinauf. Dann wissen wir es.“

Blutvergießer wählte eine Kohorte der kleinen Schützen aus. Diesen blieb keine Wahl. Sie standen zwischen den Schwertern des Feindes und denen der Rundohren.

Die Spitzohren näherten sich Maratran mit der ihnen eigenen Vorsicht und so dauerte es einen guten halben Tag, bis Blutvergießer Gewissheit hatte.

„Verlassen?“ Der Kommandeur der Legionen konnte es nicht begreifen. „In dieser Festung gibt es keine Menschen?“

„Sie haben unsere Macht gesehen und sind davongelaufen“, meinte das Spitzohr, welches die Kohorte anführte. Die Erleichterung war ihm anzumerken, denn das Wesen hatte mit seinem Tod gerechnet. „Sie haben eine Menge Sachen zurückgelassen, sogar ihre dampfenden Ferntöter.“

„Warum haben sie das getan und warum waren sie in so großer Eile?“, sinnierte Blutvergießer. „Es sind zwar nur Menschen, aber es heißt, sie seien keineswegs feige und gute Krieger. Unsere Brüder, die schon gegen die Alnoer und die Pferdereiter im Norden gekämpft haben, zeigen Respekt vor ihnen. Warum sind sie davongelaufen?“

„Sie wollen zu den Schiffen“, warf das Spitzohr ein und sein Gesichtsausdruck wurde ängstlich. „Der Untergang muss nahe bevorstehen. Sie wollen sich rechtzeitig auf die Schiffe retten.“

Für einen Augenblick kamen Blutvergießer Zweifel, ob die Geschichte vom Untergang des Landes nicht doch stimmen mochte. Es wäre tatsächlich ein plausibler Grund, warum man diese starke Position einfach aufgegeben hatte. Er entrollte die alnoische Karte, die ihm der Bote überbracht hatte und auf der die Länder

der Menschen abgebildet waren. Seine schwarze Klaue fuhr die groben Markierungen entlang.

„Ah, nun verstehe ich", meinte er triumphierend. „Nerianet am Spaltpass muss gefallen sein. Die Menschen haben erkannt, dass sie nun zwischen uns und den Legionen am Spalt in der Falle sitzen. Sicher wollen sie ihr entkommen und beeilen sich jetzt, nach Norden zu flüchten." Er tippte auf die Stelle, welche die Hauptstadt Alneris zeigte. „Sie werden nach dort fliehen und von da zur zweiten Grenze. Das ist gut. Unsere Kämpfer sind begierig, sich endlich zu bewähren." Er sah das Spitzohr drohend an. „Wie lange sind die Menschen schon fort?"

Der kleine Ork zuckte mit den Schultern. „Woher soll ich das wissen? Es war keiner mehr da, den ich fragen konnte."

„Ihre Kochstellen, du Made! Waren die kalt oder noch warm?"

„Das Fleisch war nur noch lauwarm", murrte der Kleine.

„Ah, dann sind sie noch nicht lange fort." Blutvergießer klatschte die Hände zusammen. „Wenn wir uns im Doppelschritt bewegen, dann holen wir sie sicherlich noch ein." Er wandte sich dem narbigen Rundohr zu. „Befehl zum Eilmarsch! Wir werden unsere Fänge in ihr Fleisch schlagen, bevor sie sich in Sicherheit gebracht haben."

Im Laufschritt passierten die zwanzig Legionen den breiten Einschnitt zwischen den Gebirgen. Die kleinen Spitzohren hatten Mühe, mit den größeren Rundohren mitzuhalten. Immerhin zeigte Blutvergießer Einsicht und achtete darauf, dass die Gespanne mit den Ferntötern nicht zurückblieben. Auch wenn er den Tod aus der Ferne für unehrenhaft hielt, so wusste er die Wirkung dieser Waffen dennoch zu schätzen.

Nach der Kargheit des Passes betraten sie den fruchtbaren Boden der südlichen Provinz Eolaneris. Sie stießen auf ein Dorf, das unzweifelhaft vor Kurzem und in aller Hast verlassen worden war. Herrenloses Hornvieh stand auf einer Weide. Die Frustration der Rundohren, noch kein feindliches Blut vergossen zu haben, und die stets vorhandene Gier nach frischem Fleisch sorgten dafür, dass die Tiere ein rasches Ende fanden. Während Schlagschwerter großzügige Portionen aus den Kadavern schlugen und die Spitzohren sich ihren Anteil sicherten, musste Blutvergießer all seine Autorität aufbieten, um die Legionen zum raschen Weitermarsch zu bewegen.

„Ihr nutzlosen Maden!", brüllte er immer wieder. „Was wollt ihr euch mit einer kleinen Zwischenmahlzeit begnügen, wenn das große Fressen vor uns liegt? Wer nicht sofort wieder in die Formation tritt, der ist des Todes. Und glaubt mir, ihr Maden, ich bin in vorzüglicher Stimmung für ein wenig Blutvergießen!"

Einige folgten seinen Befehlen nur widerwillig. Das Fleisch des Hornviehs und die Plünderung des Dorfes waren eine wirkliche Versuchung. Doch selbst die gierigsten Spitzohren mussten anerkennen, dass mit der großen Stadt Eolaneris weit größere Beute lockte. Dennoch konnte der Befehlshaber nicht verhindern, dass einige Gruppen der kleinen Orks seinen Worten nicht folgten. Zu anderer Zeit hätte er die Verweigerer ohne Umschweife abschlachten lassen, aber Blutvergießer spürte, dass sie sich beeilen mussten, wenn sie den fliehenden Feind noch einholen wollten.

„Wir müssen schnell stampfen", wandte er sich an seinen Stellvertreter. „Damit wir die Menschen zwischen uns und den Legionen aus Nerianet zerquetschen."

„Lange werden selbst unsere Rundohren den Doppelschritt nicht aushalten", gab der Narbige zu bedenken. „Und die Hornbestien, welche die Ferntöter ziehen, werden zunehmend widerspenstiger. Sie sind vom langen Ziehen hungrig und wollen das Gras dieses stinkenden Landes fressen. Einige Bestien haben sich schon ein paar Bissen von den Spitzohren geholt. Unsere

Rundohren haben zunehmend Mühe, die Biester im Zaum zu halten."

„Notfalls tötet sie und zieht die Gespanne selber!", brüllte Blutvergießer erbost. „Wir dürfen uns nicht aufhalten lassen!"

Schließlich erreichten sie Eolaneris.

Jene Stadt, die einst das alnoische Zentrum des Handels mit dem Reich Jalanne gewesen war. Auch wenn das befreundete Königreich längst untergegangen war, so zeigte die Hauptstadt der südlichen Provinz noch immer ihre Pracht und Größe. Auch sie war menschenleer, doch ihre Bewohner hatten alles zurückgelassen, was nicht zum Überleben gebraucht wurde.

Die Orks hatten nie zuvor Geschäfte mit der Vielfalt ihrer Auslagen gesehen.

Blutvergießer mochte toben, wie er wollte.

Nicht der Feind brachte seine Legionen zum Stehen.

Es war Eolaneris mit seinen Verlockungen.

44

Was die Provinzen südlich der Hauptstadt Alneris betraf, lag die Stadt Khalanaris ungefähr in ihrem Zentrum und war etwa gleich weit vom Spaltpass und von der Pforte Alnoas entfernt. Somit hatte sich Gardekommandeur Daik ta Enderos entschlossen, hier jene Truppen zusammenzuziehen, mit denen er notfalls die Festungen Nerianet oder Maratran verstärken wollte.

Die Stadt wimmelte von Menschen. Nach der Nachricht aus Nerianet, dass die Festung angegriffen werde, hatte Daik ta Enderos unverzüglich damit begonnen, alle Dörfer der Provinz zu alarmieren und ihre Bewohner nach Khalanaris zu evakuieren. Er wollte sie dort sammeln und mit einigen Fußgarden auf den Weg zur zweiten Grenze schicken. Durch diese Maßnahme musste er weniger Truppen als Eskorte abstellen – Gardisten, die ihm sonst bei der Abwehr der Legionen fehlen würden.

In den Straßen und Häusern lagerten nun die Unglücklichen, die ihre Heimstätten aufgegeben hatten. Gespanne und Karren verstopften die Wege. Die Händler akzeptierten widerwillig, dass ihre Waren verloren waren, und gaben großzügig ab, was die Flüchtlinge haben wollten, bevor alles in die Hände der Bestien fiel. Manche versuchten ihren Kummer im Alkohol zu ertränken und die Fußgarden waren kaum in der Lage, einen Anschein von Ordnung aufrechtzuerhalten. An diesem Tag kam endlich Bewegung in all das Chaos, denn die ersten Gruppen traten ihren Weg zu den Schiffen an.

Daik ta Enderos zog seine Truppen außerhalb der Stadt in einem großen Lager zusammen.

Die Zelte waren sauber ausgerichtet. Jeweils zehn lange Reihen für die Beritte eines Regiments. Immer zwei der Reihen mit den Eingängen einander zugewandt. Dazwischen die langen Leinen, an denen die Pferde der Bereitschaft angebunden waren. Die meisten Tiere weideten jedoch friedlich auf den ausgedehnten Wiesen, welche die Stadt umgaben. Am Ende dieser Lagerstraßen standen die komfortableren Großzelte der Hauptmänner und des Kommandeurs, vor ihnen die Wimpel der Beritte und das Banner des Regiments. Das offene Ende der Lagerstraßen war der Stadt abgewandt und zeigte in die Richtung, aus welcher der Feind vermutlich kommen würde.

Inzwischen waren fünf Regimenter der Gardekavallerie versammelt, dazu kamen die vier Fußgarden der Städte Khalanaris und Eolaneris sowie einige Batterien Dampfkanonen.

Am frühen Morgen war Bernot ta Geos mit einem Teil seiner zweiten Gardekavallerie vor der Stadt erschienen und meldete dem Kommandanten den Fall Nerianets. „Die Fußgarden haben tapfer gekämpft und sicher alles gegeben, doch sie mussten unterliegen“, beendete Bernot seinen Bericht. „Es fiel mir schwer, sie zurückzulassen. Niemand sollte Waffenbrüder zurücklassen.“

Der kleine Gardekommandeur nickte verständnisvoll. „Ich weiß, dass Euch dies nicht leicht gefallen ist. Doch es war unter den gegebenen Umständen die einzig richtige Entscheidung.“ Sie standen unter dem Vorzelt des Kommandanten, der eine Besprechung mit den Regimentskommandeuren unterbrochen hatte, um ta Geos´ Bericht entgegenzunehmen. Er deutete zum Signalturm der Stadt hinüber. „Seit vor drei Tageswenden keine neue Nachricht von Nerianet kam, habe ich bereits geahnt, dass der Feind es überwunden hat. Ich bin froh, dass es Überlebende gibt, denn wir werden jeden einzelnen Gardisten brauchen. Ihr habt nur drei Eurer Beritte hierhergeführt?“

Bernot nahm dankbar einen Becher mit frischem Wasser. „Ich habe insgesamt zwei volle Regimenter Kavallerie, wie Ihr wisst, Herr. Die meisten der Beritte sind jedoch mit den Bewohnern der Dörfer unterwegs."

„Mit welchem Ziel?"

„Jene, die näher an Alneris sind, sollen sich direkt dorthin begeben. Für sie wäre es unsinnig, den Umweg über Khalanaris zu machen. Die Hauptmänner haben Befehl, die Dorfbewohner an die Stadtgarde zu übergeben und sich dann schnellstens hier zu sammeln. Die anderen kommen hierher, mitsamt den Geretteten." Bernot leerte seinen Becher und sah sich forschend um. „Ich vermute, dass wir dem Feind hier begegnen werden, nicht wahr?"

„Ich hoffe darauf, denn hier habe ich im Augenblick zusammengezogen, was irgendwie entbehrlich war. Vergesst nicht, dass viele Regimenter bereits an der zweiten Grenze stehen oder noch mit der Rettung des Landvolkes beschäftigt sind. Verdammt, ta Geos, ich hatte wirklich gehofft, Nerianet werde sich länger halten können."

„Offen gesagt, Herr, habe ich sogar Zweifel, dass wir Khalanaris halten werden. Der Feind rückt mit nie geahnter Macht vor und er verfügt über viele dieser Ferntöter."

„Ich habe diese Dinger noch nie in Aktion erlebt", bekannte ta Enderos. „Wie wirksam sind sie? Vergleichbar mit unseren Dampfkanonen?"

„Sie feuern etwas schneller und werfen größere Geschosse. Ihre Durchschlagskraft und Reichweite erscheinen mir etwas schwächer." Bernot überlegte kurz. „Ihr großer Vorteil ist sicherlich die Beweglichkeit. Der Feind kann sie an jeden Punkt des Schlachtfeldes bringen."

Daik dachte an die neuen dreirädrigen Dampfkanonen, von denen Bernot noch nichts ahnte. „Ja, das gereicht den Legionen zum Vorteil. Kommt, ich will Euch zeigen, was wir geplant haben."

Sie traten zu der Gruppe Regimentskommandeure, die um den Kartentisch des Kommandeurs versammelt war. Man begrüßte sich kurz und Bernot musste nochmals vom Fall Nerianets und vom Rückzug seiner Kavallerie berichten. Einige der Offiziere nickten voller Verständnis, aber es gab auch skeptische Blicke. Daik spürte das Unbehagen dieser Männer und wollte Bernot den Rücken stärken, da er die Einigkeit seiner Soldaten benötigte.

„Hochgeborener ta Geos blieb keine andere Wahl, als diese Entscheidung zu treffen. Fußgarden kämpfen in festen Positionen, doch der Vorteil der Kavallerie liegt in ihrer Beweglichkeit. Ich hoffe, ta Geos' übrige Beritte werden vor dem Feind bei uns eintreffen. Sie werden eine willkommene Verstärkung sein. Die Legionen treten wohl mit überwältigender Übermacht auf und wir müssen diese Stadt halten, bis sich das Volk in Sicherheit gebracht hat."

Der Gardekommandeur nahm einen kleinen Stock zur Hand und tippte auf die Karte. „Es war ursprünglich geplant, dass die Truppen von hier als Verstärkung zu den bedrohten Festen eilen", erinnerte er. „Daher wurden keine besonderen Vorbereitungen zur Befestigung der Stadt getroffen. In den drei vergangenen Tageswenden haben wir einiges zuwege gebracht, aber es sind nur Behelfswerke und nicht mit einer wirklichen Festung vergleichbar."

Die farbige Karte zeigte Khalanaris und seine nähere Umgebung. „Der Feind hat zwei Möglichkeiten. Von Nerianet aus direkt in Richtung der Hauptstadt Alneris und der Schiffe hinter der zweiten Grenze vorzustoßen oder den Angriff auf Khalanaris, um die südlichen Regionen zu erobern. Beides hat für ihn seine

Vorteile. Greift er Alneris an, so schneidet er uns und alles Landvolk hier von der zweiten Grenze ab. Allerdings hat er dann eine Streitmacht in seiner Flanke, deren Stärke er fürchten muss. Jene, welche die Legionen führen, sind keineswegs dumm. Sie wissen, wie empfindlich eine Armee ist, die unerwartet in der Seite gepackt wird. Ich gehe daher davon aus, dass er erst reinen Tisch machen will und auf Khalanaris marschiert."

„Herr, wie sieht es mit unserer Flanke aus?"

„Maratran wird von der Siebenten und zwei Regimentern Fußgarde gehalten. Die Hochgeborene ta Barat ist ein ausgesprochen fähiger Kommandant. Sie wird verhindern, dass wir unsererseits überrascht werden." Daik tippte auf einige Markierungen. „Ta Geos, hier könnt Ihr sehen, dass wir eine provisorische Stellung vor Khalanaris gebildet haben. Ein paar Erdaufwerfungen und Palisaden als Deckung für die Fußtruppen und hier, hier und hier die Stellungen der Dampfkanonen. Es war nicht einfach, sie von den Wällen zu holen und dort mitsamt ihrer Kessel neu zu montieren."

„Verzeiht, Herr, doch wäre es nicht sinnvoller, die Truppen in Khalanaris zu verschanzen?", wandte Bernot ein.

Daik schüttelte den Kopf. „Dagegen sprechen zwei Gründe. Die Stadt hat keine umgebende Wehrmauer, sondern nur kleine Befestigungen. Sie wurde lange Jahreswenden nicht ernstlich bedroht und so ist sie über die alte Mauer hinausgewachsen. Der zweite Grund ist die Tatsache, dass die Stadt von Landvolk wimmelt. Glücklicherweise begibt es sich jetzt endlich auf den Marsch." Der Oberkommandierende seufzte vernehmlich. „Damit sind wir gezwungen, zu einer offenen Feldschlacht anzutreten. Immerhin können wir damit den Vorteil unserer Kavallerie ausspielen. Die Fußtruppen und ein Drittel der Reiterei werden die Kampflinie besetzen. Ich hoffe, der Feind hat keine Informationen von Spionen der Bruderschaft über unsere wahre Stärke, denn hinter diesem Hügel und diesem Wäldchen werden wir je ein weiteres Drittel der Reiterei verbergen. Wir verlocken den Feind zu einem Frontalangriff auf unsere Stellung und packen ihn dann mit der Kavallerie an den Flanken."

„Es wird gelingen", meinte ein Regimentskommandeur. „Die Rundohren sind schnell bereit, blindlings draufloszustürmen."

„Sie können es sich leisten, denn sie sind zahlreich", sagte ein anderer. „Und wie man hört, kämpfen sie bis zum Ende."

Bernot ta Geos strich sich nachdenklich über das Kinn. „Und wenn der Feind selber den Vorteil des Waldes und der Hügel für sich nutzen will?"

„Daher liegt unsere Hauptposition ein Stück nach hinten versetzt. Vom Wald und von den Hügeln aus kann man zwar einem Angreifer, der gegen uns marschiert, in die Flanken fallen, nicht jedoch unsere Stellungen überflügeln", erklärte Daik ta Enderos. „Zudem entspricht es nicht der Art der Orks, Umwege zu machen. Sie schätzen es, geradewegs auf den Feind zuzumarschieren. Aber für den unwahrscheinlichen Fall, dass sie es doch über den Wald versuchen, begegnen sie dort einem Drittel unserer Reiterei und wir haben ein paar Gruppen postiert, die dort vorbereitete Brände entzünden."

Einer der Regimentskommandeure lächelte kalt. „Wenn die Legionen direkt auf uns zumarschieren und der Wind günstig steht, könnten wir auch von hier aus Brände entzünden. Dann kämen die Bestien rasch ins Laufen, aber nichts ist schneller als ein Feuer."

Daik schüttelte den Kopf. „Und nichts ist in dieser Provinz unberechenbarer als der Wind. Nein, ein solches Feuer wäre zu riskant. Es kann uns ebenso vernichten wie den Feind."

Bernot deutete zum Wald. „Und wenn der Wind dreht, während der Wald brennt?"

Einer der Männer lachte. „Das ist wohl bedacht. In Richtung auf uns und die Handelsstraße haben wir Feld und Wiese auf hundert Schritt gerodet und umgepflügt. Eine Schneise, die das Feuer nicht überwinden könnte."

„Wir werden ihnen standhalten und sie aus dem Feld schlagen." Daik ta Enderos' Stimme klang entschlossen und zuversichtlich. „Auch wenn wir die Anzahl des Feindes nicht kennen, so wissen wir doch zuverlässig, dass er über keine Reiterei verfügt. Das macht ihn langsam und verletzlich. Das werden wir auszunutzen wissen."

Bis zum Mittag trafen weitere Beritte aus ta Geos' Regimentern mit den Bewohnern geräumter Dörfer ein. Einer der Hauptmänner brachte schlechte Neuigkeiten.

„Der Feind ist hinter uns, ihr Herren", meldete er. „Er marschiert zahlreich und schnell und kommt fraglos nach Khalanaris. Er wird noch zur heutigen Tageswende hier erscheinen."

„Wie stark ist er?"

„Ich schätze ihn auf zwanzig Banner, Hochgeboren. Aber die Sicht war begrenzt und es mögen weit mehr folgen."

Daik ta Enderos zögerte nicht. Er ließ die Stellungen beziehen und trieb die Bewohner der Stadt und der Dörfer zur Eile an. Als sich die Kunde verbreitete, die Legionen seien im Anmarsch, drängten die Menschen mit ihrer spärlichen Habe auf die Handelsstraße, die nach Alneris führte. Es war ein langer Zug, der sich über viele Tausendlängen erstreckte. Sein Anfang entschwand bereits den Blicken der Beobachter, während sich andere Gruppen erst einzureihen begannen.

Am Signalturm der Stadt fing der Spiegel hektisch zu blinken an. Ein Gardist der Ehrenwache bemerkte dies und meldete es ta Enderos. „Dann ist es also so weit und das Warten hat ein Ende." Er zog den Waffengurt unbewusst ein wenig fester. „Wir gehen vor wie besprochen. Begebt Euch zu Euren Regimentern, Hochgeborene, und möge das Kriegsglück uns gewogen sein. Für den König und die Provinzen!"

Der Schlachtruf des Königreiches Alnoa wurde erwidert, dann eilten die Offiziere zu ihren Einheiten. Bernot ta Geos' Regimenter waren noch nicht vollzählig eingetroffen und so entschied ta Enderos, dass die Truppe aus Nerianet die Kavallerieeinheit im Zentrum verstärken solle. Bernot und seine Kavalleristen waren darüber nicht sonderlich glücklich. Er musste mit seinen Reitern hinter der Stellung der Dampfkanonen und Fußgarden warten, was ihm die direkte Sicht verwehrte.

Die Schlacht um Khalanaris würde auf einer Ebene ausgetragen werden. Es gab, mit Ausnahme des Signalturms und ein paar niedriger Hügel, keine hohe Position, die Überblick über das Kampfgeschehen und das Verhalten des Feindes geben konnte. Zudem wuchs das Gras in dieser fruchtbaren Region so dicht und hoch, dass selbst die zahlreichen Füße der Orks und Rumaki nicht viel Staub aufwirbelten, der ihre Positionen verriet. Man war also auf die direkte Sichtlinie und die Beobachtungen vom Signalturm angewiesen. Dort standen zwei Männer mit bunten Tüchern bereit, denen der kleine Gardekommandeur eingeschärft hatte, welche Bewegung des Gegners sie mit welchem Tuch signalisieren sollten.

Über dem leuchtenden Grün des Grases und der bunten Vielfalt der Blumen wurde in der Ferne ein dunkler Schatten erkennbar, der sich langsam vorwärtsschob. Allmählich traten Einzelheiten hervor. Zuerst die großen schwarzen Banner mit den Zeichen der Legionen, dann der Schimmer schwarzer Rüstungen. Der Boden schien ein wenig zu schwingen, noch bevor das Stampfen des Marschtrittes hörbar war.

Daik ta Enderos saß auf seinem Pferd und betrachtete die Annäherung mit seinem Langauge. Sein Gesicht wirkte unbewegt, doch dann lächelte er unerwartet und trabte hinter den Regimentern im Zentrum entlang.

Der Schutz der Soldaten war in aller Hast errichtet worden. Ein niedriger Erdwall, in den man angespitzte Pfähle gerammt hatte, die den Feind am Stürmen hindern sollten. Die Fußgardisten standen in einem Graben, der kaum diese Bezeichnung verdiente, und konnten bequem über seinen Rand hinwegschießen. Sie standen in drei Gliedern hintereinander: zwei Reihen von Bogenschützen und dahinter Schwertkämpfer mit Schild, die den Schutz übernehmen sollten, wenn der Feind heran war.

„Der Feind kommt in breiter Front!“, rief Daik den Soldaten zu. „Er wird uns ein prachtvolles Ziel bieten. Denkt an das, was uns ta Geos berichtete: Sie tragen die spitzen Eisenbrüste und verlassen sich auf ihren Schutz. Löst eure Pfeile erst, wenn der Befehl kommt, und spart dann nicht mit ihnen.“

Er trabte zu den drei Hochgeborenen, welche die Batterien der Dampfkanonen befehligten. „Haltet auf ihre Flügel. Ich will, dass eure Geschosse die Mitte verschonen und sie sich dorthin drängen. Die Rundohren mögen stur sein und die Verluste einfach hinnehmen, aber ihre kleinen Spitzohren werden von Furcht erfüllt werden und den Kugeln ausweichen wollen. Drängt sie zusammen, Männer, dann sind sie ein massiertes Ziel und zudem verwundbar für die Flankenangriffe unserer Kavallerie.“

In das gleichmäßige Stampfen des Marschtrittes der Legionen mischte sich nun metallener Klang, als die Rundohren rhythmisch gegen ihre Schilde schlugen. Alle paar Schritte stießen sie ein wildes Gebrüll aus.

„Ich vermute, sie wollen uns beeindrucken“, scherzte ein Offizier der Fußgarde. „Lasst sie nur laut brüllen und schön nahe herankommen, dann werden wir ihnen schon die Mäuler stopfen.“

Einige Gardisten jubelten und die anderen stimmten ein. Wahrscheinlich wollten sie nur ihrer Anspannung Luft machen. Für die meisten der Männer war es die erste Begegnung mit einem Feind und der Anblick der fremdartigen Orks mit ihrer grün gescheckten Haut mochte manchen Gardisten zutiefst erschrecken.

„Fünf Legionen in Schlachtlinie nebeneinander", sinnierte ta Enderos. „Das sind fünfundzwanzig Kohorten in der vorderen Linie und die fünfundzwanzig der zweiten Linie halten nur wenige Schritte Abstand. Dahinter marschieren die nächsten fünf Legionen in derselben Formation. Zwanzig Legionen sagte der Hauptmann, nicht wahr? Das macht vier Schlachtreihen hintereinander. Wenn unsere Kanoniere gut sind, dann werden sie blutige Ernte halten."

Bernot ta Geos war unruhig. „Haben die Bestien Streiftrupps ausgeschickt? Wenn sie die Flanken ihrer Schlachtordnung weit genug bestreifen, könnten sie auf unsere Falle stoßen. Wenn sie die Kavallerie hinter dem Wald oder dem Hügel erkennen, dann wissen sie, was wir vorhaben."

„Sie sind noch eine Tausendlänge entfernt", meinte Bernots Stellvertreter Korom. „Für die schweren Kanonen ist das praktisch Kernschussweite."

Als sei dies die Antwort, hörte man von den Batteriestellungen ein leises Zischen, das sich zu grellem Pfeifen steigerte und mit dem Abschussknall der achtzehn schweren Dampfkanonen endete. Die schweren Projektile waren noch unterwegs, als die Kanoniere bereits mit dem Nachladen begannen.

Zufällig konnte Bernot die Flugbahn eines der Geschosse verfolgen, da er sich zu diesem Zeitpunkt genau hinter dem Geschütz befand. Die Kugel schien ihm merkwürdig langsam, ja nahezu gemächlich auf die Legionen zuzufliegen, was jedoch über ihre tatsächliche Geschwindigkeit täuschte. Einem lang gezogenen Strich gleich traf das Projektil die vorderste Reihe einer der Kohorten und bahnte sich dann einen Weg durch mehrere der hintereinandermarschierenden Reihen. Die Wucht musste trotz der Entfernung enorm sein. Bernot sah eines der schwarzen Legionsbanner durch die Luft wirbeln, da sein Träger getroffen worden war. Auch die anderen Geschosse fanden ihre Ziele und zogen Bahnen dunklen Blutes durch den Feind.

„Die Geschosse liegen genau im Ziel", stellte ein Artillerieoffizier zufrieden fest. „Jetzt gebt es den Bestien ordentlich. Das wird ihnen Furcht einflößen."

Bernot lächelte Korom an. „Die Rundohren kennen keine Furcht. Die Verluste werden ihre Angriffswut sogar steigern. Das ist gut für uns. Sie werden bald blindlings voranstürmen, um endlich kämpfen zu können und den Beschuss nicht hilflos hinnehmen zu müssen. Dadurch werden sie kaum auf ihre Flanken achten."

„Hoffen wir es", brummte ta Korom. „Ihr wisst ja, wie es Kriegsplänen ergeht."

Bernot lachte leise. „Ein wenig Glück gehört immer dazu."

Die Dampfkanonen feuerten jetzt in schnellem Rhythmus und in nahezu geschlossenen Salven. Die Legionen nahmen es hin und marschierten stur den heransausenden Geschossen und den menschlichen Stellungen entgegen. Immer wieder entstanden Lücken in ihren Reihen, die jedoch sofort wieder geschlossen wurden. Nichts schien die vorandrängende Masse der Orks aufhalten zu können.

„Sie halten viel aus", meinte ein Kavallerist hinter Bernot.

„Von den Rundohren ist nichts anderes zu erwarten", antwortete dieser. „Aber es wundert mich, dass die Spitzohren mitzuhalten scheinen. Sie müssten sich zu Tode fürchten."

„Wahrscheinlich tun sie das auch." Ta Korom beugte sich im Sattel zur Seite und spuckte aus. „Aber sie haben keine Wahl. Sie wollen sicherlich ebenso zu den rettenden Schiffen wie wir."

„Ich kann nur Rundohren erkennen", stellte ta Korom unbehaglich fest.

„Das ist kein Wunder. Die feigen Spitzohren werden sich wieder einmal hinter ihren großen Brüdern verborgen halten, damit sie nicht getroffen werden."

Neben dem rhythmischen Schlagen an die Schilde war nun auch Trommelschlag zu hören, der unvermittelt den Takt wechselte und deutlich schneller wurde. Die vorderen Reihen schienen die Schilde enger an den Körper zu nehmen und beschleunigten ihre Schritte.

„Bereitmachen zum Lösen der Pfeile!", ging der Befehl an den Fußregimentern entlang. „Denkt an die spitzen Eisenbrüste. Löst über Kreuz. Bereithalten!"

Die vordere Reihe des Gegners war nun auf ungefähr zweihundert Längen heran. Ein paar Gardisten wollten unwillkürlich von der Brustwehr zurückweichen, doch die Unterführer achteten darauf, dass niemand die Linie verließ.

„Bereithalten!", wiederholte der Kommandant der Fußgarden. „Habt acht! Löst! Lööööst!"

Die vier Regimenter der Fußgarden lösten ihre Pfeile. Da zwei Drittel der Männer die Bogen benutzten, hob sich ein Schwall von weit über fünftausend Geschossen in den wolkenlosen Himmel, senkte sich den Legionen entgegen und schlug ein. Einige Pfeile kollidierten in ihrem Flug, da die Schützen zur jeweils anderen Seite der Ork-Formationen zielten, aber in der dicht gedrängten Masse der Angreifer spielte das keine Rolle. Die gefiederten Projektile schlugen gleichzeitig mit einer erneuten Salve aus den Dampfkanonen ein.

Dutzende von Rundohren in der ersten Linie fielen zu Boden und sicher wurden viele weitere in den hinteren Reihen getroffen. Da die Legionen nun sehr schnell marschierten, kam es prompt zu Stürzen und für einen Moment herrschte Unordnung.

Trommeln dröhnten, kehlige Stimmen bellten Kommandos, Schlagschwerter wurden grimmig gegen Schilde geschlagen.

„Wahrhaftig, sie stecken verdammt viel ein", sagte ta Korom anerkennend. „Schon sind sie wieder formiert und ... Jetzt stürmen sie!"

Aus den Reihen der Legionen war Gebrüll zu vernehmen und jetzt rannten die Kohorten in einem lungenzerfetzenden Lauf auf die Stellung der Gardisten zu.

Abermals fauchten die Dampfkanonen, Pfeile stiegen in endlosem Strom auf, doch so viele Orks auch verwundet wurden oder starben: Nichts schien sie aufhalten zu können.

Daik ta Enderos wandte den Kopf kurz zum Signalturm und winkte mit dem Arm. Oben auf der Plattform wurden sofort zwei leuchtend rote Fahnen geschwenkt. Dies war das Signal für die Kavallerieregimenter, die sich bislang hinter dem Hügel und dem Wald verborgen hielten.

„Jetzt gilt es standzuhalten!", rief der Gardekommandeur erregt. „Die Reiterei braucht Zeit, damit die Falle richtig zuschnappt!"

Der Abstand schrumpfte auf hundert Längen. Die Kohorten rannten in einem seltsam hüpfenden Lauf, da Getroffene in den vorderen Reihen zu Boden gingen und die anderen über sie hinwegsprangen.

Bernot ta Geos wurde zunehmend unruhiger. Es lag nicht nur an der schwindenden Distanz, sondern dem Gefühl, dass irgendetwas nicht stimmte.

„Rundohren", flüsterte er. „Es sind nur Rundohren. Da sind keine Spitzohren und sie greifen nur mit ihren Schwertern an."

Vor Jahren hatten die Schwertmänner des Pferdefürsten Nedeam und die Gardekavallerie von Nerianet gemeinsam den Kampf gegen Ork-Legionen geübt und was Bernot und seine Männer dort gelernt hatten, bereitete dem Hochgeborenen nun immer mehr Unbehagen. „In den ersten Reihen Spieße zur Abwehr von Reiterei, dann die Schützen und schließlich die Schlagschwerter. Aber dies sind nur Rundohren mit ihren Schwertern."

Fünfzig Längen Abstand und nichts schien die Lawine des Feindes aufhalten zu können, obwohl die Verluste der Orks fortwährend anstiegen. Auf diese kurze Entfernung konnte man kaum vorbeischießen. Doch manchen Bogenschützen zitterten nun die Hände oder die Pfeile trafen schräg auf die spitzen Brustpanzer und glitten wirkungslos ab.

„Das ist ein Todeslauf", murmelte ta Korom neben ihm. „Verdammt, warum befiehlt ta Enderos nicht unseren Angriff? Die Bestien werden ungehemmt in unsere Fußtruppen prallen!"

Zehn Legionen der Orks. Zwanzigtausend Krieger. Alleine die fünf Regimenter der Gardekavallerie verfügten über zehntausend Reiter. Hinzu kamen die achttausend Fußgardisten und Kanonen. Das war falsch. Schrecklich falsch, selbst wenn Bernot den Mut der Rundohren bedachte.

Zusammenprall.

Manche Rundohren fanden die Lücken zwischen den angespitzten Pfählen nicht, wurden von den nachdrängenden rücksichtslos vorwärtsgeschoben und aufgespießt. Andere stürzten die niedrige Erdanschüttung rücklings hinunter, da sie von Pfeilen gefällt wurden. Doch sie drangen zwischen die Fußgardisten vor. Geifer troff von ihren Lefzen, die gescheckten Gesichter waren verzerrt und die roten Augen schienen zu glühen, während ihre Schlagschwerter den ersten Blutzoll unter den Gardisten forderten.

Bogenschützen wichen hastig zurück, die Schwertkämpfer traten vor und wurden von der Wucht der riesigen Rundohren förmlich überrannt.

„Zu spät", knurrte Bernot grimmig. Seine Kavallerie war hinter den kämpfenden Fußgarden und wenn sie nun vorrückte, wurden die Reiter in dem Getümmel eingeengt und konnten ihre Beweglichkeit nicht ausspielen. Sie brauchten Freiraum und Anlauf, um mit Macht anzugreifen. Der Befehl zu ihrem Einsatz kam viel zu spät. Die Gardereiter hätten den Feind im offenen Feld nehmen müssen, noch bevor er in die Stellung eindrang.

Von den Flanken war nun Hörnerklang zu hören. Die versteckten Kavallerieregimenter griffen in den Kampf ein.

„So ein verdammter Unsinn!", fluchte Bernot erbittert. „Das ist alles viel zu spät."

Die Rundohren und die Fußgarden kämpften jetzt gleichermaßen schonungslos. Die Gardisten hatten den ersten Schock überwunden und obwohl sie den Rundohren an Zahl noch immer unterlegen waren, hielten sie stand. Ihre Schwertkämpfer rückten zusammen und deckten sich gegenseitig. Viele der Bogenschützen hatten nun selbst die Klingen blankgezogen oder formierten sich in kleinen Gruppen und lösten ihre Pfeile, wenn sich ihnen ein klares Ziel bot.

Noch immer hatte Bernot keinen Angriffsbefehl erhalten. Seine Blicke suchten den Oberkommandierenden. Daik ta Enderos wirkte seltsam unentschlossen. Von der Brillanz und dem Kampfgeist des kleinen Oberbefehlshabers war im Augenblick nichts zu bemerken.

Bernot zog die Klinge blank. „Zweites Regiment! Zum Einzelkampf vor!"

Darauf hatten seine Kavalleristen nur gewartet.

Doch dies war kein prachtvoller Kavallerieangriff, bei dem die Reiter mit wehenden Bannern gegen den Feind stürmten und ihn über den Haufen ritten. Sie trabten an, drängten sich zwischen die Kämpfer und schlugen mit ihren Schwertern zu. Die Rundohren waren keineswegs wehrlos. Die Haken ihrer Schlagschwerter zogen manchen Reiter aus dem Sattel, aber die Orks befanden sich in deutlicher Bedrängnis.

Der Kampf tobte in der Stellung und wurde zunehmend einseitiger, denn die Menschen waren nun deutlich in der Überzahl. An einer Seite von Fußgarden und ta Geos′ Kavallerie angegriffen, eingekeilt in der Stellung der Alnoer und mit den anderen Reiterregimentern im Rücken, waren die Rundohren dem Untergang geweiht.

Bernot ta Geos kämpfte, doch er tat dies eher unbewusst. Sein Schwertarm schien ein eigenständiges Leben zu führen. „Das ist falsch", dachte er immer wieder. „Das ist schrecklich falsch."

Ein Reiter kämpfte sich zu ihm heran und schrie ihm etwas zu, das er in all dem Lärm nicht verstehen konnte. Bernot stieß sein Schwert in den Hals eines Rundohrs, drehte es leicht und zog es zurück, die Klinge fuhr im Bogen herum und zerschmetterte den Helm eines anderen Gegners.

Der Kavallerist war nun bei ihm. Sein Blick wirkte gehetzt und er gehörte zu einem der Regimenter, die den Legionen in die Flanke gefallen waren. „Eine Falle!", rief der Mann. „Sie bereiten …!"

Ein Zwitschern und Brausen lag in der Luft, unmittelbar gefolgt von einem rollenden Donner. Bernot ließ das halb erhobene Schwert sinken, sah instinktiv in die Richtung, aus welcher die neuen Geräusche kamen, und schrie entsetzt auf.

Ein dichter Hagel von Pfeilen und Bolzen senkte sich aus dem Himmel.

Menschen und Rundohren wurden gleichermaßen getroffen. Tote stürzten zu Boden, Verwundete schrien. Schon schlugen die nächsten Geschosse ein.

Bernot ta Geos fühlte einen harten Schlag an seinem Harnisch, doch der Bolzen traf schräg und glitt an der metallenen Panzerung ab. Der Hochgeborene erwachte aus einer Erstarrung.

„Zurück! Löst euch vom Feind und zieht euch zurück!", brüllte er aus Leibeskräften und andere nahmen den Befehl auf.

Er sah eine Erdfontäne am Graben aufspritzen, ein dunkler Schemen zerfetzte einen der Pfähle und schmetterte dann in einen Kavalleristen. Pferd und Reiter wurden sterbend zu Boden geworfen. Eine unsichtbare Faust schien sich ihren Weg durch all die Kämpfenden zu bahnen, tötete und verstümmelte ohne Unterschied.

Langsam sickerte die furchtbare Gewissheit in ta Geos′ Bewusstsein. Sie wurden von den Schützen der Spitzohren und den Ferntötern des Feindes beschossen.

Ein Horn blies zum Rückzug und andere fielen ein. Doch es war nicht einfach, sich vom Feind zu lösen. Noch immer kämpften Gardisten und Rundohren erbittert gegeneinander und die Menschen sahen sich nun von Schlagschwertern und Geschossen bedroht. Die Rundohren ignorierten die Verluste, welche ihnen die eigenen Pfeile, Bolzen oder Kugeln zufügten. Sie wollten so viele Gardisten wie möglich töten oder sie zumindest in ihrer Flucht behindern, sodass sie den Schützen zum Opfer fielen. Es war ein Hauen und Stechen, bei dem keine Gnade gewährt oder empfangen wurde.

Dennoch gelang es den Menschen, sich allmählich freizukämpfen. Nicht wenige der Kavalleristen packten Fußsoldaten und zerrten sie einfach mit sich. Andere Reiter erschienen jetzt auf dem Erdwall und folgten ihnen hastig. Sie gehörten zu den

Regimentern, die den Feind von der Seite angegriffen hatten. Diese Einheiten mussten wohl den Großteil der feindlichen Geschosse hingenommen haben.

Doch so überrascht und hart die Garden auch getroffen waren, es war keine regellose Flucht.

Wenige Hundertlängen hinter den Stellungen bliesen die Signalhörner zum Neuformieren der Truppen und nach dem gerade erlebten blutigen Gemetzel war es erstaunlich, dass die Soldaten dem Befehl ohne zu zögern folgten.

Der Beschuss kam zum Erliegen.

In der Stellung, die so massiv umkämpft worden war, lagen Menschen, Rundohren und Pferde. Jene Rundohren, die das Schlachten überlebt hatten, brüllten nun triumphierend und machten sich daran, nach verwundeten Gardisten zu suchen, um sie zu töten.

Bernot ta Geos wusste nicht, welches Gefühl in ihm überwog: die Enttäuschung über den Verlauf des kurzen, doch heftigen Kampfes oder die Wut auf den Feind und die schlechte Führung, die sicher zu dem fatalen Ergebnis beigetragen hatte. Ta Enderos! Wo war der kleine Gardekommandeur, der durch sein Zaudern wohl Mitschuld an dem Debakel trug?

Bernot blickte die Regimenter entlang, die sich neu aufstellten. Viele der Reiter und Fußsoldaten waren verletzt. Sie waren angeschlagen, aber noch nicht besiegt. Auch wenn vielen Männern der Schock im Gesicht stand, so zeigten sich dort auch Trotz und der Wille, dem Feind zu widerstehen.

Die Garden sammelten sich an ihren Bannern, die Offiziere und Unterführer taten ihr Bestes, um die Truppe rasch zum Kampf zu formieren.

Endlich entdeckte ta Geos den Oberkommandierenden, der rasch vor den Regimentern entlangtrabte und bei seinem Anblick heftig winkte. Er warf seinem Freund ta Korom einen vielsagenden Blick zu und trabte dann zu Daik ta Enderos hinüber.

„Es ist meine Schuld", bekannte der kleine Reiter freimütig. „Ich habe falsch gehandelt, weil ich ahnte, dass die Orks noch etwas in der Hinterhand hatten. Die Bestien gingen völlig anders vor, als ich es von allen Schilderungen über die Legionen wusste. Ich hätte unsere Kavallerie viel früher einsetzen oder noch länger zurückhalten müssen. Ich handelte falsch und zur falschen Zeit."

Bernot ta Geos sah keinen Grund, die Sache zu beschönigen. „Das sehe ich ebenso, Herr. Doch es ist geschehen."

Daik nickte. „Kommt mit."

Der Oberkommandierende trieb sein Pferd zum raschen Galopp an und ritt auf die Kuppe jenes Hügels, hinter dem sich zuvor ein Teil der Kavallerie verborgen gehalten hatte. Ein Beritt schloss sich ihnen rasch an, um den Kommandeur zu schützen. Viel Zeit würde ihnen nicht bleiben, denn auf dem Weg dorthin sahen sie bereits eine starke Truppe der Orks, die ebenfalls den Hügel zum Ziel hatte.

„Die wollen sich die günstige Position sichern!", rief Bernot Daik zu. „Von dort oben können sie unsere Formationen einsehen, uns bequem beschießen und sehen jederzeit, wie wir reagieren. Wir müssen den Hügel selber in Besitz nehmen."

„Es fehlen uns die Kräfte, um ihn zu halten, ta Geos", kam die Erwiderung. „Seht Euch an, was der Feind zu bieten hat."

Die Kuppe des Hügels bot einen guten Überblick über die alte Stellung der Garden und das weite Feld davor.

„Sie haben uns hereingelegt. Nein, sie haben mich hereingelegt", korrigierte sich der Kommandeur. „Denn ich hätte es besser wissen müssen. Sie haben ihre Truppen geteilt. Rundohren und Spitzohren haben sich getrennt. Ich habe noch nie gehört, dass sie das jemals getan haben, doch sie haben es getan."

„Ja, die zehn Legionen aus Rundohren haben sie uns als Köder zum Fraß vorgeworfen", stimmte Bernot missmutig zu. „Es ist seltsam. Auch bei diesen Legionen sehe ich nur die schwarzen Banner der Orks, jedoch keine roten der Rumaki."

„Soweit man von Pferdefürst Nedeam erfuhr, haben die Rumaki nicht viele Krieger. Möglicherweise hält man sie noch zurück."

Unter ihnen, ungefähr dort, wo die Orks zum ersten Angriff angetreten waren, standen nun zehn weitere Legionen. Die unterhalb des Hügels bildeten jene Reihen, welche für die Orks typisch waren. Über den ersten beiden Reihen jeder Kohorte ragten die langen Spieße auf, welche Reiter am Einbruch in die Formation hindern sollten. Dahinter standen wenigstens drei Reihen der Schützen, die Querbogen oder normalen Bogen nutzen, gefolgt von den Schwertschlägern.

Wieder standen je fünf Legionen nebeneinander und nur wenige Längen vor ihnen zog sich eine lange Reihe der Ferntöter entlang.

„Wir könnten unsere Dampfkanonen sicherlich zurückerobern", meinte Bernot. „Ein rascher und entschlossener Vorstoß und sie sind wieder uns."

„Habt Ihr die schweren Schläge nicht gehört, ta Geos? Die verfluchten Rundohren haben sicherlich jede einzelne Dampfleitung zertrümmert. Nein, diese Waffen sind verloren. Natürlich haben wir noch welche in der Stadt, doch bis wir sie demontiert und nach vorne gebracht haben … Ich fürchte, wir werden es auf die alte Art austragen müssen."

„Bei allem Respekt, Herr, doch wenn wir über das offene Feld gegen den Feind anreiten, dann wird er uns mit einem Hagel von Geschossen überziehen. Wir könnten allenfalls versuchen, ihn überraschend von der Seite zu packen."

Der Hauptmann des begleitenden Beritts trabte besorgt näher. „Euer Hochgeboren, wenigstens fünf Kohorten sind auf den Marsch hier herauf. Sie sind schon fast in Pfeilreichweite."

„Der Feind hat uns auf ungewohnte Weise zugesetzt!", murmelte Daik ta Enderos. „Er hat zehn Legionen mit Rundohren gegen uns geschickt und als wir mit ihnen beschäftigt waren, haben die anderen in Windeseile Aufstellung genommen und das Feuer eröffnet. Sie haben eine Menge ihrer eigenen Kämpfer dabei erwischt, doch diese Verluste können sie sich leisten." Der kleine Reiter strich sich nachdenklich über das Kinn. „Nun werden wir es ihm gleichtun. Wir bilden eine Kampflinie, wo wir gerade stehen. Mit den Fußgarden in der Mitte und der Kavallerie an den Seiten. Sobald der Feind vorrückt, werden wir ihm ein kurzes Gefecht liefern und uns dann zur Flucht wenden."

„Zur Flucht wenden?"

Daik sah freundlich nickend in Bernots fassungsloses Gesicht. „Natürlich keine wirkliche Flucht. Doch es muss überzeugend aussehen. So überzeugend, dass der Feind uns hastig folgt, um uns doch noch zu erwischen. Wenn es schnell geht, können seineFerntöter nicht folgen und die Schützen geraten aus der Formation. Diesmal werden wir es sein, die sich die Blutgier und den Kampfeseifer der Rundohren zunutze machen. Wir ziehen uns ein paar Hundertlängen zurück, machen dann überraschend kehrt und kommen in vollem Galopp über den Feind." Daik leckte sich über die Lippen. „Wir werden ihn nicht werfen können, aber ich denke, wir können ihm einen derartigen Schlag versetzen, dass wir genug Zeit gewinnen, bis Khalanaris geräumt ist. Danach beginnt das Rennen zur zweiten Grenze und wir werden es gewinnen müssen."

„Herr!", warnte der Hauptmann erneut und wie zur Bestätigung zischten mehrere Bolzen heran, jedoch ohne ein Ziel zu treffen.

Daik ta Enderos nickte dem Hauptmann und Bernot zu. „Also dann, ta Geos, liefern wir dem Feind eine überzeugende Vorstellung."

Bernot ta Geos zog sein Pferd herum, als ihm zwischen den Legionen etwas auffiel, was ihn grimmig fluchen ließ. „Bei den Finsteren Abgründen, Herr, dort unten sitzt ein verdammtes Rundohr auf einem riesigen schwarzen Pferd."

„Es gibt keine Rundohren, die auf Pferden ..." Der Oberkommandeur fluchte ergrimmt. „Fangschlag?"

Bernot beschattete die Augen, da ihn die Sonne ein wenig blendete. Er ignorierte das Surren eines Bolzens, der an ihm vorbeizog. „Ja, verflucht, das ist zweifellos Fangschlag. Ich kenne den Burschen vom Kampf um Nerianet, als die Bruderschaft uns mit den Rumaki angriff."

„Verdammt. Er soll ein außergewöhnlich mutiger und kluger Bursche sein."

„Und er hat bei den Pferdelords viel über uns gelernt."

„Ich denke nicht, dass wir den Pferdelords dafür Dank schulden", erwiderte ta Enderos verdrossen. „Also schön, hoffen wir, dass er nicht zu viel gelernt hat."

Sie trabten vom Hügel herunter und ritten zu den formierten Regimentern. Die Lücken, die der vorherige Kampf gefordert hatte, waren geschlossen, doch nicht zu übersehen. Unter dem Banner der zwölften Gardekavallerie sammelten sich kaum noch sechshundert Reiter und andere Einheiten hatten einen ähnlichen Blutzoll entrichtet. Am stärksten hatten jedoch unzweifelhaft die Fußgarden gelitten.

Daik ta Enderos versammelte rasch die Regimentskommandeure um sich, um sie über seinen Plan zu informieren. In der Zwischenzeit besetzten die Orks die Hügelkuppe. Einmal glaubte ta Geos dort oben Fangschlag auf seinem Hengst Beißer zu erkennen. Der Feind begann fraglos damit, mindestens die Hälfte seiner Ferntöter auf den Hügel hinaufzubringen.

„Von dort können sie sogar die Stadt beschießen und die Wirkung ihres Feuers genau beobachten“, stellte einer der überlebenden Artillerieoffiziere fest.

„Sollen sie ruhig.“ Daik nutzte sein Langauge, um den Feind zu beobachten. „Wir sind ohnehin dabei, die Stadt zu verlassen. Ich habe einen Boten geschickt, der die Leute zur Eile antreibt. Falls sie das überhaupt noch brauchen. Sie werden mitbekommen haben, dass wir bislang keinen besonderen Ruhm an unsere Banner geheftet haben.“

Aus der Stadt eilte ein Meldereiter herbei, der eine Nachricht vom Signalturm überbrachte. Von der erhöhten Position aus waren weitere Legionen entdeckt worden, die sich aus Richtung des Spaltpasses näherten. Es würde aber wohl noch zwei oder drei Zehnteltage dauern, bis sie in den Kampf eingreifen konnten.

„Gut, dann müssen wir die Entscheidung hier rasch herbeiführen“, konstatierte Daik ta Enderos. „Wir sind angeschlagen, doch ich traue uns zu, den zehn neuen Legionen so heftig zuzusetzen, dass sie die Verfolgung vorläufig zurückstellen. Aber wenn die herannahenden Verstärkungen bei ihnen eintreffen, dann bleibt uns nur der Untergang oder der Rückzug.“ Er warf einen abschätzenden Blick auf die mit flüchtenden Menschen überfüllte Straße nach Alneris. „Wir müssen dies hier schnell entscheiden und genug Zeit gewinnen, damit all die Leute in Sicherheit gelangen.“

Die Kolonne der flüchtenden Bewohner zog sich so weit das Auge reichte. Aus dem geordneten Marsch, der sich zuvor auf die bequem gepflasterte Handelsstraße beschränkt hatte, wurde zunehmend eine ungeordnete Masse, die in Richtung der Hauptstadt Alneris drängte. Da es auf der Straße nur langsam voranging, wurde diese von ganzen Gruppen und Gespannen verlassen, die dadurch hofften, an den anderen vorbeizugelangen. Zum Glück der Flüchtenden war der Boden im Hochsommer trocken und sie kamen auch gut voran. Aber der Weg würde sie durch Wälder führen, an denen sie zwangsläufig wieder auf die Straße zurückmussten, und das würde zu Problemen führen. Doch im Augenblick dachte niemand daran, sondern nur an das Entkommen vor den Legionen.

„Dieser verfluchte Fangschlag hält seine Legionen noch zurück." Daik ta Enderos schob das Langauge wütend zusammen. „Der Bursche ist viel zu schlau für meinen Geschmack. Er scheint alle Ferntöter auf den Hügel hinaufbringen zu wollen. Eben beginnen auch drei Legionen den Marsch dorthin, um die Waffen vor einem Angriff zu schützen."

„Ferntöter sind nicht nach dem Geschmack der Rundohren", überlegte Bernot ta Geos. „In ihren Augen hat es keine Ehre, den Feind aus der Ferne zu töten. Ruhm bringt ihnen nur der Nahkampf."

„Dieser Fangschlag sieht es wohl weit praktischer", knurrte der Oberkommandierende verdrießlich. „Ich vermute, er will uns mit den Ferntötern zusetzen und erst mit den Fußtruppen vorrücken, wenn wir angeschlagen sind."

„Wir würden es nicht anders handhaben."

„Dieser Krieg missfällt mir, ta Geos. Er ist anders als alle zuvor."

Bernot lächelte halbherzig. „Nun, es wird in jedem Fall auch der letzte sein."

„Ja, in diesem Krieg wird es keinen Sieger geben. Nur jene, die sich retten können, und jene, die untergehen werden."

„Herr, dies hier solltet Ihr Euch ansehen." Ein Gardist hielt Daik den Helm eines orkschen Rundohrs entgegen. „Oben an der Stirn. Wir haben keine Erklärung dafür."

Daik und Bernot nahmen den Helm nacheinander in die Hände und betrachteten ihn. An der Stirn waren zwei bewegliche kleine Rahmen montiert, die man herunterklappen konnte. Sie hielten dünne Scheiben aus schwarzem Kristall.

„Merkwürdige Dinger. Ein Schutz für die Augen?", vermutete Bernot.

Daik schüttelte den Kopf. „Das ist Kristall und sehr zerbrechlich. Man kann die Augen nicht mit Kristall oder Klarstein vor einem Hieb oder Geschoss schützen." Er warf den Helm mit einer verächtlichen Geste zu Boden und schlug mit dem Langauge an seinen Schenkel. „Wir ziehen uns in Richtung Handelsstraße zurück. Dadurch entziehen wir uns der Reichweite der Ferntöter und schützen zugleich das Landvolk vor einem Angriff der Bestien. Und wenn wir ein wenig Glück haben, verleitet es diesen Fangschlag doch noch dazu, seine Fußtruppen zum Angriff zu führen."

Nach Bernots Auffassung war dies die richtige Entscheidung. Wenn sie an ihrer jetzigen Position abwarteten, war es für die Ferntöter ein Leichtes, die Garden in Stücke zu schießen. Zudem befürchtete er, dass Fangschlag einen Teil der Legionen zur Handelsstraße schicken würde, um dort das Landvolk abzuschlachten. Er konnte sich nur einen Grund dafür vorstellen, warum der Befehlshaber der Orks dies nicht bereits befohlen hatte: Fangschlag betrachtete die Menschen nicht mehr nur als Futter und sah keine Ehre darin, die Wehrlosen zu töten. Wenigstens nicht, solange die Regimenter der Garden noch kämpfen konnten. Waren die Garden ausgeschaltet, würde es wohl kaum ein Halten geben und die Orks würden den Bestien gleich, die sie in Bernots Augen waren, über die Flüchtenden herfallen.

Daik ta Enderos ritt mit dem Bannerträger, dem Signalhornbläser und der Eskorte vor den Regimentern entlang und rief ihnen dabei seine Befehle zu. „Wir werden uns zur Straße zurückziehen und dort erneut in Stellung gehen. Das bringt uns aus der Reichweite ihrer Ferntöter!"

Unter anderen Umständen hätte er den Befehl an die Regimentskommandeure gegeben, doch der Oberbefehlshaber musste das angeschlagene Vertrauen seiner Soldaten zurückgewinnen und wollte unter keinen Umständen einen falschen Eindruck erwecken.

„Auf Befehl links um und im Doppelschritt marsch!"

Hörner tönten. Jeder der Gardisten machte auf der Stelle eine Vierteldrehung und die Truppe begann ihren Eilmarsch. Auf diese Weise behielten die Regimenter die Schlachtordnung bei, die sie an der Handelsstraße wieder einnehmen wollten.

Von Khalanaris rückten mehrere Gespanne mit offenen Ladeflächen heran, die Körbe mit Pfeilen transportierten, um die Bogeschützen der Fußgarden mit Nachschub zu versorgen. Sie wurden von einer starken Eskorte begleitet und Bernot konnte sich den Grund hierfür vorstellen. Noch immer gab es Flüchtlinge in der Stadt und sie würden in ihrer Angst jede Gelegenheit ergreifen, um sich in den Besitz eines schnellen Transportmittels zu bringen. Auf ihrer Weiterfahrt würden die Wagen jene Verwundeten mitnehmen, die nicht mehr reiten konnten, und sich dem Flüchtlingstreck anschließen.

Im schnellen Tempo näherten sich die Regimenter der Handelsstraße.

Bei den wartenden Legionen der Orks wurden Trommeln geschlagen. Gebrüll erhob sich. Wie von Daik ta Enderos erhofft, schien man dort den Rückzug der menschlichen Truppen für die endgültige Flucht zu halten und man hatte nicht die Absicht, sie entrinnen zu lassen.

Die Trommler schlugen mehrere schnelle Wirbel. Erneut ertönte Gebrüll, dann rannten die Legionen los. Alle sieben hasteten, so schnell sie nur laufen konnten, hinter den Garderegimentern her. Dies galt auch für die drei Legionen, die inzwischen am Hügel Position bezogen hatten. Keiner wollte den Feind entkommen lassen und jeder die Möglichkeit nutzen, sich Ruhm und Namen zu erwerben. Die große Batterie der Ferntöter war zur Tatenlosigkeit verdammt, doch ihre Spitzohren waren möglicherweise froh, nun vom Kampfgeschehen ausgenommen zu sein.

Während sieben Legionen aus Nordosten vorrückten, taten die drei vom Hügel dies nun aus südöstlicher Richtung. Sie waren noch nicht miteinander vereint und durch den raschen Lauf begannen die jeweiligen Formationen etwas von ihrer fest gefügten Ordnung zu verlieren.

Daik ta Enderos schätzte die Entfernung zur Handelsstraße ab. Er musste seine Truppen bis zum letzten Augenblick „fliehen“ lassen. Machte er zu früh kehrt, dann waren sie noch in Reichweite der Geschütze. Sicher würden die Spitzohren an den Ferntötern erneut nicht zögern, ohne Rücksicht auf die eigenen Legionen zu feuern. Dies hatte sich ja bereits beim Feuerüberfall auf die Stellung der Menschen bestätigt.

Neben den wenigen Regimentern der Fußgarde verfügte Daik ta Enderos noch immer über seine fünf Regimenter der Gardekavallerie. Die Infanterie besaß kaum noch die Hälfte ihrer ursprünglichen Stärke und der ebenso überraschende wie vehemente Beschuss der Orks hatte die Reiterei im Durchschnitt ein Viertel ihrer Stärke gekostet. Doch die knapp siebentausend Reiter erwiesen sich gegenüber den Legionen der Orks zumindest als ebenbürtig. Durch die hastige Verfolgung der Menschen verloren deren Feinde immer mehr ihre enge Formation und das machte sie verwundbar gegen einen schnell erfolgenden Kavallerieangriff.

Offensichtlich hatte der Oberbefehlshaber der Garde wieder zu sich gefunden und den Schock seines vorherigen Versagens überwunden. Zum genau richtigen Zeitpunkt hob er die Hand und die Trompeter bliesen das Signal zum Kehrt, unmittelbar gefolgt vom Stakkato des Angriffssignals.

Solche Manöver waren in der Gardereiterei Alnoas oft geübt worden und die Bewegung gelang, als befänden sich die Regimenter bei einer Parade vor dem König. Als sei es eine einzige Bewegung, wendeten die berittenen Einheiten, zogen die Klingen blank und griffen an.

Im ersten Augenblick realisierten die Orks überhaupt nicht, was da geschah und dass der Feind nicht mehr floh, sondern nun im gestreckten Galopp auf sie zukam. Ihre Frontlinie war zerfallen, da jeder, so schnell es ihm möglich war, die fliehenden Menschen einholen wollte. Nur wenige Kohorten bildeten noch eine kompakte Formation. Zwanzigtausend Orks rannten mit wehenden Bannern auf die Menschen zu und nur die vorderen konnten erkennen, dass sich der Feind und das Kriegsglück gegen sie wendeten.

Die Gardekavallerie ritt in nahezu perfekter Ordnung. Ihre Anordnung entsprach jener, welche die Orks bei ihrem ersten Angriff eingenommen hatten. Die Gardisten ritten Knie an Knie und ließen keine Lücke, nur zwischen den hintereinanderfolgenden Reihen wurde genug Abstand gehalten, um notfalls über ein gestürztes Pferd hinwegsetzen zu können. Die großen Banner bewegten sich knatternd über den Regimentern, die kleinen Berittwimpel bei den Hauptmännern. Die gelben Federn an den Helmen und die kurzen grauen Umhänge wehten im Reitwind. Das Sonnenlicht warf blitzende Reflexe über die silbrigen Vollrüstungen und die gezogenen Schwerter.

Hier präsentierte sich ein für Menschen prachtvoller Anblick, der bei jenen Orks, die ihn nun sahen, schieres Entsetzen auslöste. Doch es reichte nicht mehr, noch eine effektive Abwehrfront mit den Spießen zu bilden.

Es war kein massiver Aufprall auf eine stehende Legionsfront.

Es war eine tödliche Welle, die durch die großen und kleinen Gruppen der Orks schwappte und die keinerlei Verschonung kannte. Was nicht den Klingen zum Opfer fiel, wurde von den Pferden niedergetrampelt. Die Reiter waren überall. So tapfer sich die Rundohren auch wehren mochten, gegen die Macht und den Zorn der Gardekavalleristen hatten sie diesmal keine Chance. Immer wieder ertönten die Signalhörner, welche die Gardisten voranpeitschten, doch es hätte dieser Aufforderung nicht bedurft. Die Reiter wollten Rache für ihre gefallenen Waffenbrüder.

Einer einzigen der sieben aus Nordost vorrückenden Legionen gelang es, sich zusammenzuschließen und den Feind vor sich mit den Spießen aufzuhalten, aber längst waren andere Reiter schon in ihrem Rücken. Blut tränkte das Gras und den Boden, und es war fast ausschließlich das dunkle der Orks.

Die drei aus Südosten herannahenden Legionen, die zuvor die Batterien der Ferntöter auf dem Hügel geschützt hatten, konnten dem raschen Untergang der anderen Legionen nur hilflos zusehen. Doch sie fanden die Zeit, eine fest gefügte Abwehrlinie zu bilden. Die dichten Reihen ihrer gefällten Spieße drohten den Reitern entgegen.

Doch auch ihr Schicksal war besiegelt.

Die Orks bei den Ferntötern und den drei überlebenden Legionen achteten nur auf die stürmenden Regimenter von ta Enderos' Reiterei und hatten keinen Blick für das, was hinter ihnen geschah. Es mochte eine Gnade sein, da ihr Entsetzen somit nur kurz währte. Als sie das Vibrieren des Bodens spürten und sich umdrehten, war der Tod schon dicht bei ihnen.

„Für den König und die Provinzen!" Livianya ta Barats Klinge fuhr herab und spaltete Helm und Schädel eines Rundohrs.

Rechts und links taten es ihre Männer gleich und das siebente Kavallerieregiment überrannte die Geschützstellung zum Klang der Hörner, tötete die meisten der Orks und preschte auch schon den Hügel hinunter, um den drei unten aufgestellten Legionen in den Rücken zu fallen.

Die Gnadenfrist für die wenigen Überlebenden an den Ferntötern währte jedoch nur kurz, denn die Fußgarden aus Maratran hetzten bereits heran und beendeten, was die Reiter begonnen hatten. Dann begannen sie systematisch mit der Zerstörung der Waffen.

Die drei Legionen waren nicht in der Lage, der neuen Bedrohung schnell genug zu begegnen. Einige Kohorten machten kehrt, doch bevor die Bewegung abgeschlossen war, kamen die Klingen der Alnoer über sie.

Daik ta Enderos gehörte zu jenen Befehlshabern, die sich nicht darauf beschränkten, nur Kommandos zu geben. Was er seinen Männern zumutete, das teilte er mit ihnen und so war auch seine Klinge mit dunklem Blut besudelt, als er mit ta Geos im Gefolge zu der schönen Kommandantin hinüberritt.

„Ich wähnte Euch in Maratran", sagte Daik anstelle einer Begrüßung.

Livianya berichtete ihm rasch, aus welchem Grund sie die Festung aufgegeben hatte. Daik gefiel das überhaupt nicht, aber er musste die Tatsache akzeptieren. „Hättet Ihr die Feste nicht aufgegeben, so wärt Ihr tatsächlich abgeschnitten worden. Auch wenn wir hier einen Sieg errungen haben, so kommt der Feind doch mit Macht aus Richtung Nerianet und des Spaltpasses."

„Kein schönes Gefühl, zwischen den Backen einer Zange zu stecken", erwiderte sie. „Wir standen schon kurz vor Khalanaris, als wir den Waffenlärm vernahmen", fuhr Livianya fort und lächelte ihren einstigen Stellvertreter und Geliebten Bernot ta Geos kurz an. „Also befahl ich Eilmarsch und passte den rechten Moment ab, wie mir scheint."

„Hm, das will ich nicht leugnen", knurrte ta Enderos. „Was ist mit den Menschen aus Eolaneris und den Dörfern?"

„Sie werden gleich kommen und sich den übrigen Flüchtlingen anschließen." Livianya sprang aus dem Sattel und stieß ihr Schwert mehrfach in den weichen Boden, um die Klinge zu säubern.

Daik seufzte leise. „Uns bleibt nur sehr wenig Zeit, bis die anderen Legionen Khalanaris erreichen. Bis dahin sollten wir verschwunden sein. Auch wenn wir hier einen Sieg errungen haben, so bleibt uns doch nichts anderes als die Flucht zur zweiten Grenze. Der Feind ist einfach zu sehr in der Überzahl."

Livianya ta Barat zog sich wieder in den Sattel hinauf. „Ihr erwähntet dies bereits. Verschwenden wir also keine Zeit und liefern wir den Orks ein gutes Rennen."

Daik nickte. „Gebt Euren Truppen Befehl, sich den meinen anzuschließen, Hochgeborene." Der Oberkommandeur lächelte unmerklich. Es gab da gewisse Gerüchte über das Verhältnis der beiden zueinander. „Ich werde vorausreiten und Euch den Hügel für eine Weile überlassen. Wenigstens für eine angemessene Begrüßung sollte es reichen, nicht wahr?"

Er zog sein Pferd herum.

Gardisten bestreiften den Hügel und vergewisserten sich, dass für den Feind nichts Lebendes oder Nützliches verblieb.

Doch dafür hatten Livianya ta Barat und Bernot ta Geos, wenigstens für ein paar kostbare Momente, keine Augen.

45

Fangschlag war fraglos ein mutiger Krieger und zugleich auch klug genug, zu erkennen, wann ein Kampf hoffnungslos geworden war. Er hatte sich als Rundohr mit der Tradition verbunden gefühlt, dass es besser war unterzugehen, als in Schande vom Kampfplatz zu fliehen. Durch die Pferdelords hatte er begriffen, dass ein Rückzug nicht unbedingt etwas mit Feigheit zu tun haben musste, denn ein solcher bot die Gelegenheit, den verlorenen Kampf an einem anderen Tag wieder aufzunehmen und am Ende zu gewinnen.

Als er das Angriffssignal der alnoischen Gardekavallerie hörte, erinnerte er sich an die Übungen und Kämpfe, die er an der Seite der Pferdelords und auch der Alnoer bestritten hatte. Noch bevor die Reiterregimenter die Legionäre erreichten, wusste er, dass dies ein für die Legionen verheerender Angriff war. Er hatte an die Flucht des Feindes geglaubt und sich täuschen lassen, obwohl er es hätte besser wissen müssen. Die Männer zu Pferde waren zähe Kämpfer, gleichgültig, zu welchem Volk sie gehörten. Keiner der Kämpfer zu Fuß würde ihnen entkommen, doch Fangschlag war ein Ork, der ebenso beritten war. So zog er Beißer herum und entkam dem Gemetzel.

Nun musste er dem Oberherrn der Orks von der Niederlage berichten. Obwohl ihn der Tod der Kämpfer schmerzte, akzeptierte er ihren Verlust, denn die zwanzig Legionen waren kaum mehr als die Vorhut der Hauptstreitmacht gewesen.

Noch während seine Truppen bei Khalanaris untergingen, kündeten dunkle Schatten auf der offenen Ebene bereits von der Annäherung der Hauptstreitmacht. Diese hatte noch nicht in die

Kämpfe eingegriffen. Als sie Nerianet erreichte, war die Menschenfestung längst gefallen und es dauerte seine Zeit, die über hundert Legionen über den Feuergraben zu führen, der an einigen Stellen immer noch brannte.

Viele der zweihunderttausend Kämpfer waren Rundohren und brannten darauf, das Blut des Feindes zu vergießen. Für die weniger mutigen Spitzohren war es hingegen wichtig, sich den rettenden Schiffen zu nähern. Die riesige Armee kam nur langsam voran und marschierte, wo es das Gelände zuließ, in zwei parallelen Kolonnen, mit den Geschützen und dem Nachschub zwischen sich. Neben den langläufigen Ferntötern rollten die gedrungenen Kästen der neuen Berstpfeilwerfer.

Besonders auffällig war ein außergewöhnlich großes Gefährt, welches von zwei Kohorten gezogen werden musste. Der neue Schwarze Lord Einohr schätzte es nicht, zu Fuß zu marschieren, und hatte sich entschieden, standesgemäß zu reisen. Der Wagen ragte hoch über die Marschkolonnen auf und wies Fangschlag schon von Weitem das Ziel.

Die Stimmung des Legionsoberführers war ausgesprochen schlecht. Ihm behagte weder die Kunde, die er brachte, noch das Wesen, dem er sie überbringen musste.

Inzwischen hatten die meisten Orks Fangschlag schon einmal auf seinem Pferd Beißer gesehen oder doch wenigstens von ihnen gehört, sodass das reitende Rundohr kein zu großes Erstaunen mehr hervorrief. Die fragenden Blicke galten daher eher der Tatsache, dass der Legionsoberführer in großer Eile herankam. Das deutete auf wichtige Ereignisse hin und ließ manches Geraune entstehen, denn man hatte den Waffenlärm aus Richtung Khalanaris vernommen.

Die Armee bewegte sich im normalen Marschtritt und Fangschlag trieb sein Pferd neben das Fahrzeug des Oberherrn. Das

Gefährt bewegte sich auf vier gewaltigen Scheibenrädern, die, ebenso wie das gesamte Fahrgestell und die Deichsel, in hellem Gelb gestrichen waren. Der große kastenartige Aufbau war hingegen tiefschwarz. Die Seiten des Kastens konnten nach oben geklappt und durch Stützen in dieser Position gehalten werden. Dies bot den Insassen eine gute Aussicht und erleichterte die Belüftung. Zum Schutz vor dem grellen Sonnenlicht, welches Orks aufgrund ihrer lichtempfindlichen Augen nicht sonderlich schätzten, waren dämpfende Stoffe vor die Öffnungen gespannt.

Zwei Fahrer dirigierten die ziehenden Kohorten und gaben ihnen mit einer Trommel das Tempo und die Richtung vor. An den Seitentüren und hinter dem Aufbau standen Angehörige von Einohrs persönlicher Leibwache. Sie bestand aus Spitzohren und Rundohren, welche gleichermaßen schwarze Rüstungen und grellrot bemalte Helme trugen. Die Halter mit den dünnen schwarzen Kristallplättchen, welche die empfindlichen Augen vor dem grellen Sonnenlicht schützten, waren nach oben geklappt. Vorn auf dem Brustteil der Panzerung war ein einzelnes rotes Spitzohr aufgemalt. Das gleiche Motiv zeigte sich auf dem überdimensionierten persönlichen Banner des neuen Schwarzen Lords, das über dem Dach des Fahrzeugs wehte.

Fangschlag sprang vom Sattel direkt auf den umlaufenden seitlichen Plankengang. Eine der Leibwachen trat ehrerbietig zur Seite und Fangschlag gelangte in den Kastenaufbau des Wagens.

„Meinen Gruß, Schwarzer Lord Einohr", sagte das stolze Rundohr förmlich, verzichtete aber auf den üblichen Ehrensalut. Er wusste, dass dies das Spitzohr ärgerte, und forderte dessen Unwillen geradezu heraus, doch er verließ sich auf das Wissen, dass sie beide, wenigstens im Augenblick, aufeinander angewiesen waren. „Du bist leicht zu finden. Dein Banner und Gefährt sind schwerlich zu übersehen."

Die schwarz schimmernde Gestalt Einohrs hatte es sich in einigen Kissen bequem gemacht. Auf einem Tisch standen Schalen mit Nüssen und Obst, schmackhaften Gewürzschnecken und Karaffen mit erfrischenden Getränken. An der Rückwand war eine Karte befestigt, welche die bekannten Gebiete und Orte des Königreiches Alnoa zeigte. Sie war von den Rumaki angefertigt worden und Einohr liebte es, bei den Besprechungen mit diversen Legionskommandeuren ein paar Zeichen hinzuzufügen. Es waren willkürliche Symbole, die keine Bedeutung hatten, doch dies fiel den beeindruckten Rundohren nicht auf, da sie, wie Einohr, die Zeichen der Schrift nicht kannten. Fangschlag, der beim Pferdevolk lesen und schreiben gelernt hatte, machte sich gelegentlich einen Spaß daraus, dann mit ebenso gewichtiger Miene seinerseits unsinnige Zeichen auf die Karte zu malen und zu beobachten, wie Einohr dazu verständnisvoll nickte, obwohl er nichts davon enträtseln konnte.

„Mein neues Gefährt? Ja, es sticht ins Auge, das will ich wohl zugeben. Als Oberherr muss ich einen gewissen Eindruck auf meine Untergebenen machen. Zudem ist es bequem. Ich bin der Schwarze Lord Einohr, warum sollte ich mir also die Füße wund laufen?"

Einohr beugte sich zu einer Schale und wählte ein paar saftige Beeren aus.

„Immerhin ist dieses riesige Gefährt auch ein hervorragendes Ziel", meinte Fangschlag mit ruhiger Stimme.

Fangschlag schob eine Beere zwischen die Zähne und zerbiss sie genüsslich. „Ah, ich bin von meinen Legionen umgeben. Legionen, die mir treu ergeben sind, weil sie meine Macht kennen und fürchten. Kein Feind könnte zu mir vorstoßen."

„Für die dampfenden Ferntöter der Alnoer ist dieser Wagen jedenfalls eine Verlockung", bekräftigte Fangschlag noch einmal. „Sie könnten ihre Fertigkeiten daran erproben."

Eine Zunge aus schwarzem Glas glitt über ebensolche Lefzen. „Äh, in der Tat, das gilt es zu bedenken. Ich muss sagen, deine Sorge um mein Wohlbefinden rührt mich. Nun, in der Nähe der Ferntöter des Feindes werde ich natürlich vom Gefährt steigen und dem Gegner auf eigenen Füßen entgegenschreiten." Er kratzte sich. „Ich habe bemerkt, welchen Eindruck dein Beißer auf die Legionäre macht. Möglicherweise sollte ich mir ein ebensolches Tier suchen und ebenfalls reiten."

„Es lässt sich lernen", brummte Fangschlag. „Doch der Weg zum Pferdereiter ist oft schmerzhaft."

„So, ist er das?" Einohr kicherte. „Nun, ein Pferd ist letztlich doch weit weniger beeindruckend als mein Wagen, oder nicht?"

„Es ist auch weniger auffällig."

„Nun, du bist ein viel beschäftigtes Rundohr. Als Legionsoberführer hast du viele Pflichten, damit wir den Krieg gewinnen und die Schiffe erreichen. Du hast die Vorhut nach Khalanaris geführt und kehrst in großer Eile zurück. Wohl, um mir einen großen Sieg zu verkünden?"

„Die Legionen wurden von den Pferdereitern bezwungen. Sie sind vernichtet."

Eigentlich hatte der Schwarze Lord Einohr die Beere im Mund zergehen lassen wollen, stattdessen zerdrückte er sie unbewusst und der Saft spritzte in sein Gesicht. Langsam sickerte die zähe gelbe Flüssigkeit über die gläsernen Züge. „Was sagst du da? Vernichtet? Zehn meiner Legionen vernichtet? Zehn!"

Fangschlag starrte sein Gegenüber finster an. „Genau genommen waren es zwanzig Legionen."

Einohr machte eine wütende Geste und der Wuchtzauber, den er unabsichtlich ausübte, schleuderte Obstschale und Karaffe vom Tisch. „Zwanzig! Ah, wahrhaftig, ich hätte dich für einen fähigeren Anführer gehalten.“ Er bückte sich zur Seite, hob eine Beere vom Boden auf und schob sie zwischen seine Lefzen. „Ich will es dir nur aus einem Grund nachsehen, nämlich weil du Nerianet unerwartet rasch eingenommen hast. Wenn auch wohl hauptsächlich wegen der Ferntöter, welche die Feste sturmreif geschossen haben.“ Er griff nach der nächsten Beere. „Ferntöter sind sehr wirksam. Ich weiß es, da ich einst selbst eine Batterie von ihnen befehligt habe.“

Fangschlags Gesicht wurde dunkel vor unterdrücktem Zorn. „Ja, in der Öde von Rushaan, als du sie und meine Rundohren schmählich im Stich gelassen hast.“

Die Wut Einohrs zu steigern, der immerhin über magische Kräfte verfügte, war unklug, doch die Erinnerung an den Verrat des Spitzohrs brachte Fangschlags Blut in Wallung.

Ihre Blicke schienen sich ineinanderzubohren. Dann lächelte der Schwarze Lord unvermittelt. „Unsinn! Ich war klug genug, mich rechtzeitig zurückzuziehen. Was kann ich dafür, wenn deine sturen Rundohren immer nach Heldentum streben und dabei den Heldentod sterben? Deine Idee, ganze Legionen nur aus Rundohren zu bilden, hat sich ja offensichtlich nicht bewährt. Wie sagtest du doch zu mir? Ah, ja, genau. Man brauche den Mut der Rundohren, um den Feind zu brechen.“ Einohr lachte vibrierend. „Deine Rundohrlegionen haben sicherlich außergewöhnlich tapfer gekämpft und waren dabei dumm genug, sich abschlachten zu lassen.“

Fangschlag war versucht, die Hand an den Griff seiner Waffe zu legen, beherrschte sich aber mühsam. Sein Hass auf Einohr war in den vergangenen Jahren immer weiter gewachsen, doch das einstige Spitzohr hatte an Kräften gewonnen und beherrschte die Zauber eines Grauen Wesens auf Furcht einflößende Weise. Wahrscheinlich war es dennoch möglich, den neuen Oberherrn der Orks zu töten, aber Fangschlag schreckte aus mehreren Gründen davor zurück. Er wollte sich nicht selbst erniedrigen, indem er zum Mittel des Meuchelmordes griff, und fürchtete sich vor einer möglichen Verschmelzung, wie sie zwischen Einohr und dem früheren Schwarzen Lord stattgefunden hatte. Der Hauptgrund war jedoch, dass der neue Schwarze Lord die Legionen zum Angriff trieb. Die Menschen würden die Schiffe nicht freiwillig herausgeben und so blieb nur die Vernichtung des Feindes, um sich in deren Besitz zu bringen. Um dies zu erreichen, benutzten Fangschlag und Einohr sich nun gegenseitig, wenn auch aus unterschiedlichen Gründen. Während es dem neuen Schwarzen Lord wohl ausschließlich um sein eigenes Überleben ging, hoffte sein Legionsoberführer darauf, zumindest einen Teil der Rundohren retten zu können.

Nach Fangschlags fester Überzeugung bot das blutige Ringen um die Schiffe die einzige Möglichkeit, das Überleben seiner eigenen Art zu sichern. In den Augen der anderen Völker waren Orks nur Bestien. Auch in ihm hatten die Menschen einst nur die Bestie gesehen und doch war er zu ihrem gleichberechtigten Waffenbruder geworden.

Die Zeit bei den Angehörigen des Pferdevolkes hatte ihn gelehrt, diese mit anderen Augen zu sehen. Wenn die Pferdereiter mit ihm Frieden halten konnten, so würde es auch eine Möglichkeit geben, dass dies seiner ganzen Art gelang. Doch dazu mussten sie sich retten können und hierzu benötigten sie auch Bar´Ses und seine Kenntnisse, um neue Bruthöhlen entstehen zu lassen. Später, in einer neuen Heimat, musste sich auch die Gelegenheit finden, den verfluchten Einohr auszuschalten. Doch Fangschlag würde ein Problem nach dem anderen lösen. Zunächst galt es die Schiffe zu erreichen und so war Einohr ein notwendiges Übel. Bedauerlicherweise ein durchaus mächtiges Übel.

Erneut lachte das Spitzohr und machte eine wegwerfende Geste. „Nun gut, die Verluste kann ich mir leisten, aber ein paar solcher Siege und wir haben keine Legionen, die wir noch gegen die zweite Grenze senden können", spottete er. Die schwarzen Augen schimmerten unvermittelt in grellem Blau. „Vergiss nicht, dass wir die Schiffe der Menschen zum Überleben brauchen. Wir können uns kein Versagen leisten."

„Dann frage ich mich, warum du die Rumaki zurückgeschickt hast. Auch wenn sie nicht über viele Legionen gebieten, so haben sie doch die neuen Waffen ersonnen, die wir mit uns führen."

Die schwarzen Augen verengten sich. „Menschen. Letztlich sind sie alle gleich. Ich hasse ihren Gestank." Einohr spuckte die leere Hülle einer Beere aus. „Nur ihr Fleisch ist erträglich. Nein, Fangschlag, ich werde nicht zulassen, dass sich irgendwelche Menschen retten können. Weder die der freien Völker noch die Rumaki. Sie alle sollen umkommen."

„Also verhinderst du, dass sie die rettenden Schiffe erreichen können." Fangschlag sah auf die Karte. „Ich vermute, du hast ihnen den wahren Grund verschwiegen, nicht wahr?"

„Oh, ich habe es schlau angefangen. Bar'Ses gelang es, den Plan eines Schiffes der Alnoer zu stehlen, und ich habe ihn den Rumaki gegeben, damit sie das Schiff selber nachbauen. Nur für den Fall, dass es uns nicht gelingt, die Schiffe auf dem Fluss Genda zu erobern." Einohr grinste niederträchtig. „Natürlich ist das Unsinn. Wir werden die Schiffe in Besitz nehmen und die verdammten Rumaki haben sicher nicht genug Zeit, eigene zu bauen."

„Die Kerle sind nicht dumm. Denk an die Waffen, die sie erschufen. Sie ahnen doch sicher deine wahren Absichten."

„Na und?" Der Schwarze Lord Einohr griff nach einer Baumfrucht und biss herzhaft hinein. „Was sollte dieser Andor-Atarevge denn sonst tun? Aufbegehren? Ha, wir hätten ihn und seine weiten Hosen im Handumdrehen abgeschlachtet. Seine einzige Möglichkeit, zu überleben, bestand darin, ergeben zu nicken und mit den Rumaki schnellstens in ihr stinkendes Land zurückzukehren. Jetzt schnitzen sie sicherlich eifrig Holz für die Schiffe und werden das noch immer tun, wenn ihnen das Wasser zwischen die Lefzen läuft."

Das Schicksal der Rumaki ließ Fangschlag kalt. Er dachte an das mörderische Vorgehen, mit dem die rumakische Bruderschaft des Kreuzes versucht hatte, die Festung Nerianet einzunehmen. Sie hatten hilflose Dorfbewohner abgeschlachtet und waren in deren Identität in die Festung eingedrungen. In den Augen des stolzen Rundohrs waren die Rumaki ohne jede Ehre und verdienten es nicht, zu überleben.

„Im Ersinnen von solcher Hinterlist bist du sicher ungeschlagen", bemerkte Fangschlag mit unbewegtem Gesicht.

Einohr nahm es als Lob. „Ja, selbst der vergangene Oberherr hat meine Klugheit anerkannt." Er warf die leere Schale der Baumfrucht von sich und erhob sich von den Kissen. „Genug davon. Es ist an der Zeit, unsere nächsten Schritte zu planen. Der Verlust deiner Truppen vor Khalanaris darf uns nicht zurückwerfen."

„Wir haben nicht als Einzige Verluste erlitten. Auch die Garden der Menschen haben geblutet."

„Ich hoffe, sie haben stark geblutet."

„Wir haben ihre Dampfkanonen zerstört und sie haben rund ein Drittel ihrer Stärke eingebüßt."

„Dann hast du wenigstens nicht ganz versagt." Fangschlag kannte die Stimme Einohrs inzwischen gut genug, um aus dem Vibrieren eine Schwingung von Zufriedenheit herauszuhören.

„Die Festung Maratran ist gefallen. Ihre Garden fielen uns vor Khalanaris in den Rücken."

„Bist du sicher?"

„Ich erkannte das Zeichen ihrer siebenten Gardereiter und auch das Weib, welches sie führt. Ich kämpfte mit ihnen um die Insel Lemaria."

Einohr lachte. „Ein Brutbeutel als Anführer. Ich werde diese Menschen niemals verstehen. Also ist die Pforte Alnoas frei und Blutvergießers Legionen werden aus dem Süden zu uns stoßen. Das gleicht deine Verluste wieder aus. Ich hoffe, Pferdebeißers Legionen sind bei Merdonan ebenso erfolgreich."

„Sie müssen viele hölzerne Pfade über den Sumpf legen und die Oststadt des Pferdevolkes ist gut gesichert. Zudem versteht sich beim Pferdevolk jeder aufs Kämpfen. Auch die Weiber, denn sie verteidigen ihre Siedlungen, wenn die Pferdelords in den Krieg ziehen." Fangschlag deutete um sich. „Jedenfalls solltest du den Vormarsch zur zweiten Grenze beschleunigen."

„Wir werden rechtzeitig genug ankommen. Es hat keine weiteren Erderschütterungen gegeben und so bleibt uns noch Zeit."

„Das wissen wir nicht", entgegnete Fangschlag mit harter Stimme. „Zudem sollten wir den freien Völkern nicht die Zeit schenken, sich im Schutz der neuen Grenze zu sammeln. Je mehr dorthin gelangen, desto stärker sind sie, wenn wir dort ankommen, und desto härter wird der Kampf."

„Ich dachte immer, ihr Rundohren schätzt ein ordentliches Gemetzel."

Fangschlag ignorierte die Stichelei. „Wir werden viele ihrer Truppen und Leute des Landvolkes noch vor Erreichen der Grenze schlachten können, wenn wir uns beeilen. So verhindern wir, dass sich zu viele versammeln."

Einohr leckte sich über die Lefzen. „Nun, dem muss ich zustimmen. Gut, ich werde eine dritte Kohorte vor meinen Wagen spannen lassen."

46

Die Pfeile des elfischen Volkes waren dafür geschaffen, auf lautlose Weise durch die Luft zu gleiten. Kein verräterischer Ton sollte sie ankündigen. Doch es gab auch solche, die während ihres Fluges ein grelles Pfeifen verursachten. Sie dienten der Nachrichtenübermittlung in dichten Wäldern oder als Alarmsignal.

Das Geräusch des Pfeils kam aus dem Norden, von dort, wo sich die Grenze des von den elfischen Häusern beanspruchten Territoriums befand. Eine Baumtrommel begann zu pochen und das leise, aber deutliche Stakkato der Schläge setzte die allgemeine Warnung in deutbare Worte um.

„Ein verdammter Baumfäller an der Nordgrenze." Elodarion-olud-Elodarion, Ältester und Führer des Hauses Elodarion von den elfischen Häusern des Waldes, stützte die Hände auf das zierliche Geländer seines neuen Heims. Es war eines der typischen Häuser der Waldelfen, welches sich harmonisch in den gewaltigen Baum einfügte, ja, ein organischer Bestandteil desselben zu sein schien.

Die einzelnen Wohnräume ruhten auf runden Plattformen, die dem Verlauf der ausladenden Äste folgten. Wände und Einrichtung waren mit feinen Schnitzereien verziert, doch vieles wirkte noch unfertig. In den vergangenen Jahren war viel erreicht worden, dennoch wurde überall noch gearbeitet und vervollkommnet. Aus dem feinen Sand des Strandes, wo die Elfen der See dabei waren, ihre Muschelhäuser zu errichten, wurde Klarstein geschmolzen und poliert, tiefer im Wald hörte man das gedämpfte Schlagen von Äxten.

Die unterste Ebene begann in zehn Längen Höhe über dem mit Gras und Farnen bewachsenen Waldboden, Elodarion stand jedoch auf der Aussichtsplattform in dreißig Längen Höhe. Der Baum verfügte über eine ungewöhnliche Größe, dennoch beschränkte sich der Ausblick auf den freien Himmel und eine Unzahl ähnlicher Bäume, die ihn umgaben. Von Elodarions Standort aus war die große Lichtung nicht zu sehen, die inmitten der elfischen Häuser seines Clans lag.

Elodarion trug ein weiches und lose fallendes Gewand, welches bis zum Boden reichte und reich bestickt war. Es zeigte die filigrane Lilie auf dem Brustteil, das Symbol seines Hauses, und es wurde nur zu offiziellen und zeremoniellen Ereignissen angelegt. Das elfische Schwert mit der leicht gekrümmten Klinge wirkte zu dieser Kleidung befremdlich und war der Tatsache gedankt, dass sich die neuen Ufer als durchaus gefährlich erwiesen hatten.

Der Älteste spürte die Annäherung eines anderen Elfen. Es war ein erfahrener Krieger, der sich trotz der angelegten Rüstung nahezu lautlos bewegen konnte. Elodarions feine Sinne bemerkten, dass der Mann den rechten Fuß ein wenig nachzog. „Sei mir willkommen, Anat. Du hast die Botschaft gehört?"

Anat-olud-Elodarion, Waffenmeister des Hauses Elodarion, trat neben seinen Ältesten und Freund. Seine Aufgabe war der Schutz des Hauses Elodarion und so gebot er über dessen Krieger. „Zweifelst du daran? Selbstverständlich habe ich es gehört. Ein Baumfäller bedeutet Ärger. Diese Biester sind verdammt zäh und schwer umzubringen."

Elodarion legte die Hand an die Schulter Anats. „Deine Sinne sind noch immer so scharf wie zu deinen jungen Jahreswenden und inzwischen kommt noch die Erfahrung hinzu. Du warst zur Zeit des ersten Bundes unser fähigster Kämpfer und du bist es noch heute."

Der Waffenmeister grinste breit. „Du weißt sehr wohl, dass man im zunehmenden Alter empfänglich für Schmeichelei wird, nicht wahr?"

Sie mussten beide lachen und für einen flüchtigen Augenblick vergaßen sie die Sorgen, die sie plagten.

Während Elodarion in mittleren Jahren zu sein schien, vermittelte Anat den Eindruck eines wesentlich älteren Mannes. Elodarions Leben währte jedoch schon einige Jahrtausende länger. Grundsätzlich konnte ein Elf selbst bestimmen, wann er körperlich zu altern aufhörte. So wirkten einige der Ältesten wie junge Männer, weit jüngere hingegen wie würdige Greise. Für Außenstehende war dies durchaus verwirrend.

Anat wies nach Norden. „Das Haus Kinaar hat in den letzten Monden stark gelitten. Fünfzehn seiner Krieger sind vergangen."

„Sie sind am nördlichsten und schützen unsere Grenze", seufzte Elodarion. „Doch du hast recht, mein Freund. Die Last darf nicht alleine auf ihren Schultern ruhen. Sende eine Hundertschaft unserer Männer zu ihrer Unterstützung. Sie sollen dort verbleiben und das Haus Kinaar nach Kräften unterstützen."

„Ich dachte es mir." Anat beugte sich ein wenig zur Seite, damit er die Lichtung sehen konnte. Er stieß einen leisen Pfiff aus. Jenen tremolierenden Dreiklang, den nur eine elfische Kehle formen konnte. Ein ebenfalls gerüsteter Mann trat aus dem Schatten des Baumes hervor und blickte herauf. „Eine Hundertschaft!", rief der Waffenmeister hinunter.

„Wie ich sehe, warst du vorbereitet", meinte Elodarion anerkennend.

„Ich bin dein Waffenmeister. Ich muss immer vorbereitet sein." Anat blickte über die Bäume in die Ferne. „Gerade hier und jetzt, an den neuen Ufern." Er sah seinen Freund ernst an. „Noch ist dies nicht unsere Heimat und es wird noch viel Blut kosten, bis sie es geworden ist."

„Als Jalan-olud-Deshay und ich die neuen Ufer vor so vielen Jahrtausendwenden entdeckten, da war das Land friedlich und wir stießen auf keine Eingeborenen."

„Und wohl auch nicht auf Baumfäller."

„Nein, auch nicht auf Baumfäller."

Die riesigen gepanzerten Käfer ragten auf ihren zehn Beinen gut fünf Längen vom Boden auf und waren mit mächtigen Kieferzangen bewehrt. Eigentlich waren es friedliche Pflanzenfresser, doch sie hatten die für Elfen unangenehme Eigenheit, vorzugsweise große Bäume mit den Zangen zu zerbeißen und auf diese Weise zu fällen, um sie dann weiter zu zerkleinern und zu fressen. Unglücklicherweise schienen sie die von Elfen bewohnten Bäume besonders zu schätzen. Die Käfer hatten keine natürlichen Feinde und ließen sich auch nicht mit Feuer verscheuchen, sodass den bedrängten Elfen keine Wahl blieb, als die Baumfäller zu töten. Es war ein gefährliches Unterfangen, denn Panzerung und Zangen machten die Wesen wehrhaft, ihre Sinnesorgane und das Gehirn waren jedoch sehr klein und schwierig zu treffen. Die gewaltigen Kreaturen hatten zudem ein immenses Gewicht, weshalb man sie auch nur sehr schwer umwerfen und zur Hilflosigkeit verdammen konnte. Mit Pfeilen war ihnen nicht beizukommen und so mussten die Krieger zu Schwert und Lanze greifen. Das brachte den gewünschten Erfolg, wurde jedoch auch immer wieder mit dem Leben von Elfen bezahlt.

Es gab viele Tiere und Insekten, denen die Elfen zum ersten Mal begegneten. Die Vielfalt des Lebens an den neuen Ufern war faszinierend, doch oft auch gefährlich oder sogar tödlich.

„Die Eingeborenen im Norden bereiten mir Sorge“, gestand Anat. „Sie sind intelligent und verstehen sich auf das Schmieden stählerner Waffen.“

„Wären sie zudem auch klug, so würden sie versuchen, einen friedlichen Weg mit uns zu beschreiten.“ Elodarion seufzte. „Wir scheinen ihnen überlegen, doch ich würde mich nicht darauf verlassen. Einem solchen Volk sind wir zuvor noch nicht begegnet. Sie ähneln den Wesen, die ihre Kegelbauten im Wald errichten und fast überall zu finden sind. Doch sie sind ungleich größer und zweifellos gefährlich.“

„Wie ich es sagte, alter Freund, wir haben Sorgen.“

Unter ihnen ertönte ein kurzes Kommando. Eine Hundertschaft der Krieger verschwand zwischen den Bäumen. Obwohl ein jeder voll gerüstet und der Waldboden voller Pflanzen und abgestorbener Zweige war, gab es keinen Laut, der ihre Bewegungen verriet.

Hinter ihnen war fröhliches Gelächter zu hören. Sie blickten zum Nachbarhaus und sahen einige Frauen und Kinder, die unbeschwert an den zahlreichen Lianen entlangkletterten. Sie trugen Gefäße mit Farben und Farnpinsel und beabsichtigten wohl, einige der Schnitzereien an den Häusern bunt auszumalen. Zwei Jäger brachten ein erlegtes Wild und wurden freudig begrüßt. Aus der mittleren Ebene des Hauses klang der melodische Gesang von Elodarions Gemahlin Eolyn herauf. Es war eine sanfte und schwermütig wirkende Weise und erinnerte den Ältesten daran, wie sehr er und seine Frau ihre Kinder Lotaras und Leoryn vermissten. Der Gesang erinnerte ihn auch daran, warum er das offizielle Gewand angelegt hatte.

„Es ist an der Zeit für den Ältestenrat der Häuser, Anat.“

„Willst du das wirklich tun, alter Freund?“

„Ich muss es tun. Du bist ein ehrenhafter Krieger, Anat-olud-Elodarion, und ich denke, dein Herz sagt dir, dass ich recht habe.“

„Wir haben wahrhaftig genug eigene Probleme."

„Genug, um unsere Ehre aufzugeben, Anat?"

Der alte Krieger seufzte unbehaglich. „Haben wir das nicht schon längst getan? Nun, ich denke, wir sollten jetzt gehen und den Rat nicht warten lassen."

„Wohl gesprochen, alter Freund."

Von jedem der elfischen Hausbäume hingen Lianen herab. Eigentlich waren es Wurzeln, mit denen die Bäume Wasser aus dem Boden sogen und in die Krone ihres Stammes hinaufpumpten. Von dort sickerte es durch winzige Kapillargefäße in alle Bereiche der Pflanze. In der alten Heimat hatten die Bäume sich über ihre Bodenwurzeln versorgt, hier dienten diese nur der festen Verankerung. Den Elfen war schnell bewusst geworden, dass dies eine Schutzmaßnahme des Baumes war. Wurden seine lebenswichtigen Wurzeln gefährdet, so zog er sie bis in die Krone hinauf. Die neuen Waldbewohner machten sich diese Eigenschaft zunutze.

Wollte man vom Boden hoch in den Baum hinauf, brauchte man nur eine der Wurzeln zu ergreifen und kräftig zu drücken. Schon zog der Baum sie mitsamt dem elfischen Wesen nach oben. Um auf den Waldboden hinunterzugelangen, drückten Elodarion und Anat je eine der Wurzeln, bis sie sich zusammengezogen hatte. Danach streichelten sie diese auf eine bestimmte Weise und der besänftigte Baum ließ die beiden mit seinen Wurzeln langsam hinabgleiten. Während sich die Pflanzenteile wieder eifrig in den Boden bohrten und dem Wasser entgegenstrebten, gingen die beiden Freunde langsam über die große Lichtung zu jenem Platz, an dem sich die Elfen zu Geselligkeit oder Beratung zusammenfanden.

Jetzt, am hellen Tag, war die Lichtung belebt. Männer und Frauen teilten sich die Arbeiten, nur von Kriegsvorbereitungen waren Letztere ausgeschlossen. Frauen genossen den besonderen

Schutz des Volkes, denn nur sie konnten Leben schenken und das Wunder einer Geburt war ein viel zu seltenes Ereignis. Vielleicht hatte die Schöpfung dies so vorgesehen, als Ausgleich für das relativ unsterbliche Leben des elfischen Volkes.

Erlegte Tiere wurden ausgenommen, ihre Felle oder Pelze gesäubert und es wurde Leder gegerbt. Pflanzen wurden weich gekaut und geflochten oder sogar zu feinen Fäden gesponnen. Feine Schnitzarbeiten wurden ausgeführt und für viele der Häuser fehlten noch immer Teile der Einrichtung. Kinder tollten umher oder wurden in den Kenntnissen des Volkes unterwiesen.

Es war ein Bild der Harmonie und des Friedens, das leicht vergessen ließ, dass die neuen Ufer noch längst nicht gesichert waren. Doch die Elfen hatten Fuß gefasst und würden sich durch nichts vertreiben lassen, da sie überleben wollten.

Am Rand der Lichtung war ein großer Rohrbusch gewachsen, dessen Inneres hohl war. Er bot reichlich Platz und somit Schutz vor der heißen Sommersonne oder den ungewöhnlich starken Regenfällen des neuen Landes. Hier hatte sich, auf Elodarions Wunsch, der Rat der Ältesten versammelt.

Inmitten des Rohrbusches stand ein alter Baumstumpf. Man hatte eine hölzerne Platte auf ihn gelegt, die sorgsam bearbeitet worden war. Hier zeigten die Schnitzereien bedeutsame Ereignisse aus der Geschichte des elfischen Volkes. Die Suche nach den neuen Ufern nahm dabei einen besonderen Platz ein. Das Holz war mehrfach poliert und geölt und schimmerte wie Klarstein. Um den Tisch herum waren bequeme Sitzpolster angeordnet, auf denen es sich die Führer der Häuser bequem gemacht hatten.

Als Elodarion im Eingang erschien, erhoben sie sich. Dieser trat ein und deutete eine Verneigung an. „Ich grüße die Ältesten der elfischen Häuser des Waldes und der elfischen Häuser der See. Ich danke, dass ihr den Weg auf euch genommen habt, denn ein jeder von uns weiß, was diese Zeit und die neuen Ufer uns abverlangen. Doch ich halte die Angelegenheit, die ich mit euch besprechen will, für wichtig genug, um alles andere für einen Moment zurückzustellen.“ Er lächelte und klatschte leise in die Hände. „Doch zuvor wollen wir uns mit einer kleinen Erfrischung als Willkommensgruß stärken.“

Anat trat in seiner lautlosen Art ein und machte einigen Männern Platz, die rasch Erfrischungen und Obst hereintrugen. Wie es dem Brauch des Volkes entsprach, wurden während der kurzen Mahlzeit nur Belanglosigkeiten ausgetauscht. Es wäre unhöflich gewesen, bei Angelegenheiten von Bedeutung die Aufmerksamkeit zwischen dem Inhalt des Mundes und dem der Worte teilen zu müssen.

Elodarion beobachtete die anderen Ältesten während der Plauderei und versuchte ihre Stimmung einzuschätzen. Er hatte keinen Grund für die Zusammenkunft genannt und da sie außerhalb der üblichen Beratungen stattfand, mussten sie neugierig sein, was ihn dazu bewog. Vermutlich gingen sie davon aus, dass es die neuen Ufer betraf. Immerhin war dies ein neues Land und die Position der Elfen noch nicht gefestigt.

Als sein Blick den des Freundes Jalan traf, spürte er unerwartete Ablehnung. Es mochte sein, dass dieser ahnte, was Elodarion zu dem Treffen veranlasste. Elodarion hatte diese Herzensangelegenheit schon einige Male mit seinem Freund diskutiert, doch sosehr sie einander auch verbunden waren, so fanden sie in diesem Fall keine Einigkeit. Jalan würde sich wohl gegen Elodarions Bitte aussprechen und sein Wort hatte Gewicht im Rat. Es würde schwer sein, den richtigen Weg zu finden und ihn als Gemeinschaft zu beschreiten.

Schließlich hob Elodarion seinen Becher und leerte ihn mit einem Zug. Dann drehte er ihn herum und stellte ihn mit der

Öffnung nach unten auf den Tisch zurück. Es war das Zeichen, dass er nun zu sprechen beabsichtigte, und die anderen stimmten ihm zu, indem sie seiner Geste folgten.

„Ihr Ältesten der Häuser, das Haus Elodarion und wir alle sind von dieser Angelegenheit betroffen. Als Ältester des Hauses Elodarion spreche ich nun im Einvernehmen und mit der Stimme meines Hauses."

„Das Haus Estarion aus dem Geblüt des Waldes hört die Stimme des Hauses Elodarion", sagte Estarion-olud-Estarion und lächelte freundlich.

„Das Haus Nahash aus dem Geblüt des Waldes hört die Stimme des Hauses Elodarion", bestätigte dessen Vertreter.

„Das Haus Deshay aus dem Geblüt des Urbaums hört die Stimme des Hauses Elodarion", bestätigte Jalan-olud-Deshay, dessen Gesicht seltsam unbewegt schien.

„Das Haus Eneotaar aus dem Geblüt der See hört die Stimme des Hauses Elodarion", versicherte Eneotaar, dessen Haus es sich zur Aufgabe gemacht hatte, eine riesige Bucht zum Heimathafen der elfischen Flotte auszubauen.

„Das Haus Sal-Eatnar aus dem Geblüt der See hört die Stimme des Hauses Elodarion."

Der letzte Älteste folgte und hob kurz die Hand. „Das Haus Kinaar aus dem Geblüt des Waldes hört die Stimme des Hauses Elodarion und bittet zudem um das Wort." Als Elodarion seine Zustimmung äußerte, erhob sich der Älteste. „Ich ahne den Grund für Elodarions Einladung, daher will ich erwähnen, was uns Elfen selbstverständlich ist: Auf meinem Weg begegnete ich der Hundertschaft des Hauses Elodarion auf dem Weg zum Hause Kinaar und einer weiteren aus dem Hause Deshay. Beide eilen der Grenze in Waffenbruderschaft entgegen. So, wie es die Ehre gebietet und das Volk es verlangt." Der Älteste lächelte unmerklich. „Ich vermute, dass uns Ältester Elodarion genau daran gemahnen wird.“

Elodarion deutete erneut eine Verbeugung an. „Ja, ich will von Ehre sprechen und von unserem Volk. Seit Jahrtausendwenden wussten wir von dem Untergang, der unsere alte Heimat bedroht, und so suchten und fanden wir die neuen Ufer. Es ist ein Land, welches uns noch in vielen Dingen fremd ist. Es ist ein Land, in dem unsere Häuser in Gefahr sind. Ein Land, um das wir kämpfen müssen, damit unser Volk überleben kann.“

„Dem stimmen wir fraglos alle zu“, warf Jalan-olud-Deshay ein. „Doch da wir dies alle gleichermaßen wissen, wird dies kaum der Grund für diese Zusammenkunft sein.“

Dieser Einwand war ausgesprochen unhöflich und obwohl Jalan dem ältesten Haus aller Elfen, dem des Urbaums, vorstand, trafen ihn überraschte und mahnende Blicke.

Jalan erhob sich und obwohl er seine Worte an alle richtete, sah er ausschließlich seinen Freund Elodarion an. „Als wir die neuen Ufer vor Jahrtausendwenden erkundeten, da waren die Gefahren dieses Landes noch verborgen. Wir begegneten weder den Baumfällern noch den Achtbeinigen, die jenseits unserer Grenze im Norden leben. Jene großen Insektenwesen sind organisiert und sie sind klug. Sie beherrschen die Bearbeitung von gutem Metall. Sie sind gefährliche Kämpfer und wir wissen nahezu gar nichts von ihnen. Wir wissen nur, dass ihre Anführer blaue Zeichen an den roten Panzern tragen. Und wir wissen, dass sie uns hassen. Wir stehen im Kampf ums Überleben und könnten den Menschen und Zwergen selbst dann nicht helfen, wenn wir es wollten.“

„Ah, darum geht es“, kam die leise Feststellung des Ältesten von Eneotaar. Der Seeelf lächelte versonnen. „Ja, das ist fraglos eine Sache der Ehre.“

„Wir haben mit ihnen nichts mehr zu schaffen", betonte Jalan-olud-Deshay und für Elodarion klang die Stimme des Freundes bedrückend kalt und hart.

Der Älteste des Hauses Kinaar klopfte mit seinem Becher auf den Tisch. „Das Haus Kinaar aus dem Geblüt des Waldes bittet erneut um das Wort. Unsere Krieger stehen an der Grenze und tragen die Hauptlast der Gefahr. Wir können die Lage wohl am genauesten einschätzen."

„Das Haus Kinaar hat das Wort", kam die Zustimmung.

Dessen Ältester erhob sich nun erneut und seine Blicke galten Elodarion und Jalan, die ganz offensichtlich Kontrahenten waren. „Die Häuser des Waldes und die Häuser der See sind durch Blut verbunden, da wir alle Elfen sind. Wir stehen füreinander ein, denn wir sind ein Volk. Die Krieger unserer Häuser stehen Schulter an Schulter und begegnen gemeinsam jeder Gefahr."

„So, wie es die Ehre gebietet und das Volk es verlangt", kam ein zustimmender Ruf.

„Ehre und Volk ..." Der Älteste von Kinaar ließ die Worte lange auf die Anwesenden einwirken, bevor er fortfuhr. „Ein Volk ist durch Geburt und Blut miteinander verbunden, ihr Ältesten der Häuser. Ein Kind hat nicht die Wahl, in welches Volk es hineingeboren wird. Vielleicht wäre es lieber ein Elf, vielleicht lieber ein Mensch oder gar ein Zwerg."

Es gab höfliches Gelächter, doch der Älteste hob die Hand. „Nein, nein, ihr Ältesten, ein jeder von uns weiß sehr wohl, welche Gnade es ist, als Elf geboren zu sein. Doch hatten wir die Wahl? Wurden wir gefragt, ob wir es wollten?"

„Was soll das?", knurrte Jalan. „Ein Kind wird gezeugt und geboren. Natürlich wird es nicht gefragt. Das ist auch gar nicht möglich."

„Natürlich nicht." Der Älteste von Kinaar lächelte sanft. „Es ist nicht schuld am Glück seiner Abstammung, nicht wahr? Und wohl ebenso wenig am Unglück seiner Herkunft."

Jalans Gesicht verfinsterte sich. „Niemand hier bedauert den Untergang der anderen Völker mehr als ich, Ältester. Sie können gewiss nichts für ihre Herkunft. Doch wir sind durch nichts verbunden und wir könnten sie ohnehin nicht retten. Wir haben dies oft besprochen. Warum sollten wir nun unsere Meinung ändern?"

Neben dem Eingang räusperte sich plötzlich Anat-olud-Elodarion. Der alte Waffenmeister trat vor. „Weil es dafür gleich mehrere Gründe gibt."

Kein Waffenmeister wandte sich ungefragt an den Rat der Ältesten und Jalan blickte zu Elodarion, dessen Aufgabe es nun war, seinen Freund in die Schranken zu weisen.

„Halt", meldete sich der Seeelf zu Wort. „Anat-olud-Elodarion ist ein vortrefflicher Waffenmeister. Er nahm am Rat teil, als die Ältesten Elodarion und Jalan in den Händen der Schwärme der See waren. Und ich bekunde hiermit ausdrücklich, dass Anat herausragend an unserer Seite gegen die Schwärme kämpfte. Ich sage, er hat das Recht, nun gehört zu werden. Lasst uns seine Worte vernehmen."

Zustimmung war zu hören, die Jalans schwachen Protest übertönte.

Elodarion nickte Anat zu. „Sprich, alter Freund, und sage ihnen, welche Gründe es sind, die uns mit den anderen Völkern verbinden."

Die Stimme des alten Kämpfers war kühl und eindringlich. „Leoryn, Tochter des Elodarion, aus dem Geblüt der Häuser des Waldes. Lotaras, Sohn des Elodarion, aus dem Geblüt der Häuser des Waldes. Llaranya, Tochter des Jalan, aus dem Geblüt des

Hauses des Urbaums. Nedeam, Schwiegersohn des Jalan, aus dem Geblüt des Pferdevolkes und der Retter des Urbaums. Pferdelords, aus dem Geblüt der Menschen und Waffenbrüder der Elfen. Zwerge, die in Waffenbruderschaft mit uns in der Öde Rushaans kämpften." Anat schwieg kurz. „Aber um all diese Wesen geht es nicht, ihr Ältesten der Elfen. Es geht nur um eines: Welche Ehre bleibt uns Elfen, wenn wir Waffenbrüder im Stich lassen?"

„Wir befinden uns im Kampf und können ihnen nicht beistehen!" Jalan-olud-Deshay erhob sich. „So ist es und so sei es beschlossen!"

Der Älteste des Hauses Sal-Eatnar leckte sich unbehaglich über die Lippen. „Ist dies der Antrag des Hauses Deshay aus dem Geblüt des Urbaums zu einem Beschluss des Rates?"

„Ja!"

Elodarion schüttelte den Kopf. „Das Haus Elodarion aus dem Geblüt des Waldes verweigert diesem Beschluss seine Zustimmung."

„Das Haus Eneotaar aus dem Geblüt der See verweigert ebenfalls seine Zustimmung." Der Seeelf erhob sich. „Und ich sage es hier mit aller Deutlichkeit – dass wir Elfen hierüber beraten, das ist eine Schande. Die Pferdelords haben nicht gezögert, uns beizustehen, als die Schwärme unsere Ältesten zu ihrer Insel brachten. Ohne sie wäre das Wissen um die neuen Ufer verloren gewesen."

„Dem stimme ich zu", kamen mehrere Stimmen.

Jalan errötete ein wenig. „Wir können ihnen keine Hilfe schicken."

„Sie brauchen nur unsere Schiffe und deren Besatzungen, nicht unsere Krieger", hielt Elodarion dagegen.

„Und wenn die Achtbeinigen zu stark sind und uns ins Wasser zurücktreiben?"

„Das wird nicht geschehen. Wir sind Elfen und die meisten unserer Krieger bleiben hier."

„Es ist ein Wagnis!"

„Es ist eine Frage unserer Ehre! Als wir das alte Land verließen und die Zurückbleibenden ihrem Schicksal überließen, da haben wir sie verloren. Es ist an der Zeit, dass wir unseren Stolz zurückerlangen."

„Das Haus Estarion aus dem Geblüt des Waldes stimmt dem zu", erklärte Estarion und erhob sich von seinem Platz.

„Gegen die achtbeinigen Panzerwesen brauchen wir keine Schiffe, sondern Krieger. Das Haus Nahash aus dem Geblüt des Waldes stimmt dem zu", bestätigte dessen Vertreter.

„Das Haus Eneotaar aus dem Geblüt der See stimmt dem zu", versicherte Eneotaar.

„Das Haus Sal-Eatnar aus dem Geblüt der See stimmt dem zu." Der Seeelf lächelte. „Meine Seeelfen kämpften mit den Pferdereitern in vorderster Front auf der Insel der Schwärme. Gemeinsames Blut wurde vergossen und Kapitän Herolas und andere wollten schon ohne die Zustimmung des Rates in See gehen. Hätte Elodarion uns nicht einberufen, so hätte ich dies in Bälde geduldet. Ich kann das Gezeter von Kapitän Herolas schon nicht mehr hören."

Der vorletzte Älteste folgte und hob kurz die Hand. „Das Haus Kinaar aus dem Geblüt des Waldes stimmt dem zu."

Jalan schien mit sich zu ringen und sein Gesicht zeigte widerstreitende Gefühle. Schließlich zuckte er mit den Schultern. „So sei es denn. Das Haus Deshay aus dem Geblüt des Urbaums stimmt dem zu."

Elodarion hatte die Versammlung einberufen und so lag es an ihm, sie formell zu beenden. „Das Haus Elodarion aus dem Geblüt des Waldes stimmt zu und so ist es beschlossen."

Die Ältesten griffen zu ihren Bechern und drehten die Öffnungen nach oben, sodass sie nachgefüllt werden konnten. „So ist es beschlossen."

Die Schiffe der Elfen würden in See gehen und zur alten Heimat fahren, um so viele Leben zu retten, wie es ihnen noch möglich war.

Elodarion sah nachdenklich zu Jalan. Möglicherweise hatte er heute einen alten Freund verloren, doch in jedem Fall hatte er seine Ehre und die der Elfen zurückgewonnen.

Falls die Schiffe noch rechtzeitig eintrafen.

47

Hombort vermittelte durchaus den Eindruck, als gehöre er zu den zahlreichen Flüchtlingen, die inzwischen den Schutz der zweiten Grenze erreicht hatten. Der einstige Handelsherr, der unbestritten ein genialer Organisator war, schien überall zugleich zu sein. Inzwischen waren seine rundliche Gestalt und das mit Speiseresten verunzierte Wams allgemein bekannt. Immer suchte man ihn auf, um ihm ein Problem vorzutragen, und Hombort schien für jedermann ein Ohr und zudem eine unverwüstliche Zuversicht zu haben.

Im Augenblick war er von einer gemischten Gruppe umringt, deren einzelne Vertreter durchaus unterschiedliche Interessen hatten und die ihren als jeweils vorrangig erachteten. Die aufgeregten Männer und Frauen mussten ihm folgen, da Hombort nicht beabsichtigte, seine allmorgendliche Inspektion zu unterbrechen. Heute war er in Mintris, doch in den folgenden Tagen würde er den Genda entlang bis nach Gendaneris reisen. Notgedrungen auf einem Pferd, denn es war immer schwieriger, mit einem Gespann voranzukommen.

Die Lager entlang des Genda boten noch genügend Platz, denn sie waren großzügig bemessen. Viele jener, die dort Zuflucht finden sollten, bis sie auf die Schiffe konnten, waren noch nicht eingetroffen. Doch trotz aller guten Vorbereitungen zeigten sich zunehmend Probleme. Nun, da der Feind angriff, mussten auch die letzten Schiffe rasch fertiggestellt werden und bis dorthin gab es noch reichlich zu tun. Die Schiffe und die Sicherung der zweiten Grenze waren von großer Bedeutung, aber inzwischen lebten viele Angehörige der verschiedenen Völker in den Lagern und manches lief nicht so reibungslos, wie Hombort dies geplant und gehofft hatte.

„Ich habe in Gendaneris nachgefragt", sagte der Werftführer erregt. „Mir fehlen Taue, um die Takelage der nächsten Schiffe fertigzustellen, und außerdem fehlt es an Segeln!" Der Mann kickte missmutig einen kleinen Stein vom Weg. „Tuch gibt es genug, doch es fehlt an Händen, es zu ordentlichen Segeln zu verarbeiten."

„Taue und Tuch, bah", wiegelte einer der Lageraufseher ab. „Mir fehlt es an Brot. Fisch und Fleisch haben wir reichlich, aber die Backstuben kommen mit dem Brotmachen nicht nach. Sie behaupten, sie müssten viel Hartbrot für die lange Reise fertigen. Wenn die Lager kein Brot bekommen, dann gibt es bald keine Leute mehr, welche die Schiffe noch besteigen können, weil sie des Hungers sterben."

„Zudem gibt es Unruhe", wusste ein anderer Lageraufseher. „Die Leute werden streitsüchtig. Sie haben Angst und wollen auf die Schiffe und sie vertragen sich nicht gut untereinander." Er lächelte kläglich. „Also, unsere Leute vertragen sich schon, aber mit diesen Sandbarbaren ist kein Auskommen, Herr. Ständig laufen die mit ihren Schädelkeulen herum und man muss ja Angst haben, dass sie diese auch benutzen."

„Ich brauche Wagen für das Schlachtvieh. Wie soll ich das Fleisch des geschlachteten Hornviehs zu den Lagern bringen, wenn mir die Wagen fehlen, weil sie ständig irgendwelches Zeug für die Werften transportieren müssen?"

Hombort machte sich eifrig Notizen, lauschte den Worten der Beschwerdeführer und verschaffte sich zugleich einen Eindruck von der Lage in Mintris. Gelegentlich ließ er ein leises Brummen oder ein halblautes „Aha" hören und die Unsicherheit der ihn begleitenden Gruppe stieg, da sie nicht wusste, worauf sich der einstige Kaufmann wohl gerade konzentrierte. Vielleicht hatten sie sogar den Eindruck, er interessiere sich nicht für ihre Worte, doch damit taten sie ihm Unrecht. Für Hombort war es nicht ungewöhnlich, mehrere Dinge gleichzeitig zu bedenken.

Die Straßen und Wege waren vollgestopft mit Fußgängern, Reitern und Gespannen aller Art. Handkarren wurden gezogen oder geschoben. An jeder Wegzweigung oder Straßenkreuzung standen ein oder zwei Fußgardisten, um den Verkehr zu regeln. Was zuvor geordnet gewesen war, schien immer mehr im Chaos zu versinken.

„Die meisten Schiffe sind schon fertig", warf die Älteste einer Dorfgemeinschaft ein. „Warum lasst Ihr uns nicht schon an Bord gehen? Nahrung ist bereits eingelagert und wir wären in Sicherheit und müssten die Unbilden des Lagers nicht erdulden."

Bei diesen Worten stockte Hombort im Schritt und er blieb so abrupt stehen, dass einer der Männer mit ihm zusammenstieß und eine hastige Entschuldigung murmelte. Hombort wandte sich der Frau zu und sah sie forschend an, bevor er den Kopf schüttelte. „Gute Frau, niemand wird an Bord der Schiffe gehen, bevor die Zeit nicht gekommen ist."

„Ach, und wann ist das der Fall? Wenn die Bestien über die Zäune kommen?", rief die Älteste aufgeregt.

„Es sind keine Zäune", wehrte einer der begleitenden Fußgardisten ab, deren Aufgabe es war, den Hauptorganisator zu schützen. „Es ist eine gute und wehrhafte Grenze."

„Ja, sicher, aber nur, bis die Orks da sind."

Hombort seufzte. „Gute Frau, die Nahrung an Bord der Schiffe ist für die lange Reise. Eine Reise, deren Dauer wir nicht genau berechnen können. Daher werden wir diese Vorräte nicht schmälern, indem wir vor der rechten Zeit an Bord gehen lassen. Zudem sind noch nicht alle Schiffe fertig."

„Für uns gibt es schon genug Schiffe!“ Sie stemmte die Arme in die Hüften. „Mehr als genug.“

„Nicht genug für alle“, erwiderte Hombort ruhig und lächelte freundlich. „Aber wir werden sie rechtzeitig bereithaben. Seht, gute Frau, wie wäre wohl Eure Empfindung, wenn wir schon jene an Bord gehen ließen, für die es ausreichend Schiffe gibt, und Ihr gehörtet zu jenen, die an Land zurückbleiben müssen, weil die Euren noch nicht fertig sind?“

„Ich vermute, das würde der guten Frau nicht behagen“, kicherte der Werftführer. „Daher arbeiten wir ja auch mit größter Eile, damit bald alles bereit ist.“

„Alle Völker werden gleich behandelt und erhalten die gleiche Möglichkeit ihrer Rettung“, fuhr Hombort fort. „Und sie werden gleichzeitig an Bord gelangen.“

„Und wenn die Zäune überwunden werden?“

„Es ist eine gute und wehrhafte Grenze“, wiederholte der Fußgardist gereizt. „Und wir werden sie verteidigen, solange es nur geht.“

„Ja, ja, Ihr werdet laufen, wenn die Bestien kommen“, zischte die Frau. „Und uns werdet Ihr unserem Schicksal überlassen.“

Das Gesicht des Soldaten wurde rot vor Zorn. Hombort legte seine Hand über die des Gardisten, die sich verdächtig dem Schwertgriff näherte. „Haltet Eure vorlaute Zunge im Gehege Eurer Zähne, Weib“, mahnte er nun mit harter Stimme. „Diese tapferen Gardisten und viele andere Krieger der verschiedenen Völker werden gemeinsam und bis zum letzten Atemzug kämpfen, um die Grenze zu verteidigen und Euch die Flucht zu ermöglichen. Sie werden als Letzte an Bord und in Sicherheit gelangen.“ Er machte eine kurze Pause. „Sofern sie überhaupt lange genug leben. Wahrt also Respekt vor den Schwertern, die Euer einziger Schild sind.“

Zustimmendes Geraune war zu hören und die Älteste errötete. Der Gardist entspannte sich wieder, nachdem er den Zuspruch der anderen erfahren hatte. Hombort fragte sich immer wieder, wie die Soldaten wohl empfinden mochten. Sie wussten alle, dass ihre Chancen, zu überleben, denkbar gering waren, und doch gab es keinen anderen Weg als den des Schwertes und des Blutes, um das Leben der anderen zu retten.

Der Fluss Genda lag voller ankernder Schiffe. Es war überwältigend, wie viele von ihnen tatsächlich schon fertig waren. Aber Hombort wusste, dass ihre Zahl längst nicht ausreichte. Immer wieder drängten ihn Gruppen, schon an Bord gehen zu dürfen, doch er lehnte dies kategorisch ab. Nun, da der Feind so unerwartet rasch zur zweiten Grenze preschte, wurde es Hombort auch bewusst, dass man niemals alle Schiffe rechtzeitig fertigstellen konnte. Selbst wenn man berücksichtigte, dass viele der Leben zum Zeitpunkt der Abreise bereits ausgelöscht sein würden. Der frühere Kaufmann hegte bittere Gefühle, doch er konnte trotz aller Anstrengungen nichts an der Situation ändern.

„Ich habe hier zwischen den Werften und Handwerksbetrieben viele Menschen aus den Lagern gesehen", sagte er nachdenklich. Er wandte sich dem begleitenden Gardisten zu. „Ich vermute, in den Lagern vertreiben sie sich die Zeit mit allerlei Spiel, oder?"

„Sie versuchen die Langeweile und die Angst zu verdrängen", bestätigte der Soldat. „Daher kommt es auch immer häufiger zu Streit zwischen ihnen."

Hombort nickte verständnisvoll. „Ja, sie sind gereizt und unsicher und sie haben nichts zu tun. Aber ich denke, die meisten sind noch im Besitz aller Arme, Hände und Beine, nicht wahr?"

Der Blick des Gardisten war fragend. „Ich verstehe nicht, Herr, worauf Ihr hinauswollt. Aber, ja, die meisten sind gesund."

„Ich dachte es mir." Hombort wandte sich dem Werftführer zu. „Ich werde in den Gerätelagern nachfragen, wo man noch Seil verfügbar hat, guter Herr. Bezüglich der Segel kann ich Euch jedoch sofort behilflich sein. Ihr sagtet ja, es gäbe genug Tuch. Es fehle nur an den Händen, die es verarbeiten. Das Fertigen von Segeln wird den Leuten in den Lagern die Langeweile vertreiben und ich bin mir sicher, sie sind sogar froh, etwas Sinnvolles zu ihrer Rettung beitragen zu können. Ich werde unseren Grenzkommandanten, Tonat ta Enderos, bitten, ein paar Männer abzustellen, die das beaufsichtigen. Sie werden auch ein Augenmerk auf die Schädelkeulen des Sandvolkes haben." Er machte sich eine Notiz. „Ich ziehe eine Wagenkolonne vom Schlachtviehtransport ab und überstelle sie Euch. Damit könnt Ihr Tuch, Nadeln und Faden in die Lager schaffen lassen. Auf dem Rückweg sendet sie zu mir. Ich bin sicher, bis dahin Seile aufgetrieben zu haben."

Der Werftführer bedankte sich überschwänglich, doch einer der Lagerführer protestierte energisch. „Mit allem Respekt, doch ich sagte bereits, dass mir die Wagen fehlen, um das Fleisch des geschlachteten Hornviehs in die Lager zu bringen. Und jetzt wollt Ihr mir sogar noch weitere wegnehmen?"

„Die Werften benötigen sie und Ihr benötigt sie nicht." Bevor der Mann erneut aufbegehren konnte, legte Hombort ihm beruhigend die Hand an den Arm. „Glaubt mir, ich verstehe Euer Problem, doch es lässt sich lösen. Treibt das betreffende Vieh in die Lager und lasst es dort schlachten. Die Leute können sich ihre Portionen dann direkt holen und zudem wird das Fleisch bekömmlicher, da sich keine Insekten während der langen Fahrt auf ihm ansiedeln."

Er wandte sich dem anderen Lageraufseher zu. „Dergestalt verfahren wir auch mit dem Brot. Als wir dies alles aufbauten, da war es richtig, die Backstuben an den Werften und Arbeitersiedlungen einzurichten. Doch nun haben wir die großen Lager und sie sind bevölkert. Ich hätte dies bedenken und mehr Brotmacherstätten planen sollen. Wie dem auch sei – die Zutaten für das Brot werden künftig zu den Bewohnern gebracht. Öfen sind reichlich vorhanden und ich kenne kein Landvolk, welches nicht in der Lage wäre, sein Brot selbst zu backen. Die aus der Stadt mögen es lernen. Ich vernahm Gerüchte, es sei keine sonderlich große Kunstfertigkeit erforderlich."

Ein paar der Umstehenden lachten und Hombort nickte ihnen freundlich zu. „Doch nun entschuldigt mich, ihr guten Leute. Es gibt noch andere Angelegenheiten mit dem Hochgeborenen ta Enderos zu bereden."

„Herr, nehmt es mir nicht übel, doch es wäre hilfreich, wenn Ihr Euer Wort besiegelt", bat der Werftbesitzer. „Wenn ich vor den Führer einer Wagenkolonne trete, so sollte ich mehr vorzeigen können als mein freundliches Gesicht."

„Das ist wohl wahr. Wartet, ihr guten Frauen und Herren, ein jeder bekommt mein besiegeltes Wort."

Hombort zog eine Reihe von kleinen holzgerahmten Tontafeln hervor, die in feuchte Tücher eingeschlagen waren. Der Ton war erst am Morgen gerahmt worden und noch weich genug. Hombort ritzte seine Anweisungen in das weiche Material und drückte dann seinen Siegelring hinein. Nacheinander reichte er die betreffende Tafel an die Betreffenden. „Dies wird gewährleisten, dass man befolgt, was wir besprochen haben. Seid bedankt für euren Rat, er war mir wertvoll."

Eigentlich hatte er keinen Rat angenommen, sondern sich nur die Beschwerden angehört. Aber der frühere Kaufmann war klug genug, den Leuten das Gefühl zu vermitteln, sie seien in seine Entscheidungen eingebunden gewesen. Auf diese Weise waren sie alle zufrieden.

Allmählich ging es auf den Mittag zu. Hombort hatte Durst und sah sich nach einem der Wassergeber um. Eine ganze Reihe von Männern und Frauen waren unterwegs, die kleine Wasserfässer und Trinkgefäße mit sich führten und diese Erfrischung kostenfrei anboten. Ein Stück entlang der Straße sah Hombort einen dieser Wassergeber. Er gab dem Gardisten einen Wink, ging zu der Frau hinüber und ließ sich und dem Soldaten einen Becher mit frischem Wasser reichen.

Die Wassergeber waren beliebt und eine Idee Homborts gewesen, der sich in den Lagern und Werften große Sorgen um mögliche Brände gemacht hatte. Solche konnten sich bei all dem Holz, Tuch, Tauwerk und anderen brennbaren Material rasch ausbreiten und wertvolle Arbeit vernichten, von der Gefahr für die zahlreichen Leben ganz abgesehen. Man hatte in der Provinz eine ganze Reihe von neuen Brunnen angelegt, um all die Lebewesen innerhalb der zweiten Grenze zu versorgen. Zusätzlich waren Tränken und Wasserstellen eingerichtet, damit man in annehmbarer Zeit seinen Durst stillen konnte. Homborts Lösung versprach das gleichermaßen rasche Löschen von Feuer oder Durst.

„Ich muss nun noch mit ta Enderos sprechen. Wisst Ihr, wo ich ihn um diese Zeit antreffe?"

Der Gardist lachte auf. „Er ist nicht weit, Herr. Um diese Zeit ist er am Haupttor von Mintris. Er prüft jede Tageswende die Listen derer, welche die drei Haupttore in der Grenze passieren. Er sorgt sich um jene, die noch draußen sind."

Hombort nickte mit düsterem Gesicht. „Das kann ich wohl verstehen. Am anderen Ufer des Genda sieht man Rauch in den Himmel steigen. Maratran scheint gefallen und die vorrückenden Bestien brennen die Dörfer und Städte nieder. Bald werden die Legionen vor unseren Toren stehen und wer dann nicht innerhalb der Grenze ist, der ist verloren. Schön, suchen wir Kommandant ta Enderos auf."

Hombort wählte einen Umweg, der ihn zum Stadtrand von Mintris brachte. Von dort konnte er eines der großen Flüchtlingslager sehen. Die weite Ebene im Norden und Westen schien von dunklen Punkten übersät. Es handelte sich um Hornvieh und Pferde, die dort weideten. Beide Arten respektierten einander, dennoch war eine Vielzahl von Herdenwächtern zu Fuß und zu Pferde unterwegs. Ein Teil der Tiere würde den Grundstock für die Zucht in der neuen Heimat werden, ein anderer wanderte bis zur Abreise in die Mägen der vielen hungrigen Wesen, die hier Schutz gefunden hatten.

„Ihr habt großartige Vorsorge getroffen, Herr", meinte der Fußgardist. „Glaubt mir, wir Gardisten sind nicht dumm und wissen, was es bedeutet, dies alles hier zu planen und zu organisieren."

Hombort dankte mit einem Lächeln. Die Worte taten ihm gut. Für eine Weile genoss er den friedlichen Anblick, dann begab er sich mit seinem Begleiter zu der schlichten Holzbaracke, die dem Kommandanten als Amtsraum diente.

Tonat ta Enderos saß hinter einem mit Schriftstücken überladenen Schreibtisch und seine Feder huschte eifrig über ein Blatt. Er nickte den Eintretenden nur kurz zu, siegelte das Schreiben und übergab es einem Gardisten. „Für die Beobachter auf dem Daumen. Durch Melder und Seilkorb zur Nachtwende. Ich will nicht, dass das Blitzen eines Lichtsignals unseren Ausguck verrät."

Der Gardekavallerist nahm die Rolle, salutierte und verließ den Raum.

Hombort fiel auf, dass der Sohn des Oberbefehlshabers Daik ta Enderos ebenso abgespannt und übermüdet wirkte wie er selbst. Es wunderte ihn nicht, denn das Militär hatte seine eigenen Sorgen bei dem Bemühen, sich auf den Kampf vorzubereiten und ihn durchzustehen.

„Entschuldigt, Hombort, dass ich Euch warten ließ, doch Ihr seht selbst, es gibt viele Dinge zu erledigen." Der Offizier deutete zu einem Tisch an der Seite des Raumes, auf dem Becher und Krüge mit Wasser und verdünntem Gerstensaft standen. „Nehmt, wonach Ihr begehrt. Davon haben wir reichlich zu bieten, an anderen Dingen mangelt es noch immer." Er lächelte unmerklich. „Falls Ihr zufällig auf einen Haufen Eisenkugeln stoßen solltet … Wir könnten ihn für die Dampfkanonen brauchen. Die Gießereien waren so sehr mit der Anfertigung der Teile für die Schiffe beschäftigt, dass sie zwei Transporte mit Kugeln, die eigentlich für uns bestimmt sind, versehentlich zu den Schiffen leiteten." Er seufzte vernehmlich. „Wahrscheinlich endeten sie bereits als Ballast im Bauch eines Schiffes, aber ich hätte sie lieber auf die Orks geschleudert."

„Immer mehr Menschen strömen herbei." Hombort sah sich um, ob er etwas Essbares finden konnte. Als dies nicht der Fall war, langte er in eine seiner zahlreichen Taschen und zog ein Stück Hartbrot und Trockenfleisch hervor.

„Nicht nur Menschen", korrigierte ta Enderos. „Die Bewohner vieler Städte und Dörfer sind inzwischen in den Schutz der zweiten Grenze gelangt. Dazu sind die Völker der Sandclans und der Julinaash eingetroffen. Ebenso die Irghil und das Pferdevolk aus den unteren Marken. Vom Daumen kam die Meldung, dass die Bewohner der Kristallstädte in Sicht sind, und sie werden von Pferdelords begleitet. Aber viele fehlen noch und die Zeit wird knapp."

„Ich sah den Rauch brennender Dörfer und Städte im Süden." Hombort knabberte lustlos an dem harten Brot und schob es missmutig in die Tasche zurück. „Nerianet und Maratran sind gefallen und wir wissen nicht, wie es im Norden aussieht."

„Ich habe einen Blinkspruch aus Alneris erhalten." Ta Enderos' Gesicht war sorgenvoll. „Auch Khalanaris ist in der Hand des Feindes. Mein Vater ist mit den Bewohnern und seinen Garden auf dem Weg hierher."

„Was ist mit den Bewohnern von Alneris?"

„Der König will die Stadt bis zum letzten Moment halten."

„Das mag er tun, doch was ist mit dem Volk der Stadt?"

Ta Enderos deutete zu der großen Karte an einer Wand des Raumes. „Alneris liegt inmitten des Kraters, guter Herr Hombort. Seine überschweren Dampfkanonen beherrschen das Umland und können aus ihrer hohen Position dem Feind bei seinem Vormarsch schwere Verluste zufügen. Die Legionen können die Stadt nicht bestürmen, denn der einzige Zugang liegt am Genda und ist gut geschützt. Selbst ein Beschuss der Stadt mit ihren Ferntötern wäre wirkungslos, da die Kraterwände zu steil und hoch sind. Ihre Waffen reichen nicht bis zum Wall hinauf." Ta Enderos lächelte nun zuversichtlich. „Und die Menschen der Stadt sind sicher. Im Kratersee liegt ein Teil der königlichen Flotte und sie hat ja direkten Zugang zum Genda und zum Meer. Zur rechten Zeit werden die Menschen die Schiffe besteigen und die Reise antreten."

„Die Orks werden Alneris umgehen und dennoch zu uns gelangen."

„Natürlich werden sie das. Aber Alneris wird ein stechender Dorn im Fleisch ihres Vormarsches sein."

„Wie sieht es mit unserer Verteidigung aus?"

„Die meisten unserer Garden sind noch in den Provinzen. Sie geleiten das Volk hierher und liefern dem Feind kleine Scharmützel. Ich hoffe, sie treffen bald ein, denn unsere Wälle sind noch dünn besetzt."

„Ihr weicht mir aus, ta Enderos."

„Was erwartet Ihr?" Der Kommandeur der Grenztruppe schlug mit der flachen Hand auf den Tisch. „Die zweite Grenze ist 125 Tausendlängen lang. 125! Das gesamte Königreich verfügt über zwölf Regimenter der Gardekavallerie und vierzehn der Fußgarden. Vier der Kavallerie und fünf der Fußtruppe sind jetzt hier und schützen den Wall. Was von den anderen noch zu uns kommen mag … Ich weiß es nicht. Ein Teil ist mit meinem Vater da draußen und versucht den Feind im Kampf aufzuhalten. Die meisten eskortieren noch immer die Bewohner der Städte und Dörfer zu uns. Die Grenze hier ist bereit, doch es mangelt an Soldaten. Ich bin verdammt froh, dass die Beritte der Pferdelords aus der Westmark, Südmark, Königsmark und Nordmark eingetroffen sind. Das sind 3.400 hervorragende Reiter. Ein Teil der Zwerge ist da. Dreihundert bewährte Axtschläger. Dazu die 600 Turiks des Sandvolkes und die Kämpfer und Hüterinnen aus Julinaash." Ta Enderos zog ein Blatt zu sich und sah auf die Zahlen. „1.150 Leute, deren Kampfkraft höchst zweifelhaft ist. Immerhin sind die 400 Dan der Irghil ein Lichtblick. Diese gepanzerten Burschen sind unglaublich flink. Ich würde sie als schwere Reiterei einstufen." Er warf das Blatt auf den Tisch zurück. „Rechnet es doch selber nach, Hombort. Knapp zwölftausend Reiter und Irghil, zehntausend Fußgardisten und rund zweitausend andere Kämpfer. Ein Mann nimmt auf dem Wall einen Raum von einer Viertellänge ein. Ich habe aber 125 Tausendlängen zu halten. Selbst wenn ich die Reiter als Fußkämpfer an der Befestigung aufstelle …"

„96 Tausendlängen", murmelte Hombort leise.

„Ah, wie meinen?"

Hombort sah ta Enderos an. „Wenn Ihr alle Schulter an Schulter stellt, könnt Ihr 96 der 125 Tausendlängen abdecken."

„Danke, so weit habe ich das auch schon rechnen können", knurrte ta Enderos verdrießlich. „Auf dem Wehrgang müssen die Soldaten jedoch in mindestens zwei Reihen stehen. Vorne die Schützen und hinten die Schwerter."

„Ich verstehe. Unser Wall ist dünn besetzt."

„Dünn besetzt?" Der Grenzkommandant schlug erneut auf den Tisch. „Das nenne ich nun wahrhaftig eine Untertreibung. Dabei ist nicht einmal berücksichtigt, dass die Männer nicht ununterbrochen Wache stehen können. Sie können auf dem Wall essen, aber ich kann sie nicht unentwegt an der Mauer nächtigen lassen. Denkt an das Regiment, das ich Euch zur Verfügung stellen muss, um die Ordnung aufrechtzuerhalten. Verdammt, Hombort, der Feind wird nicht einmal kämpfen müssen. Er spaziert einfach hindurch. Bei den Finsteren Abgründen, zudem muss ich noch Reserven bilden, um Durchbrüche abzuriegeln, oder gar eine Angriffsstreitmacht für einen Ausfall aufstellen."

„Vielleicht könnte man vom Landvolk …"

„Hombort! Hört auf zu fantasieren. Ihr seid fürwahr ein vortrefflicher Organisator, aber man kann dem Landvolk nicht einfach eine Waffe in die Hand drücken und meinen, damit sei es schon der geborene Kämpfer. Zudem müssen auch genug Männer auf die Schiffe. Eine neue Heimat baut sich nicht von alleine auf und will zudem auch noch verteidigt werden."

„Dann sind wir also verloren?"

„Man ist erst dann wirklich verloren, wenn man sich aufgibt."

Hombort brauchte nun etwas Stärkeres als Wasser und schenkte sich großzügig von dem verdünnten Gerstensaft ein. Der schmeckte schal und war lauwarm. „Aber wie wollt Ihr den Feind abwehren?"

„Ich habe einiges Landvolk in Rüstungen gesteckt und auf den Wall geschickt."

„Aber Ihr sagtet doch …"

„Ich weiß verdammt gut, was ich gesagt habe!", brüllte der Hochgeborene. Die Ehrenwache vor der Tür sah herein und ta Enderos machte eine beschwichtigende Geste. Seufzend blickte er den kleinen Organisator an. „Verzeiht, Hombort, ich wollte Euch nicht anfahren. Doch die Lage ist bedrohlich und ich bin kein Organisator wie Ihr. Natürlich werde ich das Landvolk nicht kämpfen lassen. Ich bin kein Mörder. Aber es vermag den Feind für eine Weile über unsere wahre Stärke zu täuschen. Ich habe die Reiterei in drei Gruppen an den Toren massiert. Und eine gewichtige Rolle hat der Daumen. Der Feind muss ja nicht die ganze lange Grenze behüten, so, wie wir dies tun, sondern kann seine Macht konzentrieren oder an mehreren Stellen ballen und dann über uns herfallen. Die Beobachter auf dem Daumen können dies erkennen und uns vorwarnen. Das gibt uns Zeit, uns an den Gefahrenpunkten zu sammeln." Er blickte Hombort eindringlich an. „Dazu könnte ich einige Eurer Gespanne gebrauchen. Mit ihnen lassen sich die Fußgarden rascher auf der Versorgungsstraße hinter dem Wall bewegen, als wenn sie auf ihr marschieren."

„Das sehe ich ein. Ich werde Euch einige …"

„Ein Gespann kann zwanzig voll gerüstete Gardisten transportieren. Für ein Regiment brauche ich also einhundert davon."

„Ein…?"

Ta Enderos nickte. „Ich werde sie in kleinen Gruppen am Wall entlang verteilen."

Hombort trat zu der Karte hinüber und strich ein paar Krümel von seiner Kleidung. „Ich will versuchen, einen Teil der Fußgarden von den Werften und Lagern zu Euch zurückzusenden. Aber es wird schwierig, denn die Schiffe müssen bewacht werden und die zahlreichen Leben im Schutz der Grenze müssen auch voreinander geschützt werden. Es gibt Unzufriedenheit und Streit, die geschlichtet sein wollen." Sein Finger fuhr an den Zeichen der Grenzbefestigung entlang. „Wir haben eigentlich zu wenig Gespanne, doch ich will die hundert für Euch abstellen. Vielleicht sollten wir doch die bereits fertigen Schiffe in See gehen lassen. So wären jene wenigstens in Sicherheit."

„Falls Ihr es noch nicht wisst … Im Hafen von Gendaneris ankerte vor zwei Monden ein metallenes Handelsschiff aus dem Reich Telan. Sein Kapitän berichtete von einem mörderischen Volk, welches auf dem Wasser sein Unwesen treibt."

„Wir haben Seefrieden mit den Schwärmen der See."

„Es sind nicht die Korsaren von Um´briel, guter Herr. Wenn wir die Schiffe in kleinen Gruppen hinausfahren lassen, dann haben sie kaum Schutz. Nein, nur die überwältigende Anzahl der gesamten Flotte macht sie unangreifbar."

„Ihr habt fürwahr keine angenehme Kunde", murmelte Hombort verdrießlich. „Ta Enderos, wir könnten die dreirädrigen Dampfkanonen und die Luftschiffe zur Grenze transportieren und dort bereitmachen."

„Ja, es wäre an der Zeit. Wir wissen nicht, wie schnell die Legionen vorstoßen. Aber die neuen Waffen sollen sie überraschen. Ihr Transport müsste also nachts und im Verborgenen stattfinden."

„Ich werde mir etwas einfallen lassen."

„Gut, ich verlasse mich da auf Euch." Ta Enderos überlegte kurz. „Bringt sie zum Haupttor. Von dort haben sie es gleich weit, wenn sie irgendwo gebraucht werden."

„Es wird nach Euren Wünschen geschehen."

Ein Fußgardist kam herein und überreichte dem Hochgeborenen ein Papier. Der überflog es und lächelte erleichtert. „Ein Blinkspruch von Alneris. Mein Vater ist mit dem Landvolk der

Provinzen an der Hauptstadt vorbei und somit auf dem Weg zu uns. Er bringt Truppen mit. Fünf Regimenter der Fußgarden und fünf der Reiterei konnte er um sich scharen. Das ist eine wahrhaft gute Kunde."

Hombort nickte. „Und die übrigen?"

„Vom Daumen aus kann man weit über das Land blicken und was man von dort berichtet, ist keineswegs erfreulich. Überall steigt der Rauch brennender Siedlungen in den Himmel. Wir wissen nicht, wie viele Menschen noch auf der Flucht sind und wie viele Garden sie begleiten. Zudem fehlt noch ein Teil der Zwerge und wir haben keine Nachrichten von der Ostmark des Pferdevolkes und der Hochmark des Pferdefürsten Nedeam."

„Wenn sie zu uns stoßen wollen, so werden sie sich also ihren Weg erkämpfen müssen?"

„Das steht zu befürchten. Doch wir können ihnen keinerlei Hilfe senden."

„Ihr malt ein düsteres Bild, ta Enderos."

„Doch es ist nicht hoffnungslos, Hombort. Es ist nicht hoffnungslos."

48

In unermüdlicher Arbeit und aller Heimlichkeit waren vierundzwanzig der dreirädrigen Dampfkanonenwagen hergestellt worden. Ihr Konstrukteur Petzler war zuversichtlich, dass die Umbauten sie geländetauglich machten. Zwar befand sich ihr Schwerpunkt in bedenklicher Höhe, da das Fahrwerk Kessel, Führerstand und Kanonenstand weit über den Boden hob, aber Petzler hielt dies für unerlässlich.

„Sie müssen über die Reiter hinwegschießen können und dazu brauchen sie freies Schussfeld und gute Sicht", erklärte er dem skeptischen Hauptmann, der den Transport zum mittleren Tor der Grenze begleiten sollte. „Zudem sind Fahrer und Kanoniere in dieser Höhe vor den Schlagschwertern geschützt und mit Pfeilen oder Bolzen durch die kleinen Sichtluken zu treffen ist äußerst schwierig. Kolben und Antriebsgestänge sind verstärkt."

„Wenn sie den Orks so viel Angst machen wie mir, dann werden sie ihren Zweck erfüllen", meinte der Unterführer des Halbberitts, den ta Enderos zu diesem Zweck abgestellt hatte. „Aber wie wollt Ihr diese Ungetüme vor den Blicken der Menschen verborgen halten? Ich meine, immerhin müsst Ihr sie aus der Werft und durch die Straßen bewegen. Auch wenn wir die Zeit des Nachtdunkels haben, so sind doch viele Augen unterwegs."

„Ich habe das Gerücht ausgestreut, dass wir besonders schwere Dampfkanonen konstruiert haben, die man mit Gespannen bewegen kann. Wir hängen die Dreiräder an ein Gespann mit Zugpferden und niemand wird vermuten, dass sie auch alleine fahren können. Wie Ihr seht, guter Herr, decken wir sie aber zusätzlich mit Planen ab."

Hochgelehrter Britman ta Markos eilte geschäftig in der großen Halle umher, ständig in Sorge, den kostbaren neuen Waffen könne ein Unglück geschehen. Sein besonderes Augenmerk galt den drei Luftschiffen, deren schlaffe Hüllen auf den Rümpfen lagen. Die stützenden Streben waren demontiert, damit die Luftfahrzeuge auf der Ladefläche schwerer Fuhrwerke bewegt werden konnten.

Weit nervöser als ta Markos waren jene Männer, welche dafür ausgebildet worden waren, die neuen Waffen zu bedienen. Die Kanonenfahrer hatten ihre Dreiräder bislang nur kurz anheizen und ein wenig in der Halle vor und zurück bewegen können. Keiner von ihnen wusste, wie sich das Gefährt wohl im Freien bewähren würde. Den Luftschiffbesatzungen ging es nicht besser. Zwar hatten sie getestet, dass ihre Fahrzeuge sich von den Gestellen erheben konnten, aber es gab keine Erfahrungen, wie sie sich wohl in der Luft verhielten.

„Kommandant ta Enderos hat am Haupttor drei der Unterkunftsbaracken räumen lassen", berichtete der Hauptmann. „Genug Raum, um diese, äh, Dinge in ihnen zu verbergen, bis sie benötigt werden."

„Ausgezeichnet. So sind sie auch vor den Unbilden des Wetters geschützt." Petzler machte sich ein paar Notizen. „Wegen der Dreiräder mache ich mir zwar keine Sorgen, aber die Hüllen der Luftschiffe sind empfindlich."

„He, gebt mir ein wenig Raum!", rief ein Gespannführer. Er führte mit einem Gehilfen sechs Pferde heran. „Ich brauche Platz, wenn ich meine Pferde vor diesen Kesselwagen spannen soll. Und bleibt mir von den Leinen weg. Das fehlte mir noch, dass ihr sie durcheinanderbringt."

Überall war Bewegung, während die Zugtiere vor den Dreirädern und Frachtwagen angeschirrt wurden. Einige der Pferde wurden durch die massigen Formen durchaus unruhig und die Gespannführer hatten alle Hände voll zu tun, bis alles richtig vorbereitet war.

Schließlich seufzte Petzler erleichtert. „Alles scheint zu funktionieren, Hauptmann. Ich denke, wir können nun aufbrechen."

„Gut. Zwar verlässt niemand mehr den schützenden Bereich der zweiten Grenze und so kann auch keiner der verfluchten Bruderschaft der Rumaki zu den Legionen gelangen, doch wir wissen nicht, ob sie nicht ebenso ein Signalsystem benutzen, wie wir dies tun." Der Hauptmann spuckte mit grimmigem Gesicht auf den Boden. „Für Lichtsignale braucht man kein kompliziertes Spiegelsystem. Das kann man auch mit Klarstein oder einer polierten Metallfläche bewirken. Jedenfalls soll nichts mehr auf den Transport hinweisen, wenn das Licht der neuen Tageswende anbricht."

49

Nedeam hatte mit der Nachhut aus der Hochmark die alte nördliche Handelsroute erreicht, die sich einst vom Königreich Jalanne bis in die Gebiete der Elfen erstreckte. Er ließ den typischen Marschrhythmus der Pferdelords dem Tempo der Zwerge anpassen. Nach zwei Zehnteltagen Ritt wurden die Pferde für einen Zehnteltag von ihren Reitern geführt. Während dieser Zeit wechselten sich die Zwerge auf dem Rücken der Tiere ab. Obwohl sich die Zwerge auf dem Rücken der Pferde nicht unbedingt wohlfühlten, waren sie doch sichtlich dankbar für die Erleichterung, die das mit sich brachte. Doch keiner der kleinen Krieger hätte bereitwillig zugegeben, dass ihm die Füße schmerzten.

Inzwischen waren die alte Festungsruine und ebenso die Überreste des Hammerturms am Wassersturz des Flusses Eisen passiert worden. Sie durchquerten den Fluss an den Furten und gelangten zum dortigen Handelsposten.

Der Pferdefürst warf einen langen Blick über die Holzbauten der Anlage. Hauptgebäude, Gästehaus und Ställe waren verwaist und dies mutete seltsam an, da es hier sonst von Menschen wimmelte. Handelszüge rasteten und Waren wurden getauscht oder die Zugtiere gewechselt. Nun waren die Koppeln offen. Man sah etliche der früheren Gespannpferde, die man ihrem Schicksal überlassen hatte und die nun friedlich grasten.

„Wir sollten die Gelegenheit nutzen und hier eine Rast einlegen“, wandte sich Nedeam an Arkarim.

„Unsere Männer und Pferde sind noch frisch“, meinte der und lächelte verständnisvoll. „Aber ich verstehe. Das gilt nicht für die

Axtschläger. Sie sind solch lange Reisen nicht gewohnt. Ihre kurzen Beine haben inzwischen Mühe, selbst mit dem langsamen Trott unserer Pferde Schritt zu halten."

„Vergiss nicht, dass die kleinen Herren schon einen weiten Weg hinter sich haben – von ihrer grünen Kristallstadt im Norden bis zu uns herunter."

„Ja, das ist wahr. Aber lange sollten wir nicht verweilen. Vorhut und Hauptkolonne sind uns schon ein gutes Stück voraus."

„Sie haben Handkarren, viel Fußvolk und kleine Kinder bei sich und so werden wir sie auch bald eingeholt haben. Wir können unseren kleinen Freunden ruhig ein wenig Ruhe gönnen."

„So sei es." Arkarim nickte, zog sein Pferd herum und hob Achtung gebietend die Hand. „Wir rasten hier für zwei Zehnteltage. Der Handelsposten ist verlassen und wer Vorräte findet und sich daran gütlich tun will, kann dies tun. Herklund, sende drei Scharen auf Vorposten aus. Wir werden uns durch nichts überraschen lassen. Bedenkt, wir befinden uns auf Kriegsmarsch."

Die erfahrenen Schwertmänner brauchten keine weiteren Anweisungen. Zunächst würden sie sich um ihre Pferde kümmern. Sie tränken, ein wenig grasen lassen und ihnen die Sattelgurte lockern. Doch die Sättel würden nicht abgenommen werden und die geschulten Tiere waren es gewöhnt, auf einen Pfiff oder Ruf ihrer Reiter herbeizukommen. Die Männer würden es sich ein wenig bequem machen, doch dabei bereit bleiben, auf das leiseste Anzeichen von Gefahr zu reagieren.

Während Nedeam die Gelegenheit nutzte, ein wenig mit Neliana und Llaranya Fangen zu spielen, schwärmten drei kleine Trupps aus Herklunds Beritt nach Osten aus. Weitere Männer kletterten auf das hohe Dach des Haupthauses und hielten von dort Ausschau.

Die Zwerge freuten sich, ihre Beine für eine Weile still halten zu können. Die meisten ließen sich ins Gras sinken, zogen ihre Stiefel aus und massierten ihre lädierten Füße. Sie waren es durchaus gewohnt, auch lange Wege zurückzulegen, doch die Strecke von Nal´t´rund in die Hochmark und nun zu den Furten des Eisen war für sie ein Gewaltmarsch gewesen.

König Balruk hatte sich die Axt Grünschlag über die Schultern gelegt und sah mit breitem Grinsen dem fröhlichen Spiel von Nedeams kleiner Familie zu. Als Arkarim zu ihm trat, schlug er vergnügt gegen die Hüfte des Ersten Schwertmannes. „Hüpflinge sind die Zukunft eines Volkes, Pferdereiter. Es ist richtig für einen Kämpfer, sich um seine Hüpflinge zu kümmern. Selbst unter den schwierigen Umständen, die für unseren Freund Nedeam gelten."

„Schwierigen Umständen?"

„Ah, nehmt es mir nicht übel, Arkarim, ich schätze die Hohe Dame Llaranya sehr. Ich weiß sehr wohl, was für eine gute Kämpferin sie ist und dass sie manchem Zwerg das Leben gerettet hat." Er räusperte sich. „So ungern ein Zwerg auch zugibt, dass er einem Spitzohr etwas zu danken hat." Balruk lachte dröhnend und strich mit einer Hand nacheinander über die Bartzöpfe. „Aber Nedeam hat es nicht leicht. Seht nur hin, Freund Arkarim ... Er spielt Fangen mit zwei Spitzohren. Gegen elfische Sinne und Reflexe ein sehr gewagtes Spiel. Sein Hüpfling ist ihm über."

„Nedeam lässt die Kleine gewinnen."

Balruk lachte erneut. „Ah, der Stolz der Pferdereiter, nicht wahr?" Er wurde unvermittelt ernst. „Habt Ihr einmal nach Osten gesehen, Arkarim?"

„Seit wir die Berge verlassen haben, und Nedeam tut dies auch, Balruk."

„Wohl die meisten von uns“, brummte der kleine König. „Ich habe ein hervorragendes Langauge mit gleich zweien von Helderims Vergrößerungssteinen darin. Das Beste, was wir herstellen. Damit kann man besonders weit und besonders scharf sehen.“

„Davon bin ich überzeugt.“ Arkarim warf Balruk einen ernsten Blick zu. „Aber ich weiß auch ohne Langauge, was Ihr zu sehen bekommen habt.“

Der Zwergenkönig seufzte. Er nestelte seine Wasserflasche vom Gürtel, nahm einen langen Schluck und reichte sie dann Arkarim.

„Ihr müsst sie auffüllen lassen, bevor wir weiterreiten“, mahnte dieser, bevor er sie ansetzte und unvermittelt das Gesicht verzog. „Bei den Finsteren Abgründen.“

„Ja, das Nachfüllen wird am Fluss sehr schwierig“, gestand Balruk. „Bestes Blor, mein Freund, und nur für die gehärteten Kehlen wahrer Krieger geeignet.“

Arkarim nahm zwei lange Schlucke und gab die Flasche zurück.

Balruk schüttelte sie und verzog das Gesicht. „Entweder habt Ihr eine überaus gehärtete Kehle und seid das Urbild eines Kriegers oder Euer verdammtes Pferd hat heimlich mitgetrunken.“

Sie lachten beide, bis Balruk nach Osten deutete. „Jede Menge Rauch.“

„Ja“, stimmte Arkarim zu. „Und er scheint mir nicht nur über der Ostmark zu stehen, sondern auch schon über der Nordmark. Bis zu unserem Aufbruch aus der Hochmark gab es keine neue Kunde aus Merdonan.“

„Dann haben die weißen Sümpfe die Bestien nicht aufgehalten und die Stadt ist gefallen.“

„Was meint Ihr, Balruk, werden sie hierherkommen oder sich auf kurzem Weg direkt nach Süden wenden?“

Der Zwerg strich erneut über seine Bartzöpfe. „Das ist eine kluge Frage."

Arkarim holte sein Schwert aus der Scheide, zog Linien in den Boden und markierte einige Punkte. Nedeam sah dies, hob Neliana in Llaranyas Arme und kam heran. Die Elfin lächelte verstehend, übergab die Tochter an einen Schwertmann und folgte ihrem Gemahl.

„Manchmal weiß ich nicht, ob du mehr Mutter oder Kriegerin bist", raunte Nedeam ihr zu, als sie seine Hand ergriff.

„Im Gegensatz zu Normalsterblichen sind elfische Frauen zu beidem fähig", antwortete sie mit ernstem Gesicht. Erst als sie Nedeams Erstaunen sah, lachte sie unbeschwert auf. „Es war ein Scherz, mein Geliebter. Doch nun lass uns Kriegsrat halten, denn deswegen hat Arkarim wohl die Zeichen in den Boden gezogen."

„Wir überlegen gerade, wohin die Orks sich wenden und wie viel Zeit uns bleibt." Balruk klopfte gegen die Ledertasche, in der sich sein Langauge befand. „Jede Menge Rauch in den östlich liegenden Marken und wir vermuten, dass Merdonan eingenommen wurde."

Nedeam sah instinktiv nach Osten und nickte dann. „Man kann Merdonan mit kleinen Trupps umgehen, nicht jedoch mit einer großen Streitmacht. Die vielen brennenden Gehöfte und Weiler verraten jedoch, dass dort viele Orks gleichzeitig auf dem Marsch sind. Ja, ich stimme zu … Merdonan wurde überwunden."

„Die Frage ist nun: Kommen sie hierher oder wenden sie sich direkt nach Süden?"

Nedeam strich sich nachdenklich über das Kinn. „Die kleinen Spitzohren mögen ja im Plündern eine Verlockung sehen, doch die Rundohren sind auf Blut aus. Die werden niemanden entkommen lassen wollen. Ich vermute daher, sie marschieren direkt nach Hedan. Sie wollen, ebenso wie wir, zu den Schiffen. Diesmal ist das Blutvergießen für sie nur eine erfreuliche Zugabe."

„Die Handelsroute führt über Enderonas nach Hedan und von dort über Lheonaris nach Mintris." Arkarim tippte mit der Schwertspitze auf die entsprechenden Markierungen. „Dadurch müssten wir uns ein Stück nach Osten und zum Feind bewegen. Ich glaube nicht, dass wir das riskieren sollten."

Balruk nickte. „Nichts gegen eine ordentliche Axtschlägerei, doch wir sind zu sehr in der Unterzahl und ohne Chance. Ich scheue wirklich keinen Kampf, doch hier sollten wir weichen."

Nedeam sah erneut nach Osten und blickte dann in Richtung Süden. „Wir bleiben bis Enderonas auf der Handelsstraße und verlassen sie dann. Ab da bewegen wir uns am Gebirge des Teanus entlang. Der Weg ist nicht so bequem wie auf der Straße, aber wir sparen viele Tausendlängen und kommen dann am Nordtor der zweiten Grenze, bei Rhokaris, ans Ziel. Aber wir müssen unsere Wasservorräte beachten. Ein Stück südlich von hier teilt sich der Fluss Eisen. Einer seiner Arme führt als Ronin ins Königreich Alnoa. An seinem Ufer entlang erbaute man die Handelsstraße. Wenn wir sie verlassen, wissen wir nicht genau, wo wir auf Bachläufe oder andere Wasserstellen stoßen. Das Königreich Alnoa wurde von uns nicht bestreift, meine Freunde, und ist uns im Wesentlichen fremd."

„Wir Zwerge sind karges Land gewohnt und auch euch Pferdereiter führt der Weg oft durch unwirtliches Land", meinte Balruk. „Flaschen und Wassersäcke haben wir genug. Zudem wird es auch in Alnoa Gehöfte und Weiler geben und wo man sie erbaut hat, da gibt es auch Wasser."

„Unser Landvolk mit den begleitenden Pferdelords und den übrigen Bewohnern der Kristallstädte stand vor der gleichen Wahl", warf Arkarim ein. „Für welchen Weg werden sie sich entschieden haben? Immerhin haben sie die Familien dabei und all die Handkarren und Wagen. Sie werden die Straße kaum verlassen, denn im Gelände kommen sie weit langsamer voran. Verlassen wir jedoch die Straße und die Hauptkolonne hat dies nicht getan, so können wir uns ihnen nicht anschließen und ihnen wird unser Schutz fehlen."

Nedeam winkte Herklund heran und schilderte ihm seine Überlegungen. Der erfahrene Scharführer überlegte nicht lange. „Sie sind auf der Straße geblieben. Ihnen bleibt mit all den Leuten und der Habe gar keine Wahl. Sie haben gute Scharführer bei den Pferdelords und zudem sind die Elfen Lotaras und Leoryn bei ihnen. Ich denke mir, dass jene auch die Zeichen im Osten gesehen haben. Somit werden sie eilen und die Augen offen halten."

„Wir bleiben auf der Straße", entschied Nedeam. „Auf unseren Pferden können wir den Orks immer noch davonreiten, falls die Gefahr zu groß ist." Er lächelte Balruk an. „Notfalls nehmen wir zwei Zwerge gleichzeitig aufs Pferd."

„Dann sollten wir aufbrechen", schlug Llaranya vor. „Von hier haben wir und die Orks es ungefähr gleich weit zur neuen Grenze und wir sind mit den Pferden eigentlich schneller, aber wir wissen nicht, wie weit die Bestien schon in die Marken vorgedrungen sind."

„Euer elfisches Weib hat recht." Balruk deutete eine höfliche Verbeugung gegenüber Llaranya an. „So ungern ich und meine Füße dies auch zugeben. Wir sollten die Rast beenden."

So war es beschlossen und Arkarim rief einen knappen Befehl. Innerhalb kürzester Zeit befand sich die Truppe wieder auf dem Weg nach Süden.

Das verwaiste Land war bedrückend. Hier gab es noch keine Anzeichen von Zerstörung und viel Hornvieh und Pferde waren in den Ebenen und auf den Weiden zu sehen. Oft kreuzte Wild den Weg der Kolonne. Alles war, wie es sein sollte, doch die Menschen fehlten.

„Es erinnert mich an den Ritt nach Jalanne“, bekannte Nedeam. „Dort sah ich Ähnliches, nur dass die Menschen Jalannes im furchtbaren Krieg vergangen waren, während die Unseren rechtzeitig geflohen sind. Dennoch ist es kein schöner Anblick.“

Die Spuren der Völkerwanderung waren unübersehbar. Riemen und Sohlen von Schuhwerk. Gepäckstücke, die als zu hinderlich zurückgelassen worden waren. Karren oder Wagen, die den Belastungen nicht standgehalten hatten. Am Rand der Straße fand sich sogar ein hastig errichtetes Grab, wo einer der Flüchtenden an Erkrankung oder Erschöpfung gestorben sein mochte.

Sie kamen gut voran, dennoch schienen sie die Hauptkolonne nicht einzuholen. „Sie müssen rasch marschiert sein“, vermutete Arkarim. „Trotz der Kinder und der Gebrechlichen. Vermutlich haben sie immer nur kurz gerastet und auch die Nachtruhe gekürzt.“

Balruk, der auf einem eigenen Pferd saß und mittlerweile leidlich damit zurechtkam, nickte zu den Worten des Ersten Schwertmannes. „Sie werden eilen, da sie nicht wissen, wie nah der Feind ist. Ruhen können sie in der Sicherheit der zweiten Grenze.“

Vor ihnen lag eine Leiche auf dem Straßenpflaster. Der Körper begann bereits zu verfallen und verströmte einen üblen Geruch, was bewies, dass der Mann schon längere Zeit tot war.

Arkarim schüttelte bedauernd den Kopf. „Keiner von unseren Leuten. Ein Alnoer. Er muss aus einer ihrer Flüchtlingsgruppen stammen. Furcht macht Menschen unberechenbar. Vielleicht wollte er einen Platz auf einem Wagen oder es gab sonst einen Streit.“

Einer der Schwertmänner sprang aus dem Sattel und untersuchte flüchtig die Überreste. „Nicht einmal ein Alnoer, ihr Herren. Ich kann noch das Zeichen der Bruderschaft erkennen. Er versuchte sich wohl unter den Flüchtenden zu verbergen und wurde erkannt."

„Armer Kerl", sagte Arkarim mitfühlend. „Vielleicht einer von jenen, die aus unserer Hochmark entkamen. Das waren ja nicht alle Mordgesindel. Ich frage mich, was wohl aus den Burschen geworden ist."

Niemand hielt sich damit auf, die Überreste zu vergraben. Die Kolonne trabte weiter und folgte dem Verlauf der Handelsroute. Da Kriegsmarsch befohlen war, ritten sie mit einigen Männern als Flankenschutz, Vorhut und Nachhut.

Nedeam hatte gerade Neliana vor sich im Sattel und unterhielt sich mit ihr, als Arkarim sich vernehmlich räusperte. „Ein Reiter der Vorhut kehrt zurück. Es sieht so aus, als gäbe es wichtige Kunde."

Der Reiter kam in vollem Galopp und winkte eifrig. Nedeams Bannerträger schob sich nach vorn, sodass der Mann der Vorhut die Position seines Pferdefürsten sofort erkennen konnte. Nedeam ahnte, dass es sich kaum um gute Neuigkeiten handeln konnte, und hob seine Tochter zurück auf deren Pferd.

„Vor uns liegt ein Weiler der Alnoer, Hoher Lord", berichtete der Mann. „Dort kämpfen Pferdelords gegen den Feind."

„Orks?", fragte Nedeam besorgt, der befürchtete, dass sich die Legionen bereits zwischen sie und die schützende Grenze gedrängt hatten. „Wie viele?"

„Keine Orks, Hoher Lord. Ein buntes Gemisch aus Landvolk, Reitern und Fußtruppen."

„Und sie greifen Pferdelords an?"

„Unsere Leute haben sich in den Häusern verschanzt, aber wir konnten ein paar schwarze Rosshaarschweife der Ostmark sehen."

„Schwertmänner der Ostmark? Hier?" Arkarim schaute seinen Freund überrascht an.

„Gleich, aus welcher Mark sie sind, man greift sie an. Wer immer die Angreifer auch sein mögen, sie werden mit ihrem Blut dafür bezahlen." Er sah den Melder an. „Hat man eure Schar bemerkt?"

„Nein, Herr. Der Weiler liegt ein Stück abseits der Straße und dazwischen liegt eine Weide, die dichte Baumgruppen aufweist. Wir hielten uns an einer verborgen."

„Wir groß ist der Ort und wie stark sind jene, welche die Häuser angreifen?", fragte der Pferdefürst und gab Zeichen an die Scharführer der Beritte, zu ihm aufzuschließen. Der Reiter wartete mit seiner Beschreibung, bis diese heran waren. Mit knappen Worten schilderte er, was die Vorhut entdeckt hatte. „Es steht nicht gut für jene in den Häusern", beendete er seinen Bericht. „Es mögen an die vierhundert Angreifer sein."

„Dann ist Eile das Gebot. Balruk, Eure Zwerge müssen absitzen und uns folgen, so rasch sie können. Meine Schwertmänner dürfen beim Kampf nicht behindert werden und wir müssen schnell reiten. Arkarim, das Dorf liegt links der Straße. Dort ist ein Feld, über das du zwei Beritte zum Angriff führst. Ich greife mit Herklunds Reitern aus Richtung der Straße an. Sobald ihr den Feind seht, lasst die Hörner ertönen. Die Bedrängten sollen wissen, dass Hilfe naht."

Balruks Zwerge sprangen von den Pferden herunter und formierten sich hastig zu einer breiten Kolonne. Nedeam konnte noch sehen, dass die kleinen Axtschläger ihre Bartzöpfe in den Nacken legten und dort verknoteten, um ihre Manneszier zu schützen. Offensichtlich hofften sie darauf, noch in den Kampf eingreifen zu können, und würden eilen, so schnell sie ihre Beine trugen.

Die hundert Männer aus Herklunds Beritt schlossen sich Nedeam an, während Arkarim die anderen von der Straße führte und dort in Linie ausschwärmen ließ. Der Vorausreiter wies ihnen den genauen Weg. „Dort, Hoher Lord."

Es war ein kleines Dorf. Kaum mehr als ein großer Hof mit einigen zusätzlichen Gebäuden. Zwischen ihnen waren zahlreiche Reiter und Fußkämpfer unterwegs. Sie trugen keine einheitliche Kleidung, waren also sicher keine Soldaten. Sie konzentrierten sich ganz darauf, die Verteidiger der Häuser mit Pfeilen, Schwerthieben oder Lanzenstößen zu töten. Es wäre sinnvoller gewesen, vom Pferd abzusteigen und sich den Fenstern und Türen in der Deckung von Schilden zu nähern, doch scheinbar hatten die Angreifer große Eile oder handelten in blinder Kampfeswut.

Vom Feld hörte man die metallenen Signalhörner der Hochmark, die das Angriffssignal bliesen. Während Nedeams Männer sich zur Linie formierten und anritten, schien offensichtlich kaum einer der Kämpfer im Dorf davon Notiz zu nehmen.

„Sie sind im Blutrausch, Herr!", rief Herklund. „Das wird ein böses Erwachen für sie geben, wenn wir über sie kommen."

Herklunds Signalbläser ließ den Befehl erschallen, Klingen wurden gezückt und die Pferde trabten an und fielen unmittelbar darauf auch schon in Galopp. Die Baumgruppen zwischen der Straße und der Siedlung zwangen die Männer, die Linie kurz zu öffnen und wieder zu schließen.

„Schneller Ritt …!", gab Nedeam unbewusst die Losung und die anderen nahmen sie auf. „… und scharfer Tod."

Jetzt begannen etliche der Kämpfer an den Gebäuden zu reagieren. Einige Reiter zogen ihre Pferde herum und schrien auf

Umstehende ein. Langsam bildeten sich einige Gruppen, die unsicher waren, ob sie Widerstand leisten sollten, denn sie sahen nun eine Phalanx aus Reitern, die von zwei Seiten auf den Ort einstürmten.

Beim Näherkommen erkannte man die reglosen Körper von Männern und Pferden. Einige der Toten trugen unzweifelhaft die grünen Umhänge von Pferdelords. Ein verwundetes Pferd hinkte zur Seite, als der Beritt in rasendem Tempo näher kam.

Manche Angreifer warteten nicht ab, bis das Unheil über sie hereinbrach. Sie ritten oder rannten hastig aus dem Dorf, andere drängten sich nun zusammen, da ihnen die Masse Schutz versprach. Pfeile zischten auf die Männer der Hochmark zu, aber nur einer von ihnen wurde getroffen, konnte sich jedoch im Sattel halten. Da sein Schwertarm verletzt worden war, ließ er die Zügel fahren, lenkte sein Pferd mit den Schenkeln und wechselte die Waffe in die andere Hand.

Arkarims Männer drangen zuerst in die Siedlung ein und man hörte die Schreie und das Stöhnen, als sie sich unbarmherzig ihren Weg bahnten.

Nur Augenblicke später erreichte Nedeam mit seinen Reitern den Ort. Seine elfische Klinge fuhr herab und ließ einen Mann zu Boden sinken, der das Wams eines Händlers und den Brustharnisch eines Fußgardisten trug. Neben diesem wollte ein Lanzenträger zustoßen, doch Nedeams Hengst Duramont keilte zur Seite aus und spaltete dem Angreifer den Schädel.

Aus den Augenwinkeln bemerkte der Pferdefürst zwei Schwertmänner der Ostmark, die auf einem der Dächer kauerten und von dort ihre Pfeile lösten. Einer von ihnen wurde selbst getroffen und stürzte lautlos herab.

Der Kampf währte nur kurz, denn jene, welche die Siedlung und die darin befindlichen Pferdelords angegriffen hatten, hielten keine Disziplin und wandten sich zur Flucht, so schnell sie nur konnten. Reiter folgten ihnen und stachen sie nieder, bis ein Hornsignal zum Sammeln blies.

Die Türen der belagerten Häuser wurden geöffnet. Männer und Frauen des Landvolkes traten heraus, begleitet von Schwertmännern und einfachen Pferdelords, die allesamt einen müden und abgekämpften Eindruck machten. Mancher Umhang war zerrissen, viele der Männer trugen Verbände und die Spuren schwerer Kämpfe.

Einer der Schwertmänner trat vor, erkannte Nedeam und entbot ihm den Gruß. „Ihr kamt zur rechten Zeit, Hoher Lord. Wir hätten nicht mehr lange Widerstand leisten können. Diese elenden Bastarde folgen uns schon seit einer Tageswende und mit den Frauen und Kindern kamen wir nur langsam voran, da wir nicht mehr genug Pferde hatten."

Da Schwertmänner nur im Dienste eines Pferdefürsten standen, stammten diese fraglos aus Merdonan. Nedeams Frage bestand aus einem einzigen Wort. „Mor?"

Der Mann schluckte schwer. „Wir sind alles, was von unserer Mark geblieben ist. Die Bestien waren einfach nicht aufzuhalten, Herr. Wahrhaftig, Ihr könnt es mir glauben, wir haben tapfer und bis zum letzten Blutstropfen gekämpft. Selbst als die Legionen schon über die Mauer gelangten und wir in den Straßen fochten. Viele Hundert gute Männer reiten nun zwischen den Goldenen Wolken. Mein Beritt entkam mit Glück und ist trotzdem arg geschunden. Ich habe kaum mehr die Hälfte meiner Männer." Der Mann rang sichtlich um Fassung und Nedeam stieg vom Pferd und legte ihm die Hand an den Arm. „Wir flohen zur zweiten Grenze und unterwegs stießen wir auf das Landvolk eines Weilers und deren Pferdelords. Dann, vor einer Tageswende, fielen diese Bastarde über uns her."

„Sie haben dafür bezahlt“, versuchte Nedeam den Mann zu beruhigen. „Und Ihr seid nun fast in Sicherheit, denn unser Ziel ist nicht mehr allzu weit.“

„Raubgesindel, Herr“, sagte der Mann leise und wies um sich. „Ein paar der Banden müssen sich zusammengeschlossen haben. Vielleicht hofften sie auf unsere Kleidung und unsere Pferde, damit man sie auf die Schiffe lässt.“

„Ich denke eher, es waren Anhänger des toten Renegaten Garwin“, widersprach einer der Männer der Ostmark. „Wir haben ihr Versteck ja nie gefunden und einige waren sicher als Raubgesindel unterwegs. Jedenfalls waren etliche der Angreifer gute und ausgebildete Kämpfer, wie es eigentlich nur Pferdelords sind. Andere hingegen fochten erbärmlich.“

„Wie dem auch sei.“ Nedeam stützte die Hände auf den Sattel und sah sich um. „Sie haben ihre Strafe erhalten und wer entkam, der wird mit dem Land untergehen.“

Ringsum wurden die Verletzten versorgt. Schwertmänner gingen umher und vergewisserten sich, dass sich keiner der Angreifer nur tot stellte. Nedeam sorgte dafür, dass man die Toten der Ostmark begrub und während er den Eid der Pferdelords sprach, begleitete das Schlagen der Schwerter an den Schilden die Männer und Frauen zu den Goldenen Wolken.

„Keine hundert Leute vom Landvolk und eine bunt zusammengewürfelte Schar aus Pferdelords und Schwertmännern“, stellte Arkarim betrübt fest. „Sollte das wirklich alles sein, was von der Ostmark geblieben ist?“

„Unser Freund Mor und viele andere Leben sind vergangen“, seufzte Nedeam. „Doch ich denke, dass schon viele vom Landvolk aus den Weilern auf dem Weg waren und die neue Grenze in Sicherheit erreichten.“

„Wir werden sehen", antwortete Arkarim düster. „Wir werden sehen."

Am Abend des darauffolgenden Tages erreichten sie das Nordtor des Walls bei Rhokaris und sie alle empfanden tiefste Erleichterung darüber, dass die Bewohner aus Eternas und den Weilern gemeinsam mit den Zwergen schon wohlbehalten angekommen waren.

Als Nedeam in der Abenddämmerung mit Arkarim auf den Wehrgang trat, konnten sie im Licht des Sonnenuntergangs eine dunkle Masse erkennen, die sich den Befestigungen näherte. Es gab keinen Zweifel, dass es sich um den Feind handelte.

„Ich habe das Gefühl, wir werden ein grausames Schlachten erleben." Arkarim legte die Hand an den Schwertgriff und der Daumen strich über dessen Knauf.

„Vielleicht ist das so", räumte Nedeam ein. „Doch in jedem Fall sind wir bei den Schiffen."

„Wenn wir sie nicht bald besteigen, dann wird es zu spät sein. Hast du schon bemerkt, wie dünn unsere Linien sind? Und dort draußen marschieren die Legionen in einer Zahl heran, die ich nie für möglich gehalten hätte."

„Das ist kein Grund, den Mut sinken zu lassen, mein Freund. Wir standen dem Feind schon oft in großer Unterzahl gegenüber."

„Nie in solcher Unterzahl." Arkarim zog das Schwert ein Stück hervor und ließ es zurückgleiten. „Nie in solcher Unterzahl."

Nedeam verzichtete auf eine Erwiderung. Was er sah, bereitete ihm große Sorgen. Es war an der Zeit, sich mit den Königen und Anführern der Völker zu beraten. Arkarim hatte recht … Wenn sie nicht bald an Bord der Schiffe gelangten, würde es zu spät sein.

50

Tonat ta Enderos hatte sein Amtszimmer geräumt, das nun von seinem Vater Daik beansprucht wurde. Tonat war im Grunde genommen froh darüber, denn so konnte er sich um sein Regiment kümmern und war beschäftigt, während die Sorgen nun von seinem Vater getragen wurden. Dieser beriet sich an diesem Morgen mit den erfahrensten Kämpfern, die das Bündnis aufzuweisen hatte, wie die Verteidigung zu organisieren sei. König Venval ta Ajonas hatte zeitgleich die Anführer der Völker zusammengerufen, um mit ihnen die Zuordnung der Schiffe zu beraten. Auch wenn noch nicht alle geplanten Schiffe fertig waren, konnte man nun nicht mehr länger mit dem Einschiffen warten, denn der Feind stand vor der zweiten Grenze.

Daik ta Enderos kannte die Lage wie kaum ein anderer und kam ohne große Umschweife zur Sache. „Wir haben keine Zeit zu verschenken und so will ich auf wohlgesetzte Worte verzichten, denn ein jeder weiß, worum es geht. Bei den kommenden Schlachten zählt die Fähigkeit eines Kämpfers und nicht dessen Herkunft“, eröffnete er die Beratung nach einer knappen Begrüßung. Seine Hand wies zu Nedeam. „Ungeachtet jeden Ranges oder zu welchem Volk auch ein jeder von uns gehören mag, ernenne ich den Pferdefürsten Nedeam zu meinem Stellvertreter und, so das Schicksal mir den Tod bestimmt, zu meinem Nachfolger als Oberkommandierender der Truppen, die wir hier im Bund vereinigt haben. Hierfür gibt es mehrere Gründe. Auch wenn ich gewisse Fertigkeiten in der offenen Schlacht gegen den Feind habe, so waren die meisten Jahreswenden meiner Zeit doch auf die Verteidigung der ersten Grenze und der Festungen beschränkt. In der Abwehr bin ich ein fähiger Kommandant, doch Khalanaris hat mir gezeigt, dass dies nicht unbedingt für den Angriff gilt. Ein jeder von uns ist ein erfahrener Kämpfer, aber Nedeam ist fraglos derjenige, der dem Feind am häufigsten begegnete. Seine Kenntnisse sind somit äußerst wertvoll für uns."

Daik stand vor seinem Schreibtisch und sah die Anwesenden eindringlich an. „Unsere Lage ist ernst. Was wir an Leben retten konnten und an Truppen verfügbar haben, befindet sich nun hinter dem Wall der zweiten Grenze. Es ist wenig genug. In der vergangenen Nachtwende habe ich alle zählen lassen, die eine Waffe führen können. Wir haben 28.900 Reiter zur Verfügung und 30.150 Fußkämpfer." Er blickte zu Dan'Pharant, den Scherenführer der Irghil. Der blau gepanzerte Leib wirkte massig und bedrohlich, obwohl die Kampfscheren auf den Rücken gelegt waren. „Ich habe Eure Dan dabei als gepanzerte Reiterei eingeteilt, denn ich weiß von der Hochgeborenen ta Barat, wie rasch sich Eure Krieger bewegen können."

Der Irghil knickte zustimmend die Augenstiele nach vorn. „Wo immer Ihr oder unser Freund Nedeam uns einsetzen wollt, die Irghil werden ihren Teil leisten."

„Daran gibt es keinen Zweifel", erwiderte Daik freundlich. Er sah zu den Vertretern aus Julinaash und dem der Turiks hinüber. „Eure Kämpfer habe ich als Reserve vorgesehen. Sie wird bei den Anlegestegen aufgestellt und muss das Einschiffen der Völker schützen und lenken. Ich weiß, Ihr habt tapfere Kämpfer, doch sie sind nicht gerüstet und in der Schlachtlinie gegen die Orks nicht erprobt. Die Hauptlast der Kämpfe am Wall muss daher von den Garden, den Pferdelords und den Zwergen bestritten werden." Er bemerkte das kurze Zucken eines Augenstiels. „Und natürlich den Dan der Irghil."

„Bei den berittenen Garden Alnoas ist ein Drittel der Reiter am Bogen ausgebildet. Beim Pferdevolk sind es alle Schwertmänner und ein Teil der einfachen Pferdelords. Diese Männer werden zunächst die Truppen am Wall verstärken. Alle anderen Reiter haben sich als Schwertkämpfer oder für einen berittenen Ausfall bereitzuhalten. Das wird manchem nicht sonderlich behagen, doch dafür gibt es gute Gründe."

Daik trat hinter den Schreibtisch und nahm einen kleinen Stab zu Hilfe, um auf die Karte zu zeigen. „Ich will es euch noch einmal vor Augen führen, wie die zweite Grenze beschaffen ist. Und ein jeder führe sich vor Augen, dass es keine dritte gibt. Dies ist die letzte und einzige Befestigungslinie zwischen unseren Völkern und dem Feind."

Nedeam räusperte sich. „Verzeiht, wenn ich unterbreche, doch Ihr erwähntet zwar unsere Truppenstärke, nicht jedoch die des Feindes."

„Wir haben bislang 150 Legionsbanner gezählt." Daik räusperte sich. „Die Beobachtungen vom Daumen waren bislang stets zuverlässig."

„Dreihunderttausend Orks?" Balruk strich sich über die Bartzöpfe. „Und Eure Leute haben sich nicht verzählt?"

„Nun, es können auch ein paar Legionen mehr sein", gab Daik zu.

„Dann will ich hoffen, dass sie blindlings gegen den Wall stürmen und ordentlich bluten", seufzte der Zwergenkönig. „In der offenen Schlacht werden sie uns einfach überrennen."

„Daher werden wir unsere Truppen auch zurückhalten." Daik tippte gegen die Karte. „Damit bleibt den Legionen nichts anderes übrig, als offensiv zu werden und gegen uns zu stürmen. Wir können erst dann einen Ausfall wagen, wenn wir ihm heftig zugesetzt haben. Aber dafür ist der Wall auch ausgelegt. Auf der gesamten Strecke von 125 Tausendlängen wurde er gleichermaßen befestigt. Wir haben eine anderthalb Längen hohe Mauer, die allerdings an einigen Stellen stärker und an anderen dünner beschaffen ist. Auf der Mauer zieht sich der Wehrgang entlang, der mit brusthohen Palisaden geschützt ist. Hinter dem Wall befindet sich eine gepflasterte Straße und wir haben Gespanne zur Verfügung, um selbst die Fußtruppen notfalls schnell verlegen zu können. Das verschafft uns die Möglichkeit, rasch auf eine Massierung der Orks zu reagieren und ihr zu begegnen. Vor dem Wall gibt es eine schräge Erdanschüttung, deren Boden wir festgestampft haben. Der Gelehrte Petzler versichert, dass die Kugeln der Ferntöter an ihnen abgleiten und über die Verteidiger hinwegfliegen werden. Nun, wenigstens ein Teil von ihnen. Vor der Palisade stecken angespitzte Pfähle im Boden und vor der Erdanschüttung gibt es einen abgedeckten Graben mit Pfählen, den man aber nicht erkennen kann. Leider fehlten die Mittel für einen Feuergraben."

„Was ist mit Euren berühmten Dampfkanonen?", fragte Heglen-Turik. „Wie ich hörte, besitzen auch die gerüsteten Männer von Alnoa die Ferntöter."

„Sie sind entlang der gesamten Grenze verteilt. Wir haben eine Menge bauen können und andere aus den Städten abgezogen, da diese ja nicht verteidigt werden sollten. Wir haben fast fünfhundert Kanonen verschiedener Größe aufstellen können."

„Eine gewaltige Zahl." Der Führer der Turiks lächelte ironisch. „Wir Sandleute sind vielleicht nicht besonders gut im Zählen, aber wenn ich es an meinen Fingern ausrechne, so macht das etwas mehr als vier Kanonen auf eine Tausendlänge."

„Sogar weniger, da wir jeweils zehn der Waffen zu einer Batterie zusammenzogen." Daik zuckte mit den Schultern. „Aber sie haben gute und erhöhte Positionen und große Reichweiten. Sie werden dem Feind zusetzen." Der kleine Gardist leckte sich über die Lippen. Seine Zahlen belegten, wie dünn die Verteidigung aufgestellt war. „Es gibt drei große Tore und dies sind auch die einzigen Möglichkeiten, wo wir einen starken Ausfall vortragen können. Oben bei Rhokaris, am Nordtor, befindet sich eine tiefe Senke, die gut geeignet ist, um Sichtschutz zu gewähren. Wir können sie vom Daumen aus einsehen, sodass der Feind sie nicht nutzen kann, um sich uns unbeobachtet anzunähern. Ähnliches gilt für das ausgedehnte Waldstück gegenüber dem Haupttor. Die vordersten Bäume sind gute zwei Tausendlängen vom Wall entfernt, der Feind müsste also offenes Gelände überqueren, um zu uns zu gelangen."

„Das wird dem Feind nicht viel ausmachen. Er wird auf seine Übermacht setzen." Nedeam deutete zur Karte. „Orks sehen in der Nacht sehr viel besser als wir, da sie lichtempfindliche Augen haben. Sie könnten die Dunkelheit nutzen, um ihre Legionen zu verlagern und überraschend in großer Masse anzugreifen."

„Jetzt verstehe ich", murmelte Daik. Er sah die fragenden Gesichter der anderen. „Die Helme der Rundohren waren sehr ungewöhnlich. Da gab es dünne Scheiben aus schwarzem Kristall, die daran befestigt waren, und ich konnte mir nicht erklären, wozu sie dienen. Aber jetzt ist es mir klar. Es gibt kleine Rahmen, in denen sich die Scheiben befinden und mit deren Hilfe man sie vor die Augen klappen kann."

Balruk stieß ein grimmiges Knurren aus. „Vor vielen Jahreswenden haben sie meine Kristallstadt genommen und zwangen uns, solche Kristallscheiben zu schleifen. Sie konnten viele von ihnen in ihr Reich transportieren. Nun ist mir klar, was sie damit bezweckten. Wahrhaftig, sie müssen das alles seit langer Zeit geplant und vorbereitet haben."

Nedeam dachte an den langen Plan des vergangenen Schwarzen Lords und nickte unbewusst. „Damit können sie nicht so leicht geblendet werden und dieser Vorteil ist uns also genommen."

Dan'Pharant wedelte unvermittelt mit seinen Augenstielen und gab ein knarrendes Geräusch von sich. „Was ist mit Eurem Magier? Wir Irghil haben leider gewisse Erfahrungen mit diesen Wesen gesammelt und ich weiß, dass eines der Grauen Wesen in Euren Diensten steht. Seine Macht könnte hilfreich sein."

„Ihr meint Marnalf?" Daik sah den Scherenführer der Irghil missmutig an. „Oh, ich weiß, was Ihr meint. Der gute Graue könnte den Feind mit seinen Blicken bannen und dann wäre es ein Leichtes, ihn zu überwinden. Aber niemand weiß, wo Marnalf steckt. Er ist wie vom Erdboden verschluckt."

„Das sieht ihm nicht ähnlich", sagte Nedeam leise. „Er hat uns stets zur Seite gestanden und es entspräche nicht seinem Wesen, nun einfach zu verschwinden."

„Ist er wirklich auf unserer Seite?", fragte Balruk skeptisch.

„Wie könnt Ihr daran zweifeln?" Der Pferdefürst blickte den kleinen König eindringlich an. „Marnalf ist es zu danken, dass wir die Grauen des Schwarzen Lords bei der Faust bezwangen."

Daik seufzte. „Bei all ihrer unheimlichen Macht sind auch die Grauen sterbliche Wesen. Dies gilt ebenso für Marnalf. Ich hoffe nur, er wurde nicht hinterrücks ermordet. Es schleichen noch immer die Anhänger der Bruderschaft umher und sie kennen die Fähigkeiten eines Magiers. Was der nicht sieht, kann er nicht bezwingen und eine Klinge in den Rücken würde ihn fällen."

Nedeam stimmte dem zu. „Ich will nur hoffen, dass dergleichen nicht geschehen ist", fuhr er fort. „Doch wie dem auch sei und welchen Grund es für sein Verschwinden gibt – wir müssen ohne seine Kräfte auskommen."

„Unser größter Vorteil ist der Daumen." Daik zeigte auf die Position des Beobachtungspostens am Gebirge. „Der Feind sieht nicht, was sich hinter dem Wall tut, aber vom Daumen aus kann man einen guten Teil des Landes überblicken und die Bewegungen des Feindes erkennen."

„Das wird …" König Balruk verstummte und hob lauschend den Kopf. „Was war das? Habt Ihr es nicht gehört?"

Nedeam wollte bereits den Kopf schütteln, da vernahmen sie alle das helle Pfeifen, das aus dem Himmel zu fallen schien.

***

Hombort schätzte es nicht, auf einem Pferd zu reiten, und bevorzugte es, zu Fuß zu gehen oder ein Gespann zu nutzen. Doch an diesem Tag musste er sich den Erfordernissen fügen. Die beiden Gardereiter, die ihn begleiteten, versicherten ihm immer wieder, wie geduldig und friedfertig Homborts Reittier sei, doch gelegentlich schien die Stute ihrem eigenen Willen folgen zu wollen. Dann half es auch nichts, wenn der Organisator eifrig an den Zügeln zerrte oder mit den Hacken in die Flanken trat. Ein- oder zweimal bewahrte ihn nur der rasche Zugriff eines Gardisten vor einem Sturz. Eher widerwillig musste er anerkennen, dass Reiten eine besondere Kunstfertigkeit darstellte, und ebenso, dass er auf dem Pferd schneller durch die verstopften Straßen gelangte als zu Fuß oder mit einem Wagen.

Er hatte es eilig, denn nun, da die zweite Grenze geschlossen war und der Feind vor ihrem Wall stand, drängte die Zeit. Alle Führer der Völker waren sich einig, dass die Einschiffung beginnen musste, selbst wenn einige der Schiffe noch fehlten. Inzwischen wurden die Listen in den Lagern verlesen, welche Gruppen sich zuerst bei den Anlegestellen einfinden sollten, und Hombort ahnte, dass dies große Unruhe mit sich bringen würde. Nun eilte er mit seiner kleinen Eskorte von Anleger zu Anleger, damit dort alles richtig vorbereitet war und man die richtigen Gruppen auf die zugewiesenen Schiffe verteilte.

Als ta Enderos ihm das Regiment der Fußgarde entzog, da es am Wall benötigt wurde, hatte ihn die schiere Angst gepackt. Angst vor dem Chaos, das an den Anlegern entstehen würde, und vor den Toten, die das fordern konnte. Er empfand erst Erleichterung, als ta Enderos ihm Hilfe ankündigte, und war entsetzt, als diese aus den Julinaash und den Turiks bestand.

„Sei unbesorgt, Kopfdenker", meinte der anführende Turiko beruhigend. „Wir werden weder deinen noch einen anderen Schädel nehmen. Nur wenn es erforderlich ist, um die Ruhe wiederherzustellen. Sonnenhaar Heldar-Turiko hat es uns genau erklärt. Wir werden darauf achten, dass nur jene auf die Schiffe gelangen, die auch für diese bestimmt sind. Die Hüterinnen aus Julinaash verstehen sich auf die Schrift. Sie werden die Zeichen deuten und wir kümmern uns um jene, die sie nicht beachten wollen."

Hombort hatte keine andere Wahl, als darauf zu hoffen, dass es wohl gelingen würde. In den drei Lagern wimmelte es von den Angehörigen der Völker, die nun auf die Schiffe gehen sollten. Sie würden ihre Habe mit sich führen und die Angst im Nacken haben. Das ließ die Versuchung groß werden, einfach auf das erstbeste Schiff zu steigen, doch das durfte nicht geschehen.

„Achtet strikt auf die Listen und die Reihenfolge", schärfte er den Frauen aus Julinaash ein. „Die Schiffe zur Flussmitte müssen zuerst beladen sein. Dann die nächsten. Immer näher ans Ufer heran. Auf diese Weise können die Schiffe in der Flussmitte schon ablegen und sich in der Bucht von Gendaneris zur Flotte sammeln."

Die Besatzungen befanden sich schon an Bord, denn sobald ihr Schiff fertiggestellt war, sollten sie sich damit vertraut machen. Auch die Vorräte und Werkzeuge waren in den Stauräumen eingelagert. An zwei separaten Anlegestellen begann man bereits damit, Kratzläufer, Wolltiere, Hornvieh und Pferde an Bord der speziellen Transporter zu treiben. Sie waren für die Zucht in der neuen Heimat vorgesehen.

Nun ging es darum, die Passagiere und ihre Habe einzuschiffen.

Die Führer der Völker waren in den Lagern, um die Ihren mithilfe der Ältesten vorzubereiten und auf den Weg zu den Anlegestellen zu schicken. Sicher keine leichte Aufgabe, denn alle wollten die Ersten sein und die enorme Zahl der vielen Lebewesen musste sorgsam in die rechten Bahnen gelenkt werden.

Schon bald trafen die ersten Gruppen an dem Anleger ein, an dem sich Hombort gerade befand. Ein Gemisch aus Zwergen, Sandvolk und den Menschen der Königreiche. Alle waren voller Erwartung und zugleich unsicher. Einige dachten vielleicht daran, dass nun der Aufbruch in eine ungewisse Zukunft begann, andere mochten beim Anblick der Schiffe Unbehagen empfinden, denn niemand hatte sich zuvor jemals einem Wasserfahrzeug und dem Meer anvertraut. Der ufernahe Teil der Anleger war massiv gebaut und flößte Vertrauen ein, doch nach den dort ankernden und vertäuten Schiffen folgten andere, deren Verbindungen untereinander aus schlichten Plankenwegen bestanden. So ruhig der Fluss Genda auch fließen mochte: Es gab stetige Bewegung und die schwingenden Masten über den Rümpfen machten dies deutlich. Für Wesen, die es gewohnt waren, festen Boden unter den Füßen zu spüren, war dieser Anblick fremd und beängstigend und so mochte mancher zögern, den schwankenden Grund zu betreten.

Viele waren mit Karren und Fuhrwerken zu den Lagern gekommen. Den Weg zu den rettenden Schiffen mussten sie jedoch alle zu Fuß bewältigen. Man durfte nur mit sich führen, was man selber tragen konnte. Entladene und zurückgelassene Fahrzeuge würden sonst rasch die Verkehrswege verstopfen.

Viele der Kinder spürten die Erregung der Erwachsenen und begannen zu weinen, während ihre Eltern die Packlasten und den Nachwuchs festhielten. Die Hüterinnen blickten auf ihre Listen und gaben mit überraschender Ruhe ihre Anweisungen. Auf den Listen standen keine Namen. Nur die Angaben, wie viele eines Volkes auf welches Schiff gelangen sollten. Ein einfaches Prinzip, welches jedoch für Unruhe sorgte, denn Familien wollten sich verständlicherweise nicht trennen lassen. So gab es einiges Hin und Her zwischen den Gruppen.

„Halt!", gebot eine Hüterin mit scharfer Stimme, als eine Gruppe an ihr vorüber auf den Steg wollte. „Nur eine Zehn. Ihr seid jedoch eine Zehn und eine Zwei. Zwei müssen warten und auf ein anderes Schiff klettern."

Ein grauhaariger Mann schüttelte protestierend den Kopf. „Wir gehen gemeinsam. Wir sind eine Familie und werden uns nicht trennen."

„Nur eine Zehn", wiederholte die Frau. „Zwei steigen auf ein anderes Schiff."

„Seid Ihr von Sinnen?" Der Mann baute sich drohend vor der völlig unbeeindruckten Hüterin auf. „Es ist ein großes Schiff, da kommt es doch nicht darauf an, dass zwei mehr an Bord gelangen!"

Zwei Turiks sahen interessiert herüber und begannen an ihren Schädelkeulen zu fingern.

„Keine Ausnahme." Die Frau hielt der Familie die Liste entgegen. „Hier steht es. Von eurem Volk noch eine Zehn." Ihr Blick wurde etwas versöhnlicher. „Ihr müsst dies verstehen. Wenn man für euch eine Ausnahme macht, so kommt die nächste Gruppe, welche dies ebenso will. Wie sollte man ihr das auch verweigern, wenn man es euch gestattet? Und plötzlich sind es fünfzig oder hundert mehr, als die Liste es anweist."

„Das Boot ist stark und wird uns alle tragen", warf eine der Frauen ein.

„Mag sein, doch die Nahrung an Bord ist genau berechnet." Die Hüterin schüttelte nun ihrerseits den Kopf. „Eine Zehn, und keine Zehn und Zwei. Entscheidet euch, wer zurückbleibt und ein anderes Schiff besteigt."

Hombort hatte die Auseinandersetzung verfolgt und schaltete sich nun ein. „Es wird sich eine andere Gruppe finden, die zehn Köpfe zählt. Dann kann diese Familie zur Gänze auf das nächste Schiff gehen."

„Warten, bis wir auf ein anderes Schiff können?" Die Frau zog ein kleines Kind fester an sich. „Wir sind froh, den Bestien zu entkommen, und nun sollen wir zurückbleiben?"

„Nicht zurückbleiben. Sobald die Gruppen des äußersten Schiffes an Bord sind, wird sofort das zweite beladen", beruhigte Hombort. „Es wird rasch gehen."

„Aber die Bestien stehen am Wall."

„Und da werden sie auch eine Weile stehen bleiben", mischte sich eine andere Frau ein. „Was der gute Herr sagte, ist klug und gerecht. Geht mit einer Zehn an Bord des ersten Schiffes oder wartet, bis ihr alle auf das nächste könnt. Doch entscheidet euch, denn ihr haltet alle an diesem Holzpfad auf."

Die Familie fügte sich. Eine andere Gruppe betrat den Anleger, um an seinem äußersten Ende an Bord des rettenden Schiffes zu gelangen.

Hochgelehrter Britman ta Markos traf mit seiner kleinen Eskorte ein. Hombort musste neidlos anerkennen, dass der Wissende auch ein geborener Reiter zu sein schien. „Wie lange wird es dauern, bis alle auf den Schiffen sind?"

Hombort verdrehte die Augen. „Meint Ihr das ernst? Wenn alles gut gelingt, so wird es drei oder vier Tageswenden brauchen."

„Verdammt. Ich weiß nicht, ob wir so viel Zeit haben. Habt Ihr nicht gehört, wie viele Legionen vor dem Wall stehen?"

„Noch wird nicht gekämpft, ta Markos."

„Aber es wird nicht mehr lange ..."

Trotz des Lärms um sie herum waren in der Ferne dumpfe Schläge zu vernehmen.

„Ferntöter", meinte der Hochgelehrte lakonisch. „Es beginnt."

Hombort schüttelte den Kopf. „Das sind keine Ferntöter. Sie sollen sich ähnlich wie unsere Dampfkanonen anhören. Das Geräusch ist jedoch anders."

***

„Die Finsteren Abgründe mögen alle Bestien verschlingen." Daik ta Enderos' inniger Wunsch wurde von allen geteilt, die mit ihm auf den Wehrgang am Südtor bei Mintris geeilt waren, um zu sehen, woher die seltsamen Laute kamen.

Gegenüber dem Wall hatten sich Legionen formiert, doch es waren überraschend wenige. Die Kohorten standen auch nicht fest gefügt, sondern hielten Abstand zueinander.

„Sie wollen kein massives Ziel für unsere Dampfkanonen bieten", stellte Daik fest. „Und sie halten ihre wahre Macht verborgen. Allerdings ahnen sie nicht, dass wir den Beobachtungsposten auf dem Daumen haben und die großen Langaugen dort oben uns sehr genau über die Position des Feindes informieren."

Hinter dem Wald gegenüber dem Haupttor stiegen Streifen aus dunklem Rauch in den Himmel. Ein ganzer Schwarm und über die Bedeutung hatte keiner einen Zweifel.

„Die Entfernung ist zu groß für Brandpfeile", sagte Nedeam beruhigt.

„Selbst wenn sie bis zum Wall reichen, können sie nur die hölzerne Palisade in Brand setzen, nicht jedoch die Mauer. Das wird ihnen nicht viel helfen, doch es hilft uns, da sie damit ihre Zeit verschwenden."

An den Spitzen der Rauchstreifen wurden dunkle Objekte sichtbar, die sich nun dem Boden entgegenneigten.

„Zu groß für gewöhnliche Brandpfeile und sie fliegen auch viel zu langsam." Daik ta Enderos zog sein Langauge und suchte den sichtbaren Teil des Waldes ab. „Die Schützen stehen nicht am Waldrand. Sie müssen sich dahinter verborgen halten."

Die Objekte wurden immer größer und erneut ertönte das bedrohliche Zischen und Heulen. Es war sehr laut und weit zu hören.

Ein Gardist stieß Nedeam an und deutete auf das Feld vor dem Wall. „Vorhin haben sie schon eine Handvoll dieser Dinger abgeschossen. Sie stecken dort im Boden."

Nedeam folgte der Handbewegung des Soldaten und sah eine Reihe schlanker zylinderartiger Gegenstände im Erdreich stecken, aus deren Enden lange Stäbe ragten. „Dergleichen habe ich noch nie zuvor gesehen."

Die neuen Geschosse bohrten sich ebenfalls ein gutes Stück vor dem Wall ins Erdreich.

„Die hier rauchen", meinte der Gardist. „Das haben die anderen nicht getan."

Nedeam nahm ebenfalls ein Langauge, um eines der Projektile näher in Augenschein zu nehmen. „Dieser Zylinder scheint hinten zu brennen. Dort, wo der lange Stab heraus…"

Sie fuhren erschrocken zusammen, als plötzlich einer der Zylinder mit lautem Knall zerplatzte. Dann barsten auch die anderen innerhalb weniger Augenblicke. Erdreich wurde hochgeschleudert und einige Brocken klatschten gegen die Palisade.

„Bei den Finsteren Abgründen“, ächzte ein anderer Fußgardist. „Was …?“

„Berstpulver“, erklärte Nedeam mit blassem Gesicht. „Es sind große Pfeile, die sie mit jenem Berstpulver gefüllt haben, mit dem sie auch ihre Ferntöter laden. Es ist so ähnlich wie die Himmelsfarben von Illdur.“

„Illdur? Ah, den kenne ich. Er zaubert wirklich prachtvolle Farben an den Himmel“, meinte Daik ta Enderos.

„Nun, diese Berstpulverpfeile sind wohl schwerlich dafür gedacht, bunte Farben an den Himmel zu werfen und uns auf solche Art zu erfreuen.“ Nedeam atmete tief durch. „Sie sind ähnlich wie Brandpfeile, ta Enderos, doch sie wirken auf andere Weise. Wenn sie dicht an der Mauer oder in unseren Reihen zerbersten, dann werden sie viel Zerstörung und Tod bringen.“

„Verdammt, Ihr habt recht, Nedeam.“

Balruk hatte ein wenig Mühe, über die Brustwehr zu schauen. „Eine klug ersonnene Waffe. Um den Wall mit ihren Ferntötern zu zerstören, müssten sie diese in eine direkte Schusslinie bringen. Wir könnten sie sehen und mit den Dampfkanonen zerstören. Doch diese Berstpfeile steigen erst in den Himmel auf, bevor sie uns dann auf die Köpfe fallen. So bleiben ihre Schützen hinter dem Wald in Sicherheit verborgen. Eine wahrhaft üble Waffe.“

Nedeam nickte. „Aber da wir sie nicht direkt sehen, können auch sie ihr Ziel nicht direkt erkennen. Wahrscheinlich haben sie am Waldrand Beobachter verborgen, welche den Berstpfeilschützen berichten, wie sie zielen sollen. Das braucht seine Zeit und es scheint mir auch lange zu dauern, die Pfeile vorzubereiten.“

„Diese Berstpfeile reißen Löcher in den Boden. Sie sind nicht sehr tief." Daik blickte Nedeam forschend an. „Es erinnert mich an die kleinen Sprengsäckchen, die der Wissende Petzler für Euch fertigen wollte. Ihr erinnert Euch?"

„Jene Wurfsäckchen, welche die Bretter umwarfen, ohne sie sehr zu beschädigen?" Der Pferdefürst lächelte versonnen. „Ja, daran erinnere ich mich. Hat Petzler die Säckchen vorbereitet?"

„Eine ganze Menge von ihnen", bestätigte Daik.

„Dann sollten wir sie uns holen." Nedeam deutete zu dem Waldstück. „Wir müssen etwas gegen diese Berstpfeile unternehmen. Wenn die Orks die richtige Entfernung zum Wall gefunden haben, dann werden sie ihm mit diesen Geschossen schwer zusetzen. Das müssen wir verhindern."

Der kleine Gardekommandeur nickte mit grimmigem Gesicht. „Dem stimme ich zu, doch unsere Dampfkanonen können die Berstpfeilschützen nicht erreichen und wenn wir einen Ausfall wagen, wird der Feind in Massen über uns herfallen. Er hält die Anzahl seiner Legionen sicher hinter der flachen Hügelkette und dem Wald verborgen. Doch wenn wir zum Angriff reiten, dann wird das ein Todesritt."

Hinter dem Wald war rollender Donner von Abschüssen zu hören. Erneut stieg ein Schwarm der ungewöhnlichen Geschosse in den Himmel auf, zog Rauch hinter sich her und begann sich zu senken.

Nedeam war ein erfahrener Bogenschütze und schätzte die Flugbahn der Projektile ein. „Diesmal werden sie den Wall treffen. Duckt euch!"

Mit dumpfen Lauten schlugen die Objekte im Erdreich vor und hinter dem Wall ein. Einige trafen die Mauer und verletzten zwei Männer. Direkt vor Nedeam war ein Zylinder auf dem Wehrgang aufgeschlagen. Der lange Stab war abgebrochen und am Ende trat Rauch aus und Funken sprühten. Eher instinktiv trat der Pferdelord gegen das Geschoss und beförderte es von der Mauer herunter.

Keinen Augenblick zu früh.

Wieder war das harte Knallen zerplatzender Projektile zu hören. Die beiden verwundeten Gardisten, die gerade noch erleichtert gewesen waren, davongekommen zu sein, wurden leblos von der Mauer geschleudert. Direkt vor der Palisade, hinter der Nedeam kauerte, stieg eine Erdfontäne auf. Er spürte einen harten Schlag am ganzen Leib und sah drei der dicken Pfähle brechen. Splitter surrten umher.

Balruk stieß einen grimmigen Fluch aus. „Der Pferdereiter hat recht, ta Enderos. Wir müssen etwas gegen diese Dinger unternehmen. Wenn wir es nicht tun, dann lassen die uns vom Wald aus in kleine Stücke zerbersten."

„Wenn wir frontal angreifen, dann sind wir des Todes", bekräftigte der kleine Gardekommandeur seine Einschätzung. „Vielleicht könnten wir es in der Nachtwende versuchen."

„Die sehen dann besser als wir", brummte Arkarim.

„Ta Enderos, Ihr erwähntet vorhin die Senke bei Rhokaris und dass der Feind sie zu einer verborgenen Annäherung nutzen könnte."

„Solange wir den Daumen besetzt halten, wird es den Bestien nicht gelingen."

„Aber möglicherweise können wir die Senke nutzen. Ist sie groß genug, um eine Schar zu verbergen?"

„Darin können sich mehrere Regimenter verstecken." Daik räusperte sich. „Aber bedenkt die Entfernung vom Nordtor bei Rhokaris bis hinunter zum mittleren Haupttor. Um die Bestien zu überraschen, müsste man sehr schnell vorgehen und das gelingt nur mit Reitern."

Arkarim schüttelte den Kopf. „Das macht keinen Sinn, Nedeam. Vielleicht könnten wir uns in der Nacht heimlich in die Senke schleichen, doch wir müssten bei Tageslicht angreifen, um die Berstpfeilwerfer zu finden und zu vernichten."

„Ihr könntet euch selbst zur Nachtwende nicht heimlich in die Senke schleichen", knurrte Daik. „Mit Pferden kann man sich nicht anpirschen. Nicht in großer Zahl, und das Pochen der Hufe lässt den Boden vibrieren. Der Feind würde euch hören und spüren, lange bevor er euch sehen kann."

„Verdammt, ta Enderos, Ihr habt recht." Nedeam starrte gedankenverloren über die Palisade zum Wald hinüber. Plötzlich wandte er sich den anderen zu und lächelte. „Aber das ist ja großartig!", rief er begeistert. „Natürlich können wir uns nicht anschleichen. Arkarim, wir brauchen Tuchstreifen und jede Menge von ihnen."

„Tuchstreifen?" Der Erste Schwertmann der Hochmark sah seinen Freund überrascht an. „Was willst du mit Tuchstreifen?"

„Mäuler zubinden."

„Man kann sich trotzdem nicht mit Pferden anschleichen."

Nedeam lachte leise. „Mein Freund, verdirb mir meinen schönen Plan nicht durch eine solche Kleinigkeit. Ich brauche viele Tuchstreifen und ich brauche die Dunkelheit der Nachtwende."

51

Fünf Legionen bei Merdonan vernichtet. Ihr geht recht verschwenderisch mit ihnen um." Der Schwarze Lord Einohr stand ganz oben auf seinem Befehlswagen, um einen möglichst guten Überblick über die hier versammelten Truppen zu erhalten. Natürlich konnte er selbst von dort oben nur einen kleinen Teil sehen, denn der Grenzwall der freien Völker war sehr lang und die Legionen mussten ihn in seiner ganzen Länge überwachen. Selbst für die enorme Anzahl der Orks war dies ein schwieriges Unterfangen.

Pferdeschlächter, der seine Truppen von den weißen Sümpfen bis hierher geführt hatte, trug eine frische Wunde am Schädel, die mit groben Stichen genäht war. Sein Helm war beschädigt und einer der beiden roten Querkämme des Legionsführers fehlte teilweise. Der Hieb eines Schwertes hatte Kopfschutz und Schädeldach gleichermaßen zugesetzt. Es war ein Beweis für die Zähigkeit der Rundohren, dass der Kommandant der östlichen Legionen noch auf seinen Beinen stand.

„Wir mussten hölzerne Pfade durch die Sümpfe legen und konnten auf ihnen keine Ferntöter abfeuern. So haben wir Merdonan mit dem Schlagschwert eingenommen. Die Pferdereiter kämpften gut und krallten sich mit ihren Klauen in den Häusern fest. Wir mussten sie einzeln herausklauben und die Stadt brennen, um sie alle zu töten." Das Rundohr bleckte seine Fangzähne. „Dann sind wir im Doppelschritt hierher und haben auf unserem Weg vernichtet, was sich uns in den Weg stellte. Viele waren es nicht. Sie alle rannten um ihr Leben."

„Schon gut. Ich weiß, auf eure Blutgier ist Verlass." Das schwarze Gesicht verzog sich zu einem Lächeln. „Jetzt sind alle hinter dieser winzigen Mauer und wenn wir sie überwunden haben, dann werden wir sie alle abschlachten und uns ihre Schiffe nehmen."

„Sie werden nicht freiwillig zum Kämpfen hervorkommen", knurrte Dreischlag, dessen Legionen nun mit der Hauptarmee vereint waren. „Dann wäre es einfacher. Aber sie machen es wie die Menschen in Alneris. Die sitzen in ihrer Kraterstadt, haben mit Eisen aus ihren Dampfkanonen um sich geworfen und warten nun auf den Tod."

„Narr", giftete Einohr. „In der Stadt gibt es Schiffe. Wenn die Zeit gekommen ist, dann werden sie einfach davonschwimmen. Ebenso wie jene, die hinter dem Wall sind. Die sind nicht so dumm, herauszukommen. Ich wette, sie sind sogar schon dabei, die schwimmenden Holzwagen zu besteigen. Aber wir sind ihnen gegenüber auf mehrfache Weise im Vorteil."

Der Oberherr deutete um sich. „Wir sind ihnen an Zahl weit überlegen. Wir können unsere Legionen an beliebiger Stelle massieren, während sie den gesamten Wall besetzen müssen. Und wir haben die neuen Berstpfeilwerfer, die sie in kleine Stücke schießen."

Pferdeschlächter spuckte aus. „Ferntöter haben keine Ehre."

„Ja, ja, ihr Rundohren wollt immer nur drauflos. Du kannst dein Schlagschwert noch genug mit Blut bedecken, wenn wir über den Wall stürmen."

Die Hauptmacht der Legionen blieb hinter dem Wald verborgen, wo sich auch die Batterie der neuen Berstpfeilwerfer befand. Einohr behauptete, die Massierung der Truppen diene dem Schutz der neuen Waffen, doch manches Rundohr vermutete, dass seine Sorge eher seinem Befehlswagen und seiner eigenen

Person galt. Obwohl Einohrs magische Macht gewachsen war, schien er nicht recht auf sie zu vertrauen und konnte auch die Eigenheiten seines Wesens nicht ablegen.

Fangschlag wandte sich halb um und sah zu den Waffen hinüber. „Diese neuen Berstpfeilwerfer sind gut, doch unser kluger Oberherr hätte ihnen die rumakischen Bedienungen belassen sollen."

„Was hast du dagegen, dass sie von meinen Spitzohren geladen und abgefeuert werden?" Einohr lachte. „Die Rundohren taugen nicht dafür. Die wollen mit den Schwertern schlagen und mit den Spießen stoßen."

„Deine Spitzohren taugen ebenfalls nichts", knurrte Fangschlag. „Sie treffen nicht und brauchen sehr lange, bis sie die Gestelle nachgeladen haben."

Einohr fühlte sich in seiner Ehre als Spitzohr gekränkt. „Man muss den richtigen Winkel berechnen, damit die Pfeile ins Ziel schlagen, und außerdem sind Spitzohren kleiner als die weiten Hosen. Sie müssen sich sehr recken, um die oberen Rohre laden zu können. Außerdem sehen sie den Wall nicht und müssen nach jeder Salve warten, bis die Beobachter ihnen gemeldet haben, wo die Geschosse einschlugen. Das dauert nun einmal seine Zeit."

„Hättest du die weiten Hosen nicht in ihre Heimat zurückgeschickt und sie bei den Werfern belassen, so ginge es jedenfalls schneller und die Pfeile träfen." Fangschlag verzog die Lefzen zu einem spöttischen Lächeln. „Außerdem haben die Rumaki viele der Berstpfeile wieder mit sich genommen. Sie waren wohl nicht sehr begeistert, fortgeschickt und dem Tod überlassen zu werden."

„Eine hinterlistige Hinterlist", fauchte Einohr. „Hätte ich geahnt, dass sie so viele Berstpfeile heimlich mit sich nehmen, dann hätte ich sie alle schlachten lassen."

„Nun, sie sind nicht dumm und werden sich das gedacht haben", meinte Dreischlag. „Jedenfalls haben sie inzwischen einen solchen Vorsprung, dass wir sie nicht mehr einholen könnten."

„Die hier zurückgebliebenen Berstpfeile reichen. Man muss nur richtig zielen, dann trifft man auch", zischte Einohr.

Es hatte böses Blut gegeben, als Einohr entschied, die rumakischen Legionen zurück nach Rumak zu senden. Den weiten Hosen war klar gewesen, dass dies für sie und ihr Volk den Tod bedeuten sollte, denn ohne Schiffe gab es kein Überleben. Doch die drei Legionen hätten sich nicht gegen die enorme Übermacht der Orks behaupten können und so blieb ihnen nur der Rückmarsch in die Heimat. Wahrscheinlich kämpften sie nicht bis zum Tode, da sie auf diese Weise immerhin bei ihren Familien sein würden, wenn das Ende kam. Vielleicht hofften sie jedoch auch auf ein Wunder und darauf, doch selber ein paar Schiffe zustande zu bringen. In jedem Fall war es den Rumaki gelungen, einen großen Teil des Vorrates an Berstpfeilen mit sich zu nehmen, ohne dass dies rechtzeitig bemerkt wurde. Immerhin waren genügend davon zurückgeblieben, um den Wall zu durchbrechen, wenn man die Projektile nicht verschwendete.

Selbst Fangschlag musste widerwillig zugeben, dass die Spitzohren ihre Sache recht gut machten. Dabei bewunderte er den Einfallsreichtum der rumakischen Schmieden, welche diese Waffen ersonnen hatten.

Das Gestell, von dem die Berstpfeile abgeschossen wurden, ähnelte einem Handkarren mit langer Deichsel. Zwischen den großen Rädern ragte der kastenförmige Aufbau empor. Er konnte mit Holzkeilen in der Höhe verstellt werden und bestand im Grunde aus einem massigen Holzblock, in den die Rumaki drei Zehnen an metallenen Rohren eingelassen hatten.

Die Geschosse bestanden aus einem langen und schlanken Zylinder, der in zwei Kammern geteilt war. Im unteren Bereich wurde er mit einem speziellen Berstpulver gefüllt, welches relativ langsam brannte und hinter dem Pfeil einen Feuerschweif erzeugte, der ihn durch den Himmel trieb. Im vorderen Teil befand sich gewöhnliches Pulver, welches verheerende Zerstörung anrichten konnte, wenn es im rechten Augenblick zerbarst. Man musste dafür die Länge der Schnur genau berechnen, mit der die Explosivladung gezündet werden sollte. Eine zweite Schnur brachte das langsame Pulver zum Brennen. Damit der Berstpfeil seine Richtung behielt, wurde eine lange hölzerne Stange in sein Ende geschoben, die ihn stabilisieren sollte. Dennoch war die Flugbahn ungleichmäßig und die Genauigkeit nicht sehr hoch.

Es erwies sich als nicht einfach, die Waffe richtig auszurichten, die Zündschnüre genau zu berechnen und die vielen Pfeile eines Werfers nahezu gleichzeitig abzufeuern. Am frühen Morgen waren einige der Geschosse noch innerhalb der Waffe explodiert und hatten die gesamte Bedienung zerrissen. Fangschlag war sich nicht sicher, ob die Spitzohren die Schuld daran trugen oder ob die Rumaki dafür verantwortlich waren.

Genau genommen, rätselte der Legionsoberführer ohnehin, warum Einohr die Legionen nicht zu einem massierten Angriff befahl. Die Verluste, die beim Überwinden der zweiten Grenze entstehen mussten, konnten sie sich leisten. Danach gab es wohl kaum noch nennenswerten Widerstand, der die Orks daran hindern konnte, sich die Schiffe zu nehmen. Wahrscheinlich hatte der Schwarze Lord aber einfach seinen Spaß daran, wenn die Berstpfeile mit lautem Knall zerplatzten.

Während des gesamten Tages hatten die Berstpfeilwerfer nur zehn Salven abgefeuert. Der Schaden am Wall war zunächst gering gewesen. Nur die letzten Geschosse hatten genau im Ziel gelegen. Palisadenpfähle, Erdreich und Mauersteine waren aus dem Wall herausgesprengt. Sicher wurden auch einige Verteidiger getötet und verletzt, doch ihre Zahl ließ sich an den wenigen Überresten, die auf das Vorfeld geschleudert worden waren, nicht abschätzen. An drei Stellen war die Mauer so stark angeschlagen, dass sie unter den nächsten Treffern wohl zusammenbrechen würde.

Jetzt zog der Sonnenuntergang herauf und Einohr wollte bis zum neuen Tageslicht warten, bevor die Werfer wieder eingesetzt wurden.

Nach der Besprechung empfand Fangschlag Erleichterung darüber, der Nähe des Schwarzen Lords zu entkommen. Sie wurden sich in der Führung der Legionen nicht einig. Fangschlag hatte viel beim Pferdevolk gelernt und gehörte längst nicht mehr zu jenen, die blindlings voranstürmten. Er hatte Einohr eine Reihe von Vorschlägen unterbreitet, wie sich die letzte Grenze der freien Völker schnell einnehmen ließ, doch das Spitzohr hatte seine eigenen Vorstellungen.

So verspürte der Legionsoberführer eine gewisse Frustration und das bohrende Gefühl von Hunger, als sie vom Befehlswagen des Oberherrn zum Lager der nächsten Legion schritten. Inzwischen brach die Nacht herein.

Ein gutes Stück vor den Feldwachen der Orks brannte die lange Reihe der Feuer, die auf Fangschlags Anweisung angelegt worden war. Die Wachen blieben im Dunkel verborgen, doch jeder feindliche Angreifer oder Späher würde durch ihren Lichtschein hindurchmüssen.

Einohr hatte darauf beharrt, im Hauptlager hinter dem Wald über fünfzig Legionen zu massieren. Fangschlag musste dies akzeptieren und hatte die übrigen Legionen an den beiden anderen Toren konzentriert und nur kleine Gruppen und Kohorten dazwischen postiert. Wenn der Feind einen Angriff wagte, so würde er diesen mit seiner starken Reiterei vortragen und diese konnte nur an den Toren hervorbrechen.

Dreischlag und Pferdeschlächter begleiteten ihn auf dem Weg zu dem Futtertrog, der für die höheren Ränge der Legionsführer reserviert war. Zwar verfügten die Orks inzwischen über reichliche Vorräte, zumal sie etliches Hornvieh auf ihrem Marsch erschlagen hatten, doch inzwischen war das Fleisch einige Tage alt. Obwohl Orks den Geruch beginnender Zersetzung als durchaus anregend empfanden, nahm er inzwischen ein Ausmaß an, welches selbst ihren Nasen nicht mehr gefiel. Für die Legionsführer und höheren Ränge wurde jedoch jeden Tag frisch geschlachtet und Fangschlag wusste dies zu schätzen.

Er hatte seine Fänge gerade in eine schöne blutige Keule geschlagen, als ein abgehetzt wirkendes Rundohr herbeieilte und offensichtlich nach ihm suchte.

„Legionsführer Blaunarbe schickt mich vom Nordtor herunter“, meldete der Legionär. „Seit Einbruch der Nachtwende hören wir Geräusche aus der Bodenschlucht, die vor dem Tor liegt. Es sind gedämpfte Laute, doch wir glauben, dass sich dort eine große Truppe hineingeschlichen hat, um uns von dort anzugreifen.“

Fangschlag rief sich die Karte in Erinnerung. Ja, da gab es eine tiefe und sehr große Senke vor dem nördlichen Tor im Wall. Er hatte schon überlegt, ob die Legionen sie nicht nutzen könnten, um sich unbemerkt dem Wall zu nähern, doch Einohr war dagegen.

Er bleckte die Fänge. „Es wäre möglich …“, überlegte er. „Aber es macht nur Sinn, wenn sie es mit ihren Pferdereitern versuchen. Ihre Fußläufer wären viel zu langsam, um uns zu überraschen.“

Dreischlag schüttelte den Kopf. „Auch das macht keinen Sinn“, widersprach er. „Sie müssten den Wall entblößen, um uns eine annehmbare Streitmacht entgegenzusenden, und was soll ihnen ein solcher Versuch bringen außer dem Tod?"

„Ehre und Ruhm", knurrte Pferdeschlächter und riss einen saftigen Bissen aus seinem Fleisch. „Sie wollen nicht hilflos hinter ihrem Wall geschlachtet werden, sondern wie echte Rundohren im Kampf, Klinge gegen Klinge, sterben." Er grinste mit einem blutigen Fleischfetzen zwischen den Zähnen. „Die Pferdereiter sind anders als die Spitzohren. Sie kämpfen gut und haben Ehre."

Selbst Fangschlag erschien das einleuchtend. „Pferdereiter gewinnen ihre besondere Macht durch die Schnelligkeit und Kraft ihrer Pferde. Hinter dem Wall geht sie ihnen verloren. Ja, es mag sein, dass sie den ehrenvollen Kampf suchen." Er leckte sich über die Lefzen. „Aber es könnte auch einen anderen Grund geben."

„Dass sie fliehen wollen?" Dreischlag lachte brüllend. „Hinein in das Land des Untergangs?"

„Unsinn." Fangschlag spuckte aus. „Die Ferntöter mit den Berstpfeilen setzen ihrem Wall zu. Es mag sein, dass sie versuchen, die Waffen zu zerstören."

„Mir soll es recht sein", brummte Dreischlag. „Es sind Waffen ohne Ehre und sie werden ohnehin nur von Spitzohren bedient."

„Sei keine dumme Made", wies ihn Pferdeschlächter zurecht. „Über den Wall zu klettern wird uns viele gute Rundohren kosten. Lange bevor sie ihre Schlagschwerter in Blut tauchen können. Wenn die Ferntöter den Wall zerbersten lassen, dann können wir dem Feind viel schneller mit unseren Klingen begegnen."

„Ja, das ist wahr", gab Dreischlag zu.

Fangschlag warf die angebissene Keule achtlos hinter sich, wo sie ein flinkes Spitzohr geschickt an sich brachte. Der Legionsoberführer beugte sich vor und zog mit einer Fingerkralle Linien in den weichen Boden. „Wir müssen bedenken, dass die Pferdereiter tatsächlich versuchen könnten, unsere Ferntöter zu zerstören. Sie sind nicht dumm und wissen, dass sie bei einem Ausfall aus dem mittleren Tor keine Chance dazu hätten. Der Wald würde die Pferde langsam machen und sie werden sich denken, dass wir dort starke Legionen stehen haben. Wenn sie jedoch alle ihre Pferdereiter zusammenziehen, dann könnten sie im Norden überraschend unsere Linie durchbrechen und dann an beliebiger Stelle in unserem Rücken angreifen."

„Das müssen wir verhindern."

Fangschlag nickte. „Das werden wir. Doch erst, wenn wir uns sicher sind, dass es sich auch so verhält. Ich werde auf Beißer nach Norden reiten. Er ist schnell. Sehr schnell. Wenn ich dort Pferdereiter vorgefunden habe und hierher zurückkomme, dann werden wir weitere Legionen dorthin schicken."

„Wir könnten sie sogleich in Marsch setzen. Wir haben mehr als genug Legionen."

„Nein. Wir müssen sicher sein, dass sie im Norden sind. Sonst schicken wir unsere Kämpfer dorthin und die Menschen greifen stattdessen vielleicht hier oder im Süden an. Ich habe an der Seite ihrer Pferdereiter gekämpft und weiß, wozu sie fähig sind. Auf ihren Pferden nehmen sie es auch mit einer großen Übermacht auf und beim Pferdevolk kämpfen nicht nur die Reiter."

„Wie meinst du das?"

„Ihre Pferde beißen und treten mit den Hufen, als wären sie eigenständige Kämpfer."

„Du warst zu lange bei ihnen und traust ihnen zu viel zu."

Fangschlag sah den Sprecher an und bleckte die Fänge. „Ich war lange genug bei ihnen, um ihre Kampfeswut und Macht erlebt zu haben. Ich werde nicht den Fehler begehen und sie unterschätzen. Nein, ich muss mich davon überzeugen, dass sie am Nordtor hervorbrechen wollen."

Es war eine ungewöhnlich dunkle Nacht. Immer wieder schoben sich Wolken vor die Sterne, doch für die empfindlichen Augen eines Orks gab es noch genug Licht, um sich orientieren und Einzelheiten erkennen zu können. Fangschlag würde Beißer in dieser Nacht viel abverlangen, doch das früher eher störrische Pferd war inzwischen recht folgsam geworden. Vielleicht weil es ahnte, wie viele Orks nur darauf lauerten, einen saftigen Bissen von ihm zu ergattern.

Legionsführer Blaunarbe war keineswegs überrascht, als Fangschlag bei ihm erschien. „Du bist ein fähiger Anführer und hast einen Vierbeiner, der für dich läuft. Ich dachte mir schon, dass du kommst, um dir die Bodenschlucht anzusehen."

„Gibt es Neuigkeiten?"

„Ich habe zwei Spitzohren als Späher dorthin geschickt. Sie halten sich verborgen. Der Feind will uns überraschen und ich will nicht, dass er erkennt, dass wir seine Hinterlist entdeckt haben."

Fangschlag grinste. „Du scheinst ebenso ein guter Anführer zu sein. Gut, ich werde mich dorthin begeben."

Er ging zu Fuß und richtete sich nach der Beschreibung, die ihm die Wachen der Legion gaben. Dennoch hätte er die Senke beinahe verpasst. Aus einiger Entfernung schien sie lediglich eine etwas dunklere Stelle im Boden zu sein und verbarg ihre wahre Tiefe und Ausdehnung.

Die beiden Späher sahen ihn und gaben sich zu erkennen. Sie lagen eine gute Hundertlänge vom Rand der Senke entfernt. „Näher wagen wir uns nicht heran", flüsterte einer, „sonst entdecken sie uns vielleicht noch."

„Könnt ihr etwas erkennen?"

„Wir hören nur die leisen Geräusche und ich habe auch einen Pferdereiter gesehen. Oder doch wenigstens seinen Kopf, glaube ich."

Fangschlag nickte. „Sie werden ihre eigenen Späher am oberen Rand der Senke haben, denn in ihrer Tiefe sind sie verwundbar. Wartet hier auf mich."

Der Oberlegionsführer kroch noch ein Stück näher. Er scheuchte eine Schlange auf, die nicht schnell genug entkam, und zerbrach ihren Schädel. Aber jetzt war nicht die Zeit für Leckereien und so ließ er sie liegen und schob sich weiter.

Fangschlag erstarrte zur Reglosigkeit, als sich ein Kopf über den Rand der Senke schob. Es war unzweifelhaft ein Schwertmann, wie man an dem Rosshaarschweif erkannte. Das Rundohr bedauerte, nicht die Farbe und Mark bestimmen zu können.

Ob sein einstiger Waffenbruder Nedeam dort unten in der Senke war?

Er lauschte angestrengt. Jetzt, aus größerer Nähe, hörte er das gedämpfte Stampfen vieler Hufe. Er war oft genug mit den Pferdelords hinausgeritten und kannte dieses Geräusch, wenn Pferde auf den Kampf warteten und gelegentlich besänftigt werden mussten.

Die Laute waren sehr leise, wenn man bedachte, wie viele Reiter sich dort unten verborgen halten mussten.

Fangschlag hatte viel beim Pferdevolk gelernt und wusste, dass man den Klang beschlagener Hufe dämpfen konnte, wenn man diese mit Tuchstreifen umwickelte. Die Männer des Pferdevolkes waren es auch gewöhnt, sich leise zu bewegen. Bei den alnoischen Reitern verhielt sich das anders. Aber vielleicht hatten diese ihre Metallteile ebenfalls umwickelt oder sogar die Rüstungen abgelegt.

Je länger Fangschlag nachdachte, desto größer wurde seine Überzeugung, dass sich in der Senke die geballte Reitermacht des Pferdevolkes und der alnoischen Gardekavallerie versammelt hatte, und er hegte keinen Zweifel, dass Pferdefürst Nedeam bei ihnen war.

„Du bist ein guter Krieger und du bist nicht dumm, Pferdereiter Nedeam“, flüsterte Fangschlag anerkennend. „Ich hätte dir ein anderes Ende gegönnt, doch mir bleibt keine Wahl.“

Er kroch zu den Spähern zurück. „Sie sind in der Senke.“

„Viele?“

„Sehr viele“, bestätigte Fangschlag.

Die Stimme des Spitzohrs klang ängstlich. „Und jetzt?“

„Ihr wartet hier.“ Er konnte die Gesichter gut genug erkennen und fletschte die Fänge. „Wenn ihr zurückweicht, lasse ich euch schlachten. Doch keine Sorge, die Pferdereiter werden bis zum ersten Tageslicht verborgen bleiben. Sie brauchen es, um sehen zu können, was sie angreifen. Aber bevor es so weit ist, werden wir unsererseits angreifen und sie alle töten.“

Er galoppierte zum Hauptlager zurück.

Inzwischen hatte auch Einohr von den Vorgängen am Nordtor erfahren und wartete begierig auf den Bericht seines Legionsoberführers. „Sie sind in der Senke? Alle ihre verfluchten Pferdereiter?“

„Um uns zu schaden, müssen sie alles aufbieten“, bestätigte Fangschlag.

„Ausgezeichnet. Dann schlachten wir sie alle mit einem Schlag.“ Einohr schlug sich begeistert mit der Faust in die offene Handfläche. „Du wirst vor allem Schützen brauchen. Bogen und Querbogen, die in die Senke hinabfeuern und ein ordentliches Blutbad anrichten.“

Fangschlag musste dem zustimmen. Es machte keinen Sinn, am Rand der Senke zu stehen und von oben mit den Schlagschwertern zu schlagen oder den Spießen zu stoßen. „Gut, aber ich werde auch eine Menge Rundohren hinaufführen, denn die Pferdereiter werden einen Ausbruch wagen, wenn sie erkennen, dass sie in der Falle sitzen. Wir werden einen Gewaltmarsch machen müssen, um noch vor dem ersten Sonnenlicht an der Senke zu sein."

„Nun, dann will ich dich nicht länger aufhalten. Nimm, was du brauchst, und nimm reichlich", knurrte Einohr. „Hauptsache, du schlachtest sie alle."

***

Sie standen dicht an dicht in der Senke und sie waren es nicht gewohnt, so lange und so eng beieinander auszuharren. Es drängte sie dazu, die Senke zu verlassen.

„Nur ruhig", raunte Scharführer Herklund dem alnoischen Hauptmann zu, der sein Pferd neben ihn geführt hatte. „Sie dürfen nicht ahnen, was hier auf sie wartet."

„So viele Tausend", seufzte der Alnoer. „Ein Wunder, dass sie Ruhe halten."

Herklund nickte. „Bald kommt der Sonnenaufgang und das Warten hat ein Ende."

„Das Licht der Tageswende wird den Tod bringen."

„Ja, das wird es."

52

„Ich will keinen verdammten Laut hören“, schärfte Fangschlag den Legionären ein. „Wenn sie uns kommen hören, dann werden sie nicht auf uns warten. Dann kommen sie aus der Bodenschlucht hervor und greifen an.“

„Sollen sie nur kommen“, meinte ein Kohortenführer.

Fangschlag sah das Rundohr an. „Sei kein Narr. Ich weiß, wie gut sie kämpfen können, und dort vorne in der Tiefe sind sehr viele von ihnen. Alles hängt davon ab, dass wir ihnen verwehren, mit Macht auf uns zuzureiten. Schärft euch also ein, wie mein Plan aussieht: fünf Legionen am Ausgang der Bodenschlucht. Spieß an Spieß und in fester Abwehrstellung. Alle Bogen und Querbogen schleichen an den Rand der Senke und halten sich verborgen. Erst wenn die Spieße fest gefügt stehen, rücken die Schützen vor.“

Ein Rundohr, welches ebenfalls den Querbogen führte, klopfte gegen seine Waffe. „Wenn ihr das Ende der Bodenschlucht verstopft, dann wird es kein Entkommen für sie geben. Sie werden sterben oder versuchen, sich hinter den Wall zurückzuziehen. Wir sollten auch jenes Ende mit Spießen sperren.“

„Ein verlockender Gedanke, doch das können wir nicht. Jenes Ende ist zu dicht am Nordtor. Von dort könnte man unsere Annäherung bemerken. Wir brauchen ohnehin Glück, damit wir unbemerkt bleiben, bis es für die Pferdereiter zu spät ist.“

Legionen waren es nicht gewohnt, sich lautlos zu bewegen. Die Spitzohren waren in ihren leichten Lederrüstungen recht gut darin, doch die Rundohren trugen ihre massiven Vollrüstungen. Immer wieder wurde metallenes Klirren laut, dazu kam der Schritt so vieler Füße, die in der Masse nicht geräuschlos bleiben konnten. Sie gingen gebückt, in der Hoffnung, dass die Wachen der Reiter sie nicht erkannten. Die Lanzen mit den Bannern waren gesenkt.

Fangschlag war sich nahezu sicher, dass das Anschleichen der Legionen bemerkt würde, doch in der Senke blieb alles ruhig. Niemand blickte über ihren Rand und erkannte die dunkle Masse, die sich von zwei Seiten bedrohlich näherte.

Die dazu bestimmten Legionen nahmen vor dem Einschnitt Aufstellung, der aus der Senke emporführte. Nur von dort drohte Gefahr, denn die Reiter konnten die Seiten nicht erklimmen. Kaum ein Laut war zu hören, als die Kämpfer in mehreren Reihen hintereinander Schulter an Schulter rückten und die langen Spieße nach vorne streckten. Ihre Schützen und Schwertkämpfer hielten sich bereit. Massen von Spitzohren und Rundohren mit Bogen und Querbogen bezogen längs der nach Süden gewandten Seite der Senke Stellung.

Schließlich war alles bereit und Fangschlag blickte zu den Spitzen der Berge hinauf, wo sich das Licht des neuen Tages als Erstes zeigen würde.

Das Schwarz der Nacht wich dem Grau der nahenden Morgendämmerung.

Die Masse der Pfeile und Bolzen würde auch bei Dunkelheit ein Massaker anrichten, doch so gut die Augen der Orks auch sein mochten, es war besser, das Ziel klar zu sehen. Wenn der Beschuss und das Sterben begannen, würde der Feind mit aller Macht zu entkommen versuchen. Fangschlag hatte viele Legionen von der Hauptmacht abgezogen, um das zu verhindern. Er empfand ein gewisses Bedauern bei dem Gedanken, welch unrühmliches Ende die Pferdereiter nehmen würden.

Die Konturen wurden schärfer. Ein erster rötlicher Schein zeigte sich an den Berggipfeln und breitete sich rasend schnell aus. Das Licht fiel noch nicht in die Senke, doch die Reiter konnten nun jeden Moment daraus hervorbrechen.

Es war an der Zeit.

Das große Rundohr richtete sich auf und hob das Schlagschwert. „Schlachtet sie!“

Die Anspannung der Legionäre entlud sich in einem lauten Gebrüll. Die Banner wurden aufgerichtet, während die Schützen die kurze Strecke bis zum Rand der Senke im Spurt zurücklegten und sofort zu schießen begannen. Am Boden der Senke war es noch dunkel, doch man sah eine kompakte Masse aus vielen tausend Leibern und so lösten die Orks Pfeil um Pfeil und Bolzen um Bolzen.

Fangschlag wollte das unrühmliche Ende der Pferdelords nicht aus der Nähe erleben und doch zwang er sich dazu, an den Rand der Senke zu treten. Man konnte den Grund noch immer nicht sehen. Nur wenige Schreie Getroffener waren zu hören, doch das Stampfen der Hufe wurde lauter, als sich die dunkle Masse bewegte und nach einem Ausweg suchte.

Dann fiel das Licht des neuen Tages auch in die Senke hinein.

Fangschlag starrte auf Zehntausende von Rindern hinab, deren Hufe mit Stoffstreifen umwickelt und deren Mäuler mit Tuchstreifen zugebunden waren. Nur hier und da wurde der grüne Umhang eines Pferdelords oder die silbrige Rüstung eines Gardekavalleristen sichtbar.

Die Augen des Kriegers wurden rund vor Überraschung.

Dann, aus unendlich weiter Ferne, so schien es, ertönte der dünne Klang eines Hornes. Es war der vertraute metallene Klang eines Hornes der Hochmark und andere Hörner fielen ein.

Auch andere hörten es und das Schlachten an der Senke fand ein abruptes Ende.

Blaunarbe hetzte mit fassungslosem Gesicht heran. „Sie haben uns getäuscht! Hier sind nur Hornläufer. Ihre Reiter sind im Süden! Sie haben uns hereingelegt!“

„Nedeam!“ Fangschlag verzog die Lefzen zu einem anerkennenden Grinsen. „Wahrhaftig. Er ist ein Krieger und er ist nicht dumm.“

53

Es war ein Wagnis, aber Daik ta Enderos hatte zugestimmt und die Hälfte aller verfügbaren Reiter am Haupttor versammelt. Der geplante Überfall auf die Orks entsprach ganz dem Geschmack der Kavalleristen und sie hätten wohl gerne alle daran teilgenommen, doch sie konnten es nicht riskieren, die anderen Tore vollständig von Reiterei zu entblößen, falls die Legionen ihrerseits einen Angriff vortrugen.

Das Haupttor in der Mitte der zweiten Grenze war großzügig bemessen und doch glich es einem Nadelöhr, als kurz vor Anbruch der Morgendämmerung zwölftausend Gardekavalleristen und viertausend Pferdelords hindurchdrängten. Daik ta Enderos stand auf der Befestigung über dem Tor und verfluchte die Tatsache, nicht selbst reiten zu können. Doch dies blieb Nedeam vorbehalten, da nicht beide Befehlshaber gleichzeitig der Gefahr ausgesetzt sein sollten. Zudem war gehörte es zum Vorrecht des Pferdefürsten, denn er hatte die Täuschung des Feindes ersonnen. Bernot ta Geos und Tonat ta Enderos führten die Reiter der Garde, Livianya ta Barat musste sich mit dem Kommando der zurückbleibenden Truppen begnügen. Die Hochgeborene stand neben Daik und fluchte ebenso erbittert wie dieser, da ihre bewährte siebente Kavallerie zur Reserve zählte.

„Wir können unsere Verteidigung nicht von allen fähigen Kämpfern entblößen“, versuchte Daik sie und sich selbst zu trösten. „Hoffen wir, dass das Kriegsglück auf unserer Seite ist.“

Regimenter und Beritte waren sorgfältig angewiesen worden, denn der Schlag sollte schnell und mit aller Härte geführt werden. Trotz der Dunkelheit gelang es den Einheiten, sich rasch zu formieren, während sie langsam vorantrabten. Der Wald, hinter dem der Feind lagerte und seine Berstpfeilwerfer aufgestellt hatte, war nur zwei Tausendlängen entfernt. Sicher hatten seine Beobachter am Waldrand das Ausrücken der Reiter bemerkt und würden nun alles daransetzen, die Ihren vor der Gefahr zu warnen. Diese Zeit würde man ihnen nicht geben.

Die Reiter waren in zwei massiven Blocks formiert, zwischen denen eine dünne Doppelreihe aus Pferdelords ritt. Die Männer jener Doppelreihe würden den Widerstand am Waldrand brechen und diesen besetzt halten, bis die beiden Hauptgruppen ihren Angriff durchgeführt hatten.

Die ersten Sonnenstrahlen traten im Osten hervor und ihr rötlicher Schein reflektierte auf eine Weise an den Vollrüstungen der Gardereiter, dass es wirkte, als seien die Männer in Blut getränkt. Die Pferde wechselten vom Trab in den Galopp und das Trommeln der vielen tausend Pferdehufe ließ den Boden erzittern. Die Orks würden dies bald bemerken, doch die Reiter hielten Ruhe. Kaum ein Befehl war zu hören und kein Signal ertönte. In grimmigem Schweigen teilten sich die Verbände und umritten den kleinen Wald an dessen Seiten.

Zur gleichen Zeit drangen die Pferdelords des Zentrums an den Rand der Bäume. Hier gab es die ersten Toten, als die Wachen der Orks sich mit Bogen und Querbogen wehrten. Aber die Männer mit den grünen Umhängen waren erfahrene Kämpfer, töteten die meisten Gegner und saßen dann ab, um ihre Stellung mit den eigenen Bogen und den Schwertern zu sichern. Sie ließen die wenigen überlebenden Orks entkommen, denn diese flüchteten durch den Wald und würden das Lager erst erreichen, wenn die Reiter es längst attackierten.

***

Einohr war unruhig. Der neue Schwarze Lord hoffte darauf, dass Fangschlag und seine Legionen die Pferdereiter vernichten würden. In der letzten Zeit musste er immer wieder daran denken, wie sehr sein Leben von Furcht geprägt worden war. Vor der Heimtücke anderer Spitzohren, die ihm das Futter neideten. Vor den Rundohren, die in ihm eine willkommene Zwischenmahlzeit sahen. Vor den Brutmeistern, die jeden wieder in den Nährschlamm warfen, der ihren Ansprüchen nicht genügte. Vor dem Schwarzen Lord, dem nichts zu entgehen schien und der keine Gnade kannte.

Mit seiner angeborenen Schläue und Hinterlist war es ihm gelungen, immer weiter aufzusteigen, und nun hatte er erreicht, was er nie zu träumen gewagt hätte … Er war der neue Schwarze Lord und alle Legionen, Spitzohren wie Rundohren, mussten sich seinem Willen beugen. Er verfügte über unglaubliche Macht und, wenn auch in begrenztem Rahmen, über magische Kräfte und dennoch blieb die Furcht sein Begleiter.

Die Angst vor dem Untergang des Landes und davor, die rettenden Schiffe nicht rechtzeitig in Besitz nehmen zu können. Doch vor allem die Angst vor den Pferdereitern.

Einohr war ihnen oft begegnet.

In der grünen Kristallstadt der Zwerge, in der Schlacht um Merdonan, in der Öde von Rushaan … Selbst in das Reich des vergangenen Schwarzen Lords waren die wagemutigen Pferdebedecker vorgedrungen. Sie hatten in der Festungsruine von Merdoret gekämpft und sogar die Faust des einstigen Gebieters zerstört. Immer wieder hatte Einohr ihnen nur durch seine Klugheit und die Flucht entkommen können.

Er fürchtete die Männer mit ihren grünen Umhängen und auf ihren großen Pferden, die alles und jeden in den Boden zu stampfen schienen. Selbst die alnoischen Reiter waren ihnen ähnlich und hatten seine Legionen bei Khalanaris vernichtet.

Nun saß Einohr in seinem bequemen Befehlswagen, knabberte geistesabwesend an einigen Früchten, wartete auf das erste Tageslicht und hoffte darauf, dass Fangschlag die Reiter vernichten möge.

„Die Pferdereiter sind gefährlich", sagte er unvermittelt zu dem Anführer seiner Leibwache. „Sie sind schnell und gefährlich." Er biss in eine Frucht, doch sie schmeckte ihm nicht und er warf sie missmutig von sich.

„Fangschlag wird sie schlachten", erwiderte der Wächter, der die Unruhe seines Oberherrn mit Unbehagen registrierte. Einohr neigte zu Wutausbrüchen, wenn etwas nicht nach seinem Wunsch verlief, und gelegentlich hatte eine seiner persönlichen Wachen darunter zu leiden. Es mochte eine Ehre sein, die Verantwortung für den Schutz des Schwarzen Lords zu tragen, doch es war unzweifelhaft eine gefährliche Ehre. „Das wird er ganz bestimmt. Er ist ein fähiger Krieger."

Einohr starrte düster vor sich hin. Plötzlich neigte er den Kopf zur Seite und lauschte. „Spürst du das? Der Boden wankt."

„Ein neues Erderzittern?", fragte der Wächter. „Dann ist der Untergang nahe und wir müssen zu den Schiffen eilen."

Einohr leckte sich über die schwarzen Lefzen und erhob sich. Zögernd trat er zur Tür des Wagenaufbaus und starrte ins Freie. Erste Sonnenstrahlen rissen das Lager aus der Dunkelheit. „Der Boden bebt und ich höre ein dumpfes Rumoren. Er erinnert mich an …"

Das kleine Spitzohr zuckte zusammen und sah sich hastig um. Im Lager der Legionen war das Beben des Bodens nicht unbemerkt geblieben. Krieger erhoben sich und schienen unsicher, was die Ursache war und wie sie sich verhalten sollten.

Eine dunkle Masse schob sich vor Einohrs Augen um den Waldrand herum und näherte sich dem Lager in unglaublicher

Geschwindigkeit. Er sah Banner und Wimpel, die silbernen Rüstungen der Garde und die grünen Umhänge des Pferdevolkes. Jetzt ertönten Hörner und eine glitzernde Welle lief die Reihen der Reiter entlang, als diese ihre Schwerter zogen.

„Es kann nicht sein", ächzte der neue Schwarze Lord. „Das ist unmöglich."

***

Nedeam sah den Feind vor sich. Die Zahl der Legionen ließ sich schwer einschätzen. Sie bedeckten als dunkle Masse einen erschreckend großen Teil des Graslandes hinter dem Wald. Er blickte sich um, bemerkte Gruppen von Ferntötern und merkwürdigen Karren, die ein Stück von den Orks entfernt standen und bei denen sich gerade Scharen von Spitzohren sammelten. Das mussten die Waffen sein, zu deren Zerstörung sie ausgeritten waren.

„Ta Geos, mit dem linken Flügel nach links und beschäftigt die Legionen!", rief er dem Waffenbruder zu, der an seiner Seite galoppierte. „Ich nehme mit dem rechten Flügel die Ferntöter!"

Jetzt ertönten die Hörner. Zischend glitten die Klingen aus den Scheiden und die Männer machten ihrer Anspannung Luft, indem sie erregt schrien. In gestrecktem Galopp rasten die Reiter dahin. Rosshaarschweife und Umhänge wehten, Banner und Wimpel knatterten im scharfen Reitwind.

Auch bei den Orks wurde gebrüllt und die Legionen begannen sich hastig in Kampfaufstellung zu formieren. Spieße senkten sich den Angreifern entgegen, Pfeile wurden an Sehnen gelegt, Bolzen in die Querbogen geschoben.

„Schneller Ritt!", schrie Nedeam mit aller Kraft. Er hatte sich halb im Sattel erhoben, stand in den Steigbügeln und reckte die elfische Klinge gegen den Feind.

„Und scharfer Tod!“, wurde der Schlachtruf von tausenden Kehlen aufgenommen.

Ta Geos führte drei Regimenter der Gardekavallerie in die Schlacht. Die übrigen vier würden unter dem Befehl des jüngeren ta Enderos bald auf der anderen Seite des Waldes auftauchen. Diesmal waren die Regimenter nicht nebeneinander angeordnet, sondern hintereinander und glichen einem rasenden Rammbock, der sich den Legionen näherte.

Bernot ta Geos ritt in der ersten Reihe seiner zweiten Kavallerie, deren vordere Beritte mit einer Überraschung aufwarten sollten. Sie hielten größeren Abstand zu den nachfolgenden Reitern. Jeder der Männer hatte ein Gefäß mit glühendem Brennstein am Sattelknauf und eine Reihe der neuen Sprengsäckchen am Gürtel.

„Nehmt es hin wie echte Gardisten und gebt es den Bestien!“, brüllte er seinen Männern zu, als die vorderen Reihen des Gegners die Spieße fällten. Ein Wall aus langen Stangen und tödlichen Spitzen reckte sich den Reitern entgegen. Es würde unmöglich sein, ihn mit dem Schwert zu durchbrechen, ohne dass die vorderen Beritte schreckliche Verluste in Kauf nehmen mussten.

Um eine Legion zu brechen, musste man in ihre dichten Reihen eindringen. Mit Schwert und Lanze gelang dies allenfalls unter hohen Verlusten und oft genug nur, weil ein sterbendes Pferd mit seinem Reiter in die Glieder stürzte und die so entstehende Lücke nicht schnell genug wieder geschlossen werden konnte.

Bernot zog eines der Pulversäckchen von seinem Gürtel, hielt die Lunte an den glühenden Brennstein und hörte das leise Zischen, mit dem sie in Brand geriet. Nahezu zeitgleich mit seinen Männern hob er den Arm zum Wurf. Der Abstand zum Feind schrumpfte und wurde bedrohlich gering.

Pfeile und Bolzen zischten heran, mancher Gardist und manches Pferd stürzten. Bei einem Reiter explodierte das Säckchen zu früh und zerfetzte den unglücklichen Mann.

Zur Überraschung des Feindes zügelten die anstürmenden Reiter unvermittelt die Pferde. Ta Geos warf das schwere Sprengsäckchen in die vorderen Reihen der Orks und rechts und links von ihm flogen Dutzende anderer Ladungen. Schon zogen die Männer ihre Pferde zur Seite, gaben ihnen die Sporen und ritten aus dem Weg der angreifenden Regimenter, noch während die Sprengsäckchen in der Luft waren. Diese enthielten nicht nur das Berstpulver, sondern waren zugleich mit allerlei Metallteilen und kleinen Steinen gefüllt. Als sie explodierten, entfalteten sie ihre verheerende Wirkung.

Orks wurden zerrissen oder zu Boden geschleudert und viele waren von den harten Druckwellen benommen. Noch bevor die riesigen Lücken auch nur ansatzweise geschlossen werden konnten, waren die Garderegimenter heran. Die Kavalleristen wussten, was zu tun war. Sie verbreiterten die Lücken nach rechts und links und durch die immer breiter werdenden Breschen drangen auch schon die nachfolgenden Regimenter, um das blutige Schlachten zu den anderen Legionen zu tragen. Ta Geos und seine Männer machten kehrt und schlossen sich dem Gemetzel an.

Einohr verfügte hier noch über immerhin dreißig Legionen und bereute nun sicherlich, dass Fangschlag mit zwanzig anderen nach Norden marschiert war. Sechzigtausend Orks gegen die rund sechzehntausend Reiter, welche die Schnelligkeit ihrer Pferde nutzten. Die Gardereiter hielten Disziplin und achteten darauf, ihre Verbände geschlossen zu halten. Auf diese Weise hielten sie zunächst ein kräftemäßiges Gleichgewicht mit jenen Legionen, die den Kampf aufnahmen, und dies stärkte die punktuelle Überlegenheit der Reiter.

Schlagschwerter zogen manchen Kavalleristen vom Pferd und hackten dann auf ihn ein, Spieße stießen vor und fanden ihre Opfer. Bolzen und Pfeile zogen ihre Bahnen und trafen Freund und Feind ohne Unterschied, denn die Spitzohren suchten verzweifelt nach Schutz vor den Angreifern und der Deckung der großen Rundohren.

Doch die Gardekavallerie forderte einen ungleich höheren Blutzoll und hackte sich förmlich ihren Weg durch die angeschlagenen vorderen Legionen.

Schreie und Stöhnen mischten sich mit dem Wiehern der Pferde, dem Klang der Waffen und dem Surren der Geschosse. Immer wieder sammelten die Signalhörner die Beritte an ihren Wimpeln, Befehle formierten sie neu und ließen sie abermals vorstoßen.

Die vorderen Legionen waren dem Untergang geweiht, doch ihr Tod verschaffte anderen die Zeit, um sich aufzustellen und auf den Kampf vorzubereiten.

***

Nedeams Schwertmänner und Pferdelords preschten direkt am hinteren Waldrand entlang und sahen die Batterie aus Ferntötern und Berstpfeilwerfern vor sich. Hunderte von Spitzohren hielten sich bei den Waffen auf und sahen das Verderben auf sich zukommen. Unter ihnen brach Panik aus. Einige rannten in die Deckung des Waldes, die meisten hingegen hasteten auf die Legionen zu, um dort Schutz zu finden. Wieder andere blieben.

Für die fünfundvierzig Beritte, die der Pferdefürst der Hochmark führte, gab es hier nicht genug Gegner. Sie überrannten die Spitzohren, teilten sich in Gruppen und machten Jagd auf jene, die zu entkommen suchten.

Auch Nedeam hatte Reiter bei sich, welche über die Sprengsäckchen verfügten. Hier wurden sie in die Rohre der Ferntöter und Berstpfeilwerfer gesteckt. In der Mündung der Ferntöter explodierend, wurden die Rohre zerfetzt. Die Berstpfeilwerfer waren schon gar nicht für solche Gewalten ausgelegt, denn sie brauchten sonst nur dem Feuerschweif des davonfliegenden Berstpfeils standzuhalten. Wo die Zerstörung nicht ausreichend war, wurden die neuen Kriegshämmer gezückt und zerschlagen, was in deren Reichweite gelangte.

Ein Stück voraus erkannte Nedeam einen riesigen Wagen, über dem ein gigantisches schwarzes Banner wehte. Er ahnte sofort, wem das Gefährt gehörte, und wollte schon den Befehl zum Angriff geben, als er die Regimenter von ta Enderos an der anderen Seite auftauchen sah.

Arkarim preschte an seine Seite. „Das ist das Banner Einohrs! Kommt, lassen wir ihn unsere Klingen und die Wut des Pferdevolkes spüren."

Nedeam schüttelte den Kopf. „Ta Enderos′ Gardereiter sind schon fast heran. Wenden wir uns unserem Freund Bernot zu. In seiner Flanke sammeln sich Legionen. Das ist Schwertarbeit für unsere Männer."

Die Hörner des Pferdevolkes sammelten die Beritte. Manche Reiter brachen die Verfolgung fliehender Spitzohren nur widerwillig ab, doch die Disziplin siegte auch hier.

Nur Augenblicke später führte Nedeam die Pferdelords zu ta Geos′ Unterstützung gegen die Masse der Orks.

***

Einohr raste vor Wut und zugleich empfand er unsägliche Angst. Die Reiterregimenter bahnten sich ihren Weg durch seine

Legionen, deren Formationen zerfielen und deren einzelne Gruppen niedergehackt oder überritten wurden. Wenigstens fünf Legionen waren vernichtet. Nichts schien die Pferdelords und Gardisten aufhalten zu können.

„Hol sie her!“, schrie er den Führer seiner Leibwache an. „Hol die Legionen! Sie müssen mich schützen! Es ist ihre Pflicht, ihren Oberherrn zu schützen!“

Zwei der Wächter sprangen vom Wagen und rannten in Richtung der eigenen Truppen. Die übrigen bildeten einen Kreis um den Befehlswagen, doch ihnen war die Angst anzumerken, die sie gepackt hatte. Sie führten Schwerter und Fernwaffen, doch keine Spieße und so würden sie einem Ansturm der Reiter nicht widerstehen können, zumal diese in enormer Übermacht herankamen.

In seiner Panik wollte der Oberherr der Orks schon den Befehl geben, die Kohorten vor seinen Wagen spannen zu lassen, doch dann begriff er, dass es mit dem langsamen Gefährt kein Entkommen gab. Er wandte den Kopf zur anderen Seite und nun sah er dort eine neue Reitertruppe um den Wald herumkommen, über der die Regimentsbanner Alnoas wehten.

„Sie sind schnell“, ächzte er benommen. „So furchtbar schnell.“

Seine Gedanken rasten und endlich, als die vorderen Reihen fast heran waren, besann er sich auf seine neuen Kräfte.

„Ihr verfluchten Pferdebedecker!“, kreischte er und richtete seine Hände gegen den Feind.

Einohr hatte sich oft ausgemalt, wie er eine Übermacht von Feinden mit seinen neuen magischen Gaben vernichten würde. Sie mit dem Blick zu bannen und dann mit dem Flammzauber zu verbrennen. Dann, wenn sie besiegt waren, über das Schlachtfeld zu schreiten und den wenigen Überlebenden mit seinem Wuchtzauber jeden einzelnen Knochen im Leibe zu zerbrechen.

Vor allem diesem Pferdereiter Nedeam, dem er, einem lebendigen Fluch gleich, immer wieder begegnet war.

Jetzt, im Augenblick höchster Gefahr, war sein klares Denken wie weggewischt. Statt den Feind zur Reglosigkeit zu bannen und somit vollkommen hilflos zu machen, nutzte er den Flammzauber und ließ eine Kette von Feuerkugeln aus seinen Fingerspitzen los. Sie zogen glühende Spuren auf die Reiter zu und brannten viele von ihnen nieder. Gras loderte auf und eine Flammenwand stieg brausend vor den Gardisten empor. Vereinzelte Reiter durchbrachen sie. Viele waren durch Brandwunden verletzt und keiner überlebte den wagemutigen Sprung durch die Flammen, denn Einohr brannte sie alle nieder und was ihm nicht zum Opfer fiel, wurde von den Pfeilen und Bolzen seiner Wache gefällt.

Die Pferde scheuten vor dem Feuer zurück und zwangen die Garderegimenter, zur Seite auszuweichen. Doch noch immer gellten ihre Hörner und trotz des Grauens war der Mut der Männer ungebrochen.

Einohr sah sie die Flammen umrunden, doch nun erschöpfte sich seine magische Kraft sehr schnell. Die Feuerkugeln wurden zu züngelnden Flammen, die keinen der Reiter erreichten.

Wieder streckte er die Hände aus und wandte den Wuchtzauber an. Männer und Pferde wurden von unsichtbarer Gewalt gepackt und zerschmettert oder zur Seite geschleudert. Den ersten Beritten wurde auf furchtbare Weise zugesetzt und jetzt, dieser unsichtbaren Macht ausgesetzt, zogen die Kavalleristen ihre Pferde herum. Sie wichen der unfassbaren Gefahr aus und wandten sich den Legionen zu, die ein leichteres Ziel versprachen.

Hochgeborener Tonat ta Enderos war nicht mehr in der Lage, seine Reiter zu befehligen. Zur Unkenntlichkeit verbrannt lag er inmitten einer Gruppe seiner Männer.

Der neue Schwarze Lord spürte das Schwinden seiner Kräfte und wimmerte erleichtert, als die Reiter auswichen. Nach Atem ringend sah er in Richtung des Hauptlagers, wo sich endlich, endlich, die Hauptmasse der Orks aufgestellt hatte und ihren Vormarsch gegen die Reiterei begann.

***

Die neuen Rüstungen der Eisenbrüste verfügten über wesentlich mehr Widerstandskraft als die alten. Ein gezielter Schwertstoß konnte sie kaum durchdringen und die Pferdelords und Gardisten schwangen ihre Klinge im Bogen von oben herab, um den Feind am Hals zu treffen. Nedeams Schwertmänner benutzten inzwischen den Kriegshammer, der sich als tödliche Waffe bewährte.

Es hatte die Form eines plumpen Kegels aus bestem Stahl der Hochmark, der an einem langen Griff befestigt war. Die Wucht des Kegels zertrümmerte jeden Helm und jeden Panzer und durch die stumpfe Form war es leicht, die Waffe wieder zu befreien. Hieb um Hieb fuhr auf die Orks herab und brachte den Tod oder furchtbare Wunden.

Nedeam besaß ebenfalls einen solchen Hammer, doch sein elfisches Schwert durchtrennte die dicken Panzer der Rundohren mit Leichtigkeit.

Er wusste nicht, wie viele Orks er an diesem Morgen bereits gefällt hatte, doch er war ein erfahrener Kämpfer und achtete darauf, nicht dem Kampfesrausch zu verfallen. So spürte er allmählich, wie die Kraft seines Armes schwand. Es war an der Zeit, sich vom Feind abzuwenden und genug Kräfte aufzusparen, um sich den Rückweg notfalls zu erkämpfen.

Nedeam sah sich um. Er befand sich inmitten eines heftigen Getümmels. Arkarim kämpfte getreu an seiner Seite, das Gesicht verzerrt und vom dunklen Blut des Feindes bespritzt. Dicht bei hielten sich Nedeams Bannerträger und der Signalbläser, geschützt von einer ausgewählten Schar.

Der Pferdefürst trieb seinen Hengst Duramont an Arkarims Seite, stach beiläufig zwei Rundohren nieder und deutete dann mit der blutigen Klinge um sich. „Wir haben unser Ziel erreicht, Arkarim. Wir haben den Legionen einen harten Schlag versetzt und ihre Ferntöter zerstört. Aber dort hinten formieren sich ihre Reserven und sie sind uns noch immer weit überlegen. Es ist an der Zeit, der Übermacht zu weichen, damit wir zu anderer Zeit erneut gegen sie antreten können."

Arkarim grinste mit verzerrtem Gesicht und nickte. „Du hast recht, mein Freund. Das Glück war uns hold, doch wir sollten es nicht herausfordern."

Der Hornbläser von Nedeams Eskorte gab das Signal zum Rückzug und andere Hörner nahmen es auf. Die Reiter mit den Bannern und Wimpeln lösten sich aus dem Kampfgeschehen, andere folgten. Immer mehr kämpften sich frei und strebten zu den Zeichen ihrer Beritte. Mancher Reiter fehlte und mancher Sattel war leer, als die Regimenter versammelt waren.

Die Orks versuchten nicht, die Männer aufzuhalten. Selbst die Rundohren schienen froh, dass das Schlachten endete. Sie blieben, wo sie waren, und warteten, während ihre Verstärkungen nun zu ihnen aufschlossen.

Erneut tönten die Signale und die Reiter des Pferdevolkes und der Garde zogen sich wohlgeordnet zurück. Sie waren erschöpft und viele von ihnen verwundet, doch sie alle empfanden den Stolz und die Gewissheit, dass sie an diesem Morgen Großes geleistet hatten.

Nedeam und Arkarim trabten Seite an Seite und waren angesichts ihrer Erfahrung dankbar dafür, dass sie dies noch konnten.

„Wir haben ihnen zugesetzt", meinte Arkarim und warf einen Blick über die Schulter zurück.

„Ja, das haben wir. Doch der Schlachter macht seine Rechnung für beide Seiten", erwiderte Nedeam mit leiser Stimme. „Wie hoch die unsere ist, werden wir sehen, wenn wir wieder hinter dem Wall sind."

„Jedenfalls haben wir ihre Ferntöter vernichtet."

Nedeam sah einen Unterführer der Gardekavallerie, der ein Banner des Feindes trug. „Ja, dieser Waffengang ging an uns und nun gilt es, sich auf den kommenden vorzubereiten."

54

Wir haben siebenhundert Männer verloren und fast die gleiche Zahl ist verwundet." Daik ta Enderos stand auf der Befestigung über dem Haupttor und starrte auf die Liste, die ihm ein Regimentsunterführer gereicht hatte. „Es kommt einem Wunder gleich, dass wir nicht mehr verloren."

Die Stimme der Oberkommandierenden der Garde klang tonlos und Nedeam legte ihm in einer mitfühlenden Geste die Hand an den Arm. „Euer Verlust ist für uns alle schmerzlich. Ich kannte Euren Sohn bereits seit dem Kampf um die Hafenstadt Gendaneris. Er führte seine Männer mutig und entschlossen gegen die Schwärme der See, wo andere zauderten. Auch wenn dies in Eurem Schmerz kein Trost sein kann, so wird er doch unvergessen bleiben."

Die Umstehenden spürten, wie sehr der kleine Gardist um seine Fassung rang. Als man die Verluste der eigenen Truppen feststellte, war es klar geworden, dass auch Tonat ta Enderos zu jenen gehörte, die auf dem Schlachtfeld zurückgeblieben waren. Daik hatte die Nachricht mit reglosem Gesicht aufgenommen und sich dann in seinen Amtsraum zurückgezogen. Doch als Nedeam und die anderen Truppenkommandeure zur angesetzten Beratung kamen, schien der Trauernde seine Fassung wiedererlangt zu haben.

„Nach meinem Weib habe ich so auch meinen Sohn verloren und ich bin der Letzte meiner Linie." Ta Enderos erhob sich hinter seinem Schreibtisch. „Doch ich bin nicht der Einzige, der trauert, und werde auch nicht der Letzte sein. Jetzt ist nicht die Zeit für Wehklagen, denn auch wenn wir dem Feind an diesem Morgen erfolgreich begegneten, so ist er nicht geschlagen. Im Gegenteil.

Wir werden seinen Zorn geweckt haben und nun wird er mit aller Macht gegen uns losschlagen."

„Dem stimme ich zu", meldete sich König Balruk zu Wort. „Dank der Täuschung, die Pferdefürst Nedeam ersonnen hat, ließen wir die Orks bluten. Das wird vor allem ihre Rundohren erzürnen und sie werden auf Rache sinnen."

Es hatte begeisterte Worte dafür gegeben, dass Nedeams Absicht gelungen war, den Feind durch die große Hornviehherde dazu zu verleiten, starke Kräfte zur Senke im Norden zu entsenden. Doch dieser Triumph hatte einen schalen Beigeschmack. Von den zweihundert Reitern, welche das Hornvieh getrieben hatten, waren nur vier zurückgekehrt und Nedeam und die Pferdelords trauerten um Scharführer Herklund.

Der Pferdefürst verdrängte die Gedanken an den toten Waffengefährten und nickte zögernd. „Den Orks bleibt keine Wahl. Wir haben den größten Teil ihrer Ferntöter zerstört und nun müssen sie gegen den Wall anstürmen, um ihn zu brechen."

Bernot ta Geos sah seinen Oberkommandierenden mitfühlend an. „Wir haben sie getäuscht und überraschend zugeschlagen, doch ein zweites Mal wird uns das nicht gelingen."

Ta Enderos legte das Papier mit der Aufstellung der Verluste mit zitternder Hand auf den Schreibtisch. „Ihr schätzt, dass der Feind fünf Legionen verloren hat?"

„Eher vier", schränkte Arkarim ein. „Es eilten so viele von uns und ihnen umher, dass es schwer war, ihre wahre Zahl einzuschätzen."

„Sie sind uns noch immer maßlos überlegen", stellte ta Enderos unbehaglich fest.

„Das war nicht anders zu erwarten." König Balruk hatte es sich auf einem viel zu hohen Stuhl bequem gemacht und hielt seine Axt Grünschlag quer über den Knien. „Vielleicht hätte man mehr der Bestien schlachten können, doch wären die Verluste unserer Reiter dann rasch angestiegen. Selbst im Kampfesrausch macht sich irgendwann die Ermüdung bemerkbar und dann wird ein Krieger rasch zum Opfer des Feindes."

„Wir müssen bedenken, dass der Einbruch in die fest gefügten Legionen nur aus dem Grund so rasch gelang, weil wir die neuen Sprengpulversäckchen nutzen konnten." Bernot ta Geos hatte sich nur flüchtig gesäubert. Statt an seine Reinlichkeit zu denken, war er lieber zu seinen Männern gegangen und hatte nach den Verwundeten gesehen. „Die meisten der Säckchen sind jetzt geworfen und wir könnten neue brauchen."

Daik ta Enderos warf einen auffordernden Blick zu dem Hochgelehrten Britman ta Markos, welcher der Besprechung beiwohnte. Dieser seufzte vernehmlich. „Ich bedauere, doch Berstpulver gehört zu den Dingen, die bei uns selten sind. Die Vorräte sind nahezu verbraucht."

Livianya ta Barat spielte mit einer Strähne ihrer langen schwarzen Haare. „Ist das auch den Bestien bekannt?"

„Äh, wie meinen, Hochgeboren?"

Die schöne Kavalleriekommandantin lächelte sanft. „Wenn wir es wissen, so muss dies ja nicht auch für den Feind gelten. Habt Ihr noch von den Säckchen und den Zündschnüren?"

„Ja, doch ohne das Berstpulver ..."

„Ich verstehe." Zum ersten Mal seit der Todesnachricht lächelte Daik ta Enderos wieder. „Hochgelehrter, beschafft uns die Säckchen mit den Schnüren. Vielleicht erinnern sich die Orks an ihre Wirkung, wenn sie die Garde erneut mit den Dingern angreifen sehen. Auch wenn sie nicht zerbersten, so könnte die Furcht davor den Feind auseinanderweichen lassen."

Ta Markos nickte. „Ich werde dafür sorgen, dass man beides zu den Garden bringt. Bei der Gelegenheit möchte ich daran erinnern, dass wir durchaus noch ein paar unliebsame Überraschungen bereithaben."

Ta Enderos nickte. „Die dreirädrigen Dampfkanonen und die Luftschiffe."

Einige der Anwesenden machten fragende Gesichter, da sie diese neuen Erfindungen noch nicht kannten. Der Hochgelehrte erläuterte ihnen, worum es sich handelte.

„Wagen, die ohne Gespann fahren? Schiffe, die durch die Luft schwimmen?" Balruk lachte dröhnend. „Wie könnt ihr bei solchem Unfug ein ernstes Gesicht behalten?"

„Es ist wahr", sagte Nedeam schlicht.

Der Zwerg erwiderte seinen Blick verblüfft. „Es ist wahr?"

„Diese Dinge gibt es wirklich."

Balruk lachte erneut. „Dann seid ihr allesamt vortreffliche Magier." Er wurde schlagartig ernst und stieß den Stiel der Axt entschlossen auf den Boden. „Also gut, wenn es diese Dinge wahrhaftig gibt, dann sollten wir sie auf den Feind werfen."

Arkarim zog sein Schwert und setzte die Spitze hart auf. „Dem stimme ich zu. In offener Schlacht können wir den Bestien besser begegnen, als wenn wir auf dem Wall stehen und er ihn bestürmt."

Auch Nedeam nickte. „Er kann uns an jeder Stelle des Walls angreifen und wir müssen diesen in seiner ganzen Länge bewachen. Doch wenn wir massiert hervorbrechen, so muss auch er seine Legionen ballen, um uns zu begegnen. Er mag in überwältigender Überzahl sein, aber so bietet er auch ein überwältigendes Ziel."

„Es ist riskant", gab ta Enderos zu bedenken. „Bricht er uns, so kommt er über den Wall und das Landvolk ist ihm schutzlos ausgeliefert." Er sah ta Markos forschend an. „Wie steht es um die Einschiffung der Völker?"

„Oh, ein guter Teil ist auf den Schiffen und diese sammeln sich in der Bucht von Gendaneris. Aber wir brauchen noch wenigstens drei oder vier Tageswenden, bis die Übrigen an Bord sind. Aber es wird nicht allen gelingen."

„Warum nicht?"

„Uns fehlen noch viele Schiffe und uns fehlt die Zeit, um sie zu erbauen."

55

Einohr und Fangschlag standen nebeneinander auf dem Dach des Befehlswagens und konnten von hier das Schlachtfeld überblicken. Ein paar Orks streiften umher, um von den Gefallenen einen Bissen zu ergattern. Es war eher die Macht der Gewohnheit, denn der Nahrungsmangel vergangener Jahre bestand nicht mehr. Die meisten Überreste des Kampfes wurden jedoch zu großen Haufen geschichtet und so dem Verfall überlassen. Einohr wollte das Lager hinter dem Wald beibehalten und nicht ständig über Hindernisse stolpern, wie er es ausgedrückt hatte.

Der Schwarze Lord wirkte erschöpft. Die Anwendung der magischen Gaben hatte ihn ausgelaugt und an den Rand des Zusammenbruchs getrieben. Er spürte, dass es Zeit brauchen würde, um erneut genug Kraft zu ihrer Nutzung zu sammeln. Das missfiel Einohr, denn nun war er umso mehr auf den Schutz durch seine persönliche Wache angewiesen. Andererseits hatte er beträchtlich an Respekt bei den Legionen gewonnen, denn die Spuren seiner zerstörerischen Macht waren unübersehbar.

Fangschlag gehörte zu jenen wenigen, die sich hierdurch nicht beeindrucken ließen. „Es ist bedauerlich, dass du diese Fähigkeiten nun nicht nutzen kannst, um den Wall zu brechen", sagte er mit unbewegter Miene. „Es wäre nützlich gewesen, da die Pferdereiter so viele unserer Ferntöter zerstört haben."

„Keine Sorge", giftete Einohr. „Ich habe noch immer die Macht, mich meiner Haut zu wehren."

Der Legionsoberbefehlshaber nahm den Helm mit den drei roten Querkämmen ab und klemmte ihn unter seinen Arm. „Dessen bin ich mir sicher. Es entspricht deinem Wesen."

„Wir mögen uns nicht“, stellte die kleine schwarze Gestalt lakonisch fest. „Aber du dienst mir, da du schlau genug bist, um zu erkennen, dass du meine Klugheit und Führungsqualitäten benötigst. Ich habe uns zum letzten Wall der freien Völker geführt und werde auch dafür sorgen, dass wir ihre Schiffe erlangen.“

„Du magst ein bisschen herumgeschrien haben“, knurrte Fangschlag und bleckte die Fangzähne. „Aber zum Wall haben uns die Stärke der Legionen geführt und das Blut ihrer Kämpfer.“

„Jedenfalls hat uns dein erneutes Versagen wieder viel Blut gekostet.“ Einohr wies um sich. „Die Pferdereiter haben dich genarrt und nach Norden gelockt. So fehlten die Legionen hier, als sie unser Lager heimtückisch überfielen.“

„Ja, ich habe mich täuschen lassen“, gab das Rundohr unumwunden zu. „Es waren nur wenige der Pferdebedecker und Legionen von ihrem Hornvieh. Unsere Legionen lösten ihre Bolzen und Pfeile in die Senke hinab, aber die Menschen und ihr Vieh ließen sich nicht einfach nur abschlachten. Die Reiter haben das Hornvieh herausgetrieben und ein Feuer hinter sich gelegt.“

„Das war dumm, denn dadurch haben sie sich selbst den Rückweg versperrt“, lachte Einohr auf.

„Das war klug, denn dadurch geriet das Hornvieh in Panik. Du weißt sicher, woher das Hornvieh seinen Namen hat, nicht wahr?“ Fangschlag verzog die Lefzen. „Jedenfalls haben sie eine unserer Legionen förmlich in den Boden gestampft. Die Eisenbrüste der Rundohren haben den Hörnern meist widerstanden, aber viele der Spitzohren in ihren Lederrüstungen wurden gespießt. Die Pferdereiter sind gute Krieger und sie haben kluge Anführer. Selbst das Hornvieh haben sie zum Kämpfen genutzt.“

„Ah, du bewunderst sie?“

„Ich respektiere sie.“

„Vergiss nicht, wen du wahrhaftig zu respektieren hast, Legionsoberführer." Einohrs schwarze Augen schimmerten für einen Moment in tiefem Blau. „Ich bin der Oberherr aller Orks und du hast mir Treue geschworen."

„Nein, ich schwor, dir zur Seite zu stehen, da es um das Überleben unserer Art geht."

„Das ist dasselbe", zischte Einohr.

Seit das Spitzohr zum neuen Schwarzen Lord aufgestiegen war, hatte sich Fangschlag immer wieder beherrschen und vor Augen führen müssen, dass ihr Bündnis nur dem Zweck diente, die Orks vor dem Untergang des Landes zu bewahren. Er konnte die Nähe seines Widersachers immer wieder meiden, da er das ganze Reich der Finsternis bereisen musste, um den letzten Sturm der Orks vorzubereiten. Doch seitdem dieser endgültig begonnen hatte, waren beide gezwungen, sich zu beraten und irgendwie miteinander auszukommen. Es fiel dem Legionsoberführer jedoch immer schwerer, seinen Hass zu zügeln. Er wusste, dass dies auf Gegenseitigkeit beruhte, doch Einohr brauchte seine Hilfe. So gut die Legionen auch kämpfen mochten und so zahlreich sie auch waren, es fehlte ihnen an Führern, die über den Augenblick hinausdachten. Vom Wurf in den Bruthöhlen an waren sie es gewohnt, den Weisungen des Oberherrn zu folgen.

„Wir haben noch immer genug Ferntöter, um den Wall an einer Stelle in Fetzen zu schießen. Ich habe alle nach hier befohlen. Auch die Legionen. Hier werden wir stürmen."

„Du klingst fast schon wie ein Rundohr."

Einohr streckte den Arm blitzartig gegen Fangschlag und dieser befürchtete schon, im nächsten Moment in Asche verwandelt zu werden, doch da ließ sein Widersacher die Hand sinken und lachte bellend. „Mag sein. Aber ich will endlich die Entscheidung. Gib es zu, Fangschlag, bei all unserer Überzahl haben wir bislang eine armselige Vorstellung gegeben und nichts bewirkt. Es wird sich nun ändern. Sobald alle Truppen hier versammelt sind, greifen wir an und bereiten den freien Völkern das Ende."

„An ihrer Stelle würde ich nicht darauf warten wollen. Sie werden wissen, dass wir alle nach hier rufen."

„Bah, woher sollten sie das wissen? Wenn die Legionen hinter den nächsten Hügeln marschieren, kann man das vom Wall aus nicht sehen."

„Hast du das Blinken auf dem hohen Felsen am Gebirge nie bemerkt? Ich bin mir sicher, sie haben Langaugen dort oben und können von dort sehen, was wir machen."

„Langaugen? Warum hast du das nicht schon zuvor erwähnt?"

„Oh, ich dachte, es sei dir längst bekannt."

Einohrs Augen verengten sich zu schmalen Schlitzen. „Treib es nicht zu weit, Fangschlag. Bald ist die letzte Grenze gefallen."

„Sie werden herauskommen."

„Was?"

Fangschlag knurrte verächtlich. „Wenn sie sehen, dass wir alles hier vereinen, dann kommen sie heraus. Ich sagte dir schon oft, dass sie auf die Kraft ihrer Pferde setzen und sie diese hinter dem Wall nicht nutzen können. Sie kamen heraus, um die Ferntöter zu vernichten, und sie werden erneut hervorkommen, um uns eine Schlacht zu liefern. Sie werden kämpfen wollen, wie es sich für Pferdelords gebührt."

„Dann sind sie ebensolche Narren wie ihr Rundohren."

„Es ist eine Sache der Ehre, doch davon verstehst du nichts."

56

„Das elfische Haus der Hochmark.“ Lotaras’ Lächeln wirkte versonnen und ein wenig unglücklich. „Es ist fürwahr ein kleines Haus.“

„Dennoch gilt es, dieses zu bewahren.“ Nedeam sah seinen elfischen Freund eindringlich an. „Du weißt, wie sehr ich es schätze, dich an meiner Seite zu wissen. Deine Kunstfertigkeit mit Schwert oder Bogen ist wohl unübertroffen.“ Aus der Ecke des dunklen Raumes, in der Llaranya an Nelianas Bettchen saß, kam ein dezentes Räuspern. Der Pferdefürst lächelte in ihre Richtung. „Anwesende weibliche Elfen ausgenommen.“

Nun musste Lotaras doch lachen. Er ergriff die Hand seiner Schwester Leoryn, die neben ihm saß, und streichelte sie sanft. „Ich weiß, du meinst es gut und unser Wohlergehen liegt dir am Herzen. Doch im bevorstehenden Kampf wirst du auf jede Klinge und jeden Bogen zählen müssen.“

Daik ta Enderos hatte zugestimmt, am folgenden Morgen einen weiteren Angriff gegen den Feind vorzutragen und dabei auch die neuen Erfindungen der Alnoer einzusetzen. Niemand glaubte ernstlich an einen Sieg, doch wenn es wirklich gelang, den Orks einen schweren Schlag zu versetzen, mochte dies einen Zeitgewinn für das Landvolk bewirken, welches unentwegt zu den Anlegestellen strömte und an Bord ging.

Als Pferdelord hatte sich Nedeam vehement für die offene Schlacht ausgesprochen, auch wenn ihm, ebenso wie den anderen, das hohe Risiko bewusst war. Doch im Grunde blieb ihnen kaum eine Wahl. Auf einen massierten Angriff musste der Feind mit massierter Gegenwehr reagieren. Das bot bessere Aussichten, ihm schweren Schaden zuzufügen, als hinter der Grenze abzuwarten, wo die Orks aufgrund ihrer enormen Überlegenheit gleich an mehreren Stellen zur selben Zeit stürmen konnten.

Das provisorische Haus, in dem Nedeams Familie und die elfischen Geschwister untergebracht waren, lag bei Mintris und selbst in der Nacht vernahm man die Geräusche, welche verrieten, wie verzweifelt an weiteren Schiffen gebaut wurde.

Nedeam war kein Narr und sah nur geringe Chancen, zu seinen Lieben zurückzukehren. So war er entschlossen, dafür Sorge zu tragen, dass seine Familie und die Elfen die Reise zu den neuen Ufern der freien Völker antraten. Auch wenn dies bedeutete, dass sie Abschied voneinander nahmen und es kein Wiedersehen gab.

Llaranya hatte energisch protestiert und weigerte sich, ihren geliebten Mann alleine in die Schlacht ziehen zu lassen. Doch sosehr sie beide sich im bevorstehenden Kampf auch Seite an Seite wünschten, so gab es gute Gründe, dass dies nicht sein durfte.

„Wir wissen nicht, wohin die elfischen Häuser gereist sind", erinnerte Nedeam nochmals. „So seid ihr unter den freien Völkern die einzigen Elfen und ihr wisst, womit ihr eure relative Unsterblichkeit bezahlen müsst. Wenn euer Leben nicht gewaltsam beendet wird, so währt es wohl ewig, doch kein Wesen ist in der Lage, die Sinneseindrücke von unendlichen Zeiten in sich aufzunehmen, ohne dem Wahnsinn zu verfallen. Alle fünfhundert Jahreswenden müsst ihr euch der Schröpfung entziehen. Ihr entleert euren Geist und behaltet nur jene Erinnerungen, die euer Wesen ausmachen. Alles andere, was euch wesentlich erscheint, schreibt ihr in den elfischen Büchern eurer Häuser nieder."

„Das Buch unseres Hauses hat gerade erst begonnen", warf Leoryn ein.

„Und es sollte nicht vorzeitig beendet werden“, mahnte Nedeam. „Ihr braucht ein anderes elfisches Wesen, um die Schröpfung vollziehen zu können. Doch ihr seid nur zu dritt.“

„Zu viert“, korrigierte Llaranya düster.

„Nun, dreieinhalb“, räumte Nedeam ein. „Wir wissen nicht, wie viel unsere kleine Neliana von den Elfen oder uns Menschen in sich trägt.“

Die elfische Heilerin Leoryn löste sich von ihrem Bruder und ging leise durch den Raum, um Neliana nicht zu wecken. Sie trat zu Llaranya und legte ihre Hand auf deren Schulter. „Wir alle spüren, wie sehr es dir widerstrebt, die Wahrheit anzuerkennen. Doch du kannst nicht leugnen, dass Nedeam recht hat. Deine wichtigste Pflicht ist es, an Neliana zu denken. Sie ist von eurem Blut und wenn du vergehst, so ist ihre Zukunft höchst ungewiss.“

„Unser aller Zukunft ist ungewiss“, erwiderte Llaranya mit harter Stimme.

„Wenn ihr beide nicht aus der Schlacht zurückkehrt, so würden wir uns um Neliana kümmern“, versicherte Leoryn. „Doch was, wenn auch uns ein Unglück geschieht? Die Reise geht in ein fremdes Land voller unbekannter Gefahren.“

„Dann soll Nedeam uns begleiten. Niemand zwingt ihn, hinauszureiten und den Tod zu suchen.“

„Ich suche nicht den Tod, sondern das Leben.“ Nedeam fühlte sich innerlich zerrissen, denn in gewisser Weise hatte Llaranya durchaus recht. Niemand zwang ihn, oder doch? „Sehr viele der Männer, die mit dem Sonnenaufgang hinausreiten, haben Familie. Und selbst jene, denen dieses Glück nicht beschieden ist, sehnen sich nicht nach dem Tod. Vielleicht würden die meisten lieber gar nicht erst in den Sattel steigen. Aber wer kämpft dann für das Überleben unserer Völker? Soll ich mich verweigern und den Kampf anderen überlassen? Mit welchem Recht kann ich das Leben für mich beanspruchen und es anderen verweigern?"

„Du bist ein Narr."

„Ich bin ein Pferdelord."

„Dann bist du ein tapferer Narr."

Nedeam lächelte gequält und gab Leoryn ein Zeichen, die von Llaranya zurücktrat. Er setzte sich behutsam neben sie und nahm sie in die Arme.

Die elfische Heilerin packte Lotaras am Arm und zog ihn mit sich nach draußen. „Sie brauchen nun Zeit füreinander. Vielleicht ist es die letzte, die sie miteinander verbringen können."

„Vielleicht folgt er ihrem Wunsch und bleibt bei ihr und Neliana."

„Du kennst ihn."

„Ich weiß", murmelte Lotaras. „Er ist ein Pferdefürst der Pferdelords. Er wird reiten. Er kann gar nicht anders."

57

Während der Nacht fand niemand innerhalb des Walls Ruhe.

In den Werften wurde gesägt und gehämmert, zusammengefügt und abgedichtet. An drei der Anlegestellen lagen fertige Rümpfe, denen noch die Masten und Takelage fehlten. Auch hier wurde fieberhaft im Schein von Brennsteinlampen und Fackeln gearbeitet und man war dankbar für die sternklare Nacht und den vollen Mond.

Die Angehörigen der Völker verließen die Lager und marschierten in dichten Kolonnen zu den fertigen Schiffen. Überall war Unruhe, obwohl die Hüterinnen und andere taten, was sie konnten, um die Menschen zu beruhigen. Nur die Irghil und Zwerge schienen mit überraschendem Gleichmut erfüllt. Zwischen den verschiedenen Gruppen wurden Tiere getrieben.

Organisator Hombort schien überall zugleich zu sein, übermüdet dirigierte und beschwichtigte er und setzte mithilfe der Turiks und der Hüterinnen seine Anordnungen durch.

Jetzt waren auch die Bewohner der Stadt Rhokaris auf dem Weg. Die Beobachter auf dem Daumen harrten mit zwiespältigen Gefühlen aus. Sie wussten, wie wichtig ihre Beobachtungen waren, und hofften darauf, mit den bereitgehaltenen Pferden zu den Schiffen zu gelangen. Sie waren die Letzten im Norden, denn Daik ta Enderos versammelte die Garden und Kämpfer am Haupttor und schickte nur die Hälfte der Fußtruppen nach Mintris, um die letzte Stadt und die Werften zu schützen.

Das Versammeln der vereinigten Streitmacht des Bündnisses ließ sich nicht verheimlichen. Pferdegetrappel und Marschtritt drangen bis weit vor den Wall. Doch Einohr und Fangschlag taten es ta Enderos gleich. Legion um Legion fügte sich in die Schlachtordnung ein. Zwei mächtige Fäuste, die recht und links des Waldes geballt waren. Zwischen den vorderen Bäumen verbarg sich eine große Anzahl von Schützen.

Doch Oberherr und Legionsoberführer waren klug genug, nicht alleine auf die reine Masse zu vertrauen. Die zehn Kohorten einer Legion waren zwischen dem Haupttor und dem Nordtor verteilt und würden, sobald der Kampf begann, den Wall überwinden und Unruhe ins Hinterland tragen. Es war nicht mehr als ein Störmanöver, welches den Feind verunsichern sollte. Jeder Gardist, der zu ihrer Bekämpfung eingesetzt wurde, musste in der Hauptkampflinie fehlen.

Vor dem ersten Tageslicht wurden die Brennsteinmaschinen der Dampfkanonenwagen und der drei Luftschiffe in Betrieb genommen. Das Zischen und Stampfen flößte den in der Nähe befindlichen Soldaten eine Mischung aus Unbehagen und Zuversicht ein. Die neuen Waffen wirkten auf die Betrachter furchterregend, doch niemand wusste, wie sie sich in der Schlacht bewähren würden.

Die Hülle eines Luftschiffes verhakte sich in den Streben und Seilen und Arbeiter kletterten hinauf, damit sie sich richtig entfalten konnte. Langsam füllte die Hitze die riesigen Auftriebskörper und sie hoben sich empor, bis die Rümpfe frei lagen. Sie sollten jedoch erst ganz befüllt werden, wenn der Angriff bereits lief, da der Gegner die hoch aufragenden Luftfahrzeuge sonst vorzeitig gesehen hätte. Die Besatzungen stiegen in die hölzernen Rümpfe, die denen kleiner Schiffe nachempfunden waren. Heizer, Steuermann, Kommandant und Helfer waren Angehörige der königlichen Marine, die ebenfalls ihre Zweifel hatten, wie ihr seltsames Schiff wohl die Luft befahren mochte. Bogen und Körbe mit Pfeilen wurden hinaufgereicht und entlang der niedrigen Bordwand verstaut. Kleine Brennsteinbecken warteten darauf, dass die Lunten der Berstpulversäcke entzündet wurden, die für die Schiffe zurückbehalten worden waren. Zusätzlich war eine Handvoll Gefäße vorbereitet, die neben dem Pulver auch ein Feuerfett enthielten. Starke Leinen führten zu Pflöcken, die schräg in den Boden getrieben worden waren. Zusätzliche Hände sorgten dafür, dass sich die Konstruktionen nicht vorzeitig in den Himmel erhoben. Die großen Antriebsschrauben am Bug waren ausgekuppelt.

Fahrer und Heizer der Dampfkanonenwagen beobachteten die Druckanzeigen, die Glut in den Befeuerungen und den Füllstand der Kessel. Sie waren achtsam, denn kein grelles Pfeifen der Sicherheitsventile sollte die Orks warnen. Im vorderen Kanonenstand ging Gleiches vor sich, doch diente der Dampf hier nicht der Fortbewegung, sondern dem Betrieb der Kanone. Kugeln lagen in Gestellen bereit. Die metallenen Türen und schmalen Sichtblenden waren noch geöffnet, denn die Wärme machte sich innerhalb der Aufbauten bemerkbar und keiner der Gardisten trug mehr als seine Beinkleider und solides Schuhwerk.

Daik ta Enderos verfügte nun am Haupttor über zehn Regimenter mit zwanzigtausend Gardekavalleristen. Dazu kamen fünfunddreißig Beritte mit dreieinhalbtausend Schwertmännern und Pferdelords. Bei einigen Gardeoffizieren hatte es Verwirrung über die Truppenstärke gegeben, da ihnen nicht bewusst gewesen war, dass ein Beritt des Pferdevolkes nur einhundert Reiter zählte – im Gegensatz zu den zweihundert bei der Gardekavallerie. Vier Regimenter der Fußgarden standen in Mintris, die zehn anderen sollten das Haupttor halten und den Vorstoß der Reiterei wie auch der neuen Waffen unterstützen.

Ihnen standen geschätzte 260.000 Orks gegenüber.

Als Reserve hielt ta Enderos die Zwerge und Irghil zurück. Dies hatte den Zorn und Protest beider Völker hervorgerufen, dem der alnoische Befehlshaber mit einem Argument begegnete, welches den Verbündeten schmeichelte und zugleich den Tatsachen entsprach. „Wenn wir die Reserve benötigen, dann steht es schlimm um unsere Sache. Dann kann uns nur ein Gegenstoß retten, der von sehr fähigen Kämpfern vorgetragen wird.“

Die Könige Balruk und Hartschlag hatten an ihren Bartzöpfen gezupft, ta Enderos misstrauisch beäugt und dann zögernd zugestimmt.

Nun wartete alles auf das erste Tageslicht.

Die Truppen waren eng in Kolonnen formiert, um schnell durch das Tor hervorbrechen und auf dem freien Feld die Schlachtlinie bilden zu können. Die Reiter standen neben ihren Pferden, die Zügel in der einen Hand, den Schild geschultert und die andere Hand am Griff des Schwertes. Sie warteten, wie die Fußgardisten, und die Zeit schien sich endlos zu dehnen.

Manche scherzten, andere schwiegen in grimmiger oder ängstlicher Erwartung des Kommenden. Man dachte an die Lieben, die ohne Schutz zurückblieben, hoffte zu überleben oder, im anderen Fall, wenigstens einen raschen Tod zu finden, der die Qual und Hilflosigkeit einer schweren Verwundung ersparte.

Pferde schnaubten unruhig, Füße traten ungeduldig auf der Stelle. Es ging kein Wind und die Banner und Wimpel hingen schlaff an ihren Lanzen.

Man blickte zum Haupttor, auf dessen Befestigung Daik ta Enderos stand und den Befehl geben würde. Man sah nach Osten, ob nicht der erste Sonnenstrahl den Beginn des entscheidenden Tages ankündigte.

Der Schlachtplan war einfach und setzte auf brutale Gewalt.

„Wir dringen mit aller Macht und schnell gegen den Feind vor, töten so viele Bestien, wie wir nur können, und ziehen uns zurück, wenn der Widerstand zu groß wird. Dann formieren wir uns wieder und schlagen erneut zu. Fest gefügte Legionen werden wir durch die Dampfkanonen aufbrechen."

„Mir bereitet der verdammte Wald eine Menge Schädelhämmern", hatte ein Regimentskommandant der Fußgarden zugegeben. „Er ist wie ein Fels in der Brandung bewegten Wassers. Er teilt unsere Streitkräfte und gibt den Schützen des Feindes Deckung."

„Nicht mehr lange, wenn der Wind für uns günstig steht." Daik ta Enderos' Gesicht war unbewegt und seine Stimme kalt gewesen. „Wir werden ihn brennen."

„Das ist nicht von Ehre, einen Feind zu verbrennen", kam die Erwiderung eines anderen. „Dergleichen haben selbst die Bestien noch nie getan."

„Es geht nicht um Ehre, sondern um das Überleben und wir werden alles tun, was den Legionen schadet!" Daiks Faust war hart auf den Tisch geschlagen. „Sie vernichten uns oder wir vernichten sie. In diesem Kampf gibt es keinen Ruhm zu ernten."

Bernot ta Geos würde die Hälfte der Gardereiter im Norden um den Wald herumführen, Livianya ta Barat die übrigen im Süden. Jede dieser Abteilungen würde von drei Regimentern der Fußgarden und zehn der Dampfkanonenwagen begleitet werden.

Pferdefürst Nedeam befehligte die Beritte des Pferdevolkes im Zentrum. Dort sollten vier Regimenter der Fußgarden den Feind am Waldrand niederhalten. Die Pferdelords, die mit Klinge und Bogen gleichermaßen gut umgehen konnten, würden sie gegebenenfalls unterstützen. War dies nicht erforderlich, lag es in Nedeams Ermessen, an der rechten oder linken Flanke zu unterstützen.

Sie hofften darauf, dass der Wind günstig stand und sich das geplante Feuer durch den Wald und zum Hauptlager der Legionen ausbreitete. Doch falls der Wind drehte, musste das Zentrum zurückweichen und dies würde bedeuten, dass die Truppen geteilt waren und sich nicht vereinigen konnten. Ja, dass sie sich sogar hinter den Wall retten mussten, um nicht einzeln vernichtet zu werden.

Alle Regimentskommandanten waren unterwiesen worden und hatten die Befehle an die Hauptmänner der Garde und Scharführer der Beritte der Pferdelords weitergegeben.

Nun warteten sie.

Daik ta Enderos blinzelte. Im Osten zog das Licht des Tages herauf. Der Oberkommandierende der Garde wandte sich auf der Befestigung um und hob den Arm.

Es gab kein Hornsignal. Befehle wanderten die Reihen entlang. Reiter saßen auf, Fußgardisten hoben die Schilde an die Schultern. Knarrend schwangen die mächtigen Torflügel auf und das Stampfen des Marschtritts und der Hufe wurde hörbar.

***

Es war noch lange bis zur Morgendämmerung. Das Rundohr, welches eine Kohorte Querbogenschützen befehligte, hatte diese entlang des Waldrandes in der Deckung der Bäume formiert. An seinen Flanken hielten sich weitere Einheiten verborgen, doch es war eine dünne Linie. Der Kohortenführer, kenntlich durch den einzelnen Querkamm auf dem Helm, schickte einige kleine Spitzohren in die Bäume hinauf, um so frühzeitig zu erfahren, was beim Feind vor sich ging. An diesem Tag bereiteten sich die Legionen des Oberherrn auf den entscheidenden Schlag gegen die letzte Grenze vor.

Das Rundohr spürte den Aufprall eines Holzstücks an seinem Helm und blickte hoch. „Was gibt es?"

„Fangschlag hatte recht. Sie kommen hervor."

„Was kannst du sehen?"

Das Spitzohr lachte bellend. „Den Widerschein ihres Brennsteins und die Schatten der Wachen. Was soll ich sonst sehen? Aber ich kann sie hören. Sie sammeln sich. Legion um Legion scheint hierherzumarschieren."

„Ja, dann kommen sie hervor", grunzte der Kohortenführer mit sichtlicher Zufriedenheit. Er sah einen seiner Kämpfer an. „Blutzahn 907, du eilst ins Lager. Melde Legionsoberführer Fangschlag, dass sich die Menschen zum Kampf sammeln. Er soll an Schützen schicken, was er entbehren kann."

Es gab nicht besonders viele Rundohren, die den Querbogen nutzten. Der Kohortenführer hatte sich selbst auch nur eher widerwillig damit abgefunden. Er sah mit gebleckten Fängen zum Wall hinüber. In solchen Waffen lag nur wenig Ehre, aber sie waren nützlich. Bald würde der Waldrand von Schützen wimmeln und wenn der Feind hervorbrach, sah dieser sich einem unentwegten Strom von Geschossen gegenüber.

„Sie werden brechen", grunzte er. „Danach ist es Schwertarbeit."

***

Nedeam senkte den Kopf ein wenig, sodass der Helm seine Augen vor dem Licht der aufgehenden Sonne schützte. Vor ihm teilten sich die Garderegimenter in die beiden eigentlichen Kampftruppen und galoppierten in zwei geschlossenen Blöcken nach Norden und Süden. Sie sollten möglichst schnell am Feind sein und nicht auf die langsameren Fußtruppen warten, die im

Doppelschritt mit den Kanonenwagen folgten. Mit etwas Glück konnten die Reiter die ersten Legionen überraschen und überwältigen, bevor die Orks Aufstellung genommen hatten.

Zwischen den Fußgarden dampften die Kanonenwagen. Ihre hohen Speichenräder und die eifrig arbeitenden Antriebsstangen machten sie unerwartet schnell, aber Nedeam bemerkte mit Sorge, dass die Fahrzeuge bei Unebenheiten rasch wankten und eines von ihnen beinahe zur Seite gekippt wäre.

Jetzt würden die Brennsteinmaschinen der Luftschiffe mit voller Leistung arbeiten, damit diese sich bald in die Luft erheben und in das Kampfgeschehen eingreifen konnten.

Die beiden Kampfgruppen der Gardekavallerie hatten sich auf halbem Weg zum Waldrand geteilt, um so einem möglichen Beschuss zu entgehen. Für die vier Fußregimenter, die mit Nedeam im Zentrum kämpfen sollten, sah das anders aus. Menschliche Bogen trugen deutlich weiter als die primitiveren und meist schlecht gearbeiteten Bogen der Orks. Das galt allerdings nicht für die weit tragenden und durchschlagskräftigen Querbogen. Die Garden mussten auf die harte Weise lernen, wie viele Schützen der Gegner am Waldrand verborgen hielt.

Die meisten Gardisten hatten noch keine Erfahrung mit diesen Waffen und dies galt auch für die Hauptmänner und Regimentskommandeure. Sie wähnten sich noch in Sicherheit und hielten ihre Schilde eher nachlässig, während sie im Schritttempo auf den Waldrand zumarschierten, als dort ein lauter Befehl gebrüllt wurde. Mit einem Mal schossen Hunderte von Metallbolzen auf die Soldaten zu, die hiervon überrascht wurden.

Männer starben oder wurden verwundet, doch es waren nur wenige, was zwei Faktoren zu verdanken war: Die Orks schossen auf maximale Entfernung, was ihren Bolzen Zielgenauigkeit und Kraft nahm, und die alnoischen Männer trugen allesamt die Vollrüstung, welche auf diese Distanz einen passablen Schutz bot.

„Die Reihen schließen und aufrücken!“, befahlen die Offiziere und Unterführer.

Das Spannen der Querbogen nahm mehr Zeit in Anspruch als bei einem normalen Bogen. Die Orks erwiesen sich als geübt, denn schon war die nächste Salve in der Luft.

Erneut fielen Männer und auf die kürzere Entfernung zeigten die Geschosse deutlich mehr Wirkung.

„Die Reihen schließen und aufrücken!“

Einige Unterführer verließen die Reihe und gingen nun hinter den Gardisten, um diese anzutreiben und darauf zu achten, dass sich niemand zurückzog. Reglose Körper und stöhnende Verwundete lagen auf dem Grasland vor dem Wald. Niemand kümmerte sich um sie. Sie blieben sich selbst überlassen und würden erst Hilfe finden, wenn die eigenen Truppen auf dem Rückweg vom Kampf waren. Mussten die Gardisten jedoch fliehen, dann waren die Verletzten der Gnade des Feindes ausgeliefert.

Nedeam sah dies mit wachsendem Zorn. Seine Pferdelords warteten tatenlos hinter den vorrückenden vier Fußregimentern, da sie geschont werden sollten, um ihre volle Macht behalten und wirkungsvoll einsetzen zu können. „Das ist nicht die Art der Pferdelords“, sagte er an Arkarim gewandt, der sich an seiner Seite befand. „Wir haben immer Reiter, die sich um die Verwundeten kümmern.“

„So sollte es sein“, gab Arkarim zu. „Doch selbst bei uns kann ein Kampf so hitzig sein, dass dafür keine Gelegenheit ist. Aber die Alnoer denken anders als wir. Um einen Verwundeten zu retten, müssen sie zwei Männer aus der Kampflinie abziehen. Sie wollen ihre Kraft jedoch nicht schwächen.“

„Die Reihen schließen und aufrücken!“, kam erneut der Befehl, der auf die wachsenden Verluste der Garde hinwies. „Im Doppelschritt – marsch!“

Gardisten begannen erregt zu schreien und die Einheiten eilten nun im Laufschritt auf den Wald zu. Je näher sie kamen, desto stärker waren die Verluste, die ihnen die Orks zufügten, und der Doppelschritt würde die Zeit verkürzen, in welcher sie deren Beschuss ohne Gegenwehr ausgesetzt waren.

Dann war die Reichweite der eigenen Waffen angelangt.

„Regiment halt!“, tönte es. „Bogen und Schild!“

Die erste Reihe kniete nieder, den Schild vor sich auf den Boden gestellt. Die zweite Reihe trat dicht heran und stellte ihre Schilde auf die der Vordermänner, mit einer leichten Neigung nach hinten. Die beiden letzten Reihen machten hingegen ihre Bogen schussbereit. Sie waren jetzt den Blicken der Orks verborgen. Die alnoischen Bogenschützen konnten den Feind ebenfalls nicht sehen. Ihre Augen waren Unterführer in den vorderen Reihen, deren Befehle ihnen die Richtung und den Schusswinkel vorgaben.

Bolzen und Pfeile prasselten gegen die Schilde. Einige Geschosse fanden ihr Ziel. Wieder entstanden Lücken, die hastig geschlossen wurden.

„Spurpfeil!“, kam der Befehl.

Aus den Reihen der Alnoer wurde eine Handvoll Pfeile abgeschossen, an denen Tuchstreifen befestigt waren, damit ihre Flugbahn leichter verfolgt werden konnte.

„Eine Handspanne höher!“

Gegnerische und Spurpfeile kreuzten ihre Flugbahnen.

„Halten! Zur Salve ausrichten! Fertig – löööööst!“

Die alnoischen Pfeile deckten den Saum des Waldes ein. Wie viele Orks dabei getroffen wurden, ließ sich nicht einschätzen.

Hier und da war Bewegung zu erkennen, wenn eine Gestalt aus ihrer Deckung hervorsank und zu Boden fiel oder von einem Baum stürzte.

„Nicht sehr effektiv“, knurrte Arkarim.

„Sie sollen nicht töten, sondern brennen“, erklärte Nedeam. „Die Pfeile zwingen die Orks in Deckung. Gleich werden die Feuerpfeile abgeschossen. Dann kommen die Orks entweder heraus oder fliehen in die Tiefe des Waldes.“

Wieder waren Befehle zu hören. Entlang der alnoischen Formation flammten Pfeile auf. Eine Salve wurde gelöst, die ihre feurige Spur durch den Himmel zog und am Waldrand einschlug. Es war Sommer und es war trocken und so zeigte sich die Wirkung sofort. In rasender Schnelligkeit züngelten Flammen empor, weiteten sich aus und wurden zu einer geschlossenen Feuerfront.

Geschrei und Gebrüll war bei den Orks zu hören. Mehrere Gruppen rannten aus dem Wald hervor und griffen verzweifelt die Fußgarden an.

„Schild, Schwert und Bogen!“, kam der Befehl des Gardekommandanten prompt.

Pfeile fällten die meisten der Angreifer. Nur wenige gelangten zu den Regimentern und wurden mit der blanken Klinge niedergemacht. Sie waren die Glückhafteren, denn ihre Artgenossen im Wald rannten nun, um einem schrecklichen Feuertod zu entkommen.

Ein Regimentskommandeur der Garde eilte zu Nedeam. „Hoher Lord, was hier zu tun war, ist nun getan. Wir halten die Stellung und sichern den Rückzugsweg. Ich wünsche Euch und den Euren nun eine ruhmreiche Jagd.“

Nedeam und seine Reiter konnten nun endlich in die Schlacht eingreifen. Er fragte sich, wo die Luftschiffe wohl blieben, von denen noch immer nichts zu sehen war.

„Nord oder Süd?“, fragte Arkarim leise.

„Im Norden ist das Geschrei am lautesten“, erwiderte Nedeam.

Der Erste Schwertmann lächelte. „Also nach Norden.“

Sie trieben die Pferde zum Galopp.

Jenseits des Waldes war Lärm zu hören und das Knallen der alnoischen Dampfkanonen. Die Garde stand im Kampf und kein Pferdelord gedachte, dabei nur zuzusehen.

***

Die Hochgeborene Livianya ta Barat ritt an der Spitze ihrer siebenten Kavallerie, gefolgt von den anderen drei Kavallerieregimentern und drei der Fußgarden. Der Boden bebte unter den zahlreichen Hufen und Füßen. Irgendwo hinter ihr pfiff das Sicherheitsventil einer der Dampfkanonen. Livianya wandte sich nicht um. Sie hatte kein großes Vertrauen in die neuen Waffen und würde den Angriff der Reiter nicht wegen der Langsamkeit der Kanonen hinauszögern. Sie vertraute auf ihre Männer, auf blanken Stahl und die Schnelligkeit der Pferde.

Für einen kurzen Moment dachte sie an ihren Freund und Geliebten Bernot ta Geos, der in diesem Moment seine Truppe im Norden um den Wald führte. Sie konnte nur darauf hoffen, dass das Kriegsglück ihnen gewogen war und es ein Wiedersehen gab. Livianya würde ihren Beitrag dazu leisten.

Die vier Kavallerieregimenter hielten hervorragende Ordnung. Die jeweils zehn Beritte waren zu fünft nebeneinander angeordnet, fünf Pferdelängen zwischen ihren beiden Gliedern, dann folgten die anderen fünf Einheiten in doppeltem Abstand. Die Regimenter ritten in schnellem Trab hintereinander und Livianyas Siebentes sollte jene Lücke öffnen, durch welche die anderen vorstoßen würden.

Die Truppe der Hochgeborenen umrundete nun den südlichen Waldrand und schwenkte nach Osten, wobei die außen reitenden Gardisten ein wenig schneller ritten. Es schien, als schwinge das Regiment wie eine Tür in ihrer Angel.

„Wir werden sie wohl nicht im Schlaf überraschen", meinte ihr Stellvertreter Melbar lakonisch. „Sie sind formiert und bereit."

Vor ihnen waren Legionen der Orks angetreten und zur Schlacht aufgestellt. Die schwarzen Banner wehten über den eng geschlossenen Reihen. Ein Wald von Spießen schien in den Himmel zu ragen.

„Wenigstens acht ihrer Banner", stellte Livianya fest.

„Ihre Anzahl schreckt mich nicht." Melbar grinste. „Aber ihre Spieße sind zahlreich. Wollen wir hoffen, dass die Täuschung gelingt, sonst müssen wir auf die Dampfkanonen warten, um ihre Reihen aufzubrechen."

Die Hochgeborene nickte. Mit leisem Zischen glitt ihr Schwert aus der metallenen Scheide. „Klingen frei!", befahl sie.

Auf das Hornsignal wurden die Schwerter gezogen.

„Wenn es Euer Hochgeboren beliebt, wähle ich die mittlere Legion."

Sie sah ihn an und ihr Lächeln war warm und voller Anerkennung. „Es ist Eure Entscheidung, Melbar. Ich wünsche Euch Glück und eine gute Jagd."

„So das Schicksal uns gewogen ist", erwiderte er.

„Dann nehmt Eure Position ein. Für den König und die Provinzen."

„Und für das Regiment", fügte er hinzu.

Melbar trieb sein Pferd an und begab sich zu dem Beritt neben dem Zentrum. Dessen Hauptmann nickte ihm zu. Er hatte das Schwert an die Schulter gelegt und wirkte vollkommen entspannt. „Es wird interessant sein, zu sehen, ob es funktioniert."

Melbar lachte auf. „Bei mir würde es sicher funktionieren. Ich hoffe, die Orks erinnern sich gut an die Wirkung der Berstpulversäcke."

Das Signal zum Galopp ertönte.

Beim Feind wurden die Reihen der Spieße gefällt. Drohend reckten sich ihre Spitzen den Reitern entgegen.

Melbar brüllte einen Befehl. Sein Beritt spornte die Pferde an und verließ die Schlachtreihe, kam den Legionen nun rasend schnell näher. Für die Männer kein angenehmes Gefühl, denn sie verloren den Schutz der Masse des Regiments und wussten, dass der Feind sich ganz auf sie konzentrieren würde.

Der heranpreschende Beritt schien die Orks zu beunruhigen, denn prompt stiegen Pfeile und Bolzen auf. Es war keine geschlossene Salve, die auf Befehl gegeben wurde. Ein paar Schützen lösten ihre Waffen aus und andere folgten und obwohl der Beritt ein immer besseres Ziel bot, richteten die Projektile zunächst keinen wirklichen Schaden an. Drei, vier Gardisten stürzten aus den Sätteln, ein Pferd überschlug sich mit seinem Reiter. Die anderen schlossen die Reihen.

Der Angriff eines einzelnen Beritts auf die Phalanx der Spieße war reiner Selbstmord und die Orks wussten dies ebenso gut wie die alnoischen Kavalleristen. Dass sich die Gardisten dennoch auf diese Weise näherten, konnte nach den letzten Erfahrungen der Legionäre nur einen einzigen Grund haben und ihre Befürchtungen wurden wahr, als die Gardisten nun, in Wurfweite der mittleren Legion, ihre Pferde zügelten und nach Säckchen langten, um deren Lunten zu zünden. Jetzt boten die Soldaten ein einfacheres Ziel und viele wurden getroffen. Der Beritt musste schwere Verluste hinnehmen.

Dann flogen die Säckchen durch die Luft und der Beritt machte kehrt, um sich in das Regiment einzugliedern, das nun nach einem weiteren Hornsignal ebenfalls in den gestreckten Galopp ging, während die Säckchen noch in der Luft waren.

Diese Legion kannte die grauenhafte Wirkung der zerberstenden Wurfgeschosse und die Orks handelten instinktiv. Voller Panik sprangen jene auseinander, welche die rauchenden Geschosse auf sich zufliegen sahen. Unter Gebrüll öffneten sich mehrere Lücken in den zuvor geschlossenen Reihen.

Die kleinen Säckchen schlugen auf und ihre Lunten verglühten zischend.

Noch bevor die Orks richtig realisierten, dass sie nicht zerbersten würden, war die siebente Kavallerie heran.

Livianya und ihre Gardisten brachen in die entstandenen Lücken ein, bevor sie wieder geschlossen werden konnten. Ihre Schwerter stießen und hackten und verbreiterten sie zu Breschen, durch welche die anderen Beritte vorstießen. Die Rundohren kämpften tapfer und bemühten sich, ihre Formation neu zu bilden, aber die Reiter gaben ihnen keine Gelegenheit. Die kleinen Spitzohren wandten sich zur Flucht und suchten den Schutz der anderen Legionen.

Die anderen Kavallerieregimenter waren heran, stießen durch die breite Wunde in der Front der Legionen und griffen jene an, welche die Flanken der feindlichen Front bildeten. Die Orks wurden nun von vorne und in ihrem Rücken angegriffen und ihre Legionen waren dem Untergang geweiht, auch wenn ihre Gegenwehr manchen Gardisten das Leben kostete.

Die fliehenden Spitzohren rannten zu der zweiten Kampflinie, um in die Sicherheit der dortigen Reihen zu gelangen. Gardisten folgten ihnen. Als eine Legion die Glieder öffnete, um die Flüchtenden aufzunehmen, griffen die Reiter an. Die ersten wurden gefällt, doch andere waren da und schließlich gelang es, auch hier eine Bresche zu schlagen. Mancher Gardereiter starb, aber auch diese Legion war dem Untergang geweiht.

Livianya ta Barat hatte ihren Soldaten eingeschärft, immer in der Gemeinschaft des Beritts zu kämpfen, aber das Schlachten weitete sich immer weiter aus und die Formationen der Kavalleristen zerfielen zu Gruppen und Einzelkämpfern.

So gut die Gardisten auch kämpfen mochten, so standen ihnen die Rundohren im Mut in nichts nach und im Nahkampf erwiesen sich die Schlagschwerter immer wieder als tödliche Waffen. Die Klingen waren lang, schwer und unausgewogen, doch hervorragend geeignet, um eine Panzerung zu zerschlagen, mit dem Haken einen Reiter vom Pferd zu reißen oder die Glieder eines Pferdes zu durchtrennen.

Immer mehr Gardisten wurden von ihren Gruppen getrennt, von mehreren Feinden gleichzeitig angegriffen und unterlagen der Übermacht.

Livianyas Bannerträger und ihr Signalbläser hielten sich bei ihr und hatten es nicht leicht, denn die Hochgeborene schien stets das ärgste Getümmel zu suchen. Die Handvoll Gardisten, die als Fahnenwächter sie und das Banner schützen sollten, hatten alle Hände voll zu tun. Mancher war bereits verwundet und Mann und Pferd waren mit dem roten Blut von Menschen und dem dunklen der Orks bespritzt.

Dem Bannerträger wurde ein Spieß in den Bauch gerammt und er brüllte vor Schmerz, während er vom Pferd stürzte und das Rundohr versuchte, seine Waffe aus dem Metall der Rüstung zu befreien. Livianya war heran, stieß dem Gegner die Klinge in den aufgerissenen Rachen. Ein anderes Rundohr schlug mit dem Schlagschwert nach ihr. Die brutale Spitze riss eine tiefe Wunde in ihren Oberschenkel, doch der Kampfesrausch nahm ihr den Schmerz. Sie parierte den nächsten Hieb und der bessere Stahl alnoischer Schmiede ließ die Waffe des Gegners zerbrechen. Der Ork warf sie brüllend von sich und es gelang ihm, ihren Schwertarm zu packen. Geifer sprühte aus seinem Maul, als er versuchte, sie aus dem Sattel zu zerren.

Der Signalbläser war an der anderen Seite neben ihr, reckte sich im Sattel zur Seite. Seine Klinge zog einen blutenden Schnitt über ihre Zügelhand, als er sie vorstieß und die Hand des Orks abtrennte. Schon war ein Fahnenwächter heran und tötete die Bestie. Ein anderer beugte sich im Sattel nieder, hob das gefallene Banner vom Boden und richtete es wieder auf.

Livianya nickte den Männern dankend zu und sah sich rasch um.

Was sie sah, gefiel ihr nicht.

Die Regimenter waren erfolgreich, doch die Reiter zerstreuten sich zusehends. Nur wenige Beritte befanden sich noch als Einheit im Kampf. Die erste Kampflinie der Orks existierte fast nicht mehr, doch die zweite stand fest gefügt und machte sich offensichtlich bereit, nun in Linie vorzurücken. Zudem schien sich eine dritte Linie zu bilden.

„An den Bannern sammeln und neu formieren!“, rief sie dem Signalbläser zu.

Dieser setzte das Horn an, als ihn ein Bolzen in die Kehle traf. Livianya stieß einen wilden Fluch aus. In all dem Geschrei und Lärm brauchte es ein Horn, um Befehle zu übermitteln. Ihre Blicke fanden den Signalbläser eines Beritts und sie trieb ihr Pferd hinüber.

Das Signal gellte und wurde von anderen Hörnern aufgenommen. Gardisten sahen sich nach den Wimpeln der Beritte um, kämpften sich zu ihnen durch, um sich erneut aufzustellen. Vielen gelang dies nicht mehr und nicht jeder fand zum Zeichen seines eigenen Beritts. Doch trotz des andauernden Kampfes gelang es, die Kavallerieeinheiten neu zu gruppieren.

Immer wieder sah Livianya sich um. Der Wald schien im Westen zu brennen. Die Flammen schlugen hoch über die Baumwipfel und weiteten sich rasch nach Osten aus. Dort, wo vor Kurzem das Signal zum Galopp ertönt war, hatten sich nun endlich die Fußgarden aufgestellt. Ihre Schlachtlinie wurde von den hochrädrigen Dampfkanonenwagen überragt.

Abermals blickte die Kommandantin zum Feind und ihr Entschluss war schnell gefasst. „Hinter die Linie der Fußgarden zurückziehen!", rief sie dem Hornisten zu. „Gib das Signal zum geordneten Rückzug!"

Die Hochgeborene musste ihren Schrecken verbergen, als sich die Kavallerie zurückzog und hinter die Linie der Fußgarden ritt, um dort erneut Aufstellung zu nehmen. Viele Sättel waren leer, auf manchen Pferden saßen zwei Reiter. Das Schlachtfeld machte seiner Bezeichnung Ehre: Es war bedeckt mit Menschen, Orks und Pferden. Das grüne Gras war schlüpfrig vom Blut der Kämpfer.

Ihre Augen suchten Melbar, doch der tapfere Stellvertreter weilte nicht unter jenen, die von dem Gemetzel zurückkehrten. Der Kommandeur des neunten Gardekavallerieregiments trabte zu ihr. Blut sickerte unter seinem zerbeulten Helm hervor und die drei gelben Federn, Zeichen seines Ranges, waren einem Schwerthieb zum Opfer gefallen.

„Ich schätze, wir haben vier ihrer Legionen vernichtet", stellte er nach einem ausgiebigen Blick durch sein Langauge fest. „Aber wir haben auch an die zweitausend unserer Reiter eingebüßt. Mit Verlaub, der nächste Waffengang wird härter. Die Täuschung mit den leeren Säckchen ist gelungen und hat uns die entscheidende Lücke geöffnet. Jetzt wird das nicht mehr gelingen. Von nun an werden sie fest gefügt stehen und wir werden den Wall ihrer Spieße nicht brechen können."

„Nein, ein zweites Mal lassen sie sich nicht täuschen", stimmte sie zu. „Und sie stehen nicht, sondern sie kommen auf uns zu."

Der Regimentskommandeur zuckte mit den Schultern. „Die Fußgarden sind bereit und ich bin ohnehin gespannt, wie sich die neuen Dampfkanonenwagen bewähren. Unsere Kavallerie ordnet sich wieder und erwartet Euren Befehl. Übrigens empfehle ich Euch, eine Naht setzen zu lassen. Die Wunde an Eurem Bein schwächt Euch sonst."

Livianya bemerkte erst jetzt die tiefe Wunde und nun, da der Kampfesrausch nachgelassen hatte, spürte sie auch den einsetzenden Schmerz. Sie betrachtete die Verletzung. „Es braucht keine Naht. Keines der großen Blutgefäße ist verletzt. Aber Ihr habt recht, ich werde es verbinden müssen."

Eine der Fahnenwachen legte ihr einen Verband an, während sie besorgt zu den Legionen hinübersah, die nun auf dem Vormarsch waren. Sie überquerten bereits das Feld mit den Überresten der ersten Begegnung und rückten stetig näher. Livianya registrierte, dass sie sich getäuscht hatte. Es waren sogar vier Schlachtreihen, die dort heranschritten.

Bei den drei Fußgarden ertönten Befehle.

Augenblicke später war das Abschussgeräusch der Dampfkanonenwagen zu hören.

Das zweite Aufeinandertreffen hatte begonnen und die Hochgeborene fragte sich, wie es wohl im Norden bei Bernot ta Geos stehen mochte.

***

Das erste Regiment der Gardekavallerie war auch die allererste berittene Einheit, welche das Königreich Alnoa einst aufgestellt hatte. Damals, noch vor der Zeit des ersten Bundes, trugen die

Reiter noch lederne Brustpanzer und bronzene Schwerter. Die erste Kavallerie hatte Ruhm an ihre Fahne geheftet und manche Schlacht geschlagen. Im Verlauf so vieler Jahre waren die Traditionen des Regimentes bewahrt worden und als der Schwarze Lord erneut zum Sturm auf die freien Völker ansetzte, war die Erste die Sturmspitze der alnoischen Gardekavallerie gewesen. Doch in den letzten Jahren war es ruhiger um die stolzen Reiter geworden, denn in den Kämpfen um Nerianet zeichnete sich ta Geos' zweites Regiment aus und in den Kämpfen um Maratran war es die Siebente der Hochgeborenen ta Barat.

Die Erste wollte dies nicht auf sich beruhen lassen. Es drängte sie, neuen Ruhm an die verblichenen Banner zu heften, und ihr Kommandant hatte Bernot ta Geos bedrängt, dass sein Regiment den Angriff im Norden anführen müsse. Ta Geos hatte dem Wunsch nachgegeben und so war es diese Einheit, welche die Schlacht im Norden des Waldes eröffnete.

Auch hier warf der vorderste Beritt die leeren Pulversäckchen und hoffte darauf, dass die Furcht die entscheidende Lücke in den Legionen öffnen werde. Doch es verlief anders.

Vielleicht waren diese Rundohren zu stur und zu stolz, um den vermeintlich gefährlichen Wurfgeschossen auszuweichen. Vielleicht hatten sie auch einfach nicht von deren Wirkung gehört. Jedenfalls standen ihre Reihen geschlossen und ihre Pfeile und Bolzen hielten blutige Ernte unter dem ersten Beritt.

Das erste Gardekavallerieregiment wollte das Misslingen des Angriffs nicht eingestehen und so tat es, was die Ehre und der Ehrgeiz von ihm verlangten – es reckte die Schwerter vor und griff in gestrecktem Galopp an.

Pferd und Reiter rammten sich auf Spieße, andere versuchten den Feind zu überspringen und wurden von hochzuckenden Klingen von unten aufgeschlitzt. Andere ritten frustriert an den

Reihen der Orks entlang und hackten mit den Schwertern auf die Spieße ein, bis sie von diesen oder einem Geschoss gefällt wurden.

Das erste Kavallerieregiment starb und weigerte sich trotzdem immer noch, aufzugeben. Blinde Wut trieb die Männer voran und es war ihr Regimentskommandeur, der den Ruhm des ersten erneut festigte.

Sein Pferd war schwer verwundet und dem Tode nahe. Und doch galoppierte es mit letzter Kraft auf eine Kohorte des Feindes zu. Dem Regimentskommandeur ging es kaum besser. Zwei Bolzen hatten seinen Brustpanzer durchschlagen, die Hand mit dem Schwert war kraftlos herabgesunken und es glich einem Wunder, dass er noch im Sattel saß. So rasten die Sterbenden dem Feind entgegen, fingen erneut Bolzen und Pfeile ein und diesmal brach das Pferd zusammen. Auf dem Bauch rutschend und eine blutige Spur hinterlassend, prallte es mitsamt seinem toten Reiter in die Linie des Feindes.

Da war die Lücke, auf welche das Erste so lange vergeblich gehofft hatte!

Sie mochten dem Tod geweiht sein, doch ihr Zorn fegte alle Furcht hinweg und noch spürten sie Kraft in ihren Armen. Sie brachen in die Reihen der Orks, töteten und wurden getötet und als das folgende Kavallerieregiment in die geöffnete Bresche hineinstieß, waren kaum noch dreihundert von zweitausend Reitern am Leben. Ein Hauptmann befahl eine kleine Gruppe zurück, die das Regimentsbanner und zwei erbeutete Legionszeichen in Sicherheit bringen sollten. So würde der Ruhm der Ersten unvergänglich bleiben. Dann ritt der Offizier erneut in den Kampf, um nicht daraus zurückzukehren.

Der Kampf im Norden entwickelte sich von vornherein anders als der im Süden. Livianya ta Barat war es schnell gelungen, zwischen die Legionen vorzustoßen, doch hier, nördlich des Waldes, hatte es viel Zeit und Glück gebraucht. Mehr als genug Zeit für die anderen Legionen, geschlossen und in fester Ordnung vorzurücken. Doch stattdessen dröhnten bei ihnen Trommeln und sie machten auf dem Absatz kehrt, um sich hastig zurückzuziehen.

Bernot ta Geos war wohl einer der wenigen, die dies frühzeitig bemerkten. Er hatte die Hälfte seiner eigenen Beritte die Jagd freigegeben und hielt die übrigen beisammen, damit sie notfalls als geballte Faust an einem Gefahrenpunkt zuschlagen konnten. Mit dieser Reserve hielt er sich ein wenig abseits des Hauptkampfes und beobachtete sehr genau, was beim Gegner vor sich ging.

„Herr, seht nur! Bei den Finsteren Abgründen, die Bestien weichen! Sie gehen zurück!“ Der Hauptmann, der dies als Erster bemerkt hatte, deutete aufgeregt zu den Legionen hinüber.

Bernot sah es nun ebenfalls. „Tatsächlich, sie weichen.“

„Gebt die Jagd frei, Herr!“, drängte der Hauptmann und deutete auf ihre Reserve. „Das versetzt den Bestien den Todesstoß. Unsere fünf Beritte sind ausgeruht und begierig, ihren Teil zur Schlacht beizutragen.“

Dort, wo die vorderen Legionen vor dem endgültigen Zusammenbruch standen, herrschte ein wildes Durcheinander von Gardisten und Orks. Es war schwer, den Überblick zu behalten.

„Wahrhaftig, Euer Hochgeboren, sie gehen in den Doppelschritt. Sie fliehen vor unserer Macht. Wir haben den Sieg errungen, Herr. Den Sieg!“

Eher unbewusst schüttelte Bernot den Kopf. Er zögerte, dem Wunsch des Hauptmannes nachzugeben. „Es sieht ihnen nicht ähnlich“, murmelte er. „Es entspricht nicht dem Wesen der Rundohren.“

Die Orks, die im Kampf mit den Gardekavalleristen standen, bemerkten nun wohl ebenfalls, dass sich ihre Verstärkungen in die andere Richtung bewegten. Immer mehr von ihnen versuchten, sich aus dem Wirbel der Kämpfenden zu lösen und den Anschluss an die weichenden Legionen zu finden.

Bei den kämpfenden Beritten waren Hornsignale zu hören.

„Sie geben die Jagd frei, Herr." Der Hauptmann leckte sich unruhig über die Lippen. Seine Hand fingerte am Schwertgriff. „Lasst den Feind nicht entkommen. Ist er hier erst bezwungen, so können wir den südlichen Regimentern zur Seite eilen."

Bernot ta Geos stieß einen erbitterten Fluch aus. „Khalanaris! Das ist es."

„Wie meinen, Euer Hochgeboren?"

Der Befehlshaber der nördlichen Regimenter fuhr im Sattel herum. „Hornist, gebt das Signal zum Rückruf! Rasch!"

Doch sosehr sich der Signalbläser auch mühte, sein eigenes Signal ging im Lärm des Geschehens und im Klang der anderen Hörner unter, die fordernd zur freien Jagd bliesen.

Ein Angriff wurde in geschlossener Formation, Schenkel an Schenkel, geritten. Bei der freien Jagd suchte sich jeder Kavallerist hingegen sein eigenes Ziel. Genau dies taten die Männer, die dem flüchtenden Feind folgten.

Ohne Ordnung hasteten Orks ebenso wie Gardisten den weichenden Legionen nach und für die Kavalleristen war es ein Leichtes, die panischen Orks im Vorbeireiten zu töten. Sie waren gut ausgebildete Reiter, die ihr Schwert nicht von hinten in den Feind stießen, sondern es, auf gleicher Höhe mit ihm, im Kreis herunterschlugen und so Gesicht und Schädel spalteten. Durch das Langauge sah ta Geos sogar einen Mann, der sich wohl einen Spaß daraus machte, die Bestien lediglich mit der flachen Klinge zu scheuchen.

„Hauptmann, einen Melder zu den Fußgarden und Kanonenwagen. Sie sollen feste Stellung beziehen und unter allen Umständen ausharren!", befahl ta Geos grimmig. „Der Rest folgt. Ich hoffe nur, wir können noch etwas retten."

„Retten?"

Bernot verzichtete auf eine Erklärung und trieb sein Pferd aus dem Stand an. Fahnengruppe und die Beritte folgten ihm. Der Hochgeborene ahnte nun, dass die Legionen aus ihrer Niederlage bei Khalanaris gelernt hatten. Es konnte gar nicht anders sein, denn hatte man dort nicht Fangschlag und dessen schwarzen Hengst erkannt? Wenn jemand aus solcher Schlacht lernte, dann dieser fähige Krieger.

Für Bernot ta Geos war es ein verzweifelter Ritt, denn die anderen Kavallerieeinheiten weilten schon ein gutes Stück voraus und näherten sich nun dem Rand des Waldes, von dem aus man erneut nach Süden schwenken konnte. Er ahnte, nein, er wusste, was dort lauerte, doch die Regimenter waren siegesgewiss und hatten den fliehenden Feind vor sich. Einen Feind, der wohl ebenso wenig floh wie Daik ta Enderos bei Khalanaris.

Die Legionen waren noch hinter jenem Waldrand verborgen, aber Bernot erkannte die Tausenden von Pfeilen und Bolzen, die plötzlich durch den Himmel zogen und fliehende Orks und verfolgende Kavalleristen gleichermaßen töteten. Gebrüll erhob sich, Trommeln wurden geschlagen. Jenseits des Waldes brach eine massive Wand aus Legionären hervor, die Spieße gefällt und vom Willen beseelt, keinen der Reiter entkommen zu lassen, welche so bereitwillig in die Falle gegangen waren. Der Blick auf das Gemetzel wurde Bernots bescheidener Truppe verwehrt, denn ein Teil der Legionen schwenkte in ihre Richtung und ihre Spieße drohten todverheißend.

„Wir … müssen ihnen helfen", ächzte der Hauptmann.

„Das können wir nicht“, erwiderte Bernot mit harter Stimme. „Sie können sich nur selbst helfen, indem sie den Ausbruch wagen.“

Doch keiner der Kavalleristen durchbrach die Reihen der Legionäre.

Das wilde Geschrei und der Lärm des Kampfes wurden leiser und verebbten. Triumphierendes Gebrüll erhob sich.

„Es kann nicht sein“, stammelte der Signalbläser. „Dort sind drei unserer Regimenter. Beinahe vier.“

„Nun ist dort keiner von uns mehr“, sagte Bernot heiser. „Die Bestien kennen nun den Geschmack des Sieges und jetzt werden sie kommen, um auch den Rest von uns zu töten. Zu den Fußgarden. Dort müssen wir sie aufhalten.“

„Sollten wir nicht hinter den Wall, Herr?“

„Wir kämen nur langsam durch das Tor und die Legionen wären vorzeitig bei uns“, lehnte der Hochgeborene ab. „Zudem würden wir dann alle den Bestien überlassen, die jetzt im Süden oder im Zentrum noch gegen sie kämpfen.“

„Dort sehe ich Reiter kommen, Herr. Wenigstens zwei Regimenter.“

Bernot ta Geos nickte erleichtert. „Es sind die Beritte unseres Freundes Nedeam. Sie sind fürwahr eine hochwillkommene Verstärkung.“

***

Sie mussten weichen.

Livianya ta Barat war klug genug, ihre Reiter nicht in einen sinnlosen Kampf zu führen. Der Feind rückte im Süden massiv vor und so gut sich die Garde auch zunächst geschlagen hatte, so war sie zu sehr geschwächt, um auf ihren ersten Erfolgen aufbauen zu können.

„Wir ziehen uns zum Zentrum vor dem Wald zurück. So sind wir in der Nähe des Tores und können uns mit den anderen vereinen."

***

Der Wald brannte noch immer und so war ihre rechte Flanke geschützt. Kein Ork konnte es wagen, durch dieses Flammenmeer vorzudringen.

Bernot ta Geos hatte die kläglichen Reste seiner Gardekavallerie mit den Beritten Nedeams vereint und sie, ein Stück nach links versetzt, hinter der vorbereiteten Kampflinie postiert. Ihre Aufgabe bestand nun darin, zu verhindern, dass die Orks die linke Flanke der Fußgarden umgingen und die Truppen von der Seite her aufrollten.

Es war eine kurze Linie, welche die Garden aufboten, doch dafür standen die Fußsoldaten Schulter an Schulter und Nedeam hatte ein Drittel seiner Pferdelords zur Verstärkung ihrer Bogenschützen geschickt. Hinter den Gardisten waren jetzt insgesamt zehn der neuen Dampfkanonenwagen aufgefahren.

Die Legionen glichen einem massiven schwarzen Block, der sich im gemächlichen Schritt näherte. Wenigstens zwanzig ihrer Banner waren zu erkennen.

„Sie scheinen unaufhaltsam", sagte Bernot ta Geos leise zu Nedeam.

Der Pferdefürst zuckte mit den Schultern. „Wir werden sehen. Immerhin bieten sie in dieser kompakten Formation ein gutes Ziel für die Kanonen."

Als sei dies das Stichwort gewesen, war der Abschuss einer Dampfkanone zu hören. Augenblicke später folgten die der anderen neun. Wieder konnte Bernot ta Geos das Phänomen beobachten, wie sich die massiven Kugeln scheinbar langsam dem Feind näherten, um dann mit Wucht in dessen Reihen zu fahren. Blutige Lücken wurden gerissen, die jedoch ebenso rasch wieder geschlossen waren. Eine zweite Salve ertönte, dann eine dritte.

„Sie werden es nicht lange hinnehmen." Nedeam zog sein Langauge hervor und beobachtete den Feind. „Verdammt, ich habe mich nicht getäuscht. Inmitten der Legionen reitet ein Rundohr auf einem schwarzen Pferd. Fangschlag."

„Er war auch bei Khalanaris zu sehen", seufzte Bernot. „Und glaubt mir, mein Freund, ihm verdanken wir die Falle eben und den Untergang meiner Reiter. Er lernt schnell und gut. Viel zu schnell und gut, für meinen Geschmack."

„Er ist ein Krieger und er ist nicht dumm", zitierte Nedeam den einstigen Waffengefährten. „Ich wünschte mir wahrhaftig, er wäre nun nicht unser Feind."

„Hasst Ihr ihn?"

Der Pferdefürst schüttelte den Kopf. „Wie könnte ich das? Er ist in Ehre zu den Seinen zurück und kämpft wie wir um das Überleben seines Volkes."

Die fahrbaren Dampfkanonen feuerten nun, so schnell sie nur konnten. Dies blieb nicht ohne Folgen beim Feind, jedoch auch nicht auf der eigenen Seite. Der grelle Pfiff eines Sicherheitsventils war zu hören, dann ein furchtbarer Knall, als einer der Kessel den Belastungen nicht mehr standhielt und den Dampfkanonenwagen mitsamt der Besatzung zerriss.

„Bei den Finsteren Abgründen, das schwächt uns und wird den Bestien Mut machen", fluchte ta Geos erbittert.

Noch immer marschierten die zahlreichen Legionen in ruhigem und gleichmäßigem Schritt. Ihre geballte Masse schien die Kugeln in sich aufzusaugen und die Glieder wurden so schnell geschlossen, dass der Beschuss keinen Erfolg zu haben schien.

„Warum nehmen sie es hin?", fragte der Hochgeborene. „Sie müssten Doppelschritt nehmen oder in den Angriffssturm gehen, um die Beschusszeit zu verkürzen."

„Weil sie sich die Verluste erlauben können", erwiderte Nedeam ruhig. „Und weil sie ausgeruht sein wollen, wenn unsere Linien aufeinanderprallen."

„Verdammte Bestien."

„So sagt man", brummte der Pferdefürst. Er richtete das Langauge zum Wall zurück. Wo blieben die Schiffe, die angeblich durch die Luft fahren konnten? Warum stiegen sie nicht auf und segelten heran? Alleine ihr Anblick musste den Feind in Schrecken versetzen.

„Sie gehen in Doppelschritt!", rief ihm der erregte ta Geos zu. „Jetzt kommen sie!"

Bei den Fußgarden wurden Befehle gebrüllt. Ein Schauer von Pfeilen flog zum Gegner. Dutzende fielen. Jetzt lösten die Schützen Salve um Salve und immer mehr der Legionäre stürzten tot oder verwundet zu Boden.

„Sie stürmen!", rief einer der Gardehauptmänner. „Es scheinen nur Rundohren zu sein."

„Diese kleine feige Bande", meinte ta Geos verächtlich. „Die Spitzohren verstecken sich wieder hinter ihren großen Artgenossen."

„Normalerweise würde ich dem zustimmen. Aber ich kenne Fangschlag. So etwas hasst er und ließe es nicht zu. Nicht ohne Absicht." Nedeam legte dem Freund die Hand an den Schwertarm. „Denkt an das, was Ihr von Khalanaris berichtet habt. Es gibt zwei gute Gründe, warum man die Spitzohren zurückhält. Im Schwertkampf können sie mit den Rundohren ohnehin nicht mithalten, doch die Masse ihrer Pfeile und Bolzen kann tödlich sein."

„Ich verstehe. Fangschlag versucht dasselbe, was er auch in Khalanaris bereits tat. Aber diesmal kann er uns damit nicht überraschen und uns in den Rücken fallen."

„Vorhin am Waldrand ist es ihm mit Eurer Reiterei gelungen, mein Freund."

Ta Geos spuckte grimmig aus. „Es war nicht nötig, mich daran zu erinnern."

„Verzeiht, Bernot, ich wollte Euch nicht verletzen."

Die beiden Freunde saßen ruhig auf ihren Pferden, unterhielten sich und sahen dem Sturm der Orks entgegen. Die Legionäre hatten eine beachtliche Strecke zurückgelegt und die letzten Hundertlängen, unter dem Pfeilhagel der Gardisten und Pferdelords, rannten sie in kräftezehrendem Lauf, der sie rasend schnell näher trug. Sie litten schwer, doch außer stürzenden Eisenbrüsten war nichts davon zu erkennen, denn die Gefallenen blieben hinter den Stürmenden zurück.

Nedeam sah abschätzend auf die Dampfkanonen. Noch konnten die hochrädrigen Fahrzeuge über die Köpfe der Gardisten hinwegfeuern, doch es war absehbar, dass sie ihren Beschuss bald einstellen mussten, um nicht die eigenen Soldaten zu gefährden. Die fahrbaren Waffen schienen die Orks auch in keiner Weise zu beeindrucken, aber dann sagte sich Nedeam, dass dies eigentlich auch kein Wunder war. Die Orks, welche die Waffen hatten fahren sehen, waren im Waldfeuer umgekommen und jene, die da heranstürmten, glaubten wohl, sie seien mit Gespannen hergebracht worden.

Dann beobachtete er die Gardisten. Ihre Ruhe verdiente Bewunderung, wenn man bedachte, wie sehr sie in der Unterzahl waren und dass nur kurz zuvor die stärkere Reiterei nahezu vollständig vernichtet worden war. Die Soldaten waren diszipliniert und nur wenige warfen ängstliche Blicke zurück, als überlegten sie, die Reihen zu verlassen. Doch das würde keiner der anderen zulassen. So hielten sie Schwert und Schild, lösten ihre Pfeile und warteten auf den Aufprall des Feindes auf die vorderste Reihe.

„Ich hoffe, Livianya war mehr Glück beschieden." Bernot ta Geos seufzte. „Sie hat Reiterei, Fußtruppen und Kanonenwagen in gleicher Zahl wie wir und ich fürchte, der Feind war bei ihr nicht weniger stark."

„Sie ist eine hervorragende Kriegerin. Wir haben beide an ihrer Seite gekämpft und sie ist klug genug, rechtzeitig zu weichen", tröstete Nedeam, der das Verhältnis der beiden Hochgeborenen kannte und sie beide schätzte.

Die Abschussgeräusche der Dampfkanonen gingen im Gebrüll der zahllos erscheinenden Orks unter. Ursprünglich hatten die vorderen Reihen mit Spießen angegriffen, doch viele ihrer Träger waren nun gefallen. Mancher Gardist mochte dies mit Erleichterung registrieren, denn der Stoß eines Spießes reichte weiter als ein Schwert.

„Steht!", brüllten Regimentskommandeure und Hauptmänner. „Steht fest!"

Aufprall.

Die Wucht der Rundohren, die sich mit aller Kraft gegen die Mauer aus Schilden warfen, war enorm. An manchen Stellen wurden die Gardisten einfach überrannt und Rundohren drangen vor, stachen um sich und töteten, bis sie getötet wurden und andere Gardisten an die Stelle der Gefallenen traten und die Lücken schlossen. Doch hier und da war dies nicht rechtzeitig möglich und die Rundohren drangen auf die Gardisten ein und zwangen sie auseinander. Hier griff die dünne Reserve ein und es gelang, diese Einbruchsstellen wieder abzuriegeln.

An den meisten Stellen hielt die Schildmauer stand. Aus dem kraftvollen Aufprall wurde hier ein erbittertes Schieben und

Drängen. Die einen versuchten das Hindernis zu brechen, die anderen taten alles, um das zu verhindern. Spieße und Schwerter suchten die Lücke zwischen den Schilden, stießen und hackten. Manche der Toten und Sterbenden hatten nicht einmal genügend Raum, um zusammenzubrechen, und wurden auf makabre Weise weiterhin in den tödlichen Reigen einbezogen.

Die Bogenschützen der Fußgarden kamen kaum noch zum Schuss. Immer mehr von ihnen stemmten sich mit den Kameraden gegen den ungeheuren Druck der Masse der Orks. Es war nur eine Frage der Zeit, wann sie diesem nachgeben würden.

Bernot ta Geos strich sich unruhig über den Oberlippenbart, der bei den alnoischen Adligen so überaus beliebt war. Ein wenig hilflos sah er Nedeam an. „Wir können uns nicht zurückziehen. Wenn sich die Ersten von uns wenden, dann bricht alles zusammen und die Bestien machen Jagd auf uns."

Ein Meldereiter preschte heran. Seine Worte ließen Bernot erleichtert aufatmen. „Livianya führt ihre Truppen heran. Sie hatten Verluste, sind aber noch kampffähig. Sie werden unsere Linie verstärken."

„Täuscht Euch nicht, Bernot", wandte Nedeam ein. „Die Orks aus dem Süden werden ihr folgen. Wenn wir uns zusammenschließen, so gewinnen wir zwar etwas Zeit, doch dafür werden wir dann von zwei Seiten von den Legionen berannt."

„Verdammt. Dann soll Livianya ihre Regimenter zum Tor führen. Dann hat es eine starke Bedeckung und wir finden Schutz, wenn wir es passieren." Als Nedeam nickte, gab Bernot dem Melder rasch seine Botschaft und der Mann preschte wieder davon. „Somit müssen wir zurückgehen, doch das können wir nicht. Nicht, ohne dass die Orks über uns kommen."

„Ein Drittel meiner Pferdelords kämpft an der Seite der Fußgarden, aber über zweitausend von ihnen sind in Reserve. Ich lasse die Hälfte absitzen und eine Linie bilden. Lasst Ihr die Dampfkanonen hinter ihnen in Stellung gehen. Die andere Hälfte meiner Männer bleibt zu Pferde und mit Euren Gardekavalleristen vereint. Es wird nur eine dünne Gefechtslinie, doch vielleicht können wir auf diese Weise viele Eurer Fußgardisten retten."

Nedeam trabte zu den Beritten hinüber und erklärte den Scharführern sein Vorhaben. „Du, Arkarim, übernimmst die Reiter. Ich werde die Bogen befehligen."

„Das ist gefährlich, mein Hoher Lord." Arkarim deutete auf Nedeams Banner, das über dem Beritt wehte. „Bleib bei deinem Banner, Nedeam. Ich nehme die Schützen."

Nedeam lachte. „Du bist ein lausiger Bogenschütze, mein Freund. Ich bin den Bogen hingegen aus meiner Jugendzeit gewöhnt und Llaranya hielt mich in Übung."

Bernot ta Geos gab inzwischen dem Hauptmann der Dampfkanonenwagen seine Anweisungen. Dann ritt der Hochgeborene zu den Fußgarden, die Schritt um Schritt zu weichen begannen. Immer deutlicher waren die Lücken in ihren Reihen. Sie wurden zwar noch geschlossen, doch die Länge der Kampflinie schmolz zusammen.

Bei den Dampfkanonen waren Befehle zu hören, das Zischen der Maschinen und das Ächzen, mit dem die mächtigen Gestänge die Antriebsräder in Bewegung setzten. Die dreirädrigen Fahrzeuge konnten nicht einfach zurücksetzen und waren gezwungen, in engen Kurven zu drehen, um in die neue Schussposition zu gelangen. Doch diese Drehung wurde von einigen Fußgardisten falsch interpretiert.

„Sie fliehen!", kam der erste entsetzte Aufschrei. „Sie weichen zurück, wir sind verloren."

Andere nahmen den Ruf auf. Vereinzelt lösten sich Gardisten aus dem hintersten Glied der Kampflinie, andere folgten, bis sich ganze Gruppen zur Flucht wandten. Die Linie konnte nun dem Ansturm des Feindes nichts mehr entgegensetzen und brach zusammen. Die vordersten Alnoer wurden niedergetrampelt und getötet. Der letzte Rest von organisiertem Widerstand war dahin.

Mit triumphierendem Gebrüll begannen die Orks die Gardisten zu verfolgen. Bei ihren vorderen Kohorten wich die Ordnung, denn nun, den Sieg vor Augen, wollten die Rundohren nur noch so viele Menschen wie möglich töten.

Die Kanonenwagen waren gerade dabei, ihre neue Schussposition einzunehmen, und Nedeam rannte mit seinen abgesessenen Bogenschützen zu ihnen, um an den Fahrzeugen eine provisorische Auffanglinie zu formieren. Doch der Zusammenbruch der vorderen Kampflinie erfolgte zu früh. Weder die Kanonen noch die Pferdelords waren bereit und in Stellung.

Fliehende Gardisten und Orks hetzten ihnen entgegen und die Furcht in den Gesichtern der Alnoer zeigte, dass sie auf keinen Befehl hin anhalten würden, bevor sie nicht den Schutz der zweiten Grenze erreicht hatten. Die Chance, dass dies geschah, war denkbar gering, denn die kräftigen Rundohren schienen über weit mehr Kraftreserven zu verfügen. Ihre Schlagschwerter und Spieße forderten einen grausamen Tribut.

Eine der Dampfkanonen feuerte. Möglicherweise geriet ihre Besatzung in Panik, denn es gab kein klares Ziel. Nur ein Durcheinander aus Menschen und Orks. Das schwere Geschoss machte keinen Unterschied. Andere Geschütze schossen nun ebenfalls.

Die abgesessenen Pferdelords lösten Pfeil um Pfeil und sie waren zwar erfahrene Schützen, aber dem Gegner zahlenmäßig einfach unterlegen. Auch Nedeam hatte sich einen Bogen genommen. Er fällte drei oder vier Legionäre und dann war der Gegner auch schon so nahe, dass er die Waffe fallen ließ und seine elfische Klinge zückte. Keinen Augenblick zu früh, denn schon zielte ein Spieß auf seinen Bauch. Nedeam parierte den Stoß und schlitzte Harnisch und Brustkorb des Rundohrs auf. Ein weiteres Rundohr war heran und Schlagschwert und Elfenklinge prallten aufeinander. Der Ork starrte einen Moment überrascht auf seine säuberlich zertrennte Waffe, dann nahm ihm ein Stoß in die Kehle das Leben.

Überall um die Dampfkanonenwagen herum wurde jetzt gekämpft. Etliche Gardisten schlossen sich Nedeams Männern an, aber die meisten rannten einfach um ihr Leben.

Arkarim führte die aufgesessenen Beritte und die Überreste von Bernots Reiterei heran und sie fochten voller Grimm. Der Erste Schwertmann suchte verzweifelt nach seinem Freund Nedeam, den er in all dem Tumult nicht fand.

Und dann, wie durch ein Wunder, schien sich das Blatt plötzlich zu wenden.

Ein dunkler Schatten fiel über die Kämpfenden, dann ein zweiter und dritter. Orks blickten zum Himmel empor und ihre Gesichter zeigten ungläubiges Entsetzen.

Endlich, endlich waren die Luftschiffe gekommen.

***

Handos ta Belem war Kapitän der königlichen Flotte und befehligte eigentlich einen der großen Dampfkanonenkreuzer Ihrer Majestät. Er war ein fähiger Kommandant und vertrauenswürdiger Mann, dessen Zunge nicht locker saß. So unterbreitete man ihm vor einiger Zeit das Angebot, ein äußerst ungewöhnliches Schiff anzuführen. Es waren vertrauliche Worte, die er mit dem König selbst gewechselt hatte, und ta Belems anfänglicher Unglauben hatte sich in Interesse verwandelt. Nie zuvor war ein Schiff der königlichen Marine durch den Himmel gefahren und ein solches Kommando würde Eingang in die Geschichtsschreibung des Reiches finden. Er war es ohnehin leid, in endlosem Wechsel die neuen Seefüße für die Rettungsschiffe anzulernen, die nichts von Seemannschaft verstanden, keinen Knoten beherrschten und bei der kleinsten Welle bäuchlings über der Reling hingen. So stimmte er zu und nahm einige seiner besten Männer mit, die das neue Schiff unter seinem Befehl fahren sollten.

Handos ta Belems Mannschaft bestand aus seinem Rudergänger, einem Maschinisten für die Brennsteinmaschine und zwei Helfern, die man Werfer nannte, da sie Gewichte zum Balancieren des Rumpfes hin- und herbewegen mussten und zugleich dazu ausersehen waren, allerlei unfreundliche Objekte auf den Feind hinabzuwerfen.

Gemäß den uralten Traditionen der Seefüße tauften sie ihr Schiff und gaben ihm den Namen Shadnaar. Sie hofften, die Wolkenschwinge werde ihrem Namen auch gerecht werden, denn sie mussten es hinnehmen, dass sie mit ihrem neuen Wunderwerk noch nicht wirklich fliegen durften, da der Feind nicht von ihm erfahren sollte.

So konnten sie nur heimlich die Hülle ein paar Mal befüllen und wieder schrumpfen lassen, die Dampfmaschine ausprobieren und jene Handgriffe endlos üben, die zur Handhabung des Schiffes erforderlich sein sollten. Obwohl die Hochgelehrten, und vor allem der Konstrukteur Petzler, große Zuversicht empfanden, gab es nun einmal keinerlei Erfahrungen mit einem Luftschiff. Seine Dampfmaschine war aus Gewichtsgründen klein und fraglos in der Lage, genug Hitze zu erzeugen, damit sich die Shadnaar in die Luft erhob, doch besaß sie auch die Kraft, die große Luftschraube ausreichend zu drehen, damit sich das Schiff nach dem Willen der Besatzung und nicht dem des Windes bewegte?

Mit enormer Anspannung hatten sie die Shadnaar während der Nacht vorbereitet und auf den ersehnten Befehl gewartet, sich endlich in die Luft zu erheben und das Grauen zum Feind zu tragen. Doch der Befehl ließ auf sich warten.

Die Gardekavallerie rückte aus.

Die Pferdelords rückten aus.

Die Fußgarden rückten aus.

Selbst die neuen Dampfkanonenwagen rückten aus.

Doch die Shadnaar und ihre beiden Schwesterschiffe blieben zurück. Die Hüllen halb mit heißer Luft befüllt, zogen sie müde an den Halteleinen und die Dampfmaschinen schnauften mit geringster Kraft.

Oberkommandierender Daik ta Enderos setzte auf den Schrecken, den die neuen Waffen säen sollten, und wollte den richtigen Augenblick abpassen. Als er diesen schließlich für gekommen sah, ereigneten sich jedoch gleich zwei unglückselige Vorfälle.

An einem der Luftschiffe brachen drei der Metallbänder, als die Hülle prall gespannt war. Da sie die Auftriebshülle mit dem Schiffsrumpf verbanden, mussten sie repariert werden. An einem anderen ließ sich die Luftschraube nicht an die Antriebsstange ankuppeln.

Alles erbitterte Gefluche half nicht. Die Besatzungen und zahlreiche Helfer arbeiteten in Windeseile, um die Schäden zu beheben, und Kapitän Handos ta Belem befürchtete schon, die Schiffe würden niemals oder zu spät in die Luft aufsteigen.

Doch es geschah.

Die Kämpfe gegen die Legionen hielten schon eine Weile an, als alle Hüllen endlich prall waren und die Schiffe an den Leinen zogen. Hastig wurden sie gelöst und zum ersten Mal sahen die Besatzungen, wie der Erdboden unter ihnen zu versinken schien.

Es war ein ruhiger und steter Aufstieg in den Himmel. Dennoch wurde es einem Matrosen der Shadnaar derart schlecht, dass er sich übergeben musste. Doch insgesamt hatte man mit den Seefüßen eine gute Wahl getroffen. Sie waren schwankende Planken unter ihren Füßen gewohnt und wer einen Mast hinaufstieg, der kannte auch große Höhen. Verglichen mit der Fahrt durch stürmische See, glich dieser Flug einem sanften Gleiten.

Der Wall blieb unter ihnen zurück und sie sahen nun das Vorfeld und den nahen Wald. Feuer und Rauch hatten ihn in ein Inferno verwandelt.

„Achte mir auf das Feuer, Rudergänger“, mahnte ta Belem. „Es kann uns gefährlich werden.“

Der Mann bestätigte und betrachtete skeptisch das Ruderblatt, welches sich direkt hinter der Luftschraube befand. Beides hatte sich noch nicht bewährt und erschien ihm wenig vertrauenerweckend.

„Ich hoffe nur, diese Konstruktion fällt nicht auseinander“, zweifelte einer der beiden Werfer. „Dünne Bretter und ein paar Metallbänder anstelle solider Schiffsplanken.“

Obwohl Belem ähnliche Sorgen hegte, war dies doch sein Schiff. „Es wird halten, denn der gute Herr Petzler hat alles wohlbedacht und berechnet“, erwiderte er harsch. „Zudem ist es nun wohl zu spät, um von Bord zu gehen.“

In der Mitte des flachen Decks stampfte die kleine Dampfmaschine. Ihre heiße Abluft wurde über ein Rohr in die Hülle geleitet, ein dünner Schornstein führte zudem neben der Hülle nach oben. Zwei Kolben trieben die Welle an, an deren vorderem Ende sich die Luftschraube drehte. Der dreiblättrige Rotor bestand aus mit Metallbändern verstärktem Holz und durchmaß zwei volle Längen. Unterhalb der Welle war hinter der

Luftschraube das Ruder angebracht. Im Grunde kaum mehr als ein Stück Leinwand, welches über einen dünnen Metallrahmen gespannt war und wie die Segel eines Schiffes über Leinen verstellt werden konnte. Der Rudergänger verfügte über kein Steuerrad, sondern kontrollierte die Richtung über Rollen und ein Querholz.

„Bei den Finsteren Abgründen!“ Ta Belem versuchte sein Entsetzen zu verbergen. „Die Unseren werden überrannt.“

Die beiden Werfer traten neben ihn. „Das sieht wahrhaftig nicht gut für die Unseren aus“, meinte einer. „Bei diesem Durcheinander können wir nicht einmal die Feuersäcke werfen. Sie würden auch unsere Leute verbrennen.“

„Wir fahren über dieses Getümmel hinweg und werfen unser Feuer vor die nachfolgenden Bestien“, entschied der Kapitän. „Das verschafft den Landfüßen etwas Luft. Bekommen die Orks keine Verstärkung, so werden Unsere sich sammeln können.“

Der andere Werfer grinste breit. „Sie haben uns gesehen. Könnt ihr erkennen, wie sie ins Laufen kommen? Der Anblick unserer braven Shadnaar jagt ihnen Todesangst ein.“

Die drei Luftschiffe flogen so hoch, dass man die Gesichter am Boden nicht erkennen konnte. Man sah nur kleine Gestalten, die dort unten insektengleich durcheinanderwimmelten, und die kompakten Formationen frischer Legionen, die ein Stück entfernt heranstampften.

Jetzt schien es dem Kapitän, als sehe er in eine Wasserpfütze hinab, in die ein Stein geworfen worden war. Eine Wellenbewegung schien durch die zahllosen Lebewesen zu gehen. Von oben ließ sich gut erkennen, wie sich immer mehr Orks aus dem Kampf lösten. Ihre schwarzen Rüstungen machten es leicht, sie von den Gardisten zu unterscheiden, deren Panzerungen aus glänzendem silbrigem Metall waren.

„Sie fluten zurück“, brummte der Kapitän sichtlich zufrieden. „Wahrhaftig, mit unseren Luftschiffen brauchen wir nicht einmal die Feuersäcke, um sie zu vertreiben.“

„Wir sollten dennoch ein paar hinabfallen lassen“, murrte einer der Werfer enttäuscht. „Ich bin hier, um Bestien zu verbrennen, und nicht, um zu sehen, wie rasch sie rennen können.“

„Dann müssen wir tiefer.“ Ta Belem kratzte sich im Nacken. In ihrer jetzigen Höhe waren sie für die Pfeile und Bolzen der Orks unerreichbar. Die Berstpulver- und Feuersäckchen verfügten jedoch nur über kurze Lunten. Damit sie nicht zu früh explodierten, würde die Shadnaar tiefer gehen müssen. Der Kapitän fürchtete nicht um sein Leben, doch um die Sicherheit der grazilen Konstruktion und der empfindlichen Hülle, welche das Schiff am Himmel hielt. „Nun gut, leitet etwas Hitze aus dem Wärmerohr ab, sodass die Hülle kälter wird. Aber seid behutsam. Wir wollen nicht unter den Bestien landen und geraten vielleicht in die Reichweite ihrer Querbogen.“

Der Rudergänger beobachtete skeptisch die heftig arbeitende Antriebswelle. Damit sich die Luftschraube schneller drehen konnte, wurde die Bewegung der Welle von einem großen Zahnrad auf ein kleineres übertragen. Dies hatte sich bei den Seeschiffen bereits bewährt, aber hier waren die Wellenlager nicht sehr massiv. „Wir sollten langsamer fahren, Kapitän. Es hat mir den Anschein, dass die Welle nicht ganz rund läuft.“

Ta Belem betrachtete Welle und Schraube und nickte zögernd. „Nimm etwas Druck!“, befahl er dem Maschinisten und dieser wandte sich der Dampfmaschine zu und drehte ein paar Regler. Zischend entwich Dampf aus einem Ventil.

„Recht so“, meldete der Rudergänger. „Sie dreht langsamer.“

Die drei Luftschiffe sollten gleichen Abstand zueinander halten, aber dies war heikel. Ihre Antriebe waren nicht sehr wirksam und die Bewegungen der Luft zu unterschiedlich. Die Shadnaar bewegte sich an der rechten Flanke der kleinen Formation und spürte zusätzlich die aufsteigende heiße Luft des Waldfeuers, die es schwierig machte, den Kurs genau einzuhalten.

„Dort, Herr!" Der Maschinist, der gerade Fett über die Antriebswelle und ihre Lager strich, deutete zur Seite. „Hinter dem Hügel sind Legionen auf dem Marsch. Sie sind vor den Blicken der Unseren verborgen und wollen ihnen wohl in die Flanke fallen."

Der Kapitän trat an die Bordwand. „Ja, sie können die Bestien nicht sehen. Mögen die Finsteren Abgründe die Legionen verschlingen, wir haben keine Mittel, unsere Leute zu warnen." Er blickte zum Bug. „Und einige der anderen machen kehrt. Verfluchter Dung."

Unter ihnen begann die Welle der Bewegung zurückzuschwappen. Die fliegenden Schiffe waren, trotz aller Behäbigkeit, schneller als die fliehenden Orks und hatten diese inzwischen überholt. Keiner der Legionäre hatte Interesse daran, diesen unheimlichen Himmelsdingen zu folgen, und so machten sie in ihrer Furcht erneut kehrt.

„Sollen wir sie angreifen?"

Ta Belem schüttelte den Kopf. „Es sind nicht allzu viele Orks und sie sind ungeordnet. Damit werden die Gardisten und Kanonenwagen fertig. Aber wir müssen verhindern, dass ihre Verstärkungen vorrücken."

Langsam näherten sich die Luftschiffe nun den nachrückenden Legionen. Diese hatten ihren Vormarsch gestoppt und schienen unschlüssig, wie sie sich verhalten sollten.

Ta Belem vernahm ein leises Pochen am hölzernen Rumpf. Er beugte sich ein wenig vor und erkannte Bolzen aus den Querbogen der Orks. Er sah sich nach den Schützen um. Zwei

Kohorten waren vorgetreten und schossen mit ihren weittragenden Waffen.

Der Werfer neben ihm deutete hinab. „Dort sitzt ein Rundohr auf einem Pferd. Das scheint ihr Anführer zu sein."

„Orks reiten nicht auf Pferden, sie fressen sie", wies ta Belem den Mann zurecht. „Das wird ein Rumaki oder ein Renegat sein. In jedem Fall ein Mensch."

„Ich könnte dem Kerl einen Feuersack auf den Kopf schleudern."

„Wir warten, bis wir über den Legionen sind. Die bieten ein lohnenderes Ziel."

Die beiden Werfer gingen zum Maschinisten und ließen sich von ihm etwas glühenden Brennstein in ihre Feuergefäße füllen. Dann traten sie rechts und links an die niedrige Bordwand, öffneten die dortigen Kisten und waren ta Belem einen fragenden Blick zu. „Berstpulver oder Feuersäckchen?"

„Der Wind steht günstig. Sie sollen brennen", entschied der Kapitän mit harter Stimme. Hinter den unter ihm formierten Legionen sah er jetzt das Schlachtfeld, auf dem ta Geos' Reiterei vernichtet worden war. „Ich werde diesen grausamen Bestien keine Gnade gewähren."

„Sie sind in der richtigen Wurfhöhe", meldete einer der Männer.

Erneut pochten Bolzen an den Rumpf. Einer zog surrend an ta Belem vorbei. „Offensichtlich sind sie das", erwiderte er ruhig. „Also gut, Seefüße, gebt es ihnen."

Die Lunten zischten und die Feuersäckchen zogen winzige Rauchspuren hinter sich her, während sie dem Boden entgegenfielen. Sie schlugen neben der langsam dahinschwebenden Shadnaar zwischen die Legionäre. Das Bersten des Pulvers und Gebrüll waren zu hören, begleitet vom Auflodern kleiner Feuer, die sich rasch ausbreiteten.

Petzler hatte ein Gemisch aus Fetten und Harzen hergestellt, welches selbst an den Rüstungen der Rundohren haftete. Versuche hatten gezeigt, dass es sich mit Wasser löschen ließ, doch es war Sommer, der Boden trocken und keiner der Orks schleppte ein Fass mit sich herum.

Ta Belems Gesicht zeigte kaum eine Regung, als er den qualvollen Tod der Orks mit ansah, die von dem brennenden Gemisch getroffen worden waren. Einer der Werfer stieß freudige Schreie aus, während er ein Wurfgeschoss nach dem anderen hinabwarf. Der andere hingegen hatte ein blasses Gesicht. „Niemand sollte auf solche Weise sterben. Nicht einmal ein Ork."

„Kapitän!" Der erschrockene Ruf des Rudergängers ließ ta Belem herumfahren. „Dort, die Eolanvaar!"

Das in der Mitte fliegende Schwesterschiff hatte offensichtlich Schwierigkeiten. Die Männer der Shadnaar erkannten sofort, dass das mit der Antriebswelle und dem Propeller zusammenhing.

„Die Welle schlägt", keuchte der Maschinist. „Das wird die Schraube nicht lange aushalten. Sie müssen sie auskuppeln. Auskuppeln!"

Auf der Eolanvaar konnte man seinen Warnruf nicht hören und es wäre auch zu spät gewesen. Die vorher rund laufende Luftschraube schien auf der Nabe der Achse zu schwanken und die empfindliche Konstruktion hielt der Belastung nicht stand. Einer der Propellerflügel löste sich nun, wirbelte durch die Luft und traf, durch eine unglückliche Fügung des Schicksals, die Hülle der parallel fliegenden Kislanvaar. Diese wurde auf eine Weise aufgeschlitzt, dass das Schiff augenblicklich seinen Auftrieb verlor. Die Kislanvaar war nur hundert Längen über dem Boden geflogen, doch das nahm dem Sturz nicht seine grausame

Wirkung. Auf der Shadnaar hörten sie die Angstschreie der Besatzung, bis das Schiff am Boden zerschellte.

Während dieser Augenblicke, in denen aller Blicke auf das abstürzende Schwesterschiff gerichtet gewesen waren, riss die nun erst recht mit Unwucht rotierende Luftschraube der Eolanvaar die Welle und die Dampfmaschine aus ihren Verankerungen. Letztere stürzte zur Seite und der glühende Brennstein rollte über das Deck. Ein Brocken davon fiel in die offene Kiste mit den Wurfgeschossen. Eine donnernde Explosion und Feuer brandeten auf und ließen die Trümmer der Eolanvaar auf die Legionen hinunterregnen.

Innerhalb kürzester Zeit waren zwei der neuen Luftschiffe untergegangen und auch die Shadnaar war nicht ungeschoren geblieben. Teile der explodierten Eolanvaar hatten ihren Rumpf und die Hülle getroffen. Der Schaden an der Hülle war nicht so schwerwiegend wie bei der Kislanvaar, doch sie verlor zusehends an Auftriebskraft.

„Wir haben einen Riss in der Haut, Kapitän", stöhnte der Rudergänger, der eine blutende Wunde am Kopf davongetragen hatte. „Wir verlieren Höhe."

„Maschinist, heize stärker ein! Wir brauchen mehr Hitze, damit wir wieder steigen!"

Aber der Mann saß an der Bordwand und stierte blicklos vor sich hin. Er war nicht verletzt, doch der Anblick der Vernichtung der beiden anderen Schiffe schien ihm den klaren Verstand geraubt zu haben. Ta Belem fluchte erbittert und eilte selbst zur Maschine, um die Regler zu bedienen. Einer der beiden Werfer stand noch immer an der Bordwand und warf unentwegt und unter hasserfüllten Rufen seine Wurfsäcke, der andere war verschwunden. Die Druckwelle der explodierenden Eolanvaar musste ihn über Bord geschleudert haben.

„Es hat keinen Zweck, Kapitän." Der Rudergänger schüttelte den Kopf. „Wenn wir mehr Hitze in die Hülle leiten, wird sich der Riss nur umso schneller vergrößern. Wir werden sinken, Kapitän."

Handos ta Belem hatte manchen Kampf auf See ausgefochten. Oft hatte er mit seinem Tod und dem Untergang seines Schiffes rechnen müssen. Nun war es also so weit und wenn es geschah, so wollte er doch so viele Gegner wie möglich mit sich in den Untergang reißen.

„Schaffen wir es bis zu jener Legion dort links vor uns, Rudergänger?"

Der lächelte verzerrt. „Wenn der Wind und das Schicksal uns gewogen sind …"

„Dann nimm Kurs, Rudergänger. Und es war eine Ehre, mit dir zu dienen."

„Es ist wohl noch nicht an der Zeit, dass unsere Schiffe den Himmel befahren", entgegnete der Verletzte leise.

Die Shadnaar sank langsam, aber stetig tiefer. Kapitän ta Belem trat an die Seite des Werfers und legte die Hand über die des anderen. „Spar dir den Wurf, Seefuß. Wir haben nun ein größeres Geschoss."

„Mögen sie alle brennen", murmelte der, als er begriff, dass es keinen Ausweg gab.

Sie kamen der Legion näher und dort setzte Unruhe ein, doch es war zu spät, um noch zu entkommen.

„Für den König und die Provinzen", flüsterte ta Belem.

Dann kamen Aufschlag und Dunkelheit.

***

Nedeam wich mit einem raschen Satz zurück. Das Schlagschwert zog eine tiefe Schramme über den Brustpanzer. Wäre es noch der Lederkoller aus Nedeams Jugend gewesen, so hätte ihm der bösartige Haken wohl die Rippen zerfetzt. Doch jetzt war es ein Panzer aus bestem Stahl der Hochmark, der durch seine rotbraune Färbung nur den Anschein von Leder erweckte. Nedeams Klinge durchtrennte Halsschutz und Kehle des Rundohrs.

„Sie fluten zurück", keuchte der Gardist an seiner Seite. „Der Anblick der Himmelswunder muss sie erschreckt haben."

„Er hat auch mich erschreckt", knurrte ein Scharführer der Schwertmänner, der an ihrer Seite kämpfte. An seinem Helm zeigte der weiße Rosshaarschweif, dass der Mann zur Südmark gehörte. „Jedenfalls laufen sie davon und es ist gewiss nicht, weil sie uns fürchten."

Nedeam schlug dem Pferdelord aufmunternd gegen den Arm. „Dennoch halten wir uns gut und jetzt verschafft uns der Feind die Gelegenheit, uns zu sammeln und neu zu gruppieren."

„Viel gibt es nicht zu sammeln", stellte der Gardist bitter fest. „Die meisten von uns sind fortgelaufen oder liegen tot auf der Kampfstätte."

Der Mann hatte nicht übertrieben. Die drei Regimenter der Fußgarde hatten schwer gelitten und die Mehrzahl der Überlebenden war voller Panik in Richtung auf den Wall geflohen. Kaum zweihundert der Soldaten waren bei Nedeam und den Pferdelords zurückgeblieben. Viele waren verwundet und erschöpft. Die enorme Kraftanstrengung des Kampfes forderte ihren Tribut.

Von den abgesessenen Pferdelords waren es kaum vierhundert, die sich jetzt zu kleinen Gruppen zusammenfanden und nach den Verwundeten sahen. Nur die Dampfkanonenwagen schienen unversehrt und reckten ihre Kanonen trotzig gegen den sich entfernenden Gegner.

Der einzige Lichtblick für Nedeams zusammengeschmolzene Gruppe waren Arkarim und die fast zweitausend Reiter, welche dieser mit Bernot ta Geos befehligte und die sich jetzt bereithielten, einem erneuten Angriff zu begegnen. Wenn es dazu kam, würde es wohl ein Todesritt werden mit dem Ziel, Nedeams Männern den Rückzug zum Tor zu ermöglichen.

Nedeam wollte sich nun ebenfalls schnellstens hinter den Wall begeben, doch zuvor sollten die Verletzten versorgt und Tragen für jene gefertigt werden, die nicht mehr auf eigenen Beinen stehen konnten.

Bernot ta Geos und Arkarim trabten Seite an Seite heran. „Ihr solltet eilen, mein Freund. Auch wenn der Feind nun weicht … Früher oder später wird er zurückkehren. Am Tor wurde eine starke Verteidigung errichtet. Die Fußgarden des Zentrums und die von Livianya sind noch intakt. Nur ihre Reiter haben deutliche Verluste gehabt. Aber hinter dem Schutz der Befestigung können wir den Bestien standhalten."

„Das hätten wir von vornherein tun sollen", knurrte der Gardist und spuckte aus.

Nedeam sah Bernot kurz an und wandte sich dann an den Fußsoldaten. „Vielleicht habt Ihr recht, guter Herr. Doch dann hätten wir die Schnelligkeit und Schlagkraft unserer Reiter nicht ausspielen können. Sie waren es, die den Legionen schwer zugesetzt haben."

Der Gardist zuckte mit den Schultern. „Mag sein. Doch nun werden sie uns überrennen."

„Sie kehren zurück!" Arkarim deutete über Nedeams Schulter.

Der Pferdefürst musste seine Augen gegen das Licht abschirmen. Die Sonne war inzwischen so hoch gestiegen, dass sie Pferdelords und Gardisten blendete. Gelegentlich trieben Rauchschwaden des brennenden Waldes über das Schlachtfeld. „Es ist wegen der Luftschwingen. Diese sind über sie hinweg und nun fliehen die Orks in unsere Richtung.“ Er lachte auf. „Das Schicksal nimmt häufig seltsame Wendungen, nicht wahr, meine Freunde?“

Ein Reiter des Flankenschutzes kam heran und auch er hatte nichts Erfreuliches zu melden. „Legionsbanner hinter dem Hügel, Hoher Lord. Sie wollen sich zwischen uns und das Tor schieben.“

„Sind es viele?“

„Drei ihrer Banner, Herr.“

Arkarim erwiderte Nedeams Blick. „Die Reiter können die Fußsoldaten hinter sich in den Sattel nehmen.“

Der Pferdefürst wies um sich. „Viele der Verwundeten würden das nicht überstehen und wir müssten die Kanonenwagen zurücklassen.“

„Damit können die Orks nichts anfangen und sie sind ohnehin nicht von großem Nutzen.“

„Wir wissen von Fangschlag, dass die Orks nicht dumm sind.“ Nedeam seufzte. „Und Fangschlag kennt sich ohnehin mit Dampfkanonen aus. Er hat unsere in Eternas oft genug beim Schießen beobachtet.“

„Dann zerstören wir die Fahrzeuge.“

Vom Wall war das Peitschen von Abschüssen zu vernehmen. Einer der dortigen Verteidigungstürme nahm die seitlich heranrückenden Orks mit den schweren Dampfkanonen unter Beschuss.

„Sie werden nicht viel treffen“, kommentierte Arkarim lakonisch.

„Doch es wird ihre Schritte beschleunigen“, warf ta Geos ein. „Jetzt werden sie sich erst recht beeilen, um uns noch zu erwischen.“

„Arkarim, nimm die Reiter und greife die Legionen an unserer Flanke an“, entschied Nedeam. „Das wird sie beschäftigt halten. Wir hier ordnen uns, nehmen die Verwundeten und marschieren zum Tor.“

Der Erste Schwertmann schien kurz protestieren zu wollen, doch dann nickte er und führte die Reiter mit Bernot ta Geos nach Norden.

Nedeam winkte einen der überlebenden Hauptmänner der Fußgarden heran. Die zuvor geflohenen Orks kamen rasch näher, aber sie hielten keinerlei Formationen. Obwohl sie den Gardisten und abgesessenen Pferdelords zahlenmäßig weit überlegen waren, rechnete sich Nedeam gute Chancen aus, sie abwehren zu können.

„Wir müssen es gut abpassen, Hauptmann. Wir bilden Gruppen an den Kanonenwagen. Dort verteidigen wir unsere Verwundeten und die Fahrzeuge, vernichten die Angreifer und ziehen uns dann zurück, bevor sie Verstärkungen erhalten können.“

„Warum erhalten wir keine neuen Truppen vom Tor, Hoher Lord? Dort sind jetzt viele der Unseren versammelt.“

„Weil die Legionen sicher auch vom Süden um den brennenden Wald herummarschieren und das Tor geschützt werden muss, da es unser einziger Rückzugsweg ist.“

Der Mann nickte zustimmend und begann dann seine Befehle zu geben.

Rasch gruppierten sich die knapp sechshundert Überlebenden um die Kanonenwagen, die zu einer kurzen Linie aufgefahren waren. Im Norden waren Hörnerklang und Kampflärm zu hören.

Die Orks, die schon fast den Sieg errungen hatten und dann vor dem Anblick der Luftschiffe geflohen waren, hatten durch die heftige Gegenwehr der Verteidiger starke Verluste hinnehmen müssen. Zudem machte sich nun ihre Unordnung zu ihrem Nachteil bemerkbar. Es war keine kompakte Masse, welche die Verteidiger erreichte. Pfeile fällten viele von ihnen und die anderen stießen einzeln oder in Gruppen vor und wurden niedergemacht. Aber auch Gardisten und Pferdelords starben unter den Waffen des Gegners.

Keiner der Männer hatte einen Blick für die Luftschiffe, bis die Explosion der Eolanvaar über das Land donnerte.

„Dies ist nicht unsere Tageswende“, grollte Nedeam. Er eilte zu einem der Dampfkanonenwagen und schlug mit dem Schwert gegen die Metalltür des Kanonenstandes. Einer der Kanoniere öffnete und half ihm hinauf. Der Pferdefürst wollte sich von der erhöhten Position aus einen besseren Überblick verschaffen.

Die Männer waren verschwitzt und sichtlich erschöpft. Einer deutete zu den Gestellen mit den massiven Kugeln. „Die Geschosse werden knapp, Herr. Ebenso das Wasser für den Kessel. Brennstein haben wir genug, doch der Druck wird bald sinken.“

„Dies ist wahrhaftig keine Tageswende der frohen Kunde“, stellte Nedeam unbehaglich fest. Er spähte durch den Sehschlitz nach Osten. Es gab keinen Zweifel: Die Legionen befanden sich wieder auf dem Vormarsch. „Wartet auf den Befehl zum Rückzug.“

Er sprang auf den Boden hinunter. Gardisten und Pferdelords hielten sich gut, doch es war sinnlos, hier weiterhin zu kämpfen, denn gegen die Verstärkungen des Feindes gab es keine Chance.

„Wir ziehen uns geordnet zurück!“, rief er den Kämpfern zu. „Bleibt bei den Kanonenwagen und zieht euch in Ordnung zurück!“

Inmitten der Kämpfe begannen die Kanonenwagen ihre schwerfällige Wende. Für die Orks war dies das Zeichen, dass sie die Oberhand gewannen, und sie wollten den verhassten Feind nicht entkommen lassen. Während ihre Verstärkungen nahten, kämpften sie noch verbissener und begannen sogar blindlings auf die Fahrzeuge einzuschlagen. Einige wurden von Schwert oder Pfeil getötet, andere von den schweren Wagen überrollt, aber es gab auch andere, die unerwartete Erfolge hatten.

So stabil die Räder der Fahrzeuge auch sein mochten, die hackenden Schlagschwerter setzten ihnen zu. An einem Kanonenwagen wurde ein Rad der Vorderachse zerschlagen und das Gefährt kippte zur Seite. Bei einem anderen gelang es den Orks, mit Spießen das hintere Lenkungsrad zu blockieren. Ein Wagen blieb stehen, da das Antriebsgestänge verbogen wurde. Seine Verteidiger wurden überwältigt und Rundohren kletterten auf die Konstruktion. In ihrer Raserei nahmen sie Verbrennung und Verbrühung in Kauf und schlugen auf das Metall ein, bis eine plötzliche Explosion den Kessel und alles im näheren Umkreis zerfetzte.

Eines der Metallteile traf Nedeam.

In einem Moment sah er den geifernden Rachen eines Rundohrs, dem er seine Klinge in den Schädel stieß, im nächsten Augenblick war da nichts mehr.

58

Niemand rührt ihn an!"

Nedeam vernahm die Worte, die aus einer rauen Kehle zu stammen schienen und deutlich nach einem Rundohr klangen. Er verstand ihren Sinn, hatte aber nicht das Gefühl, dass man die Aufforderung beherzigte. Eine ganze Horde der Orks schien ununterbrochen mit den Schlagschwertern auf seinen Schädel einzuschlagen. Er fühlte sich benommen und ihm war übel. Es gelang ihm einfach nicht, die Augen zu öffnen.

„Lasst ihn uns schlachten", tönte eine andere Stimme. „Das ist einer ihrer Legionsführer."

„Keiner rührt ihn an!"

„Aber er gehört zum Pferdevolk", kam die geifernde Erwiderung. „Man erkennt es am grünen Umhang. Er hat viele von uns getötet."

Man hörte ein zischendes Geräusch und ein seltsames Gurgeln. Unwilliges Gemurmel klang auf.

„Will noch einer die Schärfe meiner Klinge spüren? Versucht es nur. Ich bin Schnellschwert, Führer der dritten Kohorte der Legion des Blutfangs, und ich sage euch, keiner schlägt seine Fänge in diesen Pferdereiter. Nehmt euch einen anderen. Es liegen genügend hier herum."

Nedeam versuchte die Augen zu öffnen, doch etwas hielt sie geschlossen. Er stöhnte auf.

„Ja, du lebst noch, Pferdereiter." Die Stimme war dicht an seinem Ohr. „Ich kenne dich. Ich kämpfte bei Merdoret und Merdonan gegen dich und deine Reiter. Damals, als ihr an der Seite der elfischen Spitzohren kämpftet."

Schmerz durchflutete Nedeam. Jetzt gelang es ihm, die Augen einen Spalt zu öffnen, doch er sah nur verschwommen. Ein dunkler Schatten war dicht vor seinem Gesicht. Etwas Warmes tropfte auf seine Wange. Geifer des Rundohrs, das ihm so nahe war. Er versuchte zu sprechen, brachte jedoch nur ein heiseres Krächzen hervor.

„Du hast einen kräftigen Hieb gegen den Kopf bekommen", erklärte der Krieger. „Man kann es an deinem Helm sehen und auch an deinem Schädel. Du musst sehr zäh sein, dass du überhaupt noch lebst."

„Meine … Männer", brachte Nedeam nun endlich hervor.

„Sie sind geflohen", knurrte der Ork. „Sie hielten dich sicher für tot. Du hast Glück gehabt. Ich wollte meine Fänge gerade in dich schlagen, als du dich bewegt hast. Da ich sah, dass du ein Kämpfer von Bedeutung bist, habe ich auf meinen Bissen verzichtet. Du hast ihre Legionen befehligt und so magst du Dinge wissen, die für Fangschlag von Bedeutung sind."

„Fangschlag …!?"

„Ja, allein sein Name senkt Furcht in die Blutpumpen seiner Gegner", grunzte das Rundohr. „Wenn du Glück hast, wird er dich befragen. Wenn du Pech hast, ist es der neue Schwarze Lord."

„Einohr."

„Ja, auch sein Name ist bekannt." Nedeam konnte hören, wie das Rundohr ausspuckte.

Seine Sinne wurden klarer. Trotz der Schmerzen gelang es ihm, sich auf die Arme zu stemmen. Der Blick wurde klarer. Ächzend wischte er sich über die Augen und seine Finger waren klebrig von Blut.

„Du blutest", stellte Schnellschwert sachlich fest. „Man müsste eine Naht setzen, um es zu stillen. Aber das wird nicht lohnen.

Fangschlag wird bald hier sein. Er reitet auf einem Pferd, genau wie ihr Pferdereiter. Er ist ein großer Krieger. Selbst sein Schlagschwert ist einzigartig."

„Daran gibt es keinen Zweifel", erwiderte Nedeam. „Er erhielt es von mir."

Der Ork schien überrascht. „Er nahm es dir ab?"

„Nein, ich schenkte es ihm."

Nedeam sah sich um. Er lag noch immer auf jenem Teil des Graslandes, auf dem zuvor der Kampf getobt hatte. Einige der Dampfkanonenwagen standen zwischen den Leichen von Menschen und Orks. Die Fahrzeuge waren zerstört oder verlassen. Die Tür eines Kanonenstandes stand offen, Blut tropfte von ihrer Schwelle auf den Boden hinab. Überall waren Legionäre unterwegs. Nedeam sah einen Pferdelord, dessen Körper kurz zuckte, als ein Rundohr sein Schlagschwert durch die Kehle trieb. An anderer Stelle wurde ein Gardist entkleidet und mehrere Spitzohren stritten um die Beute oder den ersten Bissen. Ein Rundohr schwenkte triumphierend das zerrissene Banner einer der Fußgarden.

Er wusste nicht, was ihn getroffen hatte, und auch nicht, wie lange er hilflos am Boden gelegen haben mochte. Jedenfalls waren wohl keinerlei befreundete Truppen in der Nähe, denn die Orks schienen sich vollkommen sicher zu fühlen. Nirgends war Hörnerklang oder Kampflärm. Gelegentlich knallte es in Nedeams Rücken, dort, wo der brennende Wald lag. Er wusste, dass es Bäume waren, die unter der Hitze förmlich auseinanderplatzten.

Er wandte sich ein wenig zur Seite und bemerkte nun ein anderes Rundohr, welches neben ihm am Boden lag. Die Kehle war zerfetzt.

Schnellschwert hatte seinen Blick bemerkt. „Er war ein gutes Rundohr und ich habe es nicht gerne getan, Pferdereiter. Aber er wollte einen Bissen von dir, bevor Fangschlag mit dir gesprochen hat. Das konnte ich nicht zulassen, denn ich weiß, wie klug es ist, den Feind zu befragen. Danach kann man ihn immer noch töten."

Nedeam spürte Schwingungen im Boden. Er setzte sich nun ganz auf und sah eine lange Kolonne von Legionen, die sich im Marschtritt näherte. Sie wurden vom kastenförmigen Aufbau des seltsamen Fahrzeuges überragt, von dem man inzwischen wusste, dass es Einohr gehörte. Vor der vordersten Reihe trabte Fangschlag auf seinem schwarzen Hengst Beißer und trieb nun sein Pferd an, da Schnellschwert sich erhob und mit seinem Schwert winkte.

Nedeam mühte sich auf die Beine. Er wollte nicht am Boden sitzen, wenn er dem einstigen Waffenbruder begegnete. Der heftige Schmerz in seinem Kopf ließ langsam nach und seine Sinne schärften sich. Er hielt es den sonderbaren Fähigkeiten zugute, die er der einstigen Verschmelzung mit dem sterbenden Grauen verdankte. Seine Wunden heilten schneller als bei einem gewöhnlichen Menschen.

Instinktiv wollte er die Hand an seine Waffe legen, aber natürlich hatten die Orks sie ihm genommen. Er bedauerte den Verlust seiner elfischen Klinge, die nun die Beute irgendeines Feindes war. Ein Stück abseits lag sein Helm mit dem blauen Rosshaar der Hochmark. Nedeam erschauerte, als er die tiefe Beule an einer Seite bemerkte. Es glich tatsächlich einem Wunder, dass er noch am Leben war.

Fangschlag zügelte Beißer und blickte auf Nedeam herab. „So sehen wir uns also als Feinde wieder. Es ist eine merkwürdige Empfindung, Nedeam von den Pferdereitern." Das stolze Rundohr saß mit langsamen Bewegungen ab, als wolle es Zeit gewinnen. Sein Blick war schwer zu deuten. „Irgendwie hoffte ich wohl, du seiest bereits tot oder entkommen. Auf ehrenvolle Weise im Kampf gefallen, wie es einem Krieger wie dir auch gebührt."

„Nun, wie du siehst, bin ich noch am Leben."

„Ich weiß nicht, ob ich das begrüßen oder bedauern soll", bekannte Fangschlag. „Denn nun verlangt die Ehre, dass ich dich selber töte."

„Versuch es nur", erwiderte Nedeam grimmig.

Fangschlag nickte. „Ich werde nicht zulassen, dass ein anderer dich tötet. Wir waren Waffenbrüder und du hast einen Tod in Ehre verdient."

„Das weiß ich durchaus zu schätzen." Nedeam reckte sich, um seine Glieder zu lockern, und spürte dabei jeden Knochen im Leib. „Willst du mich gleich erschlagen oder bekomme ich ein Schwert, damit ich um mein Leben kämpfen kann?"

Fangschlag wirkte verletzt. „Wie kannst du das fragen? Glaubst du wahrhaftig, ich hätte so wenig Ehre im Leib, dass ich dich einfach schlachten würde?"

Der Pferdefürst schüttelte den Kopf. „Verzeih, Fangschlag. Du warst schon immer ein Krieger von wahrhaftiger Ehre und es war eine dumme Frage."

„Das war es in der Tat", brummte das Rundohr.

Inzwischen waren die Legionen heran und ihr Tritt verstummte. Ihre Reihen wichen auseinander, als sich eine schwarz schimmernde Gestalt nach vorne drängte.

„Nedeam!" Ein vibrierendes Lachen hing in der Luft. „Ah, über diese Tageswende wird man noch lange reden. Tausende von Menschen verrotten auf dem Schlachtfeld, ihre Eisenwagen sind zerstört und selbst der Himmelszauber ist auf den Boden gestürzt. Und nun ist Nedeam in meiner Hand. Der verfluchte Nedeam. Der unbesiegbare Nedeam. Ha. Heute wird er sterben." Einohr zückte das kleine Schlagschwert, das nach seinen Vorgaben und Maßen vor Jahren gefertigt worden war. Es hatte mehr zeremoniellen Charakter und taugte kaum als Waffe. Der neue Schwarze Lord schien sich nun darauf zu besinnen, denn er schob es zurück und streckte fordernd die Hand aus. „Ein Schwert."

„Nein! Ich werde mit ihm kämpfen." Fangschlags Stimme klang hart. „Er ist von Ehre und soll in Ehre sterben."

Einohr blinzelte überrascht, dann lachte er. „Schön, mir ist es gleich. Hauptsache, er wird geschlachtet."

Ein anderes Rundohr kam heran. Seine Rüstung war arg mitgenommen und es stützte sich auf einen kräftigen Stock. Der Legionär zog ein Bein nach, an dem eine ältere und tiefe Wunde zu sehen war. Dennoch war er offensichtlich kräftig genug geblieben, bei den Kämpfen weiter mitzuhalten zu können. Nun wandte es sich den Legionen zu. „Ein Zweikampf! Fangschlag wird gegen den Pferdereiter kämpfen! Kommt her und bildet einen Kreis!"

Einohr lachte erneut. „Ja, eine gute Idee. Ein wenig Unterhaltung ist nach all dem Gemetzel eine willkommene Abwechslung. Sollen sie zusehen, wie du stirbst, Nedeam von den Pferdereitern. Du hast einen Namen bei den Legionen und es wird ein weiteres Zeichen setzen, wenn sie dich in deinem Blut verenden sehen."

Fangschlag winkte den verwundeten Legionär heran. „Wo wurdest du verwundet, Krieger?"

„Im Kampf bei Khalanaris."

„Dann bist du auch ein zäher Krieger. Du wirst den Kreis hüten."

Der Legionsoberführer hob die Stimme. „Dies wird ein Zweikampf auf Leben oder Tod und er wird in Ehre geführt werden. Wer außer dem Menschen Nedeam und mir seine Waffe erhebt, wird durch den Hüter des Kreises sterben."

Einohr verschränkte die Arme vor der Brust und lächelte spöttisch. „Rundohren und ihre Ehre. Rede nicht so viel und bring ihn endlich um."

„Wenn Nedeam siegt, so soll er zu den Seinen zurückkehren können", hielt Fangschlag dagegen.

„Unsinn."

„Wenn der Mensch nicht um sein Leben kämpfen kann … Wozu soll er dann überhaupt einen guten Kampf liefern?", fragte das verwundete Rundohr.

Einohr hörte zustimmendes Geraune von den umstehenden Kohorten. Er überlegte. Natürlich wollte er Nedeam tot am Boden sehen, aber ein guter Kampf war jetzt genau das Richtige, um die Moral der Legionäre zu heben. Die Legionen hatten zwar gesiegt, doch die Verluste waren hoch und nicht zu übersehen.

„Schön, soll er um sein Leben kämpfen", meinte Einohr und bei den Legionären brandete Zustimmung auf. Der kleine Oberherr der Orks lächelte zufrieden. Ja, der Kampf war eine gute Sache. Siegte Fangschlag, so stärkte es die Moral. Verlor das Rundohr, so war Einohr einen Widersacher los und würde den Menschen dennoch töten lassen. Natürlich im Gedenken an den tapferen Fangschlag.

Einige Kohorten begannen einen weiten Kreis zu bilden. Die übrigen Orks würden nicht sehen können, was sich beim Zweikampf ereignete, und mussten sich mit den Rufen der anderen begnügen. Ein paar von ihnen kletterten auf die verlassenen Dampfkanonenwagen, um einen besseren Blick auf die Kampfstätte zu erhalten.

Fangschlag sah Nedeam abschätzend an. „Du hast eine schwere Wunde. Kannst du überhaupt kämpfen?"

„Es wird gehen."

„Es missfällt mir. Es wäre ehrenhafter, wenn du ganz bei Kräften wärst." Fangschlag bleckte grinsend die Fänge. „Du wärst mir zwar trotzdem unterlegen, da ich immerhin ein Rundohr und kein schwächlicher Mensch bin, aber …"

„Ich habe schon manches Rundohr gefällt", erwiderte Nedeam hart.

Fangschlag starrte ihn düster an. „Das ist wahr." Er wandte sich den Kohorten zu. „Bringt mir zwei Schwerter der Pferdemenschen. Wenigstens in den Waffen soll er eine gleiche Chance haben."

Das in der Hochmark geschmiedete Schlagschwert Fangschlags war in der Qualität des Stahls sicher jeder anderen Klinge bei den Legionen überlegen. Nedeam rechnete es dem einstigen Waffenbruder hoch an, dass der nun zwei gleichwertige Waffen holen ließ, deren Handhabung Nedeam vertraut war.

Schließlich waren sie bereit.

„Beginnt endlich!", rief Einohr, der in der vordersten Reihe einer der Kohorten stand. „Nimm sein Leben, Legionsoberführer Fangschlag. Danach nehmen wir uns die Schiffe."

Nach Einohrs Auffassung konnte es nicht schaden, die Legionäre daran zu erinnern, dass es um weit mehr als einen Ehrenkampf ging. Er vergewisserte sich, dass sein Rücken von der ihm treu ergebenen Leibwache gedeckt wurde, und konzentrierte sich dann auf den beginnenden Kampf.

Dieser begann sehr unspektakulär.

Nedeam und Fangschlag standen sich gegenüber und bewegten sich nur wenig. Sie schätzten einander ein und beide empfanden großen Respekt voreinander, denn sie kannten die Qualitäten des anderen, da sie schon oft Seite an Seite gefochten hatten.

Fangschlag war unzweifelhaft größer, schwerer und stärker und Nedeam zudem durch seine Wunde geschwächt. Der Pferdefürst war jedoch schneller und im Umgang mit der Klinge eines Schwertmannes erfahrener.

„Schlagt euch endlich!“, ertönte ein herausfordernder Ruf von den Kohorten.

Ein leises Klingen war die Erwiderung. Nedeam hatte sein Schwert vorgestoßen und Fangschlag parierte den Stoß blitzschnell. Beide Kämpfer begannen nun um ein imaginäres Zentrum zu kreisen. Hin und wieder stießen die Waffen aneinander und ein- oder zweimal konnte sich einer der Kämpfer nur durch eine rasche Bewegung retten.

Nedeam spürte, dass Fangschlag ihm an Kraft weit überlegen war, doch das vorsichtige Abtasten des Gegners offenbarte ihm eine mögliche Schwäche des Rundohrs. Der einstige Waffenbruder war den Umgang mit dem Schlagschwert gewöhnt. Eine gefährliche und plumpe Waffe mit einer hakenförmigen Spitze, die sich nicht zum Zustoßen eignete. Sie diente dazu, machtvolle Hiebe auszuteilen. Demzufolge lag die Stärke des Orks im Schlag und nicht im Stoß.

Nedeam begann sich vermehrt auf den Schlag mit der eigenen Waffe einzustellen. Auf diese Weise verstärkte er das unbewusste Denken seines Gegners, der in seinen Paraden kaum noch an das Zustoßen zu denken schien. Immer häufiger prallten die Klingen aufeinander. Gelegentlich sprühten die Funken, das Schaben aneinander entlanggleitender Schwerter war zu hören.

Einen brutalen Hieb Fangschlags konnte Nedeam nur mit aller Kraft blockieren. Die Wucht erschütterte seinen gesamten Leib und er spürte überdeutlich, dass seine Kraft niemals ausreichen konnte, den Widersacher zu bezwingen.

Sie hieben rechts und links, täuschten und blockierten. Der Kampf nahm an Intensität zu und bei den zuschauenden Orks wurden anfeuernde Rufe laut. Ein Hieb fuhr über Nedeams Arm und riss eine blutende Schramme, ein zweiter traf schon kurz darauf sein Bein.

Fangschlag hatte noch keine Verletzung davongetragen. Es schien fast, als sei er davon enttäuscht. „Ich hielt dich für einen fähigeren Kämpfer", knurrte er. „Schwächt dich die Kopfwunde doch zu sehr?"

Nedeam nahm Schwung und ließ seine Waffe von oben herunterfahren und als Fangschlag sie blockieren wollte, zog der Pferdefürst sie blitzartig zurück, wirbelte um seine Achse und stieß sie vor. Fangschlag sprang zurück, doch er konnte nicht mehr verhindern, dass er den Stoß empfing. Es gab einen seltsam metallischen Klang, als sich die Spitze durch den Harnisch drängte und tief in das Fleisch des Rundohrs eindrang.

„Das ist schon besser", lautete der Kommentar des tapferen Kriegers. „Ich dachte mir schon, dass du auf die Spitze setzt. Wie sagen eure Scharführer doch stets bei der Schwertausbildung: Die Spitze besiegt stets die Schneide, nicht wahr?"

Nedeam nickte wortlos. Also hatte Fangschlag es doch nicht außer Acht gelassen. Spielte das Rundohr nur mit ihm? Oder hatte es die Wunde bereitwillig empfangen, da seine Ehre die gleichen Chancen der Kämpfer verlangte?

Einer der Legionäre legte die Hand an den Griff seines Schlagschwertes, doch der Verwundete, der als Hüter des Kampfes fungierte, schien auch in seinem Rücken über Augen zu verfügen. Unerwartet schnell fuhr er herum und der Stock, auf den er sich stützte, schlug hart gegen die Klaue des Rundohrs. „Es ist ein Kampf auf Ehre. Hast du etwa keine und willst Fangschlag entehren?"

Der Kampf wurde hitziger. Bei den Legionären wurden zunehmend anfeuernde Rufe laut und Einohr war überrascht, dass sie beiden Kämpfern galten. „Sie jubeln dem Pferdereiter zu", sagte er missmutig zu dem Anführer seiner Leibgarde.

„Nicht dem Pferdereiter", erwiderte der Ork. „Nur seiner Kampfesweise. Er kämpft gut."

„Ein bisschen zu gut für meinen Geschmack", fauchte Einohr. „Er sollte längst tot sein."

„Fangschlag wird ihn besiegen. Der Mensch ist schon zu sehr geschwächt."

Der Kampf entwickelte sich nicht so, wie Einohr ihn sich vorgestellt hatte. Er überlegte, ob er ein wenig verborgenen Wuchtzauber einsetzen sollte, um den Ausgang in seinem Sinne zu beschleunigen. Der Mensch war in jedem Fall dem Tod geweiht, aber die Vorstellung, dass Fangschlag den Kampf gewann, behagte dem neuen Oberherrn plötzlich immer weniger. Der Ruhm des Rundohrs würde sich mehren und dessen Position stärken. Den ohnehin schon aufsässigen Legionsoberführer möglicherweise darin bestärken, sich gegen ihn, Einohr, zu stellen. Natürlich würde er Fangschlag dann mit seinen magischen Kräften töten, doch das würde Unruhe unter den Legionen hervorrufen. Der verdammte Kerl bekam immer mehr Anhänger. Sicher, er hatte ihn benötigt, um die entscheidenden Schlachten zu schlagen, aber im Grunde waren die freien Völker bereits bezwungen. Was blieb, waren der letzte Ansturm, das Abschlachten der Völker und die Übernahme der Schiffe. Ah, er musste bedenken, ein paar der Menschen am Leben zu lassen. Vorerst. Keiner seiner Orks hatte eine Vorstellung davon, wie man mit einem Schiff auf dem Wasser lief.

Durch die Umstehenden ging ein Aufschrei und der Schwarze Lord Einohr schreckte aus seinen Gedanken.

Nedeam war einem Stoß ausgewichen und dabei ins Straucheln geraten. Fangschlag setzte sofort nach. Seine Stöße und Hiebe kamen derart schnell, dass der Pferdelord sie kaum noch abwehren konnte. Er stürzte, rollte rasch herum und entging nur so einem tödlichen Hieb, der tief in den Boden fuhr. Als Fangschlag die Klinge zurückzog, wurden mehrere Büschel Gras herausgerissen. Es nahm nur einen Lidschlag Zeit in Anspruch und doch gelang es dem Pferdefürsten irgendwie, wieder auf die Beine zu kommen.

Erneut prallten die Schwerter aneinander und das nahe Ende war unausweichlich. Nedeam spürte, wie seine Kräfte versiegten, und auch Fangschlag schien dies zu erkennen. Doch nun, vor dem endgültigen Todesstoß, zögerte der Krieger unmerklich.

Nedeam schlug nahezu blindlings zu. Es war kein gezielter Angriff, nur ein verzweifelter Versuch, dem Tode doch noch zu entgehen. Das Schwert traf den Schulterpanzer des Gegners, glitt daran ab und schlug mit der flachen Seite gegen den Schädel. Fangschlag stürzte hintenüber. Für einen Moment war er benommen und diese Zeitspanne nutzte der Pferdefürst, um die Spitze seines Schwertes an die Kehle des Widersachers zu setzen.

„Gib dich geschlagen", ächzte Nedeam.

Schweigen senkte sich über die Kohorten.

Die stählerne Spitze ritzte die Haut und Blut sickerte über Fangschlags Hals. Es gab keine Möglichkeit für ihn, der Waffe durch eine rasche Bewegung zu entkommen.

„Dann mach ein Ende, wie es die Ehre verlangt", forderte das Rundohr.

Nedeam atmete schwer und konnte die Waffe kaum noch halten. Viel fehlte nicht und er wäre vor Entkräftung nach vorne gesackt und hätte seinen Feind so unabsichtlich getötet. Mühsam schüttelte er den Kopf. „Du hast mir oft das Leben gerettet, Fangschlag. Ich schulde dir das deine."

Nedeam wollte die Klinge zurückziehen, doch jetzt gaben seine Kräfte nach und er fiel zur Seite.

Fangschlag fühlte scharfen Stahl, der durch sein Fleisch schnitt, aber er erlitt keine tödliche Wunde. Er starrte auf den reglosen Pferdelord und erhob sich nun.

„Schön, du hast gewonnen“, rief Einohr ihm zu. „Und jetzt bring ihn um.“

„Ich habe nicht gewonnen.“

„Er liegt am Boden und du stehst auf deinen Beinen. Und jetzt nimm das verdammte Schwert und stoße es in seinen Leib.“

Fangschlag sah noch immer auf Nedeam hinab und die Hand mit dem Schwert bewegte sich unruhig, als sei sich ihr Besitzer nicht schlüssig, was er nun tun solle. „Er hat Ehre“, sagte er an niemand Besonderen gewandt.

„Es war ein Kampf auf Leben oder Tod, du verblödetes Rundohr!“, keifte der Schwarze Lord. „Jetzt bring es endlich zu Ende!“

„Nedeam hat mein Leben verschont und ich verschone das seine.“

„Wie du willst.“ Einohrs Stimme klang nun kalt. „Dann werdet ihr beide sterben.“

Einohr trat vor und die umstehenden Legionäre wichen instinktiv zurück. Sie hatten noch zu gut in Erinnerung, wie ihr neuer Oberherr seine Macht auf die Reiter Alnoas geworfen hatte, und so tapfer ein Rundohr auch sein mochte, keinem verlangte es danach, in Flammen aufzugehen oder das Zerbrechen der eigenen Knochen zu verspüren.

Einohr hatte seine magischen Kräfte noch nicht voll zurückerlangt, doch für den Tod seiner beiden Widersacher reichten sie sicherlich, zumal selbst Fangschlag so erschöpft wirkte, dass dieser das Schwert nicht mehr halten konnte. Mit dumpfem Laut fiel es ins Gras.

Das vibrierende Lachen des Oberherrn schien über dem Grasland nachzuhallen, als Einohr ein paar Schritte von Nedeam und

Fangschlag entfernt stehen blieb. „Dies ist also der Augenblick, an dem ich dich endlich töte, du stures Rundohr. Eine wahrhaft glückliche Fügung des Schicksals, dass ich auch gleich den verfluchten Pferdereiter brennen kann."

Kein Ork wagte es, gegen seinen Oberherrn einzuschreiten. Ängstliches Gebrüll klang auf, als dessen Arme hochfuhren und sich die Fingerspitzen gegen Fangschlag richteten, der halb über Nedeam gebeugt stand. Das Rundohr starrte Einohr an und bückte sich, um seine Waffe aufzuheben.

Erneut lachte Einohr. „Bis zum Ende der tapfere Krieger, nicht wahr? Da ist es fast bedauerlich, dass du sehr schnell sterben wirst."

Feuer fuhr aus den Fingerspitzen des Schwarzen Lords, doch statt Fangschlag und Nedeam zu verbrennen, trafen sie auf andere Flammen, die sie zur Seite lenkten.

Erneut wurde Gebrüll bei den Legionären laut, als das verwundete Rundohr, welches sich bislang auf seinen Stock gestützt hatte, unvermittelt verwandelte und zu einem Grauen Wesen wurde, dessen magisches Feuer dem Einohrs standhielt.

Während die Magie Einohrs und des Fremden miteinander zu ringen schienen, hob der überraschte Fangschlag nun endlich sein Schwert vom Boden.

Feuerbälle und Flammenzungen fuhren aufeinander zu, prallten gegeneinander und Donner hallte über das Land.

„Was bist du?", keuchte Einohr und mobilisierte alle Kräfte, denn er wusste, dass es nun um sein eigenes Leben ging. „Wer bist du?"

„Man nennt mich Marnalf, du bösartiges Wesen, und es war nicht einfach, mich dir zu nähern. Ich kenne deine Gaben, da wir Magier uns ähnlich sind." Der gute Graue stand nach vorne gebeugt, als müsse er seinen Zauber durch körperliche Kraft verstärken. „Ich durfte dir nicht zu früh nahe kommen, da die Aura dich gewarnt hätte. Doch die letzten Tageswenden haben dich geschwächt und der Kampf hier hat dich abgelenkt."

„Marnalf. Ja, ich hörte von dem Verräter, der den Menschen dient."

„Ich diene ihnen nicht, Ausgeburt der Finsternis. Ich schütze sie, wie es dem alten Wesen der Grauen Diener entspricht. Ich habe nicht vergessen, welchen Eid wir einst schworen."

„Das ist mir gleich", fauchte Einohr. „Hauptsache, du stirbst."

„Es fällt dir leicht, vom Tod anderer zu reden, wenn du nicht selbst betroffen bist", spottete Marnalf. „Doch jetzt musst du selber kämpfen und kannst nicht andere als Schild missbrauchen."

„Wie konntest du dich verbergen?", fragte Einohr. Das magische Ringen strengte ihn an und er hoffte darauf, Marnalf verliere an Konzentration, wenn er die Fragen beantwortete. „Ah, ja, deine Gabe als Gestaltwandler, nicht wahr?"

„Es war nicht schwer, ein passendes Rundohr zu finden und es abseits der anderen zu töten", gab der Magier zu. „Weit schwieriger war es, sich dir zu nähern."

„Ich bin ein vorsichtiges Wesen."

„Du bist ein ängstliches und feiges Wesen."

Einohr lachte trotz der Anstrengung. „Es hat mich am Leben erhalten."

Marnalf nickte. „Und doch hat es nun deinen Tod herbeigeführt."

Die Flammen schlugen aufeinander und die Körper der beiden Kontrahenten schienen sanft zu glühen, während sie sich vor und zurück bewegten. Mal schien es, als gewänne Marnalf die Oberhand, dann wieder war es Einohr.

Der erste Schwarze Lord war einst einer der Weißen Magier gewesen. Machtvolle Zauberer, die über weit größere Kräfte verfügten als ihre Grauen Diener. Gegen einen der Weißen hätte Marnalf niemals bestehen können. Doch bereits bei der Verschmelzung des Elfen Deded-olud-Nahash waren nicht alle Kräfte auf den daraus entstehenden Schwarzen Lord übergegangen und bei der von Einohr war das ebenso der Fall. Der kleine Oberherr der Orks verfügte somit nur über einen kleinen Teil der ursprünglichen Macht und die Anwendung der Magie gegen die Gardekavallerie Alnoas hatte ihn sehr geschwächt. So standen sich in diesem Moment zwei durchaus gleichwertige Gegner gegenüber.

Marnalf kämpfte für die freien Völker und gegen den Missbrauch der magischen Macht, Einohr hingegen um das eigene Überleben.

Alle Blicke konzentrierten sich auf das unheimliche Duell. Viele der Orks wären wohl lieber geflohen und doch zog es sie in seinen Bann. Sie spürten, dass sein Ausgang auch über ihr Leben entscheiden mochte.

Fangschlag hielt das Schwert umklammert. Aus den Augenwinkeln registrierte er, wie sich Nedeam wieder regte und langsam aufrichtete. Taumelnd kam der Pferdefürst auf die Beine und begriff sofort, was sich da vor seinen Augen ereignete.

Eines der Rundohren aus Einohrs persönlicher Leibwache begriff, dass Marnalf, sollte er siegen, nicht für das Leben der orkschen Art eintreten würde. Es war nicht die Loyalität zu Einohr, die es handeln ließ, sondern die kreatürliche Angst. Aufbrüllend riss der Krieger seinen Querbogen hoch, legte ihn blitzschnell an und löste den Bolzen auf den guten Grauen.

Der sah die Bewegung und eine seiner Hände fuhr zur Seite. Eine gleißende Flamme verbrannte den Bolzen im Flug, traf das Rundohr und verschmorte es mitsamt einer Gruppe der Umstehenden.

Diese winzige Ablenkung brachte für Einohr die Entscheidung. Für einen kurzen Augenblick lenkte er zwei Feuersäulen gegen Marnalf, denen dieser nur mit einer begegnen konnte. Die Gestalt des Grauen Wesens flammte auf, dann wurde sie zu Asche.

Noch bevor die anderen begriffen, dass die Entscheidung gefallen war, wirbelte die Klinge eines Schwertmannes durch die Luft.

Einohr, dessen angespanntes Gesicht sich gerade im Triumph verzog, spürte den harten Schlag in der Brust. Das schwarze Gesicht erstarrte, während die Augen blau aufleuchteten. Schwerfällig wandte er sich Fangschlag zu, dessen Hand nun wieder leer war. Einohr hob mühsam die Hände, doch es löste sich keine tödliche Flamme.

„Ich hätte ... dich ... töten ... sollen", ächzte der Oberherr der Orks.

„Das hättest du", stimmte Fangschlag zu.

Einohr sackte nach vorne und der Aufprall auf dem Boden rammte das Schwert noch tiefer in seinen Leib.

Der Schwarze Lord war tot und es würde auch keinen neuen geben, da es zu keiner Verschmelzung des Sterbenden mit einem anderen Wesen gekommen war.

Unter den umstehenden Legionären erhob sich Gebrüll.

„Er hat den Oberherrn getötet! Jetzt sind wir verloren! Schlachtet ihn!", waren die Rufe, die durcheinanderwirbelten.

Plötzlich drängte sich Legionsführer Dreischlag durch die Reihen und trat demonstrativ an Fangschlags Seite. „Keiner erhebt die Waffe gegen ihn oder er ist des Todes!"

Ein anderer trat heran. „Ich, Blutvergießer, stelle mein Schwert in Fangschlags Dienst!"

„Verräter!", riefen mehrere Spitzohren. „Tötet sie alle!"

Legionsführer Pferdeschlächter trat heran. „Einohr mag unser Oberherr gewesen sein, doch Fangschlag hat uns in der Schlacht geführt und er hat dies gut getan. Er soll uns weiter führen!"

Einige Legionäre brüllten ihre Zustimmung. In den Reihen begannen verbale Auseinandersetzungen und einige Handgreiflichkeiten.

Nedeam starrte auf die Überreste Einohrs. „So ist es vorbei."

Fangschlag sah ihn düster an. „Das ist es nicht, Nedeam. Das verräterische Spitzohr ist jetzt tot, doch unsere Art soll überleben. Wir müssen uns die Schiffe holen, die wir dazu brauchen. Gebt sie uns und es mag Friede herrschen."

„Es gibt nicht einmal genügend Schiffe für unsere Völker", erwiderte der Pferdefürst bitter. „Ich werde deine Bitte vortragen, Fangschlag, aber ich fürchte, man wird sie nicht erfüllen."

„Ich dachte es mir." Fangschlag spuckte aus. „In euren Augen sind und bleiben wir die Bestien. So soll es denn sein. Kehre zurück, Pferdereiter. Wenn bis zur kommenden Morgenwende kein Bote von dir kommt, dann werden wir uns holen, was wir brauchen."

„Ich will es versuchen, Fangschlag", antwortete Nedeam ernst. „Du hast uns gelehrt, in deiner Art nicht nur die Bestie zu sehen. Du bist ein sehr ehrenhaftes Wesen und trotz unserer Gegnerschaft vermag ich in dir nicht den Feind zu sehen."

Ein Rundohr brachte Fangschlag dessen Schlagschwert. Der betrachtete die Gravur der Klinge und nickte unmerklich. „Der Ehre zu dienen. Zum ersten Mal bedauere ich, dass Ehre stets mit Blutvergießen verbunden scheint." Er sah Nedeam an. „Ich werde dein elfisches Schwert suchen lassen, denn ich weiß, was es dir bedeutet. Und nun geh und überbringe meine Bedingung. Schiffe oder Tod."

„Ja, du warst noch nie ein Freund langer Reden.“ Der Pferdefürst deutete um sich. „Bist du sicher, dass sie auf dich hören werden?“

„Viele sind ohnehin auf meiner Seite und nun, da Einohr tot ist, brauchen die anderen einen neuen Führer. Es mag ein wenig Gerangel und Tote geben, doch sie werden mir gehorchen.“

„Ich werde selbst als Bote kommen. Gleichwohl, mit welcher Botschaft.“

„Auch du bist ein Krieger von Ehre. Und nun geh.“

Man brachte Nedeam eines der überlebenden Pferde. Schweigend saß er auf, nickte Fangschlag zu und trabte dann davon.

Dreischlag spuckte aus. „Wir werden keine Schiffe bekommen.“

„Doch, das werden wir“, versicherte der neue Oberherr der Legionen. „Auf die eine oder andere Weise.“

59

Auch wenn die Orks das Land außerhalb der zweiten Grenze beherrschten, so stellte der Fluss Genda doch eine sichere Verbindung zu der alnoischen Hauptstadt Alneris dar. König Venval ta Ajonas fuhr auf einem der neuen Dampfkanonenboote, um die Kraterstadt aufzusuchen. Im Gegensatz zur zweiten Grenze herrschten hier eine trügerische Ruhe und Frieden, da der Feind die Stadt nicht bedrohte. Der mächtige Kraterwall und die schweren Dampfkanonen machten ihre Einnahme nahezu unmöglich.

Venval war mit einigen Mitgliedern des Kronrates auf die Befestigungsmauer hinaufgestiegen, die sich um die Stadt herumzog. Selbst ohne Langauge hatte man von hier einen weiten Ausblick über das Land.

„Ist es wirklich erst so wenige Tageswenden her, dass der Sturm der Orks begann?“, sinnierte der König. „Ich begreife nicht, wie unser Reich so schnell überrannt werden konnte.“

Ratsherr ta Halda strich unbewusst über eine der weißen Steinquadern, aus denen die Mauer errichtet worden war. „Es ist nicht einmal ein Zehntag vergangen, Euer Majestät. Ihr habt recht, es ging unglaublich schnell und wir können uns glücklich schätzen, dass so viel Volk gerettet werden konnte.“

„Noch sind sie nicht alle auf den Schiffen und die Schiffe nicht auf dem Meer“, schränkte der König ein. „Und noch immer fehlt es an ihnen.“

Überall im Land stiegen Rauchsäulen in den Himmel. Noch immer brannten Städte und Dörfer. Andere waren längst zu Asche und geschwärztem Mauerwerk zerfallen.

„Viele Siedlungen sind von Raubgesindel angesteckt worden“, erklärte der Ratsherr. „Es weiß, dass es wie die Orks dem Untergang geweiht ist, und so richtet sich ihr Zorn gegen alles und jeden. Vielleicht gibt es dort unten noch Volk, welches die Grenze nicht erreichte, aber die Mordbanden werden niemanden mehr zu den Schiffen lassen.“

Venval ta Ajonas nickte. „Am Morgen dieser Tageswende gab es eine große Schlacht am Mitteltor des Walls.“

„Der Blinkspruch meldete es, Euer Majestät.“

„Man kann wohl sagen, dass wir sie nicht gewonnen haben.“

„Ich fürchte, das kann man.“ Ta Halda schniefte und zog ein Tuch aus seiner Tunika, um sich die Augen zu trocknen. „Für mich spielt es keine Rolle, denn mir liegt nichts mehr am Leben. Ich verlor meine Familie und nun auch mein Land … Ich bin zu alt, um ein neues aufzubauen, Euer Majestät.“

Venval legte ihm die Hand an den Arm. „Ihr wart stets ein vorbildliches Mitglied des Kronrates, Hochgeborener ta Halda. Ich verstehe Euer Leid, dennoch solltet Ihr …“

„Nein, Euer Majestät. Ich habe mein Leben hier verbracht und die meiste Zeit war es ein gutes Leben. So will ich es auch hier beenden.“ Ta Halda steckte das Tuch zurück und straffte sich. „Doch müsst Ihr die Zukunft der anderen bedenken. Es macht keinen Sinn mehr, in der Stadt zu bleiben.“

„Deshalb bin ich hier. Ich will die Evakuierung von Alneris befehlen. Es sind genug Schiffe hier, um die Letzten der Stadtbewohner und die Fußgarden in die neue Heimat zu tragen.“ Der König ließ sich von einer seiner Leibgarden ein Langauge reichen. „Zudem will ich den Kronrat versammeln, denn auch in der neuen Heimat soll Ordnung herrschen.“

„Ihr werdet nicht mehr alle vorfinden. Unser geschätzter Welbur ta Andarat ist mit den ersten Flüchtlingen zur zweiten Grenze gereist."

„Obwohl noch Amtsgeschäfte zu erledigen waren?"

Ta Halda zuckte mit den Schultern. „Mit Verlaub, Euer Majestät, Ihr kennt ihn doch. Er hat ein großes Maul, jedoch wenig Mut."

„Das sind grobe Worte, Ratsherr, auch wenn sie der Wahrheit entsprechen."

Beide lächelten sich zu.

„Alles vergeht, Euer Majestät. Städte und Dörfer brennen und viele ihrer Bewohner sind tot. In den letzten Tageswenden breitet sich zunehmend ein übler Geruch aus. Könnt Ihr es riechen?"

Venval runzelte die Stirn. „Ja, ich bemerkte es. Doch es ist nicht der süßliche Geruch körperlichen Verfalls. Dies erinnert eher an den Gestank faulender Eier der Kratzläufer."

„Euer Majestät." Eine der Garden deutete in den Krater hinab. „Das Wasser verändert sich."

Sie blickten zur Königinsel inmitten des Kratersees. Das Wasser nahm eine grüngelbe Färbung an und man sah Blasen emporsteigen und an der Oberfläche zerplatzen.

„Was mag das sein?", fragte Venval irritiert. „Dergleichen sah ich nie zuvor."

„Der Boden schwingt." Ta Halda blickte auf die steinernen Platten des Wehrgangs hinab. Seine Augen weiteten sich entsetzt. „Es ist ein Erdzittern, Euer Majestät. Ein starkes."

Der Boden unter ihren Füßen begann immer stärker zu schwingen. Instinktiv tasteten die Männer nach einem festen Halt, den es nicht zu geben schien. Vor ihren Augen wankten die Häuser, die entlang der Innenseite des Kraters erbaut worden waren. Einzeln und in Gruppen begannen sie zusammenzustürzen. Trümmer rutschten die steilen Hänge hinab. Staub wallte empor und verbarg das Grauen, welches dort herrschen musste. Überall waren Schreie zu hören. Immer mehr Blasen stiegen im Kratersee empor und der faulige Gestank, den ihr Zerplatzen mit sich brachte, breitete sich aus und nahm den Atem.

Venval ta Ajonas war zu Boden gefallen und seine Finger krallten sich in die Fugen, die sich zwischen den Platten gebildet hatten. Er sah das Wallen des Kratersees, als koche das Wasser, und ein merkwürdiges Glühen, welches aus seiner Tiefe emporzusteigen schien. Ein tiefes Grollen lag über dem Land und wurde lauter.

Den mächtigen Donner und die hohe Feuersäule merkte keiner der Bewohner von Alneris mehr.

Der obere Teil des Kraters wurde mitsamt seinem Inhalt herausgesprengt. Eine gewaltige Säule aus Glut und Rauch stieg in den Himmel hinauf, aus der es Feuer und Asche regnete. Der gesamte Kontinent schien unter dieser Gewalt zu erbeben. Eine Spalte öffnete sich vom Krater und wanderte in rasender Geschwindigkeit in Richtung auf den Spaltpass. Der dortige Feuerschlund spie Flammen und Rauch.

Eine Welle aus kochender Luft, Feuer und glühendem Stein breitete sich ringförmig vom einstigen Krater aus – schneller, als der Schrei eines Menschen das Ohr eines anderen hätte erreichen können. Über viele Tausendlängen fegte sie hinweg, bevor sie langsamer wurde, verwandelte das Land in ein Meer aus Glut und Asche und brachte den Tod.

Eine Flutwelle raste den Genda entlang in Richtung auf das Meer. Schiffe wurden zerschlagen oder gegeneinandergeworfen und ihre Besatzungen und Passagiere starben.

Die Mauer des neuen Walls der zweiten Grenze bekam Risse und brach an vielen Stellen in sich zusammen. Wehrtürme zerfielen, die Trümmer der Bastion über dem Haupttor erschlugen jene Männer, die das Tor bewachten.

Kein Lebewesen schien sich noch auf den Beinen zu halten. Schreie und Stöhnen waren Ausdruck der schieren Todesangst.

Als das gewaltige Beben verebbte und die Ersten wieder auf die Beine kamen, hatte sich das Land verändert und einem Fingerzeig des endgültigen Untergangs gleich stand die riesige Säule über dem einstigen Alneris. Ihre Wolke breitete sich immer weiter aus. Dunkle Flocken begannen alles zu bedecken und das Land schien endgültig in Finsternis zu versinken.

60

Es war eine Frage der Ehre und Nedeam hatte sich so gut wie möglich gesäubert, als er Duramont zwischen den Trümmern des Haupttores hindurchlenkte. Ein merkwürdiges Zwielicht herrschte, wie man es nie zuvor erlebt hatte. Zwischen den Trümmern lagen die Überreste der Erschlagenen. Niemand machte sich noch die Mühe, sie zu bestatten oder wenigstens nachzusehen, ob nicht doch noch Leben in ihnen war. Alles war in Bewegung und floh nach Mintris in der Hoffnung, doch noch ein Schiff vorzufinden und an Bord zu gelangen.

Nedeam war der Einzige, der sich noch so weit nördlich aufhielt, und er tat dies, weil die Ehre es ihm abverlangte.

Jenseits des zerstörten Walls standen die Legionen.

Auch sie mussten Verluste erlitten haben.

Auch ihre Krieger mussten von Angst gepeinigt sein.

Auch sie wollten auf die Schiffe, um ihr Leben zu retten.

Und doch standen sie vor dem Wall und warteten.

Schweigend und in vorbildlicher Formation. Düsteres Schweigen hing über den Legionen. Ihre Banner hingen schlaff von den Lanzen und ihre Gestalten waren ebenso mit grauer und schwarzer Asche überzogen wie das umliegende Land. Selbst die grün gescheckten Gesichter wirkten grau und die rötlichen Augen mit den gelben Schlitzpupillen erschienen geisterhaft in ihren Zügen.

Auf halbem Weg zwischen dem Wall und den Orks trafen Nedeam und Fangschlag aufeinander.

„Das Graue Wesen Marnalf hatte recht“, sagte das Rundohr anstelle einer Begrüßung. „Nun kann es keinen Zweifel mehr geben, dass alles untergehen wird. Du weißt, was das bedeutet, nicht wahr?" Fangschlag deutete zu den Legionen. „Ein jeder wird kämpfen. Selbst bei den Spitzohren ist die Furcht vor dem versinkenden Land größer als jene vor euren Waffen." Er sah den einstigen Waffengefährten finster an. „Der Wall ist kein Hindernis mehr und eure Kämpfer sind geflohen. Doch ich wusste, du würdest kommen, wenn du noch am Leben bist. Nun, Nedeam vom Pferdevolk, ich vermute, man wird uns keine Schiffe zugestehen, nicht wahr?"

Nedeam schüttelte den Kopf. „Das Beben und die Flutwelle haben manche von ihnen zerstört. Viele von uns werden zurückbleiben müssen." Der Pferdefürst leckte sich über die trockenen Lippen und schmeckte Asche. „Ich habe dich schätzen gelernt, Fangschlag, und ich wollte, ich hätte andere Kunde."

„So werden wir also ein letztes Mal kämpfen." Der Ork bleckte die Fänge. „Doch für einen Krieger ist es wohl angemessen, im Kampf und in Ehre zu sterben, statt den Tod einfach hinzunehmen." Er machte eine kurze Pause. „Wirst du dich retten?"

„Ich werde kämpfen, damit Llaranya und Neliana sich retten können."

„Ein wahrer Krieger." Fangschlag nickte. „Und deine Wunden?"

„Ohne die einstige Verschmelzung mit dem Grauen Wesen würde ich wohl darniederliegen. Aber ich kann kämpfen, Fangschlag, und ich werde es tun."

„Ich dachte es mir." Das stolze Rundohr griff hinter sich und zog ein Bündel vom Sattel. „Du wirst dein elfisches Schwert brauchen." Er reichte es an Nedeam. „Ich fand keine Zeit, es zu säubern. Derjenige, der es an sich nahm, wollte es nicht freiwillig loslassen."

„Ich danke dir." Nedeam biss sich auf die Unterlippe und zögerte kurz. „Du bist mein Feind, Fangschlag, und doch bist du auch mein Bruder. Ich weiß nicht, ob du dies verstehst ..."

Der Ork lachte in seiner typischen bellenden Art. „Du weißt, Fangschlag ist ein Krieger …"

„… und er ist nicht dumm", ergänzte Nedeam.

Plötzlich streckte das Rundohr die Hand in menschlicher Geste aus und Nedeam ergriff sie.

„Auf einen ruhmreichen Tod", sagte Fangschlag.

„Auf den Ritt zu den Goldenen Wolken", bestätigte der Pferdefürst.

Es gab nichts mehr zu sagen.

Nedeam zog Duramont herum und trabte hinter den Wall. Hinter ihm waren raue Kommandos zu hören. Das Stampfen, als die Legionen schwenkten und ihren Marschtritt aufnahmen, um nun die zweite Grenze zu überqueren. Sie waren im Doppelschritt und niemand brauchte Nedeam zu erklären, welchen Weg sie wählen würden.

Fangschlag war ein überaus erstaunlicher Krieger. Er hatte es nicht nur geschafft, sich als neuer Oberherr durchzusetzen, was Nedeam eigentlich auch kaum verwunderte, sondern es war ihm vor allem gelungen, die Legionen trotz ihrer Todesfurcht bis zu diesem Moment stillzuhalten. Nun waren sie wieder auf dem Marsch und es würde kein Halten mehr geben.

Jenseits des Walls gab er Duramont die Zügel frei und der treue Hengst streckte sich im raumgreifenden Galopp. Die überlebenden Gardisten und Pferdelords sollten Mintris inzwischen erreicht haben und dort wollte man sich ein letztes Mal dem Feind entgegenstemmen. Doch würde die Disziplin der Kämpfer über ihre Angst siegen?

Der Ritt durch das veränderte Land war irritierend, denn alle Konturen verschwammen durch das Grau und Schwarz der Asche, die alles bedeckte. Nedeam vermisste das frische Grün der Gräser und Bäume und die bunte Vielfalt der übrigen Pflanzenwelt. Doch in diesem Fall war er auch froh, dass der graue Belag manches verhüllte. Oft sah er die Umrisse von Lebewesen und diese Überreste häuften sich, je näher er Mintris kam. Es war eine Folge dessen, dass die meisten Lebewesen bereits auf dem Weg zu den Schiffen gewesen waren und viele vom Tod ereilt wurden.

Duramonts Hufe wirbelten den Belag empor. Es würde schwierig sein, auf ihm zu kämpfen. Er machte den Boden schmierig und war so fein, dass er, wenn er aufwirbelte, Mund und Nase verstopfen konnte und auf diese Weise den Atem nahm. Für die Legionen musste es eine Tortur sein, durch den aufgewirbelten Dreck zu stampfen.

Als Nedeam Mintris vor sich sah, zügelte er Duramont, um das Bild in sich aufzunehmen.

Man hatte die Stadt als Bestandteil der zweiten Grenze befestigt. Sie lag direkt am Fluss, in Sichtweite der rettenden Schiffe. Daik ta Enderos und den Gelehrten des Königreiches Alnoa war von vornherein bewusst gewesen, dass Mintris bis zuletzt verteidigt werden musste. Die Stadt war früher von den Schwärmen der See überfallen worden und es gab aus dieser Zeit einige leichte Befestigungen. Diese waren ausgebaut und verstärkt worden. Zwar existierte keine massive Stadtmauer, doch man hatte in die äußeren Häuser zusätzliche Schießscharten für die Bogenschützen gestemmt. Zwischen den Gebäuden waren Mauern und Brustwehren errichtet. Selbst wenn es den Legionen gelang, diese zu überwinden, mussten sie sich durch die engen Gassen und Straßen kämpfen. Dort konnten sie ihre Masse nicht ausspielen und sich nicht entfalten. Selbst kleine Gruppen der Verteidiger würden ihnen schwer zusetzen.

Unglücklicherweise war Mintris nicht von dem Beben verschont geblieben.

Schon aus der Ferne sah Nedeam, dass zahlreiche Gebäude eingestürzt waren. Das galt somit sicher auch für die bescheidenen Verteidigungsanlagen. Wirklich erschreckend war jedoch der Anblick der Werften und der Anlegestellen. Die meisten der großen Hallen waren zusammengebrochen. Da man bis zum letzten Augenblick an den Schiffen hatte bauen wollen, musste deren Einsturz bestimmt unzählige Leben gefordert haben. Nedeam sah zerstörte und halb gesunkene Schiffe im Genda. Viele schienen auch von der Flutwelle einfach mit sich gerissen worden zu sein. Zwischen der Stadt und den verbliebenen Schiffen wimmelte es von Lebewesen, die ausschließlich danach strebten, an Bord zu gelangen.

Aus Richtung des Stadttores näherte sich ein anderer Reiter. Der lange Umhang zeigte das helle elfische Blau und schien völlig unberührt von Schmutz. Nur die Elfen verstanden sich darauf, solchen Stoff zu fertigen. Es war unzweifelhaft Lotaras, der langsam näher kam. Sie begegneten sich auf halbem Weg.

„Sie kommen?" Lotaras stützte die Hände auf das Sattelhorn und wartete Nedeams Erwiderung nicht ab. Er stieß einen langen Seufzer aus. „Welche Frage. Natürlich tun sie das. Und du wirst weiter gegen sie kämpfen? Obwohl du nur knapp dem Tode entronnen bist? Welche Frage. Natürlich wirst du das."

„Ich kann meine Männer und die anderen nicht zurücklassen, während ich mich in Sicherheit bringe", entgegnete der Pferdefürst mit leiser Stimme.

„Unsinn. Selbstverständlich könntest du das." Lotaras' Stimme klang wehmütig.

„Vielleicht ist das Schicksal uns gewogen, mein Freund."

„Selbst wir Elfen können nicht gegen die Fügungen des Schicksals ankämpfen."

Für einen Moment saßen sie schweigend nebeneinander und blickten zur Stadt und zum Fluss hinüber.

Abermals seufzte Lotaras. „Sie wird es dir niemals verzeihen, Nedeam."

„Aber sie wird es verstehen."

„Ja, sie wird es verstehen und sie wird auch Leoryn und mir niemals verzeihen. Es ist … hinterlistig."

„Es schont ihr Leben."

„Du solltest das deine schonen."

„Ich bin der Pferdefürst der Hochmark."

„Und du bist ihr Gemahl und der Vater Nelianas."

Nedeam schluckte. Er hatte das Bild der beiden geliebten Wesen vor Augen und das Herz wurde ihm schwer. Doch er sah keinen anderen Weg, wollte er sie beide retten, denn er kannte seine Llaranya gut genug, um zu wissen, dass sie sich nicht fügen wollte. „Leoryn hat es … getan?"

Lotaras spuckte aus. „Das hat sie."

Nedeam verzichtete auf einen Kommentar. Vielleicht würde Llaranya es ihm nie verzeihen, doch er sah keinen anderen Ausweg. Sosehr es ihn danach verlangte, seine Familie zu begleiten, so konnte er seinen Kämpfern nicht abverlangen, was er nicht selbst zu geben bereit war. Er musste sich Fangschlag und den Legionen entgegenstellen. Llaranyas Verzweiflung war körperlich spürbar und so hatte sich Nedeam zu einer Hinterlist entschlossen, die ihr Leben retten sollte. Als elfische Heilerin verstand sich Leoryn auf die Zubereitung von Schlafmitteln.

„Hast du ein Schiff gefunden?"

Lotaras nickte. „Sie sind an Bord und in Sicherheit."

„Du wirst über sie wachen, nicht wahr?"

„Das ist nun wirklich eine ausgesprochen dumme Frage."

Nedeam legte dem elfischen Freund die Hand an den Arm. „Es ist an der Zeit, zur Stadt zu reiten. Die Legionen sind auf dem Eilmarsch und es gibt sicher noch ein paar Vorbereitungen zu treffen."

„Schätze dich glücklich, dass du nicht an den Anlegern bist. Viele Schiffe wurden zerstört oder stark beschädigt und die menschlichen Wesen lassen alle Rücksicht fahren. Sie sind bereit, zu töten, um an Bord zu gelangen. Die Pferdefürsten und König Hartschlag vom Zwergenvolk sind dort und versuchen Ordnung zu halten. Doch sie haben nur wenige Kämpfer bei sich."

„Jeder ist sich nun selbst der Nächste", meinte Nedeam betrübt. „Halten die Unseren ihre Disziplin?"

„Man hat ein paar Rüstungen und Umhänge gefunden, die von ihren Pferdelords abgelegt wurden. Sie versuchen nun sicher, sich mit dem Landvolk auf die Schiffe zu schleichen. Aber die meisten sind wohl bereit, zu kämpfen, denn es gibt keinen anderen Weg." Lotaras lachte unvermittelt. „Der kleine König Balruk scheint geneigt, ta Enderos in die feurigen Schlünde der Zwerge zu werfen. Er ist erzürnt, weil die Axtschläger noch nicht zum Kämpfen kamen."

„Das wird sich nun sicherlich ändern."

Der Elf legte seine Hand auf die Nedeams. „Ich werde über die Liebe deines Herzens wachen, mein Freund. Wie ich sehe, hat man dir deine elfische Klinge zurückgegeben. Nutze sie wohl. Ich wäre durchaus erfreut, dich lebend wiederzusehen."

Nedeam verspürte einen Kloß im Hals und erwiderte den Druck der Hand.

Dann ritten sie endgültig zur Stadt.

Dort trennten sich ihre Wege.

Wie Nedeam befürchtet hatte, war das Tor beschädigt und hing schräg in den Angeln. Mehrere Gardisten und Zwerge waren dabei, es provisorisch zu richten. Die Kämpfer hatten sich sorgfältig gereinigt. Eigentlich eine Zeitverschwendung, denn der Schmutz würde ihre Anstrengungen bald wieder zunichtemachen. Doch es war ein Zeichen dafür, dass die Kämpfer noch ihre Disziplin hielten und nicht aufgegeben hatten.

Als man ihn erkannte, wurde er freudig begrüßt. „Hochgeborener ta Enderos hat die hohen Führer versammelt“, erklärte der Gardist, der die gemischte Schar anführte. „Ihr könnt das Haus nicht verfehlen, Hoher Lord. Folgt dieser Gasse und achtet auf das große Banner Alnoas. Dort seid Ihr richtig und könnt Euch erfrischen.“

„Soll das Tor verteidigt werden?“, fragte Nedeam. „Der Feind ist nicht fern und ihr werdet Männer brauchen.“

„Nicht für dieses Tor, Herr, und wohl auch nicht für die anderen“, erwiderte der Gardist. „Genaues weiß ich auch nicht, doch wir sollen uns zu einem Sammelpunkt zurückziehen, wenn der Feind naht. Der Oberkommandierende wird es Euch sicher erklären.“

Nedeam dankte, wünschte den Kämpfern Glück und ritt zu dem angegebenen Gebäude.

Die Versammlung der hohen Offiziere war überschaubar. Die anderen Pferdefürsten und die Kronenträger der Julinaash setzten ihre Autorität ein, um einen Hauch von Ordnung an den Anlegestellen aufrechtzuerhalten. König Balruk saß mit sichtlich grimmigem Gesicht auf einem Stuhl, mit der unvermeidlichen Axt Grünschlag auf den Knien. Neben ihm hockte die gepanzerte Gestalt von Dan´Pharant. Nedeams Erster Schwertmann Arkarim saß mit Bernot ta Geos und Livianya ta Barat in einer Gruppe. Sonnenhaar Heldar-Turiko trug einen alnoischen Brustpanzer und seinen alten Helm. Anstelle der Schädelkeule führte er ein Schwert an seiner Seite.

Daik ta Enderos schien auf Nedeam gewartet zu haben, denn kaum war dieser eingetreten und begrüßt worden, winkte der kleine Oberkommandierende alle an seinem Tisch zusammen.

Die zuvor makellose hölzerne Tischplatte war nun mit groben Schnitzereien versehen, in denen Nedeam die Stadt, die Werften und den Fluss wiedererkannte. Eine Reihe von Gegenständen markierte wohl Bereiche, die für Daik von Belang waren.

„Die Legionen hatten schwere Verluste und dies gilt auch für uns", eröffnete der alnoische Gardekommandeur die Beratung. „An der Übermacht des Feindes hat sich nichts geändert und unsere von den Gelehrten ersonnenen Wunderwaffen haben praktisch nichts bewirkt. So wird der letzte Kampf auf die alte Art gefochten werden. Dabei haben wir eine einzige Aufgabe: den Orks so lange wie möglich Widerstand zu leisten, damit möglichst viele der Unseren auf die Schiffe gelangen." Daik sah die Versammelten der Reihe nach an. „Ich will nicht verhehlen, dass es für die Kämpfer kaum eine Chance gibt, sich selber in Sicherheit zu bringen."

Keiner erwiderte etwas. König Balruk starrte noch immer finster und nun spuckte er sogar vernehmlich aus. „Ihr redet oft vom Kämpfen, Hochgeborener, doch kein Zwerg hat bislang seine Axt in Blut getaucht."

Die blau gepanzerte Gestalt neben ihm bewegte sich. „Das gilt ebenso für die Dan der Irghil. Wir sind ein friedliebendes Volk, doch wir verstehen es durchaus, zu kämpfen. Bislang habt Ihr uns verschont, doch erwartet dafür keine Dankbarkeit von uns. Menschliche Waffenbrüder sind gestorben und wir bedecken unsere Augenstiele in Schande, da wir ihnen nicht zur Seite stehen durften."

„So ist es", knurrte Balruk und der Stiel seiner Axt schlug heftig auf den Boden. „Und wenn Ihr uns jetzt nochmals den Kampf verweigert, dann nehme ich Euch persönlich zum Gegner."

Ta Enderos' Lächeln wirkte ein wenig gequält. „Ihr lasst mir wohl keine Wahl, oder?"

Erneut schlug Grünschlag auf den Boden. „Wahrhaftig, Ihr seid ein kluger Mann."

Der kleine Gardeoffizier lächelte abermals. „Seid unbesorgt, ich habe keineswegs vor, Euch erneut zu verschonen. In diesem letzten Kampf habt Ihr sogar eine entscheidende Rolle."

„Dann gibt es einen Plan für die Schlacht?", fragte ta Geos leise. „Ich meine einen, der aus mehr als schlichtem Hauen und Stechen besteht?"

„Den gibt es in der Tat und deswegen sind wir hier versammelt." Daik strich sich müde über die Stirn. „Es wäre unsinnig, zu denken, wir könnten die Stadt gegen solche Übermacht halten. Unsere Truppen sind zu schwach und die Befestigung, bei allen unternommenen Anstrengungen, ist kaum ernst zu nehmen. Aber ich gedenke, die Stadt selbst als Waffe einzusetzen."

Er nahm einen kurzen Stock, umriss die Konturen der Stadt und tippte dabei auf jene Stellen, über die er sprach. „Zwischen der Stadt und den Werften liegen nur zwei Tausendlängen. Eine geringe Distanz und die Orks könnten versucht sein, die Stadt zu umgehen und direkt zu den Schiffen zu eilen. Nedeam, Ihr sagt, dieser Fangschlag sei ein, äh, Mann von Ehre?"

„Er scheint sie mir gleichwohl erfunden zu haben", erwiderte der Pferdefürst.

Daik grinste verzerrt. „Ja, so sagte man mir bereits. Das ist gut, denn ich will es mir zunutze machen. Wir werden die Stadt verteidigen. Wenigstens zum Schein. Der Stolz dieses Rundohrs wird es nicht zulassen, einfach um sie herumzumarschieren. Er wird angreifen, denke ich. Es dürfte für ihn eine Frage der Ehre sein."

Nedeam überlegte kurz und stimmte zu.

Ehre.

Er hielt selbst sehr viel von Ehre. Sie war das Einzige, was man einem Lebewesen nicht gegen seinen Willen nehmen konnte. Nur es selbst konnte sich entehren. Aber in den vergangenen Kämpfen waren zu viele gestorben und der Begriff der Ehre vermischte sich für Nedeam zu viel mit dem Geschmack von Blut.

„Gut." Daik starrte auf den Tisch hinunter. „Dann ist dies mein Plan …"

***

Die Legionen mussten Verluste hinnehmen. Vor allem die hinten marschierenden Truppen litten unter der emporwirbelnden Asche. Mancher der geschwächten Krieger verlor die Besinnung, fiel zu Boden und erstickte dort endgültig. Keiner kümmerte sich darum, die Furcht vor dem endgültigen Untergang trieb alle voran. Man schloss die Lücken und stapfte weiter.

Sie erreichten das Vorfeld der Stadt und konnten von hier aus auch die Schiffe sehen.

„Wir könnten die Bruthöhle der Menschen umgehen", schlug Dreischlag vor. „Wir sparen Zeit und sind schneller bei den Schiffen."

„Und hätten die Stadt mit ihren Verteidigern in unserem Rücken", erwiderte Fangschlag. Der neue Oberherr der Orks strich nachdenklich über die Klinge seines Schlagschwertes. „Unsere Kämpfer sind vom Marsch und von der schlechten Luft geschwächt. Es wäre nicht gut, nach zwei Seiten kämpfen zu müssen."

„Die Einnahme der Bruthöhle wird uns aufhalten."

„Nicht lange." Fangschlag bleckte die Fänge. „Zudem werde ich Pferdeschlächter und Blutvergießer mit ein paar Legionen links an der Stadt vorbeiziehen lassen."

„Eine kluge Entscheidung. Wenn sie damit beginnen, die Fliehenden an den Schiffen abzuschlachten, wird das viele der Verteidiger aus ihrer Deckung zwingen. Lässt du mir die Ehre des ersten Ansturms?“

Die Orks verfügten noch immer über eine beachtliche Anzahl von Legionen. Dreischlag führte den Angriff auf Mintris, dessen östliche Grenze zugleich die Außenseite des Walls bildete. Die beiden von Fangschlag ausgewählten Legionsführer marschierten mit vier Legionen nach rechts, um die Stadt im Westen zu umgehen und direkt zu den Anlegestellen vorzustoßen.

Aus den vorderen Häusern und von den Überresten der Mauern und Barrikaden wurden Pfeile auf die Angreifer abgeschossen. Doch es waren nicht besonders viele und der Beschuss wurde zunehmend schwächer. Dreischlag ließ stürmen und seine Krieger fanden nur wenige Verteidiger, die rasch überwältigt wurden. Etliche Bogenschützen der Gardisten flohen durch die engen Straßen in Richtung der Schiffe. Dreischlag zögerte nicht, ihre Verfolgung aufzunehmen. Dicht an dicht drängten die Orks zwischen den eng stehenden Häusern hindurch.

Mintris war dicht erbaut. Hauswand grenzte oft an Hauswand und es gab viele zwei- und dreigeschossige Bauten. Auch wenn manche von ihnen unter dem Beben gelitten hatten, waren die Legionäre gezwungen, sich zwischen ihnen zu bewegen.

Dann erschienen über ihnen Männer in den Fensteröffnungen und auf Dächern: Bogenschützen der alnoischen Fußgarden und Turiks des Sandvolkes, die ihre Blasrohre einsetzten. Sie brauchten nicht einmal sehr sorgfältig zu zielen.

„Es ist wie ein Kampf zwischen eng stehenden Sanddünen“, sagte „Sonnenhaar“ Heldar-Turiko grinsend zu einem neben ihm kämpfenden Gardisten. „Ideal für einen kleinen Hinterhalt.“

Neben dem Alnoer klatschte ein schlecht gezielter Bolzen in die Hauswand und der Mann revanchierte sich mit einem weitaus besser gezielten Pfeil. „Niemand lässt sich gerne ohne Widerstand beschießen. Die Bestien werden bald versuchen, in die Häuser einzudringen, um uns umzubringen."

Der Turiko lachte kalt. „So ist der Plan. Ich hoffe, du kennst dich wahrhaftig in diesem Sandmeer aus Häusern aus."

„Keine Sorge, ich gehöre zur Fußgarde von Mintris und kenne jeden Winkel. Ich und meine Kameraden werden euch Turiks sicher herausführen."

„Das wird meine Turiks freuen", antwortete Sonnenhaar. „Ein Hinterhalt macht erst dann wirklich Freude, wenn vorwiegend das Blut des Feindes vergossen wird. Zumal es hier bedauerlicherweise nicht um das Sammeln von Schädeln geht."

Die Legionäre standen vor der Wahl, durch die Straßen zu stürmen und so dem Beschuss zu entgehen oder in die Häuser vorzudringen und ihre Peiniger zu töten. Sie versuchten beides zugleich. Die große Masse wälzte sich weiter die Straßen entlang und litt unter dem fortwährenden Beschuss, andere schlugen auf die verbarrikadierten Türen ein und brachen sie auf. Ein paar Gardisten und Turiks wurden in erbittertem Häuserkampf getötet, doch die Mehrzahl der Verteidiger war plötzlich nicht mehr aufzufinden. Die ortskundigen Fußgardisten führten sie auf versteckten Wegen aus der Gefahrenzone.

Der Beschuss aus den Häusern war vorüber, doch nun zog anderes Unheil über den Legionären heran.

Karren und Gespanne wurden, ein Stück vor den vordringenden Kohorten, auf die Straßen geschoben und sperrten sie. Fußgarden und Turiks hielten sie besetzt und kämpften grimmig gegen die Orks. Da die Straßen schmal waren und so nur eine begrenzte Zahl an Legionären gleichzeitig gegen die Straßensperren vorrücken konnte, hielten sich die Verteidiger für eine Weile recht gut. Es stand außer Zweifel, dass sie aufgrund der Erschöpfung nicht lange würden durchhalten können, doch das war auch nicht ihre Aufgabe.

Holz, Stroh und Fett waren unter die Dächer der Häuser gebracht worden und nun zogen Brandpfeile durch den Himmel und senkten sich auf jene Gebäude, welche die Legionen gerade erst erobert hatten.

„Wenn die Orks in den Straßen und Häusern sind, werden wir die entsprechenden Bereiche der Stadt mit Brandpfeilen beschießen", hatte Daik ta Enderos erklärt. „Es wird gut brennen und die Bestien gleich mit."

Nedeam hatte die Zustimmung in den Gesichtern der anderen gesehen. Noch vor kurzer Zeit hätten sich die meisten darüber entrüstet, dass es unehrenhaft sei, einem Feind nicht mit der Klinge zu begegnen, sondern ihn dem Feuertod zu überlassen. Aber die verlustreichen Kämpfe hatten offensichtlich nicht nur Blut gekostet. Nun schien der Zweck die Mittel zu heiligen.

„Wir sollten ihnen mit dem Schwert begegnen", hatte er eingewandt. „Der Feuertod ist grausam und wir sollten …"

„Auch die Bestien sind grausam", war Daik ta Enderos' Erwiderung. „Und sie werden keinerlei Gnade kennen, wenn sie über unsere Völker herfallen. Was wir verbrennen, müssen wir nicht mit der Klinge niedermachen und fordert somit keine Leben bei uns. Nur das der Bestien."

Nedeam war überstimmt worden und so begannen nun die Häuser zu brennen. Durch das angefeuchtete Stroh entstand zudem dicker Rauch, der sich über alles legte und den Legionären das Atmen noch schwerer machte und ihre Augen tränen ließ. Viele tappten halb blind umher und suchten einen Weg aus dem beginnenden Inferno.

Es gab nur einen Weg – den über die Barrikaden.

„Lasst euch nicht aufhalten!“, brüllte der verwundete Dreischlag. „Schlachtet sie und nehmt euch ihre Schiffe!“

Die Kohorten stürmten vor und die Kämpfe an den Hindernissen nahmen ihren Lauf. Sie wurden auf beiden Seiten mit solcher Erbitterung geführt, dass sich kaum einer der Verteidiger, wie es ursprünglich geplant war, zurückziehen konnte.

Hustend und vom Rauch geschwächt, brachen die Legionäre über die zerstörten Barrikaden und deren tote Verteidiger hinweg und drangen weiter vor. Diesmal achteten sie auf die umgebenden Häuser und ihre Schützen zielten sichernd nach rechts und links.

Die Bedrohung kam diesmal nicht aus der Höhe.

Die vorderen Kohorten waren an den Quergassen vorbeigeströmt und fühlten sich erleichtert, das andere Ende der Stadt vor sich zu sehen. Die nachfolgenden Legionäre waren gerade dem Rauch und Feuer entkommen und wähnten sich in relativer Sicherheit, da ihre Vorhut nicht angegriffen wurde. Sie waren es, die unter der Frustration und Kampfeswut der Zwerge und Irghil zu leiden hatten.

Aus den engen Seitengassen und hinter Verstecken hervor, die nur ein Zwerg nutzen konnte, griffen Irghil und Axtschläger an. In den Straßen eng zusammengedrängt, konnten nur jene Orks den Angriffen begegnen, die an den Außenseiten marschierten. Die kleinen Axtschläger nutzten dies weidlich aus. Sie frästen sich förmlich mit ihren „Hüpfschlägen“ in die feindlichen Kolonnen. Sie sprangen empor, hieben ihre Kampfäxte von rechts und links in die Hälse der Feinde und wandten sich schon dem nächsten zu.

Die Irghil hatten es nicht so leicht. Sie stellten rasch fest, dass die massiven neuen Rüstungen der Rundohren nur schwer mit den Scheren zu knacken waren. Die blau gepanzerten Kämpfer suchten daher, wie die Zwerge, nach den Hälsen des Feindes oder den schwächer geschützten Spitzohren.

„Bringt um, was aus dem Feuer hervorbricht", hatte Daik ta Enderos dem Zwergenkönig Balruk und Dan'Pharant nahegelegt.

Beide taten ihr Bestes, um diesem Anspruch gerecht zu werden.

Die Zwerge waren flink und klein und es war schwierig, sie in dem wilden Getümmel zu treffen. Dennoch machte sich die Übermacht der Legionäre bemerkbar. Immer mehr der tapferen kleinen Kämpfer gingen zu Boden. Die dicken Chitinpanzer schützten die Leiber der Irghil zunächst auf beachtliche Weise. Ein Schlagschwert konnte sie kaum durchdringen und Bolzen oder Pfeile prallten nutzlos ab. Aber die Orks merkten schon bald, dass die Augenstiele, Beine und Arme verwundbar waren.

König Balruk hatte seine Axt Grünschlag in ein Rückenfutteral gesteckt. Ihre kristallenen Schneiden taugten nicht für den Kampf. Er vertraute wie seine Krieger auf soliden Zwergenstahl und ließ seine Kampfäxte wirbeln. Die Bartzöpfe waren im Nacken verknotet und zusätzlich durch den fünfeckigen Schild geschützt, wie ihn jeder der kleinen Kämpfer auf dem Rücken trug.

In der Enge der Straßen kämpften seine Krieger in Fünfergruppen, die sich gegenseitig deckten, aber sie gerieten immer stärker in Bedrängnis. Schließlich war die Zeit gekommen, da die tapferen Scharen vor ihrer Vernichtung standen, und König Balruk gab widerwillig den Befehl zum Rückzug. Es waren nicht viele, die ihm noch folgen konnten. Der heftige Kampf hatte vor allem die Zwerge erschöpft und auf ihren kurzen Beinen war es schwierig, den wütenden Rundohren davonzulaufen. Irghil bahnten sich ihren Weg, so gut sie es vermochten, ergriffen ihre kleinen Verbündeten und rannten, mit ihnen auf dem Rücken, in Sicherheit.

Legionsführer Dreischlag hatte weitere Wunden erlitten, doch er war noch am Leben. Am Tor der Stadt, welches zu den Anlegern führte, sammelte er, was von seinen Legionen noch übrig war. Er empfand Erleichterung, als er den Marschtritt hörte, mit dem Fangschlags Verstärkung zu ihm aufschloss.

„Es ist nicht mehr weit zu den Schiffen“, stellte Dreischlag fest.

„Nein, das ist es nicht“, stimmte Fangschlag zu, der auf seinem Beißer die Umstehenden überragte. „Es ist nur noch ein kurzer Weg, doch dieses Stück wird das Härteste werden, was wir je erlebt haben.“

„Sie kämpfen gut“, gab Dreischlag widerwillig zu. „Mit Fangzähnen und Klauen, wie es sich für ein Rundohr gebührt.“

„Ja“, kam die einsilbige Erwiderung des neuen Oberherrn.

Seitdem der Ansturm der Orks gegen die freien Völker begonnen hatte, war den Legionen schwer zugesetzt worden. Einige waren zur Gänze vernichtet, anderen waren Verluste zugefügt worden, sodass sie aus kaum mehr als drei oder vier Kohorten bestanden. Fangschlag überlegte, ob er die schwächsten Legionen ganz auflösen und ihre Kämpfer anderen zuordnen sollte, um diese wieder auf volle Stärke zu bringen. Doch er entschied sich dagegen, denn das hätte zu Verwirrung geführt. So gruppierte er lediglich einige Legionen um, auch wenn unter manchen der Legionsbanner nur noch wenige Hundert Orks antraten.

Langsam trabte er auf seinem schwarzen Hengst Beißer vor seiner Streitmacht entlang. Sosehr sie auch gelitten haben mochte, sie war dem Feind noch immer weit überlegen. Und dieser Gegner war noch immer nicht endgültig besiegt. Der neue Oberbefehlshaber der Orks blickte düster in Richtung der Schiffe.

Zwischen der Stadtgrenze von Mintris und den Schiffsanlegern gab es eine freie Fläche von knapp drei Tausendlängen. Dahinter lagen die Trümmer der Werften und die Anleger der Schiffe, an denen sich tumultartige Szenen abzuspielen schienen.

Ein Stück zur Seite versetzt befand sich das, was Fangschlag Sorge bereitete.

„Dort, wo die Völker um ihr Leben bangen, werden wir die Reiterei und die Hauptmacht der Fußgarden aufstellen", hatte Daik ta Enderos den Überlebenden der bisherigen Kämpfe erklärt. „Wir haben noch knapp drei Regimenter der Gardekavallerie und zwanzig Beritte des Pferdevolkes. Achttausend Reiter sind eine beachtliche Macht."

Sie standen dicht an dicht.

Pferd an Pferd und Schenkel an Schenkel. Die Banner und Wimpel ragten über den Regimentern und Beritten auf. Rosshaarschweife der verschiedenen Marken bewegten sich im schwachen Wind, der vom Fluss herüberstrich und etwas Linderung brachte. Viele der Reiter schienen verwundet, doch sie alle saßen auf ihren Pferden und waren entschlossen zum Kampf.

„Der Ritt zu den Goldenen Wolken", murmelte Fangschlag.

Pferdeschlächter, dessen Legionen sich mit den anderen vereint hatten, sah ihn fragend an. „Goldene Wolken?"

„Eine der alten Legenden des Pferdevolkes", erklärte Fangschlag. „Wenn ein Reiter auf ehrenvolle Weise kämpft und dabei stirbt, so gelangt er zu den Goldenen Wolken und ewigem Ruhm."

„Nun, ich bin durchaus bereit, ihnen beim Sterben behilflich zu sein", knurrte Pferdeschlächter. „Was danach mit ihnen geschieht, ist mir gleich."

Ein seltsames Gefühl von Wehmut packte Fangschlag. Dort drüben waren Männer, mit denen er Seite an Seite gekämpft hatte. Und dort war Nedeam, wie er an dem Banner des Pferdefürsten erkannte. Doch daran hatte das stolze Rundohr ohnehin nicht gezweifelt. Nun würden sie sich ein letztes Mal auf dem Schlachtfeld begegnen. Das neben Nedeam musste Arkarim sein. Arkarim, mit dem er manches Mal gescherzt und gestritten hatte. Es machte Ehre, gegen solche Männer zu kämpfen, und doch verfluchte Fangschlag die Tatsache, dass es keinen anderen Weg gab.

***

Ihm gegenüber, vor der langen Front der Gardekavalleristen und Pferdelords, empfand Nedeam beim Anblick Fangschlags ähnlich. Die Schwertmänner der Hochmark waren im Zentrum und in der vorderen Reihe formiert, denn sie sollten jene Waffe zum Tragen bringen, die bislang noch keine Rolle gespielt hatte und möglicherweise den Ausschlag gab, um ein letztes Mal in die Legionen einbrechen zu können. Neben dem Kriegshammer führte ein jeder auch mehrere der kleinen Bolzenrohre, die, auf Arkarims Idee hin, in der Hochmark gefertigt worden waren.

An den Flanken warteten die Regimenter der Gardekavallerie, mit Bernot ta Geos und Livianya ta Barat unter deren Bannern. Daik ta Enderos trabte unruhig an der Front entlang. Bei diesem Kampf würde auch er das Schwert schwingen und der kleine Oberkommandierende schien erleichtert. Nedeam konnte es ihm nachfühlen. Oft war es leichter, in der Schlachtlinie zu kämpfen, als über das Leben der Untergebenen zu entscheiden.

Die Reiter waren unruhig. Manche wären vielleicht lieber auf die Schiffe geflohen, andere wollten es einfach nur zu einem Ende bringen. Aber sie mussten warten, bis die Orks vorrückten. Jeder verstrichene Augenblick, in dem nicht gekämpft wurde, war ein Augenblick, in dem die Völker die Schiffe besteigen konnten.

Arkarim hatte Schmerzen. Bei dem Beben war er gestürzt und hatte sich das rechte Bein gebrochen. Eigentlich hätte er gar nicht kämpfen können, doch er hatte es schienen und sich aufs Pferd helfen lassen.

Hinter Nedeam war das leise Schluchzen eines Mannes zu hören. Einer jener Pferdelords, dessen Familie versuchte, an Bord zu gelangen. Ein Pferdelord, der sein Leben opfern würde, um das Überleben seiner Lieben zu ermöglichen. Männer wie ihn gab es viele. Sie beneideten in diesem Augenblick sicherlich jene, die sich nicht um Angehörige sorgen mussten. Nedeam empfand Scham, da er zu diesen Glücklichen gehörte. Llaranya würde friedlich unter dem Schlafmittel Leoryns schlummern und erst erwachen, wenn alles entschieden war.

Der Pferdefürst zog Duramont herum und sah die Reihen der Beritte entlang. „Wir alle haben den Eid der Pferdelords geschworen. Wir sind stolz auf den grünen Umhang, den wir tragen und der uns als Kämpfer des Pferdevolkes auszeichnet. Zu dieser Tageswende werden wir Ehre einlegen vor unseren Ahnen, doch das ist nicht der Grund, warum wir hier stehen. Wir sind hier, weil wir für das Überleben jener kämpfen werden, die nicht selber kämpfen können. Wir stehen hier, weil wir Schild und Schwert unserer Völker sind. Ein jeder von uns hätte es verdient, die Ufer der neuen Heimat zu Gesicht zu bekommen, doch das Schicksal fügt es anders. Es erfüllt mich mit Stolz, mit euch zu reiten."

Ein Schwertmann der Südmark zog sein Schwert und reckte es empor. „So lasst uns den Eid erneuern, Männer der Marken! Soll seine Losung uns dem Feind entgegentragen!"

Es war nichts Einstudiertes, denn die Stimmen setzten ungleichmäßig ein. Doch schon nach wenigen Worten fanden die

Männer ihren Rhythmus und in grimmiger Bedeutung klangen die Worte des Eides bis zum Feind hinüber.

„In des Lebens Wonne und des Todes Not soll Eile sein stets das Gebot. In Treue fest dem Pferdevolk, der Hufschlag meines Rosses grollt. Soll Lanze bersten, Schild zersplittern, so wird mein Mut doch nie erzittern. Ich stehe fest in jeder Not, mit schnellem Ritt und scharfem Tod."

Schwerter schlugen gegen Schilde und der Takt wurde von den Reitern der Gardekavallerie aufgenommen.

Bei einer der Legionen begannen nun ihrerseits die Rundohren gegen die Schilde zu schlagen und bald übertönte das rhythmische Hämmern allen Lärm, der von den Anlegern der Schiffe herüberdrang.

Das Schlagen bei den Legionen verstummte abrupt. Ein einzelner gebrüllter Befehl erklang aus ihrer Richtung. Dann war das Stampfen des Marschtritts zu hören.

Arkarim lächelte schwach und deutete zu den Legionen hinüber. „Ich glaube, mein Freund, sie kommen!"

„Lasst uns ihnen begegnen!", rief Nedeam. „Auf dass es ein ruhmreicher Ritt zu den Goldenen Wolken werde!"

„Zu den Goldenen Wolken!", wurde sein Ruf aus vielen Kehlen erwidert.

Bei den Legionen waren Trommeln zu hören und verstärkten das dumpfe Stampfen der Kohorten.

Das Horn der Hochmark rief zum Trab und die Reihen ritten an. Andere Hörner fielen ein und das Schaben hervorgezogener Schwerter erfüllte die Luft.

„Diesmal gibt es kein Täuschen!", schrie Arkarim. „Wir müssen direkt in sie hinein!"

Bei den Legionen wurden die Spieße gefällt und die Hörner der Reiter riefen zum Galopp. Die Reihen der Beritte waren dicht geschlossen, doch ein paar der Pferde strauchelten auf dem aschebedeckten Boden und stürzten. Die Lücken wurden gefüllt, Schwertspitzen drohten dem Feind entgegen.

Dort erhoben sich Pfeile und Bolzen. Reiter und Pferde wurden getroffen. Nedeam hörte, wie das Horn seines Signalbläsers hinter ihm verstummte, doch andere nahmen das Signal auf und bliesen fordernd zum Sturm.

Die Pferde streckten sich und die Legionen kamen rasend schnell näher. Von den Seiten war das typische Klirren der alnoischen Gardereiter zu vernehmen. Der Klang und die Tonfolge ihrer Hörner waren anders und doch verhießen sie das Gleiche – Tod.

Hinter Nedeam ertönte ein greller Schrei, der abrupt abriss. Pferde wieherten, die Männer begannen erregt zu schreien. Unentwegt kamen nun die Geschosse aus den vorderen Reihen der Legionen. Der Pferdefürst spürte ein Zupfen an seinem Umhang und einen Schlag an seinem Arm, doch er konnte ihn noch bewegen und nahm sich nicht einmal die Zeit, nach der Wunde zu sehen. Sein Blick brannte sich förmlich in jene Stelle, an der er die Legion aufbrechen oder selber fallen würde.

Immer näher waren sie dem Feind.

„Schneller Ritt …!", brüllte jemand an Nedeams Seite. Es musste Arkarim gewesen sein.

„ …und scharfer Tod!" Er wusste nicht einmal, dass er wie die anderen schrie.

Alles um ihn verstummte. Nichts war zu hören. Alles schien plötzlich in tiefes Schweigen gehüllt. Silbrige Schemen in der Luft, die von den Geschossen der Orks herrührten. Das Wehen von Duramonts Mähne.

Noch zwanzig Längen.

Legionäre brachen zusammen, von den Bolzen der kleinen Rohre getroffen.

Noch zehn Längen.

„Tod!!!“ War es ein Schrei oder ein Gedanke?

Die Rundohren vor ihm fielen nicht und sie wichen auch nicht zur Seite! Ihre Spieße waren gefällt!

Aufprall!

Stählerne Spitzen trafen Duramonts Brust, doch der Angriffsschwung trieb den sterbenden Hengst voran. Er taumelte, brach vorne ein und Nedeams Anspannung fiel mit einem Mal von ihm ab. Sein Schwert spaltete Helm und Schädel eines Spießträgers, während seine Füße aus den Bügelschuhen freikamen. Er rollte über den Boden, zwischen die Beine von Legionären, schlug blindlings um sich. Duramont fiel nun zur Seite und riss mehrere Orks mit sich.

Die Lücke war da und mit ihr das Stampfen der Hufe und der vielstimmige Schrei aus den Kehlen der Pferdelords. „Tod!“

Nedeam kam gerade auf die Beine, als ein Reiter in die Lücke sprang, dessen Stoß ihn unabsichtlich nach hinten warf. Der Schwertmann starb, doch dann war da ein anderer Pferdelord. Ein Mann von einem Gehöft, dessen Waffe die Spaltaxt war. Auch er fiel, doch die Lücke war nicht mehr zu schließen. Reiter mit Rosshaarschweifen drängten hindurch und verbreiterten sie zur Bresche.

Zwei Rundohren und ein Spitzohr griffen Nedeam an. Sein Schwert stieß dem einen in die Kehle und fuhr durch den Brustpanzer des anderen. Das Spitzohr stieß ein angsterfülltes Quieken aus und wandte sich zur Flucht. Ein Reiter drängte an Nedeam vorbei und die herabsausende Klinge spaltete den Schädel des kleinen Orks.

Ein Pferdelord war an Nedeams Seite, streckte die Hand aus und zog ihn zu sich aufs Pferd. Im nächsten Augenblick wurde der Mann von einem Spieß getroffen und sank tot zur anderen

Seite. Die elfische Klinge zuckte vor und der Pferdefürst setzte sich im Sattel zurecht.

Alles war in Bewegung. Gardisten und Pferdelords wurden aus den Sätteln gerissen und niedergemacht. Doch wie schon so oft waren die vorderen Legionen gebrochen. Sie zerfielen zu Kohorten, dann zu Gruppen und zu Einzelkämpfern, die der Wut der Reiter kaum noch Widerstand leisten konnten.

Und wieder befand sich Arkarim an seiner Seite. Der treue Gefährte, der aus einer neuen Wunde blutete und doch Schwert und Kriegshammer mit seinen Händen führte und dabei sein Pferd mit den Schenkeln lenkte.

„Sie drängen uns zusammen", meldete der Erste Schwertmann mit schmerzerfüllter Stimme. „Ihre Reserven haben uns überflügelt und nun umschließen sie uns und drängen uns zusammen!"

„Zu Beritten formieren!", rief Nedeam einem Signalbläser zu. „Sie dürfen sich nicht zwischen uns und die Schiffe schieben."

Die Schlacht tobte auf der gesamten Fläche zwischen Mintris und den Anlegestellen. Sie glich zunehmend einem Ring aus Orks, in deren Mitte die Reiter die zuerst angegriffenen Legionen endgültig überwältigten und auslöschten.

Erneut setzte der Beschuss der Orks ein und schlug in die Regimenter und Beritte, deren angeschlagene Reste sich nun neu zu ordnen begannen. Die Verluste stiegen rasch an und mancher Mann verlor endgültig den Mut wie auch jede Disziplin und versuchte auf eigene Faust, aus der Umzingelung auszubrechen.

„Schließt euch zusammen, Reiter der Garde!", brüllte Daik ta Enderos. „Alleine schafft ihr es nicht. Wir brauchen Wucht, um den Feind zu durchstoßen! Sammelt euch bei …"

Die letzten Worte erstickten in einem nassen Gurgeln, als ein Bolzen in die Kehle des Gardekommandeurs fuhr. Seine Augen schienen Livianya ta Barat seltsam verwundert anzusehen, während Daik langsam aus dem Sattel sank.

„Sammeln und formieren!“, wiederholte sie den Befehl. Ihre Augen suchten nach Bernot ta Geos. Sie erkannte das Banner der fünften Gardekavallerie, doch ihren Geliebten sah sie nirgends.

Nedeam fühlte einen Bolzen, der an seinem Gesicht vorbeistrich. Befehle und erregte Schreie der Reiter waren zu hören, das schmerzerfüllte Wiehern getroffener Pferde. Die Pferdelords und Kavalleristen bemühten sich, wieder eine kampfstarke Formation zu bilden, doch der fortwährende Beschuss durch die Legionen machte das fast unmöglich. Immer mehr Männer wurden getroffen und wo sich die Beritte sammelten, da bildeten sie nur umso bessere Ziele.

„Wir brechen nach Süden durch!“, befahl Nedeam. „Wendet euch nach Süden und brecht dort durch!“

Hörner bliesen zum Sturm nach Süden.

Dort lagen die Schiffe, doch dort war der Feind nun auch am stärksten, denn er wusste, dass dies der einzige Fluchtweg für die Reiter war.

***

Die Reste der Fußgarden machten Front zu jenen Legionen, die sich rasch zwischen das Schlachtfeld und die Anlegestellen schoben.

Zwerge und Irghil hatten sich bei ihnen versammelt. Es waren nicht mehr viele Zwerge und auch die Zahl der Gepanzerten hatte sich verringert. Manche Kämpfer waren verwundet.

König Balruk betrachtete grimmig einen seiner Bartzöpfe. Ein Schlagschwert war ihm dicht über dem Rücken entlanggefahren. Es hatte seinen Leib nicht einmal geritzt, doch einer seiner Bartzöpfe, Stolz eines jeden wahren Zwergenmannes, war glatt durchtrennt worden. So starrte er zornig auf den kümmerlichen Rest, während eine Hüterin der Julinaash ihm eine tiefe Armwunde verband.

Dan'Pharant hatte ein Laufbein und einen seiner Augenstiele eingebüßt. „Es sind noch genügend Sehknollen und Laufbeine vorhanden", meinte er sachlich. „Ich wäre mehr verärgert, wenn meine Scheren gelitten hätten. Diese Eisenbrüste sind überraschend hart."

„Deswegen bevorzugen wir ihre Hälse", brummte Balruk. Er spuckte aus. „Nicht einmal genug übrig für einen ordentlichen Knoten."

„Ordentlicher Knoten?"

„Für die Bartzöpfe."

„Ah, ich verstehe." Der Irghil knickte die verbliebenen Augenstiele vor. „Nehmt die hübsche Schleife von dem Ende des anderen Zopfes, bindet sie an den, äh, kurzen Teil und dann könnt ihr damit einen netten Knoten machen."

„Hm." Balruk saß auf einem Stapel Kisten, damit er über die Fußgarden hinwegsehen konnte. „Die Reiter stecken in Schwierigkeiten. Die verfluchten Orks haben sie umgangen und stehen nun auch in ihrem Rücken."

„Ja, ich habe es bemerkt. Wäre es nicht reizvoll, ihnen unsererseits in den Rücken zu fallen?"

„Auf die Fußgarde kann man nicht zählen und wir sind nur noch wenige."

„Aber diese wenigen sind Zwerge und Irghil, nicht wahr?"

Balruk nickte mit ernstem Gesicht. „Ja, das muss man bedenken."

Dan'Pharant ließ ein raspelndes Geräusch hören. „Ich denke da an das nette kleine Gemetzel von vorhin. Vornehmlich, als wir unsere Beine zum Laufen benutzen mussten."

Jetzt musste der kleine Zwergenkönig lächeln. „Schön, auf einen Ritt mehr oder weniger kommt es jetzt auch nicht mehr an."

Dicht neben ihnen lag eines der Schiffe an seinem Ankerplatz. Es war inzwischen überfüllt und die Laufplanke wurde eingezogen. Vom Anleger versuchten dennoch Menschen an Bord zu gelangen und sprangen sogar ins Wasser, in der Hoffnung, man würde ihnen eine Leine zuwerfen und ihnen aufs Schiff hinaufhelfen. Oben im Mast saß der Ausguck, der wie gebannt auf die Schlacht starrte. Eher zufällig blickte er den Fluss hinunter und erstarrte.

Dann begann er zu schreien.

König Balruk versammelte gerade seine letzten Axtschläger bei den Irghil, als sich der Ruf wie ein Lauffeuer verbreitete. Er hatte endlich die Schleife an den verstümmelten Zopf gebunden und konnte nun wieder beide im Nacken verknoten. „Nun, Gepanzerter, es hört sich ganz so an, als sei jetzt die rechte Zeit für unseren Ritt."

***

Es sollte eine geschlossene Front werden, in der die Pferdelords und Gardekavalleristen den Durchbruch wagten, aber Bolzen und Pfeile forderten zu viele Opfer. Lücken wurden geschlagen, die nicht mehr geschlossen werden konnten. Die Beritte wandelten sich in Gruppen, die verzweifelt gegen jene Legionen anstürmten, welche den Weg zu den Schiffen sperrten.

Es gab nicht mehr genügend Bolzenschützen bei den Schwertmännern der Hochmark, um die erste Linie des Feindes zu sprengen und eine Lücke zu öffnen, in die man hineinstoßen konnte. Einige Reiter versuchten mit einem gewagten Satz über die Orks hinwegzusetzen, doch die wenigen, denen dies lebend gelang, wurden hinter den vorderen Reihen der Kohorten rasch überwältigt.

Nedeam wählte einen anderen Weg. „Absitzen und lasst die Schwerter sprechen! Zu Pferde sind wir ein zu leichtes Ziel! Nehmt die Tiere als Deckung!"

Für die Männer des Pferdevolkes war es nicht leicht, ihre eigenen Pferde als Schutzschild zu verwenden. Durch lange Jahre waren beide auf eine Weise miteinander verbunden, die wohl nur für einen Pferdelord nachvollziehbar war. Und doch ging das Leben der Männer vor. Manches Geschoss wurde von den treuen Tieren aufgefangen und in den Gesichtern ihrer Besitzer mischten sich Zorn und Trauer.

Sie kämpften sich zur Linie der Orks vor und hier standen Schwerter gegen lange Spieße. Doch im Nahkampf war ein Spieß gegenüber dem Schwert im Nachteil. War man erst an der scharfen Spitze vorbei, war sein Träger leichte Beute.

Nedeam befand sich mit Arkarim in vorderster Linie, dicht gefolgt von seinem Bannerträger und dem Signalbläser eines anderen Beritts sowie einer Gruppe seiner Schwertmänner aus der Hochmark. Nedeam war bei seinen Abenteuern, zuerst als einfacher Pferdelord, dann Erster Schwertmann und schließlich Pferdefürst ihrer Mark, von manchem der Männer begleitet worden. Sie hatten ferne Länder gesehen und viele Kämpfe durchgestanden. Weit mehr, als dies für die Kämpfer aus den anderen Marken galt. Ihre Erfahrung warf Nedeam in die Waagschale des Schicksals.

Arkarims Schwert drängte einen vorstoßenden Spieß zur Seite, der Kriegshammer zerschlug den Schädel seines Trägers. Nedeams elfische Klinge durchtrennte die Lanze hingegen glatt und er packte das Rundohr, nutzte dessen Schwung und zerrte ihn hinter sich, wo das Schwert des Bannerträgers zuschlug.

Das schier Unglaubliche schien zu gelingen. Nedeam und seine Männer kämpften sich durch die vordere Reihe, dann die nächste. Die Kohorte begann vor den grimmigen Männern in den grünen Umhängen zu weichen. Einige Reiter, die das bemerkten, preschten heran, um dies für sich auszunutzen. Die Orks wiederum versuchten ihre eigenen Reihen zu verstärken.

Die zweite Linie ihrer Kohorten rückte vor und ebenso taten das die Legionen an der Mintris zugewandten Seite. Über ihre Absicht gab es keinen Zweifel: Sie wollten die noch lebenden Pferdelords und Gardisten zwischen den Backen einer tödlichen Zange zerquetschen.

Instinkt und Überlebenswille trieben die Männer voran und mobilisierten ihre letzten Kräfte. Dabei war es sehr wahrscheinlich, dass sie, selbst wenn sie die Schiffe erreichten, nicht einmal einen Platz auf diesen finden würden. Doch im Augenblick waren die aufragenden Masten, die man jenseits der Legionen sah, das ersehnte Ziel.

„Die verdammte Fußgarde“, ächzte Arkarim. „Warum kommt sie uns nicht zu Hilfe? Sie sehen doch, in welcher Lage wir sind.“

„Sie werden die Anleger schützen wollen.“ Nedeam blockierte einen Schlag und die Waffe des Rundohrs zerbrach. „Und ich fürchte, sie haben auch den Mut verloren.“

„Mir fehlt nicht der Mut, doch etwas Zuversicht wäre erfreulich“, erwiderte der Erste Schwertmann. „Immerhin werden wir ein teurer Bissen für die Bestien werden.“

Nedeam blickte immer wieder in Richtung der Anleger, aber so tapfer er und die anderen auch kämpfen mochten, die Zahl ihrer Gegner schien noch zu steigen statt zu schrumpfen. Die Kräfte der Männer ließen nach und zu viele Feinde bedurften ihrer Aufmerksamkeit. Man wehrte einen Stoß von vorne oder der Seite ab, nur um den tödlichen Hieb von hinten zu empfangen. Die Zahl der Pferdelords und Gardisten schmolz dahin. Aus den Gruppen wurden Grüppchen, die verzweifelt versuchten, sich gegenseitig zu decken und aus der Umklammerung der Orks freizukämpfen.

Plötzlich entstand Tumult bei jenen Kohorten, die den Durchbruch verhinderten.

Arkarim stieß einen jubelnden Schrei aus. „Die Fußgarden! Sie machen einen Ausfall und kommen uns doch noch zu Hilfe!"

Aber es waren nicht die Fußgarden des Königreiches Alnoa.

„Da sollen mich doch die Finsteren Abgründe verschlingen", staunte Arkarim.

Blau gepanzerte Gestalten schoben sich durch die Orks hindurch und ihre Kampfscheren wirkten dabei wie jene Geräte, mit denen das Landvolk seine Furchen durch den Acker zog. Auf dem Rücken eines jeden Irghil saß ein Axtschläger der Zwerge und schlug nach allem, was in seine Reichweite gelangte.

„Vorwärts, Männer der Hochmark!", schrie Nedeam erregt. „Vereint euch mit unseren Waffenbrüdern!"

Es war ein unbewusster Aufschrei, aus neuer Hoffnung geboren, denn die wenigsten der Kämpfer, die noch am Leben waren, gehörten zu jenen der Hochmark. Aber der Mut der Männer wurde neu entfacht und so taten sie alles, um zu den Verbündeten zu gelangen.

König Balruk hatte Nedeams zerfetztes Banner erkannt und kämpfte sich an dessen Seite. „Das ist doch wieder typisch für das Pferdevolk", scherzte er. „Bei all dem Tumult hier würdet ihr doch glatt eure Abreise verpassen."

„Habt Dank, meine Freunde, für eure Hilfe." Nedeam lächelte erschöpft, obwohl die Kämpfe noch immer anhielten. „Doch ich fürchte, für die Reise fehlen uns die Schiffe."

Balruk grinste hintergründig. „Ich wäre mir da nicht so sicher." Er deutete in Richtung des Flusses. „Es sind die Elfen, mein Freund. Die Elfen sind da, und zwar mit ihrer ganzen verdammten herrlichen Flotte."

61

Kapitän Herolas und sein Steuermann Gendrion hatten die lange Reise nicht mit ihrem geliebten Pfeilschiff angetreten, sondern waren an Bord einer Flamme der See gegangen. Sechzig dieser Flammschiffe segelten nun den Fluss Genda hinauf und hatten fast zweihundert jener großen Transportschiffe im Gefolge, mit denen das elfische Volk zu seinen neuen Ufern aufgebrochen war.

Herolas hatte den Genda schon als junger Seeelf befahren und sich in seinem jahrtausendelangen Leben jedes Detail eingeprägt. Er kannte die Strömungen und Untiefen und wie sich der Fluss im Wechsel der Jahreszeiten oder von Ebbe und Flut wandelte. So hatte ihn der Kapitän des Flammschiffes nur zu gerne als Lotsen an Bord genommen. Auf den Anblick, der sich ihnen während der Flussfahrt bot, war jedoch keiner der Elfen vorbereitet.

Im Flussbett lagen die Wracks von Schiffen. Von einigen ragten gerade noch die Stümpfe der Masten empor und man musste vorsichtig manövrieren, um nicht gegen die Unterwasserhindernisse zu prallen. Das einst klare Wasser war trübe von Asche. Die Leiber toter Lebewesen schwammen mit der Strömung dem Meer entgegen. Dort, wo sich die Quelle des Flusses im Krater von Alneris befand, stand eine dunkle Säule am Himmel, welche in einer Wolke endete, die sich immer weiter über das Land ausbreitete.

„Die Schatten der Finsternis breiten sich aus“, sagte der Kapitän des Flammschiffes.

Immer wieder begegneten ihnen Schiffe, die überfüllt mit den Überlebenden der Völker waren. Jubelrufe wurden beim Anblick der Elfenschiffe laut, aber auch Schmährufe waren zu hören.

„Ich kann ihren Unmut verstehen“, stellte Herolas seufzend fest. „Wir kommen wohl im letzten Augenblick. Sieh dir nur das Chaos am Ufer an. Überall kämpfen sie um einen Platz auf den Schiffen, von denen sie nicht genug haben. Verdammt, Gendrion, wären wir früher gekommen, so hätten wir viele Leben retten können.“

Der Steuermann sah finster über das Deck. Zwischen den geladenen Katapulten, Flammrohren und Pfeilgeschützen standen elfische Krieger in dichten Reihen. „Jalan-olud-Deshay hat Schande auf sich geladen, als er die Hilfe verweigern wollte. Und nun hat er doch noch die ganze Macht des Hauses des Urbaums aufgeboten. Viertausend Krieger auf den Flammen der See. Dabei hat er zuvor noch betont, wir könnten sie an den neuen Ufern nicht entbehren.“ Der alte Seeelf spuckte über die Reling. „Ich hoffe nur, unsere Freunde sind überhaupt noch am Leben.“

„Bei Mintris wird gekämpft. Also gibt es dort Widerstand.“ Herolas starrte verbittert nach vorne, wo die Ältesten Jalan-olud-Deshay und Elodarion-olud-Elodarion standen. „Wir haben uns alle mit Schande bedeckt. Nichts kann daran etwas ändern. Auch nicht, dass wir nun mit Macht auftreten. Hätten wir den freien Völkern früher von der drohenden Gefahr berichtet, so müssten wir nun nicht die klägliche Schar der Überlebenden aufnehmen.“

„Ohne Elodarion würde nicht einmal das geschehen.“ Gendrion erwiderte den Blick seines Kapitäns und Freundes. „Ich war immer stolz darauf, ein Elf zu sein, doch beim Anblick dessen hier empfinde ich nur Bitternis.“

Herolas nickte. „Elodarion hat sich sein Herz und die Ehre bewahrt, das will ich zugeben. Und ich schwöre dir, wenn die Ältesten uns nicht auf die Fahrt geschickt hätten, so wäre ich auch ohne ihre Zustimmung losgesegelt.“

Der Kapitän des Flammschiffes war unter den Fuß des vorderen Mastes getreten und kam nun zu ihnen herüber. „Der Ausguck meldet zahlreiche Legionen, die Mintris eingenommen haben. Sie rücken gegen die Anlegestellen vor. Es wird schwierig, den Fliehenden Schutz zu gewähren. Die Orks scheinen schon mitten unter ihnen zu sein."

„Tue, was du kannst, Kapitän", meinte Herolas. „Dies ist deine Flamme und ich werde dir nicht dreinreden, wie du sie zu führen hast."

„Wir werden einen Feuerriegel zwischen der Stadt und den Flüchtenden errichten. So können die Bestien keine Verstärkung erhalten. Um die anderen müssen sich unsere Krieger kümmern."

„Sie werden mit dem Bogen und dem Schwert kämpfen müssen. Bei dem Gedränge wirst du allerdings Mühe haben, sie an Land setzen zu können, um Klingenarbeit zu leisten."

Langsam tasteten sich die Flammen der See an die Anlegestellen von Mintris heran. Immer wieder mussten sie flüchtenden Schiffen ausweichen und suchten nach geeigneten Stellen, an denen die eigenen Transporter festmachen konnten, um Überlebende aufzunehmen.

Die schweren Katapulte und Pfeilgeschütze waren ausgerichtet. Seeelfen brachten jetzt die Behälter mit brennendem Wasser. Rauchende Kugeln stiegen empor, schlugen am Boden auf und zerplatzten in feuriger Loge. Jener Ort, an dem zuvor die Schlacht zwischen den Reitern und den Legionen getobt hatte, verwandelte sich in ein Inferno.

Elodarion starrte düster zum Ufer. „Die Bestien sind schon zu Hunderten bei den Schiffen. Selbst für die elfischen Sinne unserer Bogenschützen wird es da schwierig, das richtige Ziel zu treffen. Sie müssen mit dem Schwert an Land."

„Die Krieger sind zum Schutz unserer Schiffe an Bord", erwiderte Jalan.

„Sei verflucht, wenn du mir auch nur einen einzigen verweigerst!", drohte Elodarion kalt. „Wir werden unsere Ehre wiederherstellen und unsere Schuld begleichen. Und wenn wir dafür sterben müssen!"

62

Der Dorfälteste Markvard gehörte zu den Glücklichen, denen ein Platz auf einem der Schiffe sicher war. Selbst in Zeiten höchster Not gab es immer jemanden, der sich vom Glanz goldener Schüsselchen blenden ließ. Jener letzte Beutel, den der dickliche Älteste sorgfältig verborgen gehalten hatte, war für ihn die Gewähr, in Sicherheit zu gelangen. Das Jammern der übrigen Bewohner von Dorogart kümmerte ihn wenig. Das Schiff, für welches sie zugeteilt worden waren, lag zerstört am anderen Ufer des Genda und bislang sah es nicht danach aus, als gäbe es ein anderes.

Markvard hatte den Kapitän eines Rettungsschiffes bestochen und das Schicksal fügte es, das dieses Schiff noch sicher an seinem Platz lag. Inzwischen drängten die Menschen an Bord und Markvard wollte nun dafür sorgen, dass seine Schüsselchen gut angelegt waren.

„Ich will sehen, dass ich ein Schiff für uns finde“, hatte er den Dorfbewohnern gesagt, die voller Angst darauf hofften, dass es ein Schiff, irgendein Schiff, für sie gab. „Ich bin bald zurück. Wartet hier. Es wird sich alles richtig fügen.“

Er hatte in ihre ängstlichen und zugleich dankbaren Augen gesehen und keineswegs die Absicht, sein Leben unnötig in Gefahr zu bringen, indem er zu ihnen zurückkehrte. Markvard ging zu einem der vielen kleinen Schuppen, die entlang des Ufers errichtet worden waren. Dort hatte man fertige Ausrüstungsteile für die Schiffe gelagert, bis sie an Bord gebracht werden konnten. Jetzt interessierte sich niemand mehr für die kleinen Gebäude, denn alles drängte zum Ufer.

Markvard blickte unbehaglich in Richtung der Stadt, als er Feuer aus dem Boden schießen sah. Angstvoll warf er sich zu Boden, bis er begriff, dass es kein Zeichen des Untergangs war. Verwirrt schaute er sich um und sah den Fluss voller elfischer Schiffe, von denen Geschosse aufstiegen und sich dem Feind entgegensenkten.

Schiffe. Noch dazu sehr viele von ihnen. Vielleicht würde das nutzlose Gesindel aus Dorogart doch noch seine Reise antreten können. Aber er, Markvard, würde sich nicht auf die Spitzohren verlassen. Man wusste ja inzwischen, was für ein niederträchtiges Volk die Elfen waren. Nein, er verließ sich lieber auf den bestochenen Kapitän und die Macht der goldenen Schüsselchen.

Niemand beachtete ihn, als er den Schuppen durch die kleine Tür betrat. Drinnen war es fast dunkel und der Dorfälteste hatte Mühe, etwas zu erkennen. Es roch nach verbranntem Fleisch und er vermutete, dass der Gestank von der Stadt herüberwehte. In den dortigen Feuern mussten viele der Orks zu Tode gekommen sein. Als sich seine Augen an das wenige Licht gewöhnt hatten, entdeckte er die gedrungene Gestalt des Kapitäns und seufzte erleichtert. „Ich dachte schon, Ihr hättet unsere Vereinbarung vergessen. Doch jetzt sollten wir eilen. Die Elfen sind zwar gerade eingetroffen, aber die Orks sind schon an den vorderen Schiffen. Dort wird gekämpft." Markvard seufzte. „Nur gut, dass Euer Schiff ein Stück zurück ankert."

„Elfen?"

„Ja, verdammt, die Elfen", knurrte der Dorfälteste.

Die Stimme des Kapitäns klang merkwürdig. So, als sei der Mann betrunken. Als er sich bewegte und dabei Markvard zuwandte, weiteten sich die Augen des Ältesten entsetzt. „Bei den … Was ist mit Euch geschehen?"

Das Gesicht des Offiziers wirkte verzerrt und entstellt. Jetzt trat er einen Schritt auf Markvard zu und dieser erkannte nun am Boden eine zweite Gestalt. Sie war verbrannt und vollkommen unbekleidet.

„Was ist das?“, ächzte Markvard.

Der Kapitän hatte ihn nun erreicht und packte ihn an der reich bestickten Tunika. „Das? Das war der Kapitän. Ich tötete ihn, damit ich in seiner Gestalt auf eines der Schiffe gelangen kann. Aber ich muss gestehen, er ist nicht ideal.“ Der Griff wurde fester und Markvard versuchte vergeblich, sich daraus zu befreien. „Seht, guter Herr, wir Grauen Wesen verstehen uns nicht sonderlich gut auf das Befahren von Wasser. Früher oder später wäre das den Menschen aufgefallen und ich hätte meine Gestalt erneut wandeln müssen. Eine Tätigkeit, die ich vorzugsweise ohne lästige Zeugen ausübe. Ich fürchte, auf einem überfüllten Flüchtlingsschiff gibt es nur wenig Gelegenheit des Alleinseins. Im Gegensatz zu diesem verschwiegenen Holzhaus.“

„Wer … Wer seid ihr?“ Markvard schlug verzweifelt nach der Hand, die ihn festhielt. „Was wollt Ihr von mir? Lasst mich … lasst mich los!“

„Erst nachdem ich Euch entkleidet habe. Es würde mich betrüben, wenn Eure schöne Tunika leidet, denn ich benötige sie noch, wenn ich Eure Gestalt angenommen habe.“

Jetzt begriff Markvard. „Ein Graues Wesen! Ihr seid ein Graues Wesen!“

„Ihr seid fürwahr von schnellem Verstehen, mein Freund.“ Der unheimliche Magier begann Markvard mit der freien Hand zu entkleiden. „Ich werde mit Euch verschmelzen. Für mich hat dies den Vorteil, Eure Gestalt annehmen zu können und auch einen Teil Eures, sicherlich eher bescheidenen, Wissens. Für Euch hat es den Vorteil, dass all Eure Angst ein Ende findet und es sehr schnell gehen wird.“

„Aber warum?“, wimmerte Markvard. „Warum ich?“

„Nun, man könnte sagen, Ihr seid einfach zur richtigen Zeit am falschen Ort, nicht wahr? Ihr müsst das verstehen, guter Herr. Als Bar'Ses würde man mich schwerlich in die neue Heimat mitnehmen, meint Ihr nicht? Zudem ist die häufige Gestaltwandlung doch ein wenig kräftezehrend. Zwar war es leicht, während der Schlacht als verwundeter Gardist hinter die Grenze zu gelangen und dann das Wesen eines arglosen Dorfbewohners anzunehmen, doch allmählich ermüde ich. Hier in diesem Schuppen wartete ich auf die Gelegenheit, an Bord eines der Schiffe zu gelangen, und Ihr könnt Euch sicher vorstellen, wie angenehm überrascht ich war, als sich einer der Kapitäne hierherbegab. Nun, wie ich schon sagte, ich hätte mich auch mit der Gestalt des Kapitäns begnügt, doch in seiner Todesfurcht erzählte er mir von seinem kleinen, äh, Handel mit Euch. Ich bin Euch wahrhaft dankbar, dass Ihr mir nun mein Überleben auf solche Weise erleichtert. Doch jetzt, mein Freund, sterbt wohl.“

Der nackte Leib des Dicken verkohlte in Augenblicken unter der Macht des Flammzaubers und die Asche des Dorfältesten vermischte sich mit jener, die inzwischen alles zu bedecken begann.

63

Die Elfen waren eingetroffen und es gab nun mehr als genug Schiffe, um all die Überlebenden in Sicherheit zu bringen. Nicht allein, weil die Elfen eine so große Flotte besaßen, sondern vielmehr, weil inzwischen viele jener gestorben waren, die man hatte retten wollen.

Manche hatten die relative Sicherheit der zweiten Grenze gar nicht erst erreicht. Andere waren bei dem schweren Beben zu Tode gekommen. Wieder andere wurden Opfer der Kämpfe, wobei das Landvolk meist verschont blieb, denn es waren die Kämpfer der freien Völker, die sich den Legionen entgegenstellten.

Doch viele starben im Angesicht der Schiffe.

Sie wurden zu Tode getrampelt oder von anderen erschlagen, die ihren Platz einnehmen wollten. Sie brachen vor Entkräftung zusammen oder stürzten von den Anlegern ins Wasser, wo sie ertranken. Die meisten konnten nicht schwimmen und niemand kümmerte sich um die Unglücklichen, gleichgültig, ob es Mann, Frau oder Kind war.

Die Ankunft der Elfenschiffe änderte hieran nichts, denn auch wenn es nun genug Schiffe gab, so war der Feind doch schon bis zu den Anlegestellen vorgedrungen und jeder wollte an Bord gelangen, bevor ein Schlagschwert sein Leben beendete.

Die Feuergeschosse verhinderten, dass die Orks Verstärkungen schicken konnten, doch jene Legionäre, die den fliehenden Kämpfern Nedeams gefolgt waren, erwiesen sich als zahlreich genug, sodass sich der Überlebenskampf auf die gemauerten oder hölzernen Anleger ausweitete.

Die überlebenden Gardekavalleristen und Pferdelords, nun allesamt zu Fuß, strebten den Schiffen entgegen, begleitet von den Irghil und Zwergen. Noch immer mussten sie um ihr Leben kämpfen, denn Rundohren und Spitzohren waren gleichauf mit ihnen.

Der Hass der Orks machte jetzt keinen Unterschied zwischen den Kämpfern der freien Völker und jenen, die unbewaffnet waren. Die Legionäre erreichten diejenigen, die als Letzte in den Massen standen, welche über die Anleger drängten. Spieße stachen zu, Schlagschwerter hieben und nicht wenige der Bestien verfielen in einen wahren Tötungsrausch, vergaßen ihre Waffen und stürzten sich mit Klauen und Fangzähnen auf die Hilflosen.

Viele der Gardisten und Pferdelords versuchten den Wehrlosen beizustehen, aber es gelang nur selten. Das Geschiebe und Gedränge und die herrschende Unordnung waren so groß, dass sie von den panikerfüllten Flüchtlingen einfach mitgeschoben wurden.

Livianya ta Barat und Bernot ta Geos hatten es, gemeinsam mit einigen Gardisten und Pferdelords, wie durch ein Wunder geschafft, sich zur Laufplanke eines Schiffes vorzukämpfen. Einem der Männer war es sogar gelungen, das Banner von Bernots fünftem Kavallerieregiment zu retten. Doch statt jetzt an ihr eigenes Leben zu denken, stellten sie sich nochmals den Bestien entgegen, die im Blutrausch töteten, was in ihre Reichweite gelangte. Ein paar der Hüterinnen aus Julinaash und einige der Turiks hatten den Zugang zum Schiff bislang alleine verteidigt und waren sichtlich froh über die Verstärkung.

Bernots Schwert bewahrte eine junge Mutter vor dem Tod und er schob sie mit dem freien Arm hinter sich, die beiden angreifenden Rundohren nur mühsam abwehrend. Den Schild hatte er verloren und seine Rüstung zeigte Beulen und Schrammen. Unter dem Armschutz sickerte Blut hervor und der Hieb eines Schlagschwertes hatte seine Wange aufgeschlitzt.

„Rette dich auf das Schiff, Livianya!“, schrie er ihr verzweifelt zu.

„Wir gehen gemeinsam oder gar nicht!“, war ihre entschlossene Erwiderung.

Einer der Gardisten schrie auf und stürzte rücklings ins Wasser. Die Vollrüstung nahm ihm jede Chance, wieder an die Oberfläche zu gelangen. Kein Feind hatte ihn überwunden, er war einfach von den an Bord Eilenden umgestoßen worden. Bernot sah es mit Zorn, doch er konnte dem Soldaten nicht helfen.

Ein heftiger Hieb schlug ihm die Waffe aus der Hand und ließ ihn straucheln. Livianya versuchte an seine Seite zu gelangen und ihn zu schützen, doch es schien zu spät. Das Rundohr starrte mit gebleckten Fängen auf den Wehrlosen und holte erneut zum Schlag aus, der jedoch nie vollendet wurde. Der elfische Pfeil durchschlug Helm und Stirn des Legionärs gleichermaßen und die Wucht des Geschosses war so groß, dass es hinten wieder austrat.

Benommen nahm Bernot das Schlagschwert des Getöteten, da seine eigene Waffe irgendwo unter den zahlreichen trampelnden Füßen lag. Aus den Augenwinkeln sah er die schlanke Form eines Elfenschiffes, welches mit gerefften Muschelsegeln an dem Flüchtlingsschiff vorbeifuhr. An seiner Reling standen die Bogen des Hauses Deshay. Nichts übertraf die Schnelligkeit und Treffsicherheit eines Elfen. Livianya fühlte einen Pfeil, der an ihrem Ohrläppchen vorbeizischte und ein Spitzohr traf, das gerade auf den Rücken eines Dorfbewohners gesprungen war, um diesem die Fänge in den Nacken zu schlagen. Der kleine Ork bekam stattdessen einen kräftigen Bissen elfischen Stahls.

Der hölzerne Anleger wankte unter einem harten Stoß, den man trotz der vielen Füße spürte. Die Planke eines Flammschiffes senkte sich und dann strömten Elfen mit ihren Klingen von Bord. Es waren ausgeruhte Kämpfer und ihren Klingen wie auch ihrer Kriegskunst konnten keine Rüstung und kein Legionär standhalten. Sie drängten die fliehenden Menschen ohne viel Rücksicht auseinander, um an den Feind zu gelangen. Sie gingen methodisch vor und töteten mit präzisen Bewegungen. Den Orks blieb wenig Zeit, um zu begreifen, welches Unheil da über sie kam.

Livianya ta Barat konnte kaum glauben, dass sie tatsächlich am Leben bleiben sollte. Sie hatte, wie auch die anderen Kämpfer, längst damit abgeschlossen.

Elodarion und Jalan kämpften Seite an Seite. Nun, da die Entscheidung zum Kampf für das Leben der freien Völker gefallen war, schien ihr Zwist vergessen.

Sie erreichten die Gruppe von Livianya und Bernot.

„Geht auf die Schiffe, menschliche Krieger. Ihr habt alles gegeben und nun gilt es, an das eigene Leben zu denken. Seid unbesorgt, wir Elfen halten den Steg, bis die Schiffe der Euren ablegen." Elodarion fragte nach seinen Kindern und Nedeams Familie und war erleichtert, als Livianya ihm sagen konnte, dass diese bereits an Bord eines Schiffes in der Bucht von Genda waren. „Und Nedeam? Seinen Namen nanntet Ihr nicht."

„Er muss irgendwo dort drüben kämpfen", antwortete Livianya mit leiser Stimme. „Bei jenen Schiffen, die gerade ablegen wollen."

Elodarion sah in die angegebene Richtung und seine Hoffnung schwand. „Dann ist er dem Tode nahe. Sie kämpfen schon an Bord des ersten Schiffes."

***

Die Alnargosa war eines der restlichen Schiffe an diesem Anleger. Die Planke, die es mit dem gemauerten Kai verband, bog sich unter dem Gewicht der Verzweifelten, die noch an Bord gelangen wollten, bevor ihre letzte Hoffnung ablegte. Die Besatzung bestand aus Seefüßen der königlichen Marine Alnoas und Stadtbewohnern, die man hastig in seiner Handhabung unterwiesen hatte. Menschen drängten sich unter Deck und auf dem Oberdeck. Im Bauch der Alnargosa begann die Brennsteinmaschine zu stampfen, Männer stiegen die Wanten empor, um die Segel zu lösen, die man in der Mitte des Flusses zusätzlich setzen wollte. Von Land flogen vereinzelt Bolzen und Pfeile der Orks. Einer der Seefüße stürzte aus der Höhe in die an Deck Stehenden.

„Löst die Leinen!“, brüllte der Kapitän, der am Ruder stand und seinem Steuermann half. Ein paar Gardisten und Flüchtlinge deckten sie mit Schilden vor dem feindlichen Beschuss. „Verflucht, beeilt euch, sonst kommen sie an Bord!“

Niemand wusste, ob er die zurückbleibenden Menschen oder die herandrängenden Orks meinte. Beides gefährdete gleichermaßen sein Schiff, denn es war bereits überladen.

Nedeam war es gelungen, mit zwei Zehnen aus Pferdelords und Gardisten auf das Schiff zu gelangen. Arkarim und ein Schwertmann der Hochmark hatten ihn mit sich gezerrt. Vielleicht weil sie fürchteten, er hätte seinen Platz sonst einem anderen gelassen. Aber jetzt galt es, an das eigene Leben zu denken, und auch in Nedeam spürte einen starken Überlebenswillen. Jetzt standen er und seine Kämpfer entlang der Landseite der Reling und suchten zu verhindern, dass die Orks an Bord gelangten.

Die Legionäre befanden sich bereits mitten unter den Menschen auf dem Anleger und sie wollten mit aller Macht verhindern, dass ihnen ihre Beute im letzten Augenblick entkam. In dem herrschenden Gedränge konnten nur wenige den Querbogen oder Bogen einsetzen und sie versuchten unentwegt, auf die Planke zu gelangen oder mit einem mächtigen Satz an Bord zu springen. Sie machten sich kaum noch die Mühe, die Zurückgebliebenen zu töten. Ihr Trachten galt alleine dem Schiff und jenen, die sich nun scheinbar endgültig in Sicherheit bringen konnten.

Es war unmöglich, die Leinen zu lösen, welche die Planke an der Uferseite hielten. Seefüße der Alnargosa hackten mit Äxten auf die Verankerung ein, welche den hölzernen Steg am Deck fixierte.

Noch immer waren Menschen auf der Verbindung zwischen Schiff und Anleger und kämpften um Halt, da die dicke Planke stark schwankte. Die hinten schoben rücksichtslos nach vorne, denn sie hatten die Orks im Rücken. Ein Mann verlor den Halt und fiel ins aufspritzende Wasser, in dem die Leichen von Menschen und einigen Spitzohren trieben. Die gerüsteten Rundohren sanken hingegen sofort auf den Grund hinab.

Nedeam stand mit Arkarim direkt neben der Öffnung in der Reling, durch die man auf die Alnargosa gelangte, und versuchten den Flüchtenden zu helfen. Der Pferdefürst sah, wie ein mächtiges Rundohr zur Planke durchbrach, die Menschen mit seinem Spieß vom Übergang fegte und dazu ansetzte, einen Mann aufzuspießen, der die Hand gerade hilfesuchend nach Nedeam ausstreckte. Der ergriff sie instinktiv, zog den Hilflosen mit einem Ruck an Bord und vernachlässigte für einen Augenblick seine Deckung.

Der Spieß durchdrang seinen Harnisch und die Spitze verhakte sich in dem metallenen Panzer, als das Rundohr sie zurückziehen wollte. Nedeam empfand zunächst nicht einmal Schmerz, nur ein überwältigendes Gefühl der Schwäche. Dennoch gelang es ihm, den Gegner zu töten. Ein zweiter Hieb durchtrennte die Lanze.

Nedeams Wunde war schwer, doch nicht tödlich. Nicht, wenn sie versorgt wurde und das Schiff ablegen konnte, bevor zu viele Orks an Bord gelangten. Jetzt fand sich keine Gelegenheit, nach ihr zu sehen. Nachdem der erste Schock überwunden war, setzte der Schmerz ein. Bei jeder Bewegung fühlte sich der Fremdkörper glühend heiß an.

„Durchhalten, Arkarim", ächzte Nedeam. „Das Schiff legt ab und wir gelangen in Sicherheit."

Arkarim nickte. Er war an der Reling auf die Knie gesunken, das Schwert noch immer umklammernd. Die andere Hand hatte den Kriegshammer fallen gelassen und lag um den Schaft eines Ork-Pfeils, der ihm unter dem Armschutz in die Achsel gefahren war.

„Ausgerechnet ein verdammter Pfeil der Spitzohren", versuchte er zu scherzen. „Die miesesten Pfeile, die es überhaupt gibt, und ausgerechnet ein solcher …"

Ein Pferdelord und zwei Besatzungsmitglieder eilten herbei. Die Seefüße hatten sich massive Hölzer genommen. Sie mochten keine Kampferfahrung haben, doch der Mut der Verzweiflung spornte sie an.

Noch immer gab es Menschen, die versuchten, über die Planke an Bord zu gelangen. Doch ihre Rettung war nicht mehr möglich.

Ein Alnoer in zerfetzter Kleidung klammerte sich am anderen Ende an die Planke. „Ihr könnt mich nicht zurücklassen!", kreischte er. „Ich bin von Bedeutung. Ich bin Welbur ta Andarat, Mitglied des Kronrates!"

„Zieht die Planke ein, verdammt!", brüllte der Kapitän des Schiffes. „Mir ist gleich, wer das ist! Lassen wir ihn an Bord kommen, so gelangen auch die Bestien zu uns!"

Ta Andarat schrie und flehte. Die schiffseitige Verankerung der Planke gab endlich nach und die Leinen an Bug und Heck waren gelöst. Die Alnargosa trieb gemächlich von ihrer Anlegestelle. Die dicke Bohle neigte sich ganz langsam dem Wasser zu und ta Andarat hielt sich verzweifelt an ihr fest, nicht imstande, auf die veränderte Situation zu reagieren. Klatschend schlug sie ins Wasser und der verzweifelte Hochgeborene klammerte sich noch immer an sie. Dann drückte eine Welle das Schiff zurück an den Anleger. Als es freikam, waren die Planke und Welbur ta Andarat verschwunden.

Eine Handvoll Menschen und noch mehr Orks hatten die letzte Gelegenheit genutzt und wagten den Sprung an Bord. Einige zögerten zu lange und fielen ins Wasser. Zwei Rundohren schafften es, aber bevor sie ihre Schlagschwerter nutzen konnten, fielen Überlebende und Seefüße über sie her und erschlugen sie. Ein drittes Rundohr klammerte sich an die Reling und ein Schwertmann ging hinüber, sah der hilflosen Bestie stumm in die Augen und rammte ihr schließlich die Klinge in die Kehle.

Ein dicklicher Mann in zerfetzter Tunika hatte es ebenfalls geschafft, die Reling zu packen. Er war am Ende seiner Kraft und Nedeam griff trotz seiner Schmerzen beherzt zu, um ihn vor dem endgültigen Tod zu bewahren. Ein Seefuß und ein Gardist kamen hastig heran und halfen ihm, den Dorfbewohner in Sicherheit zu ziehen.

„Seid bedankt, ihr guten Seelen, seid bedankt“, stammelte der Mann und war den Tränen nahe. „Oh, wahrhaftig, euch danke ich mein Leben und so wahr ich Markvard, der Älteste von Dorogart bin, das werde ich euch niemals vergessen.“

Nedeam nickte mit schmerzerfülltem Gesicht. „Ich bin über jedes Leben froh, welches wir retten konnten, guter Herr Markvard. Denn zu viele sind verloren.“

Das Schiff trieb vom Anleger fort. Unten im Rumpf stampfte die Brennsteinmaschine und an Deck brach Jubel aus, als die

Antriebsschnecke am Heck zu rotieren begann und sie nun der Sicherheit der Flussmitte zustrebten.

Die Orks am Ufer lösten ein paar Pfeile, doch sie wussten, dass ihre Beute entkommen war. So richtete sich ihr Zorn auf die armen Seelen, die an Land zurückgeblieben waren.

Aus Richtung des Kraters von Alneris ertönte ein mächtiger Donnerschlag.

In dem mächtigen dunklen Pilz, der über dem Krater stand, war neue feurige Lohe zu sehen.

„Es geht zu Ende“, murmelte einer der Seefüße und die Umstehenden stießen entsetzte Schreie aus. „Wir müssen sehen, dass wir hier fortkommen. Diesem Feuerstrom in den Himmel wird eine Flut auf dem Wasser folgen.“

Der Kapitän brüllte einen Schwall von Befehlen. Jetzt, in sicherer Entfernung vom Ufer, wurden zusätzlich die Segel gesetzt. Die Alnargosa nahm sichtlich an Fahrt auf. Der Genda war nun voller Schiffe, die dem rettenden Meer entgegenstrebten.

Ein Heiler kam heran. „Lasst mich nach Eurer Wunde sehen, Hoher Lord. Nun, da wir auf der Reise zur neuen Heimat sind, sollten wir keine weiteren Leben mehr verlieren und Eure Verletzung ist von Übel.“

Arkarim grinste verzerrt. „Wir Pferdelords sind ein zähes Volk.“

„Fraglos“, stimmte der Heiler zu, der die Schnallen von Nedeams Harnisch behutsam zu lösen begann. „Und wir haben euch viel zu verdanken. Doch nun denkt an euch selbst.“

Abermals erschütterte Donner das Land. In Richtung von Alneris stand jetzt Feuer am Himmel. Glühende Funken schienen aus der schwarzen Wolke zu regnen, die sich immer schneller ausbreitete.

Der Kapitän kam vom Heck herüber. „Wir sind über zweihundert Tausendlängen von Alneris entfernt und machen gute Fahrt. Wir werden rechtzeitig entkommen. Aus der Bucht ist ein Blinkspruch eingegangen. Die übrigen Schiffe fahren bereits aufs Meer hinaus."

Nedeam hatte die Worte kaum gehört. Er sah zum Ufer hinüber. Dort war das Schlachten zum Erliegen gekommen. Kein Laut war von Land zu hören, als lähme das Entsetzen alle Aktivitäten. Orks und Menschen standen Seite an Seite und starrten auf die sich ausbreitende Wolke, die den endgültigen Untergang des Landes und alle Lebens darauf verkündete.

„Du wirst Llaranya und Neliana wiedersehen", sagte Arkarim leise. „Ihr Schiff ist schon in Sicherheit."

Der Pferdefürst nickte und erhob sich trotz seiner Schmerzen und der Proteste des Heilers, der die Wunde behutsam betastete, aus der noch immer der Stumpf des Spießes ragte.

An Land erkannte er einen Reiter, der dem Kurs des Schiffes zu folgen schien. Ein Reiter in der Rüstung eines Rundohrs und auf einem mächtigen schwarzen Pferd. Als Nedeam an die Reling trat, schien der Reiter ihn zu erkennen und hob sein Schlagschwert zum Ehrensalut.

Nedeam hatte Mühe, die eigene Klinge zu erheben und die Geste zu erwidern.

Es erforderte all seine körperliche und seelische Kraft, doch es war der letzte Gruß für einen Freund.

ENDE

Handelnde und Maße

Personen & Maßeinheiten
"Die Pferdelords und der Ritt zu den Goldenen Wolken"

Die Zahlen in Klammern geben das Alter der jeweiligen Person an. Der erste Wert für das Alter in Teil Eins, der zweite für Teil Zwei.

Personen der Marken des Pferdevolkes

Nedeam	*Hoher Lord, Pferdefürst der Hochmark (46/51)*
Llaranya	*Hohe Dame, Die elfische Ehefrau Nedeams (500+),*
Neliana	*Tochter von Nedeam und Llaranya (4/9)*
Arkarim	*Hoher Herr, Erster Schwertmann der Hochmark (36/41)*
Herklund & Hendur	*Scharführer zweier Beritte und bewährte Kämpfer*
Fangschlag	*Orksches Rundohr*
Lotaras	*Elfischer Freund Nedeams*
Leoryn	*Heilerin und Schwester von Lotaras*
Garwin	*Der selbsternannte Pferdefürst der „geheimen Mark“*

Zwerge

Balruk	*König des Zwergenvolkes der grünen Kristallstadt Nal´t´rund*
Kerendruk	*Erster Steinschläger der grünen Kristallstadt*
Gedruk	*Ein Steinschläger der ungern in die Höhe klettert*
Hendruk Hart-schlag	*König der Gelben Kristallstadt Nal´t´hanas*

Elfen

Elodarion-olud-Elodarion	*Ältester des Hauses Elodarion*
Anat-olud-Elodarion	*Waffenmeister des Hauses Elodarion*
Jalan-olud-Deshay	*Ältester des Hauses Deshay des Urbaums und Vater Llaranyas*
Herolas	*Kapitän der Elfen der See*
Mionas	*Konstrukteur und elfischer Gelehrter*

Lederschwingen

Anschudar	*Kundschafter*
Feedanaa	*Die Herrin des Horstes*
Mordeschdar	*Der Schwingenführer der Horst-Menschen*
Showaa	*Anschudars Lederschwinge*

Alnoa

Bernot ta Geos	*Hochgeborener, Kommandant von Nerianet und der 2. Gardekavallerie*
Erlond ta Korom	*Sein Freund und Stellvertreter*
Selverk	*Regimentsunterführer der 2. Gardekavallerie*
Daik ta Enderos	*Hochgeborener, Oberkommandeur der Gardekavallerie*
Tonat ta Enderos	*Hochgeborener, Sohn von Daik, Grenzkommandant 5. Gardekavallerie*
Malvis	*Regimentsunterführer*
Livianya ta Barat	Hochgeborene, Kommandeurin Maratrans und der 7. Gardekavallerie
Welbur ta Andarat	Hochgeborener, Adliger und Widersacher des Königs

Alnoa (Fortsetzung)

Venval ta Ajonas	*Ajon (König) des Reiches Alnoa*
Britman ta Markos	*Hochgelehrter des Reiches*
Petzler	*Genialer Konstrukteur*
Hombort	*Ein Organisator mit einer Mammutaufgabe*

Sandclans

Heldar-Turiko	*Das „Sonnenhaar" ist der Führer der Sandbarbaren*
Heglen-Turik	*Ein Sandkrieger, der an Nedeams Seite kämpfte*
Bimar-Turik	*Ein alter Krieger*

Rumak / Rumaki

An-Olrevge	*Kommandant einer Rumak-Legion und den Pferdelords entflohen*
Brom-Molrevge	*Oberster Schmiedemeister*
Andor-Atarevge	*Oberkommandant der Rumak-Legionen*

Irghil

Danot´Nelat	*Ältester der Irghil*
Dan´Pharant	*Scherenführer der Irghil, Erster der Dan (Krieger)*

Julinaash

Jular-Gerot-Mann	*Kronenträger, Führer der Männer*
Julara-Alecia-Frau	*Kronenträgerin, Führerin der Frauen*

Orks und Graue Magier

Der Schwarze Lord	*Allerhöchster Gebieter der Orks und Rumaki*
Einohr	*Spitzohr mit nur einem Ohr, Intimfeind Fangschlags*
Bar´Ses	*Graues Wesen, Großmagier*
Dreischlag	*Legionsführer, Kommandant der Hauptarmee*
Blutvergießer	*Legionsführer, Kommandant der Südarmee*
Pferdeschlächter	*Legionsführer, Kommandant der Nordarmee*

Wichtige Maße

Länge	*2 Meter*
Tausendlänge	*2 Kilometer*
Zehnteltag	*Rund 2 Stunden*
Tageswende	*Tag*
Zehntag	*Zehn Tage*
Mond	*Monat*
Jahreswende	*1 Jahr = 10 Monde*

Nachwort

Liebe Leserinnen und Leser der Pferdelords,

es war ein harter und sehr steiniger Weg, das Reitervolk aus der Hochmark durch die Ziellinie zu führen. Der MIRA-Verlag stellte seine Fantasy-Reihe zugunsten der neuen „Dark Fantasy“ ein und die Pferdelords mussten sich einen neuen Verlag suchen. Der kleine ARCANUM-Verlag führte dann mit Band 9 fort. Das kleine Team ging dann aber getrennte Wege und für Nedeam und seine Getreuen galt es erneut, einen Stall zu finden.

SCRATCH übernahm schließlich ARCANUM als Imprint, und führte die Reihe unter dem ARCANUM-Logo fort. Doch auch die Wege dieser Gruppe trennten sich und das Erscheinen von Band 12 rückte in weite Ferne. Nahezu vier Jahre verstrichen, bis sich mit Erik Schreiber und saphir-im-stahl, bei dem meine Science-Fiction-Reihe um die „Sky-Troopers“ erscheint, das entscheidende Licht in der Finsternis abzeichnete.

Der vorliegende finale Band der Pferdelords wird dank Eriks Engagement veröffentlicht, erscheint aber unter dem gewohnten ARCANUM-Logo, damit es im Bücherregal nicht zu einem Stilbruch kommt.

Mein ausdrücklicher Dank gilt all jenen, die das Erscheinen des Romans doch noch ermöglichten und, vor allem, all jenen Leserinnen und Lesern, die den Pferdelords während dieser Zeit die Treue gehalten haben. Ich hoffe sehr, dass dieses Abenteuer sie für die lange Wartezeit entschädigt hat.

Mit dem vorliegenden zwölften Band ist die Reihe um das Pferdevolk nun abgeschlossen und das Abenteuer hat sicher die

Frage beantwortet, warum eine klassische Fortsetzung ausgeschlossen war. Konzept und Expose sahen dieses Ende von vornherein vor. Band 12 wurde zu dabei zu einem Kompromiss.

Einige werden der Meinung sein, er sei zu lang geworden und eine Kürzung hätte ihm gutgetan. Andere werden zu der Auffassung kommen, man hätte sicherlich zwei Bände mit der Thematik füllen können. Doch hier galt es für mich, den erwähnten Kompromiss zu finden, damit alles noch in einen Band hineinpasste.

Der letzte Roman der „Pferdelords" ist sicher eher kampfbetont. Vielleicht konnte ich daher die psychologischen Faktoren des Untergangs nicht in der Vollkommenheit darstellen, wie man es sich, auch als Autor, gewünscht hätte, aber ich hoffe, ich konnte die Vorgänge anschaulich genug schildern.

Auch wenn die Reihe um „Die Pferdelords" nunmehr beendet ist, so heißt dies nicht, dass dieses tapfere Volk für immer verschwunden bleibt. Wer meine Fantasy-Romane kennt, der weiß auch, dass zwischen ihnen immer eine Interaktion herrscht. Es mag also sein, dass man ein Wiedersehen mit den Reitern erlebt, da die Handlungen der jeweiligen Abenteuer auf der gleichen Welt stattfinden.

Daraus entstehen natürlich keine Abhängigkeiten, die jeweils anderen Romane lesen zu müssen. Es soll vielmehr ein zusätzliches Lesevergnügen bescheren, wenn Personen, Völker oder Handlungen eines Abenteuers auch an anderer Stelle eine aktive Rolle übernehmen.

So gehören die e-Books „Eolanee" und „Die Ei-Geborenen" ebenso zur Welt der Pferdelords, wie auch die Abenteuer der

„Zwerge der Meere". Künftig wird als äußerer Hinweis das Logo der Pferdelords auf den Covern abgebildet sein.

Es gab viele Stimmen, die für eine Fortsetzung der „Pferdelords", über Band 12 hinaus, votierten, aber das Expose der Reihe ließ dies aus den genannten Gründen nicht zu. Es bestehen jedoch Überlegungen, die Abenteuer von Nedeam in einer eigenen Reihe fortzuführen.

In eigener Sache

Im Gegensatz zu großen Verlagen wie PIPER, deren Sortimente in jedem Buchladen in den Regalen stehen, finden kleine Verlage kaum ihren Weg dorthin. So sind auch die „Pferdelords" und andere meiner Werke keineswegs überall vertreten. Manche Fantasy-Freunde stoßen gar nicht erst auf sie, da man sie auch im Internet eigentlich nur entdeckt, wenn man den entsprechenden Suchbegriff verwendet.

Nicht alle Romane können in einem Verlagsprogramm untergebracht werden oder stoßen auf die erforderliche Zustimmung der Lektoren. So hat PIPER zum Beispiel die „Zwerge der Meere" als uninteressant und völlig ungeeignet zur Veröffentlichung beurteilt.

Bei einem Blick auf **www.facebook.com/DiePferdelords** oder meiner Homepage **www.michael-h-schenk.de** finden sich aktuelle Informationen zu meinen Werken, laufenden Projekten und die Möglichkeit, Fragen beantwortet zu bekommen. Dazu gibt es Leseproben, Grafiken, Karten und Infos. Wem es gefällt, der darf den entsprechenden „Button" drücken.

Auf den Seiten von amazon ist eine **Bewertung** möglich und hilft anderen Interessenten vielleicht bei der Entscheidung für das jeweilige Buch.

Hätte man mich in meiner Jugend nach dem Bild eines Zwerges gefragt, so wäre meine Antwort wohl „Pumuckl" gewesen, heute hingegen eher „Gimli" oder „Gloin", da wir als Menschen visuell stark beeinflussbar sind. Deswegen bin und bleibe ich ein entschiedener Befürworter des geschriebenen Wortes, da es unserer Phantasie den meisten Spielraum lässt.

Ein Film oder Hörbuch nimmt uns, durch die Flut der Sinneseindrücke oder die Betonung eines Erzählers, schon etwas von jenem Freiraum, den wir sonst mit unserer eigenen Vorstellungskraft ausfüllen können.

Ich will Abenteuer schreiben, die dem Leser Spaß machen und ihn für kurze Zeit aus der Wirklichkeit entführen. Ich denke, dies ist mir mit den „Pferdelords" gelungen und hoffe natürlich, dass dies bei meinen künftigen Werken ebenso der Fall sein wird.

Mein Dank gilt allen, die mich auf meinen Abenteuern begleitet haben und ich würde mich sehr freuen, wenn dies auch künftig der Fall ist.

„Das geschriebene Wort ist die Schwinge unserer Phantasie."

Ihr Michael H. Schenk

Sky-Troopers
von
Michael Schenk

die neue
Military-SF vom Feinsten

je 17,95 €

Band 1 und 2
sind inzwischen
erschienen.
Band 3 ist in
Vorbereitung

Die Pferdelords

Michael H. Schenk

Erschienen im MIRA Taschenbuchverlag

Die Pferdelords und der Sturm der Orks (1)
672 Seiten • 8,95 EUR [D] / 9,20 EUR [A] / 13,50 sFr [CH] • ISBN 978-3-89941-356-4

Die Pferdelords und die Kristallstadt der Zwerge (2) ***Als Buch vergriffen***
624 Seiten • 8,95 EUR [D] / 9,20 EUR [A] / 13,50 sFr [CH] • ISBN 978-3-89941-357-1

Die Pferdelords und die Barbaren des Dünenlands (3) ***Als Buch vergriffen***
640 Seiten • 8,95 EUR [D] / 9,20 EUR [A] / 13,50 sFr [CH] • ISBN 978-3-89941-358-8

Die Pferdelords und das verborgene Haus der Elfen (4) ***Als Buch vergriffen***
592 Seiten • 8,95 EUR [D] / 9,20 EUR [A] / 13,50 sFr [CH] • ISBN 978-3-89941-402-8

Die Pferdelords und die Korsaren von Um'briel (5) ***Als Buch vergriffen***
624 Seiten • 8,95 EUR [D] / 9,20 EUR [A] / 13,50 sFr [CH] • ISBN 978-3-89941-471-4

Die Pferdelords und die Paladine der toten Stadt (6)
512 Seiten • 8,95 EUR [D] / 9,20 EUR [A] / 13,50 sFr [CH] • ISBN 978-3-89941-527-8

Die Pferdelords und das vergangene Reich von Jalanne (7) ***Als Buch vergriffen***
528 Seiten • 8,95 EUR [D] / 9,20 EUR [A] / 13,50 sFr [CH] • ISBN 978-3-89941-601-5

Die Pferdelords und das Volk der Lederschwingen (8)
480 Seiten • 8,95 EUR [D] / 9,20 EUR [A] / 13,50 sFr [CH] • ISBN 978-3-89941-672-5

Erschienen im Arcanum Fantasy Veralg

Die Pferdelords und die Nachtläufer des Todes (9)
570 Seiten • 9,90 EUR [D] / 10,20 EUR [A] / 14,90 sFr [CH] • ISBN 978-3-939139-15-7

Die Pferdelords und die Bruderschaft des Kreuzes (10)
576 Seiten • 9,90 EUR [D] / 9,90 EUR [A] / 14,90 sFr [CH] • ISBN 978-3-939139-17-1

Die Pferdelords und die Schmieden von Rumak (11)
576 Seiten • 9,90 EUR [D] / 9,90 EUR [A] / 14,90 sFr [CH] • ISBN 978-3-939139-19-5

Die Pferdelords und der Ritt zu den Goldenen Wolken (12)
704 Seiten • 9,90 EUR [D] / 9,90 EUR [A] / 14,90 sFr [CH] • ISBN 978-3-939139-20-1

Alle Bände aus dem Arcanum Fantasy Verlag erscheinen auch als eBook.